Adam Ross
Mister Peanut

Zu diesem Buch

David Pepin liebt Alice seit dem Augenblick, in dem sie sich damals an der Universität begegnet sind. Auch nach dreizehn Jahren Ehe kann er sich ein glückliches Leben ohne sie nicht vorstellen. Und doch spielt ihr Ableben in seiner Phantasie eine große, geradezu obsessive Rolle. Als Alice dann auf tragische Weise vor Davids Augen erstickt, ist er nicht nur zutiefst erschüttert, sondern auch der Hauptverdächtige. Das Bild, das sich im Laufe des Verhörs durch die Polizisten Sheppard und Hastroll von der Ehe der Pepins ergibt, ist naturgemäß ein sehr komplexes. Ein Bild, wie es Sheppard und Hastroll aus ihrem eigenen Leben nur allzu vertraut ist.

Adam Ross, geboren in New York, lebt in Nashville, Tennessee. Nach der Veröffentlichung zahlreicher Erzählungen ist dies sein erster Roman. Er wurde in den USA von der Kritik hoch gelobt und in sechzehn Sprachen übersetzt. Zuletzt erschien von ihm der Erzählungsband »Ladies & Gentlemen«.
Weiteres zum Autor: www.adam-ross.com

Adam Ross

Mister Peanut

Roman

Aus dem Amerikanischen von
Eva Bonné

Piper München Zürich

Mehr über unsere Autoren und Bücher:
www.piper.de

Von Adam Ross liegen bei Piper vor:
Mister Peanut
Ladies & Gentlemen

MIX
Papier aus verantwortungsvollen Quellen
FSC® C083411

Ungekürzte Taschenbuchausgabe
Juni 2012

Titel der amerikanischen Originalausgabe:
»Mr. Peanut«, Alfred A. Knopf, New York 2010

Umschlaggestaltung: Kornelia Rumberg, www.rumbergdesign.de,
nach einem Entwurf von R.M.E Roland Eschlbeck und Kornelia Bunkofer
Umschlagmotiv: plainpicture
Satz: Kösel, Krugzell
Gesetzt aus der Minion
Papier: Munken Pure von Arctic Paper Mochenwangen GmbH, Deutschland
Druck und Bindung: CPI – Clausen & Bosse, Leck
Printed in Germany ISBN 978-3-492-27458-6

Für Beth

Wo bin ich in diesem Netz aus Eifersucht, das bei jeder menschlichen Regung zittert?

Was für Detektivarbeit wir doch leisten müssen.

Harold Brodkey

Ich ging wieder nach oben und sah meine Frau; ich fühlte an ihrem Hals nach ihrem Puls und stellte fest oder bildete mir ein, dass sie tot war. Ich verlor die Orientierung und hatte das Gefühl, in einem bizarren Traum gefangen zu sein.

Aussage von Dr. Sam Sheppard, aufgenommen nach Rücksprache mit seinen Anwälten am 10. Juli 1954 im Büro des Sheriffs von Cuyahoga County, Cleveland, Ohio

Als David Pepin zum ersten Mal von der Ermordung seiner Frau träumte, trat er nicht selbst als Täter auf. Er träumte von höherer Gewalt im richtigen Augenblick. Als sie am Strand picknickten, zog eine Gewitterfront heran. David und Alice packten ihre Liegestühle, Decken und alkoholischen Getränke zusammen, und als der erste Blitz am Himmel zuckte, stellte David sich seine Frau vor wie in einem Cartoon, als lebende Fackel mit durchscheinendem Skelett, das schließlich zu einem rauchenden Häuflein Asche zusammenfiel. Er beobachtete, wie Alice schutzlos über die Sandfläche lief. Sie blieb sogar stehen, um die turmhohen Wolken zu bestaunen. »Was für ein Gewitter«, sagte sie. David versuchte, das Schicksal in Gedanken durch seine Hybris herauszufordern: Ich, David Pepin, bin weiser und allmächtiger als Gott, und ich, David Pepin, weiß, dass Gott meine Frau in diesem Moment und an diesem Strand, am *Jones Beach*, nicht niederstrecken wird. Was Gott dann auch nicht tat. Später, im Auto, als der Regen so dicht wurde, dass sie meinten, in einer Waschanlage zu sitzen, prahlte er mit seiner Göttlichkeit, indem er Alice die rhetorische Frage stellte, ob ein so großer und aufrechter (folglich entblößter) Penis irgendwie anders zu nennen sei als göttlich. Im Schutz des starken Regens, auf dem Vordersitz des Autos, fiel er wild und leidenschaftlich über seine Frau her.

Er träumte unbewusst, er träumte sporadisch. Die Phantasien brachen einfach so über ihn herein. Rief sie von der Arbeit aus an, fragte er: »Ist etwas passiert?« Kam sie zu spät nach Hause, machte er sich übertrieben große Sorgen. Er träumte nach Vergabe ihres Stundenplans. »Fährst du heute mit dem Zug?«, fragte er am Morgen, und Alice antwortete: »Ja, ich fahre mit dem Zug.« Sie wohnten einen Block westlich der Lexington Avenue, wo Alice in die U-Bahn stieg und bis zur 42. Straße fuhr. Im Grand Central Terminal nahm sie den Zug der Metro-North und fuhr dreißig Minuten bis nach Hawthorne, wo sie schwer erziehbare – und teilweise gefährliche – Kinder unterrichtete. Zwischen Aufbruch und Ankunft konnte ja so viel passieren! An der Bahnsteigkante rauften zwei Jungs. Der Zug fuhr donnernd in den Bahnhof ein. Ein versehentlicher Schubser. Alice wirbelte um die eigene Achse und ruderte wild mit den Armen, bevor sie hintüber kippte, und dann war alles vorbei. David zuckte zusammen. Was ging ihm da bloß durch den Kopf? Vom Fenster aus konnte er Alice die Straße heraufkommen sehen. Am Himmel zog ein Helikopter vorüber, und vor dem Neubau an der Lexington wurde ein Stahlträger in die Höhe gewuchtet. David stellte sich vor, er sähe seine Frau zum letzten Mal, er würde dieses Bild ewig in Erinnerung behalten. Er spürte die Trauer in sich aufsteigen und fühlte bereits den tragischen Verlust, so wie ein Kind, das sich den Tod seiner Eltern vorstellt.

Gewalt durfte keine im Spiel sein. Seine Phantasien unterlagen strengen ethischen Regeln. Er träumte von umstürzenden Kränen und außer Kontrolle geratenen Helikoptern, aber die Todesangst und den Schmerz blendete er jedes Mal aus. Dort unter dem Wrack lag Alice, und sie war sofort tot. Manchmal phantasierte David sich im Augenblick des Todes an ihre Seite. Er hielt ihre Hand, und sie wechselten ein paar letzte Worte, was insbesondere ihr den Abschied erleichterte.

»David«, sagte Alice, »ich liebe dich.«

»Alice«, sagte David, »ich liebe dich auch.«

Und dann wurden ihre Augen glasig.

Obwohl keine Gewalt im Spiel sein durfte, wurde David hin und wieder zu einem Walter Mitty des Mordens. Er träumte davon, der Täter zu sein. *Er* tat es. Er erschoss Alice, er knüppelte sie nieder, er erstickte sie mit einem Kissen. Allerdings waren diese Phantasien zensiert; sie blitzten in seinem Kopf auf, brachen jedoch kurz vor dem Finale ab. Es gelang ihm nie, Alice im passenden Moment zu überraschen. Sie erkannte ihn, wenn er mit dem Messer, dem Baseballschläger, der Pistole um die Ecke schlich, ihre Hand krallte sich in den Arm, der ihr das Kissen aufs Gesicht drückte. Die Vorstellung war einfach zu schrecklich.

»Du Wal!«, schrie er sie an, weil sie unglaublich dick war. »Du gottverdammter Blauwal!« (Sie hatte unter schlimmen Depressionen gelitten, nahm inzwischen aber wieder ihre Medikamente ein.)

Wenn sie stritten, dann in blinder Wut. Sie waren seit dreizehn Jahren verheiratet, gingen sich aber immer noch regelmäßig an die Gurgel und schlugen bevorzugt unter die Gürtellinie.

»Du Genie«, sagte sie. Damit trieb sie ihn in den Wahnsinn. Er war Chefdesigner und Geschäftsführer von Spellbound, einem kleinen, aber sehr erfolgreichen Entwicklungsstudio für Videospiele. Innerhalb der Branche wurde David oft als Genie bezeichnet, aber in Momenten des Selbstzweifels gestand er seiner Frau, dass die von ihm programmierten Spiele im besten Fall hirnlos waren. Im schlimmsten töteten sie den Verstand ab – seinen und den der Kinder, die seine Spiele kauften.

»Ich wünschte, du wärst tot!«, schrie David.

»Ich wünschte, du wärst auch tot!«

Er war erleichtert. Offenbar beruhte sein Wunsch auf Gegenseitigkeit. David war nicht allein.

Später, nach der Schmollphase, entschuldigte er sich bei ihr. »Es tut mir leid«, sagte er. »Man sollte so etwas nicht einmal denken.«

»Mir tut es auch leid«, sagte Alice. »Ich streite mich nicht gern mit dir.«

Sie standen im Wohnzimmer und umarmten einander. Es war Abend, und im Apartment brannte kein Licht. Sie hatten stundenlang im Dunkeln gesessen, ein jeder in seiner Ecke.

Die Liebe zu seiner Frau war neu erwacht. Wie hatte er bloß auf derartige Dinge kommen können? Sie duschten zusammen; nichts taten sie lieber. Er stützte sich mit beiden Armen an der Wand ab, während sie ihm den Rücken einseifte, die Pobacken, die Stelle hinter den Ohren. Als sie ihn rasierte, imitierte sie unbewusst seine Mimik. Danach ließ sie sich ein Bad einlaufen.

»Weißt du, an wen ich heute gedacht habe?«, fragte David. Der Waffenstillstand fühlte sich immer noch brüchig und instabil an, deswegen wollte er plaudern.

»An wen?«

»Dr. Otto.«

Sie warf ihm einen Blick zu und lächelte traurig. David wusste nicht, ob es an den Gefühlen lag, die der Name an sich in ihr weckte, oder an der Tatsache, dass es Ewigkeiten her war, seit sie in Dr. Ottos Vorlesung gesessen hatten. Sie hatten sich dort kennengelernt. David saß am Badewannenrand und hielt Alice' Fuß in der Hand. Er hatte ihren Unterschenkel eingeseift und war dabei, ihn vorsichtig zu rasieren. Das Haar wuchs an unterschiedlichen Stellen in unterschiedliche Richtungen.

»Hast du mit ihm gesprochen?«

»Seit Jahren nicht mehr. Ich habe im Quarterly gelesen, dass seine Frau gestorben ist.«

»Das tut mir leid.«

»Bestimmt hat er ziemlich gelitten.«

»Wer hat das nicht?«, fragte Alice.

Sie füllte die Badewanne komplett aus. Ihre Oberarme quollen über den Rand wie Delfinflossen, ihre Brüste trieben im Wasser wie Zwillingsinseln. Sie hatte ein wunderschönes Gesicht, langes, seidiges, kastanienbraunes Haar und märchenhafte, haselnussbraune Augen. Leider war sie korpulent, aber David hatte, obwohl er wusste, wie schwer sie an ihrem Gewicht zu tragen hatte, kein Mitleid mit ihr. Ihr Spitzenwert hatte im vergangenen Jahr bei einhundertdreißig Kilogramm gelegen. Sie hatte eine Digitalwaage mit leuchtend roten Ziffern angeschafft (auf Anweisung ihres Arztes) und wog sich nun morgens direkt nach dem Aufstehen. Wenn sie dabei zwischen ihre Füße starrte, hingen ihr die Haare über das Gesicht.

»Ich wünschte, ich wäre tot«, sagte sie.

David wünschte ihr Schlankheit, damit sie glücklich wurde, für sich selbst aber wünschte er, sie bliebe dick. Er liebte ihre gigantischen Ausmaße, er liebte es, sich an diesem Berg von einem Arsch festzuklammern. Wenn er sie von hinten nahm, kam er sich vor wie ein lüsterner Gulliver bei den Brobdingnags. Es war die Unverhältnismäßigkeit ihrer beider Proportionen, die ihn so erregte. Er schloss die Augen und übertrieb ihre Ausmaße noch, machte sich selbst ganz klein. Er hielt sich mit ausgestreckten Armen fest und stieß zu, gierig nach *Leben, Leben, Leben*. Sie war nicht länger seine Frau, sondern ein riesiges Weibchen, ein überdimensionales Sextier; seines, um es zu vögeln, zu hegen und zu pflegen. Nach dem Sex blieb Alice bäuchlings, mit nach oben gedrehten Handflächen und glasigem Blick, vollkommen reglos auf dem Bett liegen – das Gewicht deformierte sie nicht, sondern betonte ihre Kurven nur, blies sie zu einer Venus von Willendorf auf –, von Davids Potenz über den Haufen geschossen.

Sie waren kinderlos. Am Ende hatte dann Alice die Entscheidung getroffen.

»Neulich habe ich mit Marnie gesprochen«, sagte sie.

David, der nebenan im Arbeitszimmer saß, ließ das Fenster auf dem Bildschirm verschwinden. »Und?«

»Sie und Mark sind schwanger.«

Alice wartete. David wartete ebenfalls. Er stützte den Ellenbogen auf die Tischplatte und das Kinn in die Hand.

»Und sie haben gerade erfahren, dass das Zweite ein Mädchen wird«, sagte Alice.

»Und?«

»Sie haben nur eine Dreizimmerwohnung.«

»Red weiter.«

»Und ihr Sohn will sich kein Zimmer mit seiner Schwester teilen. Aber sie können sich nichts Größeres leisten.«

»Und?«

»Und deswegen müssen sie aus der Stadt wegziehen.«

David nahm seine Brille ab, legte sie vorsichtig auf den Schreibtisch, stand auf, ging zum Schlafzimmer und lehnte sich in den Türrahmen.

»Kannst du dir das vorstellen?«, fragte Alice. Sie war ganz auf den Fernseher konzentriert; auf A&E lief *Der Mann, der zu viel wusste.* Sie lächelten einander wissend an, dann wandte Alice sich wieder dem Bildschirm zu. Sie hatte die zweite Packung fettarmer Ritz-Cracker fast, die zweite Flasche Wein des Abends zur Hälfte geleert. Wie Schneeflocken lagen die Krümel auf ihrer Brust und ihrem Bauch verteilt. Neben ihren Mundwinkeln ragten zwei weinrote Stoßzähne nach oben.

David trat ans Bett und umarmte sie. Als er zudrückte, knackten die Krümel auf ihrem Nachthemd.

»Ich bin froh, dass wir zu zweit sind«, sagte er.

»Oh, David«, flüsterte sie und zog ihn an sich. »Manchmal weiß ich wirklich nicht, warum du mich liebst.«

Es half nicht immer, aber zumindest oft.

Davids Aufmerksamkeit entging nichts. Er führte eine akribisch genaue Liste seiner guten Taten, seines vorbildlichen Daseins als Ehemann. Nachdem er sie allerdings mit seiner Umarmung glücklich gemacht hatte, fragte er sich: Warum kann ich nicht immer so gut sein? Warum kann ich sie in diesem Moment nicht ganz und gar verstehen?

Sein Buch war schuld, so viel wurde ihm klar, als er wieder am Schreibtisch saß und das Fenster öffnete. Das Buch machte ihm Sorgen, es nagte an ihm. Das ungeschriebene Buch hing ihm ständig im Nacken. Er hatte vor gut einem Jahr damit begonnen, ursprünglich hatte es sich um eine Idee zu einem Spiel gehandelt, die aber zu etwas Größerem herangewachsen war. Das Projekt war streng geheim, und er bearbeitete es wie ein Doppelagent, wann immer Alice nicht zu Hause war, wenn sie Geschirr spülte oder im Internet surfte. Er bearbeitete es im Windschatten seiner Ehe. David bewahrte das Manuskript in einem großen Karton unter seinem Schreibtisch im Arbeitszimmer auf. Das Schreiben entpuppte sich als eine Reihe von stotternden Versuchen, als eine Ansammlung von rauschhaften Augenblicken, als schreckliche Sackgasse. Nun steckte er fest, und zwar so richtig, aber er weigerte sich aufzugeben. Die Struktur des Textes war komplex, zu komplex vielleicht, aber geradlinig ließ sich die Geschichte unmöglich erzählen. Immer wieder war David völlig blockiert und sah sich gezwungen, das Manuskript für längere Zeit liegen zu lassen. Manchmal ignorierte er den Text wochenlang. Oft fürchtete er, die Sache würde insgesamt keinen Sinn machen, dann fing er sich wieder und war vom Gegenteil überzeugt. Und manchmal, wenn Alice schon schlief, ging er in sein Arbeitszimmer und nahm den Ausdruck aus dem Karton, um darin zu lesen. Manches kann nur auf dem Papier zur Geltung, nicht auf dem Bildschirm. David hatte eine Theorie, der zufolge eine starke Erzählung den Leser in ihren Bann zieht und sofort mitreißt, egal, welche Seite man aufschlägt. David wählte eine zufällige Seite. Und *wie* sie ihn in ihren Bann zog! Und *ob* sie ihn mitriss! Plötzlich hatte er eine neue Idee, ihm schwebte eine neue Richtung vor, die ihn möglichweise aus der Sackgasse führen würde. Er überlegte kurz und suchte dann ein bestimmtes Kapitel heraus, um sich Anmerkungen zu machen.

»David«, rief Alice, »was tust du da?«

»Nichts«, sagte er und hielt inne.

»Dann komm ins Bett.«

Er stellte den Karton zurück unter den Schreibtisch. Er würde morgen weiterschreiben, gleich nach dem Aufstehen. Als er im Bett lag, leuchteten die Sätze in seinem Kopf wie Meteoriten.

Aber am nächsten Morgen hatten sie ihre Strahlkraft verloren. Obwohl David nicht wusste, warum die nächtlichen Unterbrechungen einen so großen Einfluss auf seine Inspiration hatten, konnte er nicht verleugnen, dass es so war.

Genauso wenig wusste er, warum Alice so dick geworden war. Sie hatte üppige fünfundsiebzig Kilo in die Ehe mitgebracht und war immer schon eine stattliche Frau gewesen, groß und von kräftiger Statur – selbst barfuß kam sie auf über einhundertachtzig Zentimeter. Und dann, im dreizehnten Ehejahr: hundertdreißig Kilo. David konnte sich nicht erklären, wie es zu der Gewichtsaufnahme hatte kommen können, schließlich stand Alice überhaupt nur eine sehr limitierte Auswahl an Nahrungsmitteln zur Verfügung. Sie reagierte allergisch auf alle Schalentiere, auf Shrimps, Muscheln, Austern, Schnecken. Einmal hatte sie bei einer Dinnerparty versehentlich ein Tröpfchen Muschelsauce verschluckt; die roten und weißen Quaddeln, die sofort in ihrem

Gesicht aufblühten, ließen Alice' Augen zuschwellen und verwandelten ihre Arme in eine zerklüftete Mondlandschaft. Sie atmete flach. Unter den Partygästen befand sich ein Arzt. Zufälligerweise war er selbst gegen Bienenstiche allergisch (so wie Alice) und verpasste ihr seine Adrenalinspritze (sie hatte ihre zu Hause vergessen), woraufhin die Schwellung nachließ und die Quaddeln verblassten. Cashews waren tabu, ebenso Mandeln und Macadamianüsse. Das Etikett der Peter-Pan-Erdnussbutter hätte für sie ebenso gut einen Totenschädel mit gekreuzten Knochen zeigen können. Alice nahm ihr Gift portionsweise über den Tag verteilt ein. An der Kühlschranktür hing eine Checkliste, an deren Ende sich eine kleine Umrechnungstabelle befand: ein bisschen von diesem, geteilt durch jenes, dazu einen Hauch davon. Ersetze die Pilze, ziehe die Differenz der Grapefruit ab. *Die Algebra einer Allergikerin*, dachte David, wenn Alice ihr Essen vor einer Mahlzeit tabellarisierte. *Eine Unterdisziplin der Alchemie.*

Die Liebe zu seiner Frau war neu erwacht. Beim Essen beugte Alice sich verträumt kauend über den Teller und starrte ins Nichts, in die Leere hinter Davids linkem Brustmuskel. Alle paar Bissen strich sie sich das Haar mit einer geschickten Handbewegung hinters Ohr zurück. Ihre Gedanken schwärmten frei aus, das Essen entspannte sie und verlieh ihrem Gesicht jugendliche Züge. Plötzlich war sie wieder die junge Frau, die er geheiratet hatte. Mit ein bisschen Vorstellungskraft – Alice war jetzt fünfunddreißig Jahre alt – konnte er das Mädchen erkennen, das sie gewesen war, bevor sie sich erstmals getroffen hatten. Er ließ sie in Ruhe essen. Sie hatte großen Hunger. Wie hatte er nur davon träumen können, sie zu verlieren?

In einer seiner Phantasien sah er ihre Beerdigung. Trauergäste umringten ihn, bedrängten ihn mit Beileidsbekundungen. Während des Gottesdienstes sprachen die Anwesenden nur Gutes über sie, auch wenn David nicht genau wusste, wer diese Redner eigentlich waren, immerhin war Alice eine ziemliche Einzelgängerin. Dann kam die Beisetzung, und der Sarg wurde in die Erde hinabgelassen. Nach der Zeremonie sah David sich benommen herumsitzen. Er konnte sich ein Leben ohne Alice nicht vorstellen. Er könnte es halten wie jener kleine Hund, Greyfriars Bobby, und auf ihrem Grab schlafen. Pepin erschauderte. Er war auf der Welt, um sie zu unterstützen. Die Liebe zu seiner Frau war neu erwacht. Und dann, eines Tages, begann Alice, tatsächlich abzunehmen.

Egal, was wir unternehmen, dachte Detective Sheppard, immer pflegen wir zuvor unsere Rituale. Wie der Läufer, der vor dem Rennen tiefe Kniebeugen macht, oder der Schlagmann beim Baseball, der sich in den Schritt greift und erst dann das Spielfeld betritt. Alles nur Bemühungen, die Pumpe auf Touren zu bringen. Aufwärmübungen, um Verstand, Körper und Seele auf den großen Wurf vorzubereiten. Lieb gewonnene Gewohnheiten, dachte Sheppard, während er seine Pfeife stopfte. Und die Spuren, die diese Gewohnheiten hinterlassen. Der abgewetzte Teppich, der von unseren täglichen Pfaden durchs Haus erzählt. Das Zahnfleisch, das mit der Zeit von den Zähnen abgebürstet wird. Der Geschmack, den wir so oft auf der Zunge hatten, dass wir ihn nicht mehr wahrnehmen. Sheppard saß auf dem Polizeirevier und schaute einer alten Hure beim Schminken zu. Er war fasziniert davon, wie behutsam sie den Lippenstift auftrug, wie sie den Spiegel vor sich hielt wie ein Präzisionsinstrument, wie sie den Kopf vor ihrem kleinen Abbild hin und her drehte und ihr Werk begutachtete, wie sie die Puderdose schließlich zuschnappen und in ihre Handtasche fallen ließ, um der Anklage zu lauschen.

Mord, überlegte Sheppard weiter, ist entweder ein Bruch mit den Gewohnheiten oder ihre Zuspitzung.

Jedes neue Unterfangen, dachte Sheppard, selbst ein Verhör, wird mit den gewohnten Maßnahmen eingeleitet. Wir umkreisen, wir wiederholen. Detective Hastroll saß nun bereits vor der verspiegelten Scheibe und starrte den Verdächtigen auf der anderen Seite an, ganz ergriffen von seiner eigenen Unsichtbarkeit.

Sheppard fand den Umstand, dass man Hastrolls Gefühle beim Betreten eines Raumes spüren konnte, mehr als bemerkenswert. Hastroll saß hoch konzentriert mit dem Rücken zur Tür. Und dennoch war eine winzige Reaktion erfolgt, die Sheppard beim Eintreten nicht entgangen war, weniger eine Bewegung als vielmehr eine Energieübertragung. Es war beinahe, als hätte er fühlen können, wie Hastroll langsam und angewidert blinzelte.

»Ward.«

»Sam.«

»Was meinst du?«

»Schuldig«, sagte Hastroll tonlos. »Schuldig wie die Sünde selbst.«

Sheppard stellte sich neben seinen Partner. Hinter der Glasscheibe saß der Verdächtige, David Pepin, und weinte.

»Du solltest weniger voreingenommen sein, Ward – gib ihm wenigstens eine Chance. Der Mann leidet ganz offensichtlich Qualen.«

»Qualen der Schuld«, sagte Hastroll und zog die breiten Schultern zu einem Buckel hoch.

»Vielleicht ist er traurig?«

»Schuldig, schuldig, schuldig.«

Die beiden Männer beobachteten den Verdächtigen für eine Weile.

»Guter oder böser Cop zuerst?«

»Du gehst rein«, sagte Hastroll.

Von verspiegelten Scheiben, dachte Hastroll, geht derselbe Reiz aus wie von einer Tonbandaufnahme der eigenen Stimme. Oder davon, sich zufällig im Bildhintergrund einer Fotografie zu entdecken. Sich selbst bleibt man immer ein Rätsel, dachte Hastroll. Man kommt selten über einen flüchtigen Eindruck hinaus.

Sheppard ging ins Verhörzimmer und setzte sich direkt vor Pepin.

»Fragen Sie mich gar nicht erst«, heulte Pepin auf, »ich habe meine Frau nicht umgebracht!«

Zugegeben, Alice' Diät verlief dieses Mal irgendwie anders. In der Vergangenheit hatte es der verschiedensten Hilfsmittel bedurft, von ganz gewöhnlichen Produkten bis hin zu denen, die nachts im Fernsehen beworben werden (Visa, Amex und MasterCard willkommen). David nannte das den »Quatsch-Ansatz«. Es gab Pillen und Spezialschwämmchen, Proteinshakes und magische Abnehmgürtel; der übliche Mumpitz, den er ihr allerdings bereitwillig kaufte. »Ich habe ein gutes Gefühl, David«, sagte sie. »Ich glaube, diesmal wird es klappen.« Dann reichte sie ihm die mitgekritzelte 800er-Nummer und verließ das Zimmer, um seinen Gesichtsausdruck nicht mitansehen zu müssen. Sieben bis zehn Arbeitstage später traf das Paket ein.

Oftmals erforderten die Geräte einen Zusammenbau. Und meistens wurde David irgendwann ins Wohnzimmer gerufen, um Alice zu retten, die inmitten eines Haufens von Arretierschrauben, Bolzen, Brettern, Rädern und verpackten Metallelementen saß, die nummerierten und beschrifteten Teile (5Q, F9) um sich verstreut, als wäre sie Ground Zero. David verbrachte die folgenden Stunden mit Sortieren und Zusammenschrauben.

Und aus dem Chaos entstand ein Apparat, eine Frankensteinsche Maschine, ein seltsam insektenhaft anmutendes Alien-Skelett, auf das Alice sich mit Händen und Hüften stützte oder an dem sie ihre Füße festband, von dem sie kopfüber hing oder in dem sie herumgewirbelt wurde. Wenn sie zu stemmen und zu stöhnen und zu strampeln anfing, drohte die Maschine, sich von einem statischen Übungsgerät in ein Transportmittel zu verwandeln, nur um zu guter Letzt auseinanderzufallen. Der Vorgang erinnerte David an alte Schwarz-Weiß-Filmaufnahmen von irrwitzigen Flugzeugen und Hubschraubern, die von Klippen, Rampen und Türmen fielen oder beim ersten Flugversuch explodierten.

Weil Sport nicht infrage kam, richtete Alice ihre gesamte Aufmerksamkeit auf ihre Ernährung. Sie verzichtete auf Zwischenmahlzeiten und ließ prinzipiell alle Kohlehydrate und leeren Kalorien weg, woraufhin sie sich elend fühlte, aber schnell an Gewicht verlor. Aufgrund ihrer Größe nahm sie allein in den ersten zwei Wochen viereinhalb Kilo ab. Sie beschäftigte sich zwanghaft mit ihrem Essverhalten, sie war wie besessen und erstattete David regelmäßig Bericht. Den Zeitpunkt ihres Stuhlgangs konnte sie auf die Minute genau vorhersagen. Ein Blick auf die länglichen, gekringelten Ausscheidungen reichte Alice, um deren ungefähres Gewicht zu schätzen. Bei der Arbeit nahm sie die Treppe, anstatt mit dem Aufzug zu fahren, ihren Kaffee trank sie statt mit Sahne mit Sojamilch. Sie aß (nicht ohne sie vorher gründlich auf versteckte Rasierklingen abgesucht zu haben) die Äpfel, die ihre gestörten Schüler ihr aufs Pult legten. Ihre Libido versiegte, sie wollte nicht mehr berührt werden, und als sie David – zwei Monate später und zehn Kilo leichter – fragte, was er von ihrem Forschritt halte, ermunterte er sie zum Weitermachen, weil die körperliche Veränderung tatsächlich sichtbar voranschritt. Freudig zog Alice ihren Hosenbund nach vorn und stanzte neue Löcher in ihre Gürtel. Sie behauptete, sich schon viel dünner zu fühlen. Aber insgeheim blieb David skeptisch; er war überzeugt, sie würde scheitern. Alice bewahrte ihre Winterkleidung im Schrank in Kartons auf, und wie in jedem Herbst bat sie David, die Kisten von den obersten Regalen zu holen.

»Alle?«, fragte er, als er auf der Leiter stand.

»Selbstverständlich alle«, antwortete sie von unten. Die Kleider stammten aus schlankeren Tagen und waren hoffnungslos aus der Mode gekommen – sie recycelte ihre Garderobe –, und morgens führte Alice sie ihm vor, drehte sich auf dem gefliesten Küchenboden hin und her, während er beim Frühstück saß.

»Ist das nicht ein lustiges Kleid?«, fragte sie, nahm das Material zwischen die Finger, zog den Rock zu einem weiten Dreieck auseinander und entfaltete den Stoff wie ein Flügelpaar. David konnte sich ein Kichern nicht ganz verkneifen, was Alice für ein Zeichen seiner Freude hielt; sie ging zu ihm, legte ihre Hand an seine Wangen, fuhr ihm durchs Haar und presste seinen Kopf an ihre Brust. »Diesmal wird es klappen«, flüsterte sie. David hob den Kopf. Sie zog ihn an sich und küsste ihn, und dann verließ sie die Küche mit hoch erhobenem Haupt und geraden Schultern.

Wird es diesmal klappen?, fragte David sich.

Möglich, dachte er, aber unwahrscheinlich. Es war Dezember, sie hungerte seit drei Monaten, hatte fast vierzehn Kilo abgenommen und bekam immer öfter das Gefühl, das Vorhaben sei unmöglich zu bewältigen und kein Ende in Sicht. Sie stellte ihr Durchhaltevermögen infrage. Sie würde niemals dauerhaft abnehmen. Im Laufe der letzten dreieinhalb Wochen hatte sie kaum mehr als eineinhalb Kilo verloren. Einmal – nein, zweimal – hatte sie gemogelt. (Auf dem Weg zur Arbeit war sie eingeknickt und hatte sich bei McDonald's zwei Egg-McMuffin-Menüs bestellt. Und als David sie am Vortag in der Küche überrascht hatte, war sie erschreckt herumgefahren, das Gesicht von Puderzucker bedeckt und in jeder Hand einen Donut.)

Sie rief David bei der Arbeit an und störte die Testläufe seines neuen Spiels, *Escher X* – kurz für *Escher Exit*. Programmierung und Konzeption waren gleichermaßen brillant. Die Spielwelten waren berühmten Escher-Drucken entliehen – *Relativität, Belvedere, Treppauf und treppab,* um nur einige zu nennen –, und die Herausforderung bestand darin, einen Avatar (die weiße Männergestalt aus *Begegnung*) durch eine Reihe von scheinbar ausweglosen Levels und verbauten Welten zu führen, bis man den geheimen Fluchtweg gefunden hatte, jene Taste oder jene Kachel, die das Möbiusband entwirrte. Der beste Effekt (der besonders im Level *Relativität* ganz wunderbar zur Geltung kam) lag vielleicht in der spielerischen Reproduktion der visuellen Erfahrung, die man beim Betrachten von Eschers Bildern machte. Man stieg eine Treppe hinauf, nur um plötzlich festzustellen, dass man sich abwärtsbewegte; man betrat einen Raum, an dessen Decke jemand saß, sodass die Decke zum Fußboden wurde und der Wasserfall emporstürzte. Hinzu kamen natürlich Zweikämpfe mit den verschiedensten Escher-Monstern: der menschenköpfige Vogel aus *Andere Welt II*, die Alligatoren aus *Reptilien*, der Drache aus *Drache*, der fliegende Raubfisch aus *Prädestination*. Mit jedem siegreichen Kampf errang der Avatar neue Fähigkeiten und zusätzliche Waffen, bis er stark genug für die finale Konfrontation mit seinem Doppelgänger war – einer gebeugten, schwarzen, menschenähnlichen Figur, die über das gesamte Spielreich herrschte. Passenderweise hieß sie Möbius.

Das Spiel war wunderschön. Aber es steckte voller Programmierfehler, die das angepeilte Veröffentlichungsdatum hatten platzen lassen, und so war David, als er ans Telefon kam, zunächst kurz angebunden. Alice klang verzweifelt.

»David«, sagte sie, »liebst du mich?«

»Natürlich liebe ich dich.«

»So, wie ich bin?«

David schloss die Augen und ließ seine Stirn an die Fensterscheibe sinken. »Wie bist du denn?«

»Du bist lieb«, sagte Alice.

David schwieg.

»Ich glaube nämlich, ich schaffe es nicht«, sagte sie.

»Du glaubst, dass du *was* nicht schaffst?«

»*Es.* Die ätzende Diät. Was glaubst du denn, was ich nicht schaffe?«

»Alice ...«

»Es tut mir leid.«

»Warum glaubst du, du schaffst es nicht?«

»Weil es so lange dauert.«

»Das stimmt.«

»Weil es so langsam vorangeht.«

»Weil du mittendrin steckst.«

»Stecke ich mittendrin?«, fragte sie.

»Wir haben über die Mitte geredet.«

»Erklär es mir noch einmal.«

»Die Mitte ist zäh und mühsam.«

»Ich verliere meine Mitte beim Versuch, meine Mitte zu verlieren.« Sie lachte, dann weinte sie.

»Ich stecke auch mittendrin«, sagte er.

»Wirklich?«

»In meinem Spiel.« In meinem Buch, dachte er. »Aber so ist das nun einmal in der Mitte. Es ist, als müsste man den Atem länger anhalten, als man eigentlich kann. Man ist kurz vor der Ohnmacht, dicht unter der Wasseroberfläche. Man ist auf den letzten Metern, kurz vorm Gipfel, aber von da an geht es nur noch bergab. Verstehst du das Prinzip?«

»Nein.«

»Du steckst nicht fest. Du kommst voran. Bloß, dass du es nicht sehen kannst. Aber *ich* kann es sehen.«

»Oh, David, ich will einen Burrito. Ich will einen Chimichanga mit extra viel Käse.«

»Aber du wirst durchhalten.«

»Werde ich das?«

»Du wirst widerstehen.«

»Das werde ich!«

»Du kannst es schaffen.«

Diese Gespräche machten ihr Mut. Ihre Entschlusskraft war neu geboren. Nach der Schule unternahm sie lange Spaziergänge durch Uptown und durch den Central Park, hinauf bis zum Reservoir, einmal um die Aschenbahn und zurück. Das verschaffte David kostbare Stunden des Alleinseins. Er wandte sich wieder seinem Buch zu, zog den Karton unter dem Schreibtisch hervor und nahm die zuletzt geschriebenen Seiten heraus. Er brauchte eine neue Umgebung, etwas Abwechslung, deswegen zog er an den Küchentisch, klappte den Laptop auf und setzte sich davor. Er fühlte sich klar im Kopf. Konzentriert. Alles war in Ordnung. Er hatte das Gefühl, seit Jahren nicht mehr in Ruhe zum Schreiben gekommen zu sein.

So könnte es immer sein, dachte David, wenn Alice nicht mehr da wäre.

»Hallo?« Sie kam in die Küche und küsste ihn. Ihr Gesicht war gerötet, ihre Wangen waren kalt und ein bisschen feucht. Sie schien den Winter hinter sich her und in die Wohnung hineinzuziehen. »Diesmal werde ich es schaffen. Ehrlich. Und alles nur deinetwegen!«

Lächelnd stand sie vor ihm. Sie entdeckte den provisorischen Arbeitsplatz.

»Hast du gearbeitet?«

David drehte den Stift zwischen den Fingern. »Ich bin gerade fertig geworden.«

Abends bereitete sie ihre Provianttüte für den nächsten Tag vor. Sie schlug das Sandwich so sorgfältig wie ein Geschenk in Folie ein. Sie klammerte die Papiertüte zu und schrieb mit schwarzem Filzstift MEIN MITTAGESSEN darauf, um sie dann liebevoll in den Kühlschrank zu stellen. Der gesamte Speisekammerinhalt war auf diese Art markiert: MEINE KEKSE, MEINE PFIRSICHE, MEIN THUNFISCH. Das Frühstück bereitete sie ebenfalls am Abend vor; Löffel, Messer und Serviette lagen einsatzbereit an ihrem Platz, dazwischen warteten die umgedrehte Müslischüssel und davor, wie ein breites Lächeln, die Banane. Ein kleines, einsames Stillleben, dachte David, als er im Licht des Kühlschranks auf den gedeckten Platz starrte und heimlich von Alice' Vanille-Sojamilch trank (MEINE SOJAMILCH, stand auf dem Kreppband). Ihre Cornflakes (MEINE CORNFLAKES) standen neben dem Messbecher, auf dem ein Sportler – Fänger, Hürdenläufer, Basketballer – mitten im Anlauf oder im Sprung erstarrt war.

»Zeit zum Schlafengehen«, sagte Alice.

Sie krabbelte unter die Decke und langte neben das Bett, schnallte sich die Apnoemaske vors Gesicht und streckte sich auf dem Rücken aus, mit leerem Blick, die Gedanken fest auf das Traumbild der nächsten Mahlzeit gerichtet. Sieh nur, welchen Trost ihr der Gedanke ans Essen spendet, dachte David. Sie zählt Kalorien wie andere Leute Schäfchen.

Sie schlief ein, sobald er das Licht ausgeknipst hatte.

Wenn sie schlief, atmete sie in einem fröhlichen, melodischen, kindlichen Summton vor sich hin. Die Maschine surrte freundlich. David lag hellwach neben ihr und dachte an *Escher X*, an seinen Roman und an Alice' Unfalltod. Aber dann hörte er sie atmen, und er empfand plötzlich eine unbeschreiblich große Sympathie für sie, ein Mitgefühl, das ganz offenbar ihre Reglosigkeit und Bewusstlosigkeit voraussetzte. Jeden Tag aufs Neue zog sie in eine Welt der Folterqualen hinaus. Er erinnerte sich an das dicke Mädchen, mit dem er zur Grundschule gegangen war und das er und die anderen Kinder erbarmungslos gehänselt hatten – *Bobbie Jo, das Nilpferd, Bobbie Jo, das Gnu. Bobbie Jo, der Ochsenfrosch, Bobbie Jo, die Kuh.* Er konnte sich noch gut an das Lied erinnern. Bestimmt wurde Alice von ihren Schülern ganz ähnlich gequält, zumindest stellte David sich das vor. Das waren allesamt Straftäter, Kriminelle, Verrückte ohne Sinn und Verstand. Er kochte vor Wut, obwohl Alice niemals von irgendwelchen Schmähungen berichtet hatte. Einmal hatte er im Central Park ein junges Pärchen über Alice reden hören. »Schau dir die an«, hatte der junge Mann zu seiner Freundin gesagt, gerade als David, der losgegangen war, um Alice einen Dove-Schokoriegel zu holen, sich hinter ihnen in die Warteschlange stellte. »Ich meine, wie kann man sich bloß dermaßen gehen lassen?« Das Mädchen trug einen Stretchanzug und Rollerblades. Mit ihrem leuchtenden Helm, den Knieschützern und der durchtrainierten Figur sah sie wie eine Superheldin aus. »Ich glaube, dann müsstest du mich erschießen«, sagte sie. »Versprichst du mir das?« Er versprach, sie zu erschießen, mit seinem großen Jagdgewehr. »Du bist schlimm«, lachte das Mädchen und glitt davon. Du bist tatsächlich schlimm, dachte David. *Er* war schlimm, denn er hatte mitgelacht. Er erinnerte sich an das Schweigen, das er und Alice im Schlepp hinter sich herzogen, wenn sie die Sheep Meadow überquerten, an die verstummenden Gespräche und die Blicke, die, sie wussten es beide, ihr galten. Alice ging schnurstracks geradeaus und strich sich hektisch das Haar hinters Ohr. Wenn sie auf einer Party fremden Leuten vorgestellt wurden, beobachtete er, wie die anderen so taten, als sei an Alice rein gar nichts ungewöhnlich. Er stellte sich neben sie, wann immer es möglich war, damit seine Erscheinung – er war selbst ein stattlicher Mann, untersetzt und über einsachtzig groß – die ihre ein wenig abmilderte.

Im Bett rutschte er unter den Laken dicht an sie heran und legte sein Ohr an ihren Rücken. Er lauschte ihrem Herzen, dessen leises, entschlossenes *Pah Pah Pah* klang wie eine Hand, die auf ein Kissen klopft. Das Größenverhältnis ihres Herzens zu ihrem Körper stellte er sich ähnlich vor wie das von Hirn zu Brontosaurus. Und dann stellte er sich ihre Seele vor – alle Seelen und wie sie wohl aussehen mochten. Er hatte längliche Geistergestalten vor Augen, die aussahen wie mandeläugige Außerirdische und deren Aufgabe es war, den Körper, das sterbliche Vehikel, zu steuern. In Alice' Fall war dazu eine besondere Ausbildung nötig. Ihr Körper verfügte über zusätzliche Schalthebel, deren Bedienung außerordentliche Seelenstärke erforderte. Selbstverständlich gab es keine Servolenkung, dafür aber die gleichen Schilder wie am Heck von Schwertransporten – ACHTUNG, FAHRZEUG SCHWENKT AUS –, nur dass dem Fahrzeug leider nicht derselbe Respekt gezollt wurde wie dem Lastwagen auf der Straße.

Im Dunkeln summte Alice ihren schläfrigen Dauerton. David befummelte sie verstohlen. Ihre Brüste waren weich wie Daunen, ihr ganzer Körper (samt der schwer beschäftigten Außerirdischen an den Anzeigetafeln und Druckmessern ihrer Seelensteuerung) war bettwarm. Als sie nicht reagierte, rollte er sich auf den Rücken und starrte an die Decke. Seine Gedanken begannen zu wandern; er dachte an die letzten fünf Jahre, an Alice' Verwandlung, er überlegte, wann sie wirklich eingesetzt hatte, und plötzlich beschlich ihn ein Gefühl der Mitschuld, so als sei er die Ursache für ihre Krankheit. Er musste irgendetwas tun, um sie zu heilen.

Wir erzählen uns Geschichten über die Ehen anderer Leute, dachte Detective Hastroll. Wir sind Experten, was fremde Gleichnisse und Parabeln betrifft. Aber kennen wir die Geschichte unserer eigenen Ehe? Wenn es so wäre, dachte Hastroll, gäbe es vielleicht keinen Mord und Totschlag mehr. Wenn wir unsere eigene Geschichte kennen würden, bliebe uns vielleicht so manche Grausamkeit, so manches Verbrechen erspart.

Er dachte an seine Frau Hannah, die zu Hause im Bett lag. War Sheppard sich dieser Tatsache bewusst, wenn er sich nach ihr erkundigte? Merkte er, dass Hastroll dem Zusammenbruch nahe war? Dass er verzweifelte?

Hastroll beobachtete durch die verspiegelte Scheibe, wie Sheppard dem Verdächtigen zuliebe in den Ärztemodus wechselte. Seine Stimme nahm einen autoritären und zugleich warmherzigen Klang an, und fast augenblicklich war das Vertrauen des Verdächtigen gewonnen. Pepin wehrte sich selbst dann nicht, als Sheppard sich vorbeugte und ihm Handgelenk und Arm drückte – vertrauensbildende Maßnahme des ehemaligen Mediziners, der dem Patienten tröstliche Worte und, wichtiger noch, seine gesamte Aufmerksamkeit schenkte, so als sei Pepins ersticktes Schluchzen nichts weiter als der missglückte Versuch, das Ausmaß und den Ursprung seiner Schmerzen zu beschreiben.

»Ich kann es nicht leiden, wenn er einen auf guter Cop macht«, sagte Hastroll. Er saß so dicht vor der Scheibe, dass sein Atem das Glas beschlagen ließ.

Detective Sheppard tat das alles nur, um den Verdächtigen zu beruhigen. Er hoffte, Pepin vorübergehend von seinem Kummer ablenken und sich in aller Ruhe mit ihm unterhalten zu können. Letztendlich gelang es Sheppard aber nicht einmal, sich selbst vom Opfer abzulenken; er konnte einfach nicht vergessen, wie er die Küche betreten und Alice Pepin entdeckt hatte, fünfunddreißig Jahre alt, weiblich, weiß, sechzig Kilo schwer, eine geradezu atemberaubend schöne Frau mit langem, seidigem, kastanienbraunem Haar und haselnussbraunen Augen, deren Lider zu schließen man vergessen hatte. Das arme Ding war mausetot. Sie lag neben dem Küchentisch, sie war samt Stuhl rückwärts umgekippt, Tellerscherben und Erdnüsse um den Kopf verstreut, die Finger in den Hals gekrallt, als wollte sie sich selbst erwürgen. Ihre Haut hatte sich verfärbt und schimmerte so violett wie eine Gewitterwolke oder eine frische Prellung. Ihre Lippen waren rot wie Gedärm und aufgedunsen wie zwei Nacktschnecken. In den Mundwinkeln und an den Zähnen klebten Nusskrümel und Blut.

Sheppard hatte sich dem Rechtsmediziner genähert. »Harry, was haben wir hier?«

»Offenbar ist der Tod aufgrund eines anaphylaktischen Schocks eingetreten.«

Sheppard wandte sich wieder der Toten zu. Dort, wo sie ihren Hals umklammert hielt, hatten die Fingernägel ihre Haut eingerissen. »Was war das Allergen?«

Harry, der sich Notizen auf seinem Schreibblock machte, hielt inne, warf Sheppard einen Blick über die Zweistärkenbrille zu und zeigte mit dem Stift zum Küchentisch, auf dem eine geöffnete Dose Erdnüsse der Marke Planters stand. »Ihre Speiseröhre ist zugeschwollen.«

Sheppard trat an den Tisch. Auf dem Etikett der Dose war ein lächelnder Mr. Peanut mit Zylinder abgebildet. Sein Monokel war so undurchsichtig wie Hastrolls Brille, wenn das Licht sich darin spiegelte. Die Erdnuss trug den schwarzen Gehstock salopp über die Schulter gelegt und tippte sich zum Gruß an die Zylinderkrempe, den kleinen Finger abgespreizt. Mr. Peanut sagte Hallo.

Im Wohnzimmer auf dem Sofa saß der Ehemann, David Pepin, die Hände vors Gesicht geschlagen. Zeige- und Mittelfinger seiner linken Hand steckten in einem Mullverband. Er war ebenso stämmig wie Hastroll und hatte schwarzes, dichtes Haar. Sheppard befragte ihn minutenlang, telefonierte kurz und wandte sich dann an Hastroll, der ebenfalls anwesend war.

»Der Ehemann behauptet, er sei nach Hause gekommen«, sagte Sheppard, »und habe seine Frau vor einem Teller mit Erdnüssen am Küchentisch sitzen sehen.«

»Und?«, fragte Hastroll.

»Sie hat sie gegessen.«

Hastroll grunzte.

»Er sagt, sie hätten sich gestritten«, sagte Sheppard.

»Wusste sie, dass die Nüsse sie umbringen würden?«

»Er sagt, sie habe über die Allergie Bescheid gewusst.«

»Hatte sie einen EpiPen?«, fragte Hastroll.

»Mehrere«, antwortete Sheppard. »Der Ehemann behauptet, sie habe sie versteckt.«

Hastroll warf Pepin einen Katzenblick zu und flüsterte: »Er war's!«

»Ganz ruhig, Ward.«

»Was ist mit seiner Hand passiert?«

»Er sagt, er habe versucht, ihre Atemwege zu befreien.« Sheppard stopfte seine Pfeife und zündete sie an. »Angeblich hat sie ihn bei der Gelegenheit gebissen.«

»Glaubst du an Selbstmord?«

»Sie hat unter Depressionen gelitten. Sie wurde mit einer Kombination aus Wellbutrin und Prozac behandelt. Der Ehemann sagt, sie habe eine schwierige Phase durchgemacht. Außerdem hatte sie viel Gewicht verloren.«

»Was heißt viel?«, fragte Hastroll.

»Fast siebzig Kilo.«

»Ich hätte gedacht, dass so was eher glücklich macht«, sagte Hastroll.

Sheppard schüttelte den Kopf. »Sie litt an einer Schilddrüsenüberfunktion. Wovon man Wahnvorstellungen und Anfälle extremer Ruhelosigkeit bekommen kann. Er vermutet, dass sie einfach durchgedreht ist.«

»Hast du mit ihrem Arzt gesprochen?«

»Der Psychiater bestätigt, dass sie die Medikamente bekommen hat. Aber nicht, dass sie selbstmordgefährdet war.«

Sheppard und Hastroll drehten sich um und betrachteten Pepin, der unverwandt zurückstarrte.

»Was meinst du, Sam? Was sagt das bewährte Bauchgefühl?«

»Ich würde mich hier gern noch ein bisschen umsehen.«

»Einverstanden«, sagte Hastroll.

»Ward, du versuchst, die EpiPen-Spritzen zu finden. Lass sie auf Fingerabdrücke untersuchen.«

»Die Zivilfahnder sind schon dabei.«

»Such seine Hände nach Spuren von Salz oder Erdnüssen ab.«

»Schon passiert«, sagte Hastroll. »Seine Hände sind sauber.«

»Überprüft die Waschbecken. Vielleicht hat er sich die Hände gewaschen. Stellt alle Seifenstücke und Handtücher sicher.«

Hastroll hielt einen Plastikbeutel in die Höhe. Die Handtücher darin waren blutverschmiert.

»Was ist mit möglichen Spuren unter seinen Fingernägeln?«, fragte Sheppard.

Hastroll ließ ein riesiges Klappmesser aufschnappen. »Gute Idee.«

»Und dann nehmt ihr ihn mit zum Verhör«, sagte Sheppard.

In der Küche der Pepins suchten die Kriminaltechniker nach Fingerabdrücken, sie bestäubten die Scherben des zerbrochenen Tellers, sie wischten Blutproben aus Alice' Mundwinkeln und von ihren Zähnen. Zwei Männer aus der Rechtsmedizin waren mit einer Trage gekommen und warteten draußen, während der Polizeifotograf seine Bilder machte. Als er fertig war, zogen die Rechtsmediziner die Umrisse der Leiche mit Kreide nach. Während sie den Leichensack unter die Tote schoben, studierte Sheppard ihr Gesicht. Die Lippen standen vom Zahnfleisch ab, die entblößten Zähne waren immer noch gefletscht, und die Hände umklammerten den Hals, als wollten sie das Hindernis aus der Luftröhre quetschen wie einen Splitter aus dem Finger. Ganz und gar nicht das Gesicht einer Selbstmörderin, dachte Sheppard. Selbstmörder wirkten meistens schläfrig und mürrisch. Müde. Kaputt. So, als wären sie eingedöst, plötzlich wie ein Narkoleptiker. Sheppard konnte sich besonders gut an den Fall einer jungen Frau erinnern, die von ihrem Freund verlassen worden und daraufhin von der Aussichtsplattform des Empire State Building gesprungen und auf dem Dach eines Taxis gelandet war. Ihre linke Hand hatte sie zur Faust geballt und ans Herz gedrückt, die rechte lag, entspannt und leicht geöffnet, auf ihrer Stirn. Sheppard hatte den Eindruck, sie würde aufwachen, vom Taxidach klettern und nach Hause gehen, wenn er sie auch nur anstupsen würde. Oder der Manager, der sich in seinem Büro eine Pistole an die linke Schläfe gesetzt und sich das Hirn weggepustet hatte. Die Wand zu seiner Rechten war mit grauer Masse und Blut bespritzt und sah aus, als hätte man eine vor Farbe triefende Bürste gegen eine Leinwand geschleudert. Sicher, er hatte nur noch ein halbes Gesicht, immerhin hatte er sich die eine Kopfseite komplett weggesprengt; aber die Überreste verrieten keine Spur von Angst oder Schmerz.

»Hübsches Ding«, sagte einer der Rechtsmediziner. Er war noch jung, Anfang zwanzig. Er kniete zu ihren Füßen. »Hat ihr Mann sie um die Ecke gebracht?«

»Sie hat eine Erdnuss gegessen«, sagte Sheppard.

»Ach was!«, sagte der Junge. Er griff nach dem steifen Bein der Leiche und schob es in den Plastiksack.

»Eine Erdnuss kann tödlich sein«, sagte der ältere Kollege. »Stimmt's, Detective?«

Aber Sheppard hörte gar nicht zu.

Der Junge verstaute auch das zweite Bein, dann beide Ellenbogen. Der zweite Rechtsmediziner schlug die oberen Enden des Plastiksacks über die Schultern der Leiche und zog den Reißverschluss zu. Die drei Männer starrten auf das schwarze, formlose Bündel hinab.

Der junge Rechtsmediziner bückte sich. »Auf drei«, sagte der andere, und mit einer geübten Bewegung hoben sie den Sack sicher auf die Trage und rollten die Tote hinaus.

Sheppard starrte die Kreidesilhouette minutenlang an. Er bekam den Gesichtsausdruck der toten Frau nicht wieder aus dem Kopf. Als er durch die Wohnung ging, tauchte ihr verzerrtes Antlitz in allen Fotos auf, wie durch einen furchtbaren Spezialeffekt, es schob sich über die gerahmten Schnappschüsse, die an den Wänden hingen und auf den Beistelltischen standen, über die Polaroids an der Kühlschranktür, die allesamt Alice Pepin neben ebendiesem Kühlschrank zeigten und auf denen jeweils handschriftlich die Wochenzahl und das erreichte Gewicht notiert waren. Die Serie war in horizontalen Reihen angeordnet und ergab das Protokoll einer Verwandlung. Alice wirkte mit voranschreitender Zeit zunehmend selbstbewusster und wagte sich an die verschiedensten Experimente: Sie probierte unterschiedliche Farbtöne auf ihren Lippen aus, die umso voller wirkten, je mehr Gewicht Alice abstreifte; sie tuschte die Wimpern über ihren Augen, die sich mit jedem Monat weiter zu vergrößern schienen; sie trug kürzeres Haar als Rahmen für ihr immer schmaleres Gesicht. Dennoch wirkten die Fotos seltsam traurig, man bekam den Eindruck, es handele sich bei dem Ganzen um ein von einem unwilligen Kameraauge verfolgtes Verwelkungsritual. Sheppard studierte die Polaroids und versuchte, sich ihr mit seiner ganzen Vorstellungskraft zu nähern – erfolglos. Was hatte seine eigene Frau immer gesagt? *Wie es hinter der Fassade aussieht, weiß man nie.* Er sah sie vor sich, Marilyn, wie sie den Satz aussprach, deutlich konnte er ihr Gesicht erkennen. Er versuchte, das Bild festzuhalten. Sie trug einen Bademantel und stand in der Küche des alten Hauses, sie kehrte ihm den Rücken zu und schaute durchs Fenster auf die Straße, und was sie gesagt hatte, war keine Feststellung gewesen, sondern ein – selbstverständlich an ihn gerichteter – Vorwurf. Diesen Satz, die Enttäuschung und das mitschwingende Bedauern würde Sheppard, er wusste es sofort, bis an sein Lebensende nicht vergessen, ebenso wenig wie er den Augenblick vergessen würde, an dem er Marilyn zum ersten Mal gesehen hatte.

Die hohen Wohnzimmerfenster der Pepins gingen nach Norden hinaus, und draußen war nun jener letzte Moment der Abenddämmerung gekommen, in dem die Lichter von Manhattan silbern und golden zu glühen beginnen. Das neue Parkett der Pepins hatte die Farbe von Cognac. Zwei identisch aussehende italienische Sofas, lang, niedrig und zierlich wie Calder-Skulpturen, standen sich auf einem Orientteppich gegenüber, dessen Muster nicht weniger komplex war als die Stadt hinter den Fenstern. An den Wänden reichten die Bücherregale bis an die Decke, und die Buchrücken ergaben jene einzigartige Sorte von Tapete, die großen Luxus verrät: Bildung, Ruhe, Zeit zum Lesen. Die Küche war auf dem neuesten Stand: Doppelherd, Granitoberflächen, Naturstein und so viel Edelstahl, dass man den Eindruck bekam, selbst eine Granate hätte hier kaum einen Kratzer hinterlassen. An die Küche schloss sich ein kleines Esszimmer an. Im Flur, der zum Schlafzimmer führte, hingen gerahmte Poster, Screenshots von Computerspielen, über denen der jeweilige Titel prangte (*Peng, du bist tot!*, *Escher X*, *Lamm auf der Schlachtbank*), sowie einige Drucke von M.C. Escher – keine Reproduktionen, sondern signierte und nummerierte Originale. Sheppard blieb stehen, um sie zu bewundern. Hatte je ein Künstler das Auge mehr bewegt als dieser holländische Meister? Wer sonst lud den Blick des Betrachters zum Verweilen ein und machte gleichzeitig jeden Versuch zunichte, das Bild in seiner Gesamtheit zu erfassen? Weiße und schwarze Schwäne wanderten über ein Möbiusband. Engel mutierten zu Dämonen und Dämonen zu Engeln, bevor sie schließlich zu einem scheinbar endlosen Mosaik verschmolzen. Sheppard ging weiter. Der Flur führte an einem kleinen Arbeitszimmer vorbei bis ins Schlafzimmer, das mit einem Doppelbett und einem an die gegenüberliegende Wand montierten Plasmafernseher eingerichtet war. Die Regale neben und über dem Kopfende des Betts waren vollgestellt mit Andenken, kleinen Skulpturen und Fotos: sie beim Schwimmen mit einem Delphin; er in einem Hochseekajak; das Paar Arm in Arm, beim Wandern auf Hawaii und winkend auf einer Pariser Brücke. Auf dem letzten Foto sah Alice Pepin unglaublich dick aus.

Wer behauptet, dass sich Menschen nicht ändern können?

Im Verhörraum wartete Sheppard darauf, dass Pepin sich sammelte. Der Verdächtige hatte mit krummem Rücken und auf die Tischplatte gestützten Ellenbogen dagesessen und auf seine gefalteten Hände gestarrt, aber nun machte er sich gerade, wischte sich mit dem Handrücken die triefende Nase ab, schniefte und drückte sich die Unterarme vor die nassen Augen. Er räusperte sich, verschränkte die Arme und wirkte plötzlich stark, konzentriert und gefasst. »Na schön«, sagte er, »schießen Sie los.« Er war ein großer, kräftiger Mann mit dicken Würstchenfingern und borstigem, schwarzem Haarwuchs an den Unterarmen. Seine Haare, dachte Sheppard, waren so dicht, dass man einen Bleistift darauf hätte ablegen können. Pepins schwarzer Schnurrbart ging nahtlos in einen Kinnbart über, das schwarze, dichte Haar trug er glatt zurückgekämmt. Er sah wie ein Motorradfahrer aus, ein Hells Angel, man lief Gefahr, seinen Intellekt zu unterschätzen. Keine Frage, er war gut aussehend, sein massiger Oberkörper und die schwarzen Augen zeugten von einem verblüffenden Selbstvertrauen – er verströmt eine geradezu königliche Aura, dachte Sheppard, er sieht aus wie ein jüdischer Heinrich VIII.

»Lassen Sie uns von vorn anfangen«, sagte Sheppard. »Wo waren Sie heute? Erzählen Sie mir von Ihrem Tag.«

Er kannte die Fakten, wollte sie aber noch einmal aus Pepins Mund hören, ausgeschmückt und wiederholt, denn er forschte nach den Zeichen: nach den ausgelassenen oder plötzlich hinzugefügten Details, den Widersprüchen, den Lügen und den verräterischen Mikrogesten, mit denen der Körper den Lügner in Sekundenbruchteilen so plump enttarnte wie ein übermütiges Kind, das hinter einem Reporter in die Kamera winkte. Es gab zu viele dieser Anzeichen, um sie alle aufzuzählen: Lügner drehten ihre Schultern oft vom Gesprächspartner weg, sie blinzelten häufig oder spielten mit dem nächstbesten Gegenstand herum, den sie in die Hände bekamen. Wie Schauspieler waren sie auf Requisiten angewiesen. Sie atmeten flach. Ihr Blick wanderte hin und her. Sie schluckten vermehrt, weil ihr Mund trocken wurde. Ihre Pupillen weiteten sich deutlich, so wie der Verschluss einer Kamera. Sie verfügten über ein breites Mimiksortiment, sie rümpften die Nase, kniffen die Lippen zusammen oder verengten die Augen, minimale Anstrengungen, die im Laufe der Zeit Spuren auf der Haut hinterließen, Kerben, deren Deutung man erlernen konnte wie das Lesen von Hieroglyphen. Natürlich wurde eine Lüge erst dann zur Unwahrheit, dachte Sheppard, sobald ein Gegenüber anwesend war. Ein Gespräch, zumal im Rahmen eines Verhörs, war eine unsichtbare, chemische Angelegenheit zwischen zwei Personen, ein Drücken und Ziehen. Auch jene, die bei der Wahrheit blieben, hatten ihre Tics; sie starrten nach links, wirkten in sich gekehrt und wie von der Erinnerung überwältigt. Sie redeten leise und drückten sich nicht unbedingt gewählt aus. In der Tat war gerade solchen Menschen, die schlagfertig und redegewandt waren und ihre Geschichte nahtlos erzählen konnten, am wenigsten zu trauen. Seltsamerweise machten viele Unschuldige den Eindruck, als hätte man sie gerade ertappt.

»Sind Sie heute Morgen zur Arbeit gegangen?«, fragte Sheppard.

»Ich hatte es vor, bin dann aber doch nicht hin.«

»Warum nicht?«

»Ich wollte meine Frau sehen. Ich hatte eine Überraschung für sie.«

»Und worin bestand die?«

»Ein Geburtstagsgeschenk«, sagte Pepin. »Ich hatte Flugtickets gekauft.«

»Wohin?«

»Australien.«

Sheppard zog die Augenbrauen hoch. »Wie lange wollten Sie dort bleiben?«

»Auf unbestimmte Zeit.«

»Sie meinen Wochen? Monate?«

Pepin zuckte die Achseln. »Wir hatten keinen Termin für den Rückflug.«

Angesichts dieser Enthüllung musste Sheppard seine ganze Willenskraft zusammennehmen, um sich nicht zu der verspiegelten Glasscheibe umzusehen. »Dann war diese Reise schon länger geplant?«

»Nein«, sagte Pepin. »Eigentlich nicht.«

»Was denn nun, ja oder nein?«

»Wir hatten uns letztes Jahr darüber unterhalten. Alice sagte, sie habe immer schon das Great Barrier Reef sehen wollen. Aber ich hatte nichts geplant. *Wir* hatten nichts geplant.«

»Dann war es eher eine spontane Aktion?«

»Ja.«

»Dafür ist es aber eine ziemlich weite Reise.«

Pepin zuckte mit den Achseln.

»Genau genommen handelt es sich nicht einmal um eine Reise«, sagte Sheppard, »sondern um eine Art Dauerurlaub.«

»So haben wir es nicht genannt.«

»Wann haben Sie die Tickets gekauft?«

Pepin ließ sich zurücksinken und schaute betreten zur Seite. »Heute Morgen.«

Zum ersten Mal während des Verhörs spürte Sheppard ein Kribbeln im Bauch. »Und wann hätte Alice Geburtstag gehabt?«

»Nächste Woche.«

»Aber Sie wollten ihr das Geschenk heute schon überreichen?«

»Ja.«

»Und Sie konnten sich nicht beherrschen? Konnten es nicht abwarten, bis sie nach Hause kam?«

»Nein.«

Sheppard überlegte. »Wann wollten Sie abreisen?«

»Heute Abend.«

Sheppard nickte. Er griff nach seinem Bleistift und klopfte damit auf die Tischplatte. »Nun, Mr. Pepin, Sie müssen zugeben, dass das Ganze ein wenig seltsam klingt.«

»Sie würden es nicht verstehen.«

»Man lässt nicht einfach so alles stehen und liegen.«

»Nein, normalerweise nicht.«

»Man hat schließlich einen Job«, sagte Sheppard, »und Familie.«

Pepin zuckte die Achseln. »Eigentlich haben wir kaum Verwandte. Und ich habe genug Geld. Aber wie ich schon sagte, Sie würden es nicht verstehen.«

»Lassen Sie es darauf ankommen.«

Pepin zeigte auf den Ring an Sheppards Finger. »Sind Sie schon lange verheiratet?«

Bevor er antwortete, dachte Sheppard über die Frage nach, als sei sie besonders kompliziert. Obwohl Marilyn tot war, blieb der Zustand der Ehe in seinem Leben immer gegenwärtig und erschien ihm so unabdingbar, wie etwa das Schwimmen einem Hai unabdingbar erscheint. Das Ausmaß der Ehe zu ermessen schien unmöglich, schon gar nicht mithilfe eines Begriffs wie *lange.* »Ja«, sagte er.

»Alice und ich hatten davon gesprochen, einfach … wegzugehen. Wir wollten alles hinter uns lassen.« Pepin hob die Hände. »Unser Leben.«

Sheppard kniff die Augen zusammen.

»Uns hielt nichts mehr«, fuhr Pepin fort, »hier nicht und nirgendwo sonst.«

Sheppard schüttelte verständnislos den Kopf.

Pepin seufzte. »Haben Sie Kinder?«

»Nein.«

»Wir auch nicht. Wir waren immer allein. Dreizehn Jahre lang.«

»Und?«

»Und langsam kamen wir an unser Ende.«

Wieder sah Sheppard Marilyn vor sich. Es war Herbst, sie trug ein altes College-Sweatshirt, stand mit dem Rücken zum See und mit einer Zigarette in der Hand auf der Veranda. Er sagte etwas zu ihr, während er im Schaukelstuhl schaukelte, und plötzlich verfinsterte sich ihre Miene, sie schleuderte einen gläsernen Aschenbecher in seine Richtung, der an der Stuhllehne hinter Sheppards Kopf zerplatzte und seine Wange mit Splittern übersäte. Als er den Blick von seinen blutigen Fingerspitzen hob, war sie weg. Sheppard hörte ihren Wagen anspringen und wie die Reifen im Schotter durchdrehten, aber er blieb ruhig sitzen, bis es wieder still war; er lauschte dem Flüstern der Wellen und fühlte die Wunde trocknen.

»Reden Sie weiter.«

»Wir mussten etwas Neues wagen. Einen radikalen Schnitt machen.«

»Warum?«

»Um uns zu retten.«

»Wovor?«

»Vor uns selbst«, sagte Pepin. »Deswegen hatte sie mir vorgeschlagen, von hier wegzugehen.«

»Der Vorschlag kam von ihr?«

»Ja.«

»Wann?«

»Letztes Jahr.«

»Warum sind Sie nicht darauf eingegangen?«

»Wahrscheinlich dachte ich, wir hätten keine Rettung nötig.«

»Und das sehen Sie heute anders?«

»Ja.«

»Warum?« Sheppard konnte sehen, wie der Mann sich entspannte. Irgendetwas hatte sich verändert. Er wiegte sich so selbstsicher vor und zurück, als schwimme er auf der sanften Welle der Wahrheit. Zu Beginn des Verhörs war Sheppard noch der Überzeugung gewesen, die Oberhand zu haben; offenbar hatte er sie inzwischen verloren.

»Weil ich eingesehen habe, dass sie recht hatte.«

»Was hat Ihre Meinung geändert?«

»Das möchte ich Ihnen nicht sagen«, entgegnete Pepin.

»Vielleicht möchten Sie es doch, wenn wir Sie wegen Mordes anklagen?«

»Vielleicht«, sagte er, »ich würde es allerdings darauf ankommen lassen wollen.«

Sheppard ließ sich zurücksinken, stützte die Ellenbogen auf die Armlehnen und faltete die Hände über dem Bauch. »Was haben Sie getan, nachdem Sie die Flugtickets gekauft hatten?«

»Ich bin zu Alice' Schule gefahren, um mit ihr zu reden.«

»Wann sind Sie dort angekommen?«

»Gegen Viertel vor neun.«

»Hat irgendwer Sie gesehen? Können Alice' Kollegen das bezeugen?«

»Sicher.«

»Was ist dann passiert?«

»Ich bin zu ihrem Klassenzimmer gegangen und habe ihr von der Reise erzählt und dass wir sofort aufbrechen müssen.«

»Wie hat sie reagiert?«

»Sie hat abgelehnt.«

»Hat sie einen Grund genannt?«

»Sie glaubte nicht, dass ich wirklich fliegen wollte, sie dachte, ich täte es aus Mitleid mit ihr. Vielleicht hatte ich, ich bin mir nicht sicher, den richtigen Moment verpasst.«

»Und?«

»Wir stritten uns.«

»Sie waren wütend auf sie.«

»Nein, ich war verzweifelt.«

»Warum?«

»Weil uns etwas drohte«, sagte Pepin.

»Was?«

»*Das Ende.* Wir hatten ... eine schwierige Zeit hinter uns. Alice war depressiv und hatte sehr viel Gewicht verloren. Es wirkte sich auf ihr Verhalten aus.«

»Inwiefern?«

»Sie wurde launisch. Aufbrausend. Sie war ... unerträglich.«

»Haben Sie über eine Trennung gesprochen? Über Scheidung?«

Pepin schüttelte den Kopf. »Nein, aber ich war mit meinem Latein am Ende.«

»Aber Sie konnten sie nicht überreden, mit Ihnen durchzubrennen?«

»Nein.«

»Was haben Sie dann getan?«

»Sie wollte mit ihrer Klasse einen Ausflug ins Naturhistorische Museum machen, also habe ich draußen im Auto auf sie gewartet ...«

»Und dann?«

Pepin atmete tief ein.

Es war faszinierend zu hören, wie er die Planke seiner eigenen Geschichte abschritt. Ein unerfahrener Zuhörer hätte die Erzählung möglicherweise für ein reines Hirngespinst gehalten, weil sie so unglaubwürdig und abwegig klang. Aber Pepin hätte sogar behaupten können, er habe eine Verabredung auf Pluto, Sheppard hätte ihm auch das abgekauft, denn er fühlte mit jeder Faser seines Körpers, dass Pepin die Wahrheit sagte.

»Ich bin ihr gefolgt.«

»Warum?«

»Weil ich sie nicht aus den Augen lassen wollte.«

»Aber Sie kannten doch ihr Ziel.«

»Es klingt seltsam, ich weiß, aber in dem Moment kam es mir nur logisch vor.«

»Sie sind ihr den ganzen Weg zum Museum gefolgt?«

»Nicht den ganzen.« Pepins Knie begann zu wippen. »Ich wurde in einen Unfall verwickelt.«

»Wo?«

»Auf dem West Side Highway.«

In Sheppards Bauch kribbelte es wieder. »Reden Sie weiter.«

Mit der Linken deutete Pepin die Fahrtrichtung an. »Ich fuhr auf der Mittelspur hinter dem Bus her und wollte nach links rüberziehen, als ich plötzlich jemanden im toten Winkel hatte.« Er zuckte die Achseln. »Ich habe ihn gerammt.«

»Wo genau ist das passiert?«

»Kurz oberhalb der 96. Straße.«

»Waren noch andere Fahrzeuge beteiligt?«

»Nein, nicht direkt.«

»Wie hieß er?«

»Wer?

»Der andere Fahrer.«

»Das weiß ich nicht.«

»Sie wissen nicht, wie er hieß? Was ist mit dem Nummernschild oder der Versicherung?«

»Er hat nicht angehalten.«

»Woher wollen Sie dann wissen, dass es ein Mann war?«

Pepin blinzelte wiederholt.

Sheppard spürte ein Prickeln in seinem Bauch. »Beantworten Sie die Frage.«

»Weil ich … ihn gesehen habe.«

»Wann?«

Pepin hob die Stimme:

»Als ich ihn gerammt habe, okay? Ich habe ihn gerammt. Ich habe ihn durchs Seitenfenster gesehen, und er ist einfach weitergefahren. Vielleicht war er nicht versichert, vielleicht war er ein verdammter Verbrecher. Was weiß ich! So was kommt jeden Tag vor!«

»Nichts von dem, was Sie da erzählen, kommt jeden Tag vor«, sagte Sheppard.

»Ich sage die Wahrheit.«

»Dann erzählen Sie weiter.«

»Der Schaden an meinem Auto war ziemlich groß, deswegen bin ich an der 96. abgebogen und habe den Wagen auf einem Parkplatz zwischen der West End und der Riverside abgestellt. Ich glaube, bei Empire Parking. Das Auto steht immer noch da, das können Sie gern nachprüfen.«

Vermutlich verließ Hastroll in diesem Moment den Nebenraum.

»Dann bin ich mit dem Taxi zum Museum gefahren, um Alice zu suchen.«

»Haben Sie mit ihr geredet?«

»Nein. Ich bin ihr nur … gefolgt.«

»Warum?«

»Ich wollte sie nicht stören.«

»Und sie hat Sie nicht bemerkt?«

»Nein.«

»Wann war das?«

»So gegen kurz vor zehn.«

»Wie lange sind Sie ihr gefolgt?«

»Während der ganzen Zeit.«

»Und Sie haben sich nicht zu erkennen gegeben?«

Pepin schüttelte den Kopf.

»Warum nicht?«

»Ich habe es Ihnen doch schon gesagt. Ich wollte ihr keine Szene machen.« Pepin stützte den Ellenbogen auf die Tischplatte, legte den Kopf in die Hand und massierte sich die Stirn. Er lächelte traurig. »Es war irgendwie schön.«

»Wie meinen Sie das?«

»Denken Sie während des Tages nie an Ihre Frau? Was sie so macht, wenn Sie nicht dabei sind? Wie sie dabei aussieht?«

Nur verheiratete Männer, dachte Sheppard, sollten als Ermittler arbeiten dürfen. Verheiratete Männer hatten im Gegensatz zu den Junggesellen bereits die Untiefen ihres Herzens erkundet. Sie kommen auf die Idee, die eigene Ehefrau zu beschatten – tatsächlich kamen sie sogar auf noch viel schlimmere Ideen. »Wie lange haben Sie sich dort aufgehalten?«

»Bis zum Mittag.«

»Lassen Sie mich zusammenfassen. Sie konnten es nicht abwarten, mit Ihrer Frau zu sprechen, Sie sind sogar zu ihrer Schule gefahren und wieder zurück in die Stadt, und trotzdem haben Sie sich ihr während der ganzen Zeit im Museum nicht genähert?«

»Wenn ich das versucht hätte, wäre ein vernünftiges Gespräch später nicht mehr möglich gewesen.«

Sheppard lehnte sich zurück. »Was ist nach dem Mittagessen passiert?«

Pepin schloss die Augen und atmete geräuschvoll aus. »Wir wurden getrennt. Ich habe sie aus den Augen verloren.«

»Wie kam das?«

»Ich ging zur Toilette, und als ich zum Pausenraum zurückkam, waren sie und ihre Schüler verschwunden.«

»Konnten Sie sie wiederfinden?«

Pepin schüttelte den Kopf. »Ich habe sie gesucht, aber dann ist der Unfall passiert.«

»Welcher Unfall?«

Pepin hob beide Hände, als wäre die Antwort allzu offensichtlich. »Der Blauwal«, sagte er.

Sheppard erinnerte sich. Er hatte es kurz bei CNN gesehen, die hektischen Interviews und die Augenzeugenberichte, die allgemeine Angst vor einem Terroranschlag. Trotzdem begriff er den Zusammenhang nicht. Das Modell eines Blauwals hatte sich aus der Deckenhalterung gelöst und war in die Besuchermenge gestürzt. Wie durch ein Wunder war niemand verletzt worden, dennoch hatte man das Museum aus Sicherheitsgründen evakuiert. »Waren Sie dabei, als es passiert ist?«

»Ich hatte gerade den Saal mit den Meereslebewesen betreten«, sagte Pepin, »als ich ein lautes Krachen hörte. Plötzlich war überall weißer Staub, Glasfasern und Putz wirbelten durch die Luft. Die Leute brachen in Panik aus und rannten wild durcheinander. Ich bin auch gerannt, um draußen nach Alice zu suchen. Aber es war der reinste Irrsinn. Die Feuerwehrmänner und die Rettungssanitäter haben die Leute zurückgedrängt, und niemand konnte mir weiterhelfen. Deswegen habe ich nach einer Weile beschlossen, nach Hause zu gehen.«

»Warum sind Sie weg?«

»Im Museum herrschte das reinste Chaos. Mir erschien es am vernünftigsten, zu Hause zu warten.«

»Wie spät war es?«

»Das weiß ich nicht mehr. Wahrscheinlich war ich für ein paar Stunden im Museum. Es war vielleicht drei oder vier Uhr.«

»Und als Sie wieder zu Hause waren?« Sheppard beobachtete den Verdächtigen aufmerksam; er konnte deutlich sehen, wie das Bild in Pepins Erinnerung aufzog.

»Sie war … sie saß einfach nur am Küchentisch, vor sich diesen Teller.« Pepins Augen wurden feucht. »Aus irgendeinem Grund war sie vor mir nach Hause gekommen, und nun saß sie da, und sie …« Er schüttelte den Kopf.

»Sie hat nichts zu Ihnen gesagt?«

Pepin schlug sich die Hand vor den Mund.

Sheppard konnte nicht anders, er wurde wütend.

»Sie hatte einfach so – und ohne dass zwischen Ihnen mehr vorgefallen wäre als ein banaler Streit, in der Tat hatten Sie sie lediglich zu einer Reise eingeladen – beschlossen, sich umzubringen?«

Pepin hatte zu weinen angefangen. »Ich will nicht mehr darüber reden.«

Als sie mitten in der Diät steckte – zehn Wochen dabei und über dreizehn Kilo leichter –, änderte sich Alice' Verhalten. Es fing genauso an wie bei ihren Depressionen damals, als sie, ohne ihn zu fragen, beschlossen hatte, die Medikamente abzusetzen; und wieder übersah David zunächst alle Anzeichen. Sie war genauso fahrig, überempfindlich und vergesslich wie damals, brach plötzlich und grundlos in Heulkrämpfe aus.

Und sie war jähzornig.

»Sag mir, was du *siehst*«, blaffte Alice ihn an. Sie zwang ihn, seinen Schreibtisch zu verlassen und ihr ins Wohnzimmer zu folgen. Sie zeigte auf eine Kerze in einem Kerzenleuchter. Abends zündete Alice gern Kerzen in der Wohnung an.

»Ich sehe eine Kerze«, sagte David. In einem Anfall von Zuneigung zu seiner Frau war er losgegangen, um ihr neue, handgerollte Bienenwachskerzen zu kaufen. Er hatte sich vorgenommen, sie nicht auf das Geschenk aufmerksam zu machen, sondern einfach darauf zu warten, dass sie es von allein bemerkte, er war nach Hause gegangen, hatte die Kerzen auf die Leuchter verteilt und angezündet, sobald es dunkel wurde.

»Ich sehe eine *schiefe* Kerze«, sagte sie. »Ich sehe Wachs auf meinem Tisch.«

David schaute genauer hin. Das Wachs klebte als weiche Kruste auf der Kirschholzplatte.

»Ist dir nicht in den Sinn gekommen«, fragte sie, »dass die Kerze so schief im Leuchter tropfen könnte?«

Doch, er hatte den Gedanken gehabt, ihn aus irgendeinem Grund aber ignoriert. »Ich werde das wegmachen«, sagte er.

»Ich möchte nicht, dass du das wegmachst. Ich möchte von dir wissen, warum du die Kerze schief aufgestellt hast.«

»Ich habe mir nichts dabei gedacht.«

»Dann möchte ich wissen, warum du dir nichts dabei gedacht hast.«

Ihre Augen blitzten, ihr Magen knurrte so laut wie fernes Donnergrollen. David erwägte, *ein*undzwanzig, *zwei*undzwanzig, *drei*undzwanzig zu zählen. Kam das Gewitter näher, oder zog es davon? »Das war gedankenlos von mir«, gab er zu, und dann ging er eine Rasierklinge holen, um die Sauerei abzukratzen.

»Das kannst du laut sagen«, meinte Alice.

Sie lief ihm schimpfend hinterher. Während sie auf dem Weg über den Flur und zur Abstellkammer waren, wo David sein Werkzeug aufbewahrte, fragte er sich, was die Nachbarn wohl über das ständige Geschrei denken mussten. Als er in seinem Werkzeugkasten nichts Geeigneteres finden konnte als einen Teppichschneider, ging er ins Badezimmer, wo sein Rasiermesser lag; als er aber die Tür des Medizinschränkchens zuklappte und Alice' Gesicht mit den weit aufgerissenen Augen plötzlich direkt vor sich sah, fuhr er herum, schob sie in den Flur zurück und riss die Arme hoch wie ein Baseballschiedsrichter, der einen Läufer *safe* gibt.

»Ich wünschte, du würdest dick bleiben!«, schrie er.

Alice erstarrte.

»Hast du mich verstanden?«

Er ging einen Schritt auf sie zu, sie wich einen zurück und blieb dann wie versteinert stehen.

»Alle paar Monate dasselbe Drama«, schrie David, »immer wieder *Diät*! Alles dreht sich nur noch um deine Diät! Du rufst mich auf der Arbeit an, und wenn ich nach Hause komme, kannst du wieder über nichts anderes reden. Die Diät diktiert uns unsere Stimmungen und tötet unser Sexleben ab. Sobald ich mal *eine Minute* für mich habe, sobald ich in Gang komme, fängst du wieder damit an. Man könnte die Uhr danach stellen.« Er fuchtelte ihr mit einem Finger vor dem Gesicht herum. »Hast du eine Vorstellung davon, was ich in derselben Zeit alles tun könnte? Nein?

Schon allein aus praktischen Gründen wünschte ich mir, du würdest dick bleiben.«

Alice rührte sich nicht von der Stelle, tastete aber nach der Wand in ihrem Rücken. Erst in diesem Augenblick bemerkte David, dass er noch immer das Rasiermesser in der Hand hielt.

Er verließ das Apartment und lief in Richtung Downtown, ohne zu wissen, wo genau er hinwollte. Es schneite heftig, die Autos näherten sich flüsternd und rollten mit einem Zischen an ihm vorbei, um gleich darauf als glühende Rücklichter hinter einem Vorhang aus Schneeflocken zu entschweben. Hier, im Freien, verflog die Wut, sie entschwand durch die Nacht und stieg zu den unsichtbaren Spitzen der Häusertürme empor. Er steckte das Rasiermesser ein und ärgerte sich über seinen Mangel an Leidenschaft. Vielleicht ließe sich seine Wut in einem geschlossenen Raum neu entfachen? Er kam an einem Pub mit Weihnachtsbeleuchtung und voll besetztem Tresen vorbei, aber er wusste, dass es ihn nur verunsicherte und erst recht nach Hause zurückkehren ließ, wenn er an einem fremden Ort zwischen lauter Fremden saß und zu viel trank. Er schlug seinen Mantelkragen hoch. Die Schneeflocken landeten sanft auf seinem Hals und schmolzen auf seinem schwarzen Haar. An der 57. Straße bog er nach Westen ab und entdeckte sein Spiegelbild in einem schwarzen Schaufenster; er könnte selbst ein bisschen abnehmen. Er blieb vor der Auslage von Tiffany's stehen, und sein Atem ließ das winzige Fenster beschlagen. Scheinbar war das Gebäude nur errichtet worden, um die wenigen hier ausgestellten Juwelen zu beherbergen. Er lief die Fifth Avenue hinauf und sah zum gold- und smaragdfarbenen Plaza hinüber, generalüberholt und in neuem Glanz, bis General Sherman und die geflügelte Victoria ihn innehalten ließen. Wie hypnotisiert stand er vor dem Pulitzer-Brunnen, in dem das von unten beleuchtete Wasser sich kräuselte und funkelte wie ein Wasserfall aus Diamanten. Plötzlich fing er zu frieren an, er spürte eine Kälte in seinen Knochen, wie sie in seiner Vorstellung nur verirrte Bergwanderer oder Obdachlose befällt. Er wusste, Alice würde die Diät abbrechen und das verlorene Gewicht innerhalb von wenigen Wochen wieder zulegen. Alles wäre wieder beim Alten, und sie wäre wieder seine Frau. Denn so lief es immer, dachte David, es nahm immer das gleiche Ende. Manchmal hatte er das Gefühl, einen zu hohen Preis zu zahlen, dann wieder war er überzeugt, seine Geduldsvorräte noch lange nicht aufgebraucht zu haben. Er überlegte sich, was sie durchgemacht hatte, welchen Preis *sie* für diese Ehe zahlte, wie sehr sie sich verändert hatte. Und auf einmal überkam ihn ein so brennender Selbsthass, dass er kurz den Wunsch verspürte, in einer biblischen Zurschaustellung seiner Reue auf die Knie zu fallen und sich die Kleider vom Leib zu reißen und sich in den Brunnen zu stürzen und den Schmerz zu betäuben.

Er lief nach Hause.

Als David die Tür zum Apartment aufschloss, hörte er ein Würgen. Auf dem Boden lag Müll verstreut, aufgerissene Imbissverpackungen, die ihm wie bei Hänsel und Gretel den Weg in die Küche wiesen. Die Kerzen, die er gekauft hatte, waren bis auf den letzten Rest abgebrannt. Er rief den Namen seiner Frau. Keine Reaktion. Auf dem Küchentisch entdeckte er ein Chaos aus Enchiladas, gefüllten Pfefferschoten und Tacos, allesamt angebissen. Wie schrecklich, dachte er, eine Fressorgie. Sie hatte offenbar ein Essen für zwölf bestellt. Aus den Bisswunden der Burritos tropfte Fleisch, auf dem Küchentresen und auf dem Herd, vor dem eine Spur aus Erbrochenem begann, klebte Salsa.

»Alice?«, rief er und hörte ein Stöhnen aus dem Bad.

Er fand sie halb ohnmächtig eingeklemmt zwischen Waschbecken und Toilette, einen Arm über den Rand der Kloschüssel, den anderen in die Rohre unter dem Waschtisch gehängt. Es stank nach Magensäure und Scheiße, Alice' Beine waren voll von beidem, und sie atmete so flach und schnell wie ein Vogel. Wände und Fußboden waren mit Kotze bespritzt, auch ihre Haarspitzen waren damit überzogen, weshalb sie wie zerbrechliche Korallen aussahen.

»Alice!«, schrie David. Er griff zum Telefon, wählte den Notruf und stürzte ins Bad zurück. »Alice, was hast du getan?«

Er zog sie an den Schultern hoch und versuchte, sie auf den

Boden zu legen. Ihre Augen waren verdreht. Ihr Kopf kippte zur Seite und schlug auf die Fliesen.

»Was hast du getan?«

Sie flüsterte etwas Unverständliches. Zwischen ihren Lippen bildeten sich Spuckeblasen, die sofort wieder zerplatzten.

David beugte sich tiefer hinunter.

»Mi Corazon«, murmelte sie kraftlos. Ihr Lieblingsmexikaner.

Sir, bitte bleiben Sie ruhig. Sir, bitte bleiben Sie am Apparat, bitte schildern Sie mir ihren Zustand.

Sauerrahm, Salsa und Guacamole, Cayennepfeffer, Cumin und Chipotlepaprika waren so widerstandslos über ihre Zunge geglitten wie jetzt ihr Krankenbett über den Hospitalflur. Alice schlug die Augen auf und sah David an, dessen Gesicht kopfüber vor dem ihren schwebte. Hastig wurde sie in den OP geschoben, und bevor er von ihr getrennt wurde, drückte David ihr einen Kuss auf die Wange. Er ließ ihre Hand los, sagte ein letztes Mal ihren Namen und schaute zu, wie die Doppeltür am Ende des Korridors sie verschluckte.

Im Krankenzimmer saß David stundenlang gegenüber von Alice' Bett und beobachtete sie.

Zwischendurch döste er im Sitzen ein, manchmal fiel er sogar in einen unruhigen Schlaf, aber wann immer er aufwachte, war Alice noch bewusstlos. Einmal stand er auf, um nach ihrem Herzschlag zu fühlen; er stellte sich ans Fenster und sah im kegelförmigen Lichtschein der Straßenlaternen, dass es immer noch schneite; er drehte sich wieder um und beobachtete Alice noch ein bisschen länger. Als ihr Zustand unverändert blieb, setzte er sich wieder hin und dämmerte in einem traumlosen Schlaf dahin. Als er am nächsten Morgen aufwachte, bedeckte Schnee die Straßen, Schnee lag auf dem Fensterbrett und auf allen Gebäuden und Wassertürmen Manhattans. Der Wind rüttelte am Fensterrahmen und klopfte gegen die Scheibe. Die Möwen sammelten sich über dem Hudson. Am klaren blauen Himmel ging die Sonne auf, eine weiße Sonne, deren Strahlen nicht wärmten und sich in den Schneekristallen brachen, bis die ganze

Welt von gleißendem Licht erhellt wurde. Und da wachte Alice auf. Man hatte ihren Oberkörper hochgelagert für den Fall, dass sie sich wieder übergeben musste, und als sie zu sich kam, riss sie die Augen auf, schaute sich langsam in dem lichtdurchfluteten Zimmer um, blinzelte ihren Mann an, erkannte ihn und wandte sofort den Blick ab.

»Ich werde mein Leben ändern«, sagte sie.

David wusste weder, was sie damit meinte, noch wusste er, wie er darauf reagieren sollte. Aber weil er so unsagbar froh war, sie lebendig zu sehen, sagte er nur: »Ja.« Sie war stundenlang bewusstlos gewesen, hatte aber offenbar die ganze Zeit nachgedacht und während ihrer Abwesenheit diese Entscheidung getroffen. An jenem Morgen und für den Rest des Tages reagierte sie so wenig auf seine Gesprächsversuche, dass David es gegen Abend aufgab. Sie war so krank, dass er ihr nichts übel nehmen konnte; aber je länger ihre Verweigerung andauerte, desto unruhiger wurde er. Sie war böse auf ihn, böse, er wusste es, wegen der Sachen, die er gesagt hatte, und er fühlte sich jedes Mal beschämter, wenn er an den Streit zurückdachte.

»Alice«, sagte er am nächsten Morgen, »es tut mir so leid.«

Sie starrte in den Fernseher über seinem Kopf. Sie lag mit verschränkten Armen im Bett, und jedes Mal, wenn sie mit einer ruckartigen Bewegung einen Knopf auf der Fernbedienung drückte, war er überzeugt, das Gerät würde auf ihn herunterfallen.

»Was tut dir leid?«

»Dass ich diese Sachen zu dir gesagt habe. Dass du dich so aufgeregt hast.«

»Und das glaubst du wirklich?«, fragte Alice.

Er glaubte es tatsächlich, allerdings war der angewiderte und überraschte Ausdruck auf ihrem Gesicht so deutlich, dass er es ernstlich in Betracht zog, zu lügen.

»Du denkst, es wäre wegen unseres Streits passiert? Wegen irgendetwas, das du gesagt hast?«

»Na ja«, sagte David. »Ja.«

Sie hackte zwei-, dreimal auf die Fernbedienung ein. »Du irrst dich.«

Er wartete auf eine Erklärung, die er nicht bekam.

»Warum habe ich dann das Gefühl, du wärst sauer auf mich?«

»Weil ich hier festsitze, David. Ich sitze hier fest und kann deshalb mein Leben noch immer nicht ändern. Kannst du das verstehen? Ist deine Frage damit beantwortet?«

»Nein«, sagte er. »Ist sie nicht.«

»Tja«, sagte Alice, »das wird dir in nächster Zeit vermutlich noch öfter passieren.«

Später am Abend kam der Arzt zur Visite. Sobald er im Zimmer war, gab Alice sich freundlich und gesprächig, und dass sie einem völlig Fremden mehr Achtung und Liebenswürdigkeit entgegenbrachte als ihrem eigenen Mann, verwirrte und verletzte David sehr. Der Arzt überprüfte ihren Puls und ihren Blutdruck, leuchtete ihr in die Augen und warf einen Blick auf ihre Zunge. Er war indischer Abstammung und klopfte mit langen, schlanken Fingern – seine Handflächen waren so rosa wie gegrilltes Hühnchenfleisch – Alice' Rücken ab. Obwohl es völlig irrational war, machte der Umstand, dass er Alice berührte, David schrecklich eifersüchtig.

»Ihre Blutergebnisse sind gekommen«, sagte der Arzt. »Sie sind anämisch. Außerdem leiden Sie an einer akuten Schilddrüsenüberfunktion. Wussten Sie das?«

Alice schüttelte den Kopf.

»Falls Sie in Zukunft noch einmal eine Diät machen, sollten Sie Ihre Ernährung sorgfältiger zusammenstellen.«

»Das werde ich tun«, sagte sie. »Doktor, können wir uns kurz unter vier Augen unterhalten?«

»Sicher.«

Der Arzt und Alice sahen zu David hinüber und warteten. David zeigte auf sich, dann stand er auf und verließ das Zimmer, zog die Tür hinter sich zu, stellte sich in den Flur und tappte mit dem Fuß.

Wenige Minuten später öffnete sich die Tür.

»Vielen herzlichen Dank«, sagte Alice zu dem Arzt.

»Aber gern«, sagte der Arzt. »Niemand muss so leiden, wie Sie es tun.«

Beide sahen David an.

»Morgen werden Sie entlassen.«

»Wunderbar«, sagte Alice.

»Vor allem brauchen Sie Ruhe«, sagte der Arzt und schloss, nachdem David sich an ihm vorbeigeschoben hatte, sanft die Tür.

Sobald David wieder Platz genommen hatte, drehte Alice sich auf die Seite und kehrte ihm den Rücken zu.

»Willst du jetzt schlafen?«, fragte er.

»Ja«, sagte Alice.

»Kann ich irgendwas für dich tun?«

»Kannst du dafür sorgen, dass es schneller morgen wird?«

»Nein, ich glaube nicht.«

»Dann lautet meine Antwort: nein.«

Er blieb für eine Weile im Dunkeln sitzen und fühlte eine neue, schreckliche Welle der Angst über sich zusammenschlagen. Nebenan hatte jemand einen heftigen Hustenanfall. »Alice?«, sagte er.

Sie antwortete nicht.

»Ich dachte, ich hätte dich verloren. Und jetzt, wo du wieder da bist, kommt es mir vor, als wärst du weg.« Er konnte seine Frau ruhig und gleichmäßig atmen sehen, sie hörte ihm zu. »Sag irgendwas«, bat er.

Aber sie war schon eingeschlafen.

Sie schlief bis in den Vormittag, und als sie aufwachte, weigerte sie sich immer noch, ihn zur Kenntnis zu nehmen. Nach dem Frühstück machte sie ein Nickerchen. Kaum dass Alice aufgewacht war, kam eine Krankenschwester herein, um ihre Werte zu überprüfen; offenbar hatte sich das gesamte Krankenhauspersonal stillschweigend mit Alice darauf geeinigt, David zu ignorieren. Als die Schwester gegangen war, kam ein zweiter Arzt mit einem Gefolge von Assistenzärzten herein. Er untersuchte Alice und erklärte dann, die Patientin habe wochenlang gehungert und schließlich die Kontrolle über ihren Körper verloren; die Fressattacke habe, in Zusammenwirkung mit einer Allergie gegen bestimmte Proteine, zu Vergiftungserscheinungen geführt. »Was

Sie hier sehen«, sagte der Arzt, »ist mit Kwashiorkor vergleichbar, im Wesentlichen also mit einer Protein-Mangelernährung, hinzu kommt noch ein Angioödem. Schlechte Combo, keine Frage.« Die Assistenzärzte nickten, und Alice, glücklich darüber, ihnen behilflich sein zu können, lächelte und nickte ebenfalls. »Er hat recht«, sagte sie, »ich habe kaum noch was gegessen.« Später stattete eine Ernährungsberaterin Alice einen längeren Besuch ab. Am Mittag fuhr David zum Apartment, um ein paar saubere Klamotten für seine Frau zu packen und alle Räume gründlich zu putzen. Als er ins Krankenhaus zurückkam, war Alice erneut von Ärzten und Krankenschwestern umringt. So kam es, dass sie erst am späten Nachmittag entlassen wurde; sie und David saßen auf der Rückbank eines Taxis, endlich allein, wobei Alice so dicht an ihr Seitenfenster gerückt war und David so dicht an seines, dass zwischen ihnen selbst ein dicker Mensch noch Platz gefunden hätte. David knüpfte an das Gespräch vom Vortag an, indem er fragte: »Wie?«

»Wie was?«, fragte Alice.

»Wie willst du dein Leben ändern?«

»Das ist allein meine Sache.«

»Oh«, sagte David. An der nächsten Straßenecke beobachtete er einen Mann, der in die Lexington einbog. Als ihn eine Windbö traf, wirbelte seine Mütze hoch in die Luft. Der Mann schaute seiner Mütze so traurig nach wie ein Kind einem entflogenen Ballon. »Wirst du mich verlassen?«, fragte David nach einer Weile.

Angewidert schloss sie die Augen. »Es geht nicht immer um dich, David.«

Zu Hause ging es immer so weiter. Obwohl der Boden gewischt, das Bett frisch bezogen und die Klobrille so sauber war wie neues Porzellan, hatte Alice an allem etwas auszusetzen; kopfschüttelnd fuhr sie mit dem Finger über die Fußleisten. »Diese Wohnung ist total verdreckt«, sagte sie und zeigte David ihren geschwärzten Finger. »Ich kann so nicht leben.« Als er sie davon abhalten wollte, die Fugen im Badezimmer mit Bleiche abzuschrubben, sagte sie: »Kann ich mich bitte hier einrichten, ohne dass du mir ständig nachläufst?« Also zog er sich vor den ausgeschalteten Fernseher zurück, den er ein paar Minuten später schlechten Gewissens – und ohne Ton – einschaltete. Ohne Kommentar war Football nicht dasselbe, das Spiel kaum mehr als eine Abfolge sinnloser Zusammenstöße riesiger Männer. Die Werbespots sahen aus wie alte Stummfilme, die Reklamefilmchen der Videospiele wie Szenen aus einem höllischen Albtraum, auch wenn David eines seiner eigenen Produkte wiedererkannte. Als Alice mit Eimer und Schwamm hereinkam, hielt er es nicht mehr aus und fuhr ins Büro. Obwohl es dort eigentlich nichts zu tun gab.

Also wandte er sich wieder seinem Buch zu. Er öffnete das Dokument auf dem Bildschirm und las, zunächst im Stehen und mit auf den Schreibtisch gestützten Handflächen. Später setzte er sich, feilte an ein paar Sätzen herum und landete schließlich wieder an der Stelle, an der er sich festgefahren hatte.

»Wie geht es dir?«, fragte er Alice, als sie am Abend im Bett lagen.

»Gut«, sagte sie und stierte an die Zimmerdecke, die Hände über der Brust gefaltet.

»Sicher?«

»Ja«, sagte sie, »ganz sicher.«

»Nichts, worüber du reden möchtest?«

»Nein.«

»Nichts, das du mir sagen willst?«

»Nein.«

Sie gab keinen Millimeter nach, und allein das war ihm völlig neu. »Tja, dann gute Nacht«, sagte David. Er saß da und wartete.

»Gute Nacht«, antwortete sie, knipste das Licht aus und rollte sich auf die Seite.

David blieb sitzen und beobachtete sie, er fragte sich, ob ihre Augen offen oder geschlossen waren, er hoffte, sie würde sich umdrehen und ihn ansehen, und als nichts von alledem geschah, legte er sich hin und starrte an die Decke. Ich muss Geduld haben, dachte er. Ich muss Vertrauen haben. Das wäre das Richtige; vertrauensvoll geduldig zu sein.

Als er am nächsten Morgen aufwachte, war er allein.

Normalerweise stand er vor Alice auf, und im ersten Moment fühlte er sich ähnlich orientierungslos und einsam wie damals als Kind, wenn er bei einem Freund übernachtet hatte und nach dem Aufwachen eine schreckliche Sekunde lang nicht wusste, wo er war. Es roch nach Kaffee, und David ging in die Küche, wo Alice am Tisch saß. Ihr Laptop war aufgeklappt, sie hatte eine ganze Schreibblockseite mit Notizen gefüllt und war gerade dabei, ein hart gekochtes Ei zu pellen. Sobald er sich einen Kaffee eingeschenkt hatte und neben ihren Stuhl getreten war, hielt sie inne, klappte den Rechner zu und drehte den Schreibblock um. David konnte es nicht fassen.

Er ließ den Kaffeebecher in der Luft kreisen, wie um alles einzuschließen, und obwohl er sich geschworen hatte, vertrauensvoll geduldig zu sein, konnte er sich die Frage nicht verkneifen: »Gehört das zu deinem Plan, dein Leben zu ändern?«

Alice schwieg, und er schwieg ebenfalls.

»Machst du dich über mich lustig?«, fragte sie.

Er tat es und er tat es nicht, wobei er Ersteres natürlich nicht zugeben konnte. »Selbstverständlich nicht«, sagte er.

Schweigen.

»Aber ich finde, es steht mir zu, über das alles hier informiert zu werden.«

»Wirst du auch«, sagte Alice, »aber noch nicht jetzt.«

»Oh«, sagte er. »Weißt du schon, wann?«

»Nein«, sagte sie.

»Weißt du vielleicht ungefähr, wann du es wissen wirst?«

»Ich kann dir nicht helfen«, sagte sie.

Sie starrten einander an, völlig festgefahren.

Plötzlich war er fest entschlossen, nicht nachzugeben. Er würde ihr beweisen, dass er in der Lage war, dieses Gefühlspatt auszusitzen, dass er eine Grenze ziehen würde, hier in dieser Küche, in T-Shirt und Boxershorts. Wenn sie dieses Spiel unbedingt spielen wollte, dachte David, dann nur zu! Er blieb stocksteif stehen, bis ihm das Schweigen absurd und nutzlos vorkam, eine sinnlose Demonstration menschlichen Durchhaltevermögens, wie bei einem Küssmarathon. Er konnte die Versteinerung in seinem Gesicht spüren, seine Oberlippe klebte bereits an den trockenen Schneidezähnen fest. Er musste dringend blinzeln, seine Augen tränten schon, aber Alice hielt immer noch durch. Davids Wunsch zu schlucken wurde so stark, dass er fast zu ersticken glaubte.

Und dann gab er auf. Gegen Alice' rätselhafte Entschlossenheit kam er nicht an. Er ließ die Schultern hängen. Ein Kaffeespritzer landete zwischen seinen Füßen.

»Schön«, sagte David. »Lass es mich einfach wissen, wenn du so weit bist.«

Er duschte, zog sich an und verließ das Apartment, ohne sich zu verabschieden.

Im Büro legte er sich zurecht, dass seine Frau lediglich eine Phase durchmachte, eine Art posttraumatische Krise, die zum Genesungsprozess dazugehörte und die er ertragen musste. Er würde eine Zeitlang überhaupt nichts mehr von ihr erwarten. Diese Entscheidung erwies sich als überaus entlastend, und David hatte einen außerordentlich produktiven Tag. Er war konzentriert und selbstbewusst, und weil er es sich verdient hatte, lud er Georgine Darcy, die hinreißende, erst vor Kurzem eingestellte Programmiererin, zum Mittagessen ein.

»Wurde auch Zeit«, sagte sie.

David dachte über Georgine nach. Gab es eine Frau, die sich noch deutlicher von Alice unterschied? Georgine war schlank und durchtrainiert, abgebrüht und unabhängig, in Brooklyn geboren und aufgewachsen, langbeinig, blond, um einiges weniger kurvig als Alice, aber immer noch kurvig, und sie war Tänzerin gewesen, bis sie sich im Alter von achtzehn Jahren das Kreuzband gerissen hatte. Vor zwei Monaten hatte sie David und seinem Geschäftspartner Frank Cady das erste von ihr programmierte Spiel geschickt, ein wunderbares, unglaublich spaßiges Kabinettstückchen. Es basierte auf dem beliebten Brettspiel »Labyrinth«, der Holzkiste mit dem eingelassenen Irrgarten, dessen Lage man mithilfe zweier außen angebrachter Knöpfe verändern konnte, um eine kleine, schwarze Murmel an den Löchern vorbei durch das Labyrinth zu manövrieren. Georgines Spiel stellte das Ganze aus der Perspektive der Murmel dar. Der Avatar, ein winziges, schwarzes Menschlein, stand in der Kugel, und die Irrgärten wurden mit jedem bewältigten Level komplexer. Der über zwei Navigationstasten gesteuerte Avatar krachte gegen die Wände, ruhte sich keuchend in den rechtwinkligen Ecken aus und stieß einen furchtbaren Schrei aus, wenn er in eines der Löcher fiel.

David hatte beschlossen, Georgine zu New York Noodle mitzunehmen, seinem Lieblingsladen in Chinatown, nicht nur, weil es dort phantastisches Essen gab, sondern auch, weil dies der letzte Ort auf Erden war, den seine Frau freiwillig aufsuchen würde. »Wir bestellen die Ente«, sagte David, »wenn du damit einverstanden bist.« Er nickte in Richtung der Vögel, die an Haken aufgereiht im Fenster hingen, kopflos und goldbraun gebraten. »Die machen hier übrigens eine tolle Kaldaunensuppe.«

»Du bestellst.« Georgine klappte die Speisekarte zu, stützte die Ellenbogen auf die Tischplatte, lehnte sich vor und legte das Kinn auf die gefalteten Finger. Ihr volles, blondes Haar umspielte ihr Gesicht, ihr Lippenstift leuchtete wie ein roter Apfel. »Ich esse alles.«

Er bestellte zwei Tsingtaos. Normalerweise trank er zum Mittagessen niemals Alkohol, aber heute war er mutig und, wie es schien, zum ersten Mal seit Ewigkeiten entspannt.

Wenn Georgine die Flasche ansetzte, berührte der Glasrand kaum ihre Oberlippe. »Ich muss dir etwas gestehen«, sagte sie.

»Jetzt bin ich aber gespannt.«

»Ich habe mich nur deinetwegen bei Spellbound beworben. Lach nicht! Es stimmt. Wegen *Peng, du bist tot!* Ich weiß noch, wie ich das Spiel früher gespielt habe und dabei immer dachte, wie perfekt es ist. Wir haben den Figuren die Namen unserer Mitschüler gegeben. Da ist Miss Girgus! Mr. Romano! Schieß doch! Vorsicht, die wollen dich von hinten abknallen! Nachdem ich *Peng!* gepielt habe, dachte ich: ›Das ist es, was ich machen will.‹ Aus dieser Euphorie heraus habe ich auch *Labyrinth* programmiert. Es ist eine Hommage an dein Werk.«

»Ich bin geschmeichelt.«

»Weißt du, ich habe dich letztes Jahr auf der Unterhaltungselektronikmesse in Las Vegas gesehen. Du hast einen Vortrag über die allwissende Perspektive in Multiplayer-Ballerspielen gehalten.«

»Du hättest dich vorstellen sollen!«

»Ich war zu schüchtern. Ich dachte nur, wow, er ist ein Genie und scharf noch dazu.«

»Ich bitte dich …«

»Darf ich dir von einer Spielidee erzählen?«

»Natürlich.«

»Das wird ein ziemlich großes Projekt, ich habe es zwar noch nicht programmiert, aber es geht mir nicht aus dem Kopf.«

»Ich höre.«

»Also gut«, sagte sie. Sie beugte sich vor, legte die Arme auf dem Tisch übereinander und presste ihre Brüste dagegen.

Oh, dachte David, die Tyrannei der Titten. Auf ihrem T-Shirt stand: WARUM IST DAS HUHN DURCHS MÖBIUSBAND GESTIEGEN? Als er ihr zum Tisch gefolgt war, hatte er kurz den Blick von ihrem Apfelpo genommen und die Antwort gelesen: WEIL ES AUF DIE ANDERE SEITE WOLLTE.

»Es heißt *Playworld*«, erklärte sie. »Es basiert ganz entfernt auf *Die Doppelwelt*, ein Buch von Piers Anthony, das ich als Kind gelesen habe. In dieser Welt wird den lieben langen Tag nur gespielt. Für sämtliche materiellen Bedürfnisse ist gesorgt, und als Währung zählt allein die Spielgeschicklichkeit. Im Großen und Ganzen also der coolste Kommunistenstaat im Universum. Die Leute werden nach Spielständen klassifiziert und genießen das entsprechende Ansehen. Man wird von Fremden oder Freunden zu einer ganzen Reihe von Spielen und Wettkämpfen herausgefordert, körperlichen wie geistigen – zu Hindernisläufen, Brettspielen, Nahkämpfen. Auf diese Weise interagiert man mit anderen, lernt seine Partner kennen, lebt sein Leben. Ach ja, und alle laufen nackt herum, nur zum Sex ziehen sie Kleidung an.«

»Das gefällt mir.«

»Sex in Klamotten?«

»Nackt rumzulaufen.«

»Mir auch. *Playworld* arbeitet mit zwei Programmierschnittstellen. Ich stelle mir das Ganze so ähnlich vor wie *World of Warcraft* – als Massenphänomen, an dem sich Leute aus aller Welt beteiligen und das Einkünfte über Abos generiert. Gleichzeitig funktioniert es wie Facebook, weil man ein Profil anlegen kann, nur dass das Profil in diesem Fall auch die Kompetenz des Spielers anzeigt und seine Position auf der Weltrangliste. Das eingestellte Bild ist nicht echt, es zeigt nicht den Spieler selbst, sondern einen hochkomplexen Avatar – stell ihn dir vor wie bei *Second Life* –, eine Warhol'sche Version deiner Persönlichkeit, eine verzerrte oder idealisierte Variante, eine Karikatur deiner selbst, so muskulös oder dünn oder sexy oder bucklig, wie du sein möchtest. *Du bist es, und du bist es nicht.* Die künstlerische Gestaltung des Avatars soll ungefähr so aufwendig sein wie bei *Spore*. Um online zu gehen, braucht man ein Headset, ähnlich wie bei *Halo*. In der Spielwelt findet man sich dann in einem offenen Raum wieder, auf einem Jahrmarkt zum Beispiel oder in einem riesigen Nachtclub oder hundert Jahre in der Zukunft in der Bourbon Street. Alles ist so bunt wie in einem Flipper, überall laufen Avatare herum, man versammelt sich an den unterschiedlichsten Treffpunkten oder auf den Spielfeldern, um seine Kräfte miteinander zu messen. Man kann zuschauen und applaudieren, und alles, was man sagt oder tut, trägt zum Geräuschteppich bei. Man kann in Echtzeit mit seinen Gegnern kommunizieren, man kann miteinander chatten oder die anderen zu einem Spiel herausfordern. Man könnte beispielsweise Scrabble spielen oder Schiffe versenken oder Schach, oder man spielt eine Runde *Escher X* oder *Peng, du bist tot!* … was auch immer. Wir könnten die Schirmherren sein und sämtliche Spellbound-Spiele einbinden, es wäre wie in einem unendlichen Disneyland, denn ständig kommen neue Wettbewerbe und Spiele hinzu. Und wenn man spielt – und jetzt kommt's –, sieht man alles auch durch die Augen des Gegners. Split screen. Die Spielperspektive ist allwissend und eingeschränkt zugleich. Das macht die Faszination des Spiels aus, verstehst du? Denn die Leute wollen sich selbst sehen, richtig? Und gleichzeitig wollen sie sich in Gesellschaft anderer sehen. *Alle* sehnen sich nach dieser Perspektive. Und es wird noch besser: Wenn man gegen eine unbekannte Person gespielt hat, kann man diesen er-und-doch-nicht-er oder diese sie-und-doch-nicht-sie im virtuellen Raum kennenlernen. Man schließt *Playworld*-Freundschaften. *Das* zieht, *das* ist die wahre Schönheit der Anonymität im Netz. Man sagt, was man will und zu wem man will. Man kann ein anderer sein und doch man selbst. Das Ganze hat eine nicht zu überbietende Form der Direktheit.«

Sie beugte sich weit vor, so als verrate sie ein Geheimnis. Auch David beugte sich vor.

»Ich weiß nicht, wie es dir geht«, sagte sie, »aber ich habe das Gefühl, den ganzen Tag dieses andere Ich mit mir herumzutragen, das mit anderen kommunizieren und endlich handeln will, es aber nicht darf. Also lass uns spielen. Verstehst du? Es ist so, als würde ich jetzt zu dir sagen: ›David, du gefällst mir. Dein Aussehen gefällt mir. Deine Denkweise gefällt mir, und wie begabt du bist. Deine Hände gefallen mir und dein Mund.‹ Aber so was darf ich nicht sagen.«

»Warum nicht?«

»Weil es dann kein Spiel mehr wäre.«

Als David wieder im Büro war, rief er sofort zu Hause an, Alice ging jedoch nicht ans Telefon. Eine halbe Stunde später versuchte er es noch einmal und knallte dann, als sie immer noch nicht reagierte, den Hörer auf. Er war frustriert und blieb länger im Büro, hatte sich bis zum Abend aber wieder beruhigt. Auf dem Nachhauseweg kaufte er ihr Blumen, frische Pasta und fettarme Eiscreme. Er klingelte an der Tür, obwohl er seinen Schlüssel dabeihatte. Als er ihre Schritte näher kommen hörte, träumte er von einer warmen Willkommensumarmung, vielleicht sogar von der Versöhnung. Er streckte ihr den Blumenstrauß entgegen, aber anstatt ihm die Tür zu öffnen, zog Alice sie bloß einen Spalt breit auf; David musste den Fuß hineinstellen, damit sie nicht gleich wieder zufiel. Als er eintrat, ging Alice einfach weg. Sprachlos blieb er auf dem Flur stehen, und dann wurde er zum ersten Mal seit ihrer Entlassung richtig wütend. Er ging in die Küche, stellte die Einkaufstüte ab und bemerkte erst dann, dass das ganze Apartment im Dunkeln lag. »Gehört Energiesparen auch zu deinem neuen Plan?«, rief er. »Verändert das irgendwie dein Leben?« Er zog seinen Mantel aus, warf ihn über den Stuhl, ging durch die Wohnung und machte das Licht an, Schalter für Schalter und Lampe für Lampe, bis er ins Schlafzimmer kam, wo Alice mit dem Laptop auf dem Schoß im Bett saß, das Gesicht im Widerschein des Monitors leichenblass.

David wartete.

»Ich arbeite«, sagte sie.

Er schaute sich im dunklen Zimmer um, sah in der Fensterscheibe ihren gespiegelten Torso, der über den Lichtern der Stadt zu schweben schien. »Ist das alles?«, fragte er.

»Was meinst du?«, fragte sie.

»Kein ›Wie war dein Tag?‹, ›Wie geht es dir?‹, ›Was ist los?‹«

»Wie war dein Tag?«, fragte Alice. »Wie geht es dir? Was ist los?«

Er knipste die Nachttischlampe an. »Du wirst noch blind«, sagte er und zwang sich zu einem Lächeln.

»Wohl kaum.« Sie wandte sich wieder ihrer Arbeit zu.

Er blieb noch lange neben dem Bett stehen, bis ihm dämmerte, dass sie einfach weiterarbeiten würde, und da ließ er sich, ohne zu wissen, was über ihn gekommen war, auf die Knie sinken und klammerte sich mit beiden Händen an ihrem Rock fest. »Bitte«, sagte er, »Alice, vergib mir, was immer ich getan habe. Was immer ich tue. Sag mir einfach, was es ist. Sag mir, was ich tun kann. Ich werde alles tun, Alice, das verspreche ich. Alles, was du willst.«

Er atmete ihren Duft ein, fühlte den Stoff ihres Rocks und bebte am ganzen Leib. Alice hämmerte unablässig auf die Tastatur ihres Laptops ein. Er erhob sich langsam und zitternd wie ein Mann, der ein enormes Gewicht stemmt, und wankte hinaus. »Lass dir Zeit«, sagte er. »Lass dir so viel Zeit, wie du brauchst.«

Er ging in die Küche, um sich etwas zu essen zu machen. Er hatte Hunger, aber die Vorstellung, zu kochen – der damit verbundene Aufwand – erschien ihm enorm, kaum zu bewältigen. Er setzte Wasser auf, kippte Salz in den Topf, goss Olivenöl hinterher und starrte in die Fettaugen, die auf der Oberfläche trieben. Er holte eine Dose mit weißer Muschelsauce herunter – er hortete einen geheimen Vorrat für Alice tödlicher Lebensmittel –, öffnete sie und atmete den salzigen Geruch ein. Als das Wasser kochte, starrte er wie hypnotisiert in den brodelnden Topf. Und nun, da er ganz allein war, konnte er plötzlich wieder klar denken. Er dachte an Georgines Idee, und was sie über Direktheit gesagt hatte. Er dachte daran, sie anzurufen, um mit ihr zu flirten. Er dachte an die letzten fünf Jahre mit Alice, und dann dachte er Folgendes: Wir haben einen neuen Lebensabschnitt erreicht. Entweder das, oder wir sind kurz davor. Wir drehen uns schon so lange im Kreis, dass wir entweder ewig so weitermachen – was undenkbar ist – oder eben nicht. Ab einem gewissen Punkt müssen *beide* gewillt sein, aneinander festzuhalten.

»David«, sagte Alice.

Erschreckt hob er den Kopf. Sie war ein paar Schritte außerhalb der Küche stehen geblieben, um nicht in den Radius des Saucengeruchs zu geraten. Sie war hübsch gekleidet, weniger zum Arbeiten als für eine Verabredung. Er ging einen Schritt auf sie zu, und sie zeigte zur Tür.

»Ich gehe aus«, sagte sie.

»Wohin?«

»Ich habe einen Termin.«

»Wie spät ist es?«

»Fast sieben«, sagte sie. »Ich bin vor zehn zurück.« Sie drehte sich um.

»Aber wohin gehst du?«

Sie blieb im Flur stehen, ohne ihn anzusehen. »Ich werde mein Leben ändern.« Und wie um ihre Entschlossenheit zu demonstrieren, ließ sie die Tür mit einem lauten Knall ins Schloss fallen.

Eines Abends kam Detective Hastroll nach Hause – es war später Frühling und ungewöhnlich warm – und fand seine Frau Hannah im Bett vor. Es war Freitag. Er fragte sie, ob etwas nicht in Ordnung sei, und sie antwortete, sie fühle sich nicht gut, sie sei früher von der Arbeit nach Hause gegangen, um sich hinzulegen. Sie sagte, sie spüre ein Kratzen im Hals, wahrscheinlich brüte sie irgendetwas aus. Sie brauche lediglich etwas Ruhe. Sie lag nur mit einem Slip bekleidet da, hatte die Bettdecke heruntergestrampelt und die Fenster zum Hof weit aufgestoßen. Kein Wind wehte, und im Zimmer war es drückend heiß. Hastroll sah die Schweißperlen auf ihrer Oberlippe und auf ihrem Dekolleté. Sie weigerte sich, ihm ins Gesicht zu sehen.

»Kann ich dir irgendwas bringen?«, fragte er.

»Nein danke«, sagte sie.

»Hast du Hunger?«, fragte er.

»Nein«, sagte sie.

»Bist du sicher?«, fragte er.

»Ja«, sagte sie.

»Kann ich irgendwas für dich tun?«, fragte er.

Sie sah ihn an und brach in Tränen aus. »Es gibt *nichts*«, sagte sie, »überhaupt *nichts*« – bei diesen Worten setzte sie sich auf und zeigte mit dem Finger auf ihn –, »was du für mich tun könntest. Außer mir aus den Augen zu gehen.«

Sie wartete, und Hastroll wartete ebenfalls.

»Na schön«, sagte er schließlich. Er ging ins Wohnzimmer, schenkte sich einen großen Drink ein und setzte sich in seinen Lieblingssessel.

Das war jetzt fünf Monate her.

Hannah lag immer noch im Bett.

Allmählich begann Hastroll zu verzweifeln.

Mord verweist auf die Grundlagen eines Charakters, dachte Hastroll. Ein Mord reduziert die Person auf ihre wesentlichen Bedürfnisse.

Zum Beispiel töten Frauen ihren Ehemann fast immer in Notwehr. Das ist nachgewiesen, eine Tatsache. Natürlich gibt es Ausnahmen, aber in neun von zehn Fällen, in denen eine Ehefrau ihren Mann erschossen, vergiftet oder erstochen hat, hat es das Opfer irgendwie auch verdient.

Bringt hingegen ein Mann seine Ehefrau um, ist in der Regel eines der vier folgenden Motive im Spiel: Geld, Sex, Rachsucht, Freiheitsdrang. Die ersten drei bedürfen so gut wie keiner Erklärung und sind so weit verbreitet, dass jeder Detective sie auf der gedanklichen Checkliste abhakt, wann immer er eine verheiratete Tote sieht. War der Verdächtige untreu? Oder die Frau, und der Mann hat davon erfahren? Hatte die Ehefrau eine hohe Lebensversicherung abgeschlossen oder ein Treuhandkonto eingerichtet, war der Ehemann der Begünstigte, und falls ja: Kann er ein glaubwürdiges Alibi vorweisen? Und so weiter und so fort.

Freiheitsdrang als Mordmotiv kam seltener vor und war schwieriger zu durchschauen, auch wenn jeder Mann, der schon einmal verheiratet war, das Gefühl kennt. Und obwohl man argumentieren könnte, der Wunsch nach Freiheit spiele in die drei anderen Motive hinein, bilde sozusagen den gemeinsamen Nenner, wusste Hastroll aus Erfahrung, dass Freiheit um der Freiheit willen noch einmal einen völlig anderen Stellenwert hatte.

Männer träumen davon, neu anzufangen. Nicht notwendigerweise mit einer anderen Frau. Der Traum von der weißen Weste, vom Verschwinden, vom Verlassen des Flugzeugs beim Zwischenstopp, um sich in einer fremden Stadt ein neues Leben aufzubauen – in Grand Rapids beispielsweise oder in Nashville. Männer träumen von einem Apartment ganz für sich allein, von Stille, sie träumen davon, der Delta Force beizutreten und im Irak zu kämpfen oder sich einer fremden Person mit einem Spitznamen vorzustellen, den sie sich schon immer gern gegeben hätten. Männer träumen von einer Zeit und einem Ort, wo sie all das Wissen einsetzen können, das sie damals vor der Ehe noch nicht hatten. Und dann wären sie vielleicht glücklich.

Als er im Wohnzimmer in seinem Lieblingssessel saß, während seine Frau im Bett lag und stundenlang schluchzte, entwickelte Hastroll Verständnis für diese Männerträume. Wenn man nur lange genug im Dunkeln herumsaß, dachte er, schien der Traum einen Mord wert zu sein.

»Hin und wieder flogen die Fetzen bei denen«, sagte Rand Harper, Pepins Nachbar. »Aber bei mir und Havis auch.« Seine Frau, Havis Davenport, saß neben ihm auf dem Sofa. Die beiden waren Ende zwanzig und hatten gerade erst geheiratet. Havis war seit Kurzem schwanger, was ihr jetzt schon deutlich anzusehen war. Überall in der Wohnung hingen Fotos von der Hochzeit. Im Bad war Hastroll, der sich entschuldigt hatte, um pinkeln zu gehen, eine gerahmte Seite aus *Town & Country* aufgefallen. Der Text las sich wie ein Portfolio überragender Leistungen und hochwertiger Immobilien, das Foto zeigte das Brautpaar in der Limousine, mit der es in die luxuriösen Flitterwochen gekarrt wurde. Die jungen Leute sahen so affektiert, attraktiv und angespannt aus, dass es für sie, dachte Hastroll, nirgendwo anders hingehen konnte als bergab.

»Ich finde, wir kommen prima miteinander aus«, sagte Havis.

»Etwas anderes habe ich nie behauptet, Schatz, ich wollte bloß sagen, dass wir uns auch schon einmal gestritten haben, deshalb aber noch lange nicht drauf und dran sind, uns gegenseitig umzubringen.«

»Hoffentlich nicht«, sagte Havis.

Hastroll blickte von seinen Notizen auf.

»Rand hat für Lehman gearbeitet«, sagte sie.

»Was tut das zur Sache?«

»Du standest deswegen unter Druck«, sagte sie.

»Ich glaube kaum, dass sich der Detective für meine berufliche Situation interessiert.«

»Nun ja«, sagte sie, »irgendwen muss es schließlich interessieren.«

Hastroll schlug eine neue Seite in seinem Notizblock auf. »Sie haben also niemals etwas Ungewöhnliches gehört?«, fragte er.

»Nein«, sagte Rand.

»Haben Sie die beiden am Tag von Alice' Tod gesehen?«

»Ehrlich gesagt«, sagte Havis, »habe ich sie so gut wie nie zusammen gesehen.«

»Könnten Sie sich deutlicher ausdrücken?«

»Die Frau habe ich monatelang nicht gesehen. Ich glaube, sie haben den größten Teil des Jahres getrennt verbracht. Ich glaube, sie war verreist.«

»Jetzt kommt wieder die Geschichte vom hässlichen Entlein«, sagte Rand.

Seine Frau gab ihm einen Klaps auf den Arm.

»Wieso, stimmt doch! Früher war sie eine fette ...« Er wandte sich Hastroll zu. »Also gut, sie war übergewichtig, und dann ...«

»Was dann?«, fragte Havis.

Er sah erst sie an und dann Hastroll.

»Dann wurde sie ... attraktiv.«

Seine Frau verschränkte die Arme, dann stand sie auf und räumte die Tassen vom Sofatisch. »Haben Sie noch irgendwelche Fragen an mich, Detective?«

»Nein«, sagte Hastroll.

»Dann entschuldigen Sie mich.« Sie ging in die Küche, ließ die Tassen in die Spüle fallen und knallte die Schlafzimmertür hinter sich zu.

Rand seufzte. Er warf zur Kontrolle einen kurzen Blick über die Schulter, lehnte sich vor und dämpfte die Stimme.

»Es ist, als hätte sie den Teufel im Leib.«

»Das kann ich nicht beurteilen.«

Rand schaute ein zweites Mal nach, ob die Tür auch wirklich geschlossen war.

»Hören Sie, Detective, mir sind ein paar merkwürdige Dinge

aufgefallen. Ich wollte vor Havis nichts sagen, denn wenn sie erfährt, dass unser Nachbar seine Frau, Sie wissen schon, um die Ecke gebracht hat, wird sie erst recht hysterisch.«

»Reden Sie weiter.«

»Wir haben Alice tatsächlich monatelang nicht gesehen. Ich kann Ihnen nicht sagen, was da los war. Die beiden waren sehr verschlossen. Aber einmal bin ich spät nach Hause gekommen – das war während Alice' Abwesenheit – und habe diese völlig fremde Blondine aus dem Apartment kommen sehen.«

»Wann war das?«

»Ist Monate her. Drei vielleicht. Vier. Ich weiß es nicht genau.«

»Was noch?«

»Am Abend vor Alice' Tod habe ich David auf der Straße mit dem Handy telefonieren sehen.«

»Warum war das seltsam?«

»Weil er im Kreis lief und sich richtig aufgeregt hat.«

»Konnten Sie hören, was er gesagt hat?«

»So etwas wie ›Was muss ich tun, damit das Ganze aufhört?‹. Ich konnte nicht alles verstehen. Aber es klang, als sei er mit den Nerven am Ende.«

Der mit Spannung erwartete Höhepunkt des Tages kam für Hastroll, sobald er den Schlüssel in die Wohnungstür steckte. Die große Frage war, was Hannah als Erstes zu ihm sagen würde. Er war für die Nuancen ihrer Stimme so empfänglich wie ein Hund für einen Pfeifton.

»Ich bin zu Hause«, rief Hastroll, und es konnte sein, dass Hannah gar nichts erwiderte. Und seine Laune, von Hoffnung getragen, stürzte dann brutal ab. Manchmal lief der Fernseher, er ging ins Schlafzimmer, und Hannah löste den Blick für einen Moment vom Bildschirm und sagte: »Oh, ich habe dich gar nicht reinkommen hören«, nur um dann weiterzuschauen. Er wartete ab, ob sie vielleicht noch mehr sagen würde – was nie der Fall war –, dann ging er ins Wohnzimmer und genehmigte sich einen Drink.

»Ich bin wieder da«, rief Hastroll, und es konnte sein, dass

Hannah zurückrief: »Ich bin hier«, was so viel bedeutete wie: Komm rein, wenn du möchtest, aber geändert hat sich nichts.

»Ich bin wieder da«, rief Hastroll, und es konnte sein, dass Hannah rief: »Ward, bist *du* das?« Und diese Betonung weckte ein Fünkchen Hoffnung in ihm. Diese Betonung erinnerte ihn an das eine Gefühl: Liebe. Seine Seele wurde beflügelt. »Ich bin's«, rief er und lief ins Schlafzimmer. Vielleicht würde sie endlich aufstehen und ihn umarmen. Vielleicht würde sie sich auf den Mund küssen lassen. Vielleicht würde sie sagen: »Liebling, heute geht es mir schon viel besser!«, sich erheben und strecken und ihre Arme um seinen Hals schlingen. Hastroll glaubte ehrlich, er würde weinen müssen, falls es so käme. Er eilte ins Schlafzimmer und sagte: »Natürlich bin ich das.« Und Hannah, enttäuscht, sagte: »Oh. Dachte ich's mir doch.« Und das war alles.

»Ich bin wieder zu Hause«, rief Hastroll, und hin und wieder – heute Abend zum Beispiel – antwortete Hannah: »Könntest du bitte herkommen?« Keine Frage, sie klang verletzlich. Flehentlich. Sie stand kurz vor einem Entschluss; sie hatte ihm etwas mitzuteilen. Vorsichtig, zögerlich betrat er das Schlafzimmer. Sie trug denselben Slip wie an dem Tag, an dem sie sich hingelegt hatte. Er fragte sich, warum der Slip sauber blieb. Wusch sie ihn heimlich? Weichte sie ihn im Waschbecken in Waschmittel ein? Wie trocknete er so schnell? Ging sie tagsüber, wenn er nicht da war, in den Waschsalon? Sie kämmte sich und schminkte sich, so viel war klar, und sie aß das Essen, das er ihr brachte – immerhin war sie noch nicht verhungert –, aber wann immer er nach Hause kam, lag sie wieder im Bett. Kein schmutziges Geschirr weit und breit, der Pegelstand der Milch im Kühlschrank unverändert, und jeden verdammten Tag trug sie denselben Slip.

»Ja, Liebes«, sagte er und blieb neben dem Bett stehen.

»Ward«, sagte sie. Sie streckte ihm die Hand entgegen.

Er griff danach. Ihre Handfläche war feucht.

Sie schaukelte seine Hand hin und her, schloss die Augen, führte sie sich an die Lippen, rieb sich mit Zähnen und Zahnfleisch an seiner Haut wie eine Katze.

Er hielt ihre Hand fest, kniete nieder, nahm sie zwischen beide

Hände. Sie musterte ihn genau, ließ ihren haselnussbraunen Blick zwischen seinen Augen hin und her wandern.

»Hannah, was ist los? Sag es mir. Bitte.«

»Nein«, sagte sie und schlug sich eine Hand vor den Mund. »Nein, geh weg.«

Der andere Nachbar der Pepins war ein älterer Mann, auf dessen Türklingel BAGDASARIAN stand. Er begrüßte Hastroll geistesabwesend und nur mit einer Unterhose bekleidet. »Wenn es Ihnen nichts ausmacht«, sagte Hastroll und zeigte seine Dienstmarke vor, »würde ich Ihnen gern ein paar Fragen stellen.« Aber Bagdasarian hatte sich schon umgedreht und ihn im Flur stehen lassen. Hastroll steckte einen Fuß in die Tür und folgte dem Mann nach drinnen. Das Wohnzimmer wurde von einem riesigen Flügel ausgefüllt wie eine Flasche von einem Buddelschiff, sodass Hastroll versucht war zu fragen, wie das Instrument hereingekommen sei. Bagdasarian kehrte ihm den Rücken zu und stand vor einem Kaminsims voller Bilder. Als Hastroll ihm auf die Schulter tippte, drehte Bagdasarian sich um und starrte ihn an, als hätte er ihn nie gesehen. Dann zeigte er auf das Foto einer Frau, die mindestens dreißig Jahre jünger war als er. Sie trug ein grünes Kleid und eine kleine schwarze Toque. Ihr Haar war liebesapfelrot. Das Foto war, Hastroll erkannte es an den Autos auf der Straße und der Skyline dahinter, Jahrzehnte alt.

»Das Judif«, sagte er. Seine Aussprache klang verzerrt, die Silben gelähmt und deformiert.

»Judith?«

Der Mann lächelte ihn schief an. »Das meine Frau.« Er betrachtete das Foto und zeigte noch einmal, bevor er sich einen Finger an die Lippen legte. »Das Judif?«, fragte er.

Hastroll ging hinaus und zog leise die Tür hinter sich zu.

Hannah ließ sich von Hastroll füttern. Schließlich war sie nicht im Hungerstreik. Tatsächlich wurde sie, wenn er ihr das Abendessen auf einem Tablett servierte, so gesprächig wie zu ihren besten Zeiten. »Wie läuft's auf dem Revier?«, fragte sie dann, oder:

»Sieht wirklich heiß aus draußen«, oder: »Anscheinend hast du in letzter Zeit viel zu tun.« Sie klemmte sich die Serviette in den Slip und führte sich auf wie eine Frau, die nicht fünf Monate im Bett gelegen, sondern sich gerade von einer Krankheit erholt hatte, von einer Grippe beispielsweise, eine Frau, der es schon viel besser ging, danke, einen Tag noch, und sie wäre kräftig genug, um wieder zur Arbeit zu gehen.

Hastroll stand daneben, erstaunt und überflüssig und auch ein wenig empört. Aber er sagte nichts. Er fragte sie, ob sie noch etwas bräuchte – »Ich habe alles«, antwortete sie –, und ging zurück in die Küche, da ihn kaum etwas mehr ärgerte als Leute, die im Bett aßen. Anschließend erledigte er den Abwasch, um nicht vom nächsten Schreckgespenst, einer verdreckten Küche, eingeholt zu werden. Nun, da er vor der vollen Spüle stand, fiel ihm ein, dass das Essen, das er heute Abend für sie gekocht hatte – Hähnchenbrust auf Couscous mit Zitronen-Butter-Sauce und glatter Petersilie –, in letzter Zeit zu seinem Lieblingsrezept avanciert war; und als er die gemeinsam verbrachten Jahre Revue passieren ließ, fiel ihm auf, dass man ihre Beziehung als ständig wechselnde Speisekarte sehen konnte, als *bistro à deux*, wobei Hastroll der Koch war und Hannah der einzige Gast. Hätte man ihn gebeten, ein letztes Menü zusammenzustellen, eines, das die Höhepunkte ihrer gemeinsamen Vergangenheit nacherzählte, Gang für Gang, vom Anfang bis heute, hätte das neue Leibgericht den Abschluss gebildet – im Anschluss an toskanische Brotsuppe mit Kohl und weißen Bohnen, die sättigend war und himmlisch billig; kalte Sesamnudeln mit gegrilltem Schweinebauch (aus Hastrolls chinesischer Phase), die morgens, mittags und abends gleichermaßen köstlich schmeckten, am besten jedoch nach dem Sex; Enchiladas mit Shrimps und schwarzen Bohnen, die traditionell zu ihrem Freitagabend gehörten, seit Hastroll sich mit Traditionen beschäftigt hatte; gedünstete Lachssteaks mit Zitrone, schwarzen Pfefferkörnern und einer Gurken-Joghurt-Sauce (seit sie mehr Geld zur Verfügung hatten, aßen sie öfter Fisch); und schließlich an seine Spinatfettuccine in einer Sauce aus Sahne, Mascarpone und einem Hauch Muskat, die zum Schluss mit einer Handvoll Parmesan verfeinert wurde, einfach zuzubereiten war und seinen leeren Bauch füllte; denn war es nicht, wo er und Hannah allein lebten, egal, wenn einer von ihnen fett wurde?

Er ging wieder ins Schlafzimmer, um ihren Teller abzuräumen.

»Haben wir irgendwas Süßes da?«, fragte sie.

Hastroll blinzelte zweimal. »Du machst wohl Witze.«

»Wie meinst du das?«

»Sprichst du von Blaubeertorte?«

»Genau!«

»Gestürzter Ananastarte?«

»Das klingt köstlich, aber ein bisschen Eis würde mir schon reichen.«

Hastroll rammte sich den Zeigefinger in die Brust. »*Ich* bin nicht fürs Dessert zuständig!« Dann zeigte er auf sie: »*Du* bist fürs Dessert zuständig!«

Hannah strich die Bettdecke über ihren Beinen glatt und seufzte. »Du hast es immer noch nicht kapiert.«

»David und ich sind Geschäftspartner«, sagte Frank Cady. »Wir haben diese Firma zusammen gegründet. Worum geht es?«

»Wissen Sie, ob er und seine Frau irgendwelche Eheprobleme hatten?«, fragte Hastroll.

»Wir stehen uns nicht so nah, dass er mir davon erzählt hätte.«

Hastroll sah sich in Cadys Büro um. Die Wände waren mit Postern von Marvel-Comic-Helden tapeziert, einige davon kannte er sogar (er hätte sie alle gekannt, wären er und Hannah nicht kinderlos gewesen): Spider-Man, Silver Surfer, den Hulk. Im Regal standen die Dungeons & Dragons-Bücher, die Dune-Reihe, der *Herr der Ringe* und ein Wolverine-Telefon in einem Glaskasten. Ein Laserschwert und ein gerahmtes, handsigniertes Foto von Cady und George Lucas; ein Straßenschild, das einen stilisierten Zauberer zeigte und den Schriftzug YOU SHALL NOT PASS. Auf einem Tisch standen vier Computermonitore. Auf dem ersten lief YouTube, auf dem zweiten ein Videospiel, der dritte war mit Zahlenreihen gefüllt, die an ein endloses Gedicht in Blankversen erinnerten, und der aktivierte Bildschirmschoner des letzten zeigte Fotos von Kindern – von Cadys Kindern, nahm Hastroll an, immerhin sah der kleine Junge, der eben ein- und ausgeblendet wurde, genauso aus wie der Firmenchef.

»Wenn Sie mich fragen«, sagte Cady, »hatte es nicht den Anschein, als gebe es Probleme. Abgesehen von Alice' Gesundheit vielleicht.«

»Inwiefern?«

»Alice hat jahrelang mit ihrem Gewicht gekämpft. Und dann hatte sie es plötzlich unter Kontrolle. Aber das ist jetzt auch egal«, sagte Cady. »Nie im Leben hat David seine Frau umgebracht.«

»Gibt es hier irgendjemanden, der David nahesteht?«

»Detective, hören Sie, da bringt eine Frau sich um, und ihr Mann muss das Ganze mitansehen … wozu ihn noch weiter quälen?«

»Wenn Sie wollen, höre ich mich hier persönlich um.«

Cady schüttelte den Kopf. Sein E-Mail-Programm machte *Pling*. »Da ist Georgine«, sagte er, »Georgine Darcy, eine Nachwuchsdesignerin. Sie und David haben zusammen an ein paar größeren Projekten gearbeitet.«

Hastroll konnte auf den ersten Blick sehen, dass Darcy früher getanzt hatte, allein an ihrer Art, beim Gehen die Füße nach außen zu drehen. Sie war blond und hatte volle Lippen, eine Scarlett Johansson für Arme, dachte Hastroll. Dabei schien sie von einer Blase der Einsamkeit umgeben, von einer Distanziertheit, die vor ihr herschwappte, wenn sie auf einen Menschen zuging. Hastroll machte sich in Gedanken eine Notiz, den Nachbarn, Rand Harper, zur Gegenüberstellung zu bitten.

»Miss Darcy?«

Als Hastroll ihr seine Dienstmarke zeigte, wich alle Farbe aus ihrem Gesicht.

»Lassen Sie mich nachsehen, ob ein Besprechungsraum frei ist«, sagte sie und führte ihn anschließend mit gesenktem Blick durch den Flur. »Hier sind wir ungestört.« Sie schaltete die Deckenbelechtung ein und schloss die Tür, setzte sich, verschränkte die Arme vor der Brust und schaute zu, wie Hastroll sich einen Stuhl heranzog. Er legte seinen Notizblock auf den Tisch und starrte sie an, bis sie die Augen niederschlug.

»Es geht um David, oder?«

»Mr. Cady hat mir erzählt, Sie und Mr. Pepin hätten regelmäßig zusammengearbeitet.«

»Das stimmt.«

»Würden Sie sagen, Sie standen sich nahe?«

Georgine drückte sich die Faust an die Lippen, bevor sie sich räusperte. »Das stimmt.«

Hastroll wartete. »War Ihr Verhältnis …«

»Ja.«

»Wie lange dauerte Ihre Affäre mit David?«

»Ungefähr ein Jahr«, sagte sie. »Wir haben es vor ein paar Monaten beendet.«

»In gegenseitigem Einvernehmen?«

Sie sah Hastroll gleichgültig an. »*Er* hat es beendet.«

»Warum?«

»Er sagte, es verwirre ihn.«

»Inwiefern?«

Darcy musste blinzeln. Es war der Schreck über die Wahrheit, dachte Hastroll, der sie jetzt gerade durchzuckte. »Er wollte sich über seine Gefühle für seine Frau klar werden. Sie hatte ihn für eine Weile verlassen und ist dann zurückgekommen, und kurz vorher hat er mir gesagt, er könne, solange wir uns sehen, nicht herausbekommen, ob er nur wegen seiner Probleme mit Alice mit mir zusammen sei oder weil es zwischen uns wirklich etwas gebe.«

»Und Sie waren damit einverstanden?«

Zwei kleine Tränen bildeten sich in Georgines Augen und tropften herunter. »Anscheinend habe ich bei diesen Geschichten nie die Wahl.« Sie presste sich die Zeigefinger gegen den Nasenrücken und wischte sich über die Augen. Dann, sie hatte genug geweint, räusperte sie sich.

»Hat er viel über Alice geredet?«

»Nein.«

»Aber er hat über sie geredet?«

»Sehr selten.«

»Sie sagen, er hätte von ›Problemen‹ gesprochen. Wie würden Sie das Verhältnis der beiden beschreiben?«

»Ganz ehrlich?«, fragte sie.

»Ein Mensch ist gestorben.«

»Ich glaube, er fühlte sich im Stich gelassen. Das war nicht schwer nachzuvollziehen. Sie machte eine Diät, zum x-ten Mal. Sie nahm ab, nahm wieder zu und fühlte sich scheiße. Und er war immer für sie da, jedes Mal, wieder und wieder. Irgendwann entschloss sie sich dann aber zu einem radikalen Schritt. Sie nahm dauerhaft ab und verwandelte sich in diesen komplett anderen Menschen. Ich glaube, er hatte Angst, er würde sich für sie als entbehrlich erweisen.«

»Hat er gesagt, seine Frau habe ihn verlassen?«

»Nein.«

»Hat er gesagt, er fürchte, seine Frau werde ihn verlassen?«

»Nein. Aber ich wusste, dass sie es vorhatte.«

»Wie das?«

»Um das zu verstehen, müssten Sie eine Frau sein.«

»Erklären Sie es mir.«

»Wir treffen Entscheidungen, lange bevor wir uns darüber im Klaren sind. Sie hatte sich längst entschieden, sie hatte ihre Entscheidung nur noch nicht in die Tat umgesetzt.«

»Machen das nicht alle Menschen so?«

»Eine Frau muss sich sicher fühlen, bevor sie den nächsten Schritt wagen kann. Für mich sah es so aus, als warte sie nur auf den richtigen Moment, um abzuspringen.«

»Offenbar verstehe ich von Frauen recht wenig.«

»Das habe ich mir gleich gedacht.«

Hastroll nickte. Er schrieb *Hannah* auf seinen Notizblock. »Haben Sie mit Pepin darüber gesprochen?«

»Worüber?«

»Dass Sie dachten, seine Frau würde ihn verlassen.«

»Ja.«

»Was hat er gesagt?«

»Er sagt, ich hätte keine Ahnung, wovon ich spreche.«

»Hat er Ihnen jemals Hoffnungen auf eine gemeinsame Zukunft gemacht?«

»Er hat nie davon geredet, sich von Alice scheiden zu lassen, nein.«

»Haben Sie Ihrerseits von einer gemeinsamen Zukunft gesprochen?«

»Manchmal.«

»War er empfänglich dafür?«

Sie zuckte mit den Achseln.

»Wie haben Sie es aufgenommen, als David Schluss gemacht hat?«

»Nicht gut. Anfangs.«

»Haben Sie versucht, die Beziehung aufrechtzuerhalten?«

»Für eine kurze Zeit. Aber dann habe ich es schnell eingesehen.«

»Sie haben ihn nie belästigt? Haben nicht damit gedroht, ihm privat oder beruflich Ärger zu machen?«

»Nein.«

»Wissen Sie noch, wann Sie Mr. Pepin zum letzten Mal privat angerufen haben?«

»Ich habe David seit Monaten nicht angerufen.«

Hastroll stand auf. »Hier ist meine Karte. Rufen Sie mich an, falls Ihnen noch etwas einfällt.« Er wandte sich zum Gehen.

»Detective«, sagte sie.

»Ja?«

»Ich glaube nicht, dass er sie umgebracht hat.«

»Warum nicht?«

»Weil er sie geliebt hat«, sagte sie. »Immerhin mehr als mich.«

Hastroll gelangte zu der Einsicht, dass er sich Hannah gegenüber zu passiv verhielt. Er musste sie irgendwie in Zugzwang bringen. Er brauchte eine neue Strategie. Er beschloss, sie nicht länger zu bekochen.

»Ward«, rief sie aus dem Schlafzimmer, »was gibt es zum Abendessen?«

»Ich weiß nicht«, sagte er und vergrub den Kopf in der Zeitung. »Ich habe schon gegessen.«

»Oh«, sagte sie. »Tja, macht nichts. Eigentlich habe ich gar keinen Hunger.«

Hastroll ließ die Zeitung sinken und schmunzelte, bevor er weiterlas.

Später an dem Abend konnte er, als er ins Bett stieg, Hannahs Magen knurren hören. »Du *klingst* hungrig«, sagte er.

Aber sie antwortete nicht.

Am nächsten Morgen machte er ihr kein Frühstück. Er kippte die Milch in den Ausguss, stopfte Eier, Brot, Dosensuppen und Gemüsekonserven, Cracker, Nudeln, Tomatensaucen und Hühnerbrühe – kurz gesagt, den gesamten Inhalt der Speisekammer – in zwei Müllbeutel, die er dann an die Wohnungstür stellte und auf dem Weg zur Arbeit mit nach draußen nahm. Um sicherzustellen, dass sie kein Essen bestellte, nahm er Kreditkarten und Geld aus ihrem Portemonnaie, sogar das Scheckheft, und steckte alles in seine Jackentasche. Als er ins Schlafzimmer kam, um ihr zum Abschied einen Kuss zu geben, runzelte Hannah leicht verstört die Stirn.

»Nicht mal einen kleinen Happen?«, fragte sie.

Seine Entschlossenheit geriet ins Wanken, aber er antwortete: »Tut mir leid, ich bin spät dran. Ich muss zur Wache.«

»Oh«, sagte sie. »Okay.«

Er warf einen letzten Blick in den Kühlschrank – leer! – und spürte sein Selbstvertrauen steigen. Es würde funktionieren, davon war er überzeugt! Er schulterte die beiden riesigen Müllsäcke (er fühlte sich wie ein krimineller Weihnachtsmann) und verließ die Wohnung. Den Tag über fragte er sich, was Hannah wohl tun würde, um an etwas zu essen zu kommen.

»Ich bin zu Hause!«, rief er an jenem Abend und blieb in der Diele stehen. Als sie nicht antwortete, ging er direkt ins Schlafzimmer.

Hannah schaute fern. »Ist dir je aufgefallen«, fragte sie, »wie viel für Essen geworben wird? Es ist wirklich erstaunlich. Wir machen Gutes aus Milch. Frosties wecken den Tiger in dir. Zwei saftige Hamburger mit Spezialsauce, knackigem Salat, Käse, Gurken und Zwiebeln auf einem Sesambrötchen.«

»Wie wär's damit?«

»A1 – so macht man Steak.«

»Streng genommen stellen die nur die Sauce her.«

»Ein Leben ohne Heinz ist keins. Fleisch – was anderes kommt nicht auf den Tisch. *Yo quiero* Taco Bell.«

»Wir haben einen, gleich unten an der Ecke!«

»Und viele Sachen, die man nicht essen kann, tragen die Lebensmittel dann im Namen. *Fruit of the Loom.* Sonnen*milch.* Ist dir das je aufgefallen?«

»Nein«, sagte er.

»Vielleicht, weil du keinen Hunger hast.«

»Doch, jetzt schon«, sagte Hastroll. Die Aufzählung ließ ihn schwächeln. »Du auch?«

Sie zuckte mit den Achseln.

Hastroll fand, dass ihre Schulterblätter auffällig herausstanden.

»Nun sag schon«, sagte sie.

»Was denn?«

»Was es zum Abendessen gibt.«

Hastroll machte den Rücken steif und starrte aus dem Fenster. »Kümmer dich selbst drum.«

»Oh«, sagte sie. »Wie wäre es mit einem Schluck Wasser?«

»Ich habe zu tun«, sagte er. »Warum stehst du nicht auf und holst es dir selbst?«

»Tja dann«, sagte sie und ließ sich gegen das Kopfteil sinken.

Hastroll lud sich selbst zum Chinesen ein.

Vier Tage nach Einführung der neuen Strategie sah Hannahs Gesicht eingefallen aus. Hastroll konnte die Rippen über ihrem Brustansatz erkennen. Sieben Tage später litt Hastroll fast noch mehr als sie, blieb aber standhaft. Er untersuchte den Hausmüll gründlich auf Spuren von bestelltem Essen. Sie hatte nichts zu sich genommen. Er fragte den Portier, ob Hannah das Haus verlassen habe. »Ehrlich gesagt«, antwortete Alan, »habe ich Mrs. Hastroll so lange nicht gesehen, dass ich mich schon gefragt habe, ob sie gestorben ist.« Als Hannah ihm an jenem Abend eine gute Nacht wünschte, bemerkte Hastroll weißen Schaum in ihren Mundwinkeln.

Er schaltete die Nachttischlampe aus und beobachtete sie verstohlen im Widerschein des Fernsehschirms. »Was schaust du da?«, fragte er.

»*Wettlauf mit dem Tod*«, sagte sie.

Am neunten Tag streckte sie die Hand nach einem Buch auf dem Nachttisch aus, wurde ohnmächtig und fiel aus dem Bett.

Der zu Tode erschreckte Hastroll weckte sie mit ein paar Klapsen auf, bevor er sie wieder ins Bett hob. »Hannah?«, sagte er. »Hannah, bitte sag etwas!«

»Wasser«, röchelte sie.

Er brachte ihr ein Glas, das sie mit riesigen Schlucken leerte. »Pizza«, sagte sie vier Gläser später.

Er bestellte eine große mit Salami und extra viel Käse. Sie aß sechs Stücke, ohne innezuhalten, dann setzte sie sich auf, wischte sich die roten Saucenreste aus den Mundwinkeln und sank, müde von so vielen Kohlehydraten, aufs Kissen zurück. Sie schaltete den Fernseher ein.

»Du hast es immer noch nicht kapiert«, sagte sie und fiel fast augenblicklich in einen tiefen Schlaf.

»Aber ja doch, Alice kam mit den Schülern wunderbar zurecht«, sagte Jesslyn Fax, vierundfünfzig Jahre alt und Kunstlehrerin an der Hawthorne-Cedar-Knolls-Schule für schwer erziehbare Kinder mit Missbrauchs- und Gewalterfahrungen. »Die Kinder haben sie vergöttert.« Fax, eine kleine, pummelige Frau, trug ein braunes Kleid und hatte sich einen weißen Pullover um die Schultern gelegt. In ihren Ohren steckte ein Hörgerät, sie war laut und fröhlich – der Daueroptimismus der Mittelmäßigen, dachte Hastroll. An den Wänden ihres Unterrichtsraums hingen Reproduktionen von Van Goghs Sternennacht und Picassos Guernica, dazu ein paar Manets und Monets, Rothkos und Rembrandts, Munchs und Mondrians und ein Escher. Die Kunstposter mussten sich den Platz mit den Kreidezeichnungen der Schüler teilen, mit Stillleben von Früchten und mit Selbstporträts, allesamt unbeholfen bis wirklich schlecht, wobei die dazwischengehängten Klassiker als bitterer Hinweis auf all das fungierten, was die Bilder der Kinder nicht waren und nie sein würden. In einer Ecke stapelten sich mit alter Ölfarbe überkrustete Staffeleien, in einer anderen stand eine große, abstrakte Tonskulptur. »Wir haben in der Aula einen Gedenkgottesdienst abgehalten, damit die Schüler besser mit dem Verlust fertig werden. Benny Bartlett – sehen Sie den dunkelhaarigen Jungen da draußen?«

Hastroll sah hinaus. Auf dem Schulhof spielte Bartlett, ein dicklicher Teenager von höchstens vierzehn Jahren, mit einem anderen Jungen Basketball. Das Netz an den Körben bestand jeweils aus Metallketten.

»Nun ja, er hat beim Gottesdienst eine sehr bewegende Rede über sie gehalten«, sagte Ms. Fax. »Er hat erzählt, wie Ms. Pepin ihm die Uhr beigebracht hat.«

Er beobachtete den Jungen für eine Weile. Hastrolls Vater, ein dicker, unsportlicher Mann, hatte sich immer geweigert, mit ihm zu spielen, und Hastroll hatte sich geschworen, es besser zu machen, würde er jemals Kinder haben. »Warum besucht Benny diese Schule?«, fragte er.

»Oh, er ist furchtbar krank. Wurde sein ganzes bisheriges Leben hindurch misshandelt. Sein Onkel hat ihn jahrelang sexuell missbraucht. Seine Mutter ist auf Crack. Sein Vater nimmt Meth und hat sich aus dem Staub gemacht, als Benny drei war. Der Junge hat den IQ eines Drittklässlers. Außerdem hat er seine Schwester vergewaltigt.«

»Ich verstehe.«

»Aber er ist sehr lieb. Sehen Sie den anderen jungen Mann da draußen, den hübschen? Ralph Smiley?«

Hastroll drehte sich noch einmal zum Fenster um. Smiley nahm Bartlett den Ball ab, dribbelte, wirbelte herum und warf einen Korb.

»Auch er stand Alice nahe. Sie hat ihm bei einem sehr anspruchsvollen Referat über das Great Barrier Reef geholfen. Sie sollten ihn mal fragen.«

»Warum ist Ralph hier?«

»Weil er schon als Kleinkind soziopathische Tendenzen gezeigt hat. Er hat die Katzen und Hunde seiner Nachbarn getötet und zerstückelt und die Teile überall vergraben. Und er leidet unter selbstverletzendem Verhalten. Der Ärmste ritzt sich bei jeder sich nur bietenden Gelegenheit Arme und Geschlechtsteile auf. Die Narbengeschwüre ziehen sich von den Oberarmen bis an die Handgelenke. Aus dem Grund trägt er immer lange Ärmel. Sein armer, kleiner Penis sieht aus wie der Michelinmann.«

»Welche Fächer hat Alice unterrichtet?«

»Alle Hauptfächer und Sozialkunde. Ihr Schwerpunkt lag jedoch auf der Mathematik.«

»Haben Sie je ihren Mann kennengelernt?«

»David? Was für ein netter Kerl.«

»Hat sie jemals irgendwelche Eheprobleme erwähnt?«

»Nie.«

»Hat sie in den Wochen vor ihrem Tod einen depressiven Eindruck gemacht?«

»Depressiv?«

»In sich gekehrt«, sagte Hastroll, »zurückgezogen.«

»Nein, sie war sehr lebenslustig. Sie hat im letzten Jahr über siebzig Kilo abgenommen.«

»Danke, Ms. Fax.« Hastroll blieb in der Tür stehen. »Von wem stammt die Skulptur in der Ecke, wenn ich fragen darf?«

Fax wandte sich um und betrachtete die Skulptur. Drei bauchige Formen, die im gähnenden Hohlraum einer größeren Form eingeschlossen waren. Die Arbeit stach heraus. Sie schien vor Energie zu brummen. Das einzige Stück im ganzen Raum, das so etwas wie Talent erahnen ließ.

»Die ist von Alice«, sagte Ms. Fax. Sie schlug sich die Hand vor den Mund und fing zu weinen an. »Sie heißt *Hunger*.«

Hastroll ging zu Alice' ehemaligem Klassenzimmer. An der Wand links neben der Tafel hing ihre Gewichtstabelle, ein in Wochen unterteilter Jahresüberblick mit aufgeklebten Grafikbalken aus rotem Tonpapier, die die verlorenen Kilos anzeigten und in die Höhe stiegen wie Treppenstufen (Du kannst es schaf-

FEN!, stand darüber). In einer Woche war es ein halbes, in der nächsten waren es vier, dann zweieinhalb, dann zwei. Beachtlich. In der Schublade des Lehrerpults lag ein Foto der Pepins, auf dem sie Arm in Arm auf einer Parkbank saßen. Alice war übergewichtig, und beide waren schwer verliebt, aber das Glas war in der Mitte des Bildrahmens gesprungen, so als habe jemand mit der Faust daraufgeschlagen. Hastroll nahm das Bild in die Hand und studierte es lange, bevor er die Schublade durchwühlte.

»Ärger«, sagte jemand.

Hastroll hob den Kopf. In der Tür stand eine Frau in einem Krankenschwesternkittel.

»Ich habe einen Riecher für Ärger. Ich kann ihn deutlich spüren, hier, in diesem Klassenzimmer.«

»Wer sind Sie?«, fragte Hastroll.

»Wer sind *Sie*?«

Er zeigte seine Dienstmarke vor.

»Ich bin Schwester Ritter«, sagte sie. »Ich kümmere mich um die Schüler. Wenn man das ›kümmern‹ nennen kann, ich stelle die kleinen Monster mit Medikamenten ruhig.«

»Kannten Sie Ms. Pepin?«

»Nicht besonders gut«, sagte sie, »aber gut genug, um zu wissen, dass das Mädchen nie im Leben Selbstmord begangen hat.« Ritter zog die Tür hinter sich zu und nahm Platz.

Hastroll musste Hannah irgendwie aus dem Schlafzimmer locken. Es musste einen Weg geben. Er überlegte sich, sie herauszulocken, an ihr vorbeizulaufen und die Tür abzuschließen. Er legte sich Pläne zurecht. Er spielte mit dem Gedanken, eine Flasche Motten ins Schlafzimmer zu schmuggeln, denn Hannah ekelte sich vor allen Flattertieren, vor Tauben, Motten, Fledermäusen; aber woher sollte er einen ganzen Schwarm Motten bekommen?

Er beschloss, ihr Mobiliar abzustoßen. Nicht, es zu verkaufen. Er würde es im wahrsten Sinn des Wortes zum Fenster rauswerfen. Im Laufe der Jahre hatte Hannah jede Neuanschaffung mit Bedacht ausgewählt. »Besser, man legt ein bisschen mehr an und kauft sich was fürs Leben«, hatte sie immer gesagt. (Was für eine vernünftige Frau er doch hatte!) Viele der Einrichtungsgegenstände waren für Hannah von besonderem sentimentalen Wert. Sie würde gezwungen sein, aus dem Bett zu steigen und ihn aufzuhalten! Er rief bei der Heilsarmee an. »Ich mache Ihnen ein Angebot, das Sie nicht ausschlagen können«, sagte er. Die Heilsarmee winkte ab. Beziehungsweise war sie nicht in der Lage, innerhalb der nächsten Woche vorbeizukommen, und eine zusätzliche Woche mit Hannah im Bett schien Hastroll unerträglich. »Schön«, sagte er. »Dann beschenke ich jemand anderen!« Er rief beim Verein für geistig behinderte Mitbürger an. Ein geistig behindert klingender Mensch kam an den Apparat. »Ich möchte meine Möbel loswerden«, sagte Hastroll.

»Okay, wo wohnen Sie?«

»Greenwich Village«, antwortete Hastroll.

»Tut mir leid«, sagte der Mensch, »aber nach Connecticut fahren wir nicht.« Dann legte er auf.

»Mit wem telefonierst du?«, fragte Hannah vom Bett aus.

»Mit niemandem!«, rief Hastroll.

»Du liebe Güte«, sagte Hannah, »da hat wohl jemand schlechte Laune.«

Er rief bei Gesucht und Gefunden an, einem Secondhandladen, aber nachdem er aufgezählt hatte, was zu vergeben war – ein Sofa, ein Sessel, ein Fernseher, eine Stereoanlage, Tafelsilber, Weingläser, Geschirr, Töpfe und Pfannen, vier Lampen, eine Kaffeemaschine, ein Kronleuchter, ein Schreibtisch, eine Essgruppe, eine Anrichte, Bücher, eine Machete und eine Säge, alles in untadeligem Zustand und »alles«, wie Hastroll betonte, »von bester Qualität« –, lehnte der Ladeninhaber dankend ab, sein Lager sei voll mit derartigem Krempel. Hastroll rief Obdachlosenheime und die Pfadfinder an, aber niemand war interessiert. Er versuchte es bei Goodwill, die aber keinen Abholservice anboten. Schließlich rief er aus lauter Verzweiflung ein Taxi, fuhr nach Alphabet City, ging auf die beiden nächstbesten, verdächtig aussehenden Schlägertypen zu, verhaftete sie und scheuchte sie ins Taxi, nicht ohne ihnen beim Einsteigen den Kopf sanft niederzudrücken. Er erklärte ihnen die Lage – »Ihr werdet all meine Möbel klauen, ich komme für den Transport auf!« – und nahm sie mit nach Hause.

Die Männer, Roscoe und Lee Browne, traten ein und schauten sich um. »Psst«, sagte Roscoe.

»Wie, psst?«

»Das ist 'ne Falle, garantiert«, sagte der Mann.

»Das ist viel zu schön, um wahr zu sein«, sagte Browne.

»Nein«, sagte Hastroll, »das ist keine Falle. Und auch nicht zu schön, um wahr zu sein. Das ist Nächstenliebe.«

»Vielleicht wollen wir Ihre Nächstenliebe gar nicht«, sagte Roscoe.

»Umgekehrt«, sagt Hastroll. »Ein Akt der Nächstenliebe von euch für mich.«

Die beiden Männer sahen sich an, schüttelten mitleidig den Kopf und machten »Ts!«.

»Vielleicht gefällt uns Ihr Zeugs nicht«, sagte Browne.

»Bitte«, sagte Hastroll, »bitte nehmt es mit. Ich flehe euch an. Andernfalls seid ihr verhaftet.«

Die Männer machten sich daran, die Möbel hinauszutragen.

»Was ist da draußen los?«, fragte Hannah.

»Nichts«, antwortete Hastroll. »Ich verschenke bloß unsere Möbel.«

»Oh«, sagte Hannah.

»Genau«, sagte Hastroll, »immer raus damit!«

»Alles?«

»Ja.«

»Ach komm, Ward«, rief sie, »du machst Witze.«

»Sieh selbst.«

Als sie schwieg, schlich Hastroll an die Schlafzimmertür und machte sich bereit, sich auf sie zu stürzen.

»Nicht nötig«, sagte sie. »Ich glaube dir.«

Roscoe ließ Hannahs Lieblingslampe fallen, die sofort zerbrach. Browne nahm das Bild, das Hannah von Hastrolls Rosenbeet gemalt hatte, von der Wand. Auch das fiel zu Boden, und der Rahmen knackte.

»Klingt so, als würden sie sich wirklich Mühe geben«, sagte Hannah.

»Da kannst du Gift drauf nehmen«, erwiderte Hastroll, »flink und heimlich wie die Diebe.«

»Ich kann den *Raum* hören«, sagte sie. »Klingt wie in einer Höhle da draußen.«

»Man hat das Gefühl, in einem leeren Stadion zu stehen.«

»Muss aussehen wie damals, als wir jung waren.«

»Ja, damals, als wir pleite waren.«

»Als wir nichts hatten«, ergänzte sie.

»Genau, als wir geheiratet haben.«

»Du hattest einen Futon«, sagte Hannah, »und du hast aus abgespülten Joghurtbechern getrunken.«

Hastroll lächelte und legte eine Hand an die Klinke. »Das stimmt.«

»Aber dein Badezimmer war immer so sauber!«

»Komm raus und ergötze dich an dem Anblick. Ist wie eine Reise in die Vergangenheit.«

Das Bett quietschte, und Hastrolls Herz tat einen Hüpfer. Dann nichts als Stille.

»Haben sie das Zweiersofa mitgenommen?«, fragte Hannah schließlich.

»Jawohl.«

»Was ist mit dem Esszimmertisch?«

Hastroll zuckte zusammen, als die Männer mit einem der Tischbeine an den Türrahmen stießen.

»Weg.«

»Sieht die Wohnung jetzt größer aus?«

»Du musst es sehen, um es zu glauben.«

Hastroll bildete sich ein, eine Bewegung gehört zu haben, und eilte wieder an die Schlafzimmertür.

»Nein«, sagte sie. »Ich denke, ich werde bleiben, wo ich bin.«

Hastroll ließ die Stirn ans Türblatt sinken.

Nach einer Minute fragte Hannah: »Ward?«

»Was?«

»Danke.«

»Wofür?«

»Dafür, dass du den ganzen Ballast losgeworden bist.«

»Warum bedankst du dich bei mir?«

»Weil ich jetzt nichts mehr abstauben muss.«

Er drückte jedem der Männer vierzig Kröten in die Hand und ließ sie alles in die Wohnung zurücktragen.

»Etwas Verdächtiges ist passiert«, hatte Schwester Ritter zu Hastroll gesagt, »am Tag von Alice' Tod.«

Die kleine Ritter ließ sich nicht so schnell unterkriegen, eine echte Straßengöre aus Brooklyn, ähnlich wie Georgine Darcy, und sie war stolz darauf. Ihr Vater, erzählte sie, hatte als Fullback bei den New York Giants gespielt, und obwohl sie ein zierliches Persönchen war, räumte auch sie mit ihrer direkten Art jedes Hindernis aus dem Weg.

»David, ihr Mann«, sagte sie, »tauchte plötzlich hier in der Schule auf, aus heiterem Himmel, verschwitzt und durcheinander. Er war vollkommen aufgelöst. Hat gesagt, er müsse sie unbedingt sprechen, und zwar sofort. Sie fragen sich bestimmt, woher ich das weiß? Tja«, sagte sie, »mein Sprechzimmer liegt direkt neben Alice' Klassenraum. Jedenfalls hatten die beiden einen Riesenstreit – wie zwei Pitbulls, die sich in irgendeinem Keller in der Bronx an die Kehle gehen.«

»Sie wollen sagen, es sei Gewalt im Spiel gewesen?«

»Nein, das war im übertragenen Sinne gemeint. Aber er hat sie am Arm festgehalten.«

»Konnten Sie hören, worum es ging?«

»Soweit ich es verstanden habe, haben sie wegen einer Reise gestritten.«

»Können Sie sich an den Wortlaut erinnern?«

»So gut wie an den ersten Satz, den mein Mann nach dem ersten Sex in unserer Hochzeitsnacht zu mir gesagt hat.«

»Bitte«, sagte Hastroll.

»Er sagte: ›Scheiße, Thelma, ich dachte, du wärst 'ne Jungfrau!‹«

»Ich meinte die Pepins.«

»Oh«, sagte sie. »Es ging um einen Flug nach Australien, der noch am selben Abend gegangen wäre und für den sie alles zurücklassen sollte. Er sagte, sie bräuchten nicht einmal zu packen, woraufhin sie meinte, das sei doch verrückt. Und noch während sie stritten, kam mir ein Gedanke. Warum besucht ein Mann seine Frau auf der Arbeit und versucht, sie zum Weglaufen zu überreden? *Weil er was im Schilde führt*, denke ich mir. Weil er vor irgendwas *auf der Flucht* ist.«

Hastroll putzte nachdenklich seine Brille. »Was ist nach dem Streit passiert?«

»Alice ist nach draußen gestürmt. David ist wieder zu seinem Auto und hat sich reingesetzt, wie um sie zu beschatten. Aber dann hat er einen Anruf auf dem Handy gekriegt und war wieder ganz aufgeregt.«

»Inwiefern?«

»Er war nervös. Fahrig. Wie diese Kioskbesitzer mit Turban auf dem Kopf, wenn man sich zu lange ihre Zeitschriften anguckt.«

»Und dann?«

»Die Kinder sind in den Bus gestiegen, weil Alice einen Ausflug mit ihnen machen wollte. Sie stieg ein, und er fuhr mit seinem Auto hinterher. Und was muss ich am nächsten Tag hören?« – an dieser Stelle wurde ihre Stimme brüchig – »Alice ist tot.«

Sie schüttelte den Kopf. »Ärger«, sagte sie und schnäuzte sich in ein Papiertaschentuch, »ich hab einen Riecher dafür.«

Hastroll hatte seit fünf Monaten nicht mehr mit seiner Frau geschlafen.

Er konnte nicht abstreiten, dass es schon zuvor Phasen gegeben hatte, in denen er und Hannah wie Mönch und Nonne zusammengelebt hatten; aber diese Spanne brach alle Rekorde. Eine Zeit lang bekam er seine Geilheit durch regelmäßiges Masturbieren in den Griff, erschrocken über das eigene Geschick bei der Heimlichtuerei. Er befriedigte sich unter der Dusche, wobei er Hannahs teure Haarpflegespülung als Gleitmittel benutzte. Er ejakulierte in die Kloschüssel, um danach ausgiebig, stockend und unter leichten Schmerzen zu urinieren. Er holte sich im Bett einen runter, Sekunden nachdem Hannah eingeschlafen war, mit heruntergezogener Hose und angewinkelten Knien, wobei seine Beine das Laken zu seinem, wie er es nannte, »kleinem Freudenzelt« aufspannten. Seltsamerweise kam der Reigen seiner Gespielinnen ganz ohne Hollywoodstars aus – was hätte ein bodenständiger Detective auch mit derartigen Diven anfangen sollen? –, sondern bestand ausnahmslos aus Frauen, die er persönlich kannte. In letzter Zeit hatte er einen großen Teil seines Phantasielebens damit verbracht, Georgine Darcy um den Verstand zu vögeln. Ihre Befragung lieferte die konkrete Grundlage zu seiner Lieblingsphantasie, in der er nach Hause kam und sie in seinem Apartment vorfand. Das Luder war bei ihnen eingebrochen und hatte sich Hannahs Schmuck angelegt. Als er sie erwischte, versuchte sie, sich aus der Affäre zu ziehen.

»Was tun Sie hier?«, fragte er.

»Detective Hastroll, nun ja«, sagte sie, »ich war zufällig in der Gegend, und da fiel mir ein, dass ich Ihnen noch was Verdächtiges über David erzählen wollte, und weil die Tür offen stand, bin ich einfach reingekommen und habe den Schmuck Ihrer Frau herumliegen sehen. Ich *musste* ihn einfach anprobieren, aber nun ist es wohl besser, wenn ich gehe.«

Er packte sie am Handgelenk und stieß sie aufs Sofa. »Du gehst nirgendwohin!«

Sie versuchte, auf die Beine zu kommen und wehrte sich, aber Hastroll schubste sie ein zweites Mal aufs Sofa. Er hatte augenblicklich eine Erektion. Georgine bemerkte es, legte sich eine Hand an die Stirn und starrte auf die ungeheuerliche Beule in seiner Hose. »Hilfe!«, flüsterte sie und streifte ihre Schuhe ab. »Zu Hilfe, Polizei!« Er schob ihren Rock hoch und stellte fest, dass sie, oh Gott, keinen Slip, dafür aber Strapse trug. Ihr schmaler Busch war sorgfältig getrimmt, ein Streifen aus gelbem Nerz, so blond wie ein flachsköpfiges Kind.

»Polizei!«, schrie sie, als er in sie eindrang. »Polizei!«

»Ward?«, fragte Hannah vom Schlafzimmer aus. »Ist alles in Ordnung?«

Der Klang ihrer Stimme war die reinste Magie. Sie konnte ihn stahlhart werden oder zusammenschrumpfen lassen wie einen Hund, der sich auf Kommando totstellt.

»Ja, alles prima«, rief er, zerrte an seinem Hosenstall und warf beim Drücken der Klospülung die Kleenexpackung zu Boden.

Er war davon ausgegangen, dass es Hannah derzeit egal sei, was er mit Mr. Penis anstellte. Aber eines Nachts, ihre selbstauferlegte Bettruhe hielt seit fünf Monaten an, drehte sie sich zu ihm um und fragte: »Ward, bist du wach?«

»Ja«, sagte er. Er hatte über den Fall Pepin nachgedacht.

Beide warteten. Hannahs Bett stand am Fenster, selbst bei geschlossener Jalousie konnte er ihre Silhouette erkennen. Sie lag auf dem Rücken und stöhnte einladend. Sie ließ die Hände über ihren Seidenslip gleiten, und ihre Brustwarzen richteten sich erkennbar auf. In der Dunkelheit sah der Umriss ihres Körpers aus wie der einer Schönheit im Vorspann eines Bond-Streifens.

»Schlaf mit mir«, stöhnte sie lüstern, »oh Ward, liebe mich!«

So behände wie ein Artist des Cirque du Soleil sprang er aus seiner Pyjamahose. Aber als er ihren Schlüpfer herunterziehen wollte, sagte sie: »Nein, lass«, was ihn noch mehr erregte. Er vergrub sein Gesicht in ihrem Schoß wie ein Verirrter, der Wasser in der Wüste gefunden hat. Sie schmeckte wie warmer Kuchen mit Pipiaroma. Sie packte ihn im Genick und zog sein Gesicht an ihres. Sie küsste ihn, griff nach seinem Schwanz, der hart war wie ein Baseballschläger, und führte ihn sich ein. Als er explodierte – was ziemlich bald geschah –, hatte er das Gefühl, sein Herz sei geschmolzen und in ihre Vagina hineingeschleudert worden, am Diaphragma vorbei und hinauf bis zur Gebärmutter und zu ihren Eierstöcken, durch die Hohlvene und bis zu ihrem Herz, das mit einem Mal von seinem eingehüllt war.

»Hannah«, stöhnte er, »ich liebe dich. Bitte. Ich werde alles tun. Ich werde mich bessern. Sag mir einfach, was du willst.«

»Oh, Ward«, murmelte sie sanft, »du hast es immer noch nicht kapiert.« Sie wartete darauf, dass er endlich von ihr herunterrollte.

Detective William Stacy sagte: »Ich habe da was, das du dir vielleicht ansehen solltest.«

Hastroll rollte auf seinem Drehstuhl zu Stacys Schreibtisch hinüber, neben dem auch Stacys Partner stand, Eddie Parker. »Dieser seltsame Vogel, Pepin«, sagte Stacy. »Wir haben gehört, dass ihr wegen des Selbstmords seiner Frau Ermittlungen aufgenommen habt. Vor gut einem Monat sind wir in sein Apartment gerufen worden. Bei ihm war eingebrochen worden.« Er warf Hastroll die Akte zu. »Aber nichts wurde gestohlen«, sagte er.

Hastroll las sich den Bericht durch.

»Alles wies auf einen vorgetäuschten Einbruch hin«, fuhr Stacy fort, »wie man es öfter bei Leuten sieht, die es danach aussehen lassen wollen, als hätten ein paar böse Buben alles geklaut und nebenbei die Frau ermordet. Eine Inszenierung, nur dass kein Verbrechen stattgefunden hatte. Die Wohnung war verwüstet …«

»Sah aber mehr nach Vandalismus aus«, erklärte Parker.

»Auf dem Schreibtisch lagen Blankoschecks«, sagte Stacy. »Der Schmuck der Frau lag offen herum. Wertsachen. Alles noch da. Wir haben uns im Bad nach Medikamenten umgesehen. Die Lady hatte eine Riesenflasche Targin im Schrank, dazu einen Haufen Antidepressiva. Auch da fehlte nichts.«

»Welchen Eindruck haben sie gemacht?«, fragte Hastroll. »Ich meine, sie und ihr Mann.«

»In Bezug auf den Einbruch? Natürlich waren sie verstört«, sagte Parker.

»Auffällig war«, meinte Stacy, »dass er sich mehr drüber aufgeregt hat als sie.«

»Er hat sich vor Angst in die Hose gemacht.«

Hastroll überlegte. »Noch etwas?«

»Ja. Der Einbrecher muss ein kranker Spinner gewesen sein, der hat den Leuten ins Klo gewichst.«

Hastroll schaute von Stacy zu Parker. »Habt ihr eine Probe mitgenommen?«

»Hör mal, auch wir stoßen an unsere Grenzen!«

Er und Parker lachten. Hastroll rollte zu seinem Schreibtisch zurück.

»Gern geschehen«, sagte Stacy.

Hastroll nahm seine Brille ab und rieb sich die Augen. Dieser Pepin war schuldig, schuldig, schuldig … aber das Puzzle lag noch immer in Einzelteilen vor ihm. Hastroll dachte nach, schüttelte dann den Kopf und sah auf die Uhr. Es war kurz vor Mittag.

Er griff zum Telefon, um Hannah anzurufen, und nachdem er es zehnmal hatte klingeln lassen, wusste er, dies war seine Chance. Er schoss wie ein geölter Blitz zur Tür hinaus und machte auf seinem Weg in Richtung Downtown sogar von Sirene und Warnlicht Gebrauch. Er stellte sich vor, in die Wohnung zu stürmen und sie zu überraschen – warum war er nicht früher auf diese Idee gekommen? –, aber dann hatte er einen noch besseren Einfall.

Sie wohnten in der 9. Straße, aber er parkte in der 8. und betrat das Haus, das auf gleicher Höhe hinter ihrem Apartment lag. Er knackte das Schloss an der Haustür und stieg in den ersten Stock hinauf, schätzte ungefähr, welches Apartment das richtige wäre, klopfte an und drückte seine Dienstmarke an den Spion. Eine Krankenschwester öffnete ihm die Tür. Sie war Jamaikanerin, ganz in Weiß gekleidet und gerade dabei, einem alten Mann in einem Rollstuhl das Mittagessen zu servieren. Er trug einen blauen Pyjama und hielt den Kopf schildkrötenhaft nach vorn gereckt, wobei sein kahler Schädel und der faltige Hals die reptilienartige Erscheinung noch verstärkten. Sein Rollstuhl stand vor dem Fenster, das zum Hinterhof hinausging.

Hastroll stellte sich neben ihn. Er konnte Hannah im Bett liegen sehen, sie aß gerade das Mittagessen, das er für sie vorbereitet hatte. Draußen zwitscherte eine Amsel. Für einen Moment vergaß Hastroll, welcher Wochentag eigentlich war.

»Gibt es ein Problem, Detective?«

»Die Frau da drüben«, sagte Hastroll und zeigte in den Hof, »schwebt möglicherweise in Gefahr.«

»Oh, nein!«, sagte die Krankenschwester. »In welcher Gefahr?«

»Das darf ich Ihnen leider nicht sagen.«

Sie schnalzte mit der Zunge.

»Haben Sie sie jemals aufstehen sehen?«, fragte Hastroll. »Läuft sie manchmal herum?«

»Nie«, antwortete die Krankenschwester. »Ich glaube, sie ist krank.«

»Haben Sie jemals irgendwas Verdächtiges beobachtet?«

»Nein. Nur ihren Mann sehe ich hin und wieder.«

»Ist Ihnen an ihm irgendwas Ungewöhnliches aufgefallen?« Obwohl es nicht den Anschein hatte, fragte Hastroll sich, ob sie ihn wiedererkennen würde.

Sie schüttelte den Kopf. »Er bringt ihr jeden Tag das Essen ans Bett.«

»Glauben Sie, die zwei lieben sich?«

»Ich bitte Sie, Detective, wer könnte das von hier aus beurteilen?«

Detective Sheppard verlangte einen lückenlosen Bericht über den Fall Pepin.

Er war gründlich, arrogant und überroutiniert, in anderen Worten: ein Kontrollfreak, und Hastroll gruselte sich vor ihm. Außerdem hatte Sheppard eine seltsam kratzige Stimme, hoch und nasal und unpassend für einen so großen, robusten Mann. Und wenn es um Mord in der Ehe ging, ging Hastroll erst recht nur ungern ins Detail.

»Ward.«

»Sam.«

Hastroll saß Sheppard gegenüber. Neben dem Pfeifenhalter des Detective stand ein Foto seiner Frau Marilyn. Hastroll fragte sich, ob er nach Hannahs Tod wohl auch Fotos von ihr aufstellen würde.

»Wie ist die Lage?«, fragte Sheppard.

Hastroll berichtete von Pepins Affäre mit Georgine Darcy. Er werde sich noch eingehender mit dem Ehebruch befassen; da das Verhältnis jedoch lange vor Alice' Tod beendet worden sei, komme es als Motiv zunächst nicht infrage. Dann fasste Hastroll den Laborbericht des Forensikers zusammen, der die Rückstände unter Pepins Fingernägeln untersucht hatte. Ausschließlich unter den Nägeln von Ring- und Zeigefinger hatten sich Spuren von Nüssen nachweisen lassen, und die Bissspuren an Ober- und Unterseiten der Finger entsprachen Alice' Zahnstand, was Pepins Aussage, er habe die Luftwege seiner Frau freiräumen wollen, ebenso bestätigte wie andererseits auch den Verdacht, er habe ihr die Erdnüsse gewaltsam zugeführt. Alice hatte sich den rechten oberen Schneidezahn an Pepins Finger abgebrochen, wobei die beiden hinzugezogenen Zahnärzte unterschiedlicher Ansicht waren, was den Grund betraf: Dr. Wendell Corey führte die Absplitterung auf stumpfe Gewalteinwirkung zurück – von einer Hand beispielsweise, die dem Opfer in den Mund gerammt wurde –, wohingegen seine Kollegin Dr. Iphigenie Castiglioni eine Hebelwirkung zu erkennen meinte, die eingesetzt habe, als der Mann seine Hand *heraus*zog. Die Salz- und Speichelspuren an Alice Pepins Handflächen untermauerten die Selbstmordthese; außerdem ließen sich ihre Fingerabdrücke auf den Tellerscherben finden, im Gegensatz zu denen ihres Mannes. Hastroll schilderte Sheppard die Aussage von Alice' Therapeuten Dr. Fred Graham, der zufolge sie seit Langem depressiv war, in der letzten Sitzung vier Wochen vor ihrem Tod jedoch ausgeglichener und fröhlicher gewirkt habe als je zuvor, was der Doktor ihrem enormen Gewichtsverlust und dem damit einhergehenden Gewinn an Selbstvertrauen zuschrieb, wenngleich sie, Hastroll hatte sich den Namen des Medikaments notiert, das neue Rezept auf der Stelle eingelöst hatte. Hastroll berichtete auch, dass er dabei sei, die Bilder der Überwachungskameras auf dem Henry Hudson Parkway, dem West Side Highway und vor dem Naturhistorischen Museum auszuwerten. Er informierte Sheppard darüber, was bei der Überprüfung der Finanzen des Paares herausgekommen war. Die beiden Eheleute hatten zusätzlich zum gemeinsamen Konto geheime Konten bei verschiedenen Banken eröffnet und zwei Postfächer angemietet, an die ihre Kontoauszüge und Kreditkartenabrechnungen weitergeleitet wurden. Keine dieser Transaktionen erschien Hastroll jedoch ungewöhnlich. Alice hatte auf diesem Weg ihre Therapiestunden, den Eigenanteil für medizinische Behandlungen, Diätrezepte, Sportbekleidung, den Mitgliedsbeitrag in einem Sportstudio sowie neue Kleidung bezahlt. Pepin hingegen hatte sein geheimes Konto genutzt, um für die Kosten seiner Affäre aufzukommen – Hotels, Geschenke, das eine oder andere Sexspielzeug. Kurz gesagt, hatten sich die Pepins nicht anders verhalten als die meisten Ehepaare, die den Detectives untergekommen waren: Sie hatten ihre Beziehung mittels erbärmlicher Täuschungsspielchen künstlich verlängert, ein Doppelleben geführt und auf alle Außenstehenden einen relativ glücklichen Eindruck gemacht. Pepin würde aus dem Ableben seiner Frau in finanzieller Hinsicht keinen erwähnenswerten Nutzen ziehen, worauf er als erfolgreicher Spieledesigner auch nicht angewiesen war, deswegen ließ sich Habgier als Motiv ausschließen. Interessanterweise – Hastroll hatte es herausgefunden, weil er sich bei den Nachbarn der Pepins und im Schulbüro umgehört hatte – war Alice gerade erst von einem Sabbatjahr zurückgekehrt, während dessen sie offenbar eine neunmonatige Weltreise unternommen hatte. Sie war am dreizehnten September vom Flughafen La Guardia nach London geflogen und am dreizehnten Juni des darauffolgenden Jahres über das australische Melbourne nach New York zurückgekehrt. Sie hatte sich mit ihrem Mann versöhnt und zwei weitere Monate mit ihm zusammengelebt. Hin und wieder sei es zu Reibereien gekommen, aber nichts habe die Katastrophe angekündigt.

Sie hatten es, schloss Hastroll, mit einem jener seltenen, traurigen Fälle zu tun, bei dem es zwischen zwei Eheleuten zu einer spontanen Eskalation körperlicher und seelischer Gewalt gekommen war, nicht weniger rätselhaft und undurchdringlich als ein Wurmloch; die ganze Wahrheit kannte nur der Überlebende. Als Hastroll das sagte, mied er Sheppards Blick.

Trotzdem blieben zwei quälende Verdachtsmomente bestehen. Erstens der fingierte Einbruch, auf den Hastroll sich keinen Reim machen konnte. Zweitens hatte Pepin in den Wochen vor Alice' Tod auf seinem Handy immer wieder Anrufe entgegengenommen, die Hastroll zu einem Münztelefon im Time-Warner-

Gebäude am Columbus Circle zurückverfolgt hatte. Rand Harper, Pepins Nachbar, hatte das letzte dieser Gespräche, offenbar eine hitzige Diskussion, zufällig mitangehört; am nächsten Tag war Alice Pepin tot.

Manchmal stellte Hastroll fest, dass er sich an die neue Abmachung mit Hannah gewöhnt hatte. Betrachtete man das Ganze aus Männersicht, führten sie eine perfekte Ehe. Morgens wachte er in seinem Bett auf, das neben ihrem stand, normalerweise ein paar Minuten früher als sie, und ging dann in die Küche, um Kaffee aufzusetzen. Seit Hannah ihren freiwilligen Bettarrest angetreten hatte, trank sie ihren Kaffee mit Milch und Zucker. Hastroll beobachtete, wie der Pegel der weißen Kristalle im Zuckerglas so stetig abfiel wie in einer Sanduhr. Er stellte sich die konzentrierte Süße vor, die durch Hannahs Körper zirkulierte. Er brachte ihr den Becher und wartete, bis sie sich aufgesetzt und die Kissen in ihrem Rücken arrangiert hatte, so wie damals, als sie noch nicht im Bett wohnte, und dann lagen sie für eine Weile auf ihren getrennten Matratzen und unterhielten sich. Nach einer nicht festgelegten Zeit, die ganz von Hastrolls jeweiligem Arbeitspensum abhing, entschuldigte er sich, um duschen zu gehen. Und während es vor Hannahs Hausarrest noch darum gegangen war, sich Zeit auf dem Klo oder einen Platz zum Rasieren oder Augenbrauenzupfen vor dem Spiegel zu erkämpfen, hatte Hastroll nun die Dusche ganz für sich allein und konnte das Waschbecken verdreckt hinterlassen, er konnte sich sogar, falls ihm danach war, einen runterholen oder so lange und ausgiebig kacken, wie es ihm gefiel. Bevor er sich auf den Weg zum Revier machte, küsste er Hannah auf die Stirn und stellte ihr das Frühstück, einen Krug Wasser sowie ein Schinken-Käse-Sandwich für später ans Bett. Dann ging er zur Arbeit. Wenn er nach Hause kam, war der Fernseher eingeschaltet, das Sandwich gegessen, der Krug zur Hälfte geleert; der Teller stand auf dem Fußboden, und Hannah lag im Bett.

Er gewöhnte sich daran. Tatsächlich hatte die Regelung auch ihre guten Seiten. Hannah hätte selbst zugegeben, dass sie seltsame Prinzipien hatte, persönliche Grenzen, um die Hastroll jahrelang unbewusst herumgeschlichen war. Hannah brauchte ihren Schlaf – gute acht Stunden –, sie verteidigte ihn mit aller Macht und reagierte äußerst empfindlich, wenn man ihr diesbezüglich in die Quere kam; blieb sie einmal zu lange auf, geriet ihr Schlafkonto sofort empfindlich ins Minus, wofür sie am nächsten Tag mit großer Gereiztheit bezahlen musste. Nun nutzte Hastroll die Gelegenheit, um sich neue Kinofilme in der Spätvorstellung anzusehen. Hannah bevorzugte Matineevorstellungen am Wochenende, außerdem bestand sie auf gewaltfreien Filmen. Jetzt konnte Hastroll *alles* ansehen, und zufrieden stellte er fest, dass er inzwischen alle Filme auf seiner privaten Liste abgehakt hatte und einen ganzen Schwung kleiner Independent-Produktionen und restaurierter Klassiker obendrein. Zum ersten Mal im Leben fühlte er sich kulturell auf der Höhe der Zeit. Und falls ihn einmal an der Bar des Albert Hotel, wo er sich nach dem Kinobesuch immer häufiger selbst auf einen Cocktail einlud, zufälligerweise eine junge, attraktive Frau ansprechen sollte (Irene Winston zum Beispiel, die Kellnerin, eine wohlgeformte, sexy Doppelgängerin von Hannah, als die noch nicht Hannah-im-Bett gewesen war), wäre er in der Lage, in ihrer Sprache zu antworten, denn Kinofilme waren die Lingua franca der Jugend. Und angenommen, sie würde nach der Unterhaltung den Platz seiner Frau einnehmen wollen oder sich zumindest von ihm vernaschen lassen oder aber nach einer gewissen Zeit vorschlagen, seine Frau auf eine Art und Weise umzubringen, die ihm keinerlei Schuldgefühl bereiten würde (was natürlich unmöglich war), er würde noch einmal ganz von vorn anfangen … natürlich nur insofern, als dass seine Gefühle für andere Frauen ohnehin ganz offensichtlich mit seinen Gefühlen für Hannah verquickt waren. Hastroll würde keine Affäre beginnen, bevor er nicht (qua schriftlicher, im Vorhinein abgegebener Garantie) *sicher* wüsste, dass die jüngere, wohlgeformte, sexy Version von Hannah sich niemals so ins Bett verkriechen würde wie Hannah (was natürlich unmöglich war). Abgesehen davon, waren seine Gedankenspielereien völlig irrelevant, da sie allesamt voraussetzten, dass er die andere Hannah tatsächlich ansprach, wozu ihm selbstverständlich der Mut fehlte.

Er gewöhnte sich daran. Hannah, früher eine wählerische Esserin, aß, was immer er für sie kochte, selbst Brokkoli, ein Gemüse, das sie verabscheute, Hastroll wegen der vielen Antioxidantien hingegen hoch schätzte. Ähnlich verhielt es sich mit Weizenkeimen, die in ihr Müsli zu streuen Hannah sich in der Vergangenheit immer geweigert hatte, auch wenn er nicht müde geworden war, sie darauf hinzuweisen, dass Weizenkeime viel Folsäure enthielten und somit der Deformation des ungeborenen Kindes vorbeugen konnten, sollten sie jemals Kinder bekommen. »Kinder?«, hatte Hannah gesagt. »Ha!« Nun jedenfalls war sie ein braves Mädchen und aß alles bis zum letzten Bissen auf.

Er gewöhnte sich daran. Wenn er nach Hause kam, hatte er die totale Kontrolle über die Fernbedienung. Wenn sie sagte: »Ward, kann ich bitte mal die Fernbedienung haben?«, wenn er den Arm ausstreckte und sie hinzufügte: »Ich komme leider nicht dran«, dann zuckte er bloß mit den Achseln und schaute weiter Tennis.

Er gewöhnte sich daran. Er brauchte weder die Regale abzustauben noch hinter dem Sofa zu saugen. Falls ihm der Sinn danach stand, konnte er unter der Dusche oder mit heruntergeklapptem Toilettensitz pinkeln, was oft vorkam. Er konnte die Spülmaschine laufen lassen, obwohl sich nur wenige Teller und Tassen darin befanden. Er brauchte die bunte nicht von der weißen Wäsche zu trennen. Er könnte sich einen Hund, eine Katze, einen Papagei, einen Sittich oder einen Fisch anschaffen. Ein Terrarium mit Schlangen. Wüstenrennmäuse, Hamstern oder Ratten. Sollten ihm die Nagetiere langweilig werden, könnte er sie an die Schlangen verfüttern. Was zum Teufel würde Hannah schon sagen? Sie würde im Bett liegen und sich nicht über Dinge aufregen, von denen sie nichts wusste. Aber Hastroll unternahm nichts. Er genoss *ausschließlich* seine Freiheit. Solange Hannah im Bett lag, war sie wie eine kranke Mutter oder Schwester, die den Platz seiner Frau eingenommen hatte.

Er gewöhnte sich daran. Tatsächlich genoss er die Routine, die in ihr Sexualleben eingekehrt war. Neuerdings hatte er Sex ohne jeden Anspruch auf gegenseitige Befriedigung, Sex nur für ihn; Nuttensex. Am liebsten stieg er zu ihr ins Bett, wenn sie schon eine Weile schlief. Ganz besonders glücklich machte es ihn, wenn sie etwas getrunken hatte. Obwohl es pervers war, krank geradezu, befummelte er ihre Brüste, wenn sie, benebelt vom Alkohol und ihren Träumen, im Tiefschlaf lag. Sie murmelte seinen Namen, manchmal auch den eines anderen Mannes, und in Hastrolls Gedanken zogen dann seltsame Bilder auf. Sie stöhnte, wenn er sie begrapschte, aber vielleicht hätte sie ohnehin gestöhnt. Er zog sich die Pyjamahose herunter und legte ihre Hand an Mr. Penis, den sie behutsam und automatisch zu streicheln begann; sie verhielt sich wie ein Säugling, der sofort reagierte, sobald man ihm eine Brustwarze in den Mund schob. Er spreizte ihre Beine, schob eine Hand unter ihren Arsch, zog sie weit auf – sie war immer sehr nass – und bestieg seine im Halbschlaf dahindämmernde Frau zu seiner vollen Befriedigung. Manchmal hörte sie nicht auf zu murmeln, wenn er gekommen war. Bei anderer Gelegenheit riss er sie nur kurz aus ihren Träumen, und sie schlief sofort wieder ein, als wäre nichts passiert. Hin und wieder wachte sie auf und verlangte nach mehr, woraufhin er sagte: »Schlaf weiter«, was sie auch tat. Manchmal wirkte sie einfach nur verwirrt. »Hatten wir letzte Nacht Sex?«, fragte sie dann am nächsten Morgen. Entweder sagte er ihr die Wahrheit und bejahte die Frage, oder er log und verneinte, nur um zu testen, ob sie wach gewesen war. Und wenn er selbst zu viel getrunken hatte, behauptete er, es leider nicht zu wissen, was oft sogar der Wahrheit entsprach.

Er tat, was immer er wollte. Wenn ihm in der Wohnung die Decke auf den Kopf fiel, ging er in den Hinterhof und kümmerte sich um seine Rosen. Er hatte ein Beet angelegt, breit genug, um mehrere Personen der Länge nach darin zu vergraben. Manchmal brachte er Schnittblumen mit hinauf und dekorierte Hannahs Frühstücks- oder Abendessenstablett mit einer besonders schönen Blüte. Merkwürdigerweise gab es nichts, was sie schneller in Rage brachte, sie warf mit der Blume nach ihm und beschimpfte ihn lautstark – und auch das gefiel ihm an der neuen

Regelung. Wenn sie ihn anschrie, konnten ihre Worte ihn nicht mehr verletzen – da Hannah sich aufzustehen weigerte, handelte es sich lediglich um die Klage einer Invaliden. Er konnte sich einfach umdrehen, das Zimmer verlassen und die Tür hinter sich zumachen.

Zugegeben, er vermisste sie, wenn er draußen in der Welt unterwegs war. Er erinnerte sich daran, wie sie früher ungefragt seine Hand oder seinen Arm genommen hatte, wie sie hinter ihm aufgetaucht war und ihn umschlungen und ihm ins Ohr geflüstert hatte, was sie später noch tun könnten. Nach dem »Ich bin wieder da!«, nach dem Kochen, dem Abendessen, dem »Wie war's?«, dem Abspülen, dem Blick ins Eisfach und dem Plätschern des Whiskys auf die Eiswürfel beschlich ihn manchmal eine Sehnsucht, wie er da in seinem Lieblingssessel saß, eine Sehnsucht nach Hannah, die er nicht ganz verstehen konnte, eine Sehnsucht nicht bloß nach der Frau, die er geheiratet hatte, sondern nach einer Zeit, in der er unbelastet gewesen war, die Schultern noch nicht gekrümmt und der Rücken noch nicht verspannt. Wahrscheinlich sehnte er sich nach seiner Jugend, auch wenn das Gefühl komplexer war und mit einem geistigen Zustand zu tun hatte, an den er sich nicht mehr erinnern konnte – er sehnte sich wie ein Alzheimerpatient, auf orientierungslose, flüchtige, vergebliche Weise. Es war, als würde er in einer überfüllten U-Bahn von einem Fremden angerempelt, ein plötzliches, unerwartetes und auf ganz eigene Art erschreckendes Gefühl.

Es war die Sehnsucht nach dem Gefühl, frisch verliebt zu sein. Erfuhr er gerade am eigenen Leib, was es bedeutete, wenn man zusammen alt wurde?

Nun, da er sich an die neue Regelung gewöhnt hatte, bekam er auch ein neues Problem. Er konnte sich nicht mehr an das Leben *davor* erinnern, sein Gedächtnis ließ ihn im Stich, egal, wie sehr er sich bemühte. Er konnte sich an gemeinsame Unternehmungen erinnern, aber es kam ihm vor, als würde er Schauspieler in einem Stummfilm beobachten, Schattenfiguren aus fremden Träumen. Selbstverständlich konnte er sich noch an die lange Autofahrt nach Cleveland erinnern – ein anstrengender Zwölfstundenritt –, wo er Hannahs Familie vorgestellt worden war, seine damaligen Gefühle für Hannah oder die Unterhaltung im Auto hatte er jedoch vergessen. Er wusste nicht mehr, warum es ihn so erregt hatte, ihren Mund in Bewegung zu sehen. Selbstverständlich konnte er sich an ihre Hochzeitsreise nach Kiawah erinnern, wo sie stundenlang und Hand in Hand an endlosen, flachen Stränden spazieren gegangen waren und Hannahs Hand sich in seiner immer trocken angefühlt hatte. Er erinnerte sich an das seltsam romantische Gefühl, mit dem er die breitarmigen Krabbenfischerboote aufs Meer hinaustuckern gesehen hatte, an seine und Hannahs Träumereien, so ein Boot zu kaufen und sich zusammen ein perfektes Leben einzurichten. Er konnte sich jedoch nicht erinnern, was *sie* damals gefühlt hatte, dabei musste sie es ihm gesagt haben, und auch nicht an den Sex von damals, nur dass ihr Körper ihm neu und kostbar erschienen war.

In letzter Zeit fiel es ihm schwer, sich überhaupt an irgendeine ihrer Aussagen zu erinnern.

Wie ist es möglich, dass Menschen einander so ausradieren können?, fragte er sich.

Es gab nur noch die Hannah im Bett.

Hannah im Bett.

Hannah.

Sag ihren Namen, wieder und wieder, sprich ihn rückwärts aus, und nichts wird sich ändern. Zuerst klang es wie ihr Name, dann wie ein Herzschlag, den er schließlich, wie das bei einem Herzschlag so ist, gar nicht mehr hörte. Selbstauslöschung, ein magisches Verschwinden vor Publikum. Sie hatte es geschafft, ihre gemeinsame Vergangenheit hinfortzuzaubern.

Völlig überraschend erhielt Hastroll einen Anruf von Georgine Darcy.

»Ich würde Sie gern unter vier Augen sprechen, wenn es Ihnen nichts ausmacht.«

»Wir treffen uns in der Bar des Albert Hotel.«

Sie hockten in einer der Sitzecken, wo es dunkel und abgeschieden war und wo man sich sicher fühlte. Darcy bestellte einen Martini, kippte ihn herunter, bestellte einen zweiten. Während sie auf ihren Drink wartete, zündete sie sich mit zittrigen Händen eine Zigarette an – »Verhaften Sie mich doch«, sagte sie –, deren Asche sie abklopfte wie eine Frucht von einem Baum.

»Ich suche mir immer die unmöglichsten Männer aus«, sagte sie. »Wenn ich es mit Humor nehmen könnte, würde ich sagen, ich hätte ein besonderes Talent dafür. Es ist, als würde ich Signale auf einer Frequenz aussenden, die eine ganz bestimmte Sorte von Typen anzieht. Ich kann nichts dagegen tun, egal, wie oft ich mir vornehme, mein Schema zu ändern und mir einen anderen Typ Mann zu suchen. Die Männer, die mich lieben, finde ich abstoßend. Und die Männer, ohne die ich nicht leben will, erwidern meine Liebe nicht.«

Hastroll wartete.

Schließlich sagte sie: »Können Sie mir das erklären, Detective? Bei Ihrer Arbeit haben Sie doch bestimmt eine Menge Menschen getroffen und einiges gelernt.«

Hastroll betrachtete seine Hände, die gefaltet auf der Tischplatte lagen, und musste sich eingestehen, dass er in diesem Zusammenhang ein denkbar ungeeigneter Ratgeber war. »Das Herz«, sagte er, »ist halb kriminell. Es kommt darauf an, wachsam zu bleiben. Die Augen offen zu halten und zu warten, bis sich die eigene kriminelle Seite aus der Deckung wagt.«

Darcy zündete sich eine weitere Zigarette an. »Und dann?«

Hastroll zuckte mit den Achseln. »Dann stellt man sich.« Er warf einen Blick auf seine Armbanduhr. »Haben Sie mir irgendwas zu sagen, Miss Darcy?«

»Ich wollte Ihnen das hier geben«, sagte sie und schob einen mehrere Zentimeter dicken Briefumschlag über den Tisch. »Ich dachte, vielleicht sollten Sie sich das einmal ansehen.«

Hastroll öffnete den Umschlag mit seinem Klappmesser und zog einen Papierstapel heraus.

»Das ist Davids Roman. Er hat ihn mir zu lesen gegeben, bevor er mit mir Schluss gemacht hat. Ich muss wohl nicht dazusagen, dass die Lektüre danach nicht mehr ganz oben auf meiner Prioritätenliste stand. Aber letzte Woche hat er mich angerufen und das Manuskript zurückverlangt, und da bin ich neugierig geworden«, erklärte sie. »Schon die ersten Zeilen haben mich stutzig gemacht.«

Als David Pepin zum ersten Mal von der Ermordung seiner Frau träumte, trat er nicht selbst als Täter auf. Er träumte von höherer Gewalt im richtigen Augenblick.

Schließlich spitzte sich die Lage zwischen Hastroll und Hannah zu.

Normalerweise ging er von der Arbeit direkt nach Hause, aber nun war Freitagabend, er hatte eine anstrengende Woche hinter sich und große Lust, etwas zu unternehmen. Da er alle Filme gesehen hatte, kam Kino nicht infrage. Er spielte mit dem Gedanken, ein Konzert zu besuchen, wobei ihm die Vorstellung mehr zusagte als das Erlebnis an sich. Ein Abendessen mit Freunden hätte er sich nett vorgestellt, aber er und Hannah hatten keine Freunde – und wie hätte er, wenn sie welche gehabt hätten, die Abwesenheit seiner Frau erklären sollen? Frustriert machte er sich auf den Weg zum Albert Hotel, um sich dort zu den anderen alleinstehenden Männern zu setzen – die Bar war voll davon. Kurz fragte er sich, ob die Frauen der anderen ebenfalls im Bett lagen.

Hastroll trank vier Cocktails und machte sich dann auf den Heimweg.

Hannah hatte sich im Mai hingelegt, inzwischen war es September geworden, und Hastroll fiel auf, dass die Lichter der Stadt nach dem Wetterumschwung im Herbst heller leuchteten als zu jeder anderen Jahreszeit, dass an kühlen, klaren Abenden alles eine größere Tiefenschärfe bekam. Wozu in Gottes Namen sollten sie noch länger so weiterleben?

Er forschte in seinem Herzen und in seinem Hirn nach dem Grund für Hannahs selbst auferlegten Arrest, wie immer ergebnislos. Dann kam ihm plötzlich ein Einfall: Er wusste, wie er sie dazu bewegen könnte, das Bett zu verlassen. Das Einzige, was er noch nicht versucht hatte, war, sie einfach zu bitten.

Er hatte sie schon viele Male angefleht, aber er hatte sie niemals ausdrücklich gebeten aufzustehen. Dieses Mal, versprach er sich, würde es anders sein. Er würde einen wunderbaren Trick anwenden, auf den er zufällig während eines Streits mit Hannah gekommen war, ein einzigartiger Umschwung, wie ihn vermutlich nur Paare erlebten, die lange genug zusammen waren, um einander in- und auswendig zu kennen. Eines Abends, sie waren schon seit mehreren Jahren verheiratet, konnte er die Eskalation eines Streits abwenden, indem er sagte: »Stopp. Aufhören. Hannah, ich liebe dich. Lass uns einfach aus dem Ring steigen.« Und wundersamerweise wurden sie tatsächlich ruhig und umarmten einander. Und machten weiter, als sei der Streit nichts weiter als ein kleines Schlagloch auf der Straße des ansonsten friedlichen Abends gewesen. Alles war vergeben und vergessen. Game over. Neustart.

Liebe.

Er war aufgekratzt – und, zugegeben, ein bisschen betrunken – und ehrlich davon überzeugt, Hannah würde einfach aus dem Bett steigen, wenn er das Schlafzimmer nur mit ausreichendem Elan und Schwung betrat und rief: »Hannah, los, komm schon, auf, auf! Ich habe Champagner und Käse und Cracker mitgebracht. Wir essen einen Happen, und dann kannst du dich in aller Ruhe fertigmachen, bevor wir ausgehen!« Sie würde auf seinen Enthusiasmus reagieren wie eine Aphasikerin, nicht seine Worte, sondern sein fröhliches Gesicht würden den gewünschten Effekt erzielen. Sie würde aus dem Bett gesprungen sein, noch bevor sie begriff, was passiert war. Er würde sie mit seiner guten Laune regelrecht überrollen. Hastroll war von seinem Plan dermaßen überzeugt, dass er losging, um einen Haufen Geld in eine Flasche Dom Perignon, einen ganzen Brie (Hannahs Lieblingskäse) und eine Packung Kräcker zu investieren. Er würde sie, um es mit den Worten der Gettojungs zu sagen, die er manchmal verhaftete, hammermäßig überraschen.

Als er nach Hause kam, lag die Wohnung im Dunkeln.

Das irritierte ihn ein wenig, trotzdem schritt er unverzagt durchs Wohnzimmer, schob sich blind wie Helen Keller an den

Möbeln vorbei, tastete nach der Schlafzimmertür und öffnete sie. Drinnen konnte er die Gestalt seiner Frau ausmachen; sie wurde vom durch die Jalousie einfallenden Licht in Streifen geschnitten und saß mit verschränkten Armen im Bett.

»Hannah, komm schon«, sagte er, »los, hopp, hopp!«, aber als er den Lichtschalter betätigte, passierte – nichts. Die Glühbirne blieb dunkel.

»Es funktioniert nicht«, sagte sie.

Es fühlte sich an, als hätte sie ihm in den Magen geboxt.

»Der Fernseher ist auch tot.« Sie drückte ein paarmal auf die Fernbedienung, wie um es ihm zu demonstrieren. »Ich dachte, der Strom wäre ausgefallen, aber ich kann den Fernseher in der Wohnung über uns hören.«

Die Papiertüte in seiner Hand schien hundert Kilo zu wiegen. Er stellte sie ab.

»Ich habe sogar die Batterien in der Fernbedienung ausgewechselt.« Hannah zog die Schublade ihres Nachttisches auf, in der ein Haufen Duracells lag. »Wahrscheinlich habe ich ihn zu lange laufen lassen.«

Hastroll ließ sich auf sein Bett sinken.

»Ich habe ihn so lange laufen lassen, bis er kaputtgegangen ist«, sagte sie traurig.

Hastroll stieß einen tiefen Seufzer aus.

»Was ist in der Tüte?«, fragte sie.

»Champagner«, antwortete er. »Brie.« Er musste hineinsehen, um sich zu erinnern. »Cracker.«

»Oh«, sagte sie.

»Möchtest du?«

Sie blinzelte in den dunklen Raum, bevor sie sich wieder in die Kissen sinken ließ. »Nein«, sagte sie. »Nein, lieber nicht.«

»Ich dachte …«, fing er an. Aber dann unterbrach er sich und kratzte sich am Kopf, der sich so schwer anfühlte, dass Hastroll das Kinn auf die Brust sinken ließ. »Ich dachte«, sagte er zu seinen Knien, »wenn ich hier begeistert mit Champagner und Knabbereien reinkomme, stehst du vielleicht auf und gehst mit mir aus.«

»Aus?«, lachte sie. »In welchem Sinne?«

»Nach draußen«, sagte er, »im Sinne von: nach draußen in die Welt. Aber eigentlich würde mir das Wohnzimmer schon reichen.«

»Oh«, sagte sie, und er konnte sehen, wie ihr geisterhafter Umriss die Bettdecke glatt strich. »Nein danke.«

»Warum nicht?«, fragte er und hob den Kopf.

Sie zog die Schultern an, verharrte, ließ sie wieder sinken.

»Das ist keine Erklärung«, sagte er.

Sie wiederholte die Geste, wie ein ratloses Kind.

Hastroll stand auf, beugte sich vor und stützte die Hände auf die Knie, um auf Augenhöhe mit ihr zu sein. »Das ist *keine* Erklärung.«

Sie zog eine übertriebene Grimasse. »Tut mir leid«, sagte sie.

Schon sah er seine Faust in ihrem Gesicht landen, riss sich aber zusammen. *»Das ist keine Erklärung!«*

Sie schaute weg, verschränkte die Arme und starrte stumm aus dem Fenster.

»Hast du mich verstanden?«

Sie rührte sich nicht.

»Soll das für immer so weitergehen? Wirst du jetzt nicht einmal mehr mit mir reden?«

Sie schwieg.

»Du … verdammtes … Miststück!«, sagte er.

Er packte seine Papiertüte, stampfte aus dem Zimmer und schlug die Tür so kraftvoll hinter sich zu, dass die ganze Wohnung zu vibrieren schien. »Verdammtes *Miststück!*«, schrie er. »Hast du gehört? Verdammtes, bettlägeriges, kindisches *Miststück!*« Er knipste alle Lampen an und zog die Jalousien hoch. »Miststück im Dunkeln!« Er ging in die Küche und holte ihre beiden Waterford-Champagnergläser herunter, das Hochzeitsgeschenk von Hannahs Eltern; er wählte das Glas aus, das er für Hannahs hielt, und schleuderte es mit aller Wucht zu Boden, wo es sofort zersprang. »Selbstherrliches Miststück mit wund gelegenem Arsch!« Er ließ den Korken des Dom Perignon knallen, schenkte sich ein Glas ein und leerte es auf einen Zug. Er schenkte sich ein zweites ein und trank auch das. »Champagner-im-Arsch-Miststück!« Er riss den Brie aus der Verpackung und biss ein großes Stück heraus, samt Rinde und allem, dann legte er fünf Cracker auf den Küchentresen und zertrümmerte sie blitzschnell nacheinander mit der Faust, einen für jeden Monat, und dabei rief er: »Miststück, Miststück, Miststück, Miststück, Miststück!«

Er kippte den Dom wie Mineralwasser, warf die leere Flasche in die Spüle und begann eine Unterhaltung mit seiner Frau.

Er sprach zu ihr und gleichzeitig zu sich selbst, es war die Art von Unterhaltung, wie man sie auf langen, einsamen Autofahrten führt, ein lautes, seltsam selbstreferentielles Denken, ein Monolog, eine Vorstellung, die ans Melodramatische grenzte; und was Hastroll sagte, konnten nur sie beide verstehen. Er sprach eine fremde Sprache, die sich ausschließlich auf ihre gemeinsame Vergangenheit bezog und jedem Außenstehenden so unverständlich erscheinen musste wie ein flüchtig mitangehörtes Telefonat – eine dunkle, hässliche Sprache. »Aber *du* tauchst nicht ab, oh nein, du sagst: ›Es soll sich einfach auflösen!‹ Hast du jemals erlebt, dass es sich einfach auflöst?« Und: »Du sagst, wir müssen dies, und du sagst, wir müssen das, aber *wir* bedeutet *mir*, und *mir* fehlt *wir*.« Und weiter: »*Ich* soll meinen Stolz herunterschlucken? Hast du gesagt: schlucken? Sag das noch mal. Oh. *Schlucken*. Tut mir leid, ich weiß nicht, was das heißt.«

Weil er einen Drink brauchte, ging er zur Anrichte, schenkte sich ein großes Glas ein und setzte sich in seinen Lieblingssessel, er trank und überlegte sich, dass er morgen einen Riesenkater haben würde, daran würde sich nichts mehr ändern lassen. Er könnte Wasser trinken, Aspirin und Vitamin C einnehmen und Vitamin B noch dazu, sich mit Pizza, Burgern, Hähnchenflügeln und Pommes frites vollstopfen – es würde nichts nützen. Hatte man beim Saufen eine bestimmte Grenze überschritten, dann gab es kein Zurück mehr. Wie bei Mord.

Er griff zum Telefonhörer und wählte die Nummer, von der aus Pepins Handy angerufen worden war. Völlig verausgabt, lauschte er dem Tuten, bis der Anruf auf einen Pager umgeleitet wurde. Er tippte seine Nummer ein, legte auf und wartete eine halbe Ewigkeit. Er ließ den Kopf in den Nacken sinken und starrte die Decke an, so lange, bis er sich einbildete, die Decke wäre der Fußboden, ein makelloser Fußboden, den niemand je betreten hatte; er stellte sich vor, auf diese Weise durchs Apartment zu gehen, zu Hannah hinunterzuschauen, die an der Zimmerdecke schlief, den Salzstreuer zu schütteln und die Körner auf den Teller unter sich rieseln zu sehen. Dann wurde Hastroll zu seiner großen Überraschung zurückgerufen; er hob noch vor dem zweiten Klingeln ab. »Wer spricht da?«

»Wer spricht *da*?«, fragte der Mann zurück. Seine Stimme klang unnatürlich hoch. Sie klang *böse*.

Beide schwiegen.

»Sie zuerst«, sagte die Stimme.

»Hier spricht Detective Hastroll.«

»Nie gehört.«

»Jetzt Sie.«

»Ich gebe meinen Namen nicht an Unbekannte weiter.«

Hastroll hörte in der Ferne ein Nebelhorn, eine jaulende Sirene, fernes Donnergrollen – alles draußen, hinter dem Fenster. Der Tag war altweibersommerlich gewesen, und nun zog eine Sturmfront auf.

»Möchten Sie irgendwas von mir?«, fragte die Stimme.

»Ja.«

»Was?«

»Eine Erklärung.«

»Ich höre.«

»Ein Geständnis.«

»Weiter.«

»Sie haben sie umgebracht.«

»Wen?«

»Alice Pepin. Er hat Sie angeheuert, nicht wahr?«

Der Mann lachte hinterhältig. »Sie hat sich selbst umgebracht«, sagte er schließlich.

»Ich glaube Ihnen kein Wort.«

»Kein Wunder! Es war perfekt.«

»Sagen Sie es mir persönlich.«

»Betrunkener Idiot.«

»Ich kriege Sie, das schwöre ich.«

»Betrunkener, lallender Schwachkopf.«

»Wir treffen uns, sofort! Auf der Stelle!«

»Sieh einer an«, sagte Hannah.

Zu Hastrolls Überraschung war Hannah im Wohnzimmer aufgetaucht, stand ihm nackt im Slip gegenüber. Ihr Anblick erschien ihm so unglaublich, dass er seinen Unterkiefer mit einem lauten *Klick* herunterklappen hörte. Sie stand leicht vornübergebeugt und wirkte ein bisschen unsicher auf den Beinen.

Aber noch bevor er etwas sagen konnte, keifte sie ihn an: »War das deine Freundin?«

Sanft legte er den Hörer auf. »Wovon sprichst du?«

»Hast du dir einen Zeitvertreib gesucht? Jemanden, bei dem du dir ein paar Streicheleinheiten holen kannst?«

»Mach dich nicht lächerlich.«

Er stand auf und ging auf sie zu, während sie zurückwich, so als wäre die Armeslänge, die sie trennte, ein unsichtbares Objekt, mit dessen Hilfe er sie ins Schlafzimmer zurückschob. Hastroll beschlich dasselbe seltsame Gefühl wie so oft, wenn sie sich stritten. Er vermutete, dass es etwas mit Scham zu tun hatte; bestimmt hörten die Nachbarn alles mit an. Er wurde das beunruhigende Gefühl nicht los, dass sie beobachtet wurden.

»Ich *wusste*, dass du nicht durchhalten würdest«, sagte sie. »Ich *wusste*, du würdest einknicken.«

»Hannah, du weißt nicht, wovon du sprichst.«

»In guten wie in schlechten Zeiten? Ha!«

»Liebling, bitte!«

»Als ob *ich* nicht genauso einsam wäre. Aber *du* hältst es einfach nicht aus, hm?«

»Das stimmt nicht.«

»Wer ist sie? Wie heißt sie?«

»Es gibt keine ›sie‹!« Dennoch konnte Hastroll nicht anders, als beim Gedanken an die andere Hannah zu grinsen.

»Du lachst ja«, sagte sie.

Er schaffte es, dem abgebrühtesten Verbrecher gegenüber den starken Mann zu markieren und mit seinem Pokerface dem schlimmsten Abschaum ein Geständnis zu entlocken; aber sobald er versuchte, seine Frau anzulügen, war seine Unsicherheit so unübersehbar wie ein Ständer in der Pyjamahose. »Nein«, winselte er. In Wahrheit war er kurz davor, in lautes Gelächter auszubrechen.

»Wird sie alles in die Hand nehmen, was ich vernachlässigt habe? Wirst du auch sie bluten lassen? Am ausgestreckten Arm verhungern lassen, du Arschloch?«

Und dann brach Hannah weinend auf dem Bett zusammen.

»Mir reicht's«, sagte er. Er wollte gehen, drehte sich aber wieder zu ihr um und sah, dass ihr Rücken zitterte, als sei ihr furchtbar kalt. Er streckte eine Hand nach ihrer Schulter aus. Ob er sie streicheln wollte oder etwas ganz anderes im Sinn hatte, wusste er später nicht mehr. Jedenfalls fuhr Hannah herum und schlug seine Hand weg.

»Nicht!«, schrie sie.

Die Wucht des Schlags ließ ihn gegen den Nachttisch stolpern. Ihr Wasserglas fiel herunter und ging zu Bruch. Er spürte einen stechenden, aufsteigenden Schmerz in seinem Arm; Hannahs Diamantring hatte seine Handfläche aufgeschlitzt.

Hastroll stand im Dunkeln und wurde von blinder Wut gepackt. Er griff nach einem Kissen und drückte es Hannah aufs Gesicht. »*Mir reicht's!*«, murmelte er. Es war köstlich, all seine Kraft einzusetzen, sich mit der Wucht aller Prügel, die sie scheinbar beziehen wollte und die er ihr nie verpasst hatte, auf ihr Gesicht zu stützen und wild auf die Kissenmitte einzudreschen, ohne sich dafür zu schämen. (Das größte Tabu für einen Mann ist nicht der Inzest, sondern eine Frau zu schlagen.) Sie bäumte sich unter ihm auf, versuchte, sich vom Nacken abwärts hochzustemmen, und als ihre Arme wild auf ihn einschlugen, wurde Hastroll bewusst – nicht sofort, aber in den grausigen Stunden danach –, dass es beim Morden einen heiklen Wendepunkt gibt, einen Abgrund, den zu überqueren Disziplin und Entschlossenheit erfordert, und dass sich, wie bei jeder anderen Aufgabe auch (wie dem Erlernen einer Sportart oder dem Verfassen eines Romans), die Einzelheiten des Vorhabens, seine Notwendigkeit und seine Gesamtdauer (Sekunden, Minuten, Jahre) erst offenbaren, wenn es vollbracht ist. Hastroll war gezwungen, sich mit dem Knie auf ihren Brustkorb zu stützen, während ihre Fingernägel sich in seine Hände krallten, die das Kissen hielten; als sie ihm ihre Finger in Nasenlöcher und Mund rammte, biss er zu, bis seine Zähne das Fleisch zerteilt hatten und auf steinharte Knochen trafen. Im letzten Adrenalinrausch schaffte sie es tatsächlich, sich das Kissen vom Gesicht zu reißen und »Ward, bitte!« zu keuchen, aber schon drückte er wieder zu. Das Gewitter entlud sich mit Blitz und Donner über der Stadt, während der Regen an die Fensterscheiben schlug, die Ziegelfassaden abwusch und die Rosen nährte und als tosender Schwall in den Gullis verschwand – gebündelte Energie, die ihm half, Hannahs Mund und Nase mit dem Kissen zu verschließen und ihre Schreie zu ersticken. Allmählich wurden ihre Schläge trunken und müde; sie wirkten, als die Kraft sie verließ, beinahe zärtlich. Und dann regte sie sich endlich nicht mehr, so als sei sie eingeschlafen.

Er ließ von ihr ab, stieg vom Bett herunter und betrachtete sein Werk.

Ihr Kopf war ein Kissen, die Laken wanden sich um ihre Beine. In der Dunkelheit war ihr Slip unmöglich vom Bettzeug zu unterscheiden. Sie war ein Teil des Betts geworden.

Nun musste er den Leichnam entsorgen.

Erst später begriff er, dass er unter Schock gestanden hatte und die Nüchternheit und Kühle, die er spürte, durch das traumatische Erlebnis hervorgerufen worden waren. Nachdem er das Apartment nach dem nötigen Werkzeug abgesucht hatte, nachdem er sich Gefrierbeutel über die Schuhe, Latexhandschuhe über die Hände und Hannahs Duschhaube über den Kopf gezogen hatte, drehte er die Dusche auf, legte die Leiche in die Wanne (warum fühlen sich die Toten so viel schwerer an als die Lebenden?) und machte sich daran, mit einer Säge die Arme von den Schultern, die Beine von den Hüften, den Kopf vom Hals zu trennen. Die Klinge gab einen entsetzlichen Gestank ab, ähnlich wie ein Bohrer, der einen Zahn berührt. Während er arbeitete, lief die Dusche, um das Blut wegzuspülen. Der Torso mit den Ansätzen der nun fehlenden Gliedmaßen wirkte dort, wo er noch intakt war, so perfekt wie eine antike Skulptur aus Menschenfleisch. Die abgesägten Glieder landeten mit einem dumpfen Krachen, das ihr Gewicht erahnen ließ, in der Wanne; es war, als werfe der Nachbar über ihnen einen schweren Gegenstand zu Boden. Der Wasserdampf ließ Hastrolls Brille beschlagen, und er nahm sie ab, um nichts mehr sehen zu müssen. Dann verpackte er Hannah, er ordnete ihre Körperteile so sorgfältig in seinem Koffer an, als würde er Gepäck in einem Kofferraum verstauen. Anschließend lief er mit Hannah an der Hand durch die finsteren Straßen bis zum Fluss hinunter, klatschnass unter seinem Hut und der Regenjacke, nicht weil sich ein kalter Regen auf Manhattan ergoss, sondern weil er schweißgebadet war. Als er die Promenade erreicht hatte, kippte er den Kofferinhalt über das Geländer und schaute zu, wie die Teile, die man nicht mehr Hannah nennen konnte, im schwarzen Wasser versanken; sein Gewissen war so frei von Schuldgefühlen wie die Leiche blutleer. Und dann, als er endlich wieder zu Hause war und in seinem Lieblingssessel saß, hörte er sich plötzlich schluchzen, denn er wusste, er hatte sie umgebracht.

Er wachte auf.

In der Wohnung war es stockfinster, das Telefon lag auf seinem Schoß.

Er ging ins Schlafzimmer und sah, dass Hannah schlief. Wie sie so dalag, sah sie ganz friedlich aus, und obwohl er über alle Maßen dankbar war, steckte ihm gleichzeitig der bittere Kater ihres Streits in den Knochen. Er wollte nichts lieber tun, als zu ihr ins Bett zu kriechen wie früher, als sie jung waren. »Ich hatte einen Albtraum«, würde er sagen, und dann würde sie fragen: »Was hast du geträumt?«, und obwohl er nicht mehr war und nie mehr sein würde als ein Detective, wäre er in diesem Moment der reichste Mensch auf Erden. Sie würden ihre Arme und Beine ineinanderschlingen und einschlafen. Stattdessen schleppte er sich schweißbedeckt ins Badezimmer, drehte den Wasserhahn auf, wusch sich das Gesicht und vergrub es im Handtuch. Er warf einen Blick in den Spiegel und erschrak über den Anblick.

Er sah den Mann, zu dem er geworden war, seit Hannah im Bett lag. Sein Anzug und sein Hemd waren zerknittert, die Spitze seiner Krawatte hing unter dem Jackett heraus, und er war so zerzaust, wie es nur die chronisch Zerstreuten hinbekommen. Sein Haar war innerhalb der letzten fünf Monate ergraut und ließ ihn nicht wie sechsunddreißig aussehen, sondern zehn Jahre älter. Der Mund in seinem schlaffen, vom zugelegten Gewicht nach unten verzogenen Gesicht schien permanent verkniffen. Schlimmer noch, er wirkte so apathisch wie die Killer, die er verhörte, eine Erkenntnis, die ihn mehr als alles andere erschreckte. Serienmörder litten unter einer speziellen Gefühlskälte. Man spürte sie schon vor dem Gespräch, sie eilte den Männern als physische Druckwelle voraus. Hinter ihren Augen klebte eine dicke, undurchdringliche Schicht, ihr Blick war so stumpf wie der eines Hais. Diese Männer, dachte Hastroll, ließen sich von der Liebe nicht berühren.

Er ließ den Kopf auf die Arme sinken und weinte bitterlich über das, was aus ihrem Leben geworden war.

Er weinte, weil er sich in der hintersten Ecke seines Apartments verstecken musste, um zu weinen.

Er weinte so heftig, dass es klang, als schnappe jemand vor Lachen nach Luft.

Er weinte, bis von ihm nichts übrig war als Geräusch.

Und da erschien Hannah in der Tür.

Sie trat aus der Dunkelheit des Flurs, als tauche sie aus einem schwarzen Pool auf. Ihr Anblick – ihre unvorhergesehene Erscheinung – erschreckte ihn zu Tode. Sie schien halb zu schlafen, durcheinander wie ein Kind, das aus dem Bett geholt wurde. Für einen Moment stand sie blinzelnd und auf wackeligen Beinen vor ihm. Dann streckte sie die Arme nach ihm aus, massierte seinen Nacken, lehnte sich an ihn. »Schscht«, machte sie, »schscht, ist ja schon gut.« Als ihre Hand ihn berührte, bekam er einen winzigen Stromschlag und zuckte zusammen. Sie war die Hexe, die das Leid über ihn gebracht hatte, die den bösen Fluch jederzeit aufheben und ihn retten konnte, und nun kam sie her, um ihn in der Höhle, in der sie hauste, willkommen zu heißen. Als er sie vor sich aufragen sah, unermesslich mächtig in ihrer Doppelnatur, bekam Hastroll noch mehr Angst.

»Was ist denn?«, fragte sie.

»Ich halte es nicht mehr aus«, flüsterte er.

Sie rückte noch näher heran, und er wandte sich beschämt ab.

»Was hältst du nicht aus, mein Schatz?«

»Es ist, als wärst du gar nicht mehr da.«

Sanft schob sie einen Arm über seine Schulter, stützte sich auf ihn, drückte ihre Nase an sein Ohr, stupste ihn an. Sie hatte ein süßliches Parfum benutzt, aber ihr Atem roch ranzig. »Siehst du«, sagte sie, »nun hast du es endlich verstanden.«

Detective Hastroll und Detective Sheppard saßen am Kaffeetresen im Borders, einem Buchladen im Time-Warner-Gebäude, und observierten die Telefonkabine neben den Toiletten. »Vielleicht die letzte von ganz Manhattan«, hatte Sheppard gewitzelt. Von hier aus war Pepin angerufen worden. »Nur zu meinem Verständnis«, hatte Sheppard gesagt, »zuerst rufen wir den Pager dieses Typen an?«

»Genau«, sagte Hastroll.

»Und dann warten wir ab, ob er uns von dieser Telefonzelle aus zurückruft?«

Hastroll wählte schon. »Und dann verhaften wir ihn.«

Er tippte seine Nummer ein und legte das Handy auf den Tresen.

Sie saßen stundenlang herum und gingen abwechselnd zur Toilette oder einen Happen essen.

»Wie geht es Hannah?«, fragte Sheppard schließlich.

»Gut, danke.«

Hastroll und Sheppard vertrieben sich die Zeit damit, Pepins Romanmanuskript zu lesen, wobei Ersterer jede gelesene Seite an Letzteren weitergab und immer wieder versucht war, von Hannahs Schwangerschaft zu erzählen. Dann wiederum hätte er jedem wildfremden Menschen lieber davon erzählt als Sheppard – jedem, nur nicht Sheppard. Früher oder später würde er es ohnehin erfahren. Hastroll konnte sich des Gefühls nicht erwehren, dass man sich, hatte man so viel Glück gehabt, seine Liebe nicht zu verlieren, der Prahlerei schuldig machte, wenn man auch noch darüber redete – egal, wie großzügig die Haltung des Zuhörers in dieser Frage war.

Er und Sheppard aßen Sandwiches mit Lachs und Crème fraiche, tranken Cola light und warteten stundenlang, ohne dass irgendjemand die Telefonkabine betrat. Er war zutiefst davon überzeugt, den Verdächtigen hier verhaften zu können, und er malte sich aus, wie der Mann wohl aussehen würde. Vielleicht war er dürr und kahl und koboldköpfig wie James Carville; entrückt stammelnd, verschlagen, ein Unsympath wie John Malkovich vielleicht. Als am frühen Abend tatsächlich ein Mann stehen blieb, um einen Anruf zu machen, erhob Hastroll sich; das Handy in seiner Hosentasche vibrierte, und als er endlich einen Blick auf den Mann werfen konnte, wurde ihm wieder einmal bewusst, dass das Phantombild nie so aussah wie der Killer und kaum eine Personenbeschreibung zutraf, weil der echte Mensch dem gemachten Bild nie entsprach.

Der Mann war mit einem kakifarbenen Jackett und Jeans bekleidet und extrem klein, kaum mehr als einen Meter fünfzig groß, obwohl er Schuhe trug. Das braune Haar fiel ihm vorn in die Stirn und hinten auf den Jackenkragen – ein echter Vokuhila. Seine schwarzen Knopfaugen, undurchsichtig wie Murmeln, blitzten wie die einer Wüstenrennmaus, und obwohl er so klein war, wirkte er kräftig wie ein Ringer, wie ein Miniaturmuskelprotz. Weil sein Schwerpunkt so niedrig lag, würde er nicht ohne Weiteres umzustoßen sein.

»Entschuldigung«, sagte Hastroll, und Sheppard trat hinter ihn.

Der Mann hängte den Hörer ein und hob den Kopf. »Was wollen Sie?«

Hastroll zeigte ihm seine Marke. »Wir hätten da ein paar Fragen.«

»Worüber?«

»Alice Pepin.«

»Nie gehört.«

»Ihr Mann behauptet was anderes«, sagte Hastroll.

»Interessant«, sagte der Mann.

Als Hastroll ihm eine Hand auf die Schulter legen wollte, schleuderte der Verdächtige ihn mit einem Aikido-Griff gegen die Wand, rammte Sheppard rücksichtslos eine Handkante in den Kehlkopf und rannte aus dem Buchladen. Er rutschte auf dem Handlauf der Rolltreppe ins Erdgeschoss und bahnte sich einen Weg durch die Lobby, um dann über den Columbus Circle zu sprinten und im Central Park zu verschwinden.

Gemessen an seiner Körpergröße und seinem Gewicht, erwies Hastroll sich als überraschend flinker Verfolger, auch wenn er laut keuchte und insgeheim auf die Verstärkung setzte, die Sheppard fraglos angefordert hatte: Er konnte schon die Sirenen hören. Der Verdächtige lief in Richtung der Sportplätze, dann sprang er plötzlich über einen Zaun und verschwand in einem Tunnel, Hastroll dicht auf den Fersen. Er blieb unvermittelt stehen, drehte sich um, spreizte die Beine zu einer Kampfpose und ließ sein Butterflymesser mit einer dermaßen komplizierten und affektierten Geste aufspringen, dass Hastroll Zeit blieb, sich vornüberzubeugen und zu Atem zu kommen. Als die Klinge endlich eingerastet war, machte der Mann sich daran, die Luft zwischen ihnen zu zerfetzen; seine Hiebe und Halbkreistritte waren so schnell, dass die an seinen Gliedern entlangströmende Luft sirrte, als schwinge er einen Baseballschläger. Er beendete seinen Totentanz mit einer Art Bellen, wobei er sich mit der einen Hand das Messer über den Kopf hielt und die Handfläche der anderen Hastroll entgegenstreckte wie ein Schülerlotse, der das Kommando zum Stehenbleiben erteilt.

»Ich werde dich abschlachten wie ein Schwein«, sagte er.

Hastroll zog sein Klappmesser, überlegte es sich dann anders. Er griff zur Pistole, schoss dem Mann die Klinge aus der Hand und verteilte die restlichen Kugeln aus Gründen der Symmetrie auf beide Knie. »Stehen bleiben«, sagte er, »oder ich schieße.«

Später stand Hastroll hinter der verspiegelten Scheibe und schaute zu, wie Sheppard sich Pepin gegenüber an den Tisch setzte und seine Pfeife anzündete. Er sog zweimal daran, zog Pepins Akte unter dem Arm hervor, nahm das Manuskript heraus und schob es Pepin hin.

»Das beweist gar nichts«, sagte Pepin.

»Es hat gar nichts bewiesen«, sagte Sheppard. »Bis wir die Anrufe zurückverfolgt haben, die Sie von diesem Mann bekommen haben.« Er legte das Fahndungsfoto auf den Tisch. »Wir haben ihn gestern festgenommen.«

Pepin verschränkte die Arme vor der Brust.

»Wir haben eine interessante Unterhaltung mit ihm geführt«, sagte Sheppard und entzündete seine Pfeife aufs Neue. Er saß mit dem Rücken zu Hastroll, sodass es aussah, als qualme sein Kopf.

Pepin beugte sich vor, warf einen Blick auf das Foto und lehnte sich wieder zurück. »Ich will mit meinem Anwalt sprechen«, sagte er.

Zugegeben, Alice' Diät verlief diesmal irgendwie anders.

Keine Pillen, kein Abo, keine bequeme Ratenzahlung, kein komplizierter Zusammenbau, keine unverbindliche Probezeit von dreißig Tagen, keine Geld-zurück-Garantie. Kein Bowflex, kein ThighMaster, keine Gravity Boots; keine Atkins-, Zonen- oder South-Beach-Diät. Keine Etiketten auf den Lebensmitteln und keine Mikroanalyse der Gewichtsabnahme. Keine Vorher-Nachher-Schnappschüsse – immer nur nachher, dachte David, immer nur heute, nichts war mehr wie früher.

»Alice«, rief David von der Küche aus, wo er saß und Zeitung las. Sie war im Badezimmer, er konnte den Fön hören. »Nach der Arbeit gehe ich beim Supermarkt vorbei. Wünschst du dir irgendwas Bestimmtes zum Abendessen?«

»Kauf, was du willst, mir ist alles recht«, rief sie zurück.

»Alles?«, fragte er ungläubig.

»Ja«, sagte sie. »Kauf irgendwas.«

Er hatte sich mit ihrer distanzierten Art abgefunden wie ein Matrose mit dem Wetter: Man erträgt es, Regen wie Sonnenschein, denn man kann es nicht kontrollieren. Man sitzt es aus. Immerhin saßen sie im selben Boot, oder?

»Ich komme sowieso nicht nach Hause«, fügte sie hinzu.

David ging zum Badezimmer und lehnte sich in den Türrahmen. Alice stand nackt vor dem Spiegel und kämmte sich das Haar; die Luft war noch warm vom Fönen. Die bemerkenswerte, üppige Fülle ihrer Wangen, Schultern und Brüste, ihre Unterschenkel, die über den vergleichsweise zierlichen Füßen in schlanken Fesseln mündeten, der Anblick ihres Körpers überraschte ihn, er hatte sie so lange nicht berührt, seine Knie wurden weich vor Verlangen. »Wo willst du denn hin?«, fragte er.

»Ich habe nach der Arbeit einen Termin.«

Er betrachtete sie. Sie war immer noch dick, aber weniger dick als früher. Sie hatte mehr Gewicht verloren als je zuvor. Er hätte sich für sie freuen sollen. »Was für einen Termin?«

Sie hielt die Bürste still und musterte sein Spiegelbild wie eine Frau, die ihre Optionen abwägt. »Einen beruflichen Termin«, sagte sie.

In letzter Zeit hatten diese Termine sich gehäuft, wobei sie ihm nicht sagen wollte, warum oder mit wem sie sich traf. David war überaus misstrauisch und hatte Nachforschungen angestellt. Wenn Alice unter der Dusche stand, nahm er ihre Handtasche, öffnete den Reißverschluss und fischte vorsichtig ihr Portemonnaie heraus. Er fand ein paar seltsame Visitenkarten mit nichtssagenden Namen – Dr. Alex Brulov, Dr. Fred Richmond –, prägte sich die Telefonnummern ein und entzifferte die Notizen, die Alice auf die Kärtchen gekritzelt hatte. Einige davon waren so kryptisch, dass sie Davids Paranoia weckten: *Treffen um 3 mit D wegen Extra,* oder *Vita: Stellen in Ill, Tex. oder D.C. recherchieren.* Wer war D, und was gab es extra? Stand Vita für ihren Wunsch nach einem besseren Leben? Oder bedeutete es, dass sie ihre Vita geschrieben hatte, um sich auf freie Stellen in Illinois, Texas und Washington, D.C. zu bewerben? Er überprüfte ihr Handy auf eingegangene, ausgegangene und verpasste Anrufe und entdeckte hauptsächlich die Namen und Nummern von Leuten, die Kollegen von Alice oder ihm aus anderem Grund bekannt waren. Als er die ihm unbekannten Nummern wählte, erreichte er Arztpraxen, von denen er nie gehört hatte und deren Empfangsdamen ihn resolut auflaufen ließen – Informationen über Patienten wurden nicht weitergegeben, auch nicht an Ehegatten. Weil Alice ein eigenes Konto eröffnet hatte, nahm er sich ihr Scheckbuch vor und blätterte in den Kohlepapierkopien, ohne jedoch etwas Verdächtiges entdecken zu können. Er rief wiederholt im Sekretariat ihrer Schule an, um ihren Stundenplan mit ihren Aussagen abzugleichen, wie sich herausstellte, hatte sie ihm immer die Wahrheit gesagt. Er knackte die PIN ihrer Mailbox (das Datum, an dem sie sich kennengelernt hatten) und hörte ihre Nachrichten ab, in denen es ausschließlich um Berufliches ging. Schamesrot ließ er das Handy sinken. Er las sogar ihre Mails, ergebnislos, obwohl ihr Benutzername ihn stutzig machte: mrpeanut.

Er lehnte sich im Sessel zurück und starrte auf den Bildschirm. Er fragte sich, ob die Katastrophe in einem anderen Leben passiert war oder erst gestern.

Seltsam, wie die Ehe die Zeit zusammenstampft, sie komprimiert, ihren Fluss verschleiert, bis vergangene und gegenwärtige Momente sich ineinander verschrauben und der Vordergrund zum Hintergund wird und umgekehrt, bis alles Neue dem Alten gleicht und die Vergangenheit gleichzeitig unfassbar neu und fremd wirkt. Seit Jahren war ihr Zusammenleben nun festgefahren. Es war wie in einem Traum, wie in einer Endlosschleife, die sich vom Ursprungspunkt her ausdehnte und gleichzeitig kürzer wurde. Ein typischer Tag: Am Morgen betrat David die eigenhändig blitzsauber geputzte Küche (egal, wie aufwendig das Essen am Vorabend gewesen war), um Kaffee zu kochen. Für Alice schäumte er Milch auf und gab Zucker dazu, während er selbst nur Milch nahm, dann trug er beide Becher ins Schlafzimmer und wartete, bis sie ihre Kissen arrangiert hatte. Sobald sie damit fertig war, schaute sie zu ihm auf, wobei sie fast in der Horizontalen liegen blieb und es ihm vorkam, als stelle er den Kaffeebecher auf einer Leiche ab. Wenn sie trank, führte sie ihre Lippen zum Becher statt umgekehrt. Sie bedankte sich und schaltete das Radio ein. Zusammen saßen sie im heller werdenden Zimmer. David wartete, bis sie vollständig wach war, um sie zu fragen, wie sie geschlafen hatte. Sofern einer von ihnen etwas geträumt hatte, berichtete er davon, wobei Alice meist mehr zu erzählen hatte als er und sich auf seine Interpretationskünste verließ. Irgendwann sagte sie: »Ich muss aufstehen.« Sie duschte und zog sich für die Schule an, während er noch einen Kaffee trank, die Zeitung von der Fußmatte auflas und sich ein Ei kochte. Wenn er über das brodelnde Wasser gebeugt stand, fiel ihm ein, dass sein Leben eine Abfolge immer gleicher Vormittage war, ein stetig wachsender Haufen Eier, deren Schalen inzwischen den Küchenboden bedeckten und sich längst auch auf die anderen Zimmer verteilt haben mussten. Er setzte sich in die Frühstücksnische am Fenster, hinter dem die Hausdächer in der aufgehenden Sonne oder im Regen glänzten oder von Schnee bedeckt waren. Er arbeitete sich unter dem Summen von Alice' Fön von den Schlagzeilen über die Meinungsseite und den Sportteil bis zum Satellitenfoto mit der landesweiten Wetterschau voran, wobei er den Politikteil und alle langen Artikel übersprang. Dann erfolgte eine Phase der Stille, wenn Alice sich schminkte. Danach betrat sie die Küche, vollständig bekleidet und als die Person, die sie an diesem Tag sein würde. Niemals hatte er sie an einem Wochentag frühstücken sehen, auch wenn sie den Kühlschrank jeden Morgen öffnete und einen flüchtigen Blick hineinwarf. Sie verabschiedete sich, gab ihm einen Kuss und ging. In der Stille des Apartments frühstückte er zu Ende, duschte, zog sich an, machte das Bett, spülte das Geschirr und ging ebenfalls zur Arbeit.

Existierte Alice während all dieser Zeit? Fragte sie sich ihrerseits, ob er existierte? Im Laufe des Vormittags rief sie von der Schule aus an. Normalerweise besprachen sie bei dieser Gelegenheit das Abendessen, sie einigten sich auf ein Menü, beteuerten einander ihre Liebe. Während des restlichen Tages kam sie ihm kaum noch in den Sinn. Auf dem Rückweg ging er beim Supermarkt vorbei. Wenn er nach Hause kam, saß sie vor dem aufgefalteten Politikteil oder ihrem Laptop in der Küche und aß eine Kleinigkeit. Zunächst sprachen sie dann wenig. Sie war den ganzen Tag von Kindern umgeben gewesen und wollte für eine Weile ihre Ruhe haben. Wenn er sich im Winter einen Whiskey und im Sommer einen Wodka einschenkte, ließ das Klirren der Eiswürfel im Glas die Umrisse der Stille hervortreten. Er trank einen Schluck und hörte zu, wie sie die Zeitungsseiten umblätterte. In einem nicht näher definierten Moment schaltete er das Radio ein und fing zu kochen an. Während des Abendessens erzählten sie einander von ihrem Tag, aber manchmal wurde David bewusst, wie erschreckend wenig er über ihr Leben wusste und umgekehrt. Während sie sich abschminkte und sich die Zähne putzte, spülte er das Geschirr ab. Im Schlafzimmer zog sie ihren Pyjama an, es war der Moment des Tages, an dem er sie garantiert nackt zu sehen bekam. Ihr Anblick erinnerte ihn daran, dass ihre Nacktheit ihm ab einem gewissen Punkt nicht mehr wundersam erschienen war. Und doch lockte ihre Robert-Crumb-Üppigkeit ihn an, ihre watteweichen, kopfkissengroßen Brüste, die allein durch ihre Ausmaße und ihre perfekte Form seine Aufmerksamkeit erregten, er wollte sein Ohr gegen ihre Brust drücken und ihrem Herzschlag lauschen, der nicht weniger erstaunlich war als das Meeresrauschen in einer Muschel. Wenn seine Frau zum Bett herüberkam, begann sein eigenes Herz vor Vorfreude schneller zu schlagen; er beobachtete, wie Alice sich der Matratze näherte wie ein Kind einem Schwimmbecken, denn das Eintauchen erforderte genauso viel innere Überwindung wie logistische Planung: Sie zog ein Knie an, ließ sich auf die ausgestreckten Hände fallen und anschließend langsam in Davids Richtung sinken, wobei die Sprungfedern quietschten und ihr Gewicht eine Kuhle in die Matratze drückte, in die David ein Stück weit hineinrollte. Legte sie einen Arm auf seine Brust, bekam er das Gefühl, ein Holzscheit zu tragen. Sie schauten fern; in den Werbeblöcken tauchte kein einziger dicker Mensch auf, es sei denn, es wurde für Schlankheitsmittel geworben. In diesen Augenblicken wurde das Schweigen zwischen ihnen so eindringlich wie sonst nur bei Werbung mit Kindern (Windeln, Waschmittel, Spielzeug). Man könnte sich ihre Ehe, dachte David manchmal, als Sequenz im Spätprogramm vorstellen: *Love Connection*, Letterman, *The Daily Show*. Irgendwo saß jemand und schrieb an der Sendung ihres restlichen Lebens. »David«, fragte sie ihn oft, wenn er eindöste, »schläfst du schon?« Ja. Und sie schlief auch. Hatte er den Fernseher ausgeschaltet oder sie?

Und dann wurde es wieder Morgen.

Natürlich ergaben sich auch Abweichungen vom üblichen Rhythmus, beispielsweise wenn er abends länger arbeitete oder sie zu einem Termin ging; aber meistens hatte er diese Besonderheiten sofort wieder aus seiner Erinnerung gelöscht. Er stellte sie auf die Probe, um sich zu vergewissern, dass er mit seiner Vergesslichkeit nicht allein dastand. »Ich weiß auch nicht mehr, was wir gemeint haben«, sagte sie und lachte. Und natürlich hatte es in ihrem Leben – in ihrer gemeinsamen Geschichte – bedeutende Ereignisse gegeben, aber seit einiger Zeit hatte David das Gefühl, es erfordere eine zu große Anstrengung, sich an diese Ereignisse zu erinnern oder überhaupt den endlosen Wiederholungen eine sinnvolle Fortsetzungsgeschichte abzutrotzen. Vielleicht bestand ihre Aufgabe genau darin, dachte David manchmal, dass sie die Vorfälle rekonstruieren mussten, die sich vor dieser langen Ruhephase ereignet hatten. Ihrem jetzigen Zusammenleben lagen unausgesprochene Wahrheiten zugrunde, die das Fundament ihrer Ehe bildeten. Diese Wahrheiten gingen weit über alle Streitfragen hinaus und ließen sich aus Davids Sicht auf drei Punkte reduzieren:

Sie war dick.

Sein Buch war noch nicht fertig.

Mr. Peanut.

Im Sommer 2004, nach acht Jahren des Zusammenlebens, begannen er und Alice über Kinder zu sprechen.

David konnte sich so genau an das Jahr erinnern, weil Spellbound Games, die Firma, die er und Frank Cady gegründet hatten, gerade ihren ersten Egoshooter für die Xbox herausgebracht hatte, *Peng, du bist tot!* Innerhalb weniger Monate entwickelte sich das Spiel zu einem weltweiten Hit. Die negative Berichterstattung war ein wahrer Segen. CNN berichtete über das Spiel, ebenso *60 Minutes* und die *New York Times*. Er und Frank wurden sogar von Larry King eingeladen. Der als jugendgefährdend indizierte Shooter spielte in einem weitläufigen Schulgebäude und orientierte sich an den Regeln des gleichnamigen Kinderspiels: Entdeckte man einen Gegner, zielte man mit der Hand – der eingebildeten Waffe – auf ihn und rief: »Peng, du bist tot!«, woraufhin der oder die Getroffene einen dramatischen Tod mimte. Die Variante von David und Frank begann damit, dass man seinen Avatar einer bestimmten Clique zuordnete – den Sportlern, den Gruftis, den Cheerleadern, den Strebern, den Außenseitern oder den Lehrern, um nur einige zu nennen. Jede Gruppe verfügte über spezielle Abwehrmechanismen und unterschiedliche Fähigkeiten, was Beweglichkeit und Schnelligkeit betraf. Dann legte man sein Aussehen fest, von Haarfarbe über Hautfarbe bis zum Körperbau. Zum Schluss – und erst das machte das Spiel so außergewöhnlich – wählte man seine Waffe: Laserzeigerhand, Papierkugelhand, Gummibandschleuder-Hand, Krätzehand, Säurehand, Trockeneishand, Bunsenbrennerhand, Elektroschockerhand, Keulenhand und Drachenhand. Die Hände ließen sich aufstecken wie Prothesen und waren ähnlich überdimensioniert wie die Unterarme von Popeye, sie funktionierten mechanisch und verfügten über eine begrenzte Munition oder elektrische Ladung; während des Spiels, das zeitlich auf einen Schultag begrenzt war, ließen sich die künstlichen Gliedmaßen austauschen, anhäufen und wiederaufladen. Ziel war es, alle feindlichen Cliquen auszulöschen und die Schule zu beherrschen. Die Grafik erinnerte an einen Comic, reinstes *Super Mario*, und das Blutvergießen war spektakulär, besonders wenn die Drachenhand ins Spiel kam (risikoreich, weil man dem Gegner nahe genug kommen musste, um ihn zu berühren; sagenhaft, weil sein Kopf beim Kontakt explodierte). Man konnte das Spiel allein, zu mehreren oder mit Fremden im Internet spielen, und schon bald waren Jugendliche aus der ganzen Welt in eine virtuelle Schulhofschlägerei verwickelt. Das Medienecho war groß, die Psychologen bezogen Stellung. Einige sagten, das Spiel sei gewaltverherrlichend und stachele zu Amokläufen an, andere waren der Ansicht, es biete eine gewaltfreie Möglichkeit, sich abzureagieren. Die Eltern drehten durch. Das Spiel ging weg wie warme Semmeln.

»Haben Sie als Kind Räuber und Gendarm gespielt?«, fragte David einen erbosten Anrufer bei *Larry King Live*. »Da haben Sie nicht ehrlich geglaubt, jemanden zu erschießen, oder? Ist bei Räuber und Gendarm jemand getötet worden? Ganz bestimmt nicht, denn sonst würden Sie jetzt nicht hier anrufen. Ich glaube, die Kinder von heute begreifen den Unterschied genauso. Peng, du bist tot! Nächster Anrufer, bitte.«

Spellbound wurde von Investoren belagert und von Lizenzeinnahmen überschwemmt, sodass David noch im selben Jahr das Apartment kaufte. Als sie erschöpft vom Tag und mit einem Drink in der Hand im Bett lagen – Alice unter einem Haufen Stundenplänen und Klassenarbeiten und David mit in die Netzhaut eingebrannten Zahlenfolgen und Testspieldurchläufen –, schien das Gespräch wie von allein auf das Thema Kinder zu kommen, nicht zuletzt, weil sich die vielversprechenden Möglichkeiten des Erwachsenenlebens plötzlich wie ein mächtiges Flügelpaar vor ihnen ausbreiteten. Sie hatten sich an einer kleinen Uni in Virginia kennengelernt, wo David Computerdesign studiert und Alice das Grundstudium in Mathematik und Erziehungswissenschaften abgeschlossen hatte. Ein Jahr später hatten sie geheiratet und beschlossen, zunächst einmal ihre Karrieren voranzutreiben. Nun, mit Ende zwanzig (sie) beziehungsweise Anfang dreißig (er) fühlten sie sich vom Glück gesegnet – mit der richtigen Berufswahl (Alice unterrichtete an der Trinity School), mit ihrer Ehe und vor allem mit dem kostbarsten von Manhattans Luxusgütern: Wohnraum.

Das Gespräch zog sich über Monate hin, eigentlich handelte es sich um die erste Stufe der Empfängnis, um eine von vielen möglichen Perspektiven, der es gelang, bis in ihr Bewusstsein vorzudringen. Es drehte sich um die Frage, ob Junge oder Mädchen, um den richtigen Zeitpunkt und um Namensfavoriten – Weizen, der damals von der Spreu alter Liebschaften, verhasster Mitschüler, angebeteter Lehrerinnen, Verwandter, Feinde, Affären und toter Haustiere getrennt werden wollte, von einem ganzen Universum voller negativer Namensassoziationen und peinlicher Erlebnisse. All das weckte in David widersprüchliche Gefühle. Zum einen wurde ihm schwindlig. Ein Kind war etwas Magisches, ein Kind machte aus einem Paar eine Familie. Ein Kind zu zeugen war, wie auf den Knopf zu drücken, der das Gegenteil des Atomkriegs auslöste: einvernehmliche Schöpfung. Sein Leben bewusst und aus freien Stücken völlig umzukrempeln hatte etwas

Radikales. Schon der Versuch der Zeugung veränderte den Blick auf alles. Gleichzeitig löste das Gespräch Enttäuschung und Angst in ihm aus, oftmals erschien es ihm rein abstrakt und in gewisser Hinsicht auch wie ein Ablenkungsmanöver. In diesen Momenten wurde er defensiv. In seiner Selbstsucht fragte er sich, ob Alice ihn weniger liebe als früher. Er machte sich Sorgen, dass ihr Sexleben möglicherweise nachgelassen hatte, dass Alice sich langweilte und ein Kind mit seinen zahlreichen Bedürfnissen und Forderungen dazu dienen sollte, die verblassenden Gefühle zwischen ihnen zu überdecken und die Lücke zu füllen.

Das sagte er seiner Frau aber nicht.

Das Gespräch kannte keine Grenzen und keinen Zeitplan. Sie nahmen es auf, wenn sie beim Frühstück saßen oder während der Arbeitszeit telefonierten. Es lief immer fair ab und war frei von Gedankensprüngen. Es war allgegenwärtig. Ein zufällig gesichtetes Kind auf der Straße, im Bus, im Flugzeug, wo es über den Sitz lugte wie ein knuddeliger Kilroy, ein Kind, das während der Dinnerparty von befreundeten Eltern am Tisch erschien – oft mit einer atemberaubend hübschen Babysitterin im Schlepp, so als sei diese Zusatzleistung Bestandteil des Gesamtpakets –, das Haar noch feucht vom Bad und sauber von Johnson & Johnsons Babyshampoo, in einem frisch duftenden Pyjama, Mädchen oder Junge, und immer artig, zum Anbeißen süß, hyperintelligent, abends früh im Bett und morgens erst spät wieder auf den Beinen – »pflegeleicht«, wie die Eltern sagten. Diese Kinder waren Bezugnahmen auf Alice' und Davids Privatdiskussion, auf das nächste Kapitel ihrer Ehe, auf das Glücksversprechen der Fortpflanzung, aber nur, wenn David guter Laune war. War er es nicht, gehörten die Kinder zu der Verschwörung der Eltern dieser Welt, die ihn und Alice in die gleiche missliche Lage locken wollten. Seine reflexartige Reaktion war, sich aufzulehnen.

Und trotz alledem war David manchmal, wenn sie sich liebten, in seiner Leidenschaft versucht, ihr das Diaphragma herauszureißen. Allein der Gedanke an dieses Ding in ihrem Unterleib schien ihn zu ersticken, die Vorstellung, sein Sperma würde getötet, bereitete ihm körperliche Schmerzen. Seine armen kleinen

Penisleute, mit denen Millionen von Möglichkeiten zugrunde gingen! Der Vorgang schien einer mikroskopisch kleinen Spielversion von *Missile Command* zu gleichen, und allein die Vorstellung, in eine ungeschützte Alice zu ejakulieren, ließ ihn vorschnell zum Orgasmus kommen.

»Oh Gott«, schrie er, »nimm es raus! Bitte, Alice, nimm es raus!«

»Bist du so weit?«, fragte sie.

Er hielt inne. »Du?«, fragte er zurück.

Sie nahm sein Gesicht in die Hände. Schaute ihn an. Schüttelte den Kopf.

»Nein«, sagte sie, »noch nicht.«

Danach fühlte er sich unglaublich erleichtert. Um ein Haar hätten sie einen schrecklichen Fehler begangen.

Das Gespräch zog sich weiter hin.

Einmal, als David am Flughafen darauf wartete, dass er in die Maschine gelassen würde, beobachtete er eine Mutter, die versuchte, ihre weinende Tochter zu beruhigen. Die Lautstärke des Kleinkindes war spektakulär. Es jaulte. Es heulte. Es schrie sich, im Ernst, die Lunge aus dem Leib, und zwar so lange, bis das Geschrei etwas allzu Wirkliches und gleichzeitig Surreales bekam, so als stünde das Kreischen als kleiner giftiger Zwerg auf einer Leiter in seinem Hals und würde den Kopf des Mädchens als Lautsprecher benutzen. Zuerst waren die Leute peinlich berührt und hatten Mitleid mit der Mutter, aber mit voranschreitender Zeit spitzte sich das Ganze krisenhaft zu. Ohne dass irgendjemand ihn gerufen hätte, kam der Sicherheitsdienst. »Wir haben es schreien hören«, sagte einer der Männer. Da fingen die Leute, die in Hörweite des Kobolds saßen, zu kichern und dann zu lachen an. Auch David musste lachen, er rief sogar seine Frau an.

»Hier ist so ein kleines Mädchen«, sagte er. »Es schreit. Es ist noch ganz klein. Hör mal!« Er hielt sein Handy in die Höhe.

»Ich kann es hören«, sagte Alice. »Soll das ein Witz sein?«

»Nein«, sagte David. Und dann lachte auch Alice, so als fände sie es niedlich. *So sind Kinder eben*. Die kleinen Strolche.

Auch das floss in ihr Gespräch ein, obwohl David ihr nie erzählte, was am Flughafen dann noch geschah. Das Kind schrie und schrie immer weiter, und noch während David staunend und amüsiert die Szene verfolgte, ließ der neben ihm sitzende Anzugträger die Zeitschrift sinken und fragte: »Haben Sie Kinder?«

»Nein«, sagte David schmunzelnd. Die Kraft des Kindes war beeindruckend. Allein sein Durchhaltevermögen überzeugte David von seinem Talent. Eine Sirene, die ihr Sirenenlied sang.

»Dann schaffen Sie sich bloß keine an«, sagte der Mann und schaute David so lange ins Gesicht, bis dieser den Blick erwiderte. »Die machen einem das Leben kaputt.«

David beobachtete das Kind, bis es Zeit zum Einsteigen war. Er drehte sich noch einmal um, aber der Mann war verschwunden.

Das Gespräch zwischen David und Alice zog sich weiter hin. In der Musik spricht man von Steigerung: Dieselben Noten ziehen sich über immer mehr Takte, die Akkorde dehnen sich aus. Selbst die Entscheidung, *nicht* darüber zu reden, kam einem Austausch gleich.

»Sind wir schon wieder dabei?«, fragte David lachend. Er und Alice saßen in der Frühstücksnische in der Küche. Er war betrunken. Es war erst Dienstag. Dienstag!

»Lass uns irgendwo Gras auftreiben«, sagte Alice und schenkte sich Wein nach, »lass uns kiffen.«

Was sie seiner Meinung nach nicht aussprach: *solange wir noch können.* Es war, als würden sie sich das Erwachsensein durch ihr kindisches Verhalten beweisen wollen. Sie tranken und tranken, und dann vögelten sie, nicht ohne sich vorher stürmisch die Kleider vom Leib zu reißen, und am nächsten Morgen dachte er: Wie lange können wir uns noch so hervorragend amüsieren? Wie lange halten wir das noch durch?

Dabei war es gar nicht immer amüsant.

Manchmal rutschte das Gespräch ins Toxische ab, es verwandelte sich und metastasierte, um sich gegen sie zu richten. Wenn sie stritten, schoben sie ihr ungeborenes Kind zwischen sich und zwangen es, sich für eine Seite zu entscheiden; sie begingen die elterliche Ursünde.

»Du bist ja wohl verrückt geworden«, schrie sie, »wenn du denkst, ich würde mit so einem Egozentriker wie dir ein Kind haben wollen!«

»Dann lass es doch bleiben«, sagte er, »ich will sowieso kein Kind. *Du* willst ein Kind.«

»Ich *wusste* es«, rief sie, »ich wusste es die ganze Zeit!«

»*Was* wusstest du? *Was* hast du die ganze Zeit gewusst?«

»*Nichts*! Ich habe *nichts* gewusst! Und das liegt daran, dass du nie sagst, was du fühlst! Und dem würde ich nie ein Kind aussetzen – *nie im Leben*!« Sie drehte sich um und ging.

»Ach, geh nur«, sagte er. »Geh einfach weg. *Das* nenne ich scheißvorbildliches Verhalten!«

»*Scheiß*vorbildlich?«, fragte sie. »Ich höre immer nur scheiß, scheiß, scheiß.«

»Ach, bitte«, sagte er.

»Ach, scheißbitte«, korrigierte sie ihn. »Scheißdad. *Scheiß*mom.«

»Nein«, sagte David und durchbohrte sie mit seinem Blick. »Keine Mom, nie im Leben!«

Allerdings machte sie das Kind, das sie noch nicht bekommen hatten, gleichzeitig auch zu besseren Menschen.

»Es tut mir leid«, sagte David später.

Inzwischen war es Abend geworden, im Apartment brannte kein Licht. Sie hatten stundenlang im Dunkeln gesessen, ein jeder in seiner Ecke. Er stand im Türrahmen zum Schlafzimmer und hatte die Hände in den Hosentaschen vergraben.

»Du hast recht«, sagte er. »Ich fluche zu viel.«

»Nein«, sagte sie, »*du* hast recht. Ich hatte einen Wutanfall.«

»Ich hatte eine Kernschmelze.«

»Ich brauche eine Auszeit.«

Sie lachten, und als es wieder still war, sagte er: »Alice, ich möchte nicht, dass du denkst, ich …«

»Sag es nicht«, sagte sie.

Es war wie eine Übung, dachte David, sie spielten Vater-Mutter-Kind. Das ungeborene Kind beobachtete, urteilte, hielt sie zur Ehrlichkeit an. Schon jetzt war es dabei, ihren Charakter zu verbessern.

Später schliefen David und Alice miteinander. Sie dachten an … schon klar. Aber der Streit hatte Zweifel gesät, weswegen sie doch mit der Verhütung achtgaben.

Manchmal fragte David sich, worauf sie noch warteten. Gab es irgendetwas, das er noch nicht gesagt hatte? Musste Alice ihm irgendetwas sagen?

»Ich muss dir etwas sagen«, sagte sie.

Sie lagen im Bett mit der übergroßen Matratze. Seit dem Streit waren Tage, Wochen, Monate vergangen. Der Sommer neigte sich dem Ende zu. Ihr Gespräch hatte ein ganzes Vierteljahr gedauert. Es war Abend, sie hielten einen Drink in der Hand, und der Fernseher lief. Sie hatten sich das Bett mit der riesigen Matratze gegönnt, obwohl sie damals knapp bei Kasse gewesen waren. Ihr Bett sollte unbedingt bequem sein. Jedes Paar hat seine eisernen Regeln: kein gemeinsames Konto, niemals unversöhnt ins Bett gehen, nie das letzte Xyz aus dem Kühlschrank nehmen. Ihre Regel: keine getrennten Betten. Es handelte sich in ihren Augen um das räumliche Äquivalent zur Scheidung, lief auf ein Nebeneinanderherleben hinaus. Getrennte Betten wären das Ende.

»Einmal bin ich gestorben«, sagte Alice.

Die Frau weiß einfach auf sich aufmerksam zu machen, dachte er. Die Gabe der Außenseiterin – sie wusste sich abzuheben, wenn es darauf ankam. Er schaltete den Fernseher aus und legte sich die Kissen zurecht.

»Wann?«

»Als ich acht Jahre alt war«, sagte sie.

Es war Frühlingsanfang, erzählte sie, und draußen hatte es gestürmt. Ihre Eltern saßen am Kaminfeuer und sahen fern – wenn Alice von ihren Eltern sprach, musste er sich in Erinnerung rufen, dass sie ihren Onkel Ladd und dessen Frau Karen meinte, die sie aufgezogen hatten. Vor seinem geistigen Auge sah er ein Haus am See in Bay Village, einem Vorort von Cleveland, Ohio.

Er stellte sich das langgezogene, holzvertäfelte und mit Teppichen ausgelegte Wohnzimmer vor, an dessen Wänden Tiergemälde hingen – ein Löwe, ein Wolfsrudel, ein Leopard. Eigentlich war Ladd kein Naturliebhaber, die Bilder waren nichts weiter als ein Reflex auf den kitschigen Naturalismus jener Zeit. Alice war aus traurigem Anlass in die Familie gekommen. Ihre Mutter Dorothy war bei der Geburt eines kleinen Jungen, sechs Jahre jünger als Alice, gestorben, zusammen mit dem Kind. Ihr Vater Thomas, ein erfolgreicher Erfinder, geriet darüber dermaßen aus der Bahn, dass er Alice fortgeben musste, um sich zu erholen. Vier Jahre später ging es ihm besser, und er verheiratete sich erneut, seine Tochter holte er jedoch nie zu sich zurück. Obwohl sie von Ladd und Karen nur in liebevollem Ton sprach, wurde ihr unterschwelliges Einsamkeitsgefühl nach Davids Einschätzung durch die Kinderlosigkeit ihres Onkels und seiner Frau nur verstärkt; Alice wurde von der ersten Minute an wie ein privilegierter Gast behandelt, der versorgt und aus der Ferne vom Vater finanziell unterstützt wurde, im Grunde aber auf sich allein gestellt war.

Wie Alice schon gesagt hatte, sahen Ladd und Karen nach dem Abendessen fern, sie ließen sich von Charles' und Dianas Besuch in Australien fesseln. Ihre »Eltern« hatten im Wohnzimmer zwei große Sessel vor dem Fernsehgerät aufgestellt, in denen sie nun saßen, während Alice am anderen Ende des Raumes vor dem Kamin lag, einen Archie-Comic las und eine kernlose Orange aß. Der Fernsehton war voll aufgedreht, Regen und Wind peitschten aufs Dach. Gelegentlich drehten Onkel oder Tante den Kopf, um etwas zu sagen, aber die Worte gingen im Knistern des Feuers, dem Sturm, dem Fernsehkommentar unter. Und dann fing Alice zu würgen an.

Es kam unerwartet und erschreckend plötzlich, so als würde sie beim Schwimmen von hinten gepackt und unter Wasser gedrückt. Gleichzeitig kam es ihr so vor, als spiele ihr Körper ihr einen Streich, indem er alle Luft aus ihrer Lunge quetschte. Einen Moment lang wusste sie nicht, wie sie reagieren sollte, sie war seltsam beschämt, als hätte sie in einem Raum voller Menschen gefurzt. Sie hielt sich die gekrümmte Hand an den Mund, um die Masse aufzufangen, die sie ausspucken würde, und würgte nach Leibeskräften. Aber in ihrem Hals tat sich nichts, und nichts kam heraus als ein leises Quaken. Sie würgte noch einmal und hörte vor Anstrengung ein Knacken in ihren Ohren. Sie lag bereits am Boden des Pools, alle Luftblasen waren aus ihrem Mund gestiegen. Sie schaute hinauf. Ladd und Karen schwiegen und konzentrierten sich auf den Fernsehschirm. Sie konnte lediglich ihre Hinterköpfe über den Rückenlehnen sehen und reckte eine Hand zu diesen verborgenen Gestalten, bis ihr Arm schließlich bleischwer auf den Teppich sank. Sie krümmte sich zusammen und griff sich an den Hals. Es war wie Zauberei oder als wäre sie erschossen worden. Eine riesige Blase in ihrem Innern war geplatzt und hatte sich mit all ihrer Energie auf den Teppich ergossen. An den Rändern ihres Blickfelds züngelten kleine, schwarze Flammen, und plötzlich wurde ihr bewusst, was sie geahnt hatte, seit sie bei ihrem Onkel und der Tante eingezogen war, was sie gefühlt hatte, seit ihre Mutter gestorben war und ihr Vater sie verlassen hatte; sie hatte es gesehen, wann immer sie Karen und Ladd von ihrem Tag erzählte und daraufhin Fragen zu hören bekam, die ihre Schilderung zuvor eigentlich längst beantwortet hatte, oder wenn einer der beiden mitten im Gespräch vom Tisch aufstand, um ans Telefon zu gehen; es hatte in allen Möbeln des Hauses gesteckt, in den Porzellanfiguren auf den Anrichten und Beistelltischchen, an deren Zerbrechlichkeit Alice immer wieder erinnert wurde, es hatte in dem stets unabgeschlossenen Waffenschrank gesteckt, in den zwei Fernsehsesseln, die ohne jede Rücksicht auf das Kind angeschafft worden waren. Sie hätte es nur bis zu diesem Moment nicht in Worte fassen können.

Sie würde sich selbst retten müssen.

Sie lenkte ihre gesamte Aufmerksamkeit nach innen, auf die Handvoll nasser Masse in ihrem Hals; sie richtete all ihre Muskelkraft auf ihre Speiseröhre. Sie drückte ihre Zunge an die unteren Schneidezähne und zwang sich zu würgen, um ihre Atemwege zu befreien, aber nichts passierte. Als sie abermals würgte, spürte sie ihren Zungenansatz, und ihr Kopf begann zu wackeln.

Es war, als würden ihre Schläfen aufplatzen. Sie versuchte es noch einmal, fühlte sich dabei jedoch, als versuche sie ein Auto hochzustemmen; es war aussichtslos. Sie wurde sich der Saugkraft des Pfropfes bewusst, der wie angegossen saß und nahtlos mit ihrer Kehle abschloss. Nun bestand sie nur noch aus Kopf, Hals und Rumpf; ihre Glieder waren davongespült worden wie Sand vom Wasser.

Sie begann zu schweben und hatte das Gefühl, in dunkelster Nacht unter Wasser zu treiben. Sie würde an die Oberfläche kommen und atmen oder endgültig untergehen, man konnte es noch nicht genau sagen. Eigentlich ein angenehmes Gefühl, fast ähnelte es der reinsten Vorfreude. Sie unternahm eine letzte Anstrengung – eigentlich so aussichtslos wie der Versuch, in absoluter Finsternis die eigene Hand erkennen zu wollen.

Und dann war sie tot.

Sie wusste es, und eigentlich war ihr das Gefühl beinahe vertraut. Es handelte sich um einen besonderen Bewusstseinszustand, um ein ewiges Jetzt – so wie bei einem Embryo, dachte sie, sie war ganz und gar umfangen in einem großen Nichts, und die Zeit war kein Ordnungsprinzip mehr, sondern ihre Lebenswelt.

Ganz langsam kam sie zu sich. Ihre Glieder lagen vollkommen reglos, nur ihre Augen bewegten sich noch. Sie war wie eine Katze, die in der Sonne aufwacht.

Ihr Mund war voll. Sie atmete ein, sog das zermatschte Fruchtfleisch noch einmal in ihren Hals und spuckte es dann aus.

Für eine lange Zeit blieb sie so auf dem Teppich liegen.

Ladd und Karen sahen immer noch fern, und schließlich stützte Alice sich auf Hände und Knie, um den Rest auszuspucken, eine lange Speichelschnur, die hartnäckig an ihren Lippen kleben blieb.

Zwischen ihren Händen lag ein formloses Häuflein, das fast alle Orangepigmente verloren hatte. Alice hob den Kopf, und durch ihre Tränen nahm sie das Licht des Fernsehers zersplittert wahr, so als hätte ein Kind einen zackigen Stern gemalt. Ladd und Karen drehten sich zu ihr um und starrten sie an.

»Ich lebe«, sagte Alice.

»Natürlich lebst du«, sagte Karen. Sie sah ihren Mann kopfschüttelnd an und wandte sich wieder dem Fernseher zu.

»Ich lebe«, sagte Alice und fing zu schluchzen an.

Lange Zeit lag sie schluchzend in Davids Armen. »Du musst mir versprechen«, sagte sie später zu ihm, »dass wir so etwas unserem Kind niemals antun werden.«

»Werden wir nicht«, sagte er, »niemals. Ich verspreche es.«

Sie weinte, bis sein Hemd nass war, und dann schlief sie in seinen Armen ein.

Möglicherweise, dachte David, drehten sich die wichtigsten Teile ihres Gesprächs um jene Dinge, die sich nicht wiederholen sollten.

Er lag da und überlegte. Hatte er ebenfalls eine solche Geschichte? Nein, hatte er nicht, vielleicht war genau das sein Problem. Er tat, was man von ihm erwartete. Er hatte einen Job und war erfolgreich. Er war ein guter Ehemann. Aber auf einer ganz grundlegenden Ebene kam es ihm so vor, als habe er keine Ahnung von seinem eigentlichen Leben.

Er knipste das Licht aus.

»Wir könnten jetzt ein Baby machen«, flüsterte Alice mitten in der Nacht.

Viele Wochen waren vergangen. Sie hatten sich einander wie so oft im Traum zugewandt und fummelten sich nun in einem schlafwandlerisch ungehemmten Vorspiel dem Liebesakt entgegen. Nach ihrem Vorschlag biss Alice sich auf die Unterlippe und versuchte, im Dunkeln sein Gesicht zu erkennen. Anscheinend war ihr langes Gespräch nun zu Ende. Eine Entscheidung war getroffen worden. Entweder hatte er eine Art Test bestanden, oder sie hatte sich etwas überlegt. Jetzt, wo der große Moment endlich gekommen war, wunderte er sich, wie unspektakulär die Sache war. Für ein paar lange Minuten konnte er ihr nicht in die Augen sehen. Er hätte Ja oder Nein sagen können, stattdessen sagte er: »Könnten wir.«

In der Hand hielt er das mit dem milchigen, spermiziden Gel bestrichene Diaphragma. Es gehörte zu ihren Ritualen, dass er es Alice einlegte, bevor er in sie eindrang – ein *Übergangsritus*, wie er zu scherzen pflegte –, dennoch hatte er sich nie die Zeit genommen, das Ding genauer zu untersuchen, was er nun tat. Es sah aus wie ein frisch glasierter Kuchen. Er legte es vorsichtig auf den Nachttisch, wischte sich die Finger an der Bettdecke ab und behielt es, während er mit Alice schlief, im Blick. Er fühlte sich wie eine männliche Jungfrau, die darauf angewiesen war, ihre Lust mit dem Mantra *tote Kätzchen tote Kätzchen tote Kätzchen* zu triangulieren, um nicht zu früh zu kommen. Er war verzweifelt unbemüht. Sie waren dabei, sich fortzupflanzen. Sie hatten Geschlechtsverkehr. Der glitschige Mr. Penis wurde zweimal weich und musste wie ein Würstchen zurückgestopft werden. Es war der schlechteste Sex, den sie jemals hatten. Und als er endlich kam, dachte er: Ist doch egal.

Sein Desinteresse und sein letzter Gedanke verfolgten und quälten ihn.

»Ich glaube, ich bin schwanger«, sagte Alice. Von den zwei blauen Linien des Schwangerschaftstests bis zu ihrem Besuch beim Frauenarzt, der das Ergebnis bestätigte, von der seltsamen Teilnahmslosigkeit, die er fühlte, als er sie im Badezimmer und dann in der Arztpraxis im Arm hielt – »wir werden Eltern«, rief sie aufgeregt –, fürchtete David, sein Gedanke könnte ihren Leib irgendwie vergiftet und den Fötus deformiert und möglicherweise eine karmische Welle verursacht haben, die unweigerlich ins Verderben führte. Er wusste, es war irrational, aber seine Angst war unauslöschlich. Ich muss sie dazu überreden, das Ding abzutreiben, dachte er. Mach reinen Tisch, und fang von vorn an. Später bereute er auch diese Gedanken. Sein Gefühlszustand hatte sich von taub in dauerängstlich verwandelt, und er freute sich wahnsinnig, als sich für ihn die Gelegenheit ergab, gegen Monatsende für eine Woche nach Honolulu zu fliegen und an einem Computerspielekongress teilzunehmen. Die räumliche Nähe zu Alice verschlimmerte seine Angst und überzeugte ihn davon, dass etwas nicht in Ordnung war, vielleicht weil sie sich, seit sie schwanger war, schrecklich unwohl fühlte, so als bringe der Zustand sie schleichend um. Sie litt an den verschiedensten Symptomen: stechende, auf Gebärmutterwachstum zurückzuführende Schmerzen im Unterleib; sie ließ stehen und liegen, womit sie gerade beschäftigt war, und hielt ganz still. Im zweiten Monat musste sie sich regelmäßig und heftig übergeben. Von morgendlicher Übelkeit zu sprechen hätte die restlichen Stunden des Tages unterschlagen: Sie schlug sich die Hand vor den Mund, wenn sie aufstand, ins Bett ging, auf dem Weg zum Bett, morgens, mittags und abends. Sie übergab sich im Zug und im Bus. Sie spuckte aus dem Beifahrerfenster, wenn David sie zur Schule fuhr; der lange Speichelfaden aus ihrem Mund erinnerte an einen Kometenschweif. Offenbar fing sie an zu würgen, sobald die Namen bestimmter Leute oder Orte fielen und wann immer sie Kaffee oder Curry roch. Natürlich beunruhigten diese Symptome Alice, obwohl das Geschehen an sich sie faszinierte, die Tatsache, dass sich die zahlreichen Schwangerschaftsmythen und Fernsehberichte an ihrem eigenen Leib bestätigten. »Man kotzt wirklich ständig«, sagte Alice. »Es ist genau, wie die Leute sagen, man fühlt sich, als hätte man eine Magen-Darm-Grippe.« Meistens steckte sie die Übelkeit locker weg. Meistens war sie überglücklich. »Heute«, sagte sie, »hat Mr. Peanut mich wieder zum Kotzen gebracht. Mr. Peanut muss da drinnen ziemlich unglücklich sein.« Manchmal fragte sie sich laut: »Ich frage mich, wie Mr. Peanut aussehen wird.«

Während Alice in der sechzehnten Woche am Abend vor der nächsten fälligen Ultraschalluntersuchung das Essen auf der Toilette wiederkäute, lag David gedanklich wiederkäuend im Bett und wurde von neuer Angst vor der Schwangerschaft, vor diesem Ding, vor der todbringenden Natter in Alice' Körper ergriffen. Zugegeben, ein Kind konnte seine Eltern sehr glücklich machen, aber es konnte die Mutter auch umbringen. Immerhin hatte ein Kind Alice' Mutter umgebracht, eine Tatsache, die aus irgendeinem Grund in Vergessenheit geraten war. Der ganze medizinische Fortschritt, alle Errungenschaften der Technik kreisten allein um den Embryo und ließen die Mutter außer Acht. Folglich war es *nicht* so egal, wie David während der Zeugung gedacht hatte. Es war nicht egal, weil das Kinderkriegen mit einem Risiko einherging.

»Komm in ein paar Wochen mit nach Hawaii«, sagte er, als Alice endlich zu ihm ins Bett kam. Er wollte nicht, dass sie mitkam, und er wusste, sie würde ablehnen. Aber er wollte, dass sie sich eingeladen fühlte, denn nur dann würde sie glücklich zu Hause bleiben. »Du brauchst Urlaub«, fügte er hinzu.

»Das geht nicht«, sagte sie und rieb sich den Bauch, »das würden wir nicht überleben.«

Es war nicht egal, denn das Kinderkriegen ging mit einem Risiko einher, dachte er wieder. Noch deutlicher wurde ihm die Gefahr am nächsten Tag, als Alice auf dem Rücken ausgestreckt auf dem Untersuchungstisch im abgedunkelten Ultraschallzimmer lag, still und friedlich angesichts der sepiafarbenen Zerrspiegelbilder auf dem Monitor. Ihr Magen beruhigte sich für eine Weile, so als habe das durchsichtige Gel, das die Ärztin auf ihrem Bauch verteilte, eine narkotisierende Wirkung. David hielt Alice' Hand, beobachtete den Bildschirm hinter der Schulter der Ärztin und wurde sich bewusst, dass sie beide wohl nicht unterschiedlicher auf die Situation hätten reagieren können. Alice war selig, so als wäre der Ultraschallkopf, der auf ihren Leib gepresst wurde, ein Joystick, der sie durch verschiedene Glückslevel führte, während Davids Gesichtsmuskeln sich zu einer schielenden Grimasse verzerrten. Der Fötus sickerte und ruckelte in Sicht, seine Knochen verflüssigten sich und fügten sich dann wieder zu etwas Festem zusammen; plötzlich war er filigran wie eine Fledermaus, seine Bewegungen wirkten flink und raubtierhaft, wie die eines auf Schnelligkeit ausgelegten Wesens. Dann hielt er inne, krümmte sich zusammen und tauchte in die Tiefen von Alice' Unterleib ab.

»Es bewegt sich ausgespochen viel«, sagte die Ärztin, schaute sie an und nickte vielsagend.

Daraufhin hätte David am liebsten gefragt, ob etwas nicht in Ordung sei, aber er hatte zu viel Angst. Die Ärztin schaltete am Ultraschallgerät herum, machte Aufnahmen und fertigte Ausschnitte und Vergrößerungen an, als verarzte sie das Bild; sie maß den Durchmesser von Gehirn und Bauch, überprüfte Wirbel und Rückenmark und vergrößerte das Herz in verschiedenen Ansichten, bis ganz deutlich die zwei Herzkammern zu erkennen waren, die flatterten und das Fruchtwasser ansogen wie der Mund eines riesigen Tintenfischs Blut, dachte David.

Alice wandte sich ihm lächelnd zu. »Sieh dir Mr. Peanut an«, sagte sie. »Nicht zu fassen, er ist es wirklich.« David lächelte zurück, fing aber erneut zu schielen an, sobald Alice sich wieder dem Monitor zugewandt hatte. Ihm wurde bewusst, dass er den Atem anhielt. Die Ärztin verstärkte die fetalen Herztöne, ein Hintergrundgeräusch, das er kaum beachtet hatte, allgegenwärtig und bis zu diesem Augenblick unerkannt, eine sabberige Abfolge von *p*s und *e*s, ein Lispeln, das den Raum ausfüllte und an das Geräusch kleiner Jungen erinnerte, die Gewehrschüsse imitieren.

Tu meiner Frau bloß nichts an, sagte David zu dem Ding.

Die Schwangerschaft entwickele sich normal, versicherte Dr. Redundi ihnen nach der Untersuchung, gewiss, erklärte sie, die morgendliche Übelkeit sei unangenehm, aber nicht ungewöhnlich. Die Unterleibskrämpfe seien möglicherweise ein Hinweis auf andere Probleme, vielleicht Endometriose; falls sie noch länger als eine Woche andauerten, werde sie Alice' Ernährung überprüfen. Aber fürs Erste sei sie zufrieden. Das Baby mache einen vollkommen gesunden Eindruck. Mit der Übelkeit sei es nun bald vorbei. So kam es, dass Alice, als ihre Symptome ein paar Tage vor Davids Abflug nach Hawaii tatsächlich verschwunden waren, ihre Meinung änderte und sich entschloss, ihn zu begleiten. Sie war in der zweiundzwanzigsten Schwangerschaftswoche.

Sie flog ungern. Sie hegte sogar einen regelrechten Widerwillen gegen das Fliegen. Ihre Angst spiegelte die verstörende Macht von Spielfilmen wie *Fearless – Jenseits der Angst*, ein Film über eine Gruppe von Menschen, die wie durch ein Wunder einen Flugzeugabsturz überlebten. Sie hatten ihn zusammen gesehen, und die ausführlichen, gnadenlosen Szenen, die das Kabineninnere im Moment des Aufpralls zeigten, hatten Alice dauerhaft traumatisiert. Die Sitze wurden reihenweise aus der Verankerung gerissen und die Menschen von einer Kraftwelle durch die Kabine geschleudert. Die Erschütterung riss Kleinkinder aus dem Arm der Mutter und verwandelte Gepäckstücke in Geschosse, die mit Warp-Geschwindigkeit durch den Mittelgang flogen und die Schläuche der baumelnden Sauerstoffmasken zerfetzten, bis die verworrenen Schnüre nicht mehr von den bloß gelegten Gedärmen zu unterscheiden waren; die Passagiere rissen die Augen auf, als sie durch den aufgeplatzten Flugzeugrumpf den Himmel und die Erde sehen konnten. David vermutete, dass die Sequenz sich in Alice' Träumen unzählige Male wiederholt hatte und sich ihrem Bewusstsein entgegendrängte, wann immer sie sich einem Flughafen näherte. Schon beim Einchecken wurde ihre Atmung flach. Sobald sie das Gate erreichten, wurde ihr schwindlig, und ihr Gesicht verfärbte sich seekrankgrünlich, und als das Flugzeug endlich abhob und sie ihm oft genug vorgeworfen hatte, sie zu der Reise gezwungen zu haben, lagen ihre schwitzenden Hände in seinen, und ihr Atem begann aus unerklärlichem Grund faulig zu riechen.

»Was war das?«, fragte sie, als ein Rumpeln zu hören war und Queens unter ihnen verschwand. Ihr Ehering quetschte seinen Finger und schnitt in seine Haut, während sie ihr Gesicht an seinem Arm vergrub.

»Das waren die Räder«, sagte David und legte seine Stirn an ihre. »Sie werden eingefahren.«

Sie klammerte sich an ihm fest, während er wartete und sie im Arm hielt. Schließlich schien sie sich zu entspannen, was auch ihn entspannte. Weil sie die Augen geschlossen hatte, schloss er seine ebenfalls. Bei jedem Geräusch verstärkte sich der Druck ihrer Finger. Sie flogen nachts und bei Vollmond und waren schon bald in jenes unglaubliche Land über den Wolken aufgestiegen, zu jenem unendlich weiten Gletscherbaiser, der so unberührt wie eine weiße Zimmerdecke war und genauso wenig je betreten würde. Seit er ein kleiner Junge gewesen war, hatte der Anblick ihn fasziniert. Eine große Leere. Eine endlose Schneedecke. Eine menschenleere Stadt mit breiten, autofreien Straßen. Er dachte an die apokalyptischen Filme, über die er als Jugendlicher gestaunt hatte: *Straße der Verdammnis. In der Gewalt der*

Unterirdischen. Der Omega-Mann (»Beten Sie für den letzten Überlebenden«, hatte auf dem Filmplakat gestanden, »denn er ist nicht allein«). Die Handlung hatte er inzwischen vergessen, sie war ohnehin unwichtig. An den Freiraum hingegen konnte er sich gut erinnern. An die Freiheit. Die Weite. Mit hundertsechzig Sachen über die Park Avenue zu brettern, sich auf den Stadtautobahnen durch die Wracks zu fädeln, der Rauch und die ausgebrannte Skyline, die in der Ferne ins Blickfeld kam. Gebt ihm fremde Betten in den Wohnungen fremder Leute. Lasst ihn ohne schlechtes Gewissen in anderer Leute Schubladen wühlen, in menschenleeren Kaufhäusern die Kleider von den Bügeln reißen und nachts in vorzeitlichen, im Museum wiederaufgebauten Hütten schlafen. An jenem Ort würde er seine wahre Liebe finden. Sie war irgendwo da draußen. Und wenn sie einander gefunden hätten, wäre die Angst verschwunden; sie würden einander in die Augen sehen und verstehen.

Es war seltsam, sich auf so angenehme Weise zu gruseln, sich solche Sachen zu wünschen. Hatten er und Alice eigentlich diese besondere Art von Verständnis gefunden? Er konnte sich an eine Zeit erinnern, in der er davon überzeugt gewesen war. Am deutlichsten bewusst wurde er sich dieser Tatsache in seinen Träumen; nur wenn er davon träumte, sie zu verlieren, erkannte er seine eigene, ausgeprägte Bedürftigkeit. »Ich hatte einen schlimmen Traum«, sagte er oft beim Aufwachen, fast noch im Schlaf. »Erzähl mir davon«, sagte Alice dann. »Ich habe geträumt, du hättest mich verlassen«, erklärte er. Jetzt, mit Blick aus dem Flugzeugfenster, weckte ihn der Gedanke, am Ende seiner Lebensmöglichkeiten angekommen zu sein. Die zunehmende Höhe ließ ihn auf den Boden der Tatsachen zurückkehren. Wir bekommen ein Baby, dachte er, und es ist *nicht* egal. Seine Nervosität und seine Angst – um Alice, um alles Mögliche – schlugen der Liebe keinen Pfad, sondern eine Schlucht, breit genug, um darin die mächtigsten Kräfte zu kanalisieren. *Wir bekommen ein Baby.* Hatte er da gerade etwas gefühlt? Er legte seine Hand auf ihren Bauch. Nein. Es war seine Aufgabe bei dem Projekt, sich des Kindes in ihrem Bauch bewusst zu werden. Das war eine schöne, wundervolle Sache, so geheimnisvoll und bemerkenswert wie das Fliegen, und es war die größte Überraschung, die das Leben bereithielt, denn obwohl er schon wusste, dass etwas herauskommen würde, konnte er nicht in ihren Bauch hineinkriechen. Er konnte beim Ultraschall einen Blick auf diesen kleinen Menschen erhaschen, aber er konnte ihn ebenso wenig kennenlernen, wie er durch die Welt aus Wolken da unter seinem Flugzeugfenster spazieren konnte. Als seine Hand auf dem Bauch seiner Frau lag, beschloss David, dass er stark sein würde.

Sie verschlief das Abendessen, und er stellte das Tablett für sie beiseite. Nach dem Essen döste er selbst kurz ein. Als er aufwachte, ging der erste Spielfilm gerade zu Ende. Er warf einen Blick auf seine Armbanduhr. Der Flugkapitän erklärte, sie überflögen soeben den Grand Canyon, aber David konnte nichts als Finsternis erkennen. Er nahm die Karte mit den Sicherheitshinweisen und sah nach, welcher Notausgang im Fall einer Notlandung infrage käme. Bei einer Notwasserung würde das Flugzeug in einem Stück auf dem Wasser treiben, so als wäre es allein zu diesem Zweck gebaut worden. Wären er und Alice in der Lage, auf einer einsamen Insel zu überleben? Das Kind dort zu bekommen? Zuerst würden sie Feuer machen müssen. In Wirklichkeit gab es natürlich keine einsamen Inseln, keine Möglichkeit, derart verloren zu gehen. Es gab auf der ganzen Welt keinen unentdeckten Winkel mehr.

Er bestellte einen Drink, und als die Flugbegleiterin ihn brachte, bemerkte er, dass er kein Bargeld im Portemonnaie hatte. Zwischen ihren Sitzen stand Alice' Handtasche, und als er darin kramte, bemerkte er eine kleine Schachtel Unisom, ein Schlafmittel, dessen Wirkstoff ein Antihistamin war und das einzunehmen die Ärztin Alice erlaubt hatte. Er überschlug, wie lange der Flug noch dauern würde, warf zwei Tabletten ein und bestellte einen weiteren Drink, und dann machte er es sich bequem und schaute *Dodgeball*. Leider waren seine Ohrstöpsel kaputt, sodass der Ton so verzerrt und verrauscht klang wie ein Notruf aus dem Auge des Orkans. David nahm die Stöpsel heraus, schloss die Augen und wurde von einem traumhaft tiefen Schlaf übermannt, der Sorte Schlaf, die sich einstellt, wenn man alles zu Erledigende erledigt hat und sich guten Gewissens von einer Welt zur nächsten treiben lassen kann …

Er wachte mit einem Ruck auf.

Es fühlte sich an, als wäre das Flugzeug gerammt worden, die Maschine wurde von einem Schlag gegen das Heck mit solcher Wucht nach links gerissen, dass ein Knarzen durch die Kabine lief. Alle schnappten nach Luft, auch David, aber nicht, weil er Angst gehabt hätte (nichts am Fliegen machte ihm Angst), sondern weil Alice verschwunden war. Die Warnleuchten zum Anlegen der Sicherheitsgurte sprangen an, und der Gameshow-Gong war wiederholt zu hören; der Kapitän bat die Fluggäste mit auf ulkige Weise ruhiger Stimme, auf ihre Plätze zurückzukehren. Sie waren, erklärte er, in ein Schlechtwettergebiet geraten, würden aber versuchen, weiter aufzusteigen. »Wir machen uns auf die Suche nach besserer Luft«, sagte er. Hinter dem Fenster waren nun keine Wolken mehr zu sehen. Unter ihnen nichts als der Ozean. Das Wasser schien erschreckend nah, seine Textur glich geschmolzenem Stahl, auf dem kalkweiße Streifen aus Mondlicht schimmerten. David ließ seinen Blick durch den Mittelgang wandern und entdeckte zwei Flugbegleiterinnen, die an eine der Toilettentüren klopften. Ihm war sofort klar, dass seine Frau sich dort eingeschlossen hatte. Etwas irritiert, weil sie ihn nicht geweckt hatte, wollte er seinen Gurt lösen; aber sobald er die Hand an die Schnalle gelegt hatte, sackte das Flugzeug so abrupt in die Tiefe, dass der Drink seines Vordermanns in einem säuberlichen Schwall aus dem Plastikbecher stieg, einen Moment lang in der Luft über dem Tablett hing und schließlich ohne einen Tropfen Verlust in den Behälter zurückfiel.

Das Luftloch ließ die Passagiere zum zweiten Mal nach Luft schnappen, und als die Sauerstoffmasken herunterfielen, waren die ersten Schreie zu hören. Inzwischen wurde das Flugzeug unter ohrenbetäubendem Lärm durchgerüttelt. Davids Schädel bebte, seine Zähne klapperten. Die Ansage des Kapitäns war nicht zu verstehen. Die Frau auf der anderen Seite des Mittelgangs fragte: »Was hat er gesagt?«, woraufhin David mit den Achseln zuckte. »Ich habe auch nichts verstanden«, sagte er, schon im Aufstehen begriffen. Die Frau umklammerte die Armlehnen ihres Sitzes, drückte den Kopf an die Rückenlehne und fing zu weinen an. David näherte sich den Flugbegleiterinnen, von denen eine sich bereits auf den Notsitz gesetzt hatte und nun dabei war, den Vier-Punkt-Gurt anzulegen. Als sie ihn sah, forderte sie ihn auf, sich wieder auf seinen Platz zu setzen. Dann ein weiterer Schlag, dessen Druckwelle durch den Mittelgang schnalzte wie ein Peitschenhieb. David streckte die Hände nach den Kopfstützen aus, um sich aufrecht zu halten, und hangelte sich dann, als wären es Stufen einer Leiter, Armbreit für Armbreit auf die Toilettenkabine zu. Die anderen Passagiere saßen auf ihren Plätzen und starrten blind geradeaus. Es gab immer noch keinen Grund, Angst vorm Fliegen zu haben, dachte David, schließlich hatte man den Ausgang der Reise nicht selbst in der Hand. So wie fast nichts im Leben.

»Sir, Sie müssen sich hinsetzen«, keifte die Flugbegleiterin. »Bitte setzen Sie sich *sofort* hin.«

»Meine Frau ist da drin.«

»Es ist äußerst gefährlich, sich im Mittelgang aufzuhalten.«

»Sie ist schwanger. Bitte, ich muss sie auf ihren Platz zurückbringen.«

Das Vibrieren schien sich zu verstärken. Ein Kind weinte.

»Bitte beeilen Sie sich«, sagte die Flugbegleiterin.

Davids Klopfen an der Toilettentür wurde von einem seltsamen Rumpeln und Stampfen unterbrochen. Was genau verursachte diese Geräusche? Der Wind? Sein Erstaunen über die Tatsache, dass eine dermaßen komplexe Maschine so viel einstecken konnte und immer noch funktionstüchtig blieb, erstickte jede Angst in seinem Herzen. Er schlug noch einmal gegen die Tür und rief Alice' Namen. Als sie keine Antwort gab, schlug er fester zu und rief noch lauter. Er hörte etwas hinter der Tür. Sie schien etwas zu sagen.

»Alice«, rief er, »ist alles in Ordnung?«

Er legte sein Ohr an die Tür; Alice redete.

»Alice«, sagte er, »komm, ich bringe dich an deinen Platz zurück.«

Das Flugzeug sackte wieder ab, und für einen Augenblick fühlte David sich schwerelos; sein gesamtes Körpergewicht bewegte sich auf seinen Kopf zu; seine Schuhsohlen verloren kurz den Kontakt zum Fußboden, und dann landete er wieder. Beide Flugbegleiterinnen hatten sich zurückgelehnt, hielten die Augen geschlossen und die Schnallen ihres Gurts umklammert wie den Sicherheitsbügel einer Achterbahn. Die eine atmete kontrolliert und mit gespitzten Lippen aus, *eins, zwei, drei.* David konnte seine Frau hinter der Tür weinen hören. Nun war ihr nichts mehr peinlich, dachte er, und vielleicht sollte er sich genauso verhalten. Sie wehrte sich nicht mehr gegen die Panik.

»Alice!« Er rüttelte am Türgriff. »Ich möchte dich zu deinem Platz zurückbringen!«

Das Schloss schnappte, und David schob die Tür auf. Im selben Moment schaltete sich das Toilettenlicht aus. Alice saß im Dunkeln auf der Toilette und schluchzte. Ihre Arme, ihr Rock und ihre Bluse waren blutverschmiert, so als sei etwas in ihrem Schoß explodiert. In der Wiege ihrer Handflächen lag ein neugeborenes Kind, das ein wenig an die Darstellung eines verhungerten Aliens erinnerte. Die großen Augen waren kaum geschlossen, das Gewicht des baumelnden Kopfes zog den Mund auf. Ein von gelbem Brei und Blutschlieren bedeckter Junge, zwischen dessen dürren Beinchen eine Nabelschnur zu sehen war – ein Junge, der David schockierend ähnlich sah.

»Bitte«, weinte Alice und hielt ihm das Kind entgegen, »bitte tu ihn zurück!«

Zwei Ärzte, die zufälligerweise an Bord waren, richteten in der Bordküche einen Behandlungsraum ein. Sie arbeiteten hinter geschlossenen Vorhängen. Man bereitete ein provisorisches Bett aus Sitzpolstern und Kissen und Decken, auf das man die beiden legte. Der tote Junge wurde in Handtücher aus der ersten Klasse gewickelt und Alice auf die Brust gelegt. Nina Chen, eine junge Onkologin, hatte David gefragt, ob er die Nabelschnur durchtrennen wolle, und er hatte es nicht über sich gebracht abzulehnen; direkt danach wurde ihm schwindlig, woraufhin Chen ihn sich auf den Boden setzen und den Kopf zwischen die Knie stecken ließ. Der ältere Arzt, ein Pathologe namens Solomon Green, hatte Alice ausgezogen und gewaschen. Überall lagen blutgetränkte Handtücher herum, die die Ärzte, ohne zu zögern, einsammelten und in eine Mülltüte steckten. Sie hatten Alice' Schock unter Kontrolle gebracht, und gerade war Green dabei, ihre Vitalfunktionen zu überprüfen. Sie war bei Bewusstsein, streichelte mit einem Finger die Wange des reglosen Babys und sprach mit ihm, als wäre es am Leben. Sie nahm ihre Umwelt nicht wahr und sprach so leise, dass ihre Worte im Jaulen der Motoren untergingen. Inzwischen hatten sie einen ruhigeren Luftraum erreicht. Alice' Kummer glich einer radioaktiven Strahlung. David spürte, wie ihre Trauer seine inneren Organe zusammendrückte.

Chen zog ihn hinter den Vorhang. »Ihre Frau ist stabil«, sagte sie, »sie scheint nicht allzu viel Blut verloren zu haben.«

»Danke.«

»Hat sie Handgepäck dabei?«

»Ja.«

»Ist da Kleidung drin?«

»Das weiß ich nicht.«

»Bitte sehen Sie nach. Es wäre besser, sie vor der Landung umzuziehen.«

»Ja, natürlich.«

»Ich werde ihr ein Beruhigungsmittel spritzen. Ist sie gegen irgendwelche Medikamente allergisch?«

»Nein.«

»Und Sie?«

»Nein«, sagte David, »aber ich … ich möchte nichts einnehmen.« Er sah die Ärztin an. »Bitte zwingen Sie mich nicht dazu, etwas einzunehmen.«

Sie lächelte müde und berührte Davids Arm. »Ich gehe wieder rein und sehe nach, wie es ihr geht.«

»Wissen Sie, was passiert ist?«

Chen schüttelte den Kopf. »Nein, das kann ich Ihnen nicht sagen.«

»Sie haben keine Vermutung?«

»Es wäre unverantwortlich, irgendwelche Spekulationen anzustellen.«

Als sie sich umdrehte, hielt David sie noch einmal zurück. »Was …«, fragte er. »Was machen wir mit ihm?«

Chen kniff die Augen zusammen und schüttelte den Kopf. »Sie meinen das Kind?«

»Ja.«

»Fürs Erste sollte er bei ihr bleiben«, sagte sie. »Die Mutter sollte ihn noch ein bisschen im Arm halten können.«

Glücklicherweise steckte ein Kleid in Alice' Handgepäck. David zog außerdem frische Unterwäsche heraus, und er spürte die Blicke der anderen, als er die Tasche wieder ins Gepäckfach hob. Die alte Frau, die ihn während des Unwetters angesprochen hatte, legte ihm eine Hand an den Ellenbogen und fragte, ob es seiner Frau besser gehe. Und wenn nicht?, dachte David. Was soll ich dann sagen? Sie ergriff seine Hand und zog ihn zu sich herunter, eine vollkommen fremde, spindeldürre Frau, sie konnte kaum mehr als vierzig Kilo wiegen, und ihr Brillengestell ragte zu beiden Seiten über ihr Gesicht hinaus. David kniete nieder, er ekelte sich vor dem Mitgefühl, das sie ihm aufzwang.

Sie umschloss seine Finger mit beiden Händen. »Ich habe zwei Töchter«, sagte sie, »und zwei Fehlgeburten erlebt. Es ist Gottes Wille. Es bedeutet, dass euer Kind nicht für diese Welt gemacht war. Dass es im Himmel gebraucht wird.«

Aber es *war* für diese Welt gemacht, dachte David. Er bedankte sich und ging zu Alice zurück, wobei ihn auf dem Weg durch den Mittelgang alle Passagiere mit ungehemmter Neugier anstarrten. Am liebsten hätte er sie alle angeschrien.

Chen und Green standen vor dem Vorhang und unterhielten sich. Als David sich näherte, zogen sie den Stoff sanft beiseite. Alice hatte ihre Haltung nicht verändert, sie hielt das Baby immer noch im Arm und redete ihm zu, nickte und flüsterte und wiegte den kleinen Körper behutsam. Sie schien einem Wahn erlegen zu sein, so unerreichbar, dass David das Gefühl bekam, sie durch ein umgedrehtes Fernglas zu beobachten. Er wollte sich ihr Verhalten zuerst von den Ärzten erklären lassen, aber dann reichte ihm das Entsetzen auch so, er wollte es nicht noch vergrößern, indem er weitere Informationen einholte. Und dann begann Alice zu sprechen.

»Ich weiß, dass wir Henry in Betracht gezogen hatten, aber jetzt, da ich ihn sehe, finde ich David viel passender.«

Während sie die kleine Gestalt betrachtete, bekam David das Gefühl, sie für immer verloren zu haben.

Sie hob den Kopf. »Möchtest du ihn mal halten?«

Nein, wollte er nicht.

»Er sieht aus wie du«, sagte sie und hielt ihm das Kind lächelnd entgegen.

Der Körper war so klein, nicht größer als eine Colaflasche, es schien gar nicht nötig, ihn mit beiden Händen zu nehmen. David ging zitternd am Fußende des Kissenlagers auf die Knie und nahm das Kind entgegen, wobei er fürchtete, es fallen zu lassen oder zu fest zuzugreifen und den kleinen Körper irgendwie zu schänden. Er setzte sich im Schneidersitz hin und hielt sich das Bündel vor den Bauch, und dort in dem dreieckigen Schoß sah er das wie mitten im Flüstern oder Küssen erstarrte Babygesicht, die rosa, von Venen durchzogene, pergamentdünne Haut. Der Körper war so klein wie eine Actionfigur. Auf dem Kopf wuchsen die ersten, schwarzen Haare. Die Glieder waren reglos, trotzdem konnte David nicht anders, als in das Bündel hineinzugreifen und eine kleine Hand zwischen Daumen und Zeigefinger zu nehmen, an deren Fingerspitzen er, als er sie vorsichtig drehte, deutlich die kleinen Fingernägel erkennen konnte. Er wandte sich den Füßen zu – die winzigen Knochen erinnerten an die wundersame Struktur eines Flaschenschiffs, die Zehen waren zart gekrümmt – und steckte das Beinchen zurück ins Bündel. Dabei hatte er ständig das Gefühl, sich selbst von oben zu beobachten. Was war der Zweck dieses biologischen Vorgangs? Zellen über Zellen, die sich im Schöpfungsvorgang wieder und wieder teilten. Das Missverhältnis der Proportionen ließ erkennen, dass das Baby noch nicht fertig war. Sollte er sich von dieser Feststellung trösten lassen? David musterte noch einmal das Gesicht, um ganz sicherzugehen. Die Ähnlichkeit war unheimlich, dennoch konnte er sich nicht in Bezug zu dem toten Kind setzen. Er hatte eher das Gefühl, im Zoo einem besonders fremdartigen Tier gegenüberzustehen.

Wie aus dem Nichts sagte Alice: »Wir werden ihn hier bestatten.« Sie ließ ein angedeutetes Handwedeln folgen, so als meine sie die Luft.

Durch die zwei rechteckigen Fenster des Krankenwagens betrachtet, wirkte Honolulu auf David kaum anders als alle anderen amerikanischen Städte. Kein Inselparadies, sondern ein Netz aus Stadtautobahnen, Brücken und Tunneln, aus Schnellstraßen, die an verfallenden Gebäuden und menschenleeren Gehsteigen entlangführten. Davids Gesicht, sein ganzer Körper fühlte sich wie eine Hülse an. Er hatte eine Hand auf Alice' Bein gelegt, vermied es aber, sie anzusehen. Die *beiden* anzusehen. Er fürchtete, bei ihrem Anblick auseinanderzufallen. Der Weg vom Flughafen führte sie an einem Ufer voller gigantischer Kräne und Kriegsschiffe vorbei – David dachte an Baltimore. Und erst dann begriff er, dass er gerade Pearl Harbor gesehen hatte.

Als sie etwa eine Viertelstunde gefahren waren, begann die Landschaft, sich zu verändern; er entdeckte einige Häuschen, die in die üppige Vegetation der Berghänge hineingebaut waren. Weiße, quaderförmige, zweigeschossige Häuser, die sich zwischen den Bäumen versteckten und seltsam schlicht aussahen; ihre breiten Fensterfronten, die allesamt auf den zur Rechten gelegenen, funkelnden Pazifik hinausgingen, reflektierten das Licht des strahlend blauen Himmels. Obwohl man kaum von Villen sprechen konnte, vermittelten die Häuser durch das Zusammenspiel von Hanglage, Höhe und Meerblick ein Gefühl von unfassbarem Luxus; alles das und der feste Glaube der Hausbesitzer, man könne sich, sei man nur entschlossen genug, jeden Traum verwirklichen. Es war so einfach: »Ich werde auf Hawaii leben und jeden Tag das Meer sehen.« Die Leute, die hier wohnen, dachte David, müssen cleverer als ich sein. Sie hatten vermutlich ein tief gehendes Verständnis von sich selbst, das ihnen dieses Leben ermöglichte. Er tätschelte Alice' Bein, warf einen flüchtigen Blick auf sie und das Baby und wandte sich dann wieder ab. Mein Gott. Er wollte sich bei ihr entschuldigen. Sein Verbrechen gestehen. Sie hielt ihr gemeinsames Kind im Arm und war immer noch so weit weg. Als sie eine Bergkuppe erreichten und David am Sanitäter vorbei zur Windschutzscheibe hinausschaute, entdeckte er ein riesiges Bergmassiv, dessen schräger Grat sich wie ein Krummsäbel zu einem buckligen Gipfel hinaufzog, dessen Nackenlinie an ein gestrandetes Meerestier erinnerte. David fiel ein, dass es sich bei dem Berg um den berühmten Diamond Head handeln musste; die lehmigen Hänge waren von Rinnen durchzogen, die eine riesige Katze hineingekratzt haben musste, der unversehrte Fels darüber schien unbewohnbar. Im Vergleich zu den von Menschenhand geschaffenen Gebäuden, die die Küste säumten, wirkte der uralte Berg frisch und neu und wunderschön. An seinem Fuß konnte David einzelne Wohnhäuser ausmachen, die unter den niedrigen Wolken, die den Berg kaum überragten, wie aufgehäufte Diamanten schimmerten. Er wurde von dem Gefühl beschlichen, den falschen Lebensentwurf gewählt zu haben. Hier war es so schön, dass man über sein eigenes Leben beschämt war. Und dann wurde ihm klar, dass er selbst in diesem Moment, angesichts des Unglücks, angesichts seiner Frau, die mit ihrem toten Baby neben ihm auf einer Trage lag, schon wieder das Falsche dachte.

Er wollte etwas zu Alice sagen, aber auch nachdem er all seinen Mut zusammengenommen hatte, wagte er nicht, den Mund aufzumachen. »In welches Krankenhaus bringen Sie uns?«, fragte er den Sanitäter.

Der Mann war ein untersetzter Einheimischer mit karamellbrauner Haut und einem rabenschwarzen Pferdeschwanz. »Kaiser Permanente«, sagte er. Als ob das etwas ändern würde.

Als sie angekommen waren, nahmen die Ärzte seine Frau für weitere Untersuchungen mit. Das Kind blieb bei ihr. Niemand sagte David, wann sie zurückkommen würde, also setzte er sich benommen in den Wartebereich und starrte auf den Fernseher, ohne an etwas Bestimmtes zu denken. Die Moderatoren im Lokalfernsehen sahen aus wie überall auf der Welt. Nachrichtensprecher, Meteorologen, Sportreporter waren von unterschiedlicher Hautfarbe, gehörten aber demselben Universaltyp an. Plötzlich war David überzeugt, dass er träumte, er rang nach Luft und musste an Alice und ihre Geschichte vom Ersticken denken. Der Vorgang des Erzählens war an sich ein Akt der Hoffnung, dachte er, selbst wenn von der totalen Einsamkeit erzählt wurde. Ihre Gespräche hatte den Zweck gehabt, ein Unglück der Art, wie es ihnen nun zugestoßen war, abzuwenden. Es hatte sich, das erkannte David jetzt, um das innerliche Sammeln vor dem Absprung gehandelt, um eine Art Langgebet. Und er war überzeugt davon, mit einem einzigen schlechten Gedanken – *ist doch egal* – alles kaputt gemacht zu haben. Das wollte er seiner Frau beichten. Er wusste, dass sie ihn für immer davonjagen würde, und er hätte es nicht anders verdient. Sie wäre dann von ihm gereinigt und in Sicherheit. Auf einmal überkam ihn die Erschöpfung, und wieder schlief er ein – für wie lange, wusste er selbst nicht. Er hatte seine Uhr nicht umgestellt und wusste nach dem Aufwachen nicht, wie spät es war; er suchte nach einer Uhr, obwohl ihm die Helligkeit und der Stand der Sonne draußen vor den Fenstern verrieten, dass Vormittag sein musste. Schlagartig fiel ihm ein, dass ihr Gepäck noch am Flughafen stand und er Alice' Tasche vergessen hatte. Was war nur los mit ihm, warum konnte er nicht für sie mitdenken?

Außerdem hatte er schrecklichen Hunger. Obwohl er so müde war, kreisten seine Gedanken plötzlich nur noch ums Essen. Wann hatte er zum letzten Mal etwas zu sich genommen? Mit vollem Bauch würde er vielleicht zur Ruhe kommen und besser schlafen. Aber wo? Und wie lange würde er noch warten müssen? Er dachte daran, sich ein Hotelzimmer zu nehmen, aber dann fiel ihm ein, dass sie bereits im Mandarin reserviert hatten. Immerhin war er auf Dienstreise. Dienst? Nichts war, wie es sein sollte. Und plötzlich war er überzeugt, dass jeder Schritt ihrer Reise von New York nach Oahu, jedes ausgesprochene Wort und jede Tat bis zu diesem Moment den alleinigen Zweck gehabt hatten, ihr Kind zu töten.

»Mr. Pepin?«

»Ja?«

Vor ihm stand ein indischer Arzt, groß, mit schlanken Fingern und einer langen, königlichen Nase.

»Ich bin Dr. Ahmed«, sagte er, »der für Ihre Frau zuständige Gynäkologe. Können wir uns unterhalten?«

»Ja.«

Sie waren allein im Wartebereich, deswegen nahm der Arzt neben ihm Platz.

»Mein Beileid zu Ihrem tragischen Verlust«, sagte er. »Wie geht es Ihnen?«

»Wie geht es Alice?«

»Ihr Zustand ist stabil. Die Ärzte im Flugzeug haben hervorragende Arbeit geleistet.«

David nickte. Seine Hände, die auf seinen Oberschenkeln lagen, fühlten sich an, als könnten sie jeden Augenblick zu schweben anfangen und über seinem Kopf davonfliegen, deswegen klemmte er sie sich vorsichtshalber zwischen die Beine und presste die Knie aneinander.

»Die ersten Laborergebnisse sind da«, sagte der Arzt. »Die Schwangerschaft Ihrer Frau wurde durch eine Störung beendet, die sich Thrombophilie nennt. Es handelt sich um eine leider sehr weit verbreitete Gerinnungsstörung. Fast eine von fünf Frauen ist betroffen. Wissen Sie, wie Blutgerinnung funktioniert?«

David schüttelte den Kopf.

»Wenn unser Gewebe verletzt wird, kleben die roten Blutkörperchen und die Blutplättchen zusammen, um die Wunde zu verschließen. Sie legen sich über die Verletzung und dichten sie ab.« Er legte eine Hand auf die andere. »Eine Gerinnungsstörung hat leider ein Phänomen zur Folge, das man auch inkorrekte Gerinnung nennen könnte. Es handelt sich um eine Art Falscherkennung. Der Körper Ihrer Frau hat auf die Schwangerschaft wie auf eine Krankheit reagiert. In ihrer Gebärmutter haben sich

Blutgerinnsel gebildet, die zu einem Plazentaabriss geführt ...« – er fuhr sich mit der Fläche der einen über den Rücken der anderen Hand, so als streiche er ein Zündholz an – »... und die Fehlgeburt ausgelöst haben.«

David wusste nicht, was er sagen sollte. Er hatte gehofft, in der ärztlichen Aufklärung Trost zu finden, aber das alles klang so abstrakt, dass es ihm nicht weiterhalf.

»Mr. Pepin«, fuhr Dr. Ahmed fort, »ich verstehe Ihren Kummer. Trotzdem halte ich es für einen seltenen Glücksfall, dass man den Zustand Ihrer Frau noch vor dem Rückflug erkannt hat. Patientinnen mit dieser Störung dürfen längere Flugreisen nur dann antreten, wenn sie vorher über einen längeren Zeitraum hinweg blutverdünnende Medikamente eingenommen haben. Die Venen in unseren Beinen« – der Arzt berührte sich am Oberschenkel – »werden von Muskeln unterstützt, die durch Kontraktion die Blutzirkulation anregen. Patientinnen mit der Krankheit Ihrer Frau neigen dazu, an dieser Stelle Gerinnsel zu bilden, die zum Herzen, in die Lunge oder ins Gehirn wandern können. In der Folge kann ein schwerer Schlaganfall, eine Lungenembolie oder ein Herzinfarkt auftreten.«

David wartete.

»Ihre Frau hätte auf dem Rückflug sterben können«, sagte der Arzt. »Und auf dem Hinflug ebenso. Dann hätten Sie Ihre ganze Familie verloren.«

Wie seltsam, dachte David, so weit weg von zu Hause zu sein und sich vor einem Mann, den man nie wiedersehen wird, sagen zu lassen, man hätte alles verlieren können. »Darf ich Sie etwas fragen?«, sagte David.

»Bitte sehr.«

»Sind Sie sicher, dass diese Störung der Grund war?«

»Ja.«

»Es könnte nicht an etwas anderem gelegen haben?«

»Nein.«

David überlegte kurz. »Sind Sie sicher?«

»Ganz sicher.« Der Arzt legte eine Hand auf Davids Schulter.

»Darf ich zu ihr?«

»Wir haben sie ruhiggestellt.«

»Was ist mit dem Baby? Was geschieht jetzt mit ihm?«

»Wir werden ihn noch für eine Weile bei der Mutter lassen – bei Ihnen beiden. Es gibt keinen Grund zur Eile.«

»Wann kann ich zu ihr?«

»Sie liegt in Zimmer dreihundertzweiundachtzig. Sie können sofort raufgehen, wenn Sie möchten.«

»Ist er bei ihr?«

»Ja. Aber wahrscheinlich wird sie erst in einer Stunde aufwachen.«

David stellte sich Mutter und Kind vor. »Ich habe solchen Hunger«, sagte er. »Ist das schlimm?«

»Natürlich nicht«, sagte Dr. Ahmed. »Die Cafeteria befindet sich in diesem Stockwerk. Gehen Sie durch die Tür, und folgen Sie den Schildern.«

David lud seinen Teller so voll, dass es widerlich war.

In der Cafeteria war ein Frühstücksbuffet aufgebaut, und zusätzlich zum üblichen Angebot gab es Ananas, natürlich Wassermelonen und Honigmelonen – besser als alle, die David je probiert hatte –, dazu Kokossirup, der ungewohnt süß schmeckte, perfekt zu Pfannkuchen passte und von dem David einen großen Vorrat mitzunehmen beschloss. Noch während er aß, fragte er sich, was mit ihm nicht in Ordnung war. Wie konnte er so hungrig sein? Es war, als hätte er während Alice' Schwangerschaft gefastet und dürfe erst jetzt, da das Baby tot war, wieder essen. Im selben Augenblick überfiel ihn wieder jener übermächtige Fatalismus, ein unheimliches Gefühl der Entfremdung in Bezug auf diese Reise, deren Ablauf einer festgelegten, unabänderlichen Reihenfolge zu gehorchen schien. Wenn er die Ereigniskette in die Zukunft hineinverfolgte, dann schwante ihm, was sein eigenes Schicksal betraf, Fürchterliches.

»Mr. Pepin?«

Ein älterer Mann sprach ihn an, und auf den ersten Blick hielt David ihn für einen Piloten. Er trug eine steife, blaue Uniform mit Schulterklappen und einem ans Revers gepinnten Flügelpaar.

In der linken Hand hielt er eine Mütze, unter seinem Arm klemmte eine Aktenmappe. Die freie Hand streckte er David entgegen, um sich mit festem, trockenem Händedruck vorzustellen. »Dr. Ahmed hat mir verraten, wo ich Sie finden kann«, sagte er. Obwohl der Mann mindestens Mitte sechzig war, wirkte sein Gesicht frisch, hellwach, mit einem jugendlichen Blitzen in den blauen Augen. Er war ausgesprochen blass und sah beinahe wie ein Albino aus, so als habe er das Sonnenlicht sein Leben lang gemieden. Er roch nach pfefferminziger Barbasol-Rasiercreme und machte einen durchtrainierten Eindruck; David konnte geradezu sehen, wie er sich stolz mit der Hand auf den flachen Bauch klopfte. Sein volles, weißes, kurz geschorenes Haar war nicht ansatzweise schütter, er hatte einen ganzen Schopf davon, den er vermutlich mit ins Grab nehmen würde. Angesichts dieser gepflegten Strenge und des großväterlichen Duftes, im sanften Licht der Aufmerksamkeit dieses Mannes fühlte David sich zum ersten Mal seit vielen Stunden geborgen.

»Ich bin Nathan Harold«, sagte er. »Ich arbeite für United Airlines. Ich bin der Vermittler im Schadensfall, obgleich mein eigentliches Fachgebiet die Verkehrspsychologie ist. Darf ich Ihre Zeit für ein paar Minuten in Anspruch nehmen?«

David nickte, woraufhin der Mann einen Stuhl vom Tisch abrückte und sich setzte. Er legte seine schmale, schwarze Aktenmappe auf den Tisch, ließ die Schlösser aufschnappen, zog eine Akte mit dem Etikett *David und Alice Pepin* heraus, klappte die Mappe wieder zu und stellte sie zu seinen Füßen ab. Die Vorderseite der Akte zierte ein Flügelpaar, auf das der Mann seine gefalteten Hände legte. »Zunächst möchte ich Ihnen auch im Namen der Fluggesellschaft mein tiefstes Beileid aussprechen. Es tut mir so leid für Sie.«

Plötzlich schämte David sich für die Unmengen an Essen, die er auf seinen Teller geschaufelt hatte. Sein ohnehin vorhandenes Schuldgefühl steigerte sich ins Unermessliche. Er fürchtete, seine Mimik könnte ihn verraten oder in irgendeiner anderen Hinsicht unpassend wirken, deswegen musste er sich trotz der Freundlichkeit des Mannes anstrengen, dessen Blick zu erwidern.

»Wie geht es Ihrer Frau?«, fragte Harold.

»Ich habe sie noch nicht gesehen«, sagte David. »Sie schläft noch.«

»Wie geht es Ihnen?«

David versuchte, sich auf Harolds Hände zu konzentrieren, schöne, große, starke Hände. Die Fingernägel waren vom weißen Halbmond an der Nagelhaut bis hin zur akkurat gefeilten Spitze perfekt gepflegt, nicht aus Eitelkeit, sondern aus Gründlichkeit. Und dann tat der Mann etwas Erstaunliches: Er löste die Finger aus der Verschränkung und hielt David seine linke Handfläche offen hin, so als habe er sein Staunen bemerkt und biete ihm die Hand nun zur Inspektion an – eine Handfläche mit einem dichten Netz aus Streifen und Furchen. Kurz war er gezwungen, den Blick zu heben und in Harolds gütig lächelnde Augen zu schauen.

»Einmal habe ich mir in Italien aus der Hand lesen lassen«, sagte Harold, »in Palermo. Ist lange her. Jedenfalls hat mir die Frau, eine Zigeunerin, zwei Sachen verraten. Zuerst meinte sie, ich hätte eine alte Seele. Sie konnte es an den vielen Linien erkennen. Sie sagte, ich hätte schon mehrere Leben hinter mir und deswegen das Potenzial zu großer Weisheit. Ich kann das nicht beurteilen, aber dann zeigte sie mir diese Linie.« Mit dem Zeigefinger fuhr er eine Furche, die in der Mitte des Handballens ansetzte, bis zu ihrem Überschneidungspunkt mit einer zweiten, quer verlaufenden Linie ab, an der sie abrupt endete. »Sie sagte, das sei meine Schicksalslinie, und dass sie abbreche, bedeute, dass mein Schicksal nicht vorherbestimmt sei. Alles stünde mir offen. Aus diesem Grund wüsste ich nicht, wer ich bin, hat sie gesagt.«

David betrachtete seine eigenen Hände. Seine Handflächen – nie zuvor war es ihm aufgefallen – wiesen kaum Furchen auf. Seine Schicksalslinie verlief jedoch ähnlich wie die von Harold; auch sie riss ab, war unvollendet.

»Ist schon erstaunlich, was wir zu glauben gewillt sind, wenn wir es nur im rechten Moment zu hören bekommen«, sagte Harold. »Als die Frau mir das mit der Schicksalslinie erzählte, fühlte ich mich wie ein Versager, so als wäre ich unheilbar verblendet, was meinen eigenen Charakter betraf. Seither, seit jenem Tag, habe ich das Gefühl, alle Anstrengungen in meinem Leben nur zu unternehmen, um diese Linie zu vollenden. Ist es nicht seltsam, dass ein völlig fremder Mensch unser Leben dermaßen beeinflussen kann?«

David nickte.

»Sie haben im Moment nicht den Eindruck, Ihre Gefühle im Griff zu haben, oder?«

»Nein«, sagte David.

Der Mann schnippte mit dem Finger in Richtung von Davids Teller, so als wolle er anklopfen. »Darf ich das übernehmen?«

»Nein, vielen Dank«, sagte David.

Harold steckte die Brieftasche wieder ein. »Schön, dass Sie etwas gegessen haben.«

Davids Anspannung ließ ein winziges bisschen nach. Der Tonfall dieses Mannes, der Klang seiner Stimme versprach eine Zukunft, die mit den aktuellen Ereignissen nichts mehr zu tun haben würde.

»Mr. Pepin, ich bin aus verschiedenen Gründen hier. Zunächst einmal, um Ihnen meine Hilfe anzubieten. Ereignet sich in unserem Luftraum eine Tragödie, tun wir unser Allerbestes, um unser Mitgefühl zu bekunden. Aber Mitgefühl, dem keine Taten folgen, ist eine leere Geste. Ich bin in erster Linie hier, um Ihnen die Landung zu ermöglichen.«

»Ich verstehe nicht.«

»Die Angewöhnung«, sagte Harold, »an die *Erde*. Ich bin gekommen, um sicherzustellen, dass Sie nicht Ihr Leben über den Wolken zurückgelassen haben.«

David schwieg, knüllte seine Serviette zusammen und stützte beide Handgelenke an die Tischkante, um noch einmal seine Hände zu betrachten. Egal, wie sehr man ihm jetzt helfen wollte, er fühlte sich wie bei einem Verhör.

»Ich weiß, wie ominös das klingt«, fuhr Harold fort. »Lassen Sie uns mit dem praktischen Teil beginnen. Ich habe Ihr gesamtes Gepäck dabei. Es liegt draußen in einem Auto mit Chauffeur, das die Fluggesellschaft Ihnen zur Verfügung stellt. Falls Sie oder Ihre Frau Ihr Gepäck benötigen, alles oder auch nur einen bestimmten Gegenstand, lasse ich es sofort holen.«

David nickte.

»Hat der Arzt Ihnen gesagt, wie lange Alice im Krankenhaus bleiben muss?«

»Er hat gesagt, sie müsse blutverdünnende Mittel einnehmen, bevor sie nach Hause fliegen kann. Er sagt, es sei zu gefährlich, sofort wieder zu fliegen.«

»Werden Sie hier im Krankenhaus bleiben?«

David schüttelte den Kopf.

»Warum verraten Sie mir nicht, auf welches Hotel Sie gebucht sind, dann lasse ich das Gepäck vom Fahrer unverzüglich hinbringen. Es kann dort auf Sie warten. Und falls Sie doch länger als geplant hierbleiben, kann er Ihnen jederzeit bringen, was Sie brauchen.«

»Eigentlich wollten wir im Mandarin Oriental wohnen. Aber ...«

»Aber nun sind Sie sich nicht mehr sicher.«

»Nein.«

»Haben Sie das Gefühl, immer noch unterwegs zu sein? So wie man nach einer langen Autofahrt nicht einschlafen kann, weil die Seele immer noch den Fahrtwind spürt?«

»Ja.«

»Aus diesem Grund bin ich hier.« Harold hob beide Zeigefinger in die Höhe und legte sie in der Luft aneinander. »Ihr Zustand, David, ist dem des Schocks nicht unähnlich. Ein Mensch erlebt eine Katastrophe, während er in der Luft von A nach B unterwegs ist. Die Folge ist eine ganz eigene Sorte Trauma, und zwar aus zwei Gründen. Zunächst einmal ist da der ursprüngliche Vertrauensbeweis beim Fliegen – denn um ein Flugzeug besteigen zu können, müssen wir uns gewisse Gedanken verbieten. Unser Reptiliengehirn weiß nämlich auch in zehntausend Meter Höhe noch, dass wir in Lebensgefahr schweben. Und zweitens reisen wir mit so hoher Geschwindigkeit, mithilfe derart komplexer Apparaturen und auf so unbegreiflich langen Strecken, dass wir uns, falls die Verbindung zwischen den Punkten irgendwie unterbrochen wird, falls die Reihenfolge von Abreise und Ankunft gestört wird, unseres ureigensten Sicherheitsgefühls beraubt fühlen, und zwar gründlich. Die psychischen und spirituellen Folgen eines solchen Zwischenfalls können katastrophale Ausmaße annehmen.«

Endlich war David in der Lage, den Blick zu heben; die Augen des Mannes waren blau und tröstlich.

»Zwischen zwei Punkten passiert etwas«, erklärte Harold, »und zwar hoch oben in der Luft, und für uns ist es, als wären wir wie Phaeton mitten am Himmel abgeschossen worden. Wir werden gewissenmaßen Zeugen unserer eigenen Auslöschung. Jegliches Sicherheitsgefühl wird uns aus der Seele gesprengt. Geistiges Vermögen und Urteilskraft werden aus unserem Verstand vertrieben. Selbstvertrauen aus unserem Rückgrat. Freude aus unserem Herzen. Und der Mut aus dem tiefsten Kern unseres Selbst. So viele lebensnotwendige Eigenschaften, die uns entrissen werden und eine nach der anderen davonfliegen, bis man denkt, das Unglück werde niemals ein Ende nehmen. Nach so einer Katastrophe möchte man sich nur noch einigeln. Nach so einer Katastrophe möchte man sich nie wieder von der Stelle bewegen.«

David hörte zu.

»Wissen Sie noch, wie das Space Shuttle explodiert ist?«

»Natürlich.«

»Wissen Sie noch, wo Sie waren?«

»Ja.«

»Sie werden nie wieder einen Raketenstart beobachten können, ohne daran zu denken. Sie werden überzeugt sein, es könnte wieder eine Explosion geben. Das Syndrom nennt sich SVAU: Spontaner Verlust der willentlichen Aussetzung der Ungläubigkeit. Deswegen verlieren manche Menschen im Alter die Fähigkeit zum Autofahren. Sie bringen nicht mehr den nötigen *Mut* auf, einen anderen Wagen zu überholen oder sich einzufädeln. Ein Laster auf der Spur vor ihnen lässt sie hilflos auf den Seitenstreifen abdriften. Zum Zeichen ihrer Gehorsamkeit versuchen sie verzweifelt, die zulässige Höchstgeschwindigkeit zu halten. Um ihre Nerven zu schonen, befolgen sie peinlich genau alle Vorschriften. Sie haben so viel Unglück gesehen, dass sie gelähmt sind. Sie sind überzeugt, dass auf der Straße eine Katastrophe nach der anderen lauert.«

David nickte.

»Das Mandarin Oriental, sagten Sie, richtig?«

»Ja.«

»Die Kosten Ihres Aufenthaltes dort wird die Airline übernehmen. Wenn Sie möchten, werden wir ein Upgrade erwirken, solange Ihre Frau sich im Krankenhaus erholt.«

»Und wenn ich nach Hause will? Oder meine Frau?«

»Dann wird United Airlines Sie und Ihre Frau erster Klasse mit dem nächsten Flug an jedes gewünschte Ziel der Welt fliegen. Hier ...« Er klappte die Akte auf und reichte David eine Visitenkarte. Die Nummer darauf unterstrich er mit seinem Füller. »Das ist meine Handynummer. Sollte ich einmal nicht erreichbar sein, werden Sie automatisch mit dem zuständigen Schadensregulierer verbunden. Aber ich bin immer erreichbar.«

»Mr. Harold«, sagte David, »ich möchte nicht unhöflich sein, aber für mich klingt das, als würde ich für einen tragischen Vorfall belohnt.«

»Nein, Sir. Sie werden versorgt. Unterstützt. Und das von einem sehr erfahrenen Profi. Vom *freundlichen* Himmel. Bitte sehr.« Er schob David einen zusammengeklammerten Papierstapel aus der Akte zu. »Diese Mediziner arbeiten mit unserer Fluggesellschaft zusammen. Sollten Sie in den nächsten Tagen eine Beratung brauchen oder eine zweite Meinung einholen wollen, können Sie bei einem dieser Ärzte anrufen.«

»Vielen Dank«, sagte David.

»Was mich zum schwierigsten Teil bringt: den Vorbereitungen.«

»Ich verstehe nicht.«

»Für Ihr Kind.«

Es war schon erstaunlich, dachte David, was der Tod einem alles aufzwingt. Sogar Gespräche wie dieses.

»Es mag taktlos von mir erscheinen, das Thema so früh anzusprechen«, sagte Harold, »aber auch in diesem Fall möchten wir Ihnen behilflich sein. Selbstverständlich werden wir für die Bestattung Ihres Kindes bis zum letzten Cent aufkommen. Wir arbeiten in dieser Gegend mit einigen Bestattungsunternehmern zusammen. Wir besitzen Grabgrundstücke überall auf den Inseln. Darüber hinaus können wir eine Bestattung im Bundesstaat Ihrer Wahl organisieren. Auch das sehen wir als unsere Pflicht. Es wäre uns eine Ehre, Ihnen helfen zu dürfen.«

»Ich weiß nicht, was ich sagen soll«, sagte David.

»Sie brauchen nichts zu sagen. Wir sind für Sie da, bis Sie und Ihre Frau das Gefühl haben, wieder mit beiden Beinen auf dem Boden zu stehen.«

Harold saß noch für eine Weile schweigend da, die gefalteten Hände auf dem Tisch.

David starrte auf das Essen auf seinem Teller – die Frische war verwelkt, die Farben liefen ineinander, Sirup und Eigelb und Butter, alles zerfiel, geronn, verfaulte. »Ich sollte jetzt raufgehen und nach Alice sehen.«

»Natürlich«, sagte Harold.

David wischte sich den Mund ab. Er legte die Serviette auf den Teller. Er warf Harold einen Blick zu, der ihn geduldig anstarrte, dann senkte er die Augen wieder.

»Ist alles in Ordnung?«

David zuckte mit den Achseln. Er fühlte sich wie an den Stuhl genagelt.

»Falls Sie Fragen haben«, sagte Harold, »können Sie sie gern stellen.«

David brachte es nicht über sich, den Mann anzusehen.

»Fragen Sie«, sagte Harold.

Davids Augen liefen über. »Bin ich schuld?«, fragte er. »Meine Gedanken? Verstehen Sie?«

»Ja«, sagte Harold, »ich verstehe.«

»Sagen Sie es mir. Ich muss es wissen.«

»Sie sind nicht schuld, David. Weder Sie noch irgendeiner Ihrer Gedanken, noch irgendeine Ihrer Entscheidungen. Sie kommen in dieser Gleichung nicht vor.«

»Sind Sie sich sicher?«

»Ja, absolut.«

»Wie können Sie sich sicher sein?«

»Weil es in der Natur der Sache liegt.«

»Das erklärt gar nichts.«

»Hören Sie mir einfach zu.« Harold schob seine Hand über den Tisch und legte sie auf Davids. »Sie glauben, das, was Ihnen da passiert ist, sei eine Art dramatischer Höhepunkt. So als hätte es nicht anders kommen können. Aber das stimmt nicht. Es handelt sich überhaupt nicht um einen Höhepunkt. Sie haben hier nicht die Handlungsmacht. Es handelt sich um einen Effekt des Reisens. Wenn Leute verreisen – und ganz besonders, wenn sie fliegen –, fühlen sie sich, als hätten sie eine bedeutende Entscheidung getroffen. Das macht einen Teil des Mythos aus, des Wunders und der Romantik. Zu reisen ist magisch. Die Leute messen dem Anfangspunkt eine überhöhte Bedeutung bei. ›Das Flugzeug, das neulich abgestürzt ist‹, sagen sie, ›ich hätte eigentlich mitfliegen sollen, aber mein Taxi ist im Stau steckengeblieben.‹ So als hätte Gott persönlich eingegriffen. Sie verleihen dem Verkehrsmittel einen göttlichen Status. Dabei handelte es sich lediglich um einen *Flug*, den sie verpasst haben. Sobald man einmal im Flugzeug sitzt, betrachtet man den Aufenthalt dort als Pause vom normalen Leben, als eine Art Zwischenwelt oder sicheren Hafen. Aber in Wahrheit reist das Leben mit. Denken Sie mal darüber nach. Es soll vorgekommen sein, dass Leute sich während eines Fluges haben scheiden lassen. Oder verlobt. Hoch über der Erde wurden Kinder gezeugt. Und geboren, gesund und munter. Auf Flügen wird gestorben – an Herzinfarkten, Schlaganfällen, Aneurysmen. Manche Leute bestellen einen Drink und schlafen für immer ein. Manche verschlucken sich beim Essen und werden gerettet. Die Leute verlieben sich beim Fliegen. Ganze Romane werden beendet – von Lesern und von Autoren. Es kommt zu großartigen Entdeckungen und Durchbrüchen in der Wissenschaft. Und trotzdem betrachtet man das Reisen, das In-Bewegung-sein als Atempause vom Leben. Aber das ist ein Irrtum. Eine Bewegung ist keine Atempause. Es *gibt* keine Atempausen. Wir sind ständig in Bewegung.« Bei diesem Schlusssatz drückte er fest Davids Hand.

»Sagen Sie mir noch einmal, dass Sie sich ganz sicher sind«, bat David.

»Von all unseren Gedanken erscheinen uns nur jene von Bedeutung, die sich in unserem Verstand manifestieren und an die wir uns später erinnern können. Aber mit den Gedanken vor einem Ereignis verhält es sich wie mit Glückskeksen. Man greift in eine große Schüssel und nimmt zufällig einen heraus. Das Glück ist nicht weniger dem Zufall unterworfen als unsere Gedanken.«

»Versprechen Sie es.«

»Denken Sie nur an die vielen Gedanken, die wir uns immerzu machen! Und an wie wenige davon wir uns erinnern können!«

»Bitte!«

»Es war nichts, was Sie gedacht haben, David. Ich versichere Ihnen, dass Sie nichts hätten tun können.«

David legte seine freie Hand auf die von Harold und ließ die Stirn darauf sinken. Nun sah der Händestapel wie eine von Tränen benetzte Skulptur aus. »Warum habe ich ihr kein besserer Mann sein können?«

»Sie werden es, in Zukunft.«

»Warum habe ich nicht etwas anderes gedacht?«

»Das haben Sie bereits.«

David schluchzte. Er wollte nichts lieber tun, als seine Frau zu sehen, sie im Arm zu halten.

»Helfen Sie ihr, ganz sanft runterzukommen«, sagte Harold. »Helfen Sie ihr dabei.«

Dr. Ahmed verordnete Alice blutverdünnende Medikamente und entschied, sie zur Beobachtung über Nacht im Krankenhaus zu behalten. Am nächsten Morgen kamen sie und David überein, den gemeinsamen Sohn einäschern zu lassen.

Die Asche des Kindes wurde ihnen in einem weißen, rechteckigen Plastikbehälter von der Größe einer kleinen Thermoskanne überreicht, zusammen mit einer auf den Namen David

Pepin ausgestellten Todesurkunde. Geburts- und Todestag hatten dasselbe Datum. Scheinbar wogen die Überreste mehr als das Kind selbst, was David äußerst mysteriös fand.

Alice nahm die Urne ohne erkennbare Regung entgegen, überhaupt hatte sie sich immer tiefer in sich selbst zurückgezogen. Gleichzeitig spürte David die Wut, die in ihr zu brodeln schien. Seltsamerweise war er davon jedoch nicht wirklich beunruhigt, und er wusste, dass er das allein der Unterhaltung mit Harold zu verdanken hatte.

So wie zuvor die Schwangerschaft schien nun der Tod des Kindes einen Keil zwischen ihn und Alice zu treiben. Aber daran ließ sich nichts mehr ändern. Irgendwie hatte er sich damit abgefunden. Was dann tatsächlich passierte, sollte ihn jedoch überraschen.

Während Alice im Krankenhaus lag, führte er mehrere Telefonate mit Harold, und der Trost, den er daraus schöpfte, war unermesslich. Natürlich galt seine Sorge in erster Linie Alice und wie er ihr auf den Boden der Tatsachen zurückhelfen konnte. Als der Arzt zu verstehen gab, sie würde noch am selben Nachmittag entlassen, rief David sofort bei Harold an, weil er nicht weiterwusste. Harolds Ratschlag, obschon recht kryptisch, erwies sich im Zuge seiner Durchführung als von größerem praktischen Nutzen, als David im ersten Moment gedacht hätte. »Seien Sie flexibel, ohne zu nachgiebig zu sein. Hören Sie genau hin, um Gelegenheiten zu erkennen, bei denen Sie sich verantwortlich zeigen und sie beruhigen können. Je genauer Sie zuhören, bevor Sie etwas unternehmen, desto sanfter wird sie landen.«

Als Dr. Ahmed einige Stunden später endgültig bestätigte, dass Alice sofort entlassen werden könne, ging David zu ihr und fragte, was sie nun tun wolle. Die Frage verärgerte sie.

»Wie meinst du das?«, fragte sie.

»Möchtest du nach Hause«, fragte er, »oder möchtest du hierbleiben?«

»Hier?«

»Ja.«

»Du fragst mich, ob ich Urlaub machen möchte?«

»Nein«, sagte David, »ich meine, wir könnten einfach hier sein. Wir beide. Ich weiß nicht, wie ich es nennen soll. Aber ich bin noch nicht bereit für den Rückflug. Ich habe Mr. Sobel im Trinity angerufen und ihm gesagt, dass es einen medizinischen Notfall gegeben hat und wir noch nicht wissen, wann wir wieder nach Hause kommen.«

Darüber ärgerte Alice sich sichtlich. »Hast du ihm gesagt, was passiert ist?«

»Natürlich nicht.«

Sie verschränkte die Arme und starrte aus dem Fenster. Im hellen Vormittagslicht war besonders deutlich zu sehen, wie viel sie während der Schwangerschaft an Gewicht zugelegt hatte. Ihre Arme wirkten runder, unter dem Bademantel zeichnete sich ein leichter Bauchansatz ab. David drehte sich um, um zu sehen, wohin sie starrte. Unten auf dem Parkplatz wiegten sich die Palmen im Wind. In der Ferne kroch Nebel über die vulkanischen Berge.

»Was sollen wir hier?«, fragte sie schließlich.

»Warum überlässt du das nicht mir.«

Als sie nichts sagte, fasste er ihr Schweigen als Zustimmung auf.

Sofort informierte er Harold, der einen Wagen schickte. Als Alice das Auto sah, fragte sie: »Wozu das alles?«

David schreckte zurück, oder vielleicht folgte er auch nur seinem Bauchgefühl – er wusste es selbst nicht. Er war jedoch überzeugt, Alice dürfe nicht erfahren, dass man ihnen half. »Ich dachte, so ist es am einfachsten«, sagte er, obwohl er keine Vorstellung von seinem nächsten Schritt hatte. Das Hotel sollte ihr Zuhause sein, bis ihm ein Plan einfiel.

Im Auto nahm Alice die Urne auf den Schoß und hielt sie fest. Vielleicht wartete sie darauf, dass David etwas dazu sagte, aber er schwieg.

Das Mandarin Oriental lag in einer Sackgasse am hintersten Ende des Kahala-Viertels, wo die Grundstückspreise in den Himmel stiegen und sich parallel zum Strand und von Mauern geschützt die Häuserblöcke mit ihren Putzfassaden im spanischen

Stil hinzogen. Das traumhaft moderne Design des Hotels stand in krassem Kontrast zu den umstehenden Gebäuden; zwei Zwillingstürme in Weiß und Ozeanblau, deren Gebäudeskelett über jedem Fenster in Form eines Trägers über sich selbst hinausragte, sodass es aussah, als würden die verschiedenen Gebäudeflügel von übereinandergestapelten, durchsichtigen Würfeln umschlossen, von einer Art Gerüst, das dem gesamten Komplex eine gewisse Leichtigkeit verlieh. Es sah so aus, als könnte das Haus sich wie ein Gleitsegler in der Luft halten. An die Türme schloss sich der Waialae Country Club an, hinter dem sich wiederum der Ko'olau-Kamm erhob, ein von einzelnen Häusern durchsetzter und von üppigem Grün überzogener Berghang. Alle Häuser hatten Meerblick, obwohl der Ozean unmöglich zu sehen war, bevor man nicht das Hotel betrat. Die hohen Mauern eines dritten, quer zu den Türmen verlaufenden Bauwerkes, einer riesigen, überdachten Zufahrt, versperrten den Blick von außen und ließen den Strand dahinter umso exklusiver erscheinen. Bei ihrer Ankunft wurden David und Alice königlich empfangen – auf Harolds Zutun, so viel war David klar. Einer der Geschäftsführer, ein Japaner namens Murahashi, führte sie nach dem Einchecken persönlich über die Anlage, zeigte ihnen die fünf Restaurants, die Geschenkläden, den Pool, das Spa, den Fitnessbereich. Dann geleitete er sie durch den Portikus zum Strand. Zwei lange Wellenbrecher sorgten dafür, dass die Wasseroberfläche über dem Korallenriff glatt blieb; ein dichtes Netz aus Palmen begrenzte den langen Privatstrand. »Ein sehr beliebter Ort, um zu heiraten«, erklärte Murahashi, und wie auf Kommando erschien ein hübsches, japanisches Brautpaar und spazierte auf einen weißen Pavillon mit Meerblick zu. Glücklich hob die Braut ihre Schleppe, die beiden lehnten sich in den lauen Wind, während die Familie schon auf dem tadellos gepflegten und heute bestuhlten Golfplatzrasen saß und wartete. Murahashi führte David und Alice durch das Strandrestaurant und die dazugehörige Plumeria, ein luftiges Café mit Mahagonimöbeln und einem Fußboden aus kühlem Schiefer. Alice schien von der Schönheit des Ganzen unbeeindruckt.

»Natürlich«, sagte Murahashi, als er sie auf einen weitläufigen

Platz führte, »ist unser Hotel vor allem für seine Dauergäste berühmt.« Vor ihnen erstreckte sich eine riesige künstliche Lagune, auf deren gegenüberliegender Seite sich zweistöckige Luxussuites befanden. Die Lagune war in zwei getrennte Becken unterteilt, die zusammen eine Acht ergaben. Eine Delfinschule tollte durchs Wasser, während die Tiertrainerinnen – allesamt junge Frauen in blauen Badeanzügen – auf einem Ponton standen, der die Becken voneinander trennte. Die Frauen waren so ausnahmslos schön und die Tiere so beeindruckend, dass es aussah, als bediene eine Gruppe von Nymphen ein paar Götter in Tiergestalt. Überall standen Zuschauer: auf der breiten Terrasse des Portikus, auf den durch einen Holzzaun vom Wasser getrennten Spazierwegen, am Strandpool. Das Wasser der Lagune schien die reinste Lebensfreude auszustrahlen. Auf dem schwimmenden Ponton wurde eine große, blaue Matte ausgelegt, deren vier Ecken von jeweils einer Trainerin niedergehalten wurden, und dann streckte eine der jungen Frauen einen Arm über dem Wasser aus. Ein Delfin tauchte auf, drückte seine Nase an ihre Hand und zirpte, ein schrilles Geräusch, das über die Lagune hallte. Die Frau machte eine schnelle Geste aus dem Handgelenk, woraufhin der Delfin in einem seidenglatten Sprung, der nicht einmal die Wasseroberfläche kräuselte, aus dem Wasser schoss, mitten auf der Matte landete und seinen langen, schlanken Körper, der viel größer war, als David gedacht hätte, zu einer Sichel krümmte. Die Trainerin, die seinem Kopf am nächsten war, notierte sich etwas auf einem Klemmbrett.

»Was tun die da?«, fragte Alice.

»Sie wiegen das Tier«, erklärte Murahashi.

»Warum?«

»Um sicherzustellen, dass die Schwangerschaft normal verläuft.«

Aus dem Augenwinkel konnte David seine Frau lächeln sehen.

Ihre Suite – riesengroß, luftig, begrünt, mit Tropenholz, Teak und Rattanmöbeln eingerichtet – überblickte die Delfinlagune und den Pazifik. Das übergroße Bett unter dem Baldachin wurde von einer Gänsedaunendecke in einem Bezug aus ägyptischer

Baumwolle bedeckt, so weich, dass David sich sofort nach Schlaf sehnte. Neugierig schob er die hölzerne Lamellentür zur Veranda auf und trat hinaus. Unter ihm bogen sich die Palmen im Passatwind, das Rasseln der Blätter mischte sich mit den Pfiffen der Delfine und dem lauten, wasserbombenähnlichen Klatschen, mit dem sie nach einem Sprung im Wasser landeten. Es folgte der Applaus der allgegenwärtigen Zuschauermenge. David lauschte den zischenden Windböen. Er schloss die Augen und öffnete sie wieder. An der Wasseroberfläche, draußen im Meer, trieben Schnorchler paarweise und mit reglosem Körper, so als wären sie vom Himmel geschossen worden und ins Wasser gefallen. Das grün-blau marmorierte Korallenriff darunter war von der Veranda aus gut zu erkennen. Viele Hundert Meter weiter draußen standen Angler auf einer flachen Sandbank, hinter der sich die Brecher erhoben, ohne sie jemals zu erreichen. Genau im Osten lag der Diamond Head, der so majestätisch und unbeweglich aufragte wie ein antikes Schiff. Und alles war durchdrungen von dem vagen, erhebenden Gefühl, auf einer Insel mitten im Pazifik zu sein. Hier war es so schön, dass David für einen Moment alles andere vergaß.

»Alice?«, sagte er, als er wieder hineinging.

Sie hatte die Urne auf einer kleinen Kommode neben einem atemberaubend schönen Strauß weißer Rosen abgestellt. Im Bad lief das Wasser.

Er klopfte an; als sie nicht antwortete, schnürte sich ihm die Kehle zu, und vorsichtig öffnete er die Tür. Alice lag in der riesigen Sprudelwanne, alle Düsen arbeiteten mit voller Kraft; die Wimperntusche lief ihr übers Gesicht. Lag es am Badewasser, oder hatte sie geweint? Je länger sie hier waren, desto schwerer fiel es ihm, mit ihr zu sprechen.

»Es war sehr nett von dir, mir Blumen zu schicken.« Sie schaute zu ihm auf und brachte ein kleines Lächeln zustande.

Wieder stand David da und wartete. Er wusste selbst nicht, worauf.

»Das ist das schönste Badezimmer, das ich je gesehen habe«, sagte sie.

Er sah sich um. Der Raum war mit grauem Marmor und Teakholz vertäfelt, und zu beiden Seiten stand ein Waschtisch mit Schrank, an dem ein luxuriöser Bademantel ordentlich an einem hölzernen Kleiderbügel hing. Es gab eine breite Dusche mit Glaswänden, deren Duschkopf die Größe einer Frisbeescheibe hatte. Die zwischen Dusche und Wanne eingelassene Toilette war durch eine Tür vom restlichen Badezimmer abgetrennt und verfügte über ein eigenes Telefon. »Ja, wirklich«, sagte David.

»Wenn wir so ein Badezimmer hätten, würde ich denken, wir hätten es tatsächlich zu was gebracht.« Sie schaute sich um, als sähe sie den Raum zum ersten Mal.

»Vielleicht ist es eines Tages so weit.«

Alice schwieg.

»Man kann nie wissen«, sagte er.

»Nein«, sagte sie, »das kann man nicht.«

Es gab nichts mehr zu sagen, deswegen ließ er sie allein und ging ins Schlafzimmer, um Harold anzurufen. »Ich kann nicht mit ihr reden«, sagte er. »Wir können nicht *miteinander* reden. Es ist wie in einem schwarzen Loch.«

»Das ist nicht schlimm, David. Das ist jetzt in diesem Moment völlig in Ordnung.«

»Nein, es ist furchtbar!«

»Es wird vorübergehen.« Wie immer klang Harolds Stimme vollkommen ruhig.

Weil er sich nach einem Drink sehnte, öffnete David die Minibar. »Danke für die Blumen«, sagte er und warf einen Blick auf das Kärtchen. Darauf stand: *In Liebe*.

»Sie haben sie geschickt«, sagte Harold, »nicht ich.«

Es stimmte tatsächlich. Als sie in die Lobby gekommen waren, wurde gerade eine Braut fotografiert, die einen riesigen Blumenstrauß im Arm hielt, und David hatte gedacht: Wenn ich könnte, würde ich ihr ein ganzes Zimmer voller Blumen bestellen. »Wollen Sie damit sagen, Sie können meine Gedanken lesen?«

»Ich bin ein guter Zuhörer.«

»Was hören Sie jetzt?«

»Warum sagen Sie es mir nicht?«

In Gedanken sah David seine Frau, die auf der Flugzeugtoilette saß und ihr Kind im Arm hielt. Er konnte den Anblick nicht vergessen, wie sehr er sich auch bemühte. Und da war noch etwas.

»Ich muss etwas beichten.«

»Was?«

»Ein Verbrechen. Aber es ist nichts, was ich getan hätte, deswegen weiß ich nicht, wie ich es ausdrücken soll.«

»Sie werden Worte dafür finden, wenn die Zeit reif ist.«

Das Gefühl, einer Person auf Anhieb und so grenzenlos zu vertrauen, war fast mit der Liebe selbst zu vergleichen, dachte David. Es war nicht weniger echt als der Hunger, den er schon wieder verspürte.

»Haben Sie schon einen Tisch fürs Abendessen reserviert?«, fragte Harold.

David warf einen Blick auf die Uhr: Es war kurz nach sechs. »Nein.«

»Wann möchten Sie essen gehen?«

»In einer Stunde, aber nur vielleicht. Ich möchte abwarten, wie sie sich bis dahin fühlt.«

»In Ordnung.«

»Was sollen wir tun?«

»Wann?«

»Morgen.«

»Was *möchten* Sie tun?«

»Keine Ahnung. Wenn wir reisen, übernimmt Alice normalerweise die Planung.«

»Ich verstehe.«

»Ich bin nicht besonders neugierig.«

»Das ist in Ordnung.«

»Ich verreise nur, wenn es sein muss. Für die Firma.«

»Wir werden uns um alles kümmern.«

»Sie macht immer alles.«

»Seien Sie nicht so streng mit sich.«

»Ich tue nie etwas.«

»David, beruhigen Sie sich.«

Einen Moment lang war er sich nicht mehr sicher, ob Harold tatsächlich existierte.

»Weiter«, sagte Harold, »fragen Sie mich einfach.«

»Es ist falsch, jetzt über einen Urlaubstag nachzudenken.«

»Nein, das ist es nicht.«

»Was ist der Diamond Head eigentlich?«

»Ein erloschener Vulkan. Obwohl man in Hawaii nie genau wissen kann, ob ein Vulkan endgültig erloschen ist.«

Später beim Abendessen stellte Alice dieselbe Frage. Falls seine Erklärung sie beeindruckte, ließ sie sich nichts davon anmerken. Ihr Wortwechsel war nicht mehr als ein Hintergrundgeräusch, ein kurzes Innehalten während des Stopfvorgangs, der Vulkan das einzige Thema, für das sie ihr Essen unterbrachen. David aß unermüdlich, und er hatte auch Alice niemals so viel essen sehen. Als Vorspeise bestellte sie Calamari, einen großen Teller voll, der eigentlich für zwei gedacht war und den sie allein leerte, ohne ein einziges Mal aufzublicken, nicht einmal zum Luftholen. Sie bestellte Thunfischtatar und dann den Wolfsbarsch, der auf einem Risottobett serviert wurde, und schließlich, zum Nachtisch, den Käseteller. Während des ganzen Essens konnte er sie durch die Nase atmen hören.

»Was unternehmen wir morgen?«, fragte sie, als der letzte Teller leer war.

»Überraschung«, sagte er.

»Und wenn mir deine Überraschung nicht gefällt?«

»Dann überlegen wir uns etwas anderes. Sag mir einfach, was du tun möchtest.«

»Was, wenn ich nach Hause will?«

»Das lässt sich machen.«

»Ich meine, sofort. Noch heute Abend.«

»Auch das lässt sich machen.«

»Hör verdammt noch mal auf, mir ständig zuzustimmen! Hör auf, so gottverdammt gefügig zu sein!«

Er wartete. Sie schien ihre Wut so wenig unter Kontrolle zu haben, dass er nicht wagte, sich zu bewegen.

»Versuche ja nicht, einen Urlaub daraus zu machen.«

»Nein, das werde ich nicht.«

Sie seufzte auf und faltete dann gelangweilt ihre Serviette zusammen.

»Ich finde, wir sollten für eine Weile hierbleiben«, sagte er. »Ich möchte einfach nur abwarten.«

Dazu sagte sie nichts mehr.

Später, am selben Abend, wurde er von ihrem Schluchzen geweckt. Manchmal heulte sie auf, so laut, dass er fürchtete, der Sicherheitsdienst würde jeden Augenblick an die Tür klopfen. Er versuchte, sie zu umarmen, woraufhin sie ihn mit den Ellenbogen oder mit dem Unterarm abwehrte, bis er schließlich aufgab und das Bett verließ. Der räumliche Abstand schien sie ein wenig zu beruhigen. Sie lag im Dunkeln, ihr Rücken hob und senkte sich, sie zerwühlte die Laken und murmelte ins Kissen. David trat auf die Veranda hinaus und schob die Tür hinter sich zu. Ihre Trauer presste ihm die Lunge zusammen.

Nach einigen Minuten ging er wieder hinein.

»Rede mit mir«, sagte er, »bitte.«

Er wartete. Alice wurde still. Dann hockte sie sich im Bett auf die Knie, die Laken um sich gezogen wie einen Sockel.

»Zwing mich nicht, es auszusprechen«, flüsterte sie.

Er floh aus der Suite, ging nach unten an die Bar und trank, bis ihm die Augen zufielen. Als er wieder hinaufging, war Alice eingeschlafen.

Als er mitten in der Nacht aufwachte, war sie verschwunden. Die Verandatüren standen offen, das Rauschen des Windes und der Palmwedel erfüllte das Zimmer, und die Vorhänge schwebten so zögerlich in der Brise wie die Fäden einer Qualle. Er rief ihren Namen, bekam aber vor Angst kaum noch Luft. Er war überzeugt, dass sie auf die Veranda hinausgegangen und gesprungen war, so überzeugt davon, dass er nicht wagte hinauszugehen, sich über das Geländer zu beugen und hinunterzuschauen. Er sah ihren Körper schon dort unten weiß und unberührt im Mondlicht liegen. Eigentlich, dachte er bei sich, kein schlechter Tod, und für einen Augenblick spielte er selbst mit dem Gedanken. Er stellte sich den freien Fall vor. Er konnte sich gut vorstellen, wie friedlich man sich dabei fühlte; wie lange würde der Sturz dauern? Er fragte sich auch, wie es wäre, ohne sie nach Hause zu kommen, ohne alles: der Rückflug, die Taxifahrt zum Apartment, die Tür aufzuschließen und einzutreten. Wie wäre es, nie wieder ihre Stimme zu hören? Wahrscheinlich sehr einsam, so viel konnte er aus dem Gefühl hochrechnen, das ihn im Moment quälte; eine Einsamkeit, die ihm vernichtend erschien und die er sich doch nicht wirklich vorstellen konnte. Wenn man jemanden tatsächlich liebte, dann konnte man sich nicht mehr daran erinnern, wie es gewesen war, sich nach der Liebe zu sehnen. Wenn man jemanden tatsächlich liebte, dann konnte man sich unmöglich vorstellen, wie es ohne den anderen wäre. Und was die Ankunft eines Kindes anging – man konnte sein Herz nicht darauf vorbereiten. Es gab nichts zu wissen, bis es so weit war. Alles war neu.

Er ging hinunter, um Alice zu suchen. Die Läden hatten geschlossen, die Rollgitter waren heruntergelassen. In der Lobby stand eine Japanerin hinter dem Rezeptionstresen und erledigte Büroarbeiten. Sie sah David, lächelte viel zu strahlend für die späte Stunde – es war schon nach drei Uhr morgens – und wandte sich wieder ihrer Arbeit zu. Ein Hawaiianer polierte den Fußboden. In der Lounge bereitete ein Angestellter die Kaffeemaschinen vor, füllte Zucker- und Milchvorräte auf und schob einen Wagen herum, der mit Tageszeitungen aus aller Welt beladen war. David trat auf die weite Terrasse hinaus, die auf die Delfinlagune hinausging, und entdeckte Alice weit unten auf einem der Wege.

Sie stand an die Umzäunung des Delfinbeckens gelehnt und hatte das Kinn auf die verschränkten Unterarme gelegt. Er wusste, sie hörte ihn näher kommen, aber als er neben ihr stand, sagte sie nichts. Die Luft war feucht und kühl. Trotz der Dunkelheit konnte er die Gänsehaut an ihren Armen sehen. Er lehnte sich ebenfalls an den Zaun und wartete. Er traute sich nicht, sie zu umarmen. Hin und wieder kamen die Delfine an die Wasseroberfläche, graue Formen im schwarzen Wasser, die beim Ausatmen leise prusteten.

»Ich glaube, ich kann nicht mehr zurück«, sagte sie.

»Wohin?«

»Nach Hause.«

Kurz fragte er sich, ob die Tiere, die schon so lange in menschlicher Gesellschaft lebten, das ihnen entgegengebrachte Interesse erwiderten.

»Könntest du hierbleiben?«, fragte er.

»Ich glaube nicht.«

»Wohin möchtest du?«

»Ich weiß es nicht. Aber ich habe schreckliche Angst vor unserem Apartment. Ich habe geträumt, wir kämen nach Hause, und davon bin ich aufgewacht.«

»Warum?«

»Weil er noch in mir drin war, als wir es verlassen haben.«

Sie schwiegen für eine Weile.

»Nimmst du mich mit?«, fragte David.

»Weiß ich noch nicht«, antwortete sie.

Er spürte die Delfine vorbeiziehen, ein Energieimpuls, der nicht einmal die Wasseroberfläche bewegte, sah man von den winzigen Wellen ab, die im Nachstrom leise an die Steine der Beckenumfassung schlugen. Anscheinend durchbrachen die Tiere die Oberfläche nicht, sondern ließen sich die geschlossene Wasserdecke wie einen sanft schwebenden Vorhang über Kopf und Rücken gleiten. »Wie war es?«, fragte er.

»Was?«

»Schwanger zu sein.«

»Wie meinst du das?«

»Wie hat es sich angefühlt?«

Er erinnerte sich an Harolds Rat, ihr zuzuhören. Natürlich konnte man das auf vielerlei Weise tun, beziehungsweise gab es natürlich unzählige Geräusche, denen man zuhören konnte: der träge schnaufende Hund, der darauf wartet, gerufen zu werden; die Stille in einem Zimmer nach einem Streit; die Geräusche in einem Stadion, wenn die Leute frühzeitig gehen, um die Niederlage nicht weiter mitansehen zu müssen; Spielzeug, das in einem Raum auf ein Kind wartet; das Buch im Regal, das einem zuflüstert. Er hörte, wie Alice sich entspannte, so als hielte das, was in ihrem Innern mahlte, für einen Augenblick inne.

»Man fühlt sich, als sei man was Besonderes«, sagte sie. »Anders kann ich es nicht beschreiben. Aber es war, als wäre die Welt ein besserer Ort. Ich hatte etwas in mir, das mich lebendiger gemacht hat.«

Wenn er Schwierigkeiten damit hatte, mit ihr zu reden, hatte sie Schwierigkeiten damit, ihn anzusehen.

»Ich will ins Bett«, sagte sie.

Am nächsten Morgen schliefen sie aus. David bestellte Kaffee aufs Zimmer und schlug ihr vor, frühstücken zu gehen.

»Gute Idee«, sagte sie, »ich sterbe vor Hunger.«

Die Rezeption rief an, um die Reservierung zum Delfinschwimmen um halb elf zu bestätigen, und als er es Alice ausrichtete, wirkte sie erfreut.

Zum Frühstück setzten sie sich auf die Terrasse mit Meerblick. Alice entschied sich für das Buffet: zu langen Zigarren zusammengerollte, sirupgetränkte Pancakes, frisch an der Omelettbar zubereitetes Rührei mit Schinken, Käse und Schnittlauch; ein Teller voll mit Obst, Schinken, Speck und sogar etwas Sushi. David litt nach dem Vorabend an einem flauen Magen und bestellte Haferschleim und Kaffee.

»Lass uns ein wenig hier sitzen bleiben«, schlug sie vor und drehte sich zum Wasser um.

Als der Kellner kam, bestellte sie einen zweiten Sekt mit Orangensaft, dann lehnte sie sich zurück und rieb sich den Bauch.

»Mein Gott«, flüsterte sie und schaute auf den Pazifik hinaus.

Er fragte nicht nach.

Er fragte sie auch nicht, was die Delfintrainerin zu ihr gesagt hatte, was sie so zum Lachen gebracht hatte, als sie in die Mitte der Lagune hinausgewatet waren. Er freute sich einfach, sie glücklich zu sehen. Die Trainerin leitete sie und vier weitere Hotelgäste an, sich den Tieren zu nähern und sie Kunststücke machen zu lassen. Der Delfin drehte sich im Kreis, mehr als den halben Körper über Wasser; er tänzelte auf dieselbe, scheinbar schwerelose Art rückwärts; er sammelte drei in verschiedene Richtungen geworfene Ringe ein, wobei er sie in dem Moment zu schnappen schien, in dem sie die Wasseroberfläche berührten – und dann zog er Alice ganz allein in die Beckenmitte hinaus.

David stieg die schmale Treppe, von der aus man die Lagune überblickte, zur Hälfte hinauf, um Fotos zu machen. Die Morgensonne streute Edelsteine auf die Wasseroberfläche, sie wirkte wie ein Weichzeichner und hätte die Aufnahmen viel zu malerisch, zu ansichtskartenmäßig wirken lassen, hätte die Freude im Gesicht seiner Frau sie nicht gerettet, sie persönlich und vollkommen ungestellt wirken lassen. Alice zu sehen, wie sie nach jedem Kunststück applaudierte, beim Wassertreten der Trainerin zuhörte, sich mit dieser Fremden unterhielt, schenkte ihm einen kostbaren Moment; er sah, wie sie ohne ihn in der Welt war und eine so ungetrübte Freude empfand wie nur selten, wenn überhaupt je. Er dachte an die Erzählungen aus ihrer Kindheit, an ihre schreckliche Einsamkeit, an das Gefühl, nicht gewollt zu sein, an ihre Überzeugung, der Liebe an sich nicht wert zu sein. Sie *schützte* sich vor dem Glück. Das ungeborene Kind hatte diese Schutzmauern überwunden, natürlich, es hatte sie einstürzen lassen wie die Mauern von Jericho. Und er bewunderte, dass sie so schnell nach dem Verlust die nötige Kraft aufbrachte, sich dem glücklichen Hier und Jetzt zu öffnen. »Das hat dir anscheinend Spaß gemacht«, sagte er, als er sie an der Eingangspforte in Empfang nahm.

Sie drückte sich das Wasser aus dem Haar und zog die Schwimmweste aus. »Was soll daran keinen Spaß machen?«, fragte sie.

Später fuhren sie mit dem Taxi nach Waikiki, aber David bemerkte in der Sekunde, als sie dort ankamen, dass er einen Fehler gemacht hatte. Hier war nichts schön, nichts verzauberte die Gedanken. Das Einkaufszentrum in der Stadt sah aus wie in jeder anderen beliebigen amerikanischen Metropole auch, und schaute man die Kalakaua Avenue hinunter, kam man sich vor wie in Atlanta oder St. Louis. David und Alice wanderten ziellos durch die Straßen, kamen bei Tiffany's und Banana Republic, The Gap,

Niketown, Brooks Brothers, Gucci, Bebe und Abercrombie & Fitch vorbei; in den Nischen dazwischen fand sich ein T-Shirt-Laden nach dem nächsten, von denen einige zu Multifunktionsshops umfunktioniert worden waren und den Touristen billige Surfer-Shirts, Macadamianüsse, Kokossirup (David griff zu), Sonnenmilch und Sonnenbrillen und Sonnenhüte, Wein und Bier und Schnaps anboten. Ein Stück weiter gab es unter freiem Himmel einen Markt, an dessen Ständen Schneekugeln, Blumengirlanden, Grasröcke, Bikinis, Ethnokitsch und falsche hawaiianische Holzskulpturen verkauft wurden; es gab Fotoautomaten und Imbissstände, Verkaufsstände mit Türkis- und Silberschmuck, Ketten mit Haifischzähnen und silbernen Meeresschildkröten, Puka-Ketten, die sich auf Holzständern übereinandertürmten, lang wie afrikanische Hälse, folklorisierter Schnickschnack, wie ihn nur die Geschmacksverirrten und die Gebrechlichen trugen und der in irgendwelchen versteckten Fabriken im Hinterland produziert wurde, wenn nicht gar von bettelarmen Kindern in Indien oder China.

Auch Alice wirkte angestrengt. »Ich brauche nichts davon«, sagte sie.

»Ich weiß.«

»Ich habe null Lust auf Shoppen und schon gar nicht auf diesen Müll.«

»Davon bin ich auch gar nicht ausgegangen.«

»Ich möchte was trinken«, sagte sie, »ich möchte mich hinsetzen.«

Eines der Hotels direkt an der Mamala-Bucht verfügte über ein Terrassencafé mit unbequemen, schmiedeeisernen Stühlen und mit Kellnern, die kaum dem Kindesalter entwachsen waren. Die Cruzan-Rum-Pappaufsteller auf den Tischen warben für MAI TAI! Davids Bier wurde in einem durchsichtigen Plastikbecher serviert – Müll, dachte er, der bald im Meer landen würde. Kleine Vögel stürzten sich auf jeden Krümel, der zu Boden fiel, und drängelten sich auf jedem Teller, der nicht augenblicklich von den Hilfskellnern abgeräumt wurde. David sah unglaublich viele fettleibige Menschen.

»Ich bin am Verhungern«, sagte Alice und überflog die Karte.

Von hier aus konnten sie Waikiki Beach überblicken, jenen Sandstreifen, den wirklich jeder schon einmal irgendwo gesehen hat, in Filmen oder im Fernsehen oder auf einer Postkarte, so allgegenwärtig wie der Grand Canyon. Jetzt, wo sie selbst an diesem Strand standen, wurde er den Erwartungen nicht mehr gerecht und wirkte plötzlich klein und banal. Überall waren Surfer unterwegs, Mädchen, Jungen, alte Männer, Teenager; in Strandnähe und auch weiter draußen ritten sie die Wellen, die sich bis zum Horizont dahinzuziehen schienen; das Wasser wirkte klumpig vor lauter Schwimmern und Leuten mit Bodyboards, die sich zwischen den Katamaranen und Sportbooten hindurchmanövrierten und in halsbrecherischem Tempo auf den Strand zugeschossen kamen, während über allem die Kleinflugzeuge dröhnten. Die Menschenmenge erinnerte an Schwarz-Weiß-Fotografien vom Coney Island der Vierzigerjahre, auf denen ebenfalls der Strand so überlaufen war, dass man den Sand nicht mehr sehen konnte. Es war, dachte David, als würde man zum Zeitvertreib während der Stoßzeit mit der U-Bahn fahren; unmöglich konnten die Rettungsschwimmer, die die Menge von ihren hohen Türmen aus befernrohrten, inmitten der dümpelnden Köpfe und Arme und Beine einen Ertrinkenden bemerken. Entsetzlich, dachte David.

»Entsetzlich«, sagte Alice.

Sie nannten das Paartelepathie. Nicht, dass Alice' Unzufriedenheit sich auf ihren Appetit niedergeschlagen hätte. Sie bestellte einen Chefsalat zu ihrem Bacon-Cheeseburger, einen Bananen-Daiquiri, ein Stück Limonen-Sahnetorte. Als das Essen vor ihr stand, schlang sie es ohne Pause hinunter und ließ den Vögeln nichts übrig.

»Das kann unmöglich Hawaii sein«, sagte sie schließlich.

»Ich weiß, was du meinst.«

»Das kann nicht alles sein.«

»Nein.«

»Es kann nicht sein, dass wir deswegen hergekommen sind.« Sie fing zu weinen an.

»Sind wir nicht«, sagte er schnell, »versprochen.«

»Dann bring mich von hier weg«, schluchzte sie.

Als sie wieder im Hotel waren, reservierte Alice eine Umkleidekabine am Strand. Er sagte ihr, er wolle in der Suite bleiben und sich ein wenig ausruhen und später dazustoßen.

Sobald er oben war, rief er Harold an.

»Wir müssen irgendwo anders hin«, sagte er. »An einen unverdorbenen Ort.«

Sie flogen nach Kauai.

Obwohl David es bei der Abreise noch nicht wusste, war Kauai genau der Ort, den Alice jetzt brauchte, der Ort, nach dem sie gesucht hatte, seit ihr Kind gestorben war – auch ihr selbst wurde das erst klar, als sie dort angekommen waren.

Die westlichste Insel der Kette liegt nur eine halbe Flugstunde von Honolulu entfernt. Sie ist kreisrund, misst im Umfang keine hundertfünfzig Kilometer und besteht größtenteils aus Bergen und unerschlossenem Gelände. Am Flughafen erhielt David – Harold sei Dank – eine dicke Broschüre voller Karten und geografischer Informationen und dazu den Schlüssel zu einer Ferienwohnung an der Nordküste.

Alice hatte nicht nach Schönheit gesucht, obwohl es die hier im Überfluss gab. Wenn er sich später Fotos von der Reise anschaute, was er oft tat, dann kam David zu dem Schluss, dass Kauais Schönheit von einer Art war, die sich nicht ansatzweise auf Fotos bannen ließ.

Der Blick von der Terrasse zum Beispiel, die sich auf einer Klippe mehrere Hundert Meter über dem Ozean befand. Nordöstlich davon stand ein Leuchtturm, der die Form einer Babyflasche hatte und aus der Entferung kaum größer als ein Fingernagel war. Auf dem Foto kam die Einsamkeit, die das rot-weiße Türmchen ausstrahlte, nicht voll zur Geltung; der ideale Ort, dachte David, falls man zum Untertauchen gezwungen war oder einen ungestörten Lebensabend verbringen wollte.

Auch von Davids Todesangst angesichts der Sterne in jenen Nächten vermittelten die Fotos nichts. Er hielt sich die Ohren zu und starrte einsam in den Himmel, während Alice sich mit einem dumpfen Stöhnen, das wie ein alter, endlos durchdrehender Motor klang und selbst durch die geschlossenen Terrassentüren noch zu hören war, in den Schlaf weinte. Nie zuvor hatte er einen so weiten, so klaren Himmel gesehen oder einen so grausamen; jede Nacht konnte er Dutzende von Sternschnuppen beobachten und einmal sogar einen Kometen, dessen Körper heller glühte als jeder Stern und dessen Schweif eindeutig flackerte und der mit einer langsamen Bewegung auf eine katastrophale Kollision zusteuerte, und niemand konnte sagen, mit wem oder wo oder in wie vielen Lichtjahren Entfernung. Dieser Himmel war nicht sternenverhangen, sondern sternenverstopft, und aus Davids Perspektive wurde das ganze Universum zu einer Bühne für Explosionen und Beinahezusammenstöße. Kein Foto konnte seinen Gedankenzustand abbilden, die bangen Minuten und Stunden, die er halb gelähmt vor Angst damit verbrachte, sich zu fragen, ob dies vielleicht erst der Anfang war – immerhin war ihm bis jetzt noch nie etwas Schlimmeres zugestoßen. Ob nicht der Rest seines Lebens aus unentrinnbarem Leiden bestehen würde, das sich in einer Endlosschleife wiederholte, bis er seinen letzten Atemzug getan hätte. Auch konnten die Fotos nicht wiedergeben, wie golden die Sonne am Morgen strahlte und wie sehr der Anblick der ersten Strahlen ihn erleichterte, wenn er auf der Bettkante saß.

Genauso wenig konnten die Fotos die Pracht des Waimea Canyon vermitteln, die Stille in den rötlich braunen Bergen, die durch den Anblick der kilometerweit entfernten, Hunderte Meter hohen Wasserfälle nur verstärkt wurde; Kaskaden, die durch den großen räumlichen Abstand auf winzige Wasserhaare reduziert wurden und deren Abwärtsbewegung als geflochtener Schimmer gerade noch wahrnehmbar war, während das Hirn einem weismachen wollte, man könne das Tosen hören. Oder wie es war, von ihrer hohen Warte aus siebenhundert Meter tiefer die Ziegen im Tal zu entdecken oder sich auszumalen, wie das Leben hier vor ebenso vielen Jahren ausgesehen hatte; wie es gewesen wäre, mit den Polynesiern auf dieser Insel zu landen, den

Fuß daraufzusetzen in dem Glauben, das Paradies entdeckt zu haben; sich vorzustellen, man sei dort unten auf der Jagd. Zu begreifen, dass es womöglich wünschenswert war, das eigene Leben vom Überlebenskampf abhängig zu machen, nicht von der Liebe. Dass, wenn man das hier gesehen hatte, alle apokalyptischen Träume nichts weiter waren als ein jämmerliches Sehnen nach Einfachheit. Auch gaben die Bilder Alice' Ernst nicht wieder, als sie über die Klippen starrte und mit tonloser Stimme sagte, sie fühle sich nicht länger wie eine Frau und wolle, falls das Gefühl nicht zurückkäme, nicht mehr leben.

Ebenso wenig vermittelten die Fotos einen Eindruck davon, wie steil der Abstieg zum Hideaway Beach in Princeville war, wo ein rostiges, schwankendes Geländer aus den Betonstufen ragte, die steil wie eine Dachbodenleiter waren – »Man sollte es Fallaway Beach nennen«, witzelte David – und im wahrsten Sinne des Wortes ins Leere führten, so als wäre das Haus, zu dem sie gehört hatten, ins Meer gestürzt. Sie ließen nichts davon erahnen, dass man trotz Kauais Schönheit ständig um seine Gesundheit besorgt war; die kabbelige See riss einem die Beine weg; in den Tiefen lauerten Tigerhaie; der gesichtslose Pazifik dehnte sich ins Endlose und drohte, einen davonzutragen.

Kein Foto konnte einen Eindruck von der gewaltigen Strömung am Ha'ena Beach vermitteln, wo das Meer zu gefährlich war, um darin zu baden, wo Schild um gelbes Schild vor Küstenabbruch und jäh abfallendem Grund warnte, wo Strichmännchen von Strichwellen zerschmettert und hinfortgespült wurden. (»Kein Wunder, dass man hier keine Strichmännchen sieht«, sagte David zu Alice, »die Idioten sind alle tot!«) Auf Davids Fotos kam das unsichtbare Tempo der flachen Flussmündung nicht heraus, die sie an jenem Nachmittag zu durchwaten versuchten, um das dahintergelegene Korallenriff zu erreichen, und die ihnen die Füße unter dem Leib wegzog und sie, Hand in Hand, auf die gigantische Brandung zuspülte – es war, als würden sie verschluckt –, bis sie schließlich an der flachsten Stelle im Flussbett strandeten, dem letzten sicheren Hafen zwischen Zufluss und Ozean, so als trachte ihnen das Wasser selbst nach dem

Leben. (Erst später, als sie sich ein wenig beruhigt hatten, konnten sie darüber lachen.) Die Fotos gaben nichts von ihrem Staunen über die drei hawaiianischen Jungen wieder, keiner älter als zwölf, die mit Bodyboards auf ebendiesen monströsen Wellen ritten, über die absolute Kontrolle, mit der sie die Wellenbrecher umschifften, über ihr *Vertrauen*, mit dem sie den Klippen so nahe kamen. »Es ist, als würden sie auf Sprengstoff spielen«, sagte Alice.

Die Fotos ließen nicht einmal erahnen, wie still es auf dem achthundert Meter langen, von Baumwurzeln und Steinen erschwerten Abstieg zum Secret Beach zuging, der von einem so dichten Blätterdach abgeschirmt wurde, dass man sich in einem schalldichten Tunnel aus Bäumen und Gestrüpp wähnte und den Ozean weder sah noch hörte. Nur aus dem Augenwinkel nahmen sie wahr, wie unglaublich gut aussehend das junge Paar, das ihnen entgegenkam, tatsächlich war. Der Mann war groß und hatte sandblondes Haar und markante Gesichtszüge, er war unrasiert, trug ein Surfbrett unter dem Arm und hüpfte so behände von Stein zu Stein wie eine Bergziege. Seine hawaiianische Frau trug eine Lilie im Haar, wie um zu bestätigen, dass sie eine Art Inselprinzessin war. Dicht dahinter folgte ihr Sohn, barfuß, langhaarig, mit einem Rip-Curl-Surfer-T-Shirt. Als Alice stehen blieb, um ihn zu betrachten, war es, als müsste David zusehen, wie ein Pfeil das Herz der Geliebten durchbohrte, wie seine eigene Zukunft an ihm vorbeilief.

Niemals fotografierte er die Urne, dabei wusste er immer, wo sie stand. Alice hatte sie auf einem kleinen Tischchen neben der Terrassentür aufgestellt. Direkt daneben ragte eine Orchidee aus einem kleinen Wasserkrug; die Blütenblätter strahlten so blau, als wären sie von innen beleuchtet.

Umso eindrücklicher belegten die Fotos Alice' Gewichtszunahme während der zwei Wochen, die sie auf der Insel verbrachten, über acht Kilo, die ihre Wangen füllten und ihre Arme und Beine aufbliesen. Stapelte man die Bilder übereinander und ließ sie in der richtigen Reihenfolge durch die Finger laufen, erhielt man ein eindrucksvolles Daumenkino ihrer Gewichtsveränderung. Nach jeder opulenten Mahlzeit lehnte sie sich zurück, atmete tief aus und rieb sich den Bauch.

Von den Hunderten von Fotos zeigte nur eines sie beide zusammen. Die Aufnahme war während ihrer Wanderung auf dem Na Pali entstanden, gegen Ende ihres Aufenthaltes auf Kauai. Der Wanderweg fing am Ke'e Beach an, am hintersten Ende des Highways, der die Insel umrundete, und stieg dann steil an und verlor sich mehrere Hundert Meter über dem Strand zwischen den Felsen. Nach dem Studium der Karten und Wanderführer, die Harold ihm gegeben hatte, erklärte David Alice, dass ihnen drei Möglichkeiten blieben. Sie könnten drei Kilometer in Richtung des Hanakapi'ai Beach wandern und dann umkehren. Sie könnten sich drei Kilometer weiter wagen und versuchen, das Hanakoa Valley zu erreichen, was ihnen einen Tagesmarsch abverlangen würde. Oder sie könnten, falls sie in der Stimmung für eine wirklich extreme Herausforderung war, noch acht Kilometer dranhängen und bis zum Kalalau Beach wandern, einem unter Naturschutz stehenden, isolierten Sandstreifen, den per Boot zu erreichen verboten war. Sie müssten dort über Nacht zelten, wozu sie eine Genehmigung bräuchten. Der Weg, warnte er, war etappenweise schwierig und gefährlich; tatsächlich war er an manchen Stellen so schmal, dass auch nur leichte Regenfälle ihn unpassierbar machten.

All das trug er mit einer an Verachtung grenzenden Gleichgültigkeit vor. Er war über die Nächte endlosen Weinens hinweg, er war fertig und erschöpft, nicht, weil er ihr die Trauer nicht gönnte, sondern weil sie ihm strikt verbot, sie zu trösten. Er war über die Wut hinweg, die sie ihm entgegenschleuderte, wann immer er doch einen Versuch wagte und ihr zu nahe kam. Er hatte es satt, abends zum Schlafen in ein anderes Zimmer zu gehen, er hatte es satt, dass sie ihn nicht beachtete, dass er sie nicht berühren durfte, dass sie nicht aussprach, was immer sie zu sagen hatte. Er wollte nach Hause, und wenn sie mitkommen wollte, dann war er auch damit einverstanden. Als ihre Miene sich also aufhellte und sie sagte, sie würde gern den ganzen Marsch bis zum Kalalau Beach in Angriff nehmen, eine Strecke von achtzehn Kilometern und mindestens zweieinhalb Tagen, überraschte ihn das völlig – und wenn auch nur aus dem einzigen Grund, dass sie auf so einer Expedition gezwungen wären, miteinander zu reden. Sie würden sich aufeinander verlassen können müssen.

Als er sein Anliegen telefonisch anmeldete, riet Harold ihm ab. Nur sehr erfahrene Wanderer seien in der Lage, den Pfad zu bewältigen, und jedes Jahr kämen mehrere Touristen auf ihm um. Ein Ausflug nach Hanakapi'ai sei machbar, sagte Harold, und ebenfalls schwierig genug, um ihnen ein Erfolgserlebnis zu bescheren. Es sei unverantwortlich, den Plan gutzuheißen.

Außerdem würden sie in drei Tagen abreisen. Es war schon später Vormittag, und sie würden sich die nötige Ausrüstung besorgen müssen, falls Alice auf der Wanderung bestand.

David entdeckte sie auf der Terrasse. Sie war schwimmen gewesen. Sie stand mit dem Rücken zu ihm, und er stand in der Küche und beobachtete sie durch die gläserne Terrassentür, bemerkte die Rettungsringe an ihrer Taille, die strammen Unterschenkel, deren zusätzliches Gewicht er spürte, wenn er ihr die Hand reichte, um ihr auf dem Anstieg vom Strand zur Ferienwohnung zu helfen. Er schob die Tür auf und stellte sich neben sie ans Geländer. »Ich möchte mit dir über diesen Ausflug reden«, sagte er.

Er habe sich mit einem Einheimischen ausführlich darüber unterhalten. Er hielt sein Plädoyer. Als er mit dem Satz schloss, das Ganze sei zu riskant, sagte sie: »Seit wann interessiert dich, ob eine Sache riskant ist?«

»Wovon redest du?«

»Du weißt, was ich meine.«

»Nein, weiß ich nicht.«

Sie verschränkte die Arme.

»Was ist los, Alice?«, fragte er. »Sag es mir endlich.«

»Nichts.«

David presste sich die Handballen gegen die Augen. »Ich halte das nicht mehr aus«, sagte er, »ich will einfach nur …«

»Was?«

Er wusste es selbst nicht. »Was willst du?«, fragte er resigniert.

»Ich will *wandern*«, sagte sie. »Das hier ist der Mount Everest der Wanderwege, richtig? Ich muss das tun. Ich muss *irgendetwas* tun.«

»Nein, bitte!«

»Komm mit, oder ich gehe allein.«

Er hörte sie, aber er hörte nicht zu, wenigstens nicht so, wie Harold es ihm angeraten hatte. Stattdessen stellte er sich den schmalen Pfad in Hunderten Meter Höhe vor und wie die schweren Rucksäcke sie niederdrücken würden, den einsetzenden Regen – und wie Alice, deren Füße einfach unter ihr wegrutschten, plötzlich weg war.

Ja, doch, er würde mitkommen, und sei es nur, damit sie Ruhe gab.

Harold erwirkte eine Genehmigung, und bis zum Abend waren sie vollständig ausgerüstet. Bevor es losging, schlug David vor, alles für die Heimreise zu packen, und er traf die entsprechenden Vorbereitungen.

Sie fuhren mit dem Taxi bis zum Ke'e Beach, wo man sein Auto, so schrieben es die Parkregeln vor, nicht über Nacht abstellen durfte. Sie saßen schweigend nebeneinander, während es nach Westen ging und dann um den nördlichsten Punkt der Insel herum und über eine Serpentinenstraße hoch hinauf; sie erhaschten durch die Bäume hindurch einen Blick aufs Meer und auf die Felswände, aus denen einzelne Bäumchen herausragten. Vielleicht würde man sich an ihren Ästen nach einem versehentlichen Sturz mit letzter Kraft festklammern können. Sie überquerten einspurige Brücken über schmalen Schluchten, an deren Grund das Wasser aus den Bergen strömte und dem Ozean entgegen; vor angebauten Schuppen mit handgemalten Schildern saßen Einheimische, die WANDERKARTEN und GEFÜHRTE TOUREN im Angebot hatten und hinter denen Surfbretter und Kajaks zu langen Reihen aufgestellt standen.

»Wie kommst du darauf«, fragte David schließlich, »dass es mir egal sei, ob eine Sache zu riskant ist?«

Alice, die an der Küstenseite saß, spähte zum Fenster hinaus und nach jeder scharfen Kurve nach unten. »Willst du wirklich wieder damit anfangen?«, fragte sie.

»Ja«, sagte er, »das will ich.«

»Dann kannst du für den Rest des Tages Selbstgespräche führen.«

Er schloss die Augen und schüttelte den Kopf. Wenn er allein mit ihr sein könnte, ganz ungestört, würde er sie umbringen. Er würde ihr einen Felsbrocken auf den Kopf schlagen und ihren Schädel spalten, damit er nur für eine Sekunde sehen könnte, was zum Teufel in ihrem Kopf los war.

Der Ke'e Beach war überlaufen mit Wanderern, Badenden und Schnorchlern. Die Zufahrt lag in Dunkelheit gehüllt; von links schob sich das Blattwerk der Gebirgssträucher so weit vor, dass der Blick auf den Ozean versperrt war. Der überfüllte, provisorische Parkplatz war von uralten Wurzeln überwuchert, die sich in wildem Zickzack dahinschlängelten und die Autos in verrückten Winkeln anhoben, sodass es aussah, als seien die Fahrzeuge für immer verlassen, so abgenutzt und zerbeult und dreckbespritzt, wie sie waren. Wütend stieg David aus und lief auf den Anfang des Wanderwegs zu. Er überließ es Alice, den Fahrer zu bezahlen; anschließend redete sie leise mit sich selbst und versuchte zu ihm aufzuschließen. Er las die Warnschilder, warf einen Blick auf seine Karte und spürte einen Adrenalinstoß. Der Pfad war wie eine Treppe in einem Wolkenkratzer, und aus der Ferne sah er aus wie ein erstarrter Bach aus Steinen. Er drehte sich um und hielt nach Alice Ausschau, die jetzt schon stehen geblieben war, um die Tragegurte ihres Rucksacks einzustellen und sich die Wanderschuhe neu zu binden; sie unterschätzte, dachte er bei sich, was noch vor ihnen lag, und als sie einen Arm in den Gurt steckte und sich den Rucksack auf den Rücken schwang, ließ das Gewicht sie leicht nach hinten taumeln, woraufhin sie die Augen verdrehte und leise fluchte, als wäre sie gegen ihren Willen hier. David wurde schlecht vor Ekel, der Anblick erfüllte ihn mit der bösen Vorahnung des erfahrenen Ehemanns; Gift und Galle erwarteten ihn. Als sie den Rucksack endlich sicher auf dem Rücken hatte, ließ sie die Gurtverschlüsse zuschnappen und suchte seinen Blick; er zeigte hinauf und marschierte los.

In der Anfangsphase des Aufstiegs legte er ein schnelles Tempo vor, Ärger und Angst trieben ihn zur Eile an und verschafften ihm einen soliden Zwanzigmetervorsprung. Er hatte nicht einmal mehr Lust, sich mit ihr zu unterhalten. *Ihm* sollte egal sein, ob eine Sache gefährlich war? *Sie* war doch diejenige, die ihn zu dieser Wanderung zwang. Er war außer sich vor Wut. Als er dann doch einen Blick zurück warf, hatte sich der Abstand zwischen ihnen zwar vergrößert, Alice schien aber nicht mehr darauf zu achten, wo er war. Er wusste, dass sie wusste, was er da tat. Es war ein Kräftemessen, eine Provokation. Er forderte sie dazu heraus, wütend abzubrechen, er würde sie zu der Einsicht zwingen, dass *ihr* Vorhaben unmöglich durchführbar war. Je schneller er lief, desto eher würde sie scheitern – und desto eher, meinte er, wären sie in Sicherheit.

Aber sie hielt durch. Schließlich sah David sich gezwungen, einen Schritt langsamer zu gehen, was nicht nur dem Schwierigkeitsgrad des Aufstiegs, sondern auch der überwältigenden Schönheit des Na Pali geschuldet war. Der Pfad war steinig und übersät von Findlingen, über die er klettern, rutschen oder an denen er sich vorbeischieben musste; der Pfad wurde von Bächen unterbrochen und von Wurzeln überwuchert, die ihn straucheln und seinen Rucksack halb über den Kopf rutschen ließen, sodass er gestürzt wäre und sich verletzt hätte, wäre der Pfad nicht so steil gewesen. Auf den steilsten Abschnitten war nicht mehr zu sehen als die nächsten paar Meter des Wegs. Die Vegetation war so dicht, dass sie Wind und Sonne aussperrte und sich die Schwüle unter ihr staute. Weiter oben erreichte David eine Lichtung, und der Wind traf ihn mit voller Wucht und kühlte ihn ab, während die Sonne sein schweißnasses T-Shirt trocknen ließ. Weit unten zu seiner Rechten lag Ke'e Beach, die Badegäste waren kaum größer als Kommata, und direkt vor ihm ragten die geriffelten Klippen ins Meer, eine nach der anderen, wie die Zehen eines gigantischen Reptils. Die Steilwände waren so dicht bewachsen, dass sie aussahen wie mit Fell überzogen. Er konnte kilometerweit sehen. Ein weißer Gischtstreifen markierte die Linie, an der die Klippen ins Wasser abtauchten.

Der Anblick beruhigte ihn, so wie der Aufstieg seinen Verstand geklärt hatte. Er wusste, was er wollte: Er wollte seine Frau zurück. Er brauchte sie. Er wollte, dass sie zusammen nach Hause zurückkehrten. Es war an der Zeit, das Ganze zu beenden. David schaute den Pfad hinunter und sah Alice keuchend herankommen. Fast hatte sie ihn eingeholt; wahrscheinlich hatte sie längst die Lichtung entdeckt, auf der er wartete. Sobald sie neben ihm stand, würde er sich bei ihr entschuldigen. Er war überzeugt, dass die spektakuläre Aussicht auch sie besänftigen würde.

»Sieh dir das an«, sagte er, als sie ihn erreicht hatte.

»Leck mich«, sagte sie, marschierte an ihm vorbei und verschwand hinter der nächsten Biegung.

David blinzelte, lachte kurz auf und eilte ihr dann nach.

Er lief, bis er direkt hinter ihr war. Er wäre am liebsten neben ihr gegangen, aber der Pfad war zu schmal; zur Linken ragte die Felswand in die Höhe, zur Rechten fiel sie steil ab. Weil Alice den Rucksack trug, konnte er nicht mehr von ihr sehen als ihre Beine, wenn sie gestikulierte auch ihre Arme und Hände. Also unterhielt er sich mit ihrem Rucksack. »Leck mich?«, fragte er. »Was habe ich dir getan?«

»Sag am besten gar nichts«, sagte sie.

»Wir haben nicht mehr geredet, seit wir hier sind.«

»Du hast es so gewollt.«

»Selbstverständlich wollte ich reden!«

»Du redest nicht«, sagte sie, »du wiederholst immer nur, was *ich* sage.«

»Ich warte darauf, *dass* du etwas sagst!«

»Ach, bitte.«

»Ich warte darauf, dass du mich endlich einmal ansiehst!«

»Ja, natürlich, es ist allein meine Schuld.«

»Das schon wieder.«

»Es ist *immer* meine Schuld.« Sie drehte sich halb um, ohne ihr

Tempo zu drosseln. Sie presste Daumen und Zeigefinger zusammen. »Ich bin dein Fußabtreter.«

»Um Gottes willen.«

»Fuß-ab-tre-ter.«

»Geht es auch weniger dramatisch? Könntest du dich ausnahmsweise mal beruhigen? Dann muss ich nicht immer derjenige sein, der abwarten und sich am Ende entschuldigen muss.«

»Du und deine verdammten Entschuldigungen. Du denkst, damit könntest du alles ungeschehen machen. Als gäbe es einen gottverdammten Reset-Knopf. Aber es gibt Sachen, die lassen sich nicht ungeschehen machen!«

»Was denn zum Beispiel? Etwas, das ich getan habe?«

»Zwing mich nicht, es auszusprechen!«

Sie blieb so unvermittelt stehen, dass er beinahe in sie hineingerannt wäre. Sie stellte sich mit dem Rücken zur Felswand und bewegte sich seitwärts weiter, um eine Gruppe von Wanderern vorbeizulassen, die ihnen entgegenkam. David wusste nicht, ob sie von ihrem Streit etwas mitbekommen hatten.

Für eine Weile gingen sie schweigend weiter.

»Ich warte«, sagte er schließlich.

Sie antwortete nicht.

»Ich warte darauf, dass du es aussprichst.«

Alice schwieg.

»Es ist wie die Vierundzwanzig im Adventskalender. Ich kann es gar nicht erwarten.«

Alice stolperte.

Er sah es, noch bevor sie es sah. Als er es sah, war er überzeugt, dass sie den restlichen Aufstieg nicht schaffen würde. Sie war nicht in Form; der Rucksack war zu schwer. Sie hatten gerade einmal zwei Kilometer hinter sich gebracht, und schon schaffte sie es kaum noch, den Fuß über einen so kleinen Stein zu heben; sie blieb daran hängen, was sie nach rechts taumeln ließ, auf die Kante zu, und als der Rucksack nach vorn rutschte, riss er sie mit. Sie landete auf der Schulter, wobei der Schwung ihre Beine in die Luft schleuderte. Davids Herzschlag setzte aus. Aber dann blieb sie glücklicherweise reglos liegen. Ein paar Handbreit weiter, und sie wäre abgestürzt. Er beugte sich vor, um ihr aufzuhelfen.

»Fass mich nicht an«, sagte sie.

Eine zweite Gruppe kam vorbei. Als der Anführer sah, dass Alice sich den Staub von der Jacke klopfte, fragte er, ob alles in Ordnung sei. David sagte, sie sei ausgerutscht, werde sich aber schnell erholen. In Gegenwart der Fremden fing Alice sich schnell, und ihre Freundlichkeit verbitterte ihn. Der Pfad war an dieser Stelle so eng, dass ein clowneskes Manöver vonnöten war, wollte man sich aneinander vorbeischieben. Man näherte sich dem Herankommenden so dicht wie möglich und presste sich dann um ihn herum.

Schließlich war die Gruppe vorbei, und Alice blieb für eine Weile reglos stehen. Ein Helikopter donnerte über ihre Köpfe hinweg, dessen Motorengeheul lauter als jede U-Bahn und jedes Feuerwehrauto war. An den Seiten trug er den Schriftzug Na Pali Sky Tours. Fast konnte einem der Lärm die Aussicht vergällen.

Alice strich sich das Haar hinters Ohr und wartete.

»Lass mich deine Schulter ansehen«, sagte er.

Mürrisch drehte sie sich um und ließ sich untersuchen.

Ihre rechte Schulter war entlang des Deltamuskels aufgeschabt, reife Blutbeeren quollen heraus. Die Haut ringsum hatte bereits einen Lilaton angenommen. »Kannst du den Arm bewegen?«

»Ja«, sagte sie, verweigerte aber jede Demonstration. »Mir geht es gut.« Sie betrachtete ihn aus dem Augenwinkel.

Er wischte sich mit der Handfläche den Schweiß von der Oberlippe. »Es tut mir leid«, sagte er.

Alice blieb stehen.

»Kannst du deinen Rucksack tragen?«

»Es tut ein bisschen weh.«

Er seufzte. Nun war es ruhig. Er hatte ein schlechtes Gewissen und wollte sie küssen. »Schön hier oben«, sagte er.

Sie nickte.

»Lass uns bis nach Hanakapi'ai gehen«, sagte er. »Dort können wir deine Verletzung behandeln lassen, und dann planen wir neu.«

Sie räusperte sich.

»Möchtest du vorgehen?«, fragte er.

Sie stand da wie ein Kind. »Du gehst«, sagte sie schließlich.

Für den Positionswechsel mussten sie einander dicht gegenüberstehen. Er lächelte, aber sie blickte nicht auf.

Während der nächsten halben Stunde kamen sie nur langsam voran. Wann immer er sich umdrehte, sah er, wie Alice sich bergabkämpfte, humpelte und an ihren Schultergurten zerrte. Er erkundigte sich regelmäßig nach ihrem Befinden, aber weil sie stets behauptete, es gehe ihr gut, hörte er irgendwann damit auf. Nach einer Stunde erreichten sie einen Felsvorsprung, der so breit war, dass ein Dutzend Leute darauf Platz gefunden hätte. Ein Findling bot eine natürliche Sitzgelegenheit, überschattet von einem kleinen Baum – der perfekte Rastplatz.

Alice blieb stehen, ließ den Rucksack von ihrem Rücken gleiten und zuckte zusammen, als der Träger ihre Schulter streifte. Dann setzte sie sich hin und hob den rechten Fuß an. »Ich habe eine Blase«, sagte sie und zog sich Schuh und Socke aus.

»Lass mich das machen«, sagte er. Die Blase hatte sich an der Außenseite ihres großen Zehs gebildet, und nun hing die Haut als cremeweißer Fetzen herunter.

David war stolz, weil er Hirschtalgcreme und Pflaster parat hatte. Alice ließ sich von ihm behandeln, was ihn erfreute, und als sie den Schuh wieder anzog, sagte er: »Vielleicht sollten wir umkehren.«

»Ich will weitergehen«, sagte sie, ohne aufzustehen.

Eine Familie kam um die Ecke, Tagesausflügler, die nicht mehr als eine Wasserflasche dabeihatten und auf dem Rückweg zum Ke'e Beach waren. Mutter und Vater schienen Ende vierzig zu sein, die beiden Söhne im Teenageralter. Sie blieben auf dem Felsvorsprung stehen, um die Aussicht zu genießen. David nickte ihnen zu.

»Würden Sie ein Foto von uns machen?«, fragte die Mutter.

Er bejahte und nahm die Kamera entgegen. Die Eltern stellten sich formell auf, jeweils einen Jungen vor sich.

»Sollen wir Sie auch fotografieren?«, fragte die Frau.

David warf Alice einen Blick zu.

Sie ließ einen Fuß im Gelenk kreisen, und dann betrachtete sie David zum ersten Mal seit Wochen mit einem Blick, der annähernd herzlich war.

»Ja«, sagte sie.

Sie stand auf und stellte sich neben ihn. Er nahm den Rucksack ab. Bevor er wusste, wie ihm geschah, hatte sie ihren Arm um seine Taille gelegt. Ihre Berührung erschreckte ihn so sehr, dass er fast zusammenzuckte. Vorsichtig legte er einen Arm auf ihre verletzte Schulter.

Wenn man sich das Bild ansieht, dachte er viele Monate später, könnte man glatt meinen, wir wären in diesem Moment glücklich gewesen.

Sie verließen den Vorsprung und hatten den Abstieg zum Strand innerhalb einer Stunde hinter sich gebracht. Das sich anschließende Tal hatte die Form eines Pfeilkopfes, der sich in die Felsen gebohrt hatte, und der Weg hinunter war tückisch und beschwerlich. Sosehr David auch aufpasste, er rutschte immer wieder aus, und jedes Mal, wenn er sich zu weit zurücklehnte, brachen die Steine ihm unter den Füßen weg, und er landete auf dem Hosenboden und schlitterte bergab. Er stürzte dreimal, legte aber keine Pause ein, weil die Aussicht auf eine Ende der Plackerei, auf etwas zu essen und darauf, den Rucksack endlich ablegen zu können, ihn antrieb. Wir werden es niemals bis zum Camp schaffen, dachte er. Nur einmal hielten sie inne, vor einem hölzernen Wegweiser mit gelber Aufschrift. Über der Warnung prangte ein weißer Totenschädel mit zwei gekreuzten Knochen, darunter schwamm ein rot durchgestrichenes Strichmännchen in einem roten Kreis. IN HANAKAPI'AI KOMMT ES ÖFTER ZU TÖDLICHEN BADEUNFÄLLEN ALS AN JEDEM ANDEREN STRAND AUF KAUAI. DAS SCHWIMMEN IST UNTER KEINEN UMSTÄNDEN ERLAUBT. Unter dem Warnschild waren dreiundzwanzig Kerben ins Holz geschnitzt.

Dabei sah Hanakapi'ai kein bisschen tödlich aus, ganz im

Gegenteil, der Strand wirkte ausgesprochen freundlich. Die letzte Etappe des Abstiegs führte durch eine Art Flussbett, das mit Steinen gefüllt war – länglich, grau und glatt, manche klein wie Vogeleier, andere groß wie Autos –, und zu einer letzten, zwei Meter hohen Felswand, an der sie zum Strand hinunterkletterten. So wie auf dem Ke'e Beach drängten sich auch hier die Tagesausflügler, dazu kamen ein paar ehrgeizige Wanderer, die vom Dreizehn-Kilometer-Rundweg nach Hanakoa Valley ausruhten, und schließlich einige Extremsportler auf ihrem Rückweg von Kalalau. Der Strand war viel breiter, als es von oben schien, und über dreihundert Meter lang; seinen Abschluss bildete eine riesige Höhle, die sich aufs Meer hin öffnete. Die Leute hatten ihre Rucksäcke und Wanderschuhe an der Felswand abgelegt und ihre feuchten Socken und Hemden zum Trocknen in die Klippe gehängt, um sich dann im Schatten der Höhle auszustrecken oder sich an den Rand der Brandung zu wagen und sich von der Gischt abkühlen zu lassen. Vor ihnen, parallel zum Wasser, erstreckte sich ein riesiges Gezeitenbecken von der Länge eines Footballfeldes. Dahinter badeten etwa zwanzig Jugendliche trotz der Warnung im Ozean.

»Wie geht es dir?«, fragte David.

»Ich bin müde«, sagte Alice. »Meine Schulter tut weh.« Sie hatte sich in der Nähe auf einen Felsbrocken gesetzt, den Rucksack zu ihren Füßen abgestellt und einen Schokoriegel herausgezogen. Sie kaute, als fordere es ihr eine übermenschliche Kraftanstrengung ab, dann trank sie einen Schluck aus ihrer Wasserflasche. »Und mir ist heiß.«

»Mir ist auch heiß.«

»Ich hätte nicht gedacht, dass es so mühsam wird.«

»Ich auch nicht«, log er.

Aber anscheinend war sie ihm nicht mehr böse, und das euphorisierte ihn. In einem Überschwang von Selbstvertrauen fiel ihm ein, dass er zwar in der Lagune geschwommen war, sich aber kein einziges Mal ins offene Meer gewagt hatte. Falls sie von hier den Rückweg antraten, wäre nun die letzte Gelegenheit. »Sieht gar nicht so schlimm aus«, sagte er.

Er sah Alice an, dann wieder das Wasser, und sie folgte seinem Blick. Von hier aus wirkten die Wellen nicht größer als jene, in denen er bislang geschwommen war.

»Ich gehe ins Wasser«, sagte er.

»Da stand, dass man das nicht darf. Und dass es gefährlich ist.«

»Ist es bestimmt auch. Aber sieh dir mal die Kinder an!« Er konnte sie lachen hören. »Ich will mich abkühlen.«

Sie starrte sehnsüchtig aufs Wasser hinaus und aß das letzte Stück ihres Energieriegels.

»Kommst du mit?« Er streckte ihr eine Hand entgegen, ermutigt durch ihre Berührung, durch ihre Nachgiebigkeit. »Komm mit«, sagte er, »nur bis an den Rand.«

Sie zerknüllte die Folienverpackung und starrte ihm ins Gesicht.

»Wenn ich ertrinke, kannst du Hilfe rufen«, sagte er.

Sie nahm seine Hand und folgte ihm ans Wasser, wo die Gefahr teilweise ersichtlich wurde. Die mächtigen Wellen brachen sich nur wenige Meter vom Ufer entfernt, außerdem waren sie viel größer, als es auf den ersten Blick den Anschein gehabt hatte – genau genommen waren es die größten, die er jemals gesehen hatte. Sie erhoben sich so plötzlich wie Kobras und schlugen dann zu, rammten sich mit einer Kraft in die Wasseroberfläche, die er unter den Füßen noch im Sand spüren konnte. Die hochfliegende Gischt schlug ihnen ins Gesicht. David zog sich unerschrocken die Schuhe aus, Alice tat es ihm gleich, und dann spazierten sie zum Wasser und ließen sich den Schaum über die Füße spülen. »Fühlt sich gut an«, sagte sie. Wenn das Wasser sich zurückzog, wurde David vom Sog schwindlig. Alice hielt immer noch seine Hand. Sie senkten den Blick und sahen, dass ihre Füße halb im Sand vergraben waren.

»Sieht gar nicht so schlimm aus«, sagte er.

»Nein.«

Die Jugendlichen stiegen auf den Wogen in die Höhe und lachten.

»Wir müssten nur durch die erste Welle durch, dann hätten wir es geschafft«, sagte er.

Sie sah ihn an, und er musste an Harold denken: Sie wartete darauf, dass er eine Entscheidung traf.

»Wir schaffen das«, sagte er.

Sie zogen sich bis auf die Schwimmsachen aus und warteten. Die Jugendlichen lachten wie verrückt. David wartete ein paar Brecher ab, um ein Gefühl für das Timing zu bekommen, und als er bereit war, zog er sie hinein.

Der Strand fiel unter der aufgewühlten Wasseroberfläche unsichtbar ab, sodass sie sofort bis zur Brust im Wasser standen. Nun spürte er die volle Kraft der Strömung, und er zögerte. Kehr um, dachte er. Aber dann riss ihnen der Sog die Beine weg, so wie in der Sekunde, nachdem man auf einem Skilift Platz genommen hat. Alice hielt sich an seiner Hand fest und sagte leise seinen Namen. Seine Füße schlitterten über den Sand. Das Wasser reichte ihnen jetzt bis an die Achseln. »Wir sollten …«, sagte er, aber da erhob sich die Welle über ihnen. Er fühlte sich so ängstlich und dumm, dass er laut lachen musste; ihm wurde nun klar, dass es mit Abstand die größte Welle war, die er je gesehen hatte. Es war zu spät, sie konnten nichts anderes mehr tun, als sich hineinzustürzen. Er zog Alice voran und versuchte mit all seiner Kraft, sie zu beschleunigen, während die stürzende Wellenkante unter dem Gewicht ihrer eigenen Wassermasse Schlürfgeräusche machte. Als sie in die Wand eintauchten, wurde Alice' Hand aus der seinen gerissen. Er tauchte ab und spürte den Sog der Welle über sich hinwegstreichen. Stille, Dunkelheit, dann wieder Licht. Er schaute hinauf und sah riesige Eisberge aus Schaum, so als schwebe er über einer arktischen Landschaft. Er kam an die Oberfläche, drehte sich um und entdeckte seine Frau – oder vielmehr ihre Gliedmaßen – auf dem Buckel der Woge. Die zerstückelte Alice – Arm, Fuß, Bein, Arm – wirbelte in Sicht und wieder hinaus, während sie von der Welle an den Strand getragen wurde. Ihre Körperteile waren so schnell unterwegs wie auf einem Zug. Dann brach die Welle, er konnte die Erschütterung fühlen, und die Gischt schoss in die Luft. Alice wurde mit solcher Kraft ausgespien, dass sie über den Strand purzelte und schließlich auf Händen und Knien landete. Dann setzte sie sich hustend auf.

»Alles in Ordnung?«, rief er.

Sie blieb beleidigt sitzen und antwortete nicht.

»Ist alles in Ordnung?«

Sie stand auf und ging zu dem Felsen zurück, vor dem sie ihre Rucksäcke abgestellt hatten. Hinter sich hörte er die Stimme eines jungen Mädchens. Es war, als sei er durch einen Zauber hertransportiert worden. Da war er nun inmitten der Jugendlichen, etwa fünfzig Meter vom Ufer entfernt. Er drehte sich noch einmal nach Alice um. »Soll ich rauskommen?«, schrie er.

Sie saß auf dem Felsen, niedergeschlagen, ausgeschlossen.

Anscheinend redete sie wieder einmal nicht mehr mit ihm.

Er drehte sich um und ließ sich mit der Gruppe treiben. Warum hatte er so lange auf einen Spaß verzichtet? Er unterhielt sich mit den Kindern, während die Dünung sie wiegte. Sie kamen aus San Francisco und waren mit der Schulklasse hier. Sie hatten am Kalalau Beach übernachtet, die Wanderung war seit Monaten geplant gewesen. Der Aufstieg war der Hammer! Ein Mädchen meinte, etwas Gruseligeres hätte sie nie erlebt.

Egal, was sie versuchten, dachte David, egal, wie sehr sie sich anstrengten, sie würden immer wieder enttäuscht werden. Das Foto, das die Frau von ihnen geknipst hatte, fiel ihm blitzartig wieder ein, und wie Alice ihren Arm um seine Taille gelegt hatte. Falls sie noch länger hierblieben, würde nichts von ihrer Ehe übrig bleiben.

Als er sich wieder umdrehte, war sie verschwunden.

Ihr Rucksack ebenfalls. David beeilte sich, an den Strand zurückzukommen, und schaute zu dem steinernen Fluss hinauf, der den Wanderpfad zerteilte. Er konnte sie nirgends sehen, obwohl ihre Fußspuren in diese Richtung führten. Er zerrte ein Handtuch aus seinem Rucksack, trocknete sich ab, zog sich hastig an und lief zum Pfad hinauf. Alice war nirgendwo zu sehen. Wie in aller Welt hatte sie in der kurzen Zeit so weit kommen können? David erreichte die Weggabelung. Ein Pfeil wies zurück zum Ke'e Beach, der andere in die entgegengesetzte Richtung zum Na Pali und dem drei Kilometer entfernten Hanakoa Valley. Er schaute sich noch einmal um, scannte den Strand ab. Nichts. Zog man ihren körperlichen Zustand in Betracht – und alles andere –, blieb nur eines: Sie hatte den Rückweg angetreten. Er schaute zu den Serpentinen hinauf, die zum Strand von Ke'e führten, konnte aber aus diesem Blickwinkel niemanden sehen. Er rief ihren Namen, woraufhin ihn die vorbeikommenden Wanderer verdutzt ansahen, und als er keine Antwort bekam, beugte er sich vor, stützte die Hände auf die Knie und fluchte so leise und wirr vor sich hin, dass es klang, als wäre er von einem Dämon besessen. Er richtete sich wieder auf, stemmte die Hände in die Hüften, spürte einen Anflug von Panik. Die Entscheidung war folgenschwer. Falls sie sich für Hanakoa entschieden hatte und er zum Ke'e Beach zurücklief, würden sie sich möglicherweise erst in vierundzwanzig Stunden wiedersehen. Oder noch später.

Er beschloss, nach Ke'e zu laufen.

Er war von seinem Entschluss überzeugt. Sie hatte keinen Grund, in die andere Richtung zu gehen. Sie konnte nicht ernsthaft glauben, dass sie die Strecke würde bewältigen können; er spürte seine eigenen schweren Glieder, und der Gedanke, bis nach Hanakoa zu wandern, erschien ihm einfach nur lächerlich und weit über seinem Durchhaltevermögen. Er trat unbewusst nur noch mit den Fußballen auf, machte Riesenschritte, schnappte nach Luft. In Gedanken sah er Alice, wie sie von der Welle herumgewirbelt und auf den Strand geworfen wurde. Er fühlte sich elend. Schreckliche Dinge wie diese geschahen, wenn man sich auch nur um Haaresbreite verrechnete. Fast hätte er ihre Laune gerettet. Fast hätten sie es überwunden. Er musste es wiedergutmachen und ihr irgendwie beweisen, dass sie, seit sie sich kannten, in guten wie in schlechten Zeiten, bei ihm immer an erster Stelle gestanden hatte. Warum brauchte er ihre Abwesenheit, um das einsehen zu können? Was stimmte mit ihm nicht, dass er es ständig vergaß?

Er eilte bergan und geriet Schritt um Schritt in einen Zustand der reinen, gedankenlosen Bewegung. Er erreichte den Bergkamm und schaute ein letztes Mal zum Hanakapi'ai Beach hinunter. Und im selben Moment sah er sie.

Durch irgendeinen glücklichen Zufall entdeckte er sie auf der anderen Talseite; sie befand sich auf gleicher Höhe und war auf dem Weg nach Hanakoa ebenso weit vorangekommen wie er auf dem Weg zurück nach Ke'e. Sie stand ihm wie ein Spiegelbild auf einem Felsvorsprung gegenüber und blickte zuerst in seine Richtung und dann auf den Weg, der noch vor ihr lag. Es war, als stünden sie am Fenster zweier benachbarter Wolkenkratzer. Sie hatte die Daumen in die Tragegurte ihres Rucksacks gehakt und schien nachzudenken, und dann drehte sie sich wieder zu ihm um und schaute herüber – er war sich ganz sicher! Er winkte, aber sie winkte nicht zurück. Er sprang in die Höhe und ruderte mit den Armen. Er flüsterte und schrie ihren Namen, aber sie schien ihn nicht zu bemerken. Plötzlich verließ ihn das Selbstvertrauen. Vielleicht konnte sie ihn nicht sehen? Aus dieser Entfernung war sie nicht größer als ein Daumennagel. Irgendetwas hatte sie zum Stehenbleiben veranlasst. Er winkte und winkte, stellte nutzlose Berechnungen an – auf seiner Uhr war es 13:23 – und schätzte, dass sie ihm, berücksichtigte man den Ab- und Wiederaufstieg bis zu ihrer jetzigen Position, etwa eine Stunde voraus war – wenn er sich beeilte.

Wieder schrie er ihren Namen und fuchtelte mit den Armen. Ob sie ihn gehört hatte oder nicht, sie drehte sich um, folgte dem Wanderpfad und war kurz darauf verschwunden.

David stürzte los, sprang im Zickzack bergab wie ein Skifahrer, rutschte immer wieder aus und fiel abwärts, einmal so schlimm, dass er anhalten und sein aufgeschlagenes Knie mehrfach beugen musste, um den Schmerz ertragen zu können. Sein Blutzuckerspiegel war im Keller. Weil die Ereignisse sich an diesem Tag überschlagen hatten, weil er sich von Wut und Erleichterung hatte ablenken lassen, hatte er zu essen vergessen. Er nahm den Rucksack ab und holte ein selbst zubereitetes Sandwich mit Erdnussbutter und Banane heraus, das er im Gehen verspeiste. Auch zu trinken vergaß er nicht. Inzwischen hatte er zu große Angst, um verärgert zu sein. Das entsetzliche Schweigen zwischen ihnen hatte sie auf diese gefährliche Wanderung getrieben, es war, als stünden sie zusammen auf einem Hochseil über einem gähnenden Abgrund, und nun mussten sie irgendeine Möglichkeit finden, das Gleichgewicht zu halten und sich hinüberzuretten. Eine halbe Stunde später hatte er den Steinfluss und das Schild mit der Aufschrift HANAKOA VALLEY 3 KM erreicht. Er war wieder bei Kräften, was vielleicht am Essen lag, dennoch verschlimmerte sich seine Angst. Der nun folgende Streckenabschnitt hatte einen höheren Schwierigkeitsgrad als jeder Wanderpfad, den er je betreten hatte. Die geografische Beschaffenheit der leichteren Strecke von Ke'e nach Hanakapi'ai und die schiere Masse der Touristen, die sie täglich zurücklegten, ließen den Pfad verhältnismäßig breit und ausgetreten wirken. Zehntausende Füße hatten den Weg ausgetrampelt und geglättet. Er hingegen befand sich nun auf lockerem Stein- und Schiefergeröll, und die Steigung war so steil, dass er meinte, auf allen vieren hinaufkriechen zu müssen. Zudem blieb ihm die tröstliche Begegnung mit einer Rückkehrergruppe verweigert, bei der er sich nach Alice hätte erkundigen und erfahren können, ob sie fern oder nah war. Nein, diese Etappe war für erfahrene Profis gedacht; dennoch kletterte er unermüdlich weiter. Eine weitere halbe Stunde verstrich, ohne dass er einer Menschenseele begegnete.

Als er den Felsvorsprung unter dem Bergkamm erreichte, auf dem Alice gestanden hatte, sank sein Herz. Er fragte sich kurz, ob sie an dieser Stelle ebenfalls gesehen hatte, was er jetzt sah, und ob sie deswegen gezögert hatte.

Vor ihm – und er konnte fast zwei Kilometer weit sehen – verengte sich der Weg auf einen tückischen Felsvorsprung von der Breite eines Schwebebalkens. Die Felswand, die sich zur Linken erhob, war so glatt, dass er versucht war, mit den Fingern daran entlangzustreifen wie ein Kind, das an einem Gartenzaun vorbeiläuft. Zur Rechten fiel die Wand senkrecht ab, die Kante schien an einigen Stellen zu bröckeln. Es war absurd. Er dachte an Cary Grant und Eva Marie Saint, die in *Der Unsichtbare Dritte* den Mount Rushmore hinunterschlittern. Wenn sein rechter Fuß den Halt verlor, würde er ins Nichts abstürzen. Wenn er stolperte, würde das Gewicht des Rucksacks ihn umreißen, und dann wäre er tot. Um überhaupt vorwärtszukommen, musste er seine Panik niederringen und die Balance finden zwischen der Notwendigkeit, die Augen offen und auf dem Weg zu halten, und der Gefahr, dem daraus resultierenden Schwindel zu erliegen. Weit unten warf sich der Ozean schäumend und lautlos an die Klippen. Vielleicht, dachte David verzweifelt, kommt Alice zurück, wenn ich noch ein Weilchen warte. Vor seinen Augen wölbten die Klippen sich in einer buckligen Reihe vor, und an jedem Außenpunkt war der Pfad zu erkennen. Alice konnte *jeden Augenblick* auftauchen. Aber nach einer gefühlten Ewigkeit gab David auf. Da sich nicht erklären ließ, wie sie überhaupt so weit hatte kommen können, musste er damit rechnen, dass sie längst über die Kante gefallen war. Und über die Kante zu fallen war der reinste Zaubertrick, die große Showeinlage des plötzlichen Verschwindens: Niemand sah den Sturz, und es blieb den Angehörigen überlassen, sich den Ablauf des Geschehens in einer Endlosschleife auszumalen. Über die Kante zu fallen war, wie von Gott von der Erde gepflückt zu werden.

Er kam zu dem Schluss, dass es am sichersten und einfachsten wäre, den Rucksack zurückzulassen, bevor der Pfad noch schmaler wurde. Er würde von jetzt an nur noch als Verfolger unterwegs sein. Er streifte den Rucksack ab, nahm die Wasserflasche heraus und stopfte sich so viele Energieriegel wie möglich in die Taschen. Dann hakte er in Gedanken eine Strichliste ab. Bräuchte er noch irgendetwas? Er hatte einen Regenumhang dabei, aber am Himmel war kein Wölkchen zu sehen. Sonnenschutz? Das Erste-Hilfe-Kästchen? Er verspürte den unerklärlichen Drang, sein Regenzeug mitzunehmen. Er musste an Harold denken: *Mit den Gedanken vor einem Ereignis verhält es sich wie mit Glückskeksen. Man greift in eine große Schüssel und nimmt zufällig einen heraus. Das Glück ist nicht weniger dem Zufall unterworfen als unsere Gedanken.* Er musste lachen. Es war wie mit der Welle, unter der er vorhin durchgetaucht war. Der Gedanke, dass ein derartiges Unterfangen gelingen könnte, kam einem erst, wenn man keine Wahl mehr hatte. Ansonsten verplemperte man seine Zeit damit, derlei Situationen zu fürchten.

Er lief los, wobei der Ausdruck laufen übertrieben war. Er lehnte sich an die Felswand zu seiner Linken und war bei jedem sogenannten Schritt – Ferse an Zehen an Ferse wie bei einem Messvorgang oder wie bei dem Versuch, lautlos aus einem Zimmer zu schleichen – so übervorsichtig, dass er nur langsam vorankam. Mehrfach lehnte er sich so weit nach links, dass seine Füße unter ihm wegrutschten, einen Zentimeter nur, der ihm jedoch von unten in die Wirbelsäule schoss und ihn dazu veranlasste, sinnloserweise an die Felswand zu klatschen wie auf der Suche nach einem Haltegriff. Sein rechter Arm ruderte dann in der Luft, bis er das Gleichgewicht wiedererlangt hatte und zur Seite schwenkte, sich mit Handflächen, Bauch und Wange an die Felswand presste und dem Meer den Rücken zukehrte. Diese Momente waren so entsetzlich, dass er die Augen schließen und innehalten musste, um wieder zu Atem zu kommen. Nachdem er sich minutenlang auf diese Weise vorgearbeitet hatte, begann sein eigenes Tempo ihn zu ärgern. Seine Langsamkeit, begriff er, würde seinen Tod bedeuten. Er wäre besser dran, wenn er schneller ginge. Manche Vorgänge wurden durch zu viel Nachdenken und Bewusstsein nur gestört oder sogar verhindert, das Schlucken beispielsweise. Von seiner neuen Methode überzeugt, holte David dreimal tief Luft und ging los, wobei er mit aller Macht versuchte, ein normales Schritttempo einzuhalten und den Abgrund zu seiner Rechten auszublenden; zudem dachte er darüber nach, wann ihm jemals wieder ein derartiges Panorama geboten würde. Es funktionierte nicht. Es war, als würde er an der Dachkante eines Hochhauses entlangspazieren. Für einige Minuten war er so aufs Gehen konzentriert, dass er völlig vergaß, dass er auf der Suche nach seiner Frau war.

Und schließlich kam er doch flotter voran. Unklar, ob es an der Übung oder an seinem wachsenden Selbstvertrauen oder an dem Pfad lag, der sich nun leicht verbreiterte – jedenfalls zwang David sich schließlich doch dazu, an seinen Erfolg zu glauben. Er hatte den Tod vor Augen und lief immer weiter; er richtete seinen Blick nach innen, ohne die Augen von einem Punkt mehrere Meter vor seinen Füßen abzuwenden; er verlangsamte seinen

Schritt nur, wenn er das Gleichgewicht zu verlieren drohte wie ein Kleinkind, das zu schnell lief und vom eigenen Schwung umgeworfen wurde. Falls er doch wieder zu denken anfing – was selten vorkam –, hielt er sofort an. Und es gelang ihm jedes Mal, wieder zum alten Tempo zurückzufinden und stur in eine Gedankenlosigkeit hineinzulaufen, die von außen betrachtet wie Furchtlosigkeit wirkte. In diesem Prozess – das Nachdenken über eine selbstverständliche Bewegung, die darüber tatsächlich selbstverständlich wurde – lag die Schönheit des Wanderpfades, überlegte David, darin lag die eigentliche Leistung, und als er nach langer Zeit den Kopf hob, sah er Alice direkt vor sich und blieb stehen.

Sie war ebenfalls stehen geblieben, schien bisher aber nicht bemerkt zu haben, dass er sich hinter ihr befand. Sie zu sehen erschütterte augenblicklich sein neues Selbstvertrauen. Sie stand am äußersten Punkt einer Linkskurve und bemühte sich verzweifelt weiterzukommen; erst jetzt, aus diesem schrägen Blickwinkel, konnte er erkennen, wie eng und gefährlich der Weg tatsächlich war. Ganz offensichtlich war Alice erschöpft, und als sie in diesem Moment einen unsicheren Schritt vortrat, schien der Rucksack sie nach hinten umzuziehen. Sie riss den rechten Arm hoch, um das Gleichgewicht zu halten, und im selben Moment sah er, dass sie die Urne in der Hand hielt.

»Alice!«, rief er.

Sie blieb noch einmal stehen und bewegte sich behutsam nach links, bis sie sich fast umgedreht hatte. Er sah ihr Gesicht hinter dem Tragegestell im Profil. Sie hatte Todesangst und Trauer, selbst alle Resignation weit hinter sich gelassen. Diesen Ausdruck hatte er noch nie gesehen, er zeugte von einer inneren Leere. Er konnte ihn auf seinem eigenen Gesicht spüren.

»Bleib, wo du bist«, sagte sie. »Komm nicht näher.«

»Was tust du da?«

»Ich habe gesagt, du sollst nicht näher kommen, hast du das nicht gehört? Du bist verflucht!«

Er kam trotzdem näher. Er konnte nicht anders. »Wovon redest du?«

»Alles, was mit dir in Berührung kommt, verkümmert«, sagte sie. Ihre Stimme klang beiläufig, so als ginge sie gerade an einem Strand neben ihm her. »Wofür du dich auch entscheidest, es entpuppt sich als Sackgasse.«

»Alice, bitte! Lass uns umkehren. Lass uns zurückgehen.«

»Wenn du noch einen Schritt weitergehst, werde ich springen!«

Er blieb stehen.

»Es *gibt* kein Zurück«, sagte sie, »hast du das immer noch nicht kapiert? Zurück ist da oben.« Sie zeigte zum Himmel.

»Bitte, ich flehe dich an. Ich werde gehen, aber du musst mir versprechen umzukehren.«

»Es war deine Schuld«, sagte sie.

Er erstarrte, ließ sich an die Felswand sinken.

»Du wolltest, dass ich es ausspreche. Also, da hast du's.«

Er weinte.

»Gib es zu«, sagte sie.

Sie war nur ein paar Schritte entfernt, nicht weiter als einen Steinwurf, aber er konnte sich nicht mehr bewegen.

»Du hast es so gewollt«, sagte sie. »Du wolltest, dass er verschwindet und ich gleich mit.«

»Alice, bitte hör auf!«

»Deswegen werde ich dem Ganzen jetzt ein Ende machen. Hast du verstanden? Es ist *meine* Entscheidung. Ich werde versuchen, mich selbst um ihn zu kümmern, und wenn ich dabei umkomme!«

Sie war ganz knapp in seiner Reichweite, aber bevor er sie packte, schaute er sich noch einmal um, wie um sich seiner Umgebung zu versichern; doch als er wieder in ihre Richtung blickte, war sie schon weitergegangen.

»Warte«, rief er.

Sie stürzte.

Der Anblick war entsetzlicher, als er es sich jemals hätte ausmalen können, so viel schrecklicher als der schlimmste Albtraum. Sie hatte sich zu schwungvoll wieder in Laufrichtung umgedreht, sodass ihr Rucksack am Felsen hängen blieb und ihren Oberkörper zurückriss. Ihre Schuhsohlen rutschten über den Boden, ihre Beine wurden nach vorn geschleudert. Wundersamerweise fiel sie gerade nach unten, mit dem Rücken zur Felswand und dem Gesicht zum Ozean; sie landete auf dem Hintern, rutschte ein Stück weit und blieb an der Kante hängen, den rechten Handballen (sie hatte es irgendwie geschafft, die Urne festzuhalten) auf den Pfad gestemmt, während beide Beine und ihr halbes Gesäß über dem Abgrund baumelten. Nur das Tragegestell des Rucksacks, das sich wie ein Hering in den Boden gebohrt hatte, verhinderte ihren Absturz.

Alice saß kerzengerade und wankte vor und zurück.

David sprang zu ihr und erkannte erst, als er neben ihr kniete, welche Anstrengung es sie kostete, die Stellung zu halten. Ihre Armmuskeln bebten. Ihr hochgerecktes Kinn verriet die Anspannung in ihrer Nackenmuskulatur, und die Bauchmuskeln unter ihrem T-Shirt zitterten.

»Oh mein Gott«, sagte sie.

»Beweg dich nicht.«

»Ich falle runter.«

»Beweg dich nicht.«

Sie hielt das Gleichgewicht, würde aber nicht mehr lange durchhalten. Obwohl er sie am liebsten gepackt hätte, wusste er, dass das ein Fehler wäre. Falls sie abrutschte und er ihren Arm oder den Rucksack zu fassen bekam, würde er sie nicht halten können. Es gab keinen festen Halt, nichts, woran er sich hätte festklammern können. Er betrachtete ihren Körper. Es war, als stünde man vor einer kostbaren Statue, die zu berühren verboten war.

»Warum hast du mich hergebracht?«, fragte sie.

Er hörte sie und hörte sie doch nicht. Er hatte ihr seine rechte Seite zugekehrt und kniete fast, seine rechte Hand dicht neben der ihren; plötzlich wusste er, was zu tun war.

»Warum hast du mich gezwungen herzukommen?«, fragte sie. Ihr Tonfall schwankte zwischen Resignation und Wut.

»Hör mir genau zu. Ich weiß, was wir jetzt tun müssen.«

»Ich habe dir gesagt, dass wir es nicht überleben werden, aber du hast darauf bestanden.«

Obwohl man mitten in der freien Natur war, war es hier oben so unglaublich still. Schnell durchdachte er alles noch einmal.

»Gib zu, dass du mich gezwungen hast!«

Er suchte die Felswand nach einem Vorsprung ab, fand einen und überprüfte ihn.

»Du hättest uns beschützen müssen«, sagte sie.

Er konnte jetzt nicht anders, als sie zu ignorieren.

»*Du hättest uns beschützen müssen!*«

»Du musst mir jetzt unbedingt zuhören. Wenn du das nicht machst, werden wir sterben.«

Er war dabei, sie zu verlieren. Sie schluchzte und hatte die letzten Reste ihrer Kraft verbraucht. Sie warf ihren Kopf immer wieder gegen den Rucksack.

»Willst du, dass wir sterben?«, fragte er.

Sie gab keine Antwort. Stattdessen warf sie ihm einen erbosten Blick zu. »Nimm ihn«, sagte sie.

Sie öffnete die Finger ein Stück weit, und er nahm ihr die Urne aus der Hand und stellte sie in sicherem Abstand hinter sich auf den Pfad. »Du musst jetzt loslassen«, sagte er.

»Du sollst verdammt sein!«

»Du wirst jetzt für eine Sekunde loslassen müssen und mit deiner rechten Hand« – er streckte den Arm aus – »nach meiner greifen, okay?«

»Du verdammtes Arschloch.«

Seine Stimme war kaum lauter als ein Flüstern. »Okay?«

Sie hörte ihm zu.

»Nicht zu schnell«, sagte er. »Ich umfasse jetzt dein Handgelenk, und du packst meines in der Sekunde, in der du loslässt. Handgelenk an Handgelenk.« Er schob seine Hand an ihrem Gesicht vorbei, damit sie es sehen konnte. Sie schloss die Augen. Er schrie ihren Namen, bis sie die Augen wieder aufmachte, dann sprach er leise weiter. »Im ersten Moment wirst du vielleicht ein Stückchen abrutschen, aber ich kann dich halten, so lange, bis du es schaffst, einen Fuß hochzuziehen. Hast du mich verstanden? Du musst einen Fuß unter dich bekommen und *aufstehen.*«

Ihre Augen waren wieder geschlossen, so als arbeite sie einen eigenen Rettungsplan aus. Ihr ganzer Körper zitterte vor Anstrengung.

»Sag, dass du mich verstanden hast.« Er war dabei, sie zu verlieren. »Sag es, sonst springe ich mit dir.«

Sie nickte.

»Ich möchte, dass du es dir bildhaft vorstellst. Du musst es begriffen haben.«

Sie nickte wieder. Ihre Arme zitterten.

»Auf drei«, sagte er.

Er zählte laut, presste seine linke Hand und die linke Wange an den Felsen, stemmte seinen linken Fuß in den Pfad und den Unterschenkel an die Klippe. Er ging leicht in die Knie und belastete die Außenkante seines rechten Fußes mit seinem halben Körpergewicht. Er ließ die Finger seiner rechten Hand um Alice' Handgelenk gleiten, zunächst mit sanftem Druck und dann, als er sicher sein konnte, sie nicht zu erschrecken, mit aller Kraft.

»Drei«, sagte er.

Sie packte sein Handgelenk. Sie hatte eine Entscheidung getroffen. Sie hätte ihn im Stich lassen können, hätte sich hinunterstürzen können, um ihm zu trotzen oder um ihn zu retten, je nachdem; sie hätte es tun können, damit nur sie ums Leben kam, aber genauso gut hätte sie ihn an sich reißen und damit sie beide umbringen können. Aber sie tat nichts dergleichen. Sie packte sein Handgelenk so fest, wie er das ihre hielt, und bemühte sich zu tun, was von ihr verlangt wurde.

Ihr gesamtes Gewicht schoss durch seine Hand in seinen Unterarm und von dort über den Bizeps in seine Schulter, bis ihr Leben seine komplette rechte Körperhälfte erfüllte. Mit all seiner Kraft zog er sie gerade nach oben, aber als sie den rechten Fuß heraufgezogen hatte, spürte er ihre Vorwärtsbewegung. Es ging nicht anders; der Rucksack ließ ihr keine andere Wahl. Er schloss die Augen, vor Anstrengung und vor Angst, und als sie aufrecht stand, die Außenkante ihres rechten Fußes gegen den seinen gestemmt, spürte er, wie ihr ganzer Körper mit vorgebeugtem

Torso und weit über die Fußspitzen herausgestrecktem Kopf über der Kante hing wie der eines Skispringers im Flug. Ihr linker Arm vollführte eine kreisende Bewegung, wieder und wieder ruderte er im Uhrzeigersinn durch die Luft, um sie ins Gleichgewicht zu bringen. Sie schaffte es tatsächlich aufzustehen, aber als er kurz die Augen öffnete, musste er erkennen, dass er sekundenlang das einzige Gegengewicht zu ihr bildete, genauso wie sie ihn davon abhielt vorwärtszustürzen. In diesem Bruchteil einer Sekunde zerrten sie mit aller Kraft aneinander und bildeten eine Art Bogen. Endlich lehnte sie sich zurück – auf den letzten Zentimetern ganz sanft – und stand wieder auf eigenen Füßen; dann richtete sie sich gerade auf.

»Hast du's?«, fragte er.

Er hielt ihre Hand; sie hielt die seine. Ihr Kinn war immer noch steil emporgereckt. Wie er sich vorstellte, sah sie nichts als den Himmel. Und dann stieß sie ein Schluchzen aus, einen einzigen, deutlichen Laut der Erleichterung.

»Ich hab's«, sagte sie.

Sie stand immer noch mit dem Gesicht zum Meer und lehnte mit dem Rucksack an der Felswand. Sie holte tief Luft, dann atmete sie aus. Ihrer beide Hände, immer noch ineinander verschlungen, zitterten. Ein Helikopter flog in ihre Richtung, und der unglaubliche Krach des Motors zerriss den Augenblick. Alice schaute zu, wie er abdrehte und über ihre Köpfe hinwegflog; dann erst drehte sie sich zu David um.

Davon ein Foto zu haben, von dieser Miene seiner Frau: Ihr Gesicht verrät Erschöpfung und Kummer und Euphorie und das Gefühl, gerettet worden zu sein und sich selbst gerettet zu haben. Ein Foto von ihrer *Erleichterung*. Von dem Gefühl, etwas Schreckliches durchgestanden zu haben. Er fragte sich, ob alle Frauen so aussahen, nachdem sie ein Kind zur Welt gebracht hatten. Hatte auch sie diesen Ausdruck der Verwunderung und der Schmerzen im Gesicht gehabt, des Verlustes und des Gewinns? Mit einem so hohen Risiko ging der Vorgang einher, dachte David. Neues Leben zu zeugen konnte einem das Herz brechen. Ihr Gesicht wirkte so rätselhaft wie das der Mona Lisa, es verriet, was er niemals würde erfahren können. Er versuchte, das Bild im Gedächtnis zu behalten, aber irgendwann verschwand es doch, und anschließend war es ihm nie wieder möglich, sich an alle Freuden und alle Schmerzen seiner Ehe zu erinnern.

Alice sagte, sie hätten vor ihrer Abreise noch eine letzte Pflicht zu erfüllen: die Asche ihres Kindes zu verstreuen. Sie wusste genau, wo das geschehen sollte, und nachdem sie es David erzählt hatte, rief er Harold an, der die nötigen Vorkehrungen traf.

»Hat sie Ihnen verziehen?«, fragte er.

»Ich glaube schon«, sagte David.

»Nun, dann müssen Sie sich nur noch selbst verzeihen.«

David bedankte sich für alles und verabschiedete sich. Harold buchte ihnen einen Helikopterflug über die Insel, der am Flughafen von Princeville begann und über einen ganz bestimmten Punkt führen sollte. Alice trug ein neues Kleid – weiß mit roten Lilien – und hatte sich eine rote Lilie ins Haar gesteckt. Sie erklärte dem Piloten, was sie vorhatte, obwohl der bereits informiert war. Der Helikopterflug: eine gewaltige Kraft, ein stetiger Zug nach oben; man fühlte sich, als würde man am Schlafittchen gepackt und baumele nun Tausend Meter über dem Erdboden. Der Blick aus dem Fenster auf Kauai war alles Geld der Welt wert; man musste es selbst sehen, um es zu glauben. Sie flogen zunächst nach Südwesten, näherten sich der Küste am Na Pali und überflogen den Kalalau Beach – »Wäre schön gewesen«, sagte Alice, »dort zu übernachten« –, bevor sie scharf nach Osten abdrehten, gefährlich tief durch den Waimea Canyon flogen und schließlich am Mount Waialeale wieder aufstiegen. »Fast eintausendsechshundert Meter hoch«, rief der Pilot, »und der regenreichste Ort der Welt!« Der Gipfel war wolkenverhüllt, und wie auf Kommando fing es zu regnen an. »Wenn wir eine Weile abwarten, reißen die Wolken vielleicht auf«, sagte der Pilot. Also flogen sie ein paar Warteschleifen.

David behielt das Bild vom Gesicht seiner Frau in Erinnerung. Im darauffolgenden Jahr erlitt sie eine weitere Fehlgeburt. Wie beim ersten Mal und trotz der gerinnungshemmenden Medikamente konnte sie das Kind nur bis zur neunzehnten Woche behalten. Sie war auf dem Weg zur Arbeit und saß im Zug, spürte die Krämpfe, stieg in Harlem aus, rief einen Krankenwagen und brachte en route einen Jungen zur Welt.

Zwei Jahre später wog sie fünfunddreißig Kilo mehr, und ihr Blutdruck erreichte kritische Werte; obwohl sie die erlaubte Höchstdosis ihrer Medikamente einnahm, verlor sie ihr drittes Kind mitten in der Nacht. Sie hatte zwanzig Wochen geschafft. Auch diesmal war es ein Junge.

»Ich habe genug«, sagte sie im Krankenhaus.

Sie kündigte ihre Stelle am Trinity College mitten im laufenden Schuljahr.

»Reiche Kinder«, sagte sie, »mit reichen Eltern. Von denen braucht mich keiner.«

Warum sollte er etwas dagegen haben? Er war in der Lage, sie beide zu ernähren, er verdiente eine Menge Geld, mehr, als er jemals zu hoffen gewagt hatte, und würde sich um sie kümmern, bis sie wieder gesund war. Die Spieleindustrie erlebte einen nie da gewesenen Boom.

Gegen Ende desselben Monats wurde sie wegen einer Depression stationär behandelt. Nach einer mehrwöchigen Behandlung kam sie nach Hause, nur um sich für die nächsten fünf Monate ins Bett zu legen.

Sie fing sich wieder, aber dennoch war es, als wären sie in einen endlosen Traum abgerutscht: das Möbiusband des Jetzt.

Drei Jahre vergingen. Oder war es eine Millisekunde?

David fing an, heimlich einen Roman zu schreiben. Es hatte mit einem Entwurf für ein Videospiel begonnen, aber bald hatten sich die Beschreibungen zu einer Erzählung ausgewachsen, die immer weiter fortgeschrieben werden wollte. David verspürte den Wunsch, sich in einer Form auszudrücken, die über das Videospiel hinausging. Gott bewahre, dass Alice jemals las, was er da schrieb. Alles hatte mit seinen Träumen angefangen: Alice starb bei einem Flugzeugabsturz, bei einem Raubüberfall, bei einem missglückten Einbruch. Sie starb, weil sie sich dem Angreifer widersetzte. Sie wurde von Haien, Pitbulls und Bären zerfleischt. Sie kam unter unglaublich unglücklichen Umständen während eines Zoobesuchs ums Leben. Bei Auto- und Zugkollisionen. Oder auf dem Weg zur Arbeit, wenn sie lesend in der U-Bahn saß und das Blutgerinnsel, das sich still und heimlich in ihrem Bein gebildet hatte, zu ihrem Herzen oder in ihre Lunge aufstieg oder, ähnlich einem Chinakracher, in ihrem Hirn explodierte. Und dann wäre er frei. Er war gezwungen, seine Phantasien zu verschleiern und Doppelgänger zu erfinden, was ein unaufrichtiger Kunstgriff war, ihm jedoch eine gewisse Ehrlichkeit ermöglichte. Er schrieb eine verschleierte Autobiografie und bekam die Gelegenheit, sich selbst einer kritischen Prüfung zu unterziehen. Nach dem ersten Kapitel hatte er die zündende Idee. Er war ein Spieleexperte. Er würde Avatare entwerfen.

Und so wurde Alice wie durch Zauberhand fett, direkt vor seinen Augen.

»Mr. Pepin«, sagte der Polizist, »ich habe eine traurige Nachricht für Sie. Es geht um Ihre Frau.«

Er wachte auf.

Gott verhüte, dass seine Frau jemals las, was er geschrieben hatte, dass sie in seinen Kopf hineinsah, und am allermeisten verhüte Gott, dass seine Frau erfuhr, was er an jenem spektakulären Vormittag über dem Mount Waialeale gedacht hatte. Die Wolken rissen auf. Oben auf dem Gipfel befand sich ein kleiner See, der in diesem kurzen Moment der Klarheit und des Lichts wie ein leuchtendes Auge blinzelte.

»Sind Sie angeschnallt?«, fragte der Pilot.

»Ja«, antwortete Alice.

»Dann los«, sagte er. Alice schob die Tür auf, und der Wind klaubte die Blume aus ihrem Haar. Der Pilot ließ den Helikopter schweben und hielt die Position. Alice drehte die Urne um und kippte die Asche aus, die unter der Druckwelle der Rotorblätter sofort verschwunden war. Als er das sah, nahm David plötzlich ihre ganze bisherige Geschichte als ein Kontinuum wahr: von der ersten Idee, ein Kind zu bekommen, über ihre endlosen Diskussionen bis zur Zeugung; vom Ultraschall über die Totgeburt bis hin zur Einäscherung; die Entwicklung des Kindes von einer Vorstellung zu einem lebendigen Wesen und schließlich hin zum

Staub. In diesem Augenblick wurde David auf schmerzliche Weise klar, was er verleugnet hatte – vor Harold, vor Alice und am meisten vor sich selbst: dass er erst in dem Augenblick, als er die Asche seines Kindes fallen sah und der weiße Staub sich mit dem See, dem Berg, dem Himmel vereinte, glauben konnte, dass es den Jungen wirklich gegeben hatte.

Als seine Ehefrau ermordet wurde, schlief Detective Sheppard tief und fest. Er träumte. Er war, wie so oft, auf dem Schlafsofa am Fuß der Treppe eingenickt, als er davon geweckt wurde, dass Marilyn seinen Namen schrie. Für eine Schrecksekunde hielt er inne, er war sich nicht einmal sicher, ob sie ihn überhaupt gerufen hatte – er spielte sogar mit dem Gedanken, sich umzudrehen und wieder einzuschlafen –, als sie seinen Namen zum zweiten Mal schrie. An den Inhalt seines Traums sollte er sich später ebenso klar und deutlich erinnern wie an die Ereignisse des Vorabends; tatsächlich warf seine Erinnerung die Bilder derart durcheinander, dass er das eine nicht mehr vom anderen trennen konnte – ein Umstand, der ihn bis zum heutigen Tag belastete.

In seinem Traum hielt er ihr zweites Kind im Arm. Marilyn war erst im vierten Monat schwanger, aber in seinem Traum war das kleine Mädchen schon zur Welt gekommen, und nun hielt er das Windelpaket im Arm und sah ihm ins Gesicht. Er kniete am Strand hinter dem Haus, am Ufer des Eriesees, lange vor seiner Flucht nach New York, vor einer halben Ewigkeit, als er noch in Ohio lebte. Marilyn stand im Wasser und schaute ihm zu, während die Wellen an ihre Fußknöchel schlugen. Im Gesicht des Kindes konnte er seine und Marilyns Züge erkennen, es hatte Marilyns hohe Wangenknochen und nussbraune Augen und seine vollen Lippen, das Ganze aber auf so wundervolle, neue Weise kombiniert, dass er es sich vorab niemals hätte vorstellen können. Er lächelte das Kind an, und es lächelte zurück. Diese Reaktion ließ sein Herz vor Liebe glühen. Und dann hörte er Marilyn seinen Namen schreien.

Er rollte vom Schlafsofa herunter und nahm die ersten drei Treppenstufen mit einem Satz. Er fürchtete, Marilyn könnte Krämpfe haben – schon während der ersten Schwangerschaft hatte sie unter vorzeitigen Wehen gelitten –, und er rief sich die entsprechende medizinische Hilfestellung in Erinnerung, während er sich am Geländer hinaufzog. Das Schlafzimmer lag am Kopf der Treppe. Er spürte den Wind, der durch das geöffnete Fenster vom See hereinblies, und seine Augen waren noch dabei, sich an die Dunkelheit zu gewöhnen, als ihn sein eigener Schwung über die Schwelle stolpern ließ. Er sah eine Gestalt …

Er spürte einen Schlag im Nacken. Seine Knie gaben nach, schwarze Tränen füllten seine Augen. Und dann, kurz bevor er das Bewusstsein verlor, hörte er Marilyn zum letzten Mal seinen Namen schreien.

Möbius – einen anderen Namen wollte der Mann nicht nennen – weigerte sich, mit Hastroll zu sprechen. Er wollte mit Sheppard reden, mit Sheppard allein. Hastroll könne ihn foltern, sagte er, ihm ein Wahrheitsserum injizieren oder ihn nackt ausziehen und grün und blau schlagen – er bestehe darauf, mit dem Doktor zu sprechen.

»Sie meinen den Detective«, sagte Hastroll.

»Ich meine: jetzt sofort.«

Hastroll warf Möbius durch die Gitterstäbe einen schiefen Blick zu und schüttelte den Kopf. »Ich verhandele nicht.«

»Auch gut«, sagte Möbius, »dann werde ich mich umbringen.«

Hastroll sah den kleinen Mann gleichgültig an, dann fasste er sich in einem seltenen Anflug von Leichtsinn in die Seiten und fing zu lachen an.

Als Reaktion darauf hielt sich Möbius mit der rechten Hand die Nase zu und legte sich die linke, die bandagiert war, über die Lippen. Er ließ unbekümmert seine kurzen Beine baumeln – seine Knie waren ebenfalls bandagiert –, und Hastroll beobachtete fasziniert, wie seine Bewegungen immer kraftloser wurden und sein Gesicht blau anlief.

»Hm«, grunzte Hastroll.

Und dann kippte Möbius ohnmächtig um.

Am nächsten Tag bekam er Besuch von Sheppard.

Als er in das Blickfeld des Mannes trat, fing der zu strahlen an. »Dr. Sam Sheppard, es ist mir ein Vergnügen!«

Sheppard zündete seine Pfeife an und zog zweimal daran. »Ich praktiziere nicht mehr«, sagte er.

»Stimmt«, sagte Möbius, »aber für mich werden Sie immer Dr. Sam bleiben!«

Der Wachmann brachte Sheppard einen Stuhl, und er nahm auf der anderen Seite der Gitterstäbe und direkt gegenüber von dem Zwerg Platz.

»So ist es besser«, sagte Möbius. »Lassen Sie sich ansehen. Na so was, Sie sind keinen Tag älter geworden! Fit wie ein *Turnschuh*. Ein *gerissener* Hund. Wussten Sie, dass ich von Ihrem Fall jahrelang besessen war?«

Sheppard warf einen Blick auf seine Armbanduhr, steckte sich die Pfeife in den Mund und paffte, sodass Möbius einen Moment lang in einer dichten, weißen Qualmwolke verschwand.

»Wissen Sie«, fuhr er fort, »Sie sind möglicherweise der einzige Mann in ganz Amerika, der des Mordes an seiner Frau schuldig und gleichzeitig unschuldig ist. Verurteilt *und* freigesprochen. Hat er oder hat er nicht? Er hat nicht; doch, er hat! Man weiß es *immer noch* nicht! Und die Faszination, die von Ihrer Geschichte ausgeht … Zuerst wurde *Auf der Flucht* gedreht, die Fernsehserie über Sie, und daraus wurde später dann sogar ein Kinofilm. Mehrere Bücher sind über Sie geschrieben worden. Sie haben *selbst* ein Buch geschrieben! Ja, natürlich habe ich *Endure and Conquer* gelesen. Es war furchtbar! Die Schilderung Ihres ersten Gerichtsverfahrens hat Eingang in den Wortschatz gefunden. Beim O. J.-Prozess sprachen die Leute von ›Karnevalsstimmung‹, dabei war das genau der Begriff, den Richter Tom Clark auf *Ihr* Verfahren gemünzt hat!«

»Ich habe versucht, all das hinter mir zu lassen«, sagte Sheppard.

Möbius lächelte. »Hübsche Vorstellung.«

Sheppard paffte weiter.

»Nun denn«, sagte Möbius.

»Nun denn?«

»Quid pro quo.«

»Reden Sie weiter.«

»Im Austausch für die volle Wahrheit über Alice Pepin bekomme ich zwei Dinge.«

»Ich höre.«

»Zuerst möchte ich aus Ihrem Mund hören, was am letzten Tag im Leben Ihrer Frau passiert ist.«

Für einen Augenblick sah Sheppard Marilyns eingeschlagenes Gesicht vor sich, das sie ihm, sie lag auf dem Bett, zuwandte. An ihrer Stirn klafften mehrere sichelförmige Schnittwunden, ein Schneidezahn fehlte, das Oberteil ihres Pyjamas war über ihre Brüste geschoben und der Slip heruntergezogen, ihre Scham glänzte feucht, ihre Beine klemmten unter dem Querbalken des Betts, alle Wände waren mit Blut bespritzt, so als hätte sich ein nasser Hund mitten im Zimmer geschüttelt, wie ein Strahlenkranz umgab das Blut ihr Ehebett, es bedeckte die Wände und befleckte sogar die Zimmerdecke. Um ihren ganzen Kopf herum war das Blut verspritzt wie ein auflackierter Heiligenschein. Sheppard kniete sich auf die Matratze, um ihren Puls zu fühlen. Nichts.

»Was ist Nummer zwei?«

»Ich will Davids Roman lesen.«

»Warum?«

Möbius lachte. »Um zu sehen, wie ich geraten bin.«

Sheppard klopfte seine Pfeife aus.

»Also gut«, sagte er.

Möbius klatschte die Hände zusammen und rieb sie dann. »Fangen wir an?«, fragte er.

»Was möchten Sie zuerst hören?«

»Natürlich den Anfang.«

»Es gäbe da mehrere Anfänge zur Auswahl.«

»Wir nehmen den Samstagmorgen«, sagte Möbius. »Juli 1954.«

An jenem Morgen wurde Marilyn Sheppard von einer Feuerwerksrakete geweckt.

Dem Licht im Zimmer nach zu urteilen konnte es kaum später als sieben Uhr sein, und trotzdem hatten die Nachbarskinder schon angefangen, in Vorfreude auf den Nationalfeiertag Knaller zu zünden, so wie sie das seit Wochen schon im gesamten Wohnviertel taten. Marilyn störte sich nicht daran, aber der Lärm erschreckte ihren English Setter zu Tode, der sich zitternd und sabbernd in einer Schlafzimmerecke zusammengerollt hatte. »Kokie?«, fragte Marilyn, setzte sich im Bett auf und klopfte zweimal auf die Decke. »Ist schon gut, Kokie, komm rauf.« Der Hund seufzte, blieb liegen und sah sie bekümmert an. Selbstverständlich hatte das arme Tier Angst vor lauten Geräuschen. Heulte die Mittagssirene, kroch es unter den Küchentisch. Sammelten sich Gewitterwolken über dem See, flüchtete es sich ins Badezimmer und zwängte sich in die Ecke neben der Toilette. Stritten Marilyn und Sam, duckte es sich. Für den Hund war die letzte Zeit eine einzige Abfolge unerwarteter Schrecken gewesen: das Krachen der Salutkanone an Silvester, die Fernsehberichte von bewaffneten Aufständen in Indien, immer wieder Feuerräder und bengalische Feuer über dem Wasser, heute Abend dann die Salven der Vorabendfeier zum vierten Juli und morgen schließlich das große Finale. Und dann? Marilyn stellte sich die kommende Woche vor, wenn die Nachbarskinder sämtliche Böller zünden würden, die morgen nicht abgeschossen wurden. Konnte sie den Hund an irgendeinen sicheren Ort bringen? Zum Haus ihres Vaters vielleicht? Aber der lebte eine Autostunde entfernt, und die Zeit lief ihr ohnehin schon davon.

Eine zweite Rakete, deren Antriebsstrahl wie reißendes Papier klang, flog am Fenster vorbei und zerplatzte mit einem kleinen Knall. Kokie winselte.

Marilyn stieg aus dem Bett und hielt den Mund dicht an das Fliegengitter. »Ihr macht mir den Hund verrückt!«, schrie sie.

Unten am Ufer sprangen Jungs in Badehosen lachend aus dem Gebüsch, ein jeder einen Raketenköcher in der Hand. Das Baby in Marilyns Bauch trat zweimal zu – wenn es sich bloß nicht wieder um Krämpfe handelte –, und der Schmerz war so stechend, dass sie sich am Fensterbrett abstützen musste.

Bitte, lieber Gott, lass es diesmal ein Mädchen sein, dachte Marilyn, und sei es nur, um Gesellschaft und Verstärkung für das angeschlagene Frauenteam zu bekommen: jemanden, mit dem sie sich über Sams Unfähigkeit im Haushalt wundern konnte. Sam hätte gern geholfen, war außerhalb seines Berufes aber schlicht und ergreifend überfordert. Sieh dir nur das an, dachte sie und schaute auf sein ungemachtes Bett am Fenster. Der Mann konnte die Brust eines Menschen öffnen und ein Herz zurück ins Leben massieren, aber wie er sein Bett machen sollte, das blieb ihm ein undurchschaubares Mysterium. Lass es ein Mädchen sein, für Tage wie diesen, die aus Hausarbeit bestanden, aus Kochen für die Gäste (die Aherns waren eingeladen), aus Erledigungen und noch mehr Putzen (ihr Sohn Chip würde alle Bemühungen, das Haus sauber zu halten, sofort zunichtemachen), aus Einkaufslisten, die geschrieben werden mussten, und den Einkäufen und aus allem anderen, was noch erledigt werden musste, damit Sam morgen mit seinen verdammten Assistenzärzten im Garten grillen konnte (eine Party, bei der sie an Land sitzen würde, während ihr Ehemann und die anderen den ganzen Nachmittag lang Wasserski fuhren).

Der Schmerz verebbte, und Marilyn richtete sich auf.

Am letzten Dienstag hatte Sam beim Abendessen ganz beiläufig gesagt: »Ich dachte mir, wir schmeißen mal wieder so eine Assistenzärzteparty.«

Sie war gerade dabei gewesen, Chips Hotdog in mundgerechte Stücke zu zerteilen. Der Junge war sieben Jahre alt und konnte nicht einmal allein essen. »Welche Assistenzärzteparty?«

»Am vierten Juli. So wie letztes Jahr.«

Sie hielt Messer und Gabel über dem Teller still. »Sam, heute ist Dienstag.«

»Entschuldigung«, sagte er, »ich habe schon alle eingeladen.«

»Wen?«

»Die Assistenzärzte«, sagte er, »und meine Familie. Und die Houks. Und die Aherns auch.«

»Das sind über vierzig Leute!«

»Dann grillen wir einfach.«

Marilyn legte das Besteck nieder, faltete die Hände auf der Tischplatte und sah ihren Mann an, der in diesem Moment dabei war, sein Hotdog zu belegen. Er goss lange Streifen aus Senf, Ketchup, Mayonnaise und Remoulade in sein Brötchen und arbeitete dabei so sorgfältig, als würde er eine Reihe Ziegelsteine verlegen. Ein Ziegelstein, dachte Marilyn, käme ihr nun gerade recht.

Sam hob den Kopf. »Ich spreche hier doch nicht von einem schicken Abendessen.«

Ein Lächeln zuckte über ihr Gesicht. Bei der Grillparty handelte es sich natürlich weniger um einen Vorschlag als um die Ankündigung einer Tatsache, obwohl sie ihn vor einiger Zeit noch unter Androhung der Scheidung gebeten hatte, so etwas nie wieder zu tun. Was ganz offensichtlich nicht gefruchtet hatte und sie zu der Frage verleitete: Wenn das Verhalten ihres Mannes nicht einmal im Kleinen zu beeinflussen war, wie stand es dann um die großen Dinge?

Sie könnten sich jetzt streiten, dachte Marilyn, aber sobald sie einmal angefangen hätten, würde sich das Ganze zu einer Diskussion hochschrauben, die nicht mehr unter Kontrolle zu bringen war; sie würden sich gegenseitig in jene Stimmung zurückkatapultieren, in der sie sich vor wenigen Wochen befunden hatten, was sie auf keinen Fall wollte. Darin, dachte Marilyn, bestand die Kunst: sich nicht zurückkatapultieren zu lassen.

»Du hast recht«, hatte sie an jenem Abend also gesagt.

Marilyn stand am Fenster und schaute den Jungs nach, die über den Strand liefen und dann verschwanden. Sie rieb sich mit den Handballen die Augen, strich sich das Haar hinter die Ohren und schaute aufs Wasser hinaus. Der Tag war perfekt. Nicht wegen der lauen Brise oder der trockenen Luft, sondern wegen der fast schmerzhaften Klarheit des Lichts – weißes Licht, dachte sie, wie im August. Sie hatte das Gefühl, dass sie *alles* sehen konnte. Sie konnte sogar den Mann erkennen, der im mehrere Hundert Meter entfernten Huntington Park auf dem Uferparkplatz in seinem weißen Lieferwagen saß und von der Schönheit des Tages wohl ebenso beeindruckt war wie sie. An Tagen wie diesem wirkte der Strand tropisch hell und das Wasser unglaublich blau, am Himmel hingen Fetzenwolken, und die Sandkörner reflektierten das Gleißen. Man konnte kaum direkt hinsehen. Als der Wind in die Blätter vor dem Fenster im ersten Stock fuhr, klang es, als wäre das Haus ein ablegendes Segelschiff.

Wo soll ich anfangen?, fragte sie sich.

Im Zimmer nebenan rumste es, dann war ein lang gezogenes Stöhnen zu hören. Sams Freund Lester Hoversten war aufgewacht. Die Vorstellung, den Vormittag mit diesem Mann zu verbringen, war so unangenehm, dass es Marilyn kurzzeitig gelungen war, seine Anwesenheit zu verdrängen. Nun zu hören, wie er stöhnte und sich im Bett ausstreckte, trug zu Marilyns Enttäuschung noch bei: Auch er war eine von Sams verkündeten Tatsachen. »Les hat seinen Job verloren«, hatte Sam gesagt, als er am Mittwochmorgen auf dem Weg zur Arbeit in der Küchentür stand und ihr bereits den Rücken zukehrte. »Er wird für ein paar Tage bei uns unterkommen müssen.«

Es war feige, sie erst in letzter Minute zu informieren, eine Ohrfeige zum Abschied. »Du hast Lester zu uns eingeladen?«, fragte sie.

»Er ist ein Kollege, Marilyn, und er braucht meine Hilfe.«

»Herrje, Sam, du tust so, als hätten wir bloß eine kleine Meinungsverschiedenheit gehabt.«

»Aus Les' Perspektive war es wohl auch nicht mehr als das.« Er ließ die Fliegentür zufallen und ging zu seinem Auto.

Marilyn wollte ihm schon nach draußen folgen, als Chip in die Küche geschossen kam und mit seinem gesamten Körpergewicht gegen ihre Beine krachte, sich an ihren Shorts festkrallte, sich an sie hängte und sie damit aufhielt. Es war, als bildeten er und sein Vater ein Team. Sie kniete nieder, um auf den Jungen einzureden. »Du bist zu alt für so was«, sagte sie und schüttelte seine Arme.

Sams schwarzer Umriss tauchte noch einmal hinter der Fliegentür auf.

»Wie konntest du so rücksichtslos sein?«, fragte sie.

Aber da stand Dick Eberling, der Haus- und Fensterputzer. Er war ebenso groß und von ähnlicher Statur wie ihr Mann, wurde sogar auf ähnliche Art kahl. Tatsächlich ähnelte er Sam auf unheimliche Weise. Er blieb betreten und mit gesenktem Kopf hinter der Tür stehen.

Sams Auto rollte aus der Einfahrt.

»Oh«, sagte sie und schlug sich eine Hand vor die Stirn, »das tut mir leid, Dick. Ich habe Sie für Sam gehalten.«

Offensichtlich erleichtert, hob Eberling den Kopf und sah sie lächelnd an. »Es tut mir leid, Mrs. Sheppard, ich hätte anklopfen sollen.«

Hoverstens Stimme riss sie aus der Erinnerung.

»Gibt's Kaffee?«, fragte er durch die Wand hindurch.

Marilyn beeilte sich, sich anzuziehen – auf gar keinen Fall würde er sie im Nachthemd zu sehen bekommen! –, und eilte hinunter.

An einem Morgen wie diesem vor genau zwei Jahren, als Sam im Krankenhaus war und Chip noch schlief, hatten sie und Lester Hoversten ihre »Meinungsverschiedenheit« gehabt. Er war gute zehn Jahre älter als Marilyns Ehemann, hatte aber dennoch mit ihm zusammen in Kalifornien Medizin studiert; ihre langjährige Kumpanei war nicht nur deswegen so ärgerlich für sie, weil Lester fraglos ein Versager, Alkoholiker und Schürzenjäger war, der die Krankenschwestern so ungeniert anmachte, dass sie sich weigerten, allein mit ihm in einem Raum zu sein. Er hatte darüber hinaus schon mehrmals ein Doppel-Rendezvous für sich und Sam organisiert, wenn Marilyn verreist gewesen war.

An jenem Morgen hatte sie abgespült, als Hoversten sich von hinten angeschlichen und nackt an sie gedrückt hatte, während sich sein offener Bademantel von den Seiten um ihre Beine schlang wie Tentakel. »Brauchst du Hilfe?«, hatte er geflüstert.

Einen Moment lang war Marilyn so schockiert gewesen, dass sie erstarrte.

Hoversten, der ihr Zögern als Zustimmung auffasste, drückte

sich noch fester an sie, umschloss ihre Ellenbogen mit den Händen, streichelte ihre Unterarme. Er presste seine Lippen in ihren Nacken. »Komm schon, Marilyn«, sagte er, »ich habe gemerkt, wie du mich gestern Abend angesehen hast.«

Marilyn drehte sich um und schlug ihm den spülwassergetränkten Schwamm an die Brust.

»Hey«, lachte er, taumelte zurück und starrte auf die Blasenwunde nieder. Sein erigierter Penis krümmte sich nach rechts wie ein Regenwurm, der sich nach einem Blatt reckt.

»Selbstverständlich habe ich dich angesehen«, sagte sie. »Wir haben uns *unterhalten.*«

»Nein, nein«, sagte er, »ich habe dich erwischt, wie du mich angestiert hast.«

Er hatte sie tatsächlich erwischt. Beim Abendessen am Vorabend hatte sie ihn beobachtet, während er sich mit ihrem Mann unterhalten hatte – den kahlen, von Ekzemen bedeckten Schädel, die wachsende Fettbeule unter seinem Kinn, die kleinen Zähne, die sie an Milchzähne erinnerten –, und sie hatte sich gefragt, ob es auch nur eine einzige Sache an ihm gab, die eine Frau attraktiv finden könnte. Sie war erstaunt darüber, dass er ihr ungeniert gegenübersitzen konnte, wo er sich doch so himmelschreiend respektlos verhalten hatte, gar von ihr erwartete, die vielen Mädchen, die er für sich und Sam in Kalifornien angeschleppt hatte, als Schnee von gestern abzutun, als Ausrutscher, die nichts zu bedeuten hatten. Im selben Moment hatte er ihren Blick aufgefangen und ihr selbstgefällig zugelächelt. Sie hatte in Gedanken geflucht und schnell auf ihren Teller hinuntergestarrt. Und da stand er nun, von einem Missverständnis aufgeheizt.

»Lester«, sagte sie. »Vielen Dank, dass du mir dein Ding gezeigt hast.« Sie stemmte eine Hand in die Hüfte und winkte mit dem Schwamm abfällig in die Richtung seines Penis. »Warum gehst du nicht und spielst in aller Ruhe ein bisschen damit herum?«

Er grunzte und schüttelte den Kopf. »Du bist ein Flittchen, weißt du das, Marilyn?«

»Bilde dir nichts ein.«

Er schnürte seinen Bademantel zu, drehte sich um und stapfte davon. Seither hielten sie einen respektvollen Abstand zueinander ein.

Unten in der Küche setzte Marilyn Kaffee auf und verspürte, als der Duft ihr in die Nase zog, das unbändige Verlangen nach einer Zigarette. Sie hatte vor, Sams Geschirr und die Bratpfanne zu spülen – er hatte sich Eier und Speck zum Frühstück gebraten und ihr ein Chaos hinterlassen –, änderte aber dann ihre Meinung und beschloss, zum Bootshaus hinunterzugehen. Sie könnte dort ein bisschen aufräumen, dachte sie, die ganzen Rettungswesten und Zugleinen und Wasserskier sortieren, um sich für eine Weile von der Zigarettenschachtel fernzuhalten, die sie in Sams Arbeitszimmer versteckt hatte. Sobald Chip aufgewacht war, würde sie zusammen mit ihm frühstücken, das Haus verlassen und einkaufen gehen und somit Hoversten, falls überhaupt, nicht eine Minute länger ertragen müssen als unbedingt nötig. Ihr neuer Plan erschien ihr ausgesprochen effizient. Nur so würde sie alle anstehenden Aufgaben rechtzeitig erledigen, morgen bliebe ihr kaum eine freie Minute. Aber als sie noch einmal darüber nachdachte, kam ihr die Party gar nicht so ungelegen. Sie könnte einige der Assistenzärzte bitten, beim Grillen und Servieren zu helfen; sie würden alles tun, worum Marilyn sie bat, allein um nicht bei ihr (und Sam) in Ungnade zu fallen; vielleicht käme sie sogar dazu, eine Runde Wasserski zu fahren. Und falls sie Glück hatte und alles wie geplant lief, würde ihr sogar noch ein bisschen Zeit für sich bleiben.

Als sie die lange Treppe zum Anleger hinuntergestiegen war, verflüchtigte sich ihre gute Laune wieder. Das Bootshaus war eine Katastrophe. Im Boot türmten sich Skier, nasse Handtücher und Rettungswesten, leere Bierdosen und eine Kühltasche voll mit, wie Marilyn annahm, verfaulten Essensresten. Das Boot selbst war nicht einmal ordentlich festgemacht, sodass der Bug bei jeder leichten Welle gegen die Pfähle schlug. Alles in allem war das Chaos so gründlich, dass es nur absichtlich angerichtet worden sein konnte.

»Verdammt sollst du sein, Sam«, murmelte sie.

Sie drehte sich um und stieg die Treppe zum Haus wieder hinauf.

Sie betrat die Küche durch die Verandatür und machte sich schon darauf gefasst, Hoversten Kaffee trinkend und Zeitung lesend vorzufinden. Aber im Haus war es still. Er musste wieder eingeschlafen sein. Leise schlich sie in Sams Arbeitszimmer, zog den Band *Kardiologie* heraus und griff nach den Chesterfields. Neben Sams Pfeifenständer lag eine Schachtel Streichhölzer; sie zündete sich eine Zigarette an, ging um den Schreibtisch herum und ließ sich auf den roten Ledersessel sinken. Neben der Heizung lehnten drei geladene Schrotflinten an der Wand. Sie hatte ihn zwanzigmal gebeten, die Waffen wegzuräumen. Auf dem Schreibtisch stand ein vor langer Zeit aufgenommenes Foto, auf dem sie so jung waren, dass der Unterschied zu heute unübersehbar war. Sie saßen in Sams Auto, einem Plymouth Fury. Das Verdeck war offen, sie drehten sich nach hinten zur Kamera um, Sam hatte einen Arm um ihre Schultern gelegt. Das war in Kalifornien gewesen, im Jahr 1944, als Sam sein Medizinstudium begonnen hatte. Damals war er dünner gewesen und netter, sein Haar dichter. Sie waren nach Big Sur gefahren – die Chapmans hatten sie auf ihre Ranch eingeladen –, und hinter ihnen konnte man die Klippen erkennen und den leichten Nebel, der vom Ozean aufzog. Sie konnte sich nicht mehr genau an den Tag erinnern, außer dass ihr kalt gewesen war und Sam sich geweigert hatte, das Verdeck zu schließen. Das Foto hatte ihre Erinnerungen ersetzt und war zum Symbol für einen Lebensabschnitt geworden, in dem sie ihren Ehemann der Grausamkeit für unfähig und die gemeinsame Zukunft für eine stetige Entwicklung hin zum Besseren gehalten hatte – im Gegensatz zum ewigen Jetzt, wo man sich jeden Tag neu entscheiden musste, ob man weitermachen oder aufgeben wollte.

Da ist er, dachte Marilyn. Der Mann, in den ich mich verliebt habe.

Sie lehnte sich in Sams Sessel zurück, legte die Füße auf den Schreibtisch und den Kopf in den Nacken und beobachtete, wie der Qualm aus ihrem Mund an die Decke stieg. Sie wusste, als

Schwangere sollte sie nicht rauchen, aber in diesem Moment fühlte sie sich in der Zigarette geborgen, musste an nichts mehr denken. Im Haus war es still. Sie nahm einen letzten Zug und blies eine lang gezogene Qualmwolke auf das Foto.

Was tun?

Als sie ein paar Minuten später in der Küche stand und auf den Schreibblock mit der langen Liste von Besorgungen, Hausarbeiten und Lebensmitteleinkäufen starrte, spielte Marilyn kurz mit dem Gedanken, nichts davon zu erledigen und sich für die nächsten vierundzwanzig Stunden so abweisend zu verhalten, dass ihrem Mann nichts übrig blieb, als endlich ihr Organisationstalent anzuerkennen; und dann, kurz vor dem Eintreffen der Gäste, könnte sie Chip und Kokie ins Auto packen, zu ihrem Vater fahren und nie wieder zurückkommen. Sie schloss die Augen, holte tief Luft und ließ ihre Gedanken treiben.

Abendessen, schrieb sie und unterstrich das Wort. *Rollbraten, grüne Bohnen, Roggenbrot.*

Als Nächstes schrieb sie *Dessert*, auch das unterstrich sie. Sie schob sich das Stiftende zwischen die Lippen und fügte dann hinzu: *Blaubeertorte mit Vanilleeis.*

Die mochte Sam am liebsten.

Möbius blutete durch die Verbände, auf seinen Knien und an der Hand zeigten sich dunkelrote Kreise.

Seit Marilyns Tod konnte Detective Sheppard kein Blut mehr sehen.

»Wir bleiben auf der Zeitachse«, sagte Möbius. »Ich bin der Detective.«

»In Ordnung«, sagte Sheppard.

»Jener Morgen. Der dritte Juli.«

»Ja?«

»Sie stehen früh auf.«

»Ich bin um sechs aufgestanden«, sagte Sheppard.

»Obwohl es Samstag war?«

»Ja.«

»Und dann fahren Sie ins Krankenhaus.«

»Ich war um kurz vor sieben da.«

»Ihr Vater hat die Klinik gegründet, nicht wahr?«

»Ja, das stimmt. Meine Brüder Richard und Stephen waren ebenfalls dort angestellt.«

»Auf dem Parkplatz laufen Sie Stephen in die Arme, und Sie berichten ihm von Ihren Plänen fürs Wochenende.«

»Er wollte den Tag auf seinem Segelboot verbringen, und ich habe ihn an die Assistenzärzteparty erinnert. Selbstverständlich habe ich ihn und seine Frau eingeladen.«

»Und dann eilen Sie beide in den OP.«

»Der Vormittag verlief recht unspektakulär.«

»Bis der Junge eingeliefert wird.«

»Ja«, sagte Sheppard. »Gegen zehn Uhr an dem Morgen brachte man einen Jungen in den OP, der von einem Laster überrollt worden war.«

»Er atmet nicht.«

»Er wurde bewusstlos und hörte zu atmen auf, sobald wir ihn auf dem OP-Tisch hatten.«

»Also öffnen Sie seinen Brustkorb.«

»Ja.«

»Und massieren sein Herz.«

»Das stimmt.«

»Wie fühlt ein Herz sich an?«

»Wie ein Tennisball«, sagte Sheppard. »Härter, als Sie denken würden. Es springt immer in die ursprüngliche Form zurück, egal, wie fest man drückt.«

»Interessant«, sagte Möbius.

Sheppard zuckte mit den Achseln.

»Aber der Junge stirbt.«

»Ja.«

»Und als Sie den Vater darüber informieren, beleidigt er Sie.«

»Der Vater sagte zu mir, dass der Junge unmöglich tot sein könne, weil er sich kurz nach dem Unfall noch mit ihm unterhalten habe. Dass er bei vollem Bewusstsein gewesen sei und ich ihn ermordet haben müsse.«

»Was haben Sie geantwortet?«

»Ich klärte ihn über innere Blutungen auf. Dass sie heimlich und still morden. Dass ein Verletzter sich völlig normal verhält, bis die Organe plötzlich versagen. Und ich sagte ihm, dass es mir leidtue.«

»Und dann?«

»Nach meiner Schicht im Krankenhaus schob ich einen kurzen Besuch bei meinen Eltern ein.«

»Und danach?«

»Bin ich nach Hause gefahren. Ich habe das Bootshaus aufgeräumt. Für den nächsten Tag hatten wir die Assistenzärzte zum Wasserski eingeladen, deswegen habe ich den Außenborder überprüft. Ich wollte sichergehen, dass für den Ausflug genug Benzin im Tank ist. Ich habe die Schleppseile zusammengesucht, die Skier, die Rettungswesten. Und dann war es Zeit für einen Cocktail.«

»Wie spät war es da?«

»Etwa Viertel vor sieben. Wir sind für ein paar Drinks zu den Nachbarn rüber, Don und Nancy Ahern.«

»Ich dachte, Sie hätten sie an jenem Abend zum Essen eingeladen?«

»Das war so eine merkwürdige Angewohnheit von uns. Die Frauen sagten, das Chaos würde gleichmäßiger verteilt, wenn wir in einem Haus trinken und im anderen essen.«

»Die Aherns lebten nebenan?«

»Am Ende der Straße.«

»Was haben Sie getrunken?«

»Die Frauen Whisky Sour. Don und ich Martinis.«

»Worum drehte sich die Unterhaltung?«

»Ich erzählte Don von meinem Tag. Von dem Jungen, der gestorben war.«

»Der Vorfall hat Sie bedrückt.«

Im Wartezimmer war der Vater des Jungen zwei Schritte vor Sheppard zurückgewichen, hatte mit dem Finger auf ihn gezeigt und die anderen Patienten mit weit aufgerissenen Augen angesehen. *Sie*, hatte er gesagt. *Sie haben ihn umgebracht, irgendwie. Als ich mit ihm herkam, haben wir uns unterhalten. Er saß im*

Auto neben mir. Es ging ihm gut. Sie wollten, dass mein Junge stirbt! Lassen Sie diesen Mann bloß nicht in die Nähe Ihrer Familie! Er ist ein Mörder, haben Sie verstanden? Er hat mein Kind ermordet!

»Ja«, sagte Sheppard.

»Was ist dann passiert?«

»Marilyn ist rüber, um das Abendessen vorzubereiten.«

»Wie lange sind Sie noch geblieben?«

»Ein paar Minuten vielleicht. Dann wurde ich ins Krankenhaus gerufen.«

»Warum?«

»Um mir Röntgenbilder anzusehen. Ein Junge hatte sich das Bein gebrochen.«

»Wie spät war es?«

»Etwa halb neun.«

»Sie kamen schnell zurück?«

»Ich kam zurück, sobald ich fertig war«, sagte Sheppard.

»Und dann haben Sie sofort gegessen?«

»Nein, Marilyn hinkte ihrem Zeitplan hinterher. Don verfolgte im Radio ein Spiel der Indians, deswegen habe ich, bis die Frauen mit dem Kochen fertig waren, die Jungs mit in den Keller genommen, wo ich einen Sandsack aufgehängt hatte.«

»Wo haben Sie gegessen?«

»Auf der Veranda.«

»Und die Kinder?«

»In der Küche.«

»Der Abend war schön.«

»Wir haben einen atemberaubenden Sonnenuntergang gesehen.«

»Marilyn hatte vorzüglich gekocht.«

»Rollbraten, grüne Bohnen. Blaubeertorte.«

»Und danach?«

»Nach dem Essen haben wir uns das Feuerwerk angesehen. Es gab eine große Vorabendshow, weil der nächste Tag der vierte Juli war. Dann hat Don die Kinder mitgenommen und ins Bett gebracht.«

»Wie spät war es da?«

»Etwa halb elf.«

»Kam er sofort zurück?«

»Ja.«

»Und dann?«

»Die Frauen haben die Küche in Ordnung gebracht. Don hat sich das Ende des Indians-Spiels angehört. Ich habe mich ins Wohnzimmer gesetzt, um ein wenig auszuruhen.«

»Und dann?«

»Ich habe Chip geholfen, sein Modellflugzeug zu reparieren.«

»Sie haben den Jungen länger aufbleiben lassen.«

»Nein. Er kam im Schlafanzug die Treppe runter. Er liebte Flugzeuge, Vögel, alles, was fliegt. Er kam runter und bat mich, es zu reparieren, bevor er zu Bett ging. Also sind wir in den Keller gegangen, um es zu kleben, obwohl ich ihm sagte, dass es wahrschienlich nie wieder so fliegen würde wie vorher.«

»Warum nicht?«

»Eine Tragfläche war kaputt. Das Modell war aus Balsaholz und sehr zerbrechlich.«

»Wie hat Chip reagiert?«

»Er sagte, es wäre okay, solange wir es nur versuchten.«

»Und dann?«

»Hat Marilyn Chip ins Bett gebracht.«

»Was haben Sie als Nächstes getan?«

»Wir haben uns zusammen hingesetzt, um einen Film zu schauen.«

»Welchen?«

»*Strange Holiday.*«

»Wer spielte mit?«

»Dieser kleine Mann. Sah aus wie Sie.«

»Claude Rains«, sagte Möbius. »Worum ging es?«

»Ein Mann kehrt von einer Reise zurück und muss feststellen, dass in Amerika Faschisten die Macht übernommen haben.«

»War der Film gut?«

»Ich habe nicht bis zum Ende durchgehalten. Ich mag keine Filme.«

»Warum nicht?«

»Sie sind überdeterminiert.«

»Was soll das heißen?«

»In einem Film ist alles von Bedeutung. Wenn einer sagt: ›Dieser Tank ist mit Druckluft befüllt. Seien Sie vorsichtig, sonst explodiert er‹, weiß man gleich, der Tank wird irgendwann explodieren.«

»Na und?«

»So ist das Leben nicht.«

»Finden Sie?«

»Ich weiß, dass es so ist.«

»Ich weiß, dass ich in dieser Zelle sterben werde.«

Sheppard stopfte seine Pfeife erneut. »Wie das?«

Möbius lächelte. »Davids Buch wird mich umbringen.«

Sheppard zündete seine Pfeife an und sog zweimal daran.

»Was ist dann passiert?«, fragte Möbius.

»Ich war erschöpft«, sagte Sheppard, »deswegen bin ich zum Schlafsofa geschlichen und dort eingenickt.«

»Wo stand das?«

»Im Wohnzimmer, am Fuß der Treppe, die zum ersten Stock hinaufführte.«

»Was ist das Nächste, an das Sie sich erinnern können?«

»Ich erinnere mich daran, mich aufgesetzt und gesehen zu haben, wie die anderen den Film schauten. Marilyn drehte sich um und sagte etwas zu mir.«

»Was hat sie gesagt?«

Sheppard zog an seiner Pfeife. Er konnte sehen, wie Marilyn sich zu ihm umdrehte, sie saß im Schaukelstuhl, dessen Lehne einen Teil ihres Gesichts verdeckte. Ihr Haar fiel offen herunter, und sie winkte ihm zu, damit er herüberkam und sich neben sie setzte, aber er rührte sich nicht vom Fleck. Und irgendetwas daran, dass er sich nicht bewegte, sondern einfach blieb, wo er war, erinnerte ihn an ein tröstliches, angenehmes Gefühl aus seiner Kindheit, als seine Eltern nach ihm sahen und ein- oder zweimal seinen Namen sagten, während er sich schlafend stellte. Marilyn trug weiße Shorts und eine kurzärmelige Bluse mit aufgedruckten Flügelpaaren, sie winkte ihm noch ein zweites Mal zu. Es ist möglich, hatte Sheppard gedacht, verheiratet und vollkommen glücklich zu sein.

»Ich habe Sie nicht verstanden«, sagte Möbius.

»Sie sagte: ›Komm, Sam, bald wird es besser!‹« Für einen kurzen Moment musste Sheppard unwillkürlich lächeln.

Möbius verschränkte die Arme. »Und dann?«

»Bin ich aufgewacht.«

»Warum?«

»Weil Marilyn meinen Namen geschrien hat.«

»Wussten Sie, dass noch jemand im Haus war?«

»Nein, ich hatte keine Ahnung, was los war. Ich dachte, vielleicht hat sie Gebärmutterkrämpfe.«

»Und dann?«

»Bin ich die Treppe zum Schlafzimmer hochgelaufen und wurde niedergeschlagen.«

»Haben Sie gesehen, von wem?«

»Ich bin mir nicht sicher. Ich habe eine Gestalt gesehen.«

»Wie meinen Sie das?«

»Ich konnte nichts Genaues erkennen. Es war dunkel. Meine Erinnerungen variieren von Zeit zu Zeit.«

»Inwiefern?«

»Manchmal hat er buschiges Haar und manchmal eine Glatze, so wie ich.«

»Aber so oder so hat er Sie niedergeschlagen.«

»Ja.«

»Und dann?«

»Bin ich auf dem Fußboden wieder zu mir gekommen. Meine Dienstmarke als Polizeiarzt lag direkt vor meiner Nase. Normalerweise trage ich sie in meiner Brieftasche bei mir, deswegen verstand ich nicht sofort, was passiert war. Dann habe ich meine Brieftasche unter dem Bett entdeckt und mich aufgesetzt.«

»Und dann?«

»Dann habe ich das Blut gesehen. Die Tür zu meiner Rechten war blutverschmiert. Mit Tropfen in jeder Größe, von dicken

Flecken bis zu Sprühnebel. Dann bin ich aufgestanden und habe Marilyn gesehen.«

»Sie lag auf dem Bett.«

»Ihr Gesicht war in meine Richtung gekehrt.«

»Sie war erschlagen worden.«

»Sie war bis zur Unkenntlichkeit entstellt«, sagte Sheppard, obwohl sein Verstand die Aussage sofort als falsch identifizierte. Man sagte diese Phrase so dahin. In Wahrheit war Marilyn definitiv wiederzuerkennen gewesen, und je mehr Zeit verging, desto genauer konnte er sich an den Farbton ihres Haares erinnern, das an ihrem blutigen Kopf klebte und an einigen Stellen strähnig verkrustet war, so als klebten ihre Haare schweißnass an ihrer Wange. Selbst ihr Gesichtsausdruck war absolut wiedererkennbar, dieselbe bekümmerte, besorgte Miene, die sie immer aufsetzte, wenn sie schlief, ein von Träumen verzerrter Gesichtsausdruck, der in ihm den Wunsch weckte, sie nachts an sich zu ziehen und sich von diesen Träumen erzählen zu lassen.

»Und dann?«

»Ich war fertig. Ich wusste nicht, was los war. Trotzdem habe ich mich aufs Bett gekniet, um nach ihrem Puls zu fühlen. Sie war tot.«

»Und?«

»Ich bin zu Chips Zimmer gegangen, um nach ihm zu sehen. Er schlief.«

»Aber Sie haben ausgesagt, sie hätte geschrien. Sie wurde brutal erschlagen.«

»Chip war wie ich. Er ließ sich von kaum etwas wecken.«

»Warum haben Sie nicht die Polizei gerufen?«

»Ich hörte ein Geräusch im Erdgeschoss, deswegen bin ich nach unten gelaufen. Der Mann hielt sich immer noch in unserem Haus auf, ich konnte ihn hinter der Verandatür sehen.«

»Sie konnten ihn sehen?«

»Ich konnte seinen Umriss sehen.«

»Wie sah er aus?«

»Wie der Umriss eines Mannes.«

»Wie sah *er* aus?«

»Er war kräftig, so wie ich. Sein Haar war so buschig, dass es ihm vom Kopf abstand.«

»Und dann?«

»Hat er mich gehört und ist geflüchtet. Ich habe ihn verfolgt, bis nach draußen und über die Treppe ans Ufer. Schließlich konnte ich ihn einholen und zu Boden reißen. Wir haben gekämpft. Ich war immer noch erschöpft, und es war dunkel. Ich konnte keinen guten Schlag landen. Es war, als hätte ich versucht, jemanden in einer Telefonzelle zu verprügeln. Er schlug mich ein weiteres Mal bewusstlos.«

»Woher wissen Sie das?«

»Weil ich auf dem Strand wieder aufgewacht bin. Mein Hemd fehlte. Meine Beine lagen im Wasser.«

»Wie lange waren Sie bewusstlos?«

»Das weiß ich nicht. Es dämmerte bereits.«

»Sie setzten sich auf und begriffen, was passiert war.«

»Ja.«

»Sie erinnerten sich an die tote Marilyn.«

»Ich wusste, dass ich sie verloren hatte.«

»Verraten Sie mir eines, Dr. Sam: Was genau ging Ihnen in jenem Augenblick durch den Kopf?«

Dick Eberling saß in seinem Lieferwagen im Huntington Park und beobachtete das Haus der Sheppards.

Er überlegte sich, dass es das Klügste wäre, eine dieser Kameras mit superlangem Teleobjektiv zu kaufen, um Marilyn nach Herzenslust beobachten zu können, ohne dass sie es merkte. Außerdem würde er sie dann fotografieren können, wenn sie am Fenster saß oder auf der Veranda oder am Strand; später könnte er die Bilder entwickeln lassen, um ihr zu zeigen, wie hübsch sie war; denn wenn man sich mit Marilyn Sheppard unterhielt, spürte man gleich, dass sie sich für so hübsch nicht hielt, was sie dann nur noch hübscher machte. Er könnte ihr die Bilder zeigen und sagen: *Sehen Sie, das sind Sie da draußen in der Welt, wenn niemand zusieht außer mir. So sehe ich Sie, und das ist es, was ich mag: Ich mag Ihr volles, lockiges Haar und Ihre braunen Augen. Ich mag, dass Sie immer ein wenig traurig aussehen. Ich mag Ihre dünnen Beine und Ihre kleinen Brüste, und ganz besonders mag ich Ihr Lachen. Ein schmutziges Lachen. Das Lachen eines Mädchens mit Geheimnissen.*

Ich will Ihnen mein Geheimnis verraten.

Vor drei Tagen hatte Marilyn ihm gesagt, er sehe aus wie Dr. Sam. Er betrachtete sein Gesicht im Rückspiegel und verstand, wie sie darauf kam. Sie hatten die gleichen buschigen Augenbrauen und vollen Lippen, selbst ihre Ohren waren von ähnlicher Form; doch obwohl sie beide schütteres Haar hatten, zeichnete Dr. Sams spitz zulaufender Haaransatz sich noch deutlicher ab, außerdem bewegte er sich, als könnte er jeden Augenblick zum Sprint ansetzen – schneller, als Dick selbst je sein würde. Auch sah er aus wie ein Mann, der niemals in den Spiegel sah, weil ihm alles, was er über sich wissen musste, längst bekannt war. Am Mittwoch hatte Eberling ihn das Haus verlassen sehen, er war in dem Moment mit seinem Lieferwagen auf das Grundstück gefahren, als Sheppard seiner Frau von draußen vor der Küchentür aus etwas sagte. Eberling holte Putzmittel und Gerätschaften von der Ladefläche, lief um den Wagen herum und genau auf den Doktor zu, der auf dem Weg zur Arbeit war; er bestaunte, wie Sheppards Zweireiher sich an den Schultern dehnte und in der Taille zusammenlief, er bewunderte die rote Seidenkrawatte und die schwarzen Quastenschuhe und dachte: In dieser Kleidung würde ich genauso gut aussehen. So würde ich aussehen, wenn ich ein Arzt wäre. Sie liefen aneinander vorbei, und Eberling, beide Hände voll mit Eimern und Wischmopps, sagte: »Guten Morgen, Dr. Sheppard.« Der Doktor, ohne ihn anzusehen, antwortete: »Gleichfalls« und lief eilig weiter, um in sein nagelneues Jaguar-Cabriolet zu klettern – den MG hatte er verkauft – und den Motor aufheulen zu lassen, bevor er davonbrauste.

Eberling blieb für einen Moment stehen und schaute zu, wie der Wagen um die Ecke verschwand.

Draußen war es gleißend hell, und seine Augen mussten sich erst auf die Lichtverhältnisse einstellen, als er das Haus betrat:

und da, in der Küche, kniete Marilyn vor ihrem Sohn. Sie hielt seine Arme fest, so als sei sie ihm böse. Sie drehte sich ganz plötzlich zu Eberling um. »Wie konntest du so rücksichtslos sein?«, fragte sie, dann stand sie auf.

»Oh«, sagte sie, »das tut mir leid, Dick.« Sie schaute über seine Schulter. »Ich habe Sie für Sam gehalten.«

»Es tut mir leid, Mrs. Sheppard, ich hätte anklopfen sollen.«

»Nein, nein«, sagte sie, »der strenge Ton galt nicht Ihnen.« Lachend schüttelte sie den Kopf. Sie trug Shorts und drückte sich den Kopf des Jungen an den nackten Oberschenkel. »Nennen Sie mich Marilyn«, sagte sie, »Mrs. Sheppard klingt so *alt*.«

Jetzt, im Lieferwagen, kurbelte Eberling die Seitenscheibe herunter. Es wurde warm, er konnte die Reinigungsmittel riechen, die hinten im Wagen lagen, den Glasreiniger und den Mr. Proper und den schwachen Duft von Ammoniak und Ölseife, der aus den Wischmopps aufstieg. Heute musste er vier Häuser putzen. Alle wollten am vierten Juli eine Party schmeißen und ein blitzsauberes Haus vorzeigen, damit die Gäste dachten, es sähe *immer* so aus; keine kleinen Scheißflecken auf der Klobrille und keine Hundehaare auf dem Sofa und keine Kittklumpen aus Zahnpasta im Waschbecken; stattdessen spiegelnde Möbel und Armaturen und dazu Fußböden, von denen man bedenkenlos essen konnte. Und bedankte sich am Ende irgendwer bei Dick's Reinigungsservice für die gute Arbeit? Wohl kaum. Niemand bedankte sich je bei ihm, niemand außer Marilyn.

In der Ferne, im Haus der Sheppards, sah Eberling eine Gestalt im Schlafzimmerfenster auftauchen. Bestimmt war sie es. Er stieg aus dem Lieferwagen, und der kühle, kräftige Wind schlug ihm entgegen. Zwei Jungen kamen aus den Büschen am Haus geschossen, sprangen die Treppe zum Ufer hinunter und liefen über den Strand davon. Eberling hatte den Eindruck, Marilyn schaue herüber, und für einen Augenblick fragte er sich, ob sie ihn gesehen hatte. Und würde sie, falls sie ihn erkannte, das Schlafzimmerfenster hochschieben und ihm zuwinken? Würde sie ihm ein Zeichen geben?

Vor drei Tagen, als er mit der Arbeit fertig gewesen war, hatte er an den Türrahmen der eingezäunten Veranda hinter dem Haus geklopft, von der aus man den See überblickte. Es war kurz nach Mittag, und Marilyn und ihr Sohn saßen am Tisch und aßen Brownies und tranken Milch. Sie hatte weiße, knappe Shorts getragen und eine weiße Kurzarmbluse, durch deren Knopflöcher man ihre gebräunte Haut und ein Stück von ihrem weißen Spitzen-BH sehen konnte.

»Ich bin dann jetzt fertig, Mrs. Sheppard.«

»Vielen Dank, Dick.«

Er beobachtete, wie sie Chip beim Essen beobachtete, und verspürte einen scharfen Stich, eine Art Hunger. »Möchten Sie noch einen Blick darauf werfen, bevor ich gehe?«, fragte er.

»Nein, ist schon gut«, sagte sie. »Sie leisten immer ausgezeichnete Arbeit.«

Eberling lächelte, und als Marilyn sein Lächeln erwiderte, sah er, dass ihre nussbraunen Augen eher grün als braun waren. Im selben Moment warf der Junge sein Milchglas vom Tisch.

»Das mache ich«, sagte Eberling. Er zog einen Lappen aus seiner Gesäßtasche und wischte die Milch auf, starrte für einen Moment auf die pummeligen Beine des Kindes, die unter dem Tisch baumelten, auf das Modellflugzeug aus Balsaholz, das hier auf dem Fußboden stand und auf das Eberling sein Knie stützte, bis er ein Knacken hörte. Als er fertig war, ging er in die Küche, um den Lappen über der Spüle auszuwringen. Marilyn nahm die Milchflasche aus dem Kühlschrank und ein neues Glas aus dem Schrank, und bevor sie wieder auf die Veranda ging, fragte sie: »Kann ich Ihnen einen Brownie anbieten?«

Eberling zog die Augenbrauen hoch und zeigte auf sich.

»Ich habe sie heute Morgen selbst gebacken«, sagte sie.

»Das ist nett von Ihnen«, sagte er; dann wartete er.

»Kommen Sie«, sagte Marilyn, »setzen Sie sich zu uns.«

»Also gut.«

Er wusch sich sorgfältig die Hände und wischte sich, weil er die ordentlich gefalteten Geschirrtücher neben der Spüle nicht anrühren wollte, die Handflächen an der Hose ab. Als er auf die Veranda trat, erwartete ihn dort ein großes Glas Milch neben einem Teller mit fünf Brownies; das Porzellan war so weiß wie die Milch und wie Marilyns Shorts und ihre Bluse; ihre sonnengebräunte Haut war so dunkel wie der Kuchen und ebenso verlockend und weich. Wer bekäme eine solche Frau jemals über?

Marilyn hatte die Unterarme auf den Tisch gelegt, einen über den anderen. Sie klopfte auf den freien Platz neben sich. »Kommen Sie«, sagte sie, »Sie müssen am Verhungern sein.«

»Ja, das glaube ich auch«, sagte Eberling.

»Bedienen Sie sich.«

Zunächst war er noch bemüht, langsam zu essen, um nicht wie ein Schwein auszusehen, dennoch starrten Marilyn und der Junge ihn an, als hätten sie etwas Faszinierenderes nie gesehen. Durch ihre Aufmerksamkeit verunsichert, fing er an, größere Stücke abzubeißen, um die Sache schneller hinter sich zu bringen, zum großen Vergnügen des Jungen schlang er die Brownies einen nach dem anderen hinunter und machte beim Kauen nun Tiergeräusche; Marilyn und ihr Sohn fingen zu kichern an, was ihn noch weiter anstachelte. Beim Schlucken drohte die feuchte Kuchenmasse in seinem Hals stecken zu bleiben und ihn zu ersticken, sodass er für einen Moment, der ihm vorkam wie zehn Minuten, sprachlos war.

Marilyn musste heftig lachen und legte ihm eine Hand auf den Arm.

»Du liebe Güte«, sagte sie, »Sie waren tatsächlich am Verhungern.«

»Sie haben aber viel gegessen«, sagte der Junge.

»Ja, das habe ich wohl«, sagte Eberling und wischte sich den Mund ab. Seine Finger waren mit Tortenguss verschmiert, weswegen er sie unter den Tisch hielt und vom Hund sauber lecken ließ.

»Wir haben noch mehr«, sagte Marilyn.

»Nicht mehr, bitte. Aber vielen Dank.«

Der Junge bat darum, aufstehen zu dürfen, was Marilyn ihm erlaubte, nicht ohne ihm, bevor er ging, das Gesicht abzuwischen. Dann tauschten sie und Eberling einen kurzen Blick aus und wandten sich dem See zu. Vom Wasser wehte eine leichte Brise herüber. Sie saßen schweigend da und starrten hinaus. Ein Motorboot jagte vorbei, und für einen Augenblick schien es, als wäre das *Tschok, Tschok, Tschok* des Bugs, der auf die niedrigen Wellen schlug, das einzige Geräusch in der Welt; es verebbte zu Stille, noch bevor das Boot außer Sichtweite war.

»Ein hübsches Plätzchen«, sagte Eberling.

Marilyn hielt den Blick geradeaus gerichtet. »Ja, nicht wahr?«

Er wusste immer, was eine Frau hören wollte, besonders wenn sie traurig oder einsam war. Er wusste, was Marilyn hören wollte, aber er wagte nicht, es auszusprechen.

»Wahrscheinlich sollte ich es mehr genießen«, sagte sie.

»Wäre es dann noch schöner?«

»Nein«, sagte sie, »aber vielleicht wäre ich dann ein netterer Mensch.«

Eberling wartete darauf, dass sie ihn ansah, was sie auch tat. Dann drückte er seine Fingerspitzen auf die Krümel, bis der Teller wieder weiß war. Er wurde sich ihrer Hände bewusst, die auf der Tischplatte lagen, und er wollte sie berühren. »Ich kann mir gar nicht vorstellen, wie das ist, wenn Sie nicht nett sind«, sagte er.

Marilyn legte sich eine Hand an die Wange und starrte ihn so ungeniert an, dass ihm eigentlich unwohl hätte werden müssen. Einen Moment lang stellte er sich vor, dies wäre sein Haus und Marilyn seine Frau, mit der er den lauen Nachmittag verplauderte, nun, da ihr gemeinsamer Sohn sie für eine Weile ungestört ließ. Seine Furcht verschwand.

»Wissen Sie was?«, fragte Marilyn.

»Was?«

»Sie sehen aus wie mein Mann.«

»Mrs. Houk sagt das auch immer«, antwortete er.

»Sie sehen wirklich aus wie er«, sagte sie, »nur ein ganz bisschen anders.«

»Wie anders?«

Ihr Blick wanderte über sein Gesicht. »Ihre Augen«, sagte sie, »und Ihre Wimpern. Die sind weicher. Länger.«

Eberling wartete.

»Sie haben traurige Augen«, sagte sie.

»Ich bin nicht traurig«, erwiderte er.

»Nein?«

»Ich denke keine traurigen Sachen.« Er lächelte breit, wie um es ihr zu beweisen.

»Ich meinte traurig im Sinne von süß«, sagte sie.

Seltsam, dachte Eberling, dass Dr. Sam selbst jetzt mit dabei war, indem er sie traurig machte und dazu brachte, solche Sachen zu sagen, und indem er ihn dazu brachte, so lange wie möglich sitzen zu bleiben und ihr vor Augen zu führen, wie sehr er sich von Dr. Sam unterschied. Das war die Lösung, dachte Eberling: so wie ihr Ehemann zu sein und doch anders. Obwohl es nicht ganz das war, wonach er sich sehnte, da sie auf diese Art für immer mit ihrem Mann vereint wäre. »Sie sehen niemandem ähnlich, den ich kenne«, sagte er.

Marilyn schüttelte den Kopf und stieß ihr kokettes Lachen aus. »Was soll *das* nun bedeuten?«, fragte sie.

Eberling wartete darauf, dass sie mit Lachen fertig wäre. Er hatte davon geträumt, es ihr sagen zu können, genau hier, an diesem Ort, und nun war der Moment gekommen. »Es bedeutet, dass ich jedes Mal, wenn ich den Namen Marilyn höre, an Sie denke – an Marilyn Sheppard. Alle anderen haben sich Ihren Namen nur geliehen.«

Ein Schweigen legte sich über die Veranda und schien Eberlings Glieder festzunageln. Er war überzeugt, dass auch Marilyn überwältigt war.

»Das«, sagte sie, »war vielleicht das Netteste, was man mir je gesagt hat.«

Sie sahen einander an, und dann gab es nichts mehr zu tun, dachte er, als sich zu küssen. Aber er hatte zu lange gewartet, denn schon starrte sie wieder auf ihren Teller hinunter.

»Danke für die Brownies«, sagte er und stand auf.

»Gern geschehen.«

Er drehte sich zum Gehen um.

Sie berührte seinen Arm, um ihn aufzuhalten. »Wissen Sie,

Dick, wenn Sie das nächste Mal herkommen, bringen Sie einfach Ihre Badehose mit.«

»Wie bitte?«

»Sie können nach der Arbeit gern an unseren Strand, um zu baden und sich ein bisschen zu amüsieren.«

Eberling schaute auf den Strand hinunter, dann wieder zu Marilyn. »Wirklich?«

»Ich würde mich freuen.«

»Ehrlich?«

»Ist doch schön zu wissen, dass es hier auch anderen gefällt.«

»Tja«, sagte er, »zum Putzen bin ich nächsten Mittwoch wieder da.«

»Dann rechne ich mit Ihnen«, sagte sie.

»Wir sehen uns dann«, sagte er.

Nach diesem Gespräch, während er im Lieferwagen saß und das Haus der Sheppards beobachtete, stellte Eberling sich den kommenden Mittwoch zum hundertsten Mal vor. Er stellte sich vor, wie er in Dr. Sams Arbeitszimmer in seine Badehose stieg und dann durchs Haus zur Veranda ging, zur Tür hinaus und über die Treppe zum Strand hinunter. Und dann würde er ins Wasser waten in dem Wissen, von Marilyn, die oben am Schlafzimmerfenster stand, beobachtet zu werden. Er würde schwimmen, bis seine Arme zu schmerzen anfingen und alle Arbeitsgerüche von ihm abgewaschen wären. Dann würde er sich am Ufer abrubbeln, sich noch einmal hinsetzen und von Wind und Sonne nachtrocknen lassen, nur um nicht allzu eifrig zu wirken. Dann würde er zum Haus zurückgehen. Beim Hereinkommen würde er das Erdgeschoss leer vorfinden. Marilyn würde ihn aus dem Schlafzimmer im ersten Stock zu sich rufen. Und dann würde er, anders als auf der Veranda, nicht den richtigen Moment verpassen; dann wäre er bereit. Im Haus würde es kühl und dunkel sein und seine Haare und die Badehose noch feucht vom Schwimmen, sein Körper hingegen trocken, und er würde die Treppe hinaufsteigen und zu Marilyn gehen, die ihn erwartete. Sie würde im Bett liegen, in ihrem Bett an der Tür, er wusste, dass es das ihre war, weil er jedes Mal, wenn er es frisch bezog, an den

Laken schnüffelte. Sie würde dort liegen und ihn erwarten. Er würde seine Badehose ausziehen, sich neben sie legen, sie umarmen und sich von hinten an sie kuscheln, ganz dicht. Ihr Körper würde warm sein, seiner kühl. Sie würden dem Wind lauschen, der vom See heraufkam, und den Blättern, die an die Fliegengitter schlugen. Und dann würde er sie in sein Geheimnis einweihen.

»Wissen Sie, Dr. Sam«, sagte Möbius, »einigen Männern, deren Frauen ich umbringen soll, passiert eine komische Sache. Sie empfinden plötzlich Kaufreue, wenn Sie so wollen. Manchmal, nachdem das Geld übergeben wurde und ich die Bremsen der Zielperson manipuliert oder ihre Veranda angesägt habe oder die Heizung längst CO_2 in die Wohnung bläst, ruft mich mitten in der Nacht der panische Ehemann an, um die Sache abzublasen. Er sucht nach Entschuldigungen. Er schämt sich ein bisschen. Er behauptet, es mache ihm nichts aus, die Anzahlung zu verlieren. Brechen Sie es einfach ab, sagt er. Dann willige ich ein – wir reden hier von einer beträchtlichen Summe –, aber wenn ich ihn frage, warum er es nicht durchziehen will, bekommen ich immer dieselbe Antwort zu hören: ›Es läuft schon wieder viel besser. Alles hat sich zum Besseren gewendet.‹ Und tatsächlich klingt der Ehemann *optimistisch*, fast wie frisch verliebt. Manchmal sagt er sogar: ›Danke, Mr. Möbius. Ohne Sie wären meine Frau und ich nie an diesen Punkt in unserer Beziehung gekommen. Wir sind so glücklich wie nie. Ich schulde Ihnen mehr, als Sie ahnen.‹ Wir legen auf, und ich schmunzele ein wenig, denn in spätestens einer Woche wird derselbe Kerl wieder anrufen und den Auftrag wiederholen.«

»Was wird er sagen?«

»›Bringen Sie die Hexe um.‹«

»Sie sind ja verrückt.«

»Und Sie haben meine Frage nicht beantwortet.«

»Sie haben mich noch gar nichts gefragt.«

»Können Sie die Geschichte Ihrer Ehe erzählen?«

Weil Sheppard ein Detective war, unterzog er seine Beziehungsgeschichte mit Marilyn immer wieder einer gründlichen Prüfung; er hielt seine Gedanken schriftlich fest, wobei er mehrere gelbe Schreibblöcke gefüllt hatte, ganz besonders während jener Monate, die er vor der Gerichtsverhandlung in Untersuchungshaft verbrachte, und auch während der zehn Jahre danach, bis das Urteil gekippt wurde. Er ging chronologisch vor, ließ keine Details aus und stieß bis in die dunkelsten Abgründe; er versuchte, sich selbst seine Schuld oder Unschuld zu beweisen beziehungsweise seine Mitschuld; und manchmal schien es ihm, als sei ihr Tod untrennbar mit ihrer beider Liebesgeschichte verknüpft, als sei ihr Tod eine schreckliche, aber logische Folge ihres Zusammenseins. Er überlegte, ob seine eigenen Verhaltensmuster zu der Tragödie geführt haben könnten, Verhaltensmuster, die er zwar durchschaut hatte, die zu ändern ihm aber nicht rechtzeitig gelungen war. In dieser Version seiner Ehe hielt Sheppard sich für ebenso schuldig wie den Mann, der sie zu Tode geprügelt hatte.

Wir umkreisen, dachte Sheppard, wir wiederholen.

Das tödliche Muster war von Anfang an da gewesen.

Eigentlich hieß der Junge Sam, aber sein Vater hatte schon bald nach seiner Geburt begonnen, ihn Chip zu nennen. Chip natürlich im Sinne von »kleines Stückchen von einem größeren Ganzen«. Wie sein Vater ließ sich der Junge, war er einmal eingeschlafen, selbst von einem Tornado nicht stören. Und Marilyn erkannte noch mehr Gemeinsamkeiten. Morgens, wenn sie ihn weckte, war er gereizt. Und tagsüber war sie damit beschäftigt, so viele seiner kleinen Befehle wie unbedingt nötig zu befolgen und alle restlichen mit ihm auszudiskutieren.

»Chip?«, rief sie vom Fuß der Treppe. »Bist du schon wach?«

»Nein«, rief Hoversten, »ist er nicht.« Er – oder vielmehr seine Silhouette – war am oberen Treppenabsatz aufgetaucht. In der Hand hielt er eine Art Knüppel, und der Anblick erschreckte sie. »Ich habe eben nach ihm gesehen«, sagte Hoversten. Er setzte sich in Bewegung und kam in weißen Schuhen, einer weißen

Hose und einer roten Strickjacke über dem weißen Hemd die Treppe herunter. Der Knüppel entpuppte sich als Putter, auf dem Rücken trug Hoversten eine Golftasche mit Schlägern. »Was zum Teufel ist das für eine Apparatur, die er da im Gesicht trägt?« Hoversten blieb auf dem kleinen Treppenabsatz über Marilyn stehen.

Marilyn verschränkte die Arme. »Eine Kinnschiene«, sagte sie.

»Was ist mit seinem Kinn nicht in Ordnung?«

»Nichts«, sagte Marilyn. »Es steht nur leicht vor. Sam meint, er könnte einen Überbiss bekommen, wenn wir nichts dagegen unternehmen.«

Hoversten zuckte mit den Achseln. »Sag Sam, dass der Junge meiner werten Ansicht nach gehörige Probleme mit seinem Selbstbild bekommen wird, wenn er jede Nacht dieses Ding tragen muss. Er sieht aus wie Frankenstein.«

»Ich werde deine Prognose an Sam weiterleiten.«

Hoversten schnaufte. Seine Augen waren vom Schlafmangel schwarz gerändert. Am Vorabend hatte Sam Marilyn gebeichtet, es gebe Gerüchte, man werde Hoversten aufgrund »psychischer Probleme« die Zulassung entziehen. Eine der Krankenschwestern aus der Klinik habe erzählt, Hoversten habe eine Patientin bei einer Brustuntersuchung gebeten, sich auszuziehen, und dann ihre Brüste an den Brustwarzen wie ein Rollo auf und ab gezogen und gesagt: »Die sind doch völlig in Ordnung!«

Hoversten lächelte sie mit leerem Blick an.

»Tut mir leid, dass ich nicht noch länger bleiben und plaudern kann, aber ich bin mit Dr. Stevenson zum Golf verabredet.«

»Ich dachte, du würdest Sam heute in der Klinik helfen?«

Hoverstens Blick wanderte zur Zimmerdecke. »Ich denke, im Augenblick benötige ich eher eine kleine Auszeit. Richte Sam bitte aus, dass ich den Rest des Wochenendes bei den Stevensons verbringen werde.« Er lehnte die Golfschläger ans Treppengeländer und schleppte sich wieder die Treppe hoch, wobei er den Putter benutzte wie eine Krücke.

»Würde es dir was ausmachen, das Bett abzuziehen, bevor du gehst?«, rief Marilyn ihm nach. Sie ekelte sich davor, seine Laken anzufassen. Sie hörte, wie im Obergeschoss Schubladen rumsten und zuletzt die Schlafzimmertür leise zugezogen wurde. Hoversten kam im Schneckentempo und mit müden Schritten wieder herunter, bis sie auf Augenhöhe standen. Er hatte seine Tasche dabei, schulterte die Golfschläger und sah Marilyn an.

»Das überlasse ich der Putzfrau«, sagte er und drehte sich um.

»Du Arschloch«, sagte sie.

»Vorsicht mit der Flucherei, Marilyn. Wenn du tot bist, landest du vielleicht in der Hölle.«

»Du bist ein Versager, weißt du das?«

Hoversten blieb in der Tür stehen. »Ach ja?«

»Ein mieser, kleiner Versager.«

Er setzte die Golfschläger ab.

»Sieh dich nur an«, sagte sie. »Von der Klinik gefeuert. Von deiner Frau verlassen. Fett wie ein Schwein. Und dann stehst du vor unserer Tür und bittest um Hilfe. Um Hilfe und ein Dach über dem Kopf. Und wir helfen dir. Wir füttern dich durch und trösten dich, Sam bietet dir sogar einen Job an, und dann redest du so mit mir?«

»Mehr hast du nicht auf Lager?«

»Du vereinbarst Dates für meinen Mann. Diese Krankenschwestern damals in Kalifornien. Und dann hast du die Frechheit, mir an die Wäsche zu gehen. Du bist ein Totalversager und versuchst, die anderen mit ins Verderben zu ziehen.«

Hoversten blieb ruhig stehen, das Gewicht auf den Putter gestützt. Er schüttelte langsam den Kopf und beulte mit seiner Zunge seine Wange aus. »Fertig?«

»Ja.«

»Schön«, sagte er und zeigte mit dem Griff des Golfschlägers auf sie. »*Du* bist hier die Versagerin. Du hast als *Ehefrau* versagt. Willst du wissen, warum Sam sich mit diesen Frauen getroffen hat? Deinetwegen, Marilyn. Weil du immer nur nimmst, ohne zu geben. Weil du ständig irgendetwas Neues brauchst. Mein Gott, was bist du für eine gierige Schlampe. Sam baut dir ein wunderschönes Haus, er kauft dir Kleider und macht dir Geschenke, und *du* brauchst nicht mehr zu tun, als für ihn zu kochen, den Haushalt zu führen, dich um das Kind zu kümmern und bloß *einmal* am Tag die liebende Ehefrau zu spielen. Aber das ist zu viel verlangt, was? Oh, du glaubst, er hätte mit mir nicht darüber gesprochen? Du glaubst, er hätte sich nicht beschwert? Und dann gibst du *mir* die Schuld an seinen Verabredungen? Er *wollte* sich mit diesen Frauen treffen, Marilyn. Er hat sich nach einer Auszeit gesehnt. Und woher willst du wissen, dass er sich nicht in diesem Moment wieder mit einer trifft?«

»Sam hat damit aufgehört.«

»Wirklich? Na, dann freue ich mich aber wirklich über Sams Verwandlung. Du auch?«

»Raus.«

Von der Küchentür aus beobachtete sie, wie Hoversten in der Einfahrt zurücksetzte. Er rollte auf die Straße, warf ihr eine Kusshand zu und fuhr davon.

Marilyn setzte sich auf die Küchentreppe und verschlang die Hände im Nacken, sodass ihr das Haar übers Gesicht fiel. Sie schloss die Augen, und obwohl sie versuchte, an etwas anderes zu denken, sah sie Sam beim Sex mit einer anderen Frau vor sich, deren Gesicht zunächst verschwommen und dann immer deutlicher zu erkennen war. Marilyn konnte nichts dagegen tun. Weil Lester Dr. Stevensons Namen erwähnt hatte, sah sie Susan Hayes zuerst, wie sie wartend in Sams Auto saß, dem roten MG, den Marilyn ihn zu verkaufen genötigt hatte, als sie im März aus Kalifornien zurückgekommen waren; und dann stellte sie sich die beiden darin beim Vögeln vor, wobei sie keine Eifersucht verspürte, sondern eine panische Angst, die nichts mit dem Vorgang an sich oder dem Betrug zu tun hatte, sondern nur mit der Tatsache, dass er *jetzt in diesem Moment* vielleicht nicht da war, wo er ihr zu sein versprochen hatte. Das machte ihr am meisten Angst. Es war irrational zu denken, er könne bei Susan sein – sie war schon lange nicht mehr da, lebte jetzt in Los Angeles –, aber wenn er nicht dort war, wo er offiziell zu sein vorgab, konnte er überall sein. Und wenn er überall sein konnte, dachte Marilyn, könnte er eines Tages nirgendwo mehr sein. Dann käme sie nach Hause, und er wäre verschwunden. Nichts in der ganzen Welt war jetzt wichtiger, als in Erfahrung zu bringen, wo Sam sich gerade aufhielt.

Sie ging zum Telefon, rief im Krankenhaus an und hatte Patti am Apparat, die Empfangsdame der Bay-View-Klinik. Patti erkannte Marilyns Stimme, warf einen Blick auf Sams Dienstplan und stellte sie in die Chirurgie durch. Donna Bailey, die dortige Rezeptionistin, gab an, Sam vor etwa fünfzehn Minuten im OP gesehen zu haben. »Geben Sie mir einen Moment«, sagte sie, »dann finde ich ihn.« Marilyn lauschte in die Stille hinein und hoffte, er würde den Hörer abnehmen, wusste aber gleichzeitig schon, dass er es nicht tun würde.

»Marilyn«, sagte Donna, »ich kann ihn gerade nicht finden, aber ich weiß, dass er hier ist. Sein Nachmittag ist lückenlos verplant. Ich werde versuchen, ihn zu erwischen und ihm zu sagen, dass er Sie zurückrufen soll. Ist alles in Ordnung?«

»Ja.«

»Sind Sie zu Hause?«

Das Gespräch war Marilyn unangenehm, da es Donna gewesen war, die ihr einen Hinweis auf Sams letzte Liebschaft gegeben hatte. Donna hatte einen Brief geöffnet und an Marilyn weitergegeben, den diese Susan Hayes ein paar Wochen nach ihrer Rückkehr aus Los Angeles an Sam geschrieben hatte: *Ich habe mich schrecklich aufgeführt, als du hier warst, Sam. Ich weiß, ich habe mich kindisch benommen und in zu kurzer Zeit zu viel von dir verlangt, aber ich werde weiter warten, das verspreche ich dir. Unsere Liebe ist noch immer nicht gescheitert. Ich schaue jetzt in diesem Augenblick auf die Uhr, die du mir geschenkt hast, und denke an unsere gemeinsame Zeit.* Donna wusste genau, warum Marilyn jetzt anrief, und ihr besorgter Tonfall klang einen Hauch zu vertraulich, so als teilten sie beide ein Geheimnis.

»Wissen Sie«, sagte Marilyn, »eigentlich ist es nicht so wichtig. Morgen ist die Assistenzärzteparty, und ich wollte ihn nur bitten, mir vor dem Einkauf die genaue Gästezahl durchzugeben.«

»Sind Sie sicher? Ich mache mich gern auf die Suche nach ihm.«

»Nein, wirklich«, sagte Marilyn, »alles ist in Ordnung.«

Es war tatsächlich alles in Ordnung, dachte sie beim Auflegen. Er war im Krankenhaus. Sie musste fest daran glauben, dass er dort war, das war der ganze Trick: ihre Ungläubigkeit auszusetzen, den Angaben ihres Ehemannes zu vertrauen, sich von Hoverstens Zweifel *nicht* anstecken zu lassen. Sie würde den Tag gelassen bestreiten, weil Sam ihr versprochen hatte, in Zukunft dort zu sein, wo er sein sollte. Zu dieser Übereinkunft waren sie gelangt. Und in der Zwischenzeit gab es jede Menge zu erledigen.

»Chip!«, rief sie vom Fuß der Treppe. »Bitte steh jetzt auf!« Weil sich oben nichts regte, ging sie die Treppe hinauf und öffnete die Kinderzimmertür. Das Mobile mit den schwarzen und weißen Schwänen schaukelte in der leichten Brise über dem Bett, und im Zimmer war es so still, dass sie die Holzscheiben im Luftzug aneinanderklacken hörte. Chip lag schlafend auf dem Rücken, die Delairemaske an Kinn und Stirn geschnallt. Wenn er schlief, sah er aus wie Sam, auch wenn die Maske seinen Mund ein Stück weit offen stehen ließ. Marilyn löste die Klammern und hob die Maske ab; die Schnallen hinterließen rote Abdrücke auf dem Kindergesicht, die an eine Kriegsbemalung erinnerten. »Chip«, sagte sie und drückte sanft seinen Arm, »Chip, wach auf.« Er reagierte nicht. Sie knuffte ihn zweimal in die Rippen. »Chip, hallo?« Es war, als wäre er tot, und jetzt musste sie, was sie nur ungern tat, energisch werden: Sie packte ihn bei den Schultern und schüttelte ihn so kräftig, als wollte sie ihn an die Wand schleudern. Fast wurde der kleine Körper von der Matratze gehoben. »Chip, *bitte* wach auf!« Der Junge winselte, fast fürchtete sie, er könne zu weinen anfangen; aber immerhin war er jetzt wach. Er schlug die Augen auf, ohne etwas zu sagen, und machte ein mürrisches Gesicht. »Komm, wir wollen uns anziehen«, sagte sie. Sie half ihm auf, zog ihn an den Armen nach vorn, während er den Kopf im Nacken hängen ließ; anschließend blieb er für einen Moment mit krummem Rücken, zusammengekniffenen Augen, auf die Brust gedrücktem Kinn und nach oben gekehrten Handflächen auf der Bettkante sitzen wie eine Marionette mit abgetrennten Fäden.

Wir verbringen den Tag einfach wie immer, dachte Marilyn,

während sie ihn anzog. Wir haben viel zu tun, wir dürfen nichts vergessen, genau so werden wir es machen. Sie warf einen Blick auf den Wecker neben dem Bett. Es war schon fast zwanzig vor zehn, und sie hatte noch keine einzige ihrer Aufgaben erledigt; bis Chip gefrühstückt hatte, war es bereits halb elf, und Sam hatte immer noch nicht zurückgerufen. Wahrscheinlich war er sehr beschäftigt. Am Vorabend hatte er ihr erzählt, sein Dienstplan sei vollgepackt und er werde versuchen, alle Termine in den Vormittag zu legen, weshalb es das Beste sei, ihn nicht zu stören. Marilyn ließ Chip im Kinderzimmer spielen, während sie Wohnzimmer und Küche aufräumte, das Gästebad blitzsauber putzte und wieder zum Bootshaus hinunterging, um das Chaos dort unten endlich in Angriff zu nehmen; der Anblick ließ sie jedoch auf dem Absatz kehrtmachen. Sie überlegte, noch einmal in der Klinik anzurufen, verwarf den Gedanken jedoch, als sie den Telefonhörer in der Hand hielt. Sie schlich auf die Veranda, um heimlich eine zweite Zigarette zu rauchen. Und bis sie dann Chip ins Auto gesetzt hatte und auf dem Weg zum Supermarkt war, war es halb zwölf. Noch in der Auffahrt fiel ihr ein, dass sie die Einkaufsliste im Haus vergessen hatte. Sie ging ins Haus zurück, fand den Einkaufszettel in der Küche, sah das Telefon und versuchte es noch einmal.

»Ich habe ihn gefunden«, sagte Donna. »Ich habe Ihre Nachricht weitergeleitet.«

»Danke«, sagte Marilyn. Sie hatte die Augen geschlossen und kniff sich in den Nasenrücken. »Ist er jetzt zu sprechen?«

»Er ist gegangen.«

Sie warf einen Blick auf ihre Armbanduhr. »Zum Mittagessen?«

»Er hat nichts gesagt.«

Beide Frauen schwiegen, und die Erleichterung, die Marilyn verspürt hatte, war augenblicklich ausgelöscht. »Nun ja«, sagte sie, »Hauptsache, er hat meine Nachricht bekommen.«

»Ich habe es ihm persönlich ausgerichtet.«

»Hat er gesagt, wann er zurückkommt?«

»Er sagte, es würde nicht lange dauern.«

Später, als sie und Chip in die Stadt fuhren, dachte Marilyn darüber nach, wie schlecht sie mit dem Terminplan ihres Mannes vertraut war – und er, im Gegenzug, mit dem ihren. Eigentlich verhielt es sich so, dass er, solange sie tat, was er verlangte, an ihren Alltag keinen Gedanken verschwendete. Sie hätte in diesem Moment sonst wohin unterwegs sein können, ohne dass er darauf aufmerksam geworden wäre. Sie fuhr über die Lake Road und musterte die entgegenkommenden Autos. Wohin fuhren diese Männer und Frauen? Wussten ihre Ehepartner Bescheid? Waren sie da, wo sie sein sollten, oder spielten alle Katz und Maus? Und was, wenn sie nun einmal mitspielte? So gesehen, verfügte sie über einen größeren Handlungsspielraum als Sam und könnte, falls sie sich dafür entschied, ihren Seitensprung auf noch bequemere Art genießen als ihr Mann, der in der Vergangenheit gezwungen gewesen war, sie gezielt und ausschließlich während ihrer Abwesenheit zu betrügen. Als sie noch in Kalifornien gelebt hatten und er Medizin studierte, hatte er seine Liebschaften während ihrer Heimatbesuche in Cleveland ausgelebt; nach der Rückkehr hatte er seine heimlichen Aktivitäten auf die seltenen Gelegenheiten beschränken müssen, die sich ihm bei Notrufen, Mittagspausen und auf dem Weg zur Arbeit boten. Seine Affären hatten sich vermutlich unter großem Zeitdruck und in Eile abgespielt, da er ständig eine glaubwürdige Erklärung für seine Abwesenheit parat haben musste. Sie hingegen würde ihn bequem von zu Hause aus hintergehen können, da er niemals an zu Hause dachte. Kurz musste sie an Mittwoch denken, als sie und der gut aussehende Dick Eberling auf der Veranda gesessen hatten. Sie hätte Chip zu den Aherns rüberschicken können, wo er unter Nancys Aufsicht mit den anderen gespielt hätte; dann hätte Dick sich in aller Ruhe an ihr austoben und später das Haus zu Ende putzen können, und Sam hätte für das Ganze auch noch bezahlt.

Wenn Sam jetzt nicht im Krankenhaus ist, dachte sie, werde ich bei der nächstbesten Gelegenheit mit Dick Eberling schlafen.

An dieser Vorstellung berauschte sie sich für eine kurze Weile.

Sie stellte sich vor, wie er am nächsten Mittwoch zu ihr käme. Sie hatte ihn aufgefordert, eine Badehose mitzubringen, und sie wusste, er würde gehorchen, sie war sich sicher, er würde jedweder Aufforderung nachkommen. Sie würde ihm anbieten, sich in Sams Arbeitszimmer umzuziehen, zum Strand hinunterzugehen und ein bisschen zu schwimmen. Dann würde sie ins Schlafzimmer hinaufgehen, sich nackt ausziehen, ins Bett legen und warten, bis sie ihn wieder ins Haus kommen hörte, und dann würde sie ihn leise rufen. Er würde heraufkommen und ganz fügsam sein, ganz sanft, falls sie es so wollte, sie würde ihm sagen, was er zu tun und wo er sie anzufassen hatte, und er würde gehorchen. Und ab diesem Moment wäre er immer für sie da …

Der Supermarkt war vollkommen überlaufen, kein Wunder bei den vielen Partys, die am Wochenende stattfinden würden. Chip wollte im Einkaufswagen sitzen, was Marilyn zunächst ablehnte. Er war längst zu groß dafür und würde es ihr zusätzlich erschweren, den Wagen herumzuschieben. Die Alternative bestand allerdings darin, ihn kreuz und quer durch den Laden hinter sich herzuzerren, sodass sie schließlich nachgab und ihn hineinklettern ließ. Er war zappelig. Er griff in die Regale und zog im Vorbeifahren alle Produkte herunter, weshalb sie zweimal anhalten und ihn ermahnen musste. Später strampelte er mit den Beinen, dass der ganze Wagen klapperte. Sie packte seine Fußgelenke. »Hör bitte auf, mit den Füßen zu strampeln«, sagte sie. Er schlug auf ihre Hände ein. »Chip, willst du draußen im Auto warten?«

Er sah sie an, lachte laut auf, krümmte sich vornüber und rieb seine Stirn an ihrem Handrücken. »Du wirst mich nicht ins Auto bringen«, sagte er.

»Oh, woher willst du das wissen?«

»Weil du das noch nie gemacht hast.«

»Vielleicht passiert es heute zum ersten Mal.«

»Nein, passiert es nicht.«

»Woher willst du das wissen?«

»Weil es heiß ist und ich sterben könnte.«

»Nur wenn ich die Fenster raufkurbele.«

»Du könntest mich nicht da sitzen lassen, auch nicht wenn die Fenster offen sind.«

»Warum nicht?«

»Weil mich dann vielleicht ein böser Mann klaut.«

»Ich glaube, du würdest sogar einen bösen Mann in den Wahnsinn treiben. Ein böser Mann würde dich sofort ins Auto zurückstecken und weglaufen.«

Sie sahen einander an und lachten, und dann nahm Marilyn sein Kinn in die Hand.

»Chip, du hast natürlich recht, ich würde dich nicht im Auto einsperren, und deswegen musst du jetzt still sitzen.«

Darüber dachte Chip nach, und Marilyn nutzte die Zeit, um ein paar Minuten lang konzentriert einzukaufen und einen Punkt nach dem anderen auf ihrer Liste abzuhaken. Dann fragte Chip: »Kann ich nicht auch laufen?«

»Doch, kannst du, aber du läufst *neben* mir. Du darfst nicht auf Entdeckungstour gehen.«

Traurig schüttelte er den Kopf, aber schon im selben Moment fiel sein Blick ins nächste Regal. »Können wir Pickles kaufen?«

»Ja«, sagte sie, »Pickles stehen auf der Liste.« Sie nahm ein großes Glas aus dem Regal.

»Ich will es festhalten«, sagte Chip.

»Du darfst es festhalten«, erklärte sie, »aber du darfst es nicht *fallen lassen*. Wenn du es fallen lässt, müssen wir es bezahlen und haben keine Pickles zu essen.« Sie zuckte zusammen, weil sie wusste, was als Nächstes kam.

»Darf ich jetzt schon einen essen?«, fragte er.

»Nein, darfst du nicht«, sagte sie, »wir müssen erst bezahlen.« Sie versuchte, ihm das Glas wegzunehmen, aber er klammerte sich daran fest, bis sie aufgab. »Bis wir sie bezahlt haben, gehören sie uns nicht.«

»Aber wir *werden* sie bezahlen.«

»Das spielt keine Rolle.«

»Aber du bezahlst doch immer«, sagte er. Tränen stiegen ihm in die Augen. »Vertrauen die dir denn nicht?«

»Chip, das hat mit Vertrauen nichts zu tun.« Sie versuchte noch einmal, ihm das Glas abzunehmen, aber er hielt es umschlungen wie ein Matrose den Mast im Orkan. »Wir sind hier nicht im Restaurant.«

»Ich habe solchen Hunger, ich *brauche* einen Pickle!«

»Nein«, sagte sie und legte drei Tüten mit Hotdog-Brötchen in den Wagen, »du wirst warten müssen.«

»Ich verhungere!«

»Du verhungerst nicht, du jammerst.« Marilyn packte fünf Kilo Hackfleisch, fünf Packungen mit Hotdog-Würstchen und drei mit Bratwurst sowie drei verschweißte, zerlegte Hühnchen in den Wagen. *Ich spreche hier doch nicht von einem schicken Abendessen.*

Chip fing zu weinen an. »Ich verhungere. Mom, ich darf nicht verhungern!«

»Hör auf«, sagte sie und drückte seinen Arm, »hör sofort auf damit.«

»Kann ich nicht mal einen halben haben?«

»Nein.«

Dann versuchte er, das Glas zu öffnen, und es hätte sogar komisch ausgesehen, wäre Marilyn nicht so wütend gewesen – Chip versuchte mit beiden Händen und vollem Körpereinsatz, den Deckel abzudrehen, was ungefähr so aussah, als wollte ein Erwachsener ein Weinfass aufschrauben. Sie hatte Lust, ihm zu sagen, er könne einen Pickle bekommen, falls er das Glas ohne fremde Hilfe öffnete; aber weil er es beinahe fallen ließ, riss sie es ihm aus der Hand und stellte es in den Babysitz am vorderen Ende des Einkaufswagens. Chip heulte auf.

»Chip«, flüsterte sie, »hör *sofort* damit auf, sonst wirst du den Rest des heutigen Tages in deinem Zimmer verbringen, das schwöre ich!«

Was Chips Lautstärke noch verstärkte. Die vorbeikommenden Frauen schüttelten den Kopf, einige mitfühlend, andere nicht.

»*Es reicht.*«

»Ich … will … einen … Pick…kel«, schluchzte er.

Marilyn hatte den Wagen zwischen den Gefriertruhen zum

Stehen gebracht, wo die Gänge breiter, heller und kühler waren als im restlichen Supermarkt. »Letzte Chance.«

Chips Gesicht war rot angelaufen, und in Zeitlupe formten seine Lippen das Wort: *Pick-kel.*

»Na schön.« Sie versetzte dem Einkaufswagen einen kräftigen Stoß, so wie sie es bei den Jungen auf dem Parkplatz gesehen hatte, wenn sie die Wagen wie Bowlingkugeln ineinanderkrachen ließen. Die plötzliche Beschleunigung überraschte Chip. Er hörte sofort zu weinen auf und starrte mit weit aufgerissenen Augen in Marilyns Richtung, während der Abstand zwischen ihnen wuchs und sie immer kleiner wurde und Chip aussah wie ein Vogelkind in einem Lebensmittelnest. Eine Frau, die ihre kleine Tochter hinter sich herzog, drehte sich nach dem vorbeirollenden Wagen um. »Das werde ich auch mal versuchen«, sagte sie.

Chip blieb wie gelähmt sitzen. »Mommy?«

Sie winkte und verschwand zwischen den Regalen.

Sie konnte ihn rufen hören, während sie die Gänge abschritt, nach einer Dose Kaffee und Haferflocken griff und versuchte, sich an die Einkaufsliste zu erinnern. Der altbekannte Konflikt machte sich in ihr breit; einerseits genoss sie Chips Leid, weil er auch sie unzählige Male hatte leiden lassen, sie suhlte sich in seiner Angst, wie eine große Schwester es vielleicht getan hätte, und gleichzeitig spürte sie, wie das Blut in ihrer linken Körperhälfte zusammenlief, so als ziehe Chip sie an wie ein Magnet, als zerre seine Angst an ihren Knochen. Sie wollte ihn trösten, aber als sie um die Ecke bog, befürchtete sie, er könne zu einem Doppelgänger seines Vaters heranwachsen, weil sie immer auf dem Sprung war, weil sie ihm ständig bestätigte, dass sie zu seiner Verfügung stand. Sie hoffte, dass er sich später an seine Verlassenheit erinnerte, der Trick mit dem Einkaufswagen würde nur ein einziges Mal funktionieren. Und dann wandte sie sich dem Kind in ihrem Bauch zu: Ich könnte ihn sitzen lassen. Alle beide, Chip und deinen Vater. Aber dich nicht, Liebes. Dich nicht.

Sie legte sich eine Hand sachte an den Bauch und entdeckte einen Supermarktangestellten neben ihrem Einkaufswagen, einen alten Mann mit einem blinden Auge, dessen Pupille der grüne Star milchweiß gefärbt hatte. Er musste neu hier sein, denn Marilyn kannte ihn nicht. Chip hatte sich im Wagen aufgerichtet, wagte jedoch nicht, herauszuspringen und sie zu suchen. Der Fremde hielt ihn am T-Shirt fest und redete beruhigend auf ihn ein, wobei seine faltige, gespenstische Erscheinung den Jungen nur noch weiter verängstigte. Obwohl Chips Mund weit aufgerissen war, kam kein Ton heraus.

»Ist das Ihr Sohn?«, fragte der Verkäufer.

Marilyn verschränkte die Arme und beäugte den Jungen. »Ich bin mir nicht sicher«, sagte sie. »Wie heißt er?«

»Wie heißt du?«, fragte der Verkäufer.

Chip holte tief Luft und nannte seinen Namen, bevor er die Augen schloss und abermals in stummes Gebrüll ausbrach. Tränen liefen über seine Wangen.

»Hmm«, sagte Marilyn, »so heißt mein Sohn tatsächlich, aber er sieht nicht aus wie dieses Kind. Wenigstens lässt sich das nicht sicher feststellen, solange er diese Grimasse zieht.« Sie schaute auf Chip hinunter, der ihr beide Arme entgegenreckte. Der Verkäufer hielt ihn am Hosenbund fest, während Marilyn sich außer Reichweite aufstellte. »Vielleicht kann ich ihn erkennen, wenn er zu weinen aufhört?«

»Sie sagt, du sollst aufhören zu weinen«, sagte der Verkäufer und schüttelte Chips Hosenbund. »Lass dich mal ansehen.«

Chip hörte so abrupt zu weinen auf, als hätte man einen Hahn zugedreht. Er atmete so angestrengt, dass seine kleinen Schultern sich hoben und senkten.

»Können Sie ihn jetzt erkennen?«, fragte der Verkäufer.

Der entsetzte Chip starrte sie an, als hinge sein Leben davon ab.

»Er sieht aus wie Chip«, sagte Marilyn, »aber er benimmt sich ganz anders. Bist du ein braver Junge?«

»Ja«, sagte Chip.

»Kannst du dich hinsetzen und still sein?«

Mit der Hilfe des Verkäufers setzte Chip sich wieder hin.

»Mein Sohn gehorcht seiner Mutter. Und du?«

Chip nickte.

»Kannst du still sein, solange du hier im Supermarkt bist?«

Jetzt nickte er noch nachdrücklicher, schließlich hatte er die Stimme verloren. Seine Wimpern waren verklebt und tränennass.

»Ja«, sagte Marilyn zu dem Verkäufer, »ich denke, das ist er.«

»Na schön«, sagte der Verkäufer und tätschelte Chips Kopf. »Und du hör schön auf deine Mommy.« Dann entfernte er sich.

Während sie an der Kasse in der Schlange stand, blätterte Marilyn in einem Kinomagazin mit Standbildern von Alfred Hitchcocks neuem Film *Fenster zum Hof* mit Grace Kelly und Jimmy Stewart. Der Regisseur begaffte Kelly und tat so, als wolle er sich von hinten anschleichen und sie erwürgen. Mein Gott, dachte Marilyn mit einem Blick auf Stewart, *so* sah der perfekte Mann aus. War er nicht gerade mit Anita Colby zusammen, die zuvor mit Clark Gable zusammen gewesen war? Wie schön für sie. Und Grace, dachte Marilyn, war *so* schön. Sie konnte sich erinnern, die Schauspielerin, die in natura sogar noch viel schöner war, vor vielen Jahren im Hollywood Tennis Club gesehen zu haben. Hatte sie sich nicht gerade von einem Kollegen scheiden lassen, dem aus *Bei Anruf Mord* – hieß er Ray Milland? Und hatte sie nicht ständig irgendeinen neuen Liebhaber? Grace Kelly schien wie ein Mann zu leben und wirkte dabei kein bisschen heruntergekommen. Vielleicht war es einfacher, als Marilyn vermutete. Ihr eigener Vater hatte sie verlassen. Nachdem ihre Mutter bei der Geburt ihres kleinen Bruders, einer Totgeburt, gestorben war, hatte ihr Vater sie unter dem Vorwand entsetzlichen Kummers zu ihrem Onkel Bud und ihrer Tante Mary abgeschoben. Vielleicht hatte er bloß seine Ruhe haben wollen. Oder vielleicht wollte er nach dem Tod seiner Frau die Gelegenheit nutzen, um noch einmal neu anzufangen? Waren nur die Männer so? Anscheinend verfügten sie auch nach der Geburt eines Kindes über eine Fähigkeit, die den Frauen meistens abhandenkam: einfach zu gehen. Sie betrachtete Chip. Natürlich konnte sie ihn nicht sitzen lassen. Und dennoch hatte sie den Eindruck, Sam provoziere sie ständig, er dränge sie förmlich dazu, ihn zu verlassen. Warum eigentlich? Damit nicht er die Schuld am Scheitern der Ehe trug?

»Hallo, Mrs. Sheppard.«

»Oh, hallo, Timothy.«

»Feiern Sie eine Party?«

»Ja, leider.«

»Das Feuerwerk heute Abend soll toll werden.«

»Ja, das habe ich auch gehört.«

»Hallo, Chip«, sagte der Kassierer.

Chip bat Marilyn mit einem Blick um Erlaubnis.

»Sag Hallo«, sagte sie.

»Hallo.«

»Timothy, wie spät ist es?«

»Viertel nach zwölf.«

»Könnten Sie kurz Chip im Auge behalten, während ich ein Telefonat erledige?«

Sie rief im Krankenhaus an und bat darum, mit Donna verbunden zu werden, die wusste, worum es ging, sobald Marilyn sich gemeldet hatte.

»Er hat die letzte OP verschoben«, sagte Donna, »und ist vor einer halben Stunde gegangen.«

Marilyn legte auf und starrte den schwarzen Telefonhörer an. Vor ihrem geistigen Auge sah sie Susan Hayes, wie sie in der Garage auf dem Beifahrersitz von Sams Auto saß und wartete.

Die Wahrheit war, dachte Marilyn, als sie dem Tütenträger zu ihrem Auto folgte, dass es töricht von ihr gewesen war zu glauben, Sam könne sich ändern – was aber in Ordnung war, denn immerhin hatten sie es versucht. Und nun, da sie offensichtlich gescheitert waren, würde sie ihrem Mann zeigen, dass *sie* sich sehr wohl ändern konnte. Indem sie sich einen anderen Mann ins Bett holt, beziehungsweise eine Reihe von anderen Männern. Sie würde es als eine Art Sport betrachten. Hatte er das nicht selbst gesagt, hatte er ihr nicht erklärt, es handele sich um eine Art von Sport? Sie könnte sich auf die Dick Eberlings und Don Aherns und Spen Houks einlassen, die allesamt ein Auge auf sie geworfen hatten, sie könnte Sam herausfordern, und dann würde sie ja sehen, wie sportlich er es nahm, wenn *er* der Betrogene war, wenn die Männer, die sich von ihm behandeln ließen, mit seiner Frau geschlafen hatten, wenn ihre Ehefrauen Bescheid wussten und sogar seine Krankenschwestern und alle Verkäufer in allen Geschäften.

Als sie wieder durch die Lake Road fuhr, entdeckte sie Dick Eberlings Lieferwagen vor dem Haus der Houks und dachte, warum nicht sofort damit anfangen? Sie lenkte den Wagen in die Auffahrt, befahl Chip, für eine Minute sitzen zu bleiben, und klopfte an.

Esther kam zur Tür. Sie war wegen des anstehenden Hausputzes ganz von der Rolle.

»Ich habe draußen Dick Eberlings Lieferwagen gesehen. Ich muss einen Termin mit ihm verschieben.«

»Er ist irgendwo im Obergeschoss«, sagte Esther.

Spen, der Bürgermeister von Bay View, war im Hauptberuf Fleischer, deswegen roch es im Haus der Houks immer nach Rauch oder Holzkohle. Der erste Stock war dunkel, eng und warm, still und mit Teppichen ausgelegt. Leise schlich Marilyn zum Schlafzimmer und blieb kurz vor der Schwelle stehen, um Eberling vom Flur aus zu beobachten. Er saß auf dem Fensterbrett und hatte sich wie auf einer Schaukel weit zurückgelehnt, um die Fensterscheibe von außen mit einem Schwamm einzuseifen; anschließend zog er den Schaum mit dem Abzieher nach unten und tauchte hinter der Scheibe auf wie aus dem Meer. Er sah ihrem Mann so ähnlich, dass es beinahe unheimlich war, vielleicht war er sogar noch attraktiver. Zum einen war er schlanker. Er hatte sich bis aufs Unterhemd entkleidet, sodass sie die Muskelknoten in seinen Schultern und, durch den nassen Stoff, an seinem Bauch erkennen konnte. Allein aus dem Anblick seiner Hände konnte Marilyn schließen, was für ein starker Mann er war. Zweitens waren es vor allem seine Augen, die Eberling so attraktiv machten. Er und Sam hatten dieselbe Augenfarbe, aber Eberling wirkte immer ein bisschen melancholisch. Irgendetwas Schreckliches war ihm zugestoßen, alles an seiner Person wies auf eine traurige Vergangenheit hin, auf ein Geheimnis. Wann immer er Marilyn ansah, schien ihm etwas auf der Zunge zu liegen.

»Dick?«

»Mrs. Houk?«

Er schwang seinen Oberkörper ins Schlafzimmer zurück. Marilyn trat ein und sagte: »Nein, ich bin's, Marilyn.«

Er starrte in den Raum, blieb blinzelnd auf dem Fensterbrett sitzen, bis seine Augen sich an die Dunkelheit gewöhnt hatten, und dann blickte er vor sich auf den Teppich. »Hallo, Mrs. Sheppard.«

Sie spürte den Impuls, sein Kinn in die Hand zu nehmen, und sagte: »Ich habe draußen Ihren Wagen gesehen.« Sie wagte nicht zu schlucken.

Er blieb zusammengekrümmt im Fenster sitzen.

»Ich habe noch einmal über nächste Woche nachgedacht«, fuhr sie fort, »und ich frage mich, ob Sie eventuell schon am Montag kommen können?« Ihr Herz raste. Es war einfacher, als sie gedacht hatte. Sie konnte fühlen, wie er jedes ihrer Worte aufsaugte. »Kommen Sie doch am Nachmittag. Chip könnte für eine Weile bei den Nachbarn spielen. Dann sind wir ungestört.«

Eberling, den Blick immer noch zu Boden gerichtet, lächelte jetzt.

»Und Sie können Ihre Badehose mitbringen, das sagte ich ja schon.« Sie kam näher. Seine Haut glänzte wie nasses Kupfer, so dunkel, dass er fast schwarz aussah. »Wir könnten uns ein wenig amüsieren.«

Er saß reglos da, bewegte keinen einzigen Muskel.

»Möchten Sie?«, fragte sie.

»Ja«, antwortete er, »aber …«

»Aber was?«

»Ich wünschte, es wäre eher«, sagte er.

Sie konnte sich nicht dagegen wehren. Sie flüsterte. Noch nie hatte sie zu einem Mann so gesprochen, außer zu Sam. »Ich auch.« Sie traute ihren Ohren kaum. »Ich wünschte, es wäre heute Abend.«

Eberling schien ihre Worte erst verarbeiten zu müssen, dann hob er den Kopf. Sie fand, dass er beinahe verärgert aussah.

»Mrs. Sheppard, können Sie mir eines sagen?«

»Sicher.«

Er atmete lautstark durch die Nase aus. »Sie lügen mich doch nicht an, oder?«

Bei der Frage musste sie blinzeln. »Natürlich nicht«, sagte sie.

»Sie könnten einen wie mich mögen?«

»Ja«, sagte sie.

»Für lange Zeit?«

Sie zuckte mit den Achseln, spürte blitzartig den Zweifel. »Warum nicht?«

Er senkte wieder den Kopf und lächelte den Teppich an.

»Dann also am Montag?«, fragte sie.

Er nickte.

»Ich muss jetzt gehen.«

Sie ging die Treppe hinunter und dachte, mehr hat es also nicht gebraucht, eine andere zu werden. Als Esther ihr einen Abschiedsgruß nachrief, reagierte sie nicht. Was Dick gesagt hatte, erschien ihr süß und geheimnisvoll. *Für lange Zeit.* Und es war befremdlich. Noch bevor eine Liebe anfing, wollten die Beteiligten sich ihrer Dauerhaftigkeit versichern.

Sie ließ den Motor an und setzte rückwärts aus der Einfahrt. Die Houks wohnten nur zwei Häuser weiter. Eben wollte sie den Gang einlegen, als sie Sams Auto in der Auffahrt entdeckte.

Sie fuhr langsam, parkte neben seinem Jaguar und drückte die Fahrertür nach dem Aussteigen behutsam zu. Sie ließ die Lebensmittel im Auto liegen, nahm Chip an die Hand und näherte sich dem Haus so zögerlich, als vermute sie einen Einbrecher darin. Sie ging durch die Küchentür. »Sam?«, rief sie. Niemand antwortete. Sie schickte Chip zum Spielen ins Kinderzimmer und öffnete die Kellertür, von wo aus sie noch einmal Sams Namen rief. Sie schloss die Kellertür wieder und ging ins Schlafzimmer hinauf. Sam war nicht da, aber sein Bett war gemacht. Der Anblick ließ ihr Herz kurz aussetzen.

Durchs Fenster konnte sie Sam unten am Bootshaus hantieren hören.

Sie hielt auf dem Treppenabsatz inne, um Sam durch das Holzgeländer zu beobachten. Der Wind hatte sich gelegt, aber die Brise war immer noch stark genug, um das Geräusch ihrer Schritte zu verschlucken. Er war leger gekleidet, trug eine Cordhose und ein T-Shirt und war in die Arbeit vertieft. Er hatte die Skier nach Paaren geordnet in einer Reihe aufgestellt, die Rettungswesten zum Trocknen aufgehängt, die Zugleinen zu säuberlichen Rollen zusammengelegt. Er hatte die Handtücher eingesammelt und sogar einen Mülleimer für Essensreste und Bierdosen aus dem Haus mitgebracht. Er hatte das Boot fest vertäut und war gerade dabei, den Bug mit dem Gartenschlauch abzuspritzen.

Er hörte sie, als sie den Bootssteg betrat, drehte sich um und legte ihr, als sie dicht genug herangekommen war, den freien Arm um die Taille. Er küsste sie auf den Hals, während er mit der anderen Hand den Wasserstrahl aufs Boot gerichtet hielt. »Du hast meine Überraschung verdorben«, sagte er.

»Welche Überraschung?«

»Ich wollte alles fertig haben, bevor du nach Hause kommst. Auch das Schlafzimmer und sogar das Bad. Aber wahrscheinlich bist du einfach besser in diesen Dingen.«

»Nein, nicht in allen.«

»Tut mir leid, dass ich den Schuppen in so einem Zustand hinterlassen habe. Ich hoffe, es hat dich nicht gestört.«

»Ich war seit Tagen nicht hier unten.«

»Nun gut.« Sam schüttelte den Kopf und schloss dann die Augen, so als könnte er im Stehen einschlafen.

»Was ist los?«, fragte sie. »Ist etwas passiert?«

»Ich weiß nicht …«

»Sag es mir, Liebling.« Sie schlang ihre Arme um seine Hüfte.

»Ein kleiner Junge … ist von einem Laster überfahren worden. Er war erst acht. Der Fahrer hat ihn rückwärts überrollt. Der Junge hatte schwere innere Blutungen. Er kam bei vollem Bewusstsein in die Klinik, ist aber gestorben, sobald wir ihn auf dem OP-Tisch hatten. Der Vater … er ist danach auf mich losgegangen.« Sam ließ den Gartenschlauch fallen, beugte sich vor und fing zu schluchzen an, wobei er sich die Hände vors Gesicht schlug. »Ich weiß auch nicht, warum es mich so mitnimmt.«

Er zitterte so heftig, dass Marilyn sich zu ihm hinunterbeugte und ihm half, sich zu setzen. Sie kauerte sich neben ihn und hielt ihn fest umschlungen. Erst zweimal hatte sie ihn wegen eines Patienten weinen sehen, und nun unterdrückte er sein Schluchzen mit solcher Kraft, dass er nur noch keuchend atmen konnte.

»Tut mir leid«, sagte er schließlich. »Ich habe alles versucht, um sein Herz wieder zum Schlagen zu bringen, aber es war vergeblich. Und sein Vater … er hat mich einen Mörder genannt. Er hat gesagt, ich hätte seinen Sohn ermordet. Es tut mir leid, Marilyn, es tut mir so leid. Ich wollte früher nach Hause kommen und aufräumen. Aber ich war zu spät.«

Sie sprach zu ihm, ganz sanft, sie sagte, er solle sich beruhigen, er solle schweigen, und legte die Arme um seine immer noch zitternden Schultern. Sein Körper glühte vor Anstrengung, vor Zerknirschung. Der Wind hob wieder an, und plötzlich fror auch sie, fing ebenfalls zu zittern an. Sie fühlte nicht nur eine große Liebe zu Sam, sie wurde sich darüber hinaus bewusst, wie gefährlich nahe sie einem Fehltritt gekommen war. Aber nun waren sie in Sicherheit. Niemandem war etwas geschehen. Sie war vom Einkaufen zurück, Sam war nirgendwo anders als *hier*, und sie war dankbar – dankbar dafür, dass sie nun sicher wusste, wo er war, dankbar für das Baby und für viele andere Dinge, und am dankbarsten war sie dafür, ganz allgemein vom Glück so gesegnet zu sein.

»Vielleicht wird tatsächlich niemand außer Ihnen jemals die Wahrheit erfahren«, sagte Möbius. »Die Indizien in Ihrem Fall sind so zweideutig und widersprüchlich, dass ich mich manchmal frage, ob der Teufel selbst beschlossen hat, aus Ihrem Leben ein Spiel zu machen, ein Labyrinth, durch das man stolpert, während die Wahrheit immer wieder durch die Löcher fällt.«

»Ich glaube nicht an den Teufel«, sagte Sheppard.

»An was glauben Sie dann?«

»An das Bewusstsein.«

Möbius verdrehte die Augen. »Sie haben Ihre Nachbarn angerufen – das Ehepaar Houk, Spen und Esther –, gleich als Allererstes an jenem Morgen, gegen fünf vor sechs. Ihre ersten Worte am Telefon waren: ›Mein Gott, Spen, komm schnell rüber, ich glaube, die haben Marilyn ermordet.‹ Wer waren *die*, Doktor?«

»Detective.«

»Ein interessanter Fehler, was das Pronom betrifft. Waren Sie wirklich der Meinung, mehrere Personen in Ihrem Haus gesehen zu haben, oder handelte es sich um einen Versprecher? Waren Sie aufgrund Ihrer schweren Verletzungen – das Blut in Ihrem Mund, die ausgeschlagenen Zähne, die Blutergüsse an Ihrer rechten Wange, über dem rechten Auge und im Nacken, vom angebrochenen Halswirbel ganz zu schweigen – dermaßen orientierungslos, dass Ihr Gehirn Ihrem Kurzzeitgedächtnis einen Streich gespielt und die Gestalt, die Sie von der Treppe aus gesehen haben wollen, in zwei Gestalten aufgespalten hat? Wurde aus dem ersten Mann, der Sie niederschlug, ein zweiter, den Sie angeblich bis ans Seeufer verfolgten und der Sie schließlich überwältigen und – ein zweites Mal! – niederschlagen konnte? War es dieser Mann, der Sie am Ufer des Eriesees liegen ließ, halb im Wasser und halb auf dem Trockenen? Handelte es sich um ein und denselben Mann oder um zwei völlig verschiedene Männer? Wie rücksichtsvoll vom Mörder Ihrer Frau, Sie in einer Position zurückzulassen, in der Sie unmöglich ertrinken konnten, nachdem er Ihr Gesicht zu Brei geschlagen hatte. ›Mein Gott, Spen … ich glaube, *die* haben Marilyn ermordet.‹ Ich glaube, *er* hat Marilyn ermordet. Oder vielmehr: *Ich* habe Marilyn ermordet. War es nicht das, was Sie sagen wollten?«

»Nein«, sagte Sheppard.

»Natürlich nicht«, fuhr Möbius fort. »Aufgrund der Art Ihrer Verletzungen ist es ausgeschlossen, dass Sie sich die Wunden selbst zugefügt haben. Irgendjemand hat Sie gründlich durchgeprügelt, aber wer immer es war, er hat darauf verzichtet, Sie zu töten. Und Marilyn war recht sportlich, nicht wahr? Eine Lady, die Sie regelmäßig beim Tennis schlug, die Mitglied im Footballteam des College und der Star auf der Aschebahn gewesen war. Vielleicht hat sie heftigen Widerstand geleistet, vielleicht hat sie einen saftigen Treffer landen können, der Ihre blinde Wut geweckt hat. Wäre denkbar, nicht wahr?«

Sheppard hörte mit gleichgültiger Miene zu.

»Und dann bleibt natürlich die Frage nach der Schwere Ihrer Verletzungen. Ihre Verletzungen waren tatsächlich gravierend, sollte man dem medizinischen Gutachten Ihres Bruders Stephen Glauben schenken, der Sie unverzüglich ins familieneigene Krankenhaus abtransportieren ließ, weniger als eine Stunde nach Ihrem Anruf bei Spen und sogar noch vor dem Eintreffen der Polizei. Der Rechtsmediziner Gerber konnte allerdings auf den von ihm angefertigten Röntgenbildern *keinen* Wirbelbruch erkennen, oder? Wäre es möglich, dass Ihr Bruder, um die Sheppard-Dynastie zu schützen, den alten Taschenspielertrick mit den vertauschten Röntgenbildern angewendet hat?«

Sheppard klopfte seine Pfeife aus und starrte auf den Fußboden.

»Aber ich nehme zu viel vorweg«, sagte Möbius. »Spen und Esther kamen sofort herüber und fanden Sie im Arbeitszimmer vor, klatschnass und unterkühlt, verwirrt und mit entblößtem Oberkörper. ›Irgendjemand muss nach Marilyn sehen‹, haben Sie gesagt. Dabei hatten Sie schon ihren Puls gefühlt. Sie wussten, dass sie tot war.«

Sheppard nickte, ohne den Kopf zu heben.

»Was war mit Ihrem T-Shirt passiert, Doktor? Habe ich richtig verstanden, dass der Unbekannte oder die Unbekannten Ihnen während des Faustkampfes das Hemd über den Kopf gezogen und mitgenommen hat, um es als Erinnerungsstück zu behalten? Ebenso praktisch, finden Sie nicht auch, wie Ihre Lage halb im Wasser am Strand, schließlich muss Marilyns Mörder *von oben bis unten* blutverschmiert gewesen sein. Oder Sie. Und sprechen wir doch bitte von dem T-Shirt, das die Polizei wenige Tage später auf einem Nachbargrundstück fand, jenes T-Shirt, das bis unter den Arm zerrissen und von braunen Flecken bedeckt war und das auf Blutspuren zu untersuchen sich die Ermittler keine Mühe machten.«

»Davon weiß ich nichts.«

»Tatsache ist«, sagte Möbius, »dass Sie keine offenen Wunden davontrugen, nicht einmal Kratzer oder Schrammen, Abwehrverletzungen, die man hätte erwarten können, falls Sie derjenige gewesen wären, der Marilyn überfiel. Trotzdem fand man Blut an Ihrer Kleidung – einen großen, runden Kreis unterhalb des Knies, der angeblich entstanden war, als Sie neben Marilyn auf der Matratze knieten, um nach ihrem Puls zu fühlen.«

»Das stimmt«, sagte Sheppard.

»Und der Schmodder an Ihrem Knie entsprach Marilyns Blutgruppe, 0 negativ, was Ihre Aussage stützt. Und wie in aller Welt hätten Sie, falls Sie der Mörder waren, verhindern sollen, in einem von Blut besprühten, bespritzten und verschmierten Zimmer selbst etwas davon abzubekommen? Zumal sich die Silhouette des Mörders an der Wand abzeichnete, in Weiß, weil sein Körper die Spritzer aus Marilyns Schädel und Gesicht abgefangen hatte?«

»Ich hatte kein Blut an mir, weil ich sie nicht umgebracht habe«, sagte Sheppard.

»Manchmal tendiere ich dazu, Ihnen Glauben zu schenken. Und zwar wegen Marilyns Verletzungen, ganz besonders wegen des fehlenden Schneidezahns, dem oberen, der an der Wurzel brach und den die Ermittler später im Bett fanden, ausgerissen statt eingeschlagen, was darauf hinweist, dass der Mörder ihr mit einer Hand den Mund zuhielt, um sie zum Schweigen zu bringen, und dass sie ihn so kräftig in die Hand biss, dass er, als er die Finger wegriss, den ganzen Zahn mitnahm. Sie muss bis auf den Knochen gebissen haben. Er muss geblutet haben wie ein Schwein, meinen Sie nicht auch, Doktor?«

Betrübt schüttelte Sheppard den Kopf.

»Aber dann frage ich mich wiederum«, fuhr Möbius fort, »wie es Stephen möglich war, weniger als eine Viertelstunde nach Ihrem Anruf bei Ihnen zu erscheinen, geduscht und rasiert, in

Sakko und Krawatte. Ich glaube, einer der Detectives aus Cleveland legte zur selben Zeit dieselbe Strecke zurück und benötigte zwölf Minuten dafür. War Stephen ein Komplize? Haben Sie ihn in Ihrer Panik mitten in der Nacht angerufen, nachdem Sie Marilyn erschlagen hatten? Haben Sie beide den Raubüberfall inszeniert? Haben Sie die Schubladen im Wohnzimmer rausgerissen und das ganze Haus auf den Kopf gestellt, ohne auch nur einen einzigen Gegenstand mitzunehmen? Haben Sie die Arzttasche umgeworfen, ohne die Rauschmittel einzustecken? Haben Sie Marilyns blutbefleckte goldene Armbanduhr zurückgelassen, ebenso wie die geladenen Flinten im Arbeitszimmer – von denen Sie übrigens ganz einfach eine hätten mitnehmen können, als Sie den Mörder an den Strand verfolgten. Er hat Sie im Schlafzimmer niedergeschlagen und Ihnen danach nicht einmal Ihre Brieftasche abgenommen? Welcher Räuber ist bereit, ein Leben zu nehmen und dann doch nichts zu stehlen? Ein Nullsummenspiel, finden Sie nicht auch? Verstärkt das nicht die Glaubwürdigkeit der Zeugen, die ausgesagt haben, das ganze Haus sei um zwei Uhr morgens hell erleuchtet gewesen? Jenes alte Ehepaar, das zufällig am Haus vorbeifuhr? Oder, um sich noch weiter den Verschwörungstheorien hinzugeben und noch hinterhältiger zu werden, noch kühner, noch metakriminalistischer – hat irgendwer versucht, es so aussehen zu lassen, als wollten *Sie* es nach einem Verbrechen aussehen lassen? Oh«, sagte Möbius, »das wäre gut!«

Sheppard starrte auf das vergitterte Fenster der Zelle.

»Aber warum sollten Sie Ihre Frau ermorden, wo Sie doch die Schwangerschaft erst einen Monat zuvor überglücklich bei einem Abendessen mit der Familie bekannt gegeben hatten? Oder hat Dr. Bailey, der Ehemann von Donna Bailey, gelogen, als er aussagte, Sie hätten am Morgen des dritten Juli, als er Ihnen zur Schwangerschaft Ihrer Frau gratulierte, mit dem Satz geantwortet: ›Das hat man davon, wenn man vergisst zu verhüten.‹ Wäre das eine Erklärung?« Er holte tief Luft.

»Vielleicht liegt es an der dualen Natur der Ehe, der Nähe von Liebe und Gewalt. Marilyns Kleidung lag auf dem Stuhl im

Schlafzimmer, nicht wahr? Was bedeutet, dass sie ihre Sachen ordentlich zusammengelegt hat, bevor sie ihren Pyjama anzog und sich ins Bett legte. Sie schlief so friedlich ein wie immer. Falls die Aherns sie kurz nach Mitternacht, als sie das Haus verließen, tatsächlich schlafend auf dem Bettsofa gesehen haben, müssen Sie später wohl aufgewacht und mit der Absicht, Marilyn zu töten, hinaufgegangen sein. Oder sie wachte zuerst auf und kam herunter, um Sie zu wecken und einen Streit vom Zaun zu brechen. Sie wurden im Laufe der Auseinandersetzung böse und sind schließlich derart ausgerastet, dass Sie Marilyn mit einem Gegenstand, der nie gefunden wurde, totprügelten. Wer schlägt siebenundzwanzigmal auf den Kopf seiner Frau ein? Wie wütend muss man sein, um so etwas zu tun?«

»Ich habe keine Ahnung.«

»Warum hat der Hund nicht gebellt?«

»Kokie war lammfromm.«

»Wie kann es sein, dass ein Mann von Ihrer Stärke, falls Sie der Täter waren, lediglich Marilyns harte Hirnhaut eindellte, anstatt ihr die Schädeldecke zu zertrümmern? Mangelte es dem Täter an Entschlusskraft? War er schwach oder einfach nur so lammfromm wie der Hund?«

Sheppard schloss die Augen.

»Und was ist mit dem grünen Seesack, den man nach der Mordnacht fand, im Gebüsch neben der Treppe, auf halbem Weg zum Strand? Darin befanden sich Ihr Siegelring, Ihre Hausschlüssel und Ihre Armbanduhr, Letztere nicht nur blutverschmiert und von innen beschlagen, sondern auch um Viertel nach vier stehen geblieben. Als man Sie nach dem Blut fragte, sagten Sie, es müsse auf die Uhr gekommen sein, als Sie Marilyns Puls überprüft haben. Außerdem erzählten Sie den Detectives ungefragt, die Uhr sei wenige Tage zuvor nass geworden, weil Sie im Regen Golf gespielt hätten. Interessanterweise fühlten Sie sich genötigt, *das* zu erklären, ebenso wie Eberling, zum damaligen Zeitpunkt nicht einmal tatverdächtig, bei der Befragung durch die Beamten herausplatzte, sein Blut sei nur deswegen überall im Haus, weil er sich in der Vorwoche bei dem Versuch, ein Fliegengitter zu entfernen, geschnitten habe und dann in den Keller gegangen sei, um die Wunde auszuwaschen. Im Haus ließen sich tatsächlich einzelne Blutstropfen finden, vom Schlafzimmer über die Küche und die Veranda bis in den Keller, eine Blutspur, die den Weg eines kopflos herumtaumelnden Hühnchens beschreibt – darüber hinaus Blut, das die Ermittler weder Ihnen noch Marilyn zuordnen konnten. Dennoch war die Polizei so sehr von Ihrer Schuld überzeugt, dass Eberling weder intensiv befragt noch zu einer Blutabgabe aufgefordert wurde. Interessant. Ebenso interessant wie die roten, nicht identifizierbaren Fasern unter Marilyns Fingernägeln, die zu keinem Ihrer Kleidungsstücke passten. Und nicht weniger interessant ist, mit wem Hoversten sich am Vortag zum Golfen verabredet hatte, mit Dr. Robert Stevenson, meines Wissens der einzige Mann weit und breit, der Ihnen tatsächlich etwas Böses wollte, weil Sie jahrelang seine Verlobte Susan Hayes gevögelt hatten – bis zum März jenes Jahres, um genau zu sein.«

Sheppard senkte den Kopf.

»Kommen wir zum Loch in Ihrer Geschichte. Oder vielmehr zu dem Loch, durch das Ihre Geschichte verschwunden sein könnte. Es hat mit Ihrer Armbanduhr zu tun. Hören Sie mir aufmerksam zu?«

Sheppard zündete seine Pfeife an.

»Sie haben ausgesagt, Sie hätten, als Sie im Schlafzimmer zu sich kamen, Ihre Brieftasche unter dem Bett entdeckt. Richtig?«

»Das ist richtig.«

»Sie sind aufgestanden, haben Marilyn entdeckt und nach ihrem Puls gefühlt – auf diese Weise ist ihr Blut an Ihre Uhr und das Uhrenarmband gelangt, korrekt?

»Reden Sie weiter.«

»Sie hörten ein Geräusch im Wohnzimmer, liefen nach unten, entdeckten eine Gestalt, verfolgten sie bis an den Strand, kämpften mit ihr und wurden abermals niedergeschlagen.«

Sheppard schwieg.

»Der Seesack mit Ihrer Uhr wurde genau zwischen Haus und Seeufer gefunden, korrekt?«

»Ja.«

»Das bedeutet, der Angreifer hat Ihre Brieftasche unter dem Bett und die Uhr an Ihrem Handgelenk gelassen, als er Sie zum ersten Mal bewusstlos schlug. Dann hat er das Haus auf den Kopf gestellt, ohne einen einzigen Wertgegenstand mitzunehmen – weder die goldene Uhr Ihrer Frau noch die Medikamente in Ihrer Arzttasche oder die Gewehre –, aber nach dem Kampf am Strand, wo er Sie zum zweiten Mal bewusstlos schlug, hat derselbe Einbrecher Ihnen Ring, Uhr und Schlüssel abgenommen – um was zu tun? Um die Beute noch auf der Flucht wegzuwerfen! Warum hat er sie nicht, wo er doch freie Bahn hatte, mitgenommen? Warum ist er denselben Weg zurückgegangen, auf dem er gekommen ist? Macht das die Verschwörung so genial? Hat die Person, die Sie reinlegen wollte, die mangelnde Plausibilität dieses Verhaltens mitbedacht? Oder war es so, dass *Ihnen* die Zeit davonlief, als Sie durch das stille, dunkle, entsetzlich einsame Haus liefen, als Marilyn schon tot war und Ihr Junge schlafend in seinem Bett lag und Sie mutterseelenallein waren, verletzt und unter dem Druck, sich eine glaubwürdige Geschichte ausdenken zu müssen? Sie sind kein großer Geschichtenerzähler, habe ich recht, Doktor?«

»*Es reicht*«, sagte Sheppard.

Wenn Sheppard an jene Nacht zurückdachte, konnte er manchmal nicht mehr unterscheiden, was real war und was nicht.

Beispielsweise wusste er nicht mehr mit Sicherheit zu sagen, ob er, nachdem Marilyn seinen Namen geschrien und ihn aufgeweckt hatte, wieder eingeschlafen war oder nicht. Wie lange, fragte er sich manchmal, dauerte es wohl, um siebenundzwanzigmal auf einen Menschen einzuschlagen? Er meinte, die Schläge selbst gehört zu haben oder die Stimmen zweier Personen, von Marilyn und von jemand anderem, manchmal sogar von noch mehr als nur zwei Personen. Oder hatte er sie stöhnen gehört, Marilyn und ihren Angreifer – Geräusche von Geschlechtsverkehr und stumpfen Schlägen, von einem Gegenstand, der auf Knochen trifft, schwer genug, den Körper zu verformen, aber nicht schwer genug, ihn zu zerschmettern? Er wusste es nicht mit Sicherheit zu sagen.

Er konnte sich daran erinnern, die Treppe hinaufgejagt zu sein und sich am Treppengeländer hochgezogen zu haben, und an die Brise vom See und wie er, während er von seinem eigenen Schwung getragen über die Türschwelle stolperte, im Schlafzimmer jene Gestalt erkannte, die sich später in den Mann mit dem buschigen Haar verwandelte, mit dem er am Ufer rang. Aber in seiner anderen Erinnerung, in der Erinnerung seines Traums, kam er durch die Tür und spürte den Schlag – es war, wie von einer Welle umgehauen zu werden –, noch bevor er etwas sehen konnte. Welche Version stimmte?

Als Arzt wusste er von der desorientierenden Nachwirkung eines neurologischen Traumas, er wusste, dass es wenig überraschend war, wenn seine Erinnerungen durcheinandergerieten, aber letztendlich war diese Diagnose ein schwacher Trost.

Oder er erinnerte sich, wie er Marilyns eingeschlagenes Gesicht und den zertrümmerten Kiefer betrachtet und plötzlich jemanden im Erdgeschoss gehört hatte und aus dem Zimmer gerannt war; bei anderen Gelegenheiten schien es ihm, er sei zu Chips Zimmer hinübergestolpert, um nach dem Jungen zu sehen, und habe *erst dann* das Geräusch von unten gehört. Und dann bekam er ein schlechtes Gewissen und fragte sich, ob er bloß geträumt hatte, in Chips Zimmer gewesen zu sein, schließlich wäre es nicht das erste Mal gewesen, dass er keinen Gedanken an den Jungen verschwendete.

Und manchmal entfalteten sich die Erinnerungen auch in einer perfekten Reihenfolge: der Traum, Marilyns Schreie, der Sprung hinauf, der Schlag, das Aufwachen, die Geräusche des Eindringlings unten, das Bild, wie er auf der Veranda stand, der Wettlauf die Treppe hinunter an den Strand, der Kampf, das Aufwachen in der Dämmerung, als er das Haus im morgendlichen Licht sah und wusste, dass im Schlafzimmer die tote Marilyn lag. An anderen Tagen konnte er sich an wenig mehr als an seinen Traum erinnern, in dem er seine Tochter in den Händen hielt und Marilyn vom Wasser aus zuschaute, stumm und voller Liebe, und dann musste er an die Träume denken, die er als kleiner Junge gehabt hatte – im lebhaftesten davon konnte sich eine riesige eingesperrte Eule in seinem Kinderzimmer in genau dem Moment aus ihrem Käfig befreien, in dem er hereinkam, und er war gezwungen, zur Selbstverteidigung seine Hände seitlich in den großen Schnabel zu schieben –, und wie diese Träume sich von der Zeit ablösten, wie sie zu einer eigenständigen Art von Zeit wurden. Wobei im Laufe der Jahre mit der Erinnerung an tatsächliche Ereignisse dasselbe geschah.

Der Umriss des Eindringlings in der Verandatür im Moment, als Sam die Treppe herunterkam; der Mann war groß, von Sheppards Größe und Statur, und das Haar schien ihm in einem buschigen Bürstenhaarschnitt vom Kopf abzustehen. Er sah, wie die geschwärzte Figur sich umdrehte und aus dem Haus rannte.

Oft wurde Sheppard von Träumen gequält, die er für Erinnerungen an jene Nacht hielt – die Verfolgungsjagd am Strand zum Beispiel, wobei er im Traum praktisch dahinflog, wie ein Astronaut auf dem Mond, wie er vier oder fünf Treppenstufen auf einmal nahm und bei jedem Schritt riesige Luftsprünge machte, um schließlich auf die Gestalt niederzustoßen wie ein Falke auf seine Beute. Im Traum gelang es ihm, den Eindringling am Boden zu halten und zu würgen, was aber ganz eindeutig nicht wirklich passiert war, denn das Gesicht und der Hals an seinen Händen waren im Traum seine eigenen. »Sehe ich so aus?«, dachte er. Er wusste noch, dass er mitten im Traum gedacht hatte: »Mein Gott, ich träume und ringe mit mir selbst, weil ich Marilyn umgebracht habe!« Sein Doppelgänger nutzte den Moment der Überraschung, um sich freizukämpfen, ihn ins Wasser zu stoßen und zu einem letzten Fausthieb auszuholen. Dann wurde alles schwarz.

Manchmal fragte er sich, ob er seine Frau während eines psychotischen Aussetzers getötet und die Tat anschließend verdrängt hatte, auch wenn alle Beweise dagegensprachen. Aus dem wie ein Pollock-Gemälde mit Blut bespritzten Raum hatte er nicht mehr mitgenommen als einen Fleck am Knie und ein paar Spritzer auf dem Kristallglas seiner Armbanduhr, das von innen beschlagen war, weil er halb im See gelegen hatte. Zugegebenermaßen waren Schlafwandler zu erstaunlich präzisen Handlungen fähig; sein eigener Vater hatte ihm erzählt, wie er eines Nachts vor den Augen seiner Mutter im Schlaf zum Kühlschrank gegangen sei, einen Schinken herausgenommen und feine Scheiben abgeschnitten habe. Genauso stimmte, dass wir manchmal körperlich auf unsere Träume reagieren; einmal, als er sich einen verbissenen Nahkampf mit seinem Vater zu liefern glaubte, hatte Marilyn ihn stöhnen hören und versucht, ihn zu wecken, was er ihr mit einem Nasenstüber dankte. Aber so tief er auch in seine Seele zu blicken versuchte, er konnte selbst in den dunkelsten Momenten keine Gefühle für seine Frau entdecken, die einen derartigen Blutrausch hätten auslösen können.

Einen Augenblick gab es, an den er sich mit absoluter Klarheit erinnerte.

Es war der Augenblick gewesen, als er halb nackt und klatschnass am Strand aufgewacht war, ohne Hemd und mit den Taschen voller Sand. Er rappelte sich auf, betrachtete das Haus, das Schlafzimmerfenster, und wusste, dass Marilyn nicht mehr bei ihm war. Er konnte sich noch genau an seinen ersten Gedanken erinnern: dass es eine Zeit gegeben hatte, eine elende, schier endlose Zeit, in der genau das sein größter Wunsch gewesen war.

Auf dem Weg nach Kent konnte Hoversten nicht anders, als den Schlagabtausch mit Marilyn in Gedanken wieder und wieder nachzuspielen – außer dass er in seiner Version, nachdem Marilyn »du Versager« gesagt hatte, nicht noch einmal den ganzen Mist wiederholte, der ihr ohnehin schon bekannt war und der nur dazu führte, dass sie auf einem weiblichen, »rein emotionalen« Niveau hängen blieben; stattdessen nickte er zweimal nachdenklich, wie um das Ganze in Ruhe sacken zu lassen und dann, als Antwort sozusagen, mit beiden Händen den Putter zu ergreifen und der blöden Schlampe den Schädel zu spalten.

»Oder, besser noch«, schrie er bei offenem Verdeck, »schlage ich dir ein paar deiner blöden Zähne aus!« Das wär's gewesen: ein beherzter Schlag mit dem Schlägerkopf auf die Stelle direkt über der Oberlippe. Er stellte sich vor, wie der Hieb sie betäubte – vermutlich endeten um den Mund herum ebenso viele Nerven wie im männlichen Schwanz – und rückwärtstaumeln ließ. »Und was dann noch nett gewesen wäre«, schrie er und betrachtete sich im Rückspiegel, »was ganz köstlich gewesen wäre: um deinen Kopf herumzugehen, dir den Schläger ans Ohr zu halten, hübsch durchzuschwingen und auf Teufel komm raus abzuschlagen!« Hände und Füße der Schlampe würden zucken, Wangen und Nase so weich wie Rinderfilet werden. Sobald er ihre Schädeldecke zertrümmert hätte und der Knochen durch die graue Masse schneiden würde, würde ihr gesamtes Nervensystem in einem neurologischen Kurzschluss den Aufstand proben. Möglicherweise würde er kurz innehalten, um sie sprechen zu lassen, was allerdings mehr wie ein Gurgeln klänge, die Aussprache gerundet wie bei einer Taubstummen: *Itte auhöhren, Ester, itte.* Wie wär's jetzt mit einem Schwanz im Mund? Es wäre, wie von einer Frau mit rausgenommenem Gebiss einen geblasen zu kriegen. Wie wär's damit, Marilyn? Mit einem hübschen, weichen Mundfick?

Als er den nächsten Laster überholte, musste er sich den Schritt mit einer Hand bedecken.

Während der gesamten, über sechzig Kilometer langen Fahrt nach Kent verließ ihn die schlechte Laune nicht mehr. Hoversten war sich seines rasanten Tempos kaum bewusst und erreichte Roberts Golfclub eine Stunde vor der verabredeten Zeit. Das allerdings war hervorragend, denn bisher war er nie dazu gekommen, sich warm zu spielen, der einzige Grund, warum Robert ihm immerzu sein Geld abknöpfte. Er holte sich einen Eimer mit Golfbällen und hackte ein paar ordentliche Stücke aus dem Rasen. Er hatte seit einer ganzen Weile nicht gespielt, und die kurzen Schläge verlernte er stets als Erstes, weshalb er das Einlochen besonders lange übte. Beim Einlochen, sagt Gary Player, sollte man so tun, als streiche man ein Zündholz an. Oh, heute hatte er es im Gefühl! Der Wind blies, trotzdem hatte er sich bald warm gespielt. Er schaffte es tatsächlich, den Ball einigermaßen kontrolliert zu schlagen, insbesondere wenn er dabei an Marilyns Schläfe dachte.

»Na so was, der Schwindler übt heimlich«, sagte Robert.

Hoversten hatte nicht bemerkt, dass Dr. Stevenson sich ihm von hinten genähert hatte. Sie begrüßten einander, und selbst durch den langen, dunklen Tunnel seiner schlechten Laune konnte Hoversten noch spüren, dass Robert ebenfalls mit dem linken Fuß aufgestanden war. Na, das wird ein Spiel, dachte er.

Während sie auf dem Weg zum ersten Tee waren und die Caddies hinter ihnen hertrotteten, einigten sie sich auf eine Fünf-Dollar-Nassauwette; viel Geld für einen Arbeitslosen, dachte Hoversten. Sie warfen eine Münze, Hoversten entschied sich für Kopf und gewann, schlug wie im Vorbeigehen vom Tee ab und drehte sich um, ohne dem Ball nachzublicken.

»Grandios«, sagte Stevenson.

»Ein hübscher Abschlag«, sagte der Caddy.

Stevenson rammte sein Tee in den Rasen und überblickte den Fairway. Er holte zum Halbschlag aus und sprach zu seinem Ball: »*Grandios.*« Hoversten beobachtete jede Geste. Es war wie eine Studie in Formvollendung. Stevenson war ein hochgewachsener, attraktiver Mann, durchtrainiert, feingliedrig und muskulös, und seine Haltung zeugte von einem sportlichen Sinn für Geometrie. Das auf den Kopf gestellte Dreieck seines Oberkörpers ruhte auf dem Dreieck seiner gespreizten Beine, und das Dreieck, das seine Schultern und die entspannt herabhängenden Arme bildeten, mündete wiederum in einem Dreieck aus zwei großen Händen. Ein junger Apoll mit hoch erhobenem, von dichten Locken bedecktem Kopf, dessen Ball davonzog wie ein abgeschossener Pfeil und schließlich auf dem Fairway gute zwanzig Meter hinter dem von Hoversten liegen blieb.

»Ein prächtiger Schlag«, kommentierte nun Stevensons Caddie.

Bis zum vierten Loch wechselten Hoversten und Stevenson kaum ein Wort, auch wenn Hoversten kaum verborgen bleiben konnte, wie niedergeschlagen sein Gegner war. Oh ja, dachte Hoversten, Stevenson war wirklich schlecht drauf, was sich unglücklicherweise nicht negativ auf sein Spiel auswirkte – er war mit Birdie, Birdie und Par in Führung gegangen. Hoversten brannten wichtige Fragen unter den Nägeln, zum Beispiel wie er im Besitz seines Wetteinsatzes bleiben und einen Schlafplatz für die kommende Nacht auftreiben könnte.

»Tja, ich bin wohl nicht der Einzige, der hier geübt hat«, sagte er und spuckte aus.

»Ich kann mich nicht beschweren«, sagte Stevenson.

»Du musst mir einen Gefallen tun. Meinst du, ich könnte für eine Nacht bei dir unterkommen?«

»Ich dachte, diese Woche arbeitest du für Sheppard?«

»Das tue ich auch. Aber ich halte es mit seiner Frau nicht in einem Raum aus.«

Stevenson warf ihm einen langen Blick zu, bevor er zwischen die Markierungen trat und seine vorbildliche Schlaghaltung einnahm. Aber dann rührte und räusperte er sich. Nummer vier war ein Par-3-Loch, die einhundertsechzig Meter lange Strecke wurde von einem Gewässer unterbrochen, von einem kleinen See zu ihrer Linken, der direkt ans Grün grenzte, was eigentlich kein Problem für Stevenson war, der gern einen Power Fade schlug. Trotzdem schlug er den Ball aus unerklärlichem Grund mitten in das Hindernis.

»Und ich«, schnappte er zur Antwort, »ich halte es mit *ihm* in keinem gottverdammten Raum aus.«

Er richtete das Tee wieder auf und lenkte nun den Schlag so weit nach rechts, dass er mit dem nächsten nicht dichter als zwanzig Meter ans Loch kommen würde. Er drosch mit dem Fünfereisen und solcher Kraft auf den Ball ein, dass er fast das Wasser erreichte.

Hoversten war an der Reihe. Das Fähnchen flatterte zu seiner Linken, und an einem normalen Tag hätte er sich für die breite Mitte des Grüns entschieden, nur um kein Risiko einzugehen. Aber stattdessen wagte er einen Fade übers Wasser, woraufhin der Ball sanft und drei Meter vom Loch entfernt aufsetzte.

Nebeneinander schlenderten sie zum Green hinüber, den Putter unter den Arm geklemmt und die klappernden Caddies vor sich.

»Und woran liegt das?«, fragte Hoversten.

»Was?«

»Warum hältst du es nicht in einem Raum mit ihm aus?«

»Mit Sheppard? Ach komm, Les, verkauf mich nicht für dumm.«

Hoversten zuckte mit den Achseln.

»Du willst mir erzählen, du wüsstest von nichts?«, fragte Stevenson.

»Ich habe keine Ahnung, wovon du redest.«

»*Susan.*«

»Deine Susan?«

Stevenson wandte sich an die Caddies. »Meine Herren, würden Sie freundlicherweise bis zum nächsten Tee vorausgehen?«

Sie nickten mit der Gleichgültigkeit von Männern, die schon eine Million schlechter Schläge mitansehen mussten, und trollten sich.

Stevenson wartete, bis sie außer Hörweite waren.

»Wie sich herausgestellt hat, ist sie nie *meine* Susan gewesen«, erklärte er, »sondern *seine* Susan.«

Oh, dachte Hoversten, und kopfschüttelnd sagte er: »Oh.« Oh, Sam, du gottverdammter Hund. Für einen kurzen Augenblick versuchte er die Länge der Schlange aus Frauen abzuschätzen, die Sheppard flachgelegt hatte und die allesamt nicht in Hoverstens Liga gehörten, schon gar nicht Susan Hayes. »Seit wann?«

»Schon lange, bevor ich sie kennengelernt habe, und während der gesamten Zeit danach.«

»Selbst nach der Verlobung?«

Stevenson nickte.

Hoversten pfiff, seine letzte Hoffnung, nicht in Lachen auszubrechen. »Was für ein *Hurensohn*«, murmelte er.

»Das kannst du laut sagen.«

Nach einer solchen Neuigkeit gab es nichts zu tun, als sich aufs Einlochen zu konzentrieren. Hoversten konnte bergab putten und einen Birdie schaffen, wohingegen Stevenson, ohnehin furchtbar im Rückstand, noch einige Meter vor sich hatte und mit zwei über Par abzuschließen drohte. Plötzlich wurde Hoversten übermütig, fast hätte er seinen Ball übers Grün hinausgeschossen; aber glücklicherweise schlug der Ball gegen die rückwärtige Kante des Lochs, hüpfte in die Höhe und blieb keine dreißig Zentimeter dahinter liegen. Die Dynamik verschiebt sich, dachte er.

Nachdem er mit zwei Schlägen eingelocht hatte, stellte Stevenson sich zu Hoversten, glättete mit dem Fuß eine Schlagspur. Der Tag war wunderschön und windig, wobei die Böen den Golfplatz noch ruhiger und abgeschiedener erscheinen ließen, weil sie alle Geräusche von außen verschluckten.

»Deswegen hast du mit ihr Schluss gemacht?«

Stevenson spuckte angewidert aus.

»Ehrlich, Robert, ich hatte keine Ahnung. Ich dachte, du wärst einfach noch nicht bereit für die Hochzeit.«

Sie starrten zu den Caddies hinauf, die am nächsten Abschlag warteten.

»Kann ich dir was anvertrauen?«, fragte Stevenson.

Hoversten wartete.

»Nicht, dass ich stolz darauf wäre. Aber seit es aus ist zwischen Susan und mir, seit sie mir alles gestanden hat, ist kein einziger Tag vergangen, ich schwöre bei Gott, an dem ich …«

»Sprich es nicht aus.«

Stevenson hob den Kopf, seine Augen waren blutunterlaufen.

Hoversten war machtlos. Sie waren ganz allein auf dem Golfplatz, und doch drehte er sich nach möglichen Zuhörern um, so als sei das, was er eben gedacht hatte, aus irgendeinem Grund zu hören gewesen. Das Verlangen überkam ihn, nur weil dieser gut aussehende Mann vor ihm stand, ein Verlangen, wie er es bislang nur in Sheppards Gegenwart gekannt hatte – das Verlangen, zu gefallen, sich irgendwie nützlich zu machen. Ihn zu umarmen und auf den Mund zu küssen.

»Wissen Sie«, sagte Möbius, »ich könnte sämtliche Ihrer Geliebten aufzählen. Seit Ihrem vierzehnten Lebensjahr, seit Sie Marilyn begegnet sind, bis zu ihrem Tod.«

»Finden Sie das nicht ein bisschen pervers?«

»Zunächst wäre da Frances Stevens. Es war Sommer, gerade hatten Sie Marilyn die Anstecknadel Ihrer Studentenverbindung geschenkt, gleich nach der Highschool, weil sie im Herbst weggezogen war, um am Skidmore College zu studieren; aber da steht die vollbusige Frances in der Tür und verdunkelt die Garage Ihrer Eltern, wo Sie an einem Ford Modell A herumschrauben. Sie verabreden sich mit ihr, und noch bevor Sie wissen, wie Ihnen geschieht, bieten Sie *ihr* die Anstecknadel an, Sie Ausbund an Großzügigkeit, die Anstecknadel, die Sie sich nämlich von Marilyn zurückgeholt haben, weil Ihr Vater Sie ausgeschimpft hat. Aber natürlich bildet diese Episode nur den Auftakt zu einer langen Reihe außerehelicher Aktivitäten, die Sie Marilyn verschwiegen haben. Da war Melanie, die Frau eines Medizinstudenten, der damals in L.A. Ihr Kommilitone war. Sie haben kurz nach Chips Geburt etwas mit ihr angefangen, nicht wahr? Als Marilyn mit postnatalen Depressionen zu kämpfen hatte und in ein tiefes schwarzes Loch abgerutscht war. Sie wollte Sie nicht einmal mehr anfassen, nicht wahr? Dabei waren Sie doch ein Mann, der nicht auf seine tägliche Trainingseinheit verzichten wollte, hm? Dann war da noch der Vierer mit Lester und den beiden Krankenschwestern. Und gleich danach Margot Wendice, eine Ausbilderin im Pflegeheim. Sie haben sich ein Jahr lang mit ihr getroffen, während Marilyn mit Chip nach Cleveland zurückgekehrt war, um sich zu erholen. Und Julee Lossman, nur wenige Monate vor Marilyns Tod …«

»Zwischen mir und ihr ist nichts vorgefallen.«

»Nein, Euer Ehren, wir waren lediglich befreundet, die Lossmans und ich. Wir haben einen Bootsausflug auf dem Eriesee unternommen und beschlossen, eine Rast auf der kleinen Insel vor der Put-in-Bay einzulegen, wo Julee und ich für eine Weile im Gebüsch verschwanden – für mehr als eine Stunde, um genau zu sein –, und ja, ich hatte schon mehrere Jahre zuvor mit ihr geschlafen. Zugegeben, nach unserem kleinen Abstecher verpasste ihr Ehemann ihr eine Ohrfeige. Dabei war während unserer Abwesenheit nichts vorgefallen, das schwöre ich, Euer Ehren.«

Sheppard zuckte mit den Achseln.

»Und dann natürlich die liebliche Susan Hayes. Wie lange waren Sie mit ihr zusammen?«

»Drei Jahre, mit Unterbrechungen.«

»Bis zum März 1954. Über sie sollten wir uns unbedingt unterhalten, oder?«

»Warum?«

»Weil sie Ihnen letztendlich das Motiv lieferte, Marilyn zu ermorden.«

Sheppard und Susan Hayes fuhren von San Diego nach Los Angeles zurück. Sie hatten an der Hochzeit eines befreundeten Paares teilgenommen, wobei Sheppard der Name des Bräutigams entfallen war. Es war Nacht, und draußen war es bitterkalt. Die Heizung des Cabriolets, das Sheppard sich von Dr. Miller ausgeliehen hatte, ein MG, war kaputt, außerdem funktionierte der Scheibenwischer auf der Fahrerseite nicht mehr, sodass Sheppard das Verdeck geöffnet hatte, um in dem Nebel, der über dem Highway 1 aufgezogen war, etwas sehen zu können.

»Kannst du etwas erkennen?«, fragte Susan.

»Manchmal«, antwortete er. Der Motor röchelte dermaßen lautstark, dass eine Unterhaltung unmöglich war – was Sheppard, der nichts zu erzählen hatte, durchaus recht war. Was immer Susan zu sagen hatte, er wollte es nicht hören. Leider konnte sie nicht für fünf Minuten den Mund halten.

»Du könntest ihn *austauschen.*« Und als Sheppard auf sein Ohr zeigte, fügte sie hinzu: »Den *Scheibenwischer.*«

Sie hielt die Arme verschränkt und saß mit dem Rücken gegen die Beifahrertür gelehnt, ein bisschen wütend und leicht erstaunt. Ihr schmales Gesicht sah im schwachen Licht des Armaturenbretts noch bleicher aus als sonst, und ihre Züge wirkten hart und raubvogelartig, so als kehre die Dunkelheit bereits die alte Geierfrau hervor, die sie in einigen Jahrzehnten sein würde. Dass sie so zielstrebig auf einen Streit zusteuerten, wie er normalerweise nur Verheirateten vorbehalten war, also Leuten wie ihm und Marilyn, stieß ihn ab. Gleichzeitig wurde ihm bewusst, dass er mit keiner Frau außer Marilyn jemals für längere Zeit liiert gewesen war.

»Könntest du wenigstens das *Verdeck* hochklappen?«, sagte sie.

Wo war die Susan, die er vor drei Jahren kennengelernt hatte?

Ihre Idee war allerdings gar nicht so schlecht. Er fror selbst, auch wenn auf nicht unangenehme Weise; ein paar Minuten später hielt er an einem Aussichtspunkt, einer von Schotter bedeckten Felsnase, die über den Pazifik ragte. Er ließ die Scheinwerfer an, um etwas sehen zu können, und untersuchte den Scheibenwischer. Er war mit zwei Kreuzschrauben befestigt, deswegen suchte Sheppard den Kofferraum nach Werkzeug ab (fand aber nichts als einen Montierhebel) und blieb dann grübelnd neben dem Wagen stehen, um zu beobachten, wie sich der Hängebauch des Nebels über das Scheinwerferlicht schob. Schließlich fiel ihm eine Alternative ein. Er ging ums Auto herum und beugte sich hinein. Susans genervtes Gesicht erinnerte ihn an eine steinerne Fratze. Er griff hinters Lenkrad, drehte den Zündschlüssel und zog ihn ab. Der Motor kam mit einem Beben zum Stillstand, das die gesamte Karosserie erzittern ließ, und dann hörten sie nichts mehr als das Stoßen und Seufzen des Ozeans, eine unablässige Erschütterung, die die Küste Millimeter um Millimeter abtrug, bis eines Tages auch diese Straße, dachte er, zerfallen und ins Meer stürzen würde.

»Was tust du da?«, fragte sie. Als er nicht antwortete, starrte sie einfach geradeaus.

Er hielt den Schlüssel ins Licht. Das flache Ende war spitz genug, um in den Schraubenschlitz zu passen, aber der Schlüssel wirkte insgesamt zu dick. Er passte dennoch, ganz knapp. Sheppard gelang es, die beiden ersten Schrauben ohne große Mühen zu lösen. Er legte den verbogenen Wischer auf die Motorhaube, jedoch ohne in Susans Richtung zu schauen, damit sie ob ihres guten Vorschlags nicht noch hochmütiger wurde. Die Schrauben des zweiten Wischblatts waren mit Dreck verklebt. Er setzte an, um sie zu lösen, aber der Schlüssel rutschte ab und bohrte sich in seinen Daumen, der Schlüssel hackte in sein Fleisch, sodass ein jäher Schmerz durch seinen Arm fuhr. Sheppard ließ den Bund fallen, und als er die Beifahrertür aufgehen hörte, brüllte er: »Bleib im Auto sitzen, verdammt noch mal!«

Was Susan auch tat, für eine Weile zumindest. Er presste seine Faust auf die Wunde, um die Blutung zu stillen, und verband sie schließlich mit seinem Taschentuch, das er zwischen den Zähnen hielt, um mit der unverletzten Hand dünne Streifen davon abzureißen. Er war um den Wagen herumgegangen und hatte sich, das Gesicht zum Meer gekehrt, an die Motorhaube gelehnt, um sich zu sammeln, als Susan sich von der anderen Seite näherte und seinen pulsierenden Daumen in die Hand nahm. Sie verknotete die Bandage über den Fingerknöcheln, tätschelte seine Hand und sagte: »Das war keine gute Idee.« Sie drehten sich zum Meer um, über dem sich ein mondloser Himmel erhob, ein sternenübersäter Himmel mit Nebelfetzen darüber. Das Krachen der brechenden Wellen vibrierte durch den Felsen hindurch und bis in Sheppards Schuhsohlen, ein Geräusch, in dem sowohl die Höhe der Klippe als auch die endlose Weite darunter nachhallte und das in Sheppard ein unbestimmtes Gefühl der Haltlosigkeit auslöste, der Bedrohung, so als laufe er Gefahr, die Nacht nicht zu überleben.

»Wenn man nicht fährt, ist es gar nicht so kalt«, sagte Susan und rieb sich mit beiden Händen über die Arme.

Wieder fragte er sich, wo sie geblieben war. Wo hatte sie sich versteckt? Die andere Susan, die alte Susan, die unkomplizierte, mutige Susan, die sich anscheinend aus dem Staub gemacht und diese neue Susan zurückgelassen hatte. Noch vor wenigen Tagen war sie da gewesen, als Sheppard und Marilyn in Los Angeles angekommen waren. Er und Susan hatten sich seit Februar geschrieben, als sie Cleveland verlassen hatte und nach L.A. gezogen war, als sie und Dr. Stevenson ihre Verlobung offiziell gelöst hatten. Sheppard seinerseits hatte die Reise an die Westküste vorbereitet, um an einer durch die Ärztekammer zertifizierten

Weiterbildung in Neurochirurgie teilzunehmen, die sein Freund Chappie leitete und die fraglos als Meilenstein des medizinischen Fortschritts in die Geschichte eingehen würde. In Wahrheit hatte er bloß Susan sehen wollen. »Wenn ich in Los Angeles bin«, hatte er zu Marilyn gesagt, »könntest du mit Jo nach Big Sur fahren. Das wäre doch nett, oder?« Sie hatten in seinem Bett gelegen, und Marilyn hatte lange an die Decke gestarrt. »Los Angeles«, sagte sie schließlich, »ist das nicht eine Ewigkeit her?« Eigentlich waren es nur vier Jahre gewesen, aber er sagte: »Ja.« Der Trick bestand natürlich darin, die Reise verlockend und gleichzeitig reizlos erscheinen zu lassen, ihr zu vermitteln, dass er sie trotz der vielen Widrigkeiten dabeihaben wollte; gemeinsame Ferien, die sie allein verbringen würde. »Wir könnten Chip bei Richard lassen«, fuhr er fort. »Ich werde rund um die Uhr im OP stehen, aber du könntest ein bisschen rumfahren.« Sie schlang ihre Arme um seine Taille, während er sich aufsetzte und gegen das Kopfbrett lehnte. Normalerweise beendeten sie den Tag in seinem Bett, und Marilyn schlüpfte in ihr eigenes hinüber, sobald er eingeschlafen war. Auf einmal umarmte sie ihn mit aller Kraft, und er starrte auf ihren Scheitel hinunter und stellte sich vor, ihre Haare wären ein Bildschirm, in dem er ihr Gehirn sehen und ihre Gedanken lesen könnte. Er küsste sie und roch an ihrem Haar; der Duft war so vertraut und einzigartig, dass er genauso wenig zu beschreiben war wie der Geruch von Blut.

Sie hob den Kopf von seiner Schulter und küsste ihn auf die Wange. »Wir könnten unsere Schläger mitnehmen und in unserem alten Club spielen«, sagte sie.

»Könnten wir«, sagte er. »Vielleicht kann ich mir einen Nachmittag freinehmen.«

»Wir spielen nicht mehr Tennis«, sagte sie, »warum eigentlich nicht?«

»Wir sind zu beschäftigt.«

»Das waren wir damals auch.«

»Wir werden Tennis spielen«, sagte er hinterhältig lächelnd, und dann erinnerte er sich an seine Zeit als Arzt in Fachausbildung im Los Angeles Osteopathic und wie er damals mit Marilyn gespielt hatte, an die grauen Lehmbodenplätze des Hollywood Tennis Club, an das angenehme Gefühl, den Platz vor dem Spiel zu fegen, das vorangegangene Match auszuradieren und die hellen Linien aufzufrischen, und wie es war, Marilyn zu beobachten, die wirklich Talent hatte und deren Schläger bei jedem Ballkontakt ein Geräusch machte, das zu kopieren ihm niemals gelang, einen Klingelton, der fast schon ein Knall war; die Winkel und Tempi, in denen sie seine Vorhand- und Rückhandschläge konterte, waren der Beweis ihrer absoluten Könnerschaft, sie machte es ihm leicht, den Ball zurückzuschlagen, der gesamte Ballwechsel ein Akt der Großzügigkeit, der ihm das Gefühl vermitteln sollte, *er* gebe das Tempo vor …

Aber das war lange her. Nun kreisten seine Gedanken um Susan, selbst bei der Erinnerung an damals; die Gedanken an Susan durchdrangen alles, und selbst die Tennisszenen waren wie mit unsichtbarer Tinte mit Susans Namen überschrieben. Sollte Marilyn doch mitkommen, wenn sie unbedingt wollte. Er würde einen Weg finden, sich mit Susan zu treffen.

Jeder Tag des kürzesten Monats war wie ein Countdown auf den März hin. Sobald alles mit Chappie arrangiert war, wurden die zwei ausgestrichenen Wochen im Kalender zu Sheppards Leitstern, der ihn anfeuerte und ihn lockte, selbst jetzt, als er neben seiner Frau im Bett saß und sich an die frühen Jahre seiner Ehe erinnerte. Ein paar dieser Jahre zählten zu den besten seines Lebens, lange bevor er Susan Hayes überhaupt kennengelernt hatte.

An ihre erste Begegnung konnte er sich lebhaft erinnern. Es war in der Pathologie von Bay View gewesen; sein Bruder Richard hatte Susan das Krankenhaus gezeigt, in dem sie als Labortechnikerin arbeiten würde – der dritte Neuzugang innerhalb eines Monats. Sheppard hatte eben eine Blinddarmoperation hinter sich gebracht, einen Routineeingriff, und er fühlte sich von der Reibungslosigkeit des Vorgangs wie gesalbt, von dem Wissen, die Ordnung wiederhergestellt zu haben; es war dasselbe Gefühl von Rechtschaffenheit und Sauberkeit, das er nach einem Ölwechsel beim Zuknallen der Motorhaube hatte. Unter dem OP-Kittel war er nackt – so arbeitete er am liebsten –, was ihn, wenn er die Krankenhausflure frei schwingend durchquerte, ähnlich gelassen und auf triebhafte Art wachsam werden ließ wie vor dem Zubettgehen. Nie fühlte er sich männlicher als nach einer OP.

Sheppard betrat die Pathologie, wo Susan zunächst eine Weile mit dem Rücken zu ihm stand, ihm dann aber vorgestellt wurde, sobald sie sich umgedreht hatte. Später setzte er die erinnerten Details zu einer Person zusammen: die langen, schlanken Hände, die rotbraunen Locken, die goldbraune Haut, die Sommersprossen in ihrem Gesicht, die so auffällig waren wie eine Stammeszeichnung.

»Hoffentlich haben Sie gern viel um die Ohren«, hatte er zu ihr gesagt.

»Aber sicher, Dr. Sheppard.«

»Bei uns fängt der frühe Vogel den Wurm.«

»Der Bus aus Rocky River ist immer pünktlich.«

»Kein Auto?«, fragte Richard.

»Ich dachte, ich kaufe mir eines, sobald ich eine feste Anstellung habe«, scherzte sie.

Alle lachten. Selbst Richard war hingerissen.

»Rocky River?«, fragte Sheppard. »Wo genau?«

»Neunundfünfzig-null-drei.«

»Ich wohne nur eine Straße weiter.«

»Dann können wir zusammen Bus fahren«, antwortete sie.

»Ich wollte eigentlich eher selbst fahren.«

»Vorsicht, Sam«, sagte Richard, »Susan ist ein anständiges Mädchen. Sie wohnt noch bei ihren Eltern.«

»Wenn Dr. Sheppard den Bus unbedingt selbst fahren will«, sagte sie, »habe ich nichts dagegen.«

Sie spricht wie ein Filmstar, dachte Sheppard später, als er in seinem Arbeitszimmer saß. Und sie war so schön wie ein Filmstar. Ersteres war natürlich verzeihlich. Er legte die Füße auf den Schreibtisch, verschränkte die Hände hinter dem Kopf und starrte an die Decke. Normalerweise nutzte er die Pause zwischen den vormittäglichen Operationen und dem Mittagessen für ein

Nickerchen, aber heute war er hellwach. Früher, bei den anderen Frauen, war er einfach dankbar gewesen, weil sein Leben wieder spannend geworden war; aber diesmal war es anders.

Morgen siehst du sie wieder, sagte er sich.

Am nächsten Tag wartete sie in aller Frühe in seinem roten MG auf ihn.

Sheppard betrat die Garage, und da war sie, saß auf dem Beifahrersitz, als hätte sie die Nacht dort verbracht, so selbstbewusst, dass sie nicht einmal aufblickte. Er blieb eine Sekunde lang verwundert stehen; ihre Anwesenheit kam ihm vor wie das Geschenk einer guten Fee, noch bevor er den Wunsch geäußert hatte. An diesem Morgen trug er seinen blauen Nadelstreifenanzug, und aus irgendeinem Grund hielt er inne, um sich an die Krawatte zu fassen und lächelnd an seiner Hemdbrust hinunterzuschauen; dann, er hatte sich gefasst, ging er zum Auto und öffnete die Fahrertür. Sie warf ihm einen Blick zu, der so direkt war, dass jede Frage, jeglicher Small Talk ausgeschlossen waren, ein Blick, den er bezaubernd fand und den zu erwidern er kaum wagte. Er ließ den Motor an, manövrierte den Wagen aus der Garage und fuhr in ungewöhnlich langsamem Tempo zum Krankenhaus, wobei sie auf der gesamten Strecke kein Wort sprachen. Der Wagen jaulte vor sich hin und wollte dringend aus dem dritten Gang hochgeschaltet werden; beim Herunterschalten vor der Kreuzung konnte Sheppard jede Nut im Getriebe spüren. Wenn die Ampel auf Grün gesprungen war, trat er so behutsam aufs Gaspedal, als wäre er auf spiegelglatter Straße unterwegs. Auf dem Parkplatz sagte sie: »Vielen Dank, Dr. Sheppard«, und blieb dann einfach sitzen; instinktiv eilte er zur Beifahrertür, um sie für sie zu öffnen – eine Höflichkeit, die er Marilyn niemals erwies.

Auch die Krankenhaustür hielt er ihr auf, und dann verschwand sie, fast ohne sich zu verabschieden, im Labor.

Falls er Susan später am Tag noch einmal begegnen würde, auf dem Flur oder in der Cafeteria, würde sie wieder kein Wort mit ihm sprechen, das wusste er. Er war überzeugt davon, so wie er überzeugt war, dass sie am nächsten Morgen wieder in seinem Auto sitzen würde.

Was sie auch tat, mit auf dem Schoß gefalteten Händen. Diesmal zögerte er nicht, aber wieder schwiegen sie; ein Wort, und alles wäre anders. Es war Mitte Mai und das Frühlingswetter fabelhaft; die Kirschbäume blühten wie rosa Zuckerwatte, die Knospen der Judasbäume platzten auf wie frisches Popcorn, und die Farben summten, so wie Susan neben ihm. Sheppard wagte nicht, sie direkt anzuschauen, er hatte Angst, dass derselbe Zauber, der sie hergebracht hatte, sie auch wieder verschwinden lassen könnte. Auch bei der Arbeit im Krankenhaus änderte sich nichts. Mussten sie miteinander reden, war das Gespräch stets auf berufliche Fragen, auf das Reich der Grundlagenpathologie beschränkt. Er erteilte ihr genaue Anweisungen. Mitarbeiter, die den Arzt und die Labortechnikerin zusammen beobachteten, hätten vermuten können, sie könnten einander nicht leiden. Oft sah sie ihm nicht einmal ins Gesicht. Mit der Schlagfertigkeit des Filmstars war es vorbei. Er wusste, sie hatten einen Pakt geschlossen, was ihm merkwürdigerweise beunruhigend vorkam, seine Aufmerksamkeit zugleich aber bündelte. In dem Wissen, sie auch am folgenden Morgen wieder in seinem Auto sitzen zu sehen, konnte er sämtliche Ablenkungen ausblenden. Etwas zu ändern, sich plötzlich anders zu verhalten, wäre einem Verrat an ihrem Pakt gleichgekommen.

»Wer ist *die* denn?«, fragte Marilyn eines Morgens. Sie war eben aus der Garage gekommen, immer noch im Nachthemd. Chip, inzwischen vier Jahre alt, schlief tief und fest.

Er trank einen letzten Schluck Kaffee. »Susan Hayes. Sie ist die neue Labortechnikerin.«

»Was macht sie da?«

»Wie meinst du das?«

»Sie sitzt in deinem Auto!«

»Ich nehme sie zum Krankenhaus mit.«

»Warum?«

»Weil sie kein Auto hat.«

Marilyn verschränkte die Arme. »Wird sie sich eines anschaffen?«

»Das weiß ich nicht.«

Marilyn schüttelte verblüfft den Kopf. »Das heißt, morgen müssen wir auch mit ihr rechnen?«

»Warum fragst du sie nicht selbst?«

Marilyn schwieg. Es gab nur eine Antwort, und gegen die sträubte sie sich seit Jahren.

»Ich muss jetzt los«, sagte er.

Er stieg ins Auto. Wieder einmal begrüßte Susan ihn nicht. Kein Lächeln, kein Hallo, nicht einmal ein Kopfnicken. Und dennoch nickte Sheppard ihr unwillkürlich und gleichgültig zu, so als habe sie sich im Bus neben ihn gesetzt oder denselben Fahrstuhl betreten. Er drehte den Kopf, legte den Arm um Susans Sitz und fuhr rückwärts aus der Garage.

»War das Ihre Frau?«, fragte Susan.

Er erschrak und musste am Ende der Einfahrt auf die Bremse treten, bevor er antworten konnte. »Ja.«

»Sie ist hübsch.«

Er schwieg. Zu antworten hieße, sie beide zu vergleichen, was streng genommen unmöglich war. Als Susan nichts mehr sagte, fuhr er weiter.

»Sie hat mich gefragt, was ich in Ihrem Auto verloren habe«, sagte sie einige Minuten später. »Ich habe ihr erklärt, dass Sie mich zum Krankenhaus mitnehmen.«

Sheppard fuhr wieder so langsam, dass sie gelegentlich von anderen Autos überholt wurden.

»Sie hat gesagt, Sie würden sich verspäten, ich solle schon vorgehen.«

Wann immer er nach rechts oder links abbog, trafen seine Hände sich oben auf dem Lenkrad, nur um nach vollendetem Manöver wieder in die Zehn-vor-zwei-Stellung zurückzurutschen.

»Ich wusste, dass Sie sich nicht verspäten würden.« Sie drehte den Seitenspiegel, bis sie ihr Gesicht darin betrachten konnte. Zufrieden drehte sie ihn zurück und setzte sich auf. »Deswegen habe ich mich bedankt und bin einfach sitzen geblieben.«

Sie hat alles unter Kontrolle, dachte Sheppard. So wie Marilyn beim Tennis gab Susan im Leben das Tempo vor, und falls er inzwischen irgendetwas gelernt hatte, dann nur, dass jede Anstrengung seinerseits, die Führung an sich zu reißen, insgesamt das Spiel verdarb. Zwei ganze Wochen lang erschien sie morgens in der Garage. Auf nichts freute er sich mehr als auf den Moment, wenn er die Tür öffnete und sie dort sitzen sah, dem Auto ebenso zugehörig wie die Reifen und gleichzeitig so überraschend wie eine Katze, die vom Fahrersitz springt und über den Rasen davonspaziert. Er ging absichtlich langsam zum Auto, um so viel wie möglich von ihr aufnehmen zu können, bevor sie während der Fahrt in Schweigen und Blindheit verfielen. Ihr kastanienbraunes Haar kringelte sich im Nacken und war noch feucht vom Duschen, ihre Oberlippe, der Zwillingshöcker des Philtrums, von Sommersprossen übersät. Er nahm auf dem Fahrersitz Platz, steckte den Schlüssel ins Zündschloss und ließ den Wagen an, nahm den Fuß von der Bremse, legte den Leerlauf ein und schob den Schalthebel hin und her, bevor er den Rückwärtsgang einlegte, wobei jene letzte Bewegung ihm erlaubte, einen Blick auf ihre Hände zu werfen. Sie hatte lange, dick geäderte Hände, deren Mittelhandknochen so deutlich hervortraten wie die Knochen einer Fledermaus mit gespreizten Flügeln.

»Heute Abend kann ich Sie nicht nach Hause fahren«, sagte er und würgte den Motor ab. Sie standen auf dem Krankenhausparkplatz. »Ich habe Bereitschaftsdienst.«

»Was für ein glücklicher Zufall«, sagte sie, »ich auch.«

Das war an einem Mittwoch. Zweimal im Monat übernahm Sheppard den Vierundzwanzig-Stunden-Dienst, eine Schicht von sieben Uhr morgens bis sieben Uhr des darauffolgenden Tages. Am Wochenende herrschte Hochbetrieb, was lediglich ein Euphemismus für Chaos war, besonders jetzt, Anfang Juni, wenn mehr Segler als üblich auf dem See unterwegs waren, sich die Unfällen häuften und mehr Halbstarke auf dumme Gedanken kamen. Erst letzten Monat hatten sie einen Sechzehnjährigen aufgeben müssen, der von einem Boot in den Außenbordmotor gerutscht war. Sein großer Bruder, dem der Sturz entgangen war, hatte den Motor gestartet und Hände, Arme und das rechte Bein des Opfers geschreddert; sechs Finger, die Mesenterialarterie sowie die innere Beckenarterie waren durchtrennt worden, bevor die Rotorblätter die Kopf- und Armvenen des Jungen zerschnitten hatten. Als er auf dem OP-Tisch lag, hatte er bereits über vier Liter Blut verloren; Sheppard beugte sich über den massakrierten, vor Schock milchweißen Jungen und erstarrte. Die rechte Körperhälfte sah aus, als hätte ein mythologisches Ungeheuer sie zerfetzt, und die sich aufstülpenden Schnittwunden entblößten Adern, Sehnen und auf derart ekelhafte Weise zerfetztes Muskelgewebe, dass sofort klar war, er würde beide Glieder amputieren müssen, wollte er dem Verletzten die geringste Überlebenschance lassen. Der Junge starb binnen weniger Minuten. Das Unglück verzerrte das Gesicht des Bruders, während die Elten mit offenem Mund danebenstanden und die Neuigkeiten mit einer Art Ehrfurcht entgegennahmen. Dann wurde ihr übermächtiger Kummer allmählich fassbar, und sie legten wie in einem qualvollen Gerangel beschützerisch die Arme umeinander. Angesichts solcher Unfälle, wenn der Tod sich nicht bloß ereignete, sondern aus heiterem Himmel hereinbrach, war Sheppard unendlich dankbar für seine Sicherheit, für sein sorgenfreies Leben. Für das unfassbare Glück, das ihm zuteilwurde.

In dieser Nacht ging es hingegen so ruhig zu, dass er sich geradezu nach einer Katastrophe sehnte. Er langweilte sich. Er übernahm Kontrollgänge, die er problemlos den Krankenschwestern hätte übertragen können. Er legte einen Umweg durch die Pathologie ein, die er so unauffällig wie möglich betrat und in deren Milchglastüren er Susans graue Gestalt ausmachen konnte wie einen mit schräg gehaltenem Bleistift schraffierten Schatten. Er konnte ihre Absätze über den Boden klappern hören, aber als sie sich der Tür näherte, eilte er durch den Flur davon, zurück in sein Arbeitszimmer, um ein Nickerchen zu machen.

Später, um kurz vor fünf, wurde ein Mann Mitte dreißig von der Polizei eingeliefert. Er war geschmackvoll gekleidet und trug einen Anzug. Trotzdem wirkte er ungepflegt: das Hemd war ihm aus der Hose gerutscht, der Krawattenknoten gelöst, der Mantel dreckverschmiert, die Hosenaufschläge mit Schlamm bespritzt, die fleckigen Schuhe voller Grashalme. Er hatte sich mindestens einen Tag lang nicht rasiert, und seine rot geränderten Augen waren glasig, obwohl Sheppard keinen Alkohol in seinem Atem riechen konnte. »Wir haben ihn an der Lake Road aufgegriffen«, sagte der Polizist. »Er bringt keinen zusammenhängenden Satz zustande.« Als Sheppard den Mann nach seinem Namen fragte, hob dieser verwirrt den Kopf, so als habe er ein fernes Echo gehört. »Legen Sie es da rein«, sagte er, »bitte.« Er hob beide Hände, dann hustete er heftig und krümmte sich. Ein grüner Schleimbrocken landete auf dem Boden zwischen seinen Füßen. Sheppard ließ sich von der Krankenschwester eine Schale bringen und schaufelte das Zeug mit einem Zungenspatel hinein, bevor er dem Patienten half, sich hinzulegen. Glücklich schloss der Mann die Augen. Sheppard horchte die Lunge ab, die wie eine Wasserpfeife klang. Die Milz war stark vergrößert, der Unterleib heiß. Als Sheppard seine Finger darauflegte, zuckte der Mann zusammen und wachte auf. »Wie oft *muss* ich das noch sagen?«, fragte er und sah sich um, als wäre er auf dem Mars. Sein Blutdruck war niedrig und fiel weiter ab. Sheppard überlegte kurz, bestellte eine Infusion und nahm dem Mann Blut ab, eine Maßnahme, die der Patient amüsiert beobachtete, bevor er wieder eindöste.

»Miss Hayes soll ein kleines Blutbild machen und eine Urinanalyse, bitte«, sagte er zur Krankenschwester. »Sagen Sie ihr, sie soll mir die Ergebnisse bringen, sobald sie vorliegen.« Dann ging er, um mit den Polizisten zu sprechen. Der Mann hatte keine Brieftasche und keine Papiere dabei, trug aber einen Ehering. Keiner der Beamten kannte ihn.

»Hat er Drogen genommen?«, fragte der Erste.

»Ich glaube nicht«, antwortete Sheppard.

»Ist er krank?«

»Ja, sehr.«

Sheppard kehrte zum Krankenzimmer zurück und beobachtete den Patienten, dessen Blutdruck weiter fiel. Er sah auf seine Armbanduhr; fast zwanzig Minuten waren vergangen. Als Susan eintrat, gelang es ihm mit Mühe, ruhig zu bleiben.

»Ist er das?«, fragte sie.

»Ja.«

Sie betrachtete den Mann flüchtig, dann reichte sie Sheppard die Testergebnisse. Für einen kurzen Moment hielten sie sich beide am Klemmbrett fest.

»Die Zahl der weißen Blutkörperchen ist ungewöhnlich hoch«, sagte sie.

»Wie hoch?«

»Zweiundzwanzigtausend.«

»Was ist mit dem Hämatokritwert?«

»Fünfunddreißig«, sagte sie.

Die Zahlen standen direkt vor ihm auf dem Papier, aber er wollte fragen. »Was ist mit dem Abstrich?«

»Ich habe Vakuolen in einigen der weißen Blutkörperchen gefunden.«

Sheppard atmete ihren Duft ein.

»Er ist eindeutig vergiftet«, erklärte sie.

»Haben Sie schon das Sputum untersucht?«

»Grampositiv.«

»Ein einziger Stamm?«

»Ja.«

»Wie sehen sie aus?«

»Stäbchenförmig.«

»Weiter, bitte.«

»Ich würde auf Diplokokken tippen. Aber wenn Sie möchten, können Sie selbst einen Blick auf den Objektträger werfen.«

Er ließ das Klemmbrett los. Sie stemmte eine Hand in die Hüfte, presste sich das Brett an die Brust und sah ihn an, als rechne sie mit Kritik.

»Sehr gut«, sagte er.

Sie lächelte.

»Noch irgendwas?«, fragte er.

»Mir sind Einlagerungen in den roten Blutkörperchen aufgefallen.«

Nun lächelte auch Sheppard. So lange hatten sie sich noch nie unterhalten. Er trat einen Schritt vor, bis sie dicht nebeneinander am Fußende des Bettes standen. Da lag er nun, ein junger Mann in einem Anzug, ein Niemand, dessen Blutdruck in tödliche Tiefen absackte. Er atmete schwer und mit einem leisen Pfeifgeräusch.

»Welche Diagnose würden Sie stellen?«, fragte Sheppard.

»Ich bin keine Ärztin.«

»Wenn Sie eine wären.«

Ihr Gesicht errötete. Er wollte es in die Hände nehmen und küssen.

»Ich würde sagen, er hat eine bakterielle Lungenentzündung. Was auch den niedrigen Sauerstoffgehalt in seinem Blut erklären würde. Und die Orientierungslosigkeit.«

»Noch etwas?«

»Bauchfellentzündung. Dazu eine Blutvergiftung.«

»Wie würden Sie ihn behandeln?«

»Penicilininfusion, auf der Stelle. Und natürlich zusätzliche Flüssigkeit.«

Sheppard nahm das Klemmbrett vom Bett des Patienten und notierte etwas. »Dann werden wir genau das veranlassen, Miss Hayes.«

Sie zögerte kurz, betrachtete den Mann und dann wieder Sheppard. »Das wäre dann alles«, sagte er und schaute ihr nach, als sie hinausging.

Sein Bruder Stephen kam früh zur Arbeit, gegen Viertel vor sechs. Bis dahin war der Patient stabil. Sheppard informierte Stephen über die Lage, ging in sein Büro, legte völlig erschöpft den Arztkittel ab, schlüpfte in seine Anzugjacke und beschloss, noch einmal in der Pathologie vorbeizuschauen.

Aber Susan war verschwunden, und an ihrem Arbeitsplatz saß schon Tricia über die Objektträger gebeugt.

»Guten Morgen«, sagte er.

»Guten Morgen, Doktor.«

Er klopfte einmal an den Türrahmen, ließ den Blick durchs Labor schweifen und drehte sich zum Gehen um.

Sie wartete im Auto auf ihn.

Draußen war es unerwartet schwül und der Himmel bedeckt,

was die ganze Welt blaustichig aussehen ließ. Der drohende Regen schien alle Geräusche zu dämpfen, und hin und wieder störten Vogelrufe die ganz eigene, einzigartige Stille, die man nur im Morgengrauen und in seinen Träumen hören kann. Sheppard stieg ein und ließ den Motor an. »Haben Sie Hunger?«, fragte er, ohne sie anzusehen. »Ja«, antwortete sie, wobei sie ebenso nervös klang, wie er sich fühlte. Es war, als wären sie aus irgendeinem Grund auf der Flucht. Die Notwendigkeit der Nahrungsaufnahme erteilte ihm einen Freibrief, und er setzte aus der Parklücke zurück; aber anstatt nach Rocky River zu fahren, durchquerte er Bay Village und fuhr immer weiter nach Westen, in Richtung Avon, obwohl er selbst nicht genau wusste, wohin er eigentlich wollte. Seine Orientierungslosigkeit ließ ihn fast verzweifeln. Irgendwo mussten sie schließlich hin. Er hatte das Gefühl, sich mit fast leerem Tank in einem besonders heruntergekommenen Viertel einer fremden Stadt verirrt zu haben. Vor dem Ortseingang entdeckte er ein braunes Hinweisschild mit der Aufschrift THORNTON PARK, goldene Buchstaben über drei Piktogrammen: ein Picknicktisch, ein Wohnmobil, ein Boot. Er riss das Steuer so abrupt nach rechts, dass der MG leicht ausbrach und Schotter ins Gebüsch spritzte. Während er den Wagen vorsichtig über die enge, zweispurige Straße lenkte, stützte Susan sich mit einer Hand am Handschuhfach ab. Eine letzte Biegung, und schon lag der Eriesee in seiner unendlichen Weite vor ihnen, graues Wasser unter einem grauen Himmel. Ein Bootssteg. Lustlose, kleine Wellen. Kein Boot weit und breit. In seiner stummen Trägheit wirkte das Wasser bedrohlich, geradezu vergiftet. Der von Bäumen umstandene Parkplatz mit den Picknicktischen war menschenleer. Sheppard trat auf die Bremse und stellte den Motor ab. Nichts war zu hören als das leise Plätschern der Wellen direkt hinter dem Gestrüpp, das den Blick auf den Strand versperrte. Er starrte für eine Weile geradeaus, ohne irgendetwas zu sehen.

Sie berührte seinen Oberschenkel.

Er stürzte sich auf sie. Er versuchte, sich an ihren Lippen festzusaugen; er hätte seinen Mund nicht fester auf den ihren drücken können. Er riss einen Arm aus dem Jackenärmel und schob seine andere Hand in ihr Genick, damit sie ja nicht auf die Idee käme, sich zu befreien; dann zog er auch den zweiten Arm aus der Jacke. Sie drückte seine Schultern zurück. Seine Lippen bebten, und seine Zähne fingen zu klappern an. Sie war so ruhig und unbewegt wie der See. »Die Sitze«, sagte sie. Er griff hinter sie und zwischen ihre Beine, zog an der Lasche und schob ihren Sitz mit aller Kraft so weit wie möglich vom Armaturenbrett weg. Er langte über sie hinweg und drückte seine Wange an ihre Bluse, um an dem Hebel zwischen Tür und Beifahrersitz zu ziehen und die Lehne fast horizontal nach hinten zu klappen – und dann war er wieder über ihr. Sie zu küssen und dabei ihre Beine an seinen Händen zu spüren – die Klammheit in den Kniekehlen, die weiche, vom Ledersitz gewärmte Haut an der Rückseite ihrer Oberschenkel –, hätte allein schon ausgereicht, ihn zu befriedigen, oder der Schmerz, der von den Absätzen ihrer Pumps ausging, die sie ihm, während sie unter ihm lag, in die Waden bohrte, oder einfach nur ihr Anblick, als sie sich auf die Ellenbogen stützte und nach hinten rutschte, damit er ihr den Schlüpfer über das angewinkelte, an die Brust gezogene Knie ziehen konnte und dann über das andere Bein, an dessen Knöchel das kleine Stück Stoff hängen blieb. Oder wie sie ihn bremste, seinen Gürtel öffnete und ihn an der Hüfte nach oben stemmte, um seine Hose mit der Schuhspitze bis auf die Fußmatte hinuntertreten zu können, wie sie am Bund seiner Boxershorts zog, bis sein Schwanz sich steif und frei in der warmen Morgenluft aufrichtete. Er schob sich an ihr hinauf, bis sie ihn festhielt – »Leg dich hin«, sagte sie – und erst wieder losließ, als er sich unter sie geschoben hatte; sie führte ihn in sich ein, sank langsam und vorsichtig auf ihm nieder, während die Enge und der Platzmangel im Auto, der sie in ihrer Bewegungsfreiheit einschränkte, ihre Ekstase nur zu verstärken schien. Sie fluchte leise, während sie sich mit einer Hand an der Kopfstütze und mit der anderen am Türgriff festhielt, um nicht das Gleichgewicht zu verlieren. Dann hatten beide den richtigen Winkel gefunden, Sheppard war praktisch in die Diagonale gerutscht, ein Bein über die Schaltung gestreckt und den Fuß auf der Bremse. »Bist du bereit?«, flüsterte sie. Er schloss die Augen. Sie bewegte sich so schnell, dass er nicht hinzuschauen wagte, wie bei einem Beschwörungritual ließ sie ihre Magie auf ihn einwirken, ihren Zauber, der ihn, sollte er es wagen, die Augen zu öffnen, möglicherweise zu einer Salzsäule erstarren lassen würde, ein Zauber, der darauf abzielte, die zarte Innenverkleidung seines Körpers, von der Sheppard nie etwas geahnt hatte, aus ihm herauszusaugen. Als sie fertig war, blieb er liegen, wie erblindet. Sein Magen krampfte sich zusammen, und seine Glieder kribbelten so heftig, dass er alle Muskeln anspannen musste, um nicht am ganzen Leib zu zittern. Und dann spürte er es: ein warmer Schwall auf seinem Schoß, ein Erguss, der ihn fast augenblicklich wieder steif werden und selbst ejakulieren ließ. Er lag reglos und stöhnend da und öffnete schließlich doch die Augen. Sie beobachtete ihn. Das Haar klebte ihr in der Stirn, ihr Hals und ihr Dekolleté glänzten. Ihre großen Brustwarzen waren aus dem weißen Büstenhalter gerutscht. Sie lachte schelmisch, beugte sich vor und packte ihn mit beiden Fäusten am Hemdkragen, während er, immer noch in ihr, abermals hart wurde.

»Hast du *das* gefühlt?«, fragte sie.

Er blinzelte, weil ihm der Schweiß in die Augen lief.

»Wer bist du?«, wollte er fragen.

Wo war diese Susan geblieben, wunderte er sich jetzt, während er über die Klippen ins Nichts starrte. Fragte sie sich dasselbe? Immerhin war es damals in einem Auto wie diesem passiert.

Wieder einmal und allem zum Trotz ging er um den Wagen herum, um die Beifahrertür für sie zu öffnen, wofür sie sich nicht bedankte. Er setzte sich ans Steuer, drehte mit pulsierendem Daumen den Zündschlüssel um und lenkte den Wagen auf die Straße zurück. Er hätte nicht überrascht sein dürfen darüber, dass sich die Dinge zwischen ihnen verändert hatten; so wie die Gesundheit verflüchtigen sich auch alle übrigen Lebenszustände. Dabei waren sie ursprünglich zu einer in Sheppards Augen perfekten Übereinkunft gekommen. Sie hatten die Bedürfnisse des anderen auf nahezu perfekte Weise erfüllt. Marilyn hatte sich von ihm losgesagt beziehungsweise von ihm verlangt, sie in Ruhe zu lassen. Er sei frei, hatte sie gesagt, wenigstens solange sie nichts erfuhr. Und so hatten er und Susan den ganzen Frühling des Jahres 1951 und bis in den Sommer hinein in seinem Auto gevögelt, bis sie einen Zustand erreicht hatten, der sich annähernd wie Liebe anfühlte, was beiden sehr wichtig war. Dabei war es etwas anderes als Liebe, wie er später begriff, es war mehr als das und vollkommen neu. Noch im Herbst betrachteten sie ihr Verhältnis rein pragmatisch, sie verabredeten sich irgendwann während der gemeinsamen Schicht (zwischen zwei Patientenbesuchen beispielsweise oder im Vorbeigehen im Labor) und sehnten sich von da an nach dem Schichtende. Sie wartete im Auto auf ihn, er fuhr, und dann machten sie einen Parkplatz ausfindig vor einem Geschäft, das schon geschlossen war, sie fuhren in enge, bucklige Gassen mit Pfützen und fensterlosen Mauern, in von der Straße nicht einsehbare Ecken, in denen sich die Klimaanlagen der Häuser versteckten, wo sich der Müll sammelte und Fallrohre verliefen und wo an den Hintertüren Schilder mit der Aufschrift BITTE KLINGELN oder LIEFERANTENEINGANG hingen.

»Können wir uns nicht einfach mal in einem richtigen Bett lieben?«, fragte Susan eines Tages.

Sheppard war von dieser Anfrage enttäuscht. Obwohl Monate ins Land gegangen waren, hatte er sie noch kein einziges Mal komplett nackt gesehen, und insgeheim wollte er das auch gar nicht. Halb angezogen erschien sie ihm noch verführerischer, sie war wie die armlose Venus von Milo oder die kopflose, geflügelte Nike von Samothrake; gerade der Umstand, dass immer etwas fehlte, verlieh ihr eine gewisse Perfektion. Es lag daran, wie sie aussah, wenn sie dieses oder jenes *tat*, und manchmal hob Sheppard, wenn er ihre Absätze durch den Flur klappern hörte, beim Gespräch mit einem Kollegen den Blick vom Fußboden, um nur ihre Fesseln, die schlanken Waden und den knielangen Rocksaum vorbeirauschen zu sehen. Manchmal bestellte er sie in sein Arbeitszimmer und hieß sie um den Schreibtisch herumkommen, um seine Hand an ihrem Schenkel hinaufzuschieben, unter den Rock und zwischen ihre Beine. Sie ließ sich seinen festen Griff gefallen, verströmte ihre unglaubliche Körperwärme und schlug die Lider nieder wie eine Schlafpuppe, die langsam in die Waagerechte gebracht wird. Um schließlich doch zu widerstehen.

»Wäre das nicht möglich?«, fragte sie.

Er wurde unvorsichtig.

Anlässlich der klinikinternen Halloweenparty beschloss Sheppard, sich als Frau zu verkleiden. Er rasierte sich sogar die Beine, und Marilyn musste lachen, als sie seine nackten Schenkel und den schwarzen Haarklumpen im Abfluss sah. »Wie schafft ihr Frauen das bloß jeden Tag?«, fragte er. Marilyn schminkte ihn, verpasste ihm falsche Wimpern von einer Länge, die einer Filmdiva Ehre gemacht hätten, Lippen so rot wie sein MG und Wangen, die rosig leuchteten wie die eines Betrunkenen. Er setzte sich eine voluminöse Perücke auf und trug das verführerischste Kleid, das Marilyn in seiner Größe auftreiben konnte. Als sie nebeneinander vor dem Spiegel standen – Marilyn ging als Alice im Wunderland und hielt eine Flasche in der Hand, auf der TRINK MICH stand –, sagte sie: »Gott sei Dank ist Chip ein Junge.« Als er sie fragte, wie sie das meine, antwortete sie: »Weil du ein hässliches Mädchen wärst.« Sheppard kippte zwei Martinis, um sich Mut anzutrinken, und überließ das Autofahren Marilyn, die selbst schon einen sitzen hatte. Arm in Arm betraten sie den Raum – die Party fand in der Cafeteria der Klinik statt –, und er entdeckte Susan auf den ersten Blick. Sie war gekleidet wie ein Mann, wie Sheppards Vater, um genau zu sein, sie hatte sich einen Schnurrbart angeklebt, die gleiche kleine, runde, schwarz gerahmte Brille aufgesetzt und das Haar mit Pomade zurückfrisiert. Sie kam auf ihn zu, auch sie war unvorsichtig geworden, immerhin stand Marilyn direkt neben ihm. »Haben Sie auch eine Pfeife, Miss?«, fragte sie, und Sheppard antwortete: »Ja«, zog eine aus seinem Ausschnitt und reichte sie ihr. Sie steckte sich das abgekaute Mundstück zwischen die Lippen und ließ die schwarzen Groucho-Marx-Augenbrauen tanzen, bevor sie Sheppard mit dem speichelnassen Ende an die Brust tippte. »Nun gut«, sagte sie, »ich bin Dr. Sam!« Die sprachlose Marilyn warf ihm einen angeekelten Blick zu. Er zuckte mit den Achseln und schaute Susan nach, die sich mit der Schulter einen Weg durch die Menge bahnte. »Ich bin Dr. Sam!«, rief sie und kniff Donna Bailey in den Hintern. Er trank noch mehr. Er mischte sich unters Volk. Er wusste zu jedem Zeitpunkt, wo Susan gerade war. Marilyn redete mit ihm; er redete mit anderen und gab vor zuzuhören, ohne auch nur ein Wort zu verstehen. Er sah Susan mit einem der angehenden Fachärzte tanzen, Dr. Stevenson, und näherte sich dem Paar. Selbst unter der weiten Hose und der viel zu großen Anzugjacke, deren Ärmel sie hatte umkrempeln müssen, konnte er noch ihre schlanke, knabenhafte Figur erkennen.

»Darf ich?«, fragte er.

Stevenson war ein hochgewachsener Mann, durchtrainiert und breitschultrig, und Susan schien ein wenig enttäuscht, als Sheppard so unvermittelt auftauchte. Aber das war ihm egal. Er hatte lange genug gewartet.

»Bitte, Doktor, er gehört Ihnen.«

Sie trug ein Stethoskop um den Hals und sah mit glasigem Blick zu ihm auf. »Sie sind ein *riesiges* Fräulein«, sagte sie.

Sheppards Erektion war so hart, dass er dankbar für die Miederhose war, die er unter dem Kleid trug.

»Warum sind Sie hier?«, fragte sie. »Soll ich Sie rektal untersuchen? Ihre Leistengegend abtasten?«

Sie versuchte, ihm unter den Rock zu greifen, aber er wehrte sie ab, denn er hatte Marilyns entgeisterten Blick aufgefangen.

»Ah«, sagte Susan, »jetzt weiß ich's! Sie haben es am Herzen.« Sie drückte ihm das Stethoskop an die Brust und ließ das kalte Metall über seine nackte Haut gleiten. »Hmm«, machte sie, »anscheinend schlägt es nicht mehr.« Sie stellte sich auf die Zehenspitzen und flüsterte ihm ins Ohr: »Ich glaube, das ganze Blut ist in deinem Schwanz.«

Er schob sich an sie heran, und sie tanzten drei Lieder durch. Als er wieder den Kopf hob, war Marilyn verschwunden.

Später, als er nach Hause kam, brannte nirgendwo in der Wohnung Licht. Sheppard musste sich am Geländer festhalten und mit der anderen Hand an der Wand abstützen, um die Treppe hinaufzukommen. Er ging pinkeln und sah sein Xanthippengesicht über den Spiegel wabern. Er wischte seine Ohrringe vom Rand des Waschbeckens, taumelte hinaus und entdeckte Marilyn im Gästezimmer. Sie hatte sich in unzählige Decken eingewickelt, die wie ein Kokon aussahen.

»Du hast es getan«, sagte sie, »du hast es tatsächlich getan.«

»Was?«

»Du hast diese Frau gevögelt.«

Er lachte; was für eine Vorstellung! »Man kann nicht gerade behaupten, *ich* hätte *sie* gevögelt.«

»Du hast mein Angebot tatsächlich angenommen!«

»Das Angebot, dich nicht mehr zu vögeln? Oder das Angebot, überhaupt noch zu vögeln?«

»Und ich habe so geglaubt, dass du das nicht tun würdest«, sagte sie.

»Tja, was soll frau da machen?«, sagte er und wankte aus dem Zimmer.

Als er am nächsten Morgen aufwachte, beobachtete sie ihn von ihrem Bett aus. Der Kater hing über ihm wie ein Leichentuch.

»Es ist mir egal«, sagte sie, »ich will nur nichts davon mitbekommen.«

Sheppard schaute an sich herunter. Er trug immer noch Frauenkleider.

»Versprich es mir«, sagte sie.

Aber selbst dazu war er nicht bereit.

Noch im selben Herbst kauften er und Marilyn an der Lake Road ein zweigeschossiges Haus mit drei Schlafzimmern, einem Bootssteg und einer von Fliegengittern geschützten Veranda mit spektakulärem Seeblick. Riesige, untertassenförmige, aus verschiedenen Grauschattierungen aufgeschichtete, schneeschwangere Wolken hingen dicht über dem Wasser. Der Umzug machte Marilyn glücklich. Sie hatte alle Hände voll zu tun, das neue Heim einzurichten, während seine, wie sie ihm sagte, einzige Aufgabe darin bestand, das Bootshaus und sein Arbeitszimmer in Ordnung zu halten. Sie hatte sich in gewisser Hinsicht entspannt, gab sich entgegenkommend. Eines Abends, als sie in ihren getrennten Betten lagen und sich unterhielten, als er ihre schwarze Silhouette erkennen konnte, sagte sie ihm, sie wolle es versuchen. Und so kam es, dass er, nachdem er sie vorgewarnt hatte – »Ich komme zum Mittagessen vorbei!« –, am Nachmittag nach Hause kam, das von ihr bereitgestellte Sandwich und das Glas Milch nur flüchtig zur Kenntnis nahm und hastig die Treppe zum Schlafzimmer hinaufsprang. Marilyn hatte ihn gebeten, zwei Einzelmatratzen zu bestellen, damit er sie, falls er nachts ins Krankenhaus gerufen wurde, nicht aufweckte, und nun lag sie wartend in ihrem Bett, noch warm vom Bad, sauber und geruchlos, den weißen Bademantel aufgeschlagen wie die Blätter einer Blüte. Sie starrte aus dem Fenster, während er sich entkleidete und Jacke, Hose und Hemd über den Stuhl neben ihrem Bett legte. Als er an sie heranrückte, machte sie sich steif und sagte: »Du bist eiskalt.« Sie küssten sich. Marilyns Mund, ihre Lippen, die sich passgenau an seine schmiegten, waren ihm ebenso vertraut wie der seltsam metallische Geschmack ihrer Brust, und Sheppard war so versiert in der Abfolge ihres Liebesspiels, dass es ihm vorkam, als taste er sich durch das dunkle Wohnzimmer. Sie hielt die Augen geschlossen und verzog, wie immer, wenn er in sie eindrang, das Gesicht zu einer schmerzlichen Grimasse. Direkt danach sprachen sie nicht. Sie küsste ihn auf die Wange und umschlang seinen Hals mit beiden Armen. »Das war schön«, flüsterte sie schließlich. Er ging ins Badezimmer, um sich am Waschbecken zu säubern, erfüllt von Stolz über seine postkoitale Größe; dann zog er sich an, aß das Sandwich und trank die Milch. Als er zum Krankenhaus zurückfuhr, war es, als kehre er aus einer Parallelwelt zurück, als habe er das Zusammenleben mit Chip und Marilyn nur geträumt.

Er konnte nicht anders, als diese Nachmittage mit den Treffen mit Susan zu vergleichen. Ihrem Wunsch entsprechend vögelte er sie inzwischen in einem richtigen Bett, und zwar in dem Apartment, das die Klinik für die Assistenzärzte angemietet hatte und das über vier bescheiden möblierte Zimmer verfügte. Es war kein Problem, ihre Affäre geheim zu halten, da die Klinik niemals mehr als zwei Assistenten gleichzeitig beschäftigte, manchmal sogar gar keinen, und abgesehen davon alle Dienstpläne problemlos einsehbar waren. Er hatte sich grundlos vor Susans Nacktheit gefürchtet, vor den negativen Auswirkungen der neuen Regelung. Die neue und bequemere Umgebung erlaubte es ihnen, sich Zeit zu nehmen und einander ausgiebig und ohne Angst, entdeckt zu werden, zu erkunden. Sie kamen stets getrennt her, Susan mittlerweile in ihrem eigenen Auto, und wenn er das stille Apartment betrat, stellte er sich zunächst ins Gemeinschaftszimmer, bis er Susan hinter einer der Türen atmen hörte, wo sie, bereits vollständig entkleidet, mit derselben trägen Miene im Bett lag, mit der sie ihn wochenlang hatte warten lassen, ein Ausdruck, der halb Anmaßung und halb Langeweile verriet; sie sah ihn seltsam verzögert an, und das auch nur, wenn er sich über sie beugte und sie an den Händen zu sich heraufzog. Der Gedanke, sie könnte sich ihm eines Tages verweigern, bereitete ihm Angst und Schrecken. Er streichelte sie, während sie ihm gleichgültig und unbeteiligt Jacke und Krawatte abnahm und ihm Hemd und Hose auszog, wie um ihn daran zu erinnern, dass sie diejenige war, die hier die Entscheidungen traf. »Warum hast du so lange gebraucht?«, fragte sie ihn eines Tages. »Ich bin zu schnell gefahren und angehalten worden«, antwortete er. Mit einem frischen Lächeln und vollständig besänftigt küsste sie ihn und bestieg ihn dann, sie *besetzte* ihn, schlang ihre Beine um seine Hüfte und kletterte höher und höher, bis sie auf seinen Schultern saß, dieses ebenso schlanke wie starke Mädchen, das seine Fäuste in seine Haare krallte, während er ihre kleine Fotze leckte. Sheppard war erstaunt darüber, dass ein so kleines Ding solche Freuden für ihn bereithielt, ihn mit etwas versorgte, das nicht weniger lebensnotwendig war als Wasser. Er hob sie von seinen Schultern, warf sie mit dem Gesicht nach unten aufs Bett, und wenn sie ihm ihren Hintern entgegenhob und ihn über die Schulter ansah, war das Muster aus winzigen Sommersprossen, das ihre Nase und ihre Wangen bedeckte, knallrot, und sein Schwanz, der von ihr angezogen wurde wie von einem Magneten, stand so steif von ihm ab wie ein Schnabel, der sich aus seinem Körper reckte. Während er sich an ihrer Hüfte festhielt, hatte er das Gefühl, sie seien gemeinsam auf einer Hetzjagd, um etwas zu *erlegen*. Er drehte sie auf den Rücken und schaute zu, wie ihr Orgasmus langsam aufblühte. Sie legte den Kopf in den Nacken wie beim Haarewaschen, und in den Winkeln ihrer geschlossenen Augen sammelten sich Tränen; die Rippen ihrer Vagina waren heiß und nass und verbreiteten eine Wärme, die sich durch ihren Torso und bis in ihre Glieder hineinschlängelte. Wenn er sich mit Wange und Brust an sie drückte, fühlte er sich wie ein Junge nach dem Schwimmen, der auf dem warmen Beton neben einem Pool lag.

»Wem gehört das Zimmer?«, fragte er, nachdem sie sich mehrmals hintereinander im selben Apartment getroffen hatten. Er saß, nur mit einer Hose bekleidet, in einem Sessel neben dem Bett und schaute zu, wie Susan eine halb leere Rasierwasserflasche von der Kommode nahm und aufschraubte.

Sie schnupperte daran – sie trug nichts als Sheppards Oberhemd – und tupfte sich mit der Fingerspitze einen Tropfen hinter jedes Ohr. »Robert«, sagte sie. Sie schraubte die Flasche zu und stellte sie vorsichtig an ihren Platz zurück. »Dr. Stevenson.«

»Er ist noch kein Doktor.«

»Aber er wird bald einer sein.«

»Natürlich.«

»Weißt du, er liebt mich.«

Sheppard zog eine Augenbraue hoch.

»Und ich glaube, ich liebe ihn auch«, sagte sie.

»Ich wusste gar nicht, dass du dich mit ihm triffst.«

»Du weißt gar nichts über mich.«

Doch, wusste er. Sie unterhielten sich. Wie jetzt in diesem Moment zum Beispiel. »Ich dachte, ich weiß alles, was ich wissen muss.«

»Weißt du, dass dein Vater mich entlassen wird?«

Völlig entgeistert setzte er sich auf und legte die Hände übereinander. »Wovon redest du?«

»Na ja«, sagte sie, »*entlassen* ist nicht das richtige Wort. Er wird mich versetzen. Ins Armstrong-Labor in der Stadt.«

»Warum?«

»Angeblich stelle ich eine zu große Ablenkung dar.«

»Für wen?«

»Für dich, Dummkopf.«

Sie redete noch weiter, aber Sheppard, schon dabei, sich anzukleiden, hörte kein Wort.

Er fuhr zurück zum Krankenhaus und betrat, ohne anzuklopfen, das Arbeitszimmer seines Vaters, der nicht einmal den Kopf hob, sondern seelenruhig weiterschrieb. Er stapelte alle wichtigen Dokumente nach einem Ordnungssystem, das nur ihm bekannt war, er betrieb eine Art von Geheimniskrämerei, die seine Sekretärin fast verrückt machte. Wie ein Schutzwall erhoben sich die Papierstapel um die Arbeitsunterlage herum und ließen den Vater aussehen wie einen alten König, der sich hinter dicke Mauern zurückgezogen hatte, um für immer vor dem Bösen geschützt zu sein.

»Setz dich«, sagte er schließlich.

Sheppard wollte eigentlich stehen bleiben – er hatte die Hände tief in die Hosentaschen vergraben –, aber während der Vater weiterschrieb, wurde ihm die befehlsartige Natur der Aufforderung deutlich. Und gegen einen väterlichen Befehl konnte er sich, sosehr er es sich auch wünschte, nicht auflehnen, deswegen zog er einen der Stühle heran, die hinter ihm standen.

»Ich weiß, warum du hier bist«, sagte sein Vater und legte den Stift nieder. Er hatte graues Haar, auch Koteletten und Schnurrbart waren von derselben, körnigen Mischfarbe. Trotz seiner Brille sah er schlecht, was ihn unweigerlich das Kinn heben und scheinbar missbilligend die Stirn runzeln ließ, wenn er seinem Gesprächspartner ins Gesicht schaute. »Du bist hier, um dich mit mir über Miss Hayes zu unterhalten.«

»Das stimmt.«

»Ich werde dich ausreden lassen. Aber bevor du etwas sagst«, erklärte er, »möchte ich, dass du genau nachdenkst. Ich möchte, dass du dir überlegst, ob du mir tatsächlich etwas zu sagen hast.«

»Einverstanden.«

»Denn wenn du gekommen bist, um dich dafür einzusetzen, dass sie hierbleibt, muss ich dir gleich sagen, dass ich das für unverantwortlich halte. Nicht nur, weil dies ein Krankenhaus ist, sondern weil du als Ehemann und Vater in der Pflicht stehst.«

»Was soll das heißen?«

»Es gab Gerede bei einigen unserer Mitarbeiter. Man macht sich Sorgen.«

»Willst du damit sagen, ich hätte meine Arbeit vernachlässigt?«

Sein Vater wartete.

»Willst du mir das sagen?«

»Ich will dir noch mehr sagen.«

»Glaubst du wirklich, ich ließe mich so leicht ablenken?«

Sein Vater lehnte sich zurück. »Sam, unterhältst du eine Liebschaft mit dieser Frau?«

»Von Liebe würde ich nicht sprechen.«

»Von was sonst?«

Sheppard überlegte. »Ich würde sagen, wir haben ein Abkommen.«

»Was soll das heißen?«

Er zuckte mit den Achseln. »Dass wir gut befreundet sind.«

»Wirklich?«

»Irgendwie schon, ja.«

»Weiß Marilyn davon?«

»Ja.«

Sein Vater schüttelte den Kopf. »Die meisten Leute würden das nicht glauben. Und alle anderen hätten wohl kaum Verständnis dafür.«

»Was andere Leute denken, ist mir egal.«

»Wirklich?«

»Ja.«

Sein Vater ergriff den Papierstapel, der direkt vor ihm lag, richtete ihn gerade aus, legte ihn zurück und faltete die Hände darauf. Seine Brille reflektierte das Sonnenlicht. »Dann bist du allein.«

Sheppard wartete kurz. »Was soll das heißen?«

»Das soll heißen, dass ich unsere Geschäftsbeziehung hiermit beende«, sagte sein Vater. »Du hast mich verstanden. Ich kann nicht mit jemandem zusammenarbeiten, der sich nichts aus der Meinung der anderen macht.« Als Sheppard zu sprechen anhob, fuchtelte er mit der Hand vor seinem Gesicht herum. »Du kannst dich von Marilyn scheiden lassen, wenn das dein Wunsch ist. Chip im Stich lassen. Zurück nach Kalifornien gehen. Du hast schon früher davon geredet, und es ist mir egal. Du bist nicht länger Teilhaber meines Krankenhauses. Du wirst weder über deine Familie noch über dieses Institut Schande bringen. Solange du unter meinem Dach arbeitest, werde ich ein solches Verhalten nicht dulden. Hast du mich verstanden? Wenn du so leben willst, solltest du von hier wegziehen. Und wenn du dich von Marilyn scheiden lässt, wirst du dich vorher von diesem Krankenhaus scheiden lassen müssen.«

»Ich will nicht …«

»Du willst *was* nicht?«

Sheppard schwieg.

»Du willst *was* nicht? Auf alles verzichten? Doch, das willst du. Und dann wiederum nicht. Du willst auf alles verzichten und trotzdem hierbleiben. Du willst Teil einer Familie sein, deiner Familie, und dich gleichzeitig herumtreiben. Nur eines willst du nicht – für deine Wünsche einstehen. Ich wundere mich über dich, Sam. Seit jeher. Das ist doch zwanghaft.«

»Hör auf zu diagnostizieren.«

»Du bist ein brillanter Arzt und ein schlechter Mensch.«

»Es reicht!«

»Wenn deine Ehe krankt, solltest du dich um ein Heilmittel bemühen.«

»Erzähl *du* mir nichts über meine Ehe!«

Er schlug mit beiden Fäusten auf die Tischplatte und beugte sich vor, bis er sich – seinem Vater nicht unähnlich, der sich die Leidenschaft immer durch unbeugsame Rechtschaffenheit und Disziplin vom Leib gehalten hatte – schließlich wieder beruhigte.

»Schon gut, Sam«, sagte sein Vater.

Sheppard rieb sich die Augen, setzte sich hin, schlug die Beine übereinander und verschränkte die Arme. »Tut mir leid«, sagte er.

Sie saßen einander schweigend gegenüber, schauten aufs Wasser hinaus. Der See sah so groß aus wie ein Meer, flößte dem Betrachter aber nicht dieselbe Ehrfurcht ein.

»Weißt du«, sagte sein Vater schließlich, »im Alter hat sich meine Vorstellung von der Sünde verändert. Früher dachte ich immer, eine Sünde wäre etwas, das man tut, aber heute sehe ich das anders.«

Sein Vater würde es ihm erklären, egal, ob er es hören wollte oder nicht.

»Ich glaube inzwischen, wir sündigen durch Unterlassung«, sagte er.

Sheppard, immer noch schockiert von seinem eigenen Ausbruch, konnte nicht antworten.

»Denn wir wissen, was wir tun.« Sein Vater nahm sich die Brille ab, um sie mit dem Saum seines Arztkittels zu polieren. »Alles, was wir tun, ist eine Reaktion auf unser Wissen.« Er hielt die Gläser ins Licht, bevor er die Brille wieder aufsetzte. »Und nun entscheide dich.«

»Wofür?«

»Willst du bleiben oder nicht?«

»Ich würde niemals von hier weggehen«, antwortete Sheppard, selbst erstaunt über diese einfache Wahrheit.

»Schön«, sagte sein Vater. »Wenn du mich nun bitte entschuldigen würdest? Ich muss das hier noch fertig machen, bevor ich nach Hause kann.«

Im März verließ Susan Bay View stillschweigend für eine andere Stellung; im Mai waren sie und Dr. Stevenson nach Minnesota umgezogen, wo er seine Ausbildung beenden wollte. Vor ihrer Abreise hatte Sheppard keine Gelegenheit mehr, sie zu sehen oder zu sprechen. Es war, als bestünde dazu nicht mehr die Notwendigkeit; er warf lediglich aus reiner Gewohnheit einen Blick ins Labor, wann immer er in der Pathologie war. Das Leben war ohne sie nicht weniger sinnlich oder erfüllend, es fehlte nur die ständige Vorfreude auf das nächste Treffen. Beim Abendessen sagte Marilyn eines Abends völlig unvermittelt: »Wie ich höre, haben Susan Hayes und Robert Stevenson sich verlobt.« Er hielt

Messer und Gabel über dem Hackbraten gekreuzt und starrte in das Essen auf seinem Teller. An jenem Abend hatte Marilyn viel erzählt, aber diese Worte waren die ersten, die ihn erreichten. »Das ist ja wunderbar«, sagte er, bevor er ins Fleisch schnitt.

Im Mai und im Juni hatte er höllisch viel zu tun; erstaunlich, wie schnell die Zeit verflog, sobald es einmal Sommer geworden war. Allein an Chips Körper schien sie ablesbar. Wann hatte er das Gesicht eines kleinen Mannes bekommen? Sheppard konnte sich nicht daran erinnern, je mehr als eine Stunde am Stück mit ihm verbracht zu haben. Er entdeckte Chip auf der Veranda beim Malen, beugte sich zu ihm hinunter, legte ihm eine Hand an die Wange und küsste ihn, woraufhin der Junge ihn wegschob und nach seiner Mutter rief. Manchmal sagte er einfach nur: »Nein«, sammelte Heft und Stifte ein und ging weg – eine Zurückweisung, die den sprachlosen Vater blinzelnd zurückließ. Manchmal, abends bei der Arbeit, wäre er am liebsten sofort nach Hause gefahren, um Chip in die Arme zu schließen, aber er tat es nie. Und obwohl Sheppard immer noch mittags nach Hause kam, fand er sich beim Essen oft allein in der Küche wieder. Er konnte Marilyns Badewasser ablaufen hören und ihre tapsenden Schritte im Flur, aber aus irgendeinem Grund hatte er Angst, ihr zu begegnen. An einem Spätnachmittag Ende August, als er früher nach Hause gekommen und Marilyn eben aus der Wanne gestiegen war, schob er sie, erregt von der Vorstellung, sie zu verführen, ins Schlafzimmer. Er zog sich aus und legte sich zu ihr ins Bett. »Mein Diaphragma ist nicht drin«, sagte sie. Er ging zum Medizinschrank, um es zu holen. Das Zimmer war warm und lichtdurchflutet; der Wind kräuselte die Wasseroberfläche zu Wellen, die sie leise an den Strand schlagen hörten. Marilyn saß auf dem Bett und beschmierte die Gummikappe mit der spermiziden Baisermasse. Dann streckte sie sich im geöffneten Bademantel neben ihm aus, und nachdem Sheppard das Diaphragma in sie hinein und bis über den Höcker ihres Gebärmutterhalses geschoben hatte, betrachtete er ihren nackten Körper und den kleinen Klumpen aus weißer Paste, der in ihrem schwarzen Schamhaar hing (und den Marilyn ebenfalls bemerkte und sofort abzupfte), und er gestand sich ein, was er nicht länger verleugnen konnte, was ihn zwang, aus dem Fenster zu schauen in der Hoffnung, sie würde es nicht in seinem Gesicht sehen: Er begehrte sie nicht mehr. Als er da neben ihr saß, fühlte sein Schwanz sich an wie abgestorben. Und falls es sich nur um eine Phase in ihrer Ehe handelte, die so wie der Sommer vorbeigehen würde, woher kam dann diese überwältigende Einsamkeit? Warum konnte er, wenn sein Vater recht hatte und man wirklich alles *wusste*, nicht sicher sein, dass sie das Ende erreicht und alles, was jemals zwischen ihnen gewesen war, verloren hatten? »Ist schon gut«, sagte sie und streichelte seinen Arm. »Es muss ja nicht heute sein.« Er legte sich neben sie, lauschte den Blättern, die gegen die Fliegengitter titschten, und nahm, als sie zu weinen anfing, ihren Kopf in die Hände und hielt sie so, wie ein Bruder seine Schwester gehalten hätte.

»Aber später in dem Sommer kam Susan noch einmal zurück, nicht wahr?«, fragte Möbius.

»Ja«, antwortete Sheppard.

»Ganz allein?«

»Mit ihrem Verlobten. Mit Dr. Stevenson.«

»Haben Sie die Affäre wiederaufgenommen?«

»Ja.«

»Sie haben einfach da weitergemacht, wo Sie aufgehört hatten?«

»Nein, nicht ganz.«

»Was war anders?«

»Wir trafen uns nicht mehr so oft.«

»Warum nicht?«

»Sie hatte weniger Freiheiten. Vielleicht hatte sie auch Bedenken.«

»Warum?«

»Weil sie diesmal etwas zu verlieren hatte.«

»Hatten Sie das nicht beide?«

»Schwer zu sagen.«

»Weil Marilyn so tolerant war?«

»Resigniert wäre der treffendere Ausdruck.«

»Wegen Ihrer ›Übereinkunft‹.«

»Sie war sich im Klaren darüber, dass sie nicht alle meine Bedürfnisse erfüllen konnte, ja.«

»Aber eine Scheidung hat sie Ihnen nie vorgeschlagen?«

Sheppard zuckte mit den Achseln. »Nicht ernstlich.«

»Und Susan?«

Sheppard antwortete nicht.

»Hat sie je die Scheidung von Ihnen verlangt?«

»Ja.«

»Haben Sie ihr je gesagt, dass Ihnen der Gedanke auch schon gekommen sei?«

»Ja. Aber ich habe ihr auch von meinem Vater erzählt. Über die ungewollte Aufmerksamkeit, die so ein Schritt auf die Familie lenken würde.«

»Wie hat sie reagiert?«

»Sie sagte, sie wolle mich nicht mehr sehen.«

»Dann hat sie also Schluss gemacht?«

»Sie hat es versucht.«

»Wie meinen Sie das?«

»Manchmal haben wir wochenlang nicht miteinander geredet, aber nach einer Weile rief ich sie wieder an, und wir verabredeten uns.«

»Für mich klingt das so, als wären Sie verliebt gewesen.«

»Das Recht auf eine eigene Meinung steht Ihnen zu.«

»Doktor …«

»Detective.«

»Hören Sie sich doch an.«

Sheppard stopfte seine Pfeife erneut und zündete sie an.

»So vieles von dem, was Sie erzählen, widerspricht jedem gesunden Menschenverstand.«

»Zum Beispiel was?«

»Ihre Ehe.«

Sheppard blies Qualm an die Zellendecke.

»Was hat die Ehe schon mit gesundem Menschenverstand zu tun«, sagte er.

»Man kann einen Menschen nicht mit jemand anderem teilen.«

»Da gebe ich Ihnen recht.«

»Mit einer solchen Belastung kann niemand auf Dauer leben.«

»In diesem Fall irren Sie sich.«

»Tatsächlich? Sehen Sie sich Susan an. Sie hat die Verlobung gelöst.«

»*Er* hat die Verlobung gelöst.«

»Aber war das nicht ein Zufall?«

»Ich verstehe nicht, was Sie damit sagen wollen.«

»Ist diese Erklärung nicht zu bequem?«

»Ich kann dem, was Sie mir da unterstellen, nicht zustimmen.«

»Ach kommen Sie, Doktor!«

»Detective.«

»Betrachten Sie die Fakten. Susan Hayes kommt aus Minnesota nach Cleveland zurück, und sofort nehmen Sie die Affäre wieder auf. Ein Jahr später platzt die Verlobung. Richtig?«

»Ja.«

»Im Februar, vier Monate vor Marilyns Ermordung, zieht Susan nach Kalifornien – ein Bundesstaat, in dem Sie selbst gern gelebt hätten. Sagen Sie, haben Sie Susan vor ihrer Abreise noch einmal gesehen?«

»Ja.«

»Haben Sie sie nett verabschiedet? Gute Reise und bis bald?«

»Ja.«

»Und Sie schmiedeten Pläne für ein Wiedersehen, nicht wahr?«

»Im darauffolgenden Monat, ja.«

»Als Sie an einer chirurgischen Fortbildung in Los Angeles teilnehmen wollten. Die Sie überall hätten belegen können, oder?«

»Möglicherweise.«

»Haben Sie ihr vor der Abreise irgendwelche Geschenke gemacht?«

»Eine Wildlederjacke ...«

»Um sie zu wärmen.«

»… und einen Siegelring.«

»Das Versprechen auf eine gemeinsame Zukunft.«

»Nichts von dem, was Sie mir da unterstellen, trifft zu.«

»Sie kommen in Kalifornien an und schicken Ihre Frau und Jo Chapman direkt nach der Landung fast fünfhundert Kilometer weit weg, nach Big Sur. Und fahren sofort zu Susan, nicht wahr?«

»Ja.«

»Und noch am selben Abend nehmen Sie sie mit zu Ihrem guten Freund Dr. Miller, der Sie beherbergt und der am selben Abend eine Party gibt, ausgerechnet, auf der einige Gäste sogar Marilyn kennen.«

»Falls ich wirklich die Absicht gehegt haben sollte, meine Frau zu ermorden, hätte ich dann so eine Provokation gewagt?«

»Ich behaupte gar nicht, dass Sie den Mord an jenem Abend schon geplant haben. Ich behaupte nur, dass Ihnen alles egal war. Ich behaupte, Sie haben Susan mitgenommen, gerade *weil* es eine Provokation war. Sie wollten, dass Marilyn davon erfährt, denn in dem Fall wäre ihr nichts übrig geblieben, als die Scheidung zu verlangen.«

»Wieder falsch.«

»Und was hätte Ihr Vater schon ausrichten sollen, wenn Marilyn selbst die Scheidung verlangte?«

»Darüber habe ich nie nachgedacht.«

»Haben Sie kein Rückgrat? Gegen den Alten haben Sie sich nie behaupten können, nicht wahr?«

Sheppard schmunzelte.

»Zwei Tage später ziehen Sie und Susan in ein Hotel in L.A. um. Tagsüber gehen Sie zum Seminar, die Abende verbringen Sie mit ihr. Als wären *Sie beide* das Paar, das Urlaub macht. Als wären *Sie beide* verheiratet.«

»Sie irren sich, egal, wie die Sache sich für einen Außenstehenden darstellt.«

»Und am darauffolgenden Wochenende nehmen Sie sie sogar zu einer Hochzeit mit. Kleine Generalprobe für Ihr eigenes Fest?«

»Susan und ich haben uns danach getrennt. Auf der Rückfahrt.«

»Einfach so?«

»Nein. Es kam zu einem Zwischenfall.«

»Was ist passiert?«

»Etwas Schreckliches.«

»Sagen Sie mir eines, Dr. Sam. Warum haben Sie den Detectives nach Marilyns Tod, wenn es tatsächlich aus war zwischen Ihnen, nichts von Susan erzählt? Wenige Tage nach der Ermordung Ihrer Frau wurden Sie gefragt, ob Sie eine Affäre mit Susan Hayes hätten, und Sie *haben gelogen*. Sie sagten, Sie seien lediglich befreundet gewesen. Und später, bei der Vernehmung, wiederholten Sie die Lüge. Warum haben Sie sich die Mühe gemacht, wenn alles vorbei war?«

»Ich habe gelogen, weil es irrelevant war. Weil es vorbei war.«

»Und warum hat *sie* gelogen? Als der Staatsanwalt in Los Angeles sie befragte, stritt sie ab, jemals eine Affäre mit Ihnen gehabt zu haben.«

»Ich hatte keinen Einfluss auf ihre Aussage.«

»Mit dieser Lüge hat sie alles aufs Spiel gesetzt. Aber wir wissen beide ganz genau, warum sie log, nicht wahr?«

Sheppard nahm seine Armbanduhr ab und zog sie auf.

»Sie hat an die Zukunft gedacht, nicht wahr?«

»Das weiß ich nicht.«

»*Sie* war das Tatmotiv. In Los Angeles einigten Sie sich darauf, die Sache zu beenden, damit es nicht nach einem geplanten Mord aussehen würde.«

»Unsere Beziehung kam an ihr Ende. Auf jener Autofahrt.«

Möbius schüttelte den Kopf.

»Eine Affäre bringt Verpflichtungen mit sich, Doktor. Sie hört nicht einfach so und mitten in der Nacht auf.«

»Ich spreche nicht von Verpflichtungen«, sagte Sheppard. »Ich spreche von Liebe.«

In jenem Sommer – Susan war gerade erst nach Cleveland und nach Bay Village zurückgekehrt, den Ring von Dr. Stevenson am Finger –, nur wenige Minuten nachdem sie und Sam sich in einem Motel in Avon getroffen hatten, nur wenige Sekunden nach dem Sex, platzte er heraus: »Ich liebe dich.«

Er wusste, dass es nicht stimmte, dass es lediglich die Abwesenheit von Liebe verschleiern sollte; er hatte den Satz wie Radarwellen losgeschickt, um ein Echo zu erhalten. Aber als er es ausgesprochen und sich für den Kontrollverlust verflucht hatte, erkannte er wenigstens, was eigentlich mit ihm los war.

Marilyn und er hatten für über ein Jahr fast ausnahmslos keusch gelebt, ein von seltenen Alkoholexzessen unterbrochenes Jahr, von langen Abenden bei den Aherns oder den Houks oder der Familie seines Bruders, an denen Sheppard Marilyns Drinks zählte und darauf wartete, dass sie irgendwann seinen Arm ergriff und ihm erzählte, der Raum drehe sich. »Bring mich nach Hause«, sagte sie. Er entschuldigte sie, half ihr ins Auto und, nachdem sie ihr Haus erreicht hatten, wieder heraus und beobachtete, wie sie lächelnd und taubstumm, den Bericht der Babysitterin über sich ergehen ließ, bis Sheppard das Mädchen endlich bezahlte und hinausbegleitete und sie die Treppe hochwanken durfte. Er schlug noch ein wenig Zeit in der Küche tot, wo er sich an den Kühlschrank stellte und Wasser mit Alka Seltzer trank, um sich schließlich, über ihr Bett gebeugt, zu entkleiden und dann auch sie so vorsichtig auszuziehen wie ein schlafendes Kind, wobei sie mal zufrieden murmelte, mal wütend protestierte. Schließlich legte er sich auf sie, küsste sie leidenschaftlich, zog ihre Hand an seinen Schwanz, den sie schlaftrunken massierte; er vergrub sein Gesicht zwischen ihren Schenkeln, nur um einen Hauch von Susan zu schmecken, er versuchte mit aller Macht, ihr Gesicht heraufzubeschwören, wenn Marilyn sich in einem wachen Moment auf ihm abrackerte; er trieb sein Vorstellungsvermögen bis an seine Grenzen, und manchmal war Susan für eine Sekunde tatsächlich da. In dem Fall packte er Marilyn an der Hüfte, hob sie an und schob sie von sich herunter, weil sie das Diaphragma nicht eingelegt hatte. Er warf das Laken über sie und kroch in sein Bett, so schockiert über sich selbst, dass er stundenlang nicht einschlafen konnte.

»Oh Sam«, hatte Susan gesagt, »ich liebe dich auch.«

Trotzdem trafen sie sich viel seltener als früher. Einmal in der Woche, höchstens. Manchmal kam es sogar vor, dass sie drei Wochen lang nicht miteinander sprachen. Teilweise war das der Situation geschuldet, denn inzwischen lebten Susan und Robert zusammen. Aber noch etwas anderes kam hinzu. Sie hatte sich verändert. Im Jahr ihrer Abwesenheit hatte sie zugenommen – etwa sieben Kilo. Es stand ihr gut. Er konnte ihre Rippen nicht mehr sehen, und ihre Hüften hatten sich leicht verbreitert. »Da oben«, erklärte sie, »essen die Leute nur Fleisch und Käse.« Außerdem hatte sie mit dem Rauchen angefangen, Chesterfields, so wie Marilyn, aber anders als seiner Frau schaute Sheppard ihr nur ungern beim Rauchen zu. Susan inhalierte und atmete fast im selben Moment wieder aus, ohne Genuss und vermutlich nur, weil sie es bei irgendeinem Filmstar gesehen hatte, wohingegen Marilyn kaum etwas mit mehr Genuss tat, als zu rauchen – wenigstens bei den seltenen Gelegenheiten, wenn er sie dabei erwischte.

»Was ist denn?«, fragte Susan. Sie lagen in einem Motelbett. (Es war schon September.) Sie lag unter der Decke und hatte sich den Aschenbecher auf den Bauch gestellt. Sheppard schaute zu, wie sie die nur zur Hälfte gerauchte Zigarette ausdrückte.

»Nichts«, sagte er.

Sie stellte den Aschenbecher auf den Nachttisch und schlug die Decke beiseite. Um Schlüpfer und BH anzuziehen, kehrte sie ihm den Rücken zu. »Ich denke, wir sollten damit aufhören«, sagte sie. Sie fand ihren Rock, schlug ihn wie ein Handtuch aus und stieg hinein.

»Wenn du willst.«

»Ich möchte, dass du mich nicht mehr anrufst«, sagte sie. »Versprich es mir.« Als er nicht antwortete, wirbelte sie herum. »Ich habe gesagt, du sollst es mir versprechen!«

»Ich verspreche es«, sagte Sheppard.

Eine Woche später rief er wieder an. Ihr verblüfftes Schweigen und ihre Wehrlosigkeit bereiteten ihm ein seltsames Vergnügen. »Ich werde in einer Stunde im Perkins Motel sein«, sagte er. »Ich kann verstehen, wenn du nicht kommst.« Er wartete im Motelzimmer auf sie, hatte sich nicht einmal die Mühe gemacht, das Licht oder das Radio einzuschalten, sondern sich noch im Anzug aufs Bett gelegt, die Hände hinter dem Kopf verschränkt. Er hatte in Gedanken gewettet, wie lange sie wohl brauchen würde. Als sie zaghaft anklopfte, ließ er sie ein und setzte sich aufs Bett, während sie davor stehen blieb. Er zog sie zu sich herunter. Sie ließ sich küssen, zunächst widerwillig – auf die Wange, die Mundwinkel, den Mund –, und dann fanden sie schnell zu ihrer eingespielten Routine zurück …

Natürlich, dachte Sheppard, hat sie diesmal mehr zu verlieren.

Sie stand vor dem Spiegel und legte sich die Ohrringe wieder an. Als sie fertig war, stützte sie ihre Finger auf die Frisierkommode und betrachtete ihn im Spiegel. »Sam«, sagte sie, »ich möchte dich um einen Gefallen bitten.«

Er konnte nicht anders, als zu lächeln und die Arme zu verschränken.

»Einen riesengroßen Gefallen.«

»Sprich es aus.«

»Ich möchte, dass du jetzt gehst.« Sie war den Tränen nahe. »Halte dich von mir fern, und suche nie wieder meine Nähe.« Sie wischte sich die Augen mit den Mittelfingern ab: eins, zwei. »Zwischen uns wird nichts mehr passieren. Also bitte, adieu … und viel Glück. Keine Diskussion. Geh einfach.«

»Jetzt sofort?«

»Ja.«

»Einfach so?«

»Ja.«

»Nein, das kann ich nicht.«

»Warum nicht?«

»Ich glaube, du weißt, warum.«

»Dann sag es mir.«

»Nein, du sagst es *mir*.«

»Ich liebe Bob.«

Er sprang auf, stellte sich hinter sie und starrte sie über den

Umweg des Spiegels an. »Wie kannst du, wenn du Bob liebst, hier bei mir sein?«

»Wie kannst du, wenn du deine Frau liebst, hier bei mir sein?«

»Vermutlich liebst du Bob auf dieselbe Weise, wie ich meine Frau liebe.«

Als er zum Krankenhaus zurückfuhr, bereute er seine Worte, die nichts waren als die bequemen Ausflüchte eines Schwächlings, schlimmer noch, eines Lügners. Immer öfter verwickelten sie sich in derartige Wortgefechte. Aber er hatte wirklich keine Lust, in Susans Gegenwart über seine Ehe zu sprechen. Seine Liebe zu Marilyn sollte unantastbar sein. Aber andererseits: Was wusste er eigentlich groß von der Liebe?

Er liebte die sonntäglichen Herbstnachmittage, wenn er am Boot werkeln, die Treppe zum Bootssteg ausbessern oder die Holzverkleidung streichen konnte. Er liebte diese Aufgaben, weil sie sich zu einem Ende bringen ließen, ganz im Gegensatz zu dem nicht abreißenden Patientenstrom im Krankenhaus, zum endlosen Kreisen um die Kranken und Zusammengeflickten, von denen immer neue eingeliefert wurden. Und nach getaner Arbeit konnte er Bier trinken und herumsitzen, ohne eine Störung befürchten zu müssen, er konnte auf dem Ausziehsofa vor sich hindösen, während ein Spiel der Indians oder der Browns im Radio lief, er konnte sich so wohlfühlen wie als Kind, wenn er auf den langen Autofahrten, die sie früher unternommen hatten, auf dem Rücksitz eingeschlafen war, während seine Eltern sich unterhielten. Im Oktober rollten sich die Blätter der Bäume am Uferweg ein und wurden knochentrocken, bis sie irgendwann so spelzig und brüchig waren wie die Panzer toter Käfer, schwarze Blätter, die im Schwall herunterkamen und auf der strahlend hellen Wasseroberfläche landeten, sobald ein Windstoß in die Äste fuhr. Der Rasen hinter dem Haus war von Kastanien, Zweigen und Eicheln übersät, das Gras hatte längst zu wachsen aufgehört. Er saß im Schaukelstuhl auf der Veranda und wollte gerade einschlafen, als Marilyn herauskam. Sie trug einen dicken Collegepullover und Jeans und lehnte sich ihm gegenüber an die Fliegentür.

»Heute habe ich Susan Hayes getroffen«, sagte sie.

Sheppard, plötzlich hellwach, nippte an seinem Bier.

»Wir haben uns im Supermarkt getroffen. Sie hat Hallo zu mir gesagt … woraufhin mir übel wurde, ehrlich. Was sollte das?«

Er stellte die Flasche auf den Boden, faltete die Hände über dem Bauch und fing zu schaukeln an.

»Du hast mir gar nicht erzählt, dass sie wieder hier ist«, sagte Marilyn.

»Hätte ich das tun sollen?«

»Triffst du sie noch?«, fragte sie. »Nein, sag es mir nicht. Ich brauche eine Zigarette.«

Sie stampfte durchs Wohnzimmer in die Küche und suchte ihre alten Verstecke hinter dem Brotkasten, in den Silberpokalen und dem Steinkrug ab. Ein Glas ging zu Bruch. Dann hörte er sie in seinem Arbeitszimmer medizinische Fachbücher aus dem Regal reißen, die er später wieder würde aufsammeln müssen.

Sheppard schloss die Augen, dann drehte er den Kopf zur Tür. »Hinter den Bowlingpokalen!«

Sie kehrte auf die Veranda zurück, einen schweren Aschenbecher aus Glas in der Hand, und nahm einen tiefen Zug von ihrer Zigarette. Es war, als wäre ihr Körper ein Behältnis, das sich zusehends mit Erleichterung füllte.

»Ist es so ähnlich?«, fragte sie.

»Wovon sprichst du?«

Sie zeigte auf ihre Zigarette. »Ist es wie mit dem Rauchen? *Musst* du es einfach tun? Denn eigentlich möchte ich gar nicht rauchen. Nein, das stimmt nicht ganz. Ich möchte mich danach nicht so schwach fühlen. Ich möchte mich nicht wie eine Versagerin fühlen.« Sie wartete. »Ist es so ähnlich?«

»Nein, eigentlich nicht.«

»Warum erklärst du es mir nicht?«

Er überlegte kurz. »Ist nicht die Tatsache, dass ich es erklären muss, Erklärung genug?«

Marilyn schüttelte den Kopf. »Niemand kennt dich besser als ich«, sagte sie, »egal, was du tust.«

»Das weiß ich.«

»Keine andere Frau würde dir so viel … Freiraum lassen.«

Er schaukelte weiter.

»Willst du irgendetwas dazu sagen?«, fragte sie.

»Würde das nicht gegen unsere Abmachung verstoßen?«

Marilyns Gesicht verfinsterte sich. Sie schleuderte ihm den Aschenbecher entgegen, und das Geschoss traf direkt neben seinem linken Ohr den Schaukelstuhl und zersprang mit dem Geräusch einer platzenden Glühbirne. Ein Scherbenregen spritzte gegen seine Wange. Als er sich ins Gesicht fasste, waren seine Fingerspitzen blutverschmiert.

Bevor er den Blick wieder von seiner Hand gehoben hatte, war Marilyn schon zur Tür hinaus. Er hörte den Motor ihres Wagens anspringen und die Reifen durchdrehen, und dann blieb er lange Zeit sitzen und schaukelte.

Er bemühte sich, den Gerinnungsprozess zu erspüren, das frische Blut, das in der Wunde brannte, den Ansturm der weißen Blutkörperchen und der Blutplättchen, die sich über die Verletzung schoben wie Millionen Ziegelsteine, die frische Kruste, die sich innerhalb von Minuten so hart anfühlte wie getrockneter Klebstoff.

Später, als Kokie auf die Veranda kam, ließ er sich die Finger ablecken. Als die Hündin fertig war, ließ sie sich mit einem Rums zu seinen Füßen nieder und seufzte.

Wenn das Leben immer so wäre, fragte er sich, wenn es immer so still wäre, würde er dann hier sitzen und sich nach Lärm sehnen?

Er kam zu dem Schluss, dass sie zweifellos wieder nach Hause kommen würde. Früher hätte er sich das Hirn zermartert, er hätte sich Sorgen und Hoffnungen gemacht. Aber der Trick bestand natürlich darin zu durchschauen, dass sich früher oder später alles wie von selbst regelte. Man bekam Entscheidungen aufgezwungen oder wartete ab, bis man selbst entscheiden musste.

Die Ehe war ein langes Warten.

An einem Abend Ende November rief Susan ihn zu Hause

an. Marilyn war oben, um Chip zu baden, und es war reines Glück, dass er persönlich ans Telefon ging. »Ich muss dich sehen«, sagte Susan. Sie klang furchtbar aufgeregt. Als er wissen wollte, wo er sie abholen könne, sagte sie ihm, er solle zum Apartment ihrer Eltern kommen. Was das bedeutete, verstand er erst, als er schon im Auto saß und Marilyn erzählt hatte, er müsse zu einem dringenden Notfall ins Krankenhaus. Draußen regnete es, ein schrecklicher, spätherbstlicher Sturm war losgebrochen, und die Luft war so kalt, dass mit Graupelschauern zu rechnen war. Der Wind wirbelte abgestorbene Blätter durch die Luft, die sich an den Scheibenwischern verfingen oder wie Seesterne an die Windschutzscheibe geklatscht wurden. Als er auf den Parkplatz des Apartmentgebäudes einbog, tauchte Susan im Scheinwerferlicht auf. Sie hatte draußen auf ihn gewartet und war nass bis auf die Haut. Als sie zu ihm ins Auto stieg, schien die Temperatur im Innenraum zu fallen. Sie schluchzte.

Er fuhr los, brauchte aber nicht weit zu fahren. Bei diesem Wetter konnte man beim Blick aus dem Fenster so gut wie nichts sehen, und umgekehrt würde niemand die Insassen im Wagen von außen erkennen können. Er parkte in einer Seitenstraße. Das war so gut wie privat.

»Bob und ich, wir sind nicht mehr …« Wieder brach sie in Tränen aus. »Wir werden nicht heiraten.« Sie presste sich ihren Ärmel gegen die Augen, bevor sie Sheppard ansah. Sogar verheult sah sie schön aus. »Er sagt, er sei noch nicht so weit.« Sie fing zu lachen an. »Du kannst dir vorstellen, wie ironisch ich das finde.«

Sheppard reichte ihr seine Hand.

»Ich möchte verheiratet sein«, sagte sie, »mit jemandem, den ich liebe.« Sie nahm seine Hand und sah ihn flehentlich an. »Du auch?«

»Ja«, sagte Sheppard.

Sie zog ihn an sich und küsste ihn. Ihr Gesicht war kalt. »Ich musste dich einfach sehen«, flüsterte sie. »Ich musste dich einfach sehen, jetzt, wo Bob weg ist, um herauszufinden, ob sich zwischen uns etwas ändern würde.« Sie küsste ihn noch einmal, und er, ergriffen von einem unendlichen, unerklärlichen Verlangen, erwiderte den Kuss. Sie schob ihre Hand zwischen seine Beine. »Aber es hat sich nichts verändert.«

»Nein«, sagte er.

»Für dich?«

»Nein«, sagte er und dachte bei sich: Warum auch?

Schon hatte sie seinen Gürtel geöffnet. »Siehst du«, sagte sie und küsste ihn, »es bleibt immer gleich zwischen dir und mir.« Er stemmte sich hoch, und sie zog ihm die Hose herunter. »Es könnte *immer* so sein.«

»Ja«, sagte er.

»Möchtest du das?«

»Ja.«

»Ich habe keine Angst vor dieser Art von Glück.«

Glück? Plötzlich kam ihm das Wort, das sie da verwendet hatte, seltsam unpassend vor, denn er wäre nie darauf gekommen, die Zeit mit ihr als *glücklich* zu bezeichnen. Ihr Verhältnis entsprang einer Freiheit, die sie sich selbst genommen und ein ums andere Mal verteidigt hatten, einer Art fleischlicher Aufrichtigkeit, gepaart mit einem ekstatischen Mangel an Zurückhaltung und Worten, Worten, Worten. Er hatte sie für ihre Unverblümtheit bewundert, und wie sie alle Hindernisse, die sich zwischen sie geschoben hatten, niedergemäht hatte, nur weil sie ihn wollte. Selbst der Gefallen, den sie daran fand, ihm zu gefallen, stellte sich nun als Großzügigkeit heraus, so wie bei Marilyn, die den Tennisball auf magische Weise immer so zurückschlug, dass sein Spiel besser wurde. Aber Glück? Dieses Wort hatte Sheppard für seine Frau reserviert, egal, was zwischen ihnen passierte – oder eben nicht. Das Glück fiel in Marilyns Zuständigkeitsbereich. Er hatte Glück empfunden, als er sie zum ersten Mal küsste, im Alter von vierzehn Jahren, allein mit ihr in der Hütte ihres Onkels Bud, wo es so still war, wie es nur an einem Ort still sein kann, der jeden Augenblick von Erwachsenen heimgesucht wird. Glück war, wie Marilyn sich jedes Mal erst dann an ihn geschmiegt hatte, wenn er seine Hand an ihren Rücken legte, ihr gerötetes Gesicht, die heißen Lippen. (War man dazu geboren, eine ganz bestimmte Frau zu küssen?) Er hatte Glück empfunden, als er während seines Medizinstudiums mit ihr in Hollywood ins Kino gegangen war, an dem einzigen Tag pro Monat, an dem er Ausgang hatte. Sie hatten an den Strand fahren wollen, aber dann hatte es zu regnen angefangen, und es war ein Glück, im klimatisierten Kinosaal neben ihr zu sitzen, während sie sich mit Arm und Bein verstohlen an Sheppard drückte. Sie trug knappe, weiße Shorts, aus denen ihr Bikini herausblitzte; ihre gebräunte Haut schimmerte durch die weiße Bluse. Der Film hieß *Im Schatten des Zweifels*, und Glück war, sich während des Abspanns von ihr die Bedeutung des Ganzen erklären zu lassen, zum Beispiel dass der Regisseur die von Joseph Cotten verkörperte Figur als Vampir angelegt hatte: »Ist dir aufgefallen, wie er das Sonnenlicht gemieden und den ganzen Tag geschlafen hat?« Glück bedeutete, ihren Gedankengängen zu folgen. »Du siehst aus wie Teresa Wright«, hatte Sheppard gesagt, »wirklich. Du bist genauso hübsch wie sie.« Sie blieben im Kino sitzen, lange nachdem die Lichter angegangen waren und die Platzanweiser sich beim Aufräumen zwischen den Reihen bückten. Glück war, ihr später zu sagen: »Du könntest mich niemals langweilen.« Glück bedeutete, Chip während seiner Facharztausbildung selbst auf die Welt holen zu dürfen. Der zuständige Gynäkologe hatte Sheppard eingeladen, dabei zu sein, sechzehn Stunden lang hatte Marilyn in den Wehen gelegen, und all ihre Angst, ihrer Mutter in den Tod zu folgen, unter der Geburt zu sterben, war verschwunden, als die Fruchtblase sprang und die monatelang gehegten Befürchtungen dem Kampfgeist der Sportlerin wichen, dem Vorsatz, das Baby *herauszupressen*. Der Einsatz der Geburtszange war vonnöten, und Sheppard konnte sich nur darüber wundern, wie fest der Doktor ihm zu ziehen befahl, so als wäre das Kind eine in einer Gipswand verkeilte Schraube. »Los jetzt, mit aller Kraft«, sagte er zu Marilyn, als er das Kind langsam durch den Geburtskanal rutschen fühlte. Glück war, Chip plötzlich und wie ein Stück Gummi aus ihr herausflutschen zu sehen, ein Anblick, der Sheppard in eine Art Schockzustand versetzte. Das Neugeborene in seinen Händen war in der Lage, die Arme anzuwinkeln und mit den Fingern zu wackeln. Es heulte so laut, als versorge die noch nicht durchtrennte Nabelschnur das Baby mit zusätzlicher Energie. Der Junge war mit Marilyns Blut und Fruchtwasser beschmiert, Letzteres so gelb wie Pollen, und Sheppard, der die Knöchel des Babys zwischen den Fingern hielt und seinen Kopf in der Handfläche, zeigte es stolz seiner Frau. »Ich liebe dich«, sagte er, und alle weinten. »Ich liebe dich so sehr.«

Das Glück zeigte sich sogar in seiner Abwesenheit.

Im Februar rief Susan ihn im Krankenhaus an, um ihm zu sagen, dass sie nach Los Angeles ziehen würde, wo sie eine Stelle am Good Samaritarian gefunden hatte. Sie würde noch einmal von vorn beginnen.

Am Tag vor ihrer Abreise lud er sie zum Mittagessen ins Leystone's ein und brachte zwei Geschenke mit: eine Wildlederjacke und einen Siegelring mit einem roten Hämatit.

Er versprach ihr, sie spätestens im März zu besuchen.

Bis dahin konnte er an nichts anderes denken.

»Manche Leute kennen Gedichte auswendig«, sagte Möbius, »wieder andere berühmte Reden. Ich hingegen kenne Geständnisse. Das Ihre selbstverständlich auch.«

»Ich habe den Mord an Marilyn nie gestanden.«

»Möchten Sie es hören?«

Sheppard rutschte auf seinem Stuhl herum.

»Ich habe es aus dem Tagebuch, das Sie im Gefängis geschrieben haben.« Möbius räusperte sich. »›Als die Tragödie sich ereignete und noch viele Monate danach verschwendete ich keinen Gedanken an die Liebe, außer an Marilyn, und nie wieder würde ich eine Frau lieben können, wie ich M. geliebt habe. Ich würde nicht ernstlich versuchen, jemals wieder zu lieben. Ich bereute, manchmal nicht zärtlicher zu M. gewesen zu sein und mir zu wenig Zeit genommen zu haben, das häusliche Leben zu genießen.‹«

Sheppard dachte kurz nach. »Darf ich Ihnen sagen, was ich über die Liebe gelernt habe?«

»Sicher«, sagte Möbius.

»Wenn Sie einen Menschen wirklich lieben und von ihm zurückgeliebt werden, braucht es kein Geständnis.«

Irgendwo über der Wüste, auf dem Flug von Cleveland nach Los Angeles, bemerkte Sheppard, dass Marilyn weinte.

Sie hielt das Gesicht zum Fenster gewandt und weinte so leise, dass es ihm entgangen wäre, hätte sie nicht einmal kurz geschluchzt, und als er sie fragte, was los sei, antwortete sie: »Nichts« – eine Antwort, die sie ihm im Lauf ihrer Ehe schon so oft gegeben hatte, dass er sich wieder einmal wie ein Idiot vorkam. Eine Zeit lang versuchte er, sie zu ignorieren, aber ihr unterdrücktes Weinen presste ihr ein Winseln ab, sodass er sie irgendwann entnervt auf die Toilette schickte. Sie eilte in den rückwärtigen Teil des Flugzeugs, ihr verheultes Gesicht für alle sichtbar, und als die Stewardess vorbeikam, bestellte er zwei Drinks. Er starrte zum Fenster hinaus und auf die Wüste hinunter, die auf dieser wolkenlosen Teilstrecke gut zu erkennen war. Die Größe Amerikas war wieder einmal beeindruckend, und er wunderte sich über das winzige Bauwerk, das unter ihm vorbeizog, ein weißer Fleck, ein auf absurde Weise abgelegenes Haus, das einsam am Ende eines Stecknadelkratzers von Straße stand. Wer wollte an so einem Ort leben? Die Stewardess brachte die Drinks. Er war sich unsicher, was die Ursache für Marilyns Leiden war, vermutete aber, dass es etwas mit der Rückkehr nach Los Angeles zu tun hatte, wo sie ihr Erwachsenenleben begonnen hatten. Sie befand sich vermutlich in einer Art Traumzustand, in den das Fliegen manche Menschen versetzte, und sie begann nun reflexhaft, eine Inventur zu machen und die vier Jahre seit ihrem Umzug Bild für Bild nach Hinweisen auf die Gegenwart abzusuchen. Die Rolle mit den Negativen gehörte ihnen, aber die Bilder, so viel hatte Sheppard gelernt, waren vollkommen verschieden; allein die Kontraste konnten einen Menschen verzweifeln lassen.

Marilyn kam zurück, setzte sich und hob ihr Martiniglas am Stiel an. Es zitterte in ihrer Hand. »Danke«, sagte sie.

Den Rest des Fluges verbrachten sie schweigend.

Das Ärgerlichste an Marilyns Launen war natürlich ihre Unberechenbarkeit; sie brachen ebenso blitzartig über ihn herein wie eine Windbö. Als sie die Treppe hinunterstiegen und auf die Rollbahn traten und das grelle Sonnenlicht ihnen in den Augen wehtat, hielt Marilyn sich im Wind mit beiden Händen den Hut auf dem Kopf fest und rief: »Ich kann nicht glauben, dass wir wieder hier sind!« Auf einmal war sie so fröhlich und aufgekratzt, dass sie sich sogar bei Sheppard unterhakte, eine Geste, die ihn abstieß, so als wäre Marilyn radioaktiv verstrahlt und könnte ihn auf unheimliche Art krank machen. Sie bemerkte seine Reserviertheit nicht, was seinen Widerwillen noch steigerte. Ihre Launen verdrängten ihre Fähigkeit, die Gefühle anderer Menschen wahrzunehmen; ihre Launen waren die Welt. Vor Monaten schon hatte er beschlossen, sich mit diesen Schwankungen lange genug auseinandergesetzt zu haben und endlich den ersten Schritt machen zu müssen – sie endlich zu verlassen. Nur aus diesem Grund waren sie hier. In der Zwischenzeit half er dem Kofferträger, ihr Gepäck zu finden.

Und plötzlich stand Jo Chapman, Chappies Ehefrau, am Terminal und riss beide Arme in die Luft. »He«, rief sie, *»ihr da!«* Sie trug einen engen weißen Rollkragenpullover, Reiterhosen und Stiefel; sie hatte sich das braune Haar zu einem sportlichen Pferdeschwanz zurückgebunden und wirkte dünner als früher, um die Augen sogar ein wenig verhärmt, was, dachte Sheppard, vom Rauchen kommen musste, von dem Druck, unter dem eine Chirurgenfrau stand, und von der schweren Bürde von zu viel Freizeit. Sie umarmte ihn mit der Kraft der Reiterin, einer Stärke, die direkt aus ihrer Körpermitte zu kommen schien, bevor sie ihn auf Armeslänge von sich hielt und ihn musterte. »Immer noch ein verdammt gut aussehender Dreckskerl«, sagte sie und drehte sich zu Marilyn um, »mit Betonung auf *Dreckskerl.*« Darüber musste Marilyn lachen. Sheppard lächelte in sich hinein und begriff, dass Jo ihn immer schon auf Abstand gehalten hatte. Er war ein Mann, und sie wurde nicht müde, ihn daran zu erinnern. In ihren Augen waren fast alle Männer alberne Nullen. Sie und Marilyn wären ohne Männer besser dran. Oder vielleicht war es auch bloß so, dass sie sich in der Viererkonstellation – Jo, Chappie, Marilyn und Sam – ständig verpflichtet fühlte zu betonen, dass ihre Loyalität in erster Linie Marilyn galt.

»Sollen wir dich bei Dr. Miller absetzen?«, fragte sie ihn.

»Ihr müsst in die entgegengesetzte Richtung«, sagte Sheppard.

»Ach, das macht nichts. Was meinst du, Marilyn?«

»Es macht nichts, solange wir vor Sonnenuntergang am Strand sind.«

»Ich nehme ein Taxi«, sagte er, »und ihr fahrt einfach los.«

Sheppard ließ das Gepäck ins Taxi laden und küsste Jo zum Abschied auf die Wange.

»Bringt Chappie dich rauf?«, fragte sie.

»Ja«, antwortete er, »am Sonntag.«

Bevor Jo sich ans Steuer setzte, rief sie ihm über das Autodach zu: »Vergiss nicht, ihm zu sagen, er soll sich zum Teufel scheren!«

Sie liebte es, derlei Beschwerden öffentlich zu äußern. Gern erzählte sie beim Abendessen, es sei Ewigkeiten her, seit sie mit ihrem Mann geschlafen habe. Sheppard lächelte über ihre Vertrautheit, Jo in diesem Moment nicht; sie war damit beschäftigt, sich eine Zigarette anzuzünden und den Wagen anzulassen.

Er und Marilyn standen einander gegenüber. Sie wirkte wieder betrübt, aber er konnte sich nicht überwinden, sie nach dem Grund zu fragen.

Sie schlang ihre Arme um seinen Hals und umarmte ihn. »Ich werde an dich denken, wenn ich da oben bin«, sagte sie. Sie wartete auf eine Antwort, und als sie keine bekam, blickte sie ihm kurz und forschend in die Augen und küsste ihn leidenschaftlich. Es war ungewöhnlich für sie, sich in der Öffentlichkeit so zärtlich zu zeigen, sodass seine Überraschung seinen Widerstand noch verstärkte. Sie stieg ins Auto und kurbelte, kurz bevor sie davonfuhr, mit einem traurigen und zugleich wissenden Lächeln das Seitenfenster herunter. »Amüsier dich nicht *zu* gut«, sagte sie.

Der Wagen fädelte sich in den Verkehr ein, und Sheppard schaute ihm nach, bis er ihn nicht mehr sehen konnte.

Später, als er im Taxi saß und auf dem Weg zu Susans Apartment war, ging ihm ihr letzter Satz nicht mehr aus dem Kopf. Er wusste nicht genau, wie sie ihn gemeint hatte, ob sie ihn ganz beiläufig ausgesprochen oder seinen Seitensprung abgesegnet hatte, auch wenn er sich nicht erklären konnte, wie sie davon erfahren haben sollte. Sie hatte es mit dem ihr eigenen Mona-Lisa-Lächeln gesagt, wobei die Äußerung ebenso rätselhaft war wie ihr Gesichtsausdruck; und egal, was sie gemeint hatte und wie sehr er auch versuchte, den Satz zu verdrängen, er hatte doch den Effekt, dass die Welt ringsum plötzlich instabil wirkte. Die Palmen am Straßenrand schienen so dünn, als könne ihr Eigengewicht sie jeden Augenblick umknicken und ihren Gürteltierpanzer platzen lassen und die zerfetzten Innereien nach außen kehren; die Häuser, die sich oberhalb des Rodeo Drive in die steilen Hügel geklammert hatten, waren scheinbar in Gefahr, jeden Moment abzurutschen und auf die Straße zu krachen. Sheppard versuchte, seine Wahrnehmung zu ignorieren und seine übergroße Nervosität der anstrengenden Reise und dem Zeitunterschied zuzuschreiben – eine Folge der zu schnellen Fortbewegung in zu großer Höhe. Schuld war vermutlich auch sein Verlangen nach Susan. Wie er wusste, ähnelte eine derart gesteigerte Vorfreude dem Gefühl der Angst; trotzdem konnte er sich nicht beruhigen. Es war, als hätte Marilyn ihn durch ihren Zauberspruch in einen Traum mit labyrinthartigen Landschaften verbannt, in dem sämtliche Figuren wie ein Puzzle zusammengesetzt oder wie ein Rätsel entschlüsselt werden mussten, wobei das Scheitern möglicherweise seinen Ruin bedeuten würde.

Das Gefühl entnervte ihn und ließ das Apartmenthaus, in dem Susan wohnte, trotz des strahlenden Sonnenscheins seltsam trostlos erscheinen. Es handelte sich um einen gesichtslosen, zweistöckigen Gebäudekomplex aus weiß getünchten Ziegeln an der North Alfred Street, dessen Vorgarten durch einen Zaun von der Straße abgetrennt war. Der Springbrunnen in der Hofmitte war außer Betrieb, das Wasser im Auffangbecken von Algen durchsetzt. Susan hatte ihren Namen an der Klingel neben den Namen ihrer Mitbewohnerin geschrieben – *Shaw / Hayes* –, und die Buchstaben sahen eher eingeritzt als aufgemalt aus, dünn und zart wie Vogelknochen. Ihre Stimme kam als unkenntliches Quaken aus der Gegensprechanlage. »Hier ist Sam«, sagte er und wartete an der stillen, menschenleeren Straße. In der Ferne konnte er die Berge von Santa Monica erkennen. Für einen Moment hatte er das Gefühl, der einzige Mensch auf der Welt zu sein.

Als der Türöffner summte, drückte er das Tor auf, trat ein, drückte es hinter sich wieder zu und rüttelte noch einmal daran, um sicherzustellen, dass es auch wirklich geschlossen war. Seine Schritte hallten so laut durch den Innenhof, als ginge er durch einen Tunnel. Ein Motorrad donnerte vorbei, dessen Lärm von den Mauern zurückgeworfen wurde, und Sheppard zuckte zusammen, legte sich die Hände über die Ohren und drehte sich nach der Geräuschquelle um, konnte aber durch die Torgitter nichts erkennen als die leere Straße. Um den Innenhof zogen sich Laubengänge, und die Fenster der meisten Apartments waren mit Jalousien oder Vorhängen verdeckt. Er wusste nicht mehr, was er erwartet hatte, nur, dass es etwas anderes gewesen war.

Zum einen hatte er erwartet, Susan zu Hause anzutreffen, aber es war, wie er schnell erkannte, ihre Mitbewohnerin gewesen, die er durch die Sprechanlage gehört hatte und die ihm nun die Tür öffnete. Sie trug eine Krankenschwesteruniform ohne Haube. Die beiden obersten Knöpfe ihrer Bluse standen offen. »Sie müssen der Doktor sein«, sagte sie.

»Ja, der bin ich«, sagte er, von einer plötzlichen Paranoia ergriffen, weil Susan ihn offenbar erwähnt hatte.

»Ich bin Janet«, sagte sie. Sie ergriff seine Hand und drückte sie kraftlos und zart, bevor sie ihren leblosen Arm an ihren Körper zurückfallen ließ. Sie bat Sheppard herein, und er folgte ihr. Beim Gehen schlugen ihre Hände gegen ihre Hüften wie zwei Klöppel aus Holz.

»Susan ist noch nicht zurück«, erklärte sie, »der Verkehr muss wieder schlimm sein heute.« Ihre Stimme klang so tonlos, als wäre sie zu faul oder zu müde, um ihren Mund und die Lippen zu bewegen. Sie verschwand in der Küche, die zu Sheppards Rechten lag. Sie mixte sich einen Drink und bot Sheppard ebenfalls einen an, den er jedoch dankend ablehnte. Sie ließ Eiswürfel in ein hohes Glas fallen, füllte es fast bis zum Rand mit Scotch und gab ein Schlückchen Soda hinzu. »Ich habe eine Nachtschicht hinter mir«, sagte sie und hob das Glas, um ihm zuzuprosten. »Ich muss ins Bett. Es wäre viel klüger, in den Park zu fahren und zum Runterkommen ein bisschen spazieren zu gehen, aber irgendwie schaffe ich das nie.«

Sie hatte pummelige Wangen und eine Hühnerbrust, hängende Lider und einen mürrischen Zug um den Mund. Um ein Haar könnte man sie für hübsch halten, dachte Sheppard, doch von ihrem kleinen Torso bis zu ihrem birnenförmigen Gesicht schien sich alles dahingehend verschworen zu haben, es nicht so weit kommen zu lassen. Ihre gepflegten Fingernägel waren in einem dunklen Kirschrot lackiert, so dunkel, dass sie beinahe schwarz wirkten. Als sie seinen Blick bemerkte, verschränkte sie die Arme und ließ ihre Handrücken unter den Ellenbogen verschwinden.

Sheppard warf einen Blick auf seine Uhr. Es war erst kurz vor eins, aber er war seit drei Uhr morgens auf den Beinen. »Vielleicht nehme ich doch einen Drink«, sagte er. »Den gleichen wie Sie, wenn's Ihnen recht ist.«

Er lehnte sich gegen den Küchentresen, der sie trennte, während sie seinen Drink mixte, und sah sich im Raum um. Einziger Wandschmuck war ein großer Spiegel in Form einer Sonne in einer gezackten, vergoldeten Eisenfassung. Er hing über einem hässlichen grünen Sofa an der Wand gegenüber und war schwer genug, eine daruntersitzende Person zu erschlagen. Susans Zimmer – er hatte ihre Schuhe neben der Kommode wiedererkannt – war im Grunde genommen nur eine türlose Verlängerung dieses Gemeinschaftsraums. Ihr Einzelbett stand zwischen zwei Fenstern, die auf den Hof hinausgingen und mit Jalousien verschlossen waren. Lediglich in Janets Zimmer, das links hinter seinem Rücken gelegen war und drei hohe Fenster hatte, fiel Licht ein, wenn auch vom Nachbarhaus gedämpft.

»Prost«, sagte sie.

Sie stießen an.

»Wie lange werden Sie bleiben?«, fragte sie.

»Zwei Wochen.«

»Susan sprach von einer.«

»Die zweite werde ich in Big Sur verbringen«, sagte er.

»Sie Glückspilz. Wie ich gehört habe, soll es da oben wunderschön sein.«

»Das stimmt.«

»Ich würde alles darum geben, einmal hinzukommen.«

»Sie könnten einfach hinfahren.«

»Ich meine eine eigene Wohnung. Am liebsten hätte ich eine Wohnung an so einem Ort.«

»Wer hätte das nicht gern?«

»Ich würde sterben dafür.«

»Vielleicht bekommen Sie sie eines Tages.«

»Nur wenn ich einen Arzt heirate.« Sie rührte mit dem Finger in den Eiswürfeln und starrte ihm ins Gesicht. »Fahren Sie allein?«

»Wie bitte?«

»Nächste Woche. Fahren Sie allein?«

Sheppard schaute in sein Glas und dachte ein wenig pikiert über eine passende Antwort nach, als Janet plötzlich sagte: »Ich glaube, ich höre Susan.«

Sie stand in der offenen Tür, blieb im gleißenden Licht stehen, das plötzlich die drückende Finsternis im Apartment erhellte. Sie standen einander für einen Moment gegenüber, während Janet am Kühlschrank lehnte und sie beobachtete, und wussten nicht, wie sie sich verhalten sollten. Sheppard hatte auch damit nicht gerechnet, obwohl ihm inzwischen klar geworden war, wie viel sich für sie verändert haben musste, wie angsteinflößend dieses neue Leben war. Sie reichten einander die Hände, sprachlos, und gerührt stellte er fest, dass sie ihr Make-up aufgefrischt hatte.

»Tut mir leid, ich habe mich verspätet«, sagte sie. »Die Arbeit war …« Über seine Schulter sah sie zu Janet hinüber, die unverfroren zuschaute. Sie tauschte sich mit ihr aus, erinnerte sie an irgendeine Vereinbarung, die sie zuvor getroffen hatten und die Janet, so viel konnte Sheppard aus Susans Gesicht lesen, gerade brach.

»Ich werde mich dann mal hinlegen«, sagte sie. »Es war mir ein Vergnügen, Doktor.«

Janet ging in ihr Zimmer, ohne die Tür zu schließen, und legte sich aufs Bett, dessen Fußende vom Flur aus zu sehen war.

Alles ist so anders, dachte er, während er mit dem Daumen auf Janet wies. Susan schüttelte den Kopf und führte ihn in ihre dunkle Ecke, wo sie sich, halb versteckt, endlich küssten; und Sheppard, der für einen Augenblick alles vergaß, konnte nicht anders, als sie zu begrapschen. »Nicht hier«, sagte sie und fügte im Flüsterton hinzu: »Nicht, solange *sie* da ist.« Sie küssten sich wieder, bis Susan ihn ein weiteres Mal unterbrach. »Jetzt nicht«, sagte sie. »Lass dich ansehen.« Sie legten sich auf das schmale Bett, um sich zu küssen, zu streicheln und in die Augen zu sehen, aber als Susan ihn umarmte, als sie seinen Hals so fest umschlungen hielt, dass es beinahe wehtat, und ihm erzählte, wie schwer ihr der Neuanfang gefallen sei, wurde er wieder von Panik ergriffen. Über ihre Schulter konnte er Janets Beine sehen, die gut sichtbar und so reglos hinter der Tür lagen, als wären sie amputiert worden.

Er setzte sich an der Bettkante auf und flüsterte: »Ich kann das nicht.«

Susan setzte sich ebenfalls auf, einen erschreckten Ausdruck im Gesicht. Sie packte ihn beim Arm. »Wie meinst du das?«

Er zeigte auf Janets Hexenbeine. »Bleibt sie die ganze Zeit hier?«

Susan wirkte verwirrt. »Es ist ihr Apartment.«

»Ich spreche von dieser Woche. Hättest du das nicht anders regeln können?«

»Ich dachte ...«, sagte sie. »Ich dachte, du kümmerst dich darum.«

Auf den Gedanken war er nicht gekommen. Er hatte es sich anders vorgestellt, hatte damit gerechnet, ungestört mit Susan zu sein. Er kniff sich in den Nasenrücken. Der lange Flug und der Alkohol holten ihn ein.

»Ich werde jetzt gehen«, sagte er.

»Warum? Wohin?«

»Zu meinem Freund. Dr. Miller. Der Kollege, der mich beherbergt.«

»Du wirst nicht … ich dachte, du würdest im Hotel wohnen.«

»Nein.«

»Aber dann können wir nicht …«

»Doch«, sagte er, »das wird schon.« Er legte eine Hand auf die ihre, während seine Gedanken sich überschlugen. »Das verspreche ich.«

»Bitte, geh nicht«, sagte sie und hielt ihn am Handgelenk fest.

»Es ist nur für ein paar Stunden«, sagte er, von ihrer Angst gereizt. Er schaffte es trotzdem, zu lächeln und ihren Arm zu reiben. »Wir sehen uns, sobald ich alles hingebogen habe.«

Er fühlte sich hereingelegt und war verärgert. Nie zuvor hatte er Susan so panisch gesehen, und im Taxi, auf dem Weg zu Michael Miller, überlegte er, was nun zu tun sei. Plötzlich ins Hotel umzuziehen würde Marilyns Misstrauen erregen und möglicherweise zu einer Auseinandersetzung führen, zu der er zumindest jetzt noch nicht bereit war. Gleichzeitig bereitete ihm die räumliche Trennung von Susan jetzt schon Schmerzen, er fühlte sich in die Zeit vor ihrem ersten Sex zurückversetzt, als er von dem überwältigenden Verlangen getrieben worden war, sie *irgendwohin* zu bringen, ganz gleich wohin. Auch damit hatte er nicht gerechnet. Derartige Komplikationen waren definitiv nicht das, was er sich für sein Wiedersehen mit Susan erhofft hatte.

Er vergaß seine Probleme kurz, als er Dr. Millers Haus erreichte. Michael war in eine wunderschöne Villa in Beverly Hills umgezogen, ein riesiges Gebäude im Kolonialstil am Burton Way, knappe zwei Kilometer vom Coldwater Canyon entfernt. Er war braun gebrannt und trug das weiße Haar aus der Stirn gekämmt; der verbrannte Rücken seiner stolzen, langen Nase leuchtete so dunkelrosa wie sein Golfhemd (soeben kam er von einer Partie in Hillcrest zurück). Seine Frau Emma hatte ein köstliches, spätes Mittagessen am Pool vorbereitet, dessen Wasser so hell glitzerte wie der Tag selbst. Die Kinder waren innerhalb der letzten vier Jahre zu kleinen Persönlichkeiten herangewachsen: Anne, zehn Jahre alt, bebrillt und belesen, trug eine Ausgabe von *Ivanhoe* unterm Arm; der achtjährige Roger wollte alles über Otto Graham wissen. »Sind Sie wirklich mit ihm befreundet?« Sheppard nickte. »Wir fahren Rennen gegeneinander«, sagte er und zog ein signiertes Poster heraus – Marilyns Idee –, das der Junge vor Freude hüpfend in sein Zimmer trug, um es sofort aufzuhängen. Anne schenkte er *Charlie und der große gläserne Fahrstuhl.* »Ich werde gleich damit anfangen«, sagte sie und sprang ebenfalls davon.

Woraufhin die Erwachsenen allein zu Mittag essen und sich in aller Ruhe unterhalten konnten – an einem Ort und an einem Tag, der Cleveland wie das Land Nod aussehen ließ.

»Erstens«, sagte Michael. »Wenn du herziehst, wird sich dein Golfspiel verbessern. Zweitens: Du würdest reicher.«

»Denkst du ernsthaft darüber nach?«, fragte Emma.

»Die ganze Zeit«, antwortete Sheppard.

»Oh«, sagte Emma, »es tut mir ja so leid, dass Marilyn dich nicht begleiten konnte. Und nun wird sie auch noch unsere große Party verpassen.«

Sheppard warf einen Blick zu Michael, und der sagte: »Halb so wild.«

»Für dich vielleicht«, entgegnete sie. »Du hast ja nicht die ganze Arbeit.«

Michael verdrehte die Augen. »Wir laden einmal pro Monat zu diesem Abend ein«, erklärte er, »Poker für die Nachwuchsärzte und deren Ehefrauen.«

»Du tust so, als wäre es den Frauen erlaubt mitzuspielen«, sagte Emma.

»Wäre es auch, wenn sie die Sache ernst nehmen und nicht die ganze Zeit dabei *reden* würden.«

»Das liegt nur daran, dass Poker so langweilig ist!«

Michael seufzte, beugte sich vor und drückte Sheppards Schulter. »Sam, falls du vorhast, dich während deiner knapp bemessenen Freizeit mit deiner Geliebten zu treffen, solltest du dich nicht irgendwelchen Förmlichkeiten verpflichtet fühlen.«

»Könnte ich sie mitbringen?«, fragte Sheppard.

Das war natürlich ein Witz, trotzdem wäre es doch allerliebst gewesen, hätte die Lösung so einfach sein können. Sheppard beschloss, dass ein Bad im Pool genau das Richtige wäre, um den Kopf freizubekommen, ein Bad im Pool und ein Nickerchen, und später würden er und Susan einen neuen Plan schmieden. Er zog seine Badehose an und betrat das Sprungbrett, und nach einem Kopfsprung zog er energisch ein paar Bahnen. Glücklicherweise hatte seine Kraft im Laufe der Jahre nicht nachgelassen, bloß gingen ihm leider die Worte seiner Frau – »Amüsier dich nicht *zu* gut« – und ihr wissender Gesichtsausdruck selbst beim Schwimmen nicht aus dem Kopf. Räumlich war er von ihr getrennt, aber sie spukte in seinem Kopf herum. Ein großer Teil ihres Lebens war ein Zyklus aus immer wiederkehrenden Trennungen, schon früh am Morgen, wenn er zur Arbeit fuhr, oder mitten in der Nacht, wenn er zu einem Noteinsatz gerufen wurde, oder wegen der Frauen, mit denen er sich in der Vergangenheit getroffen hatte; denn um sie zu sehen und sich zu amüsieren, musste er Marilyn allein lassen oder ihre Abwesenheit ausnutzen. Er dachte an Frances Stevens und an jenen Sommer vor vielen Jahren, als Marilyn bereits aufs College ging und er sein letztes Schuljahr hinter sich gebracht hatte, wie er unter dem Ford Modell A gelegen und sie plötzlich in der Garagentür entdeckt hatte; und als sie auf ihn zukam, beschlich ihn das Gefühl, Marilyn sei *anwesend* und höre das Gespräch mit an. Er erinnerte sich an den Vierer mit Lester und den zwei Krankenschwestern, damals, im Medizinstudium, als Marilyn für ein paar Wochen nach Cleveland gereist war, um ihren Vater zu besuchen. Selbst heute noch, so viele Jahre später, konnte er sich gut an die atemberaubende Schönheit des Mädchens erinnern, mit dem Lester ihn verkuppeln wollte. Andrea: rabenschwarzes Haar, rubinrote Lippen und Augen so dunkel wie die eines Rehs. Ein Abendessen, gefolgt von einigen Drinks, es war, als wäre er Junggeselle, und dann das Trinkspiel, sie nannten es Buzz, das die vier später in Lesters Wohnzimmer gespielt hatten; Lester und seine Freundin schienen darauf zu warten, dass das andere Pärchen zu irgendeinem Entschluss kam, und währenddessen betrank man sich, bis Sheppard an der Reihe war, das Glas an Lester weiterzugeben, der es wiederum seiner Freundin geben sollte, während sie alle im

Schneidersitz um den niedrigen Sofatisch herumsaßen; und in dem Moment, in dem sie bei der Übergabe beide das Glas berührten, sagte Sheppard: »Gib's ihr, Les.« Sein Freund hatte das Glas abgestellt und sich mit einem letzten Blick bei Sheppard rückversichert, so als bitte er um Erlaubnis, und dann küsste er die Frau. Die beiden schoben sich, ohne die Lippen voneinander zu lösen, aufs Sofa, während Sheppard Andreas Hand ergriff und sie ins Schlafzimmer zog, wo er sie bäuchlings aufs Bett drückte, ihren Rock hochriss und ihr den Schlüpfer herunterzog, eine Hand immer in ihrem Nacken, während sich das Stöhnen aller Anwesenden vermischte und er wild drauflosrammelte. Seltsamerweise hatte er immer wieder Marilyns Gesicht vor Augen gehabt, das irgendwie enttäuscht aussah, und dann waren Les und die andere Frau halb nackt im Schlafzimmer erschienen, sie hatten sich aufs Bett fallen lassen und umeinandergeschlängelt, und Sheppard hatte sich für einen Moment gerade aufgerichtet, so als wäre er eine verzauberte Schlange und die anderen, unter seinem Blick ineinanderverwickelt, der Rest seines Körpers. Und Marilyn schaute mit demselben Gesichtsausdruck auf sie alle hinunter, den sie heute bei der Abfahrt gehabt hatte. Warum heute?, fragte Sheppard sich. Warum immer noch? »Amüsier dich nicht *zu* gut.« Er wollte sich gar nicht amüsieren. Dafür war er nicht hergekommen. Wobei er den tatsächlichen Grund für seinen Besuch nicht mehr so genau wusste wie vor der Abreise.

Er ruhte sich am tiefen Ende des Pools aus, legte die Arme auf den Beckenrand und das Kinn auf die gefalteten Hände. Er konnte die Sonne auf seiner Kopfhaut spüren. Irgendetwas an Susan hatte ihn heute abgestoßen. Das war unfair ihr gegenüber, aber er wurde das Gefühl ebenso wenig los wie die Erinnerung an Marilyns letzten Satz. Das ganze Make-up hatte die dunklen Ringe unter Susans Augen nicht vollkommen abdecken können, außerdem hatte ihr Atem nach einer abschreckenden Mischung aus Angst und Hoffnung gerochen. Als sie nach seinem Handgelenk gegriffen hatte bei dem Versuch, ihn aufzuhalten, hatten sich ihre Fingernägel in seine Haut gebohrt, und er hatte seine ganze Selbstbeherrschung aufbringen müssen, um sie nicht gewaltsam abzuschütteln. Selbst in diesem Augenblick, wo er sich eigentlich frei fühlen sollte, war Marilyn dabei. Es war, als erwarte sie etwas Bestimmtes von ihm. Aber was?

Später an dem Abend, die Pokerrunde hatte längst angefangen, rief er Marilyn bei Jo an. Ein Ferngespräch zu später Stunde, es war schon fast elf, und er war genauso angetrunken wie alle anderen Partygäste. Ein Teil von ihm wollte mit ihr reden, während ein anderer Teil sie einfach nur wissen lassen wollte, dass er hier war, genau wie er es ihr versprochen hatte. Er wollte sie in dem Glauben lassen, er würde demnächst schlafen gehen, um sich auf die Anstrengungen des kommenden Tages vorzubereiten – wo er doch in Wahrheit auf dem Weg zu Susan sein würde. Er ließ es mehrmals klingeln. Beim zehnten Ton befahl er sich aufzulegen, was ihm aber nicht gelang, sodass er sich, als Jo an den Apparat kam, sofort entschuldigte.

»Nein«, sagte sie, »mach dir keine Gedanken. Ich muss eingedöst sein.«

»Könnte ich kurz mit Marilyn sprechen?« Er hörte ein Klappern, als der Hörer hingelegt wurde, dann Stille, Gemurmel, schließlich Schritte.

»Sam?«, sagte sie.

»Hallo.«

»Ist etwas nicht in Ordnung?«

»Nein.«

»Du hast uns geweckt.«

»Ich weiß. Geh wieder ins Bett.«

»Was ist denn bei dir los?«

»Eine Party. Eine kleine Privatveranstaltung.«

»Wo bist du?«

»Bei Michael. Die Party findet bei ihm zu Hause statt.«

Sie wartete.

»Ich wollte nur deine Stimme hören«, sagte er.

»Hier bin ich«, sagte sie. »Nun hast du meine Stimme gehört.«

»Ja, gut. Sag Jo bitte noch einmal, dass es mir leidtut.«

Sie legte vor ihm auf.

Er starrte kopfschüttelnd das Telefon an.

Er rief Susan an und sagte ihr, sie solle sofort herüberkommen. Als sie fragte, ob er sicher sei, sagte er Ja. Als sie ihn fragte, ob es eine schicke Party sei, konnte er die Aufregung in ihrer Stimme hören. In seiner Nähe standen Frauen in einem kleinen Grüppchen beisammen, er beschrieb ihre Kleidung und ermahnte Susan, sich zu beeilen. Er ging an die Bar, mixte sich einen weiteren Martini – genau den Drink, dachte er, den er am nächsten Morgen bereuen würde – und gesellte sich dann zu den Männern, die in Michaels Arbeitszimmer Poker spielten. Zu acht saßen sie um den Spieltisch herum, und in der Luft hing so viel Zigaretten- und Zigarrenqualm, dass es aussah, als hätte der Filz Feuer gefangen. Zwei der Spieler, Joseph Newton und Herbie Hawkins, kannte er noch aus dem Medizinstudium, ihre Frauen waren mit Marilyn befreundet, und plötzlich hatte Sheppard vor Susans Ankunft schreckliche Angst.

Aber später, als Emma sie durchs Haus geführt hatte und sie in den Lichtkegel trat, in dem die Männer saßen, zerstreute ihr Anblick sämtliche seiner Zweifel. Sie trug ein grünes Kleid, einen passenden grünen Gürtel und eine Perlenkette um den Hals. An ihrem Finger steckte der Hämatit, den Sheppard ihr geschenkt hatte. Ihr Hochmut war zurückgekehrt, ein Verteidigungsmechanismus in dieser Situation vielleicht, und sie hatte sich wieder in das Mädchen von vor drei Jahren zurückverwandelt, hatte zu ihrem ursprünglichen Selbstvertrauen und ihrer direkten Art zurückgefunden. Sie schien lichterloh zu brennen, als sie sich herunterbeugte, Sheppard einen Arm um die Schulter legte – er schob seine Hand an ihre Hüfte – und ihn küsste; und während sie sich den Anwesenden vorstellte, blieben ihre Hände, wo sie waren. Ihre Schönheit schien die allgemeine Aufmerksamkeit vom Spiel abzuziehen und sie noch kühner werden zu lassen; während der nächsten Runde ließ sie ihre Fingernägel sanft über Sheppards Nacken wandern. Als er ausstieg, entschuldigte sie sich, um sich einen Drink zu holen. Alle Männer schauten ihr nach, bis die Tür hinter ihr ins Schloss fiel; fragend sahen sie erst einander und dann Sheppard an, einige schnalzten sogar mit der Zunge oder stießen einen leisen Pfiff aus, während ein Mann, den Sheppard nicht kannte, leise lachte – ob verächtlich oder bewundernd, war Sheppard zu betrunken zu beurteilen.

»Du liebe Güte, Sam«, sagte Michael schließlich.

Sheppard starrte auf die Karten, die vor ihm auf dem Tisch lagen, bevor er sich zurücklehnte, die Hände über dem Bauch faltete und ein Lächeln über sein Gesicht zucken spürte.

»Ich weiß nicht«, sagte Michael, »das ist ja wirklich … allerhand.«

Weder Newton noch Hawkins wagten, von ihren Karten aufzublicken, obwohl Herbie nach einer langen Schweigepause sagte: »›Allerhand‹ trifft es ganz gut.«

Sheppard verließ das Arbeitszimmer und durchquerte das Wohnzimmer, in dem die Frauen saßen, eine Schneise des Verstummens hinter sich herziehend. Er entdeckte Susan draußen am Pool, wo sie rauchend herumstand und die Schwimmkerzen beobachtete, die an der Wasseroberfläche trieben. Er schlang seine Arme um ihre Taille, küsste sie auf den Hals und atmete ihr Parfum ein, in das sich das Geißblatt und der Jasmin der nächtlichen Brise mischten – Cleveland lag, Gott sei Dank, in einem anderen Universum.

»Ich hätte nicht herkommen dürfen«, sagte sie.

»Doch, natürlich!«

Sie nickte zum Haus hinüber.

»Da drinnen will sich niemand mit mir unterhalten.«

»Das ist doch egal.«

»Dir vielleicht.«

»Es sollte *uns* egal sein.«

»Warum?«

»Komm mit.«

Er nahm sie bei der Hand und zog sie durch die Terrassentür ins Gästezimmer, das auf den Pool hinausging. Als er die Tür hinter sich zuschob, begegnete er Emmas Blick. Ihre Augen blitzten vor Wut. Aber sobald sie allein waren, hatte er die unangemessenen Umstände schon vergessen, genauso wie er seine Frau vergessen hatte und ihre letzten Worte. Er liebte Susan wild und leidenschaftlich, aber nun war es, als schwebe *er* unter der Zimmerdecke, als wäre er einer der Männer, die nebenan Karten spielten und wussten, was hier im Dunkeln vor sich ging, ohne es sehen zu können.

Das Gefühl der Entfremdung blieb sogar noch bestehen, als er einzuschlafen versuchte. Er spürte Susan neben sich, ihren Körper, konnte aber gar nicht weit genug von ihr abrücken, so als bestünde die eigentliche Sünde darin, mit einer anderen Frau das Bett zu teilen, als könnte er, falls jemand hereinplatzte, seine Unschuld beweisen, indem er einen räumlichen Abstand zu ihr hielt. Vielleicht war er es einfach nicht gewohnt, auf so engem Raum mit jemandem zu schlafen, weil er und Marilyn es schon lange anders handhabten. Jedenfalls ließ ihn die Unbequemlichkeit an der Grenze zum Schlaf dahindümpeln. Als er schließlich auf die Uhr sah, war es Viertel nach vier. Susan kehrte ihm den Rücken zu, das Laken war von ihrem Oberkörper gerutscht und hatte sich über ihrem Po zu einem *V* zusammengefaltet. Der lange Zopf aus Rückenwirbeln stach im Zwielicht so deutlich hervor wie ein fossiler Abdruck. Er stützte sich auf die Ellenbogen, um ihr Gesicht zu betrachten. Weder war er, wie ihm einfiel, jemals neben ihr aufgewacht, noch kannte er die Namen ihrer Eltern, ihren zweiten Vornamen oder ihren Geburtstag – die wesentlichen Daten und Fakten. Plötzlich wurde er von einer solchen Panik ergriffen, dass er sich flach hinlegen, seine Augen bedecken und sich zu langsamen, tiefen Atemzügen zwingen musste, bis sein Herz sich beruhigt und er neues Vertrauen geschöpft hatte. Auch diese Nacht würde irgendwann zu Ende gehen. Über eine Stunde später färbte der Himmel hinter dem Fenster sich endlich hellblau, und eine Borte aus Licht, für die er Gott dankbar war, fing über den Hügeln zu glühen an. Er hätte dringend einen Kaffee gebraucht, hatte aber keine Lust, sich in der fremden Küche auf die Suche zu machen. Also weckte er Susan, sagte ihr, sie solle sich anziehen, suchte und fand die Schlüssel zu dem MG, den Michael ihm leihen wollte, und fuhr sie durch eine blaustichige Welt mit leeren Straßen zu ihrem Apartment zurück. Am frühen Morgen wirkte Los Angeles wie eine Wüste, mehr noch als zu jeder anderen Tageszeit.

Anstatt irgendwo zu frühstücken, fuhr er direkt ins Krankenhaus, wo er zu seiner großen Erleichterung Chappie begegnete, der ihn mit Gesten und Worten förmlich überrollte, ihn zusätzlich zum Handschlag auch an der Schulter packte und zur Begrüßung so fest zudrückte, dass Sheppard lächelnd erschlaffte. Chappie war klein, aber sein Händedruck fühlte sich so kräftig an wie der eines Mannes von doppelter Körpergröße. Die Energie schien durch jede Faser seines Körpers zu strömen, die Härchen auf seinen Unterarmen und in seinen Ohrmuscheln statisch aufzuladen und seine Augenbrauen in zwei Blitze zu verwandeln. Egal, wie gut Sheppard in seinem Fach auch wurde, er schien trotz aller Bemühungen immer hinter Chapman zurückzubleiben; und als sie zusammen zum OP gingen und Chappie den anstehenden Eingriff erläuterte, war er der Erklärung gedanklich so weit voraus, dass die Worte *in medias res* aus seinem Mund sprudelten. Der nickende Sheppard fühlte sich immer noch ein wenig zittrig, es gelang ihm jedoch, sich während des Händewaschens zu sammeln, weil die gewohnten Handgriffe ihn zur Klarheit zurückfinden ließen und die präoperativen Abläufe sein Gehirn in einen Zustand höchster Wachsamkeit versetzten; sobald sie den Operationssaal betraten, fielen die Müdigkeit und die emotionalen Belastungen von ihm ab, um einem ruhigen Eifer Platz zu machen. Heute würde er einen Eingriff am offenen Herzen verfolgen, ein bewegender, erhebender Anblick; ein Schnitt über dem Sternum, gefolgt von einer kreisförmigen Sägearbeit am Brustbein, das, kurz bevor es aufgebrochen wurde, mit den abgehenden Rippen und den Schlüsselbeinen an die Unterseite eines riesigen Käfers erinnerte. Der Wundspreizer aus Edelstahl wurde abgesenkt, die Klammern wurden sanft gesetzt, und dort, in jenem rechteckigen Fenster, lag das Herz, vom purpurnen Herzbeutel umschlossen, dessen schützende Hülle kreuzförmig aufgeschnitten wurde. Anschließend wurden die vier Dreieckslappen wie eine Geschenkverpackung beiseitegeklappt und an das Gestell des Wundspreizers geklammert, sodass zuletzt das entblößte Organ auf dem gespannten Tuch lag wie in einer Hängematte. Wie Chappie erklärte, litt die Patientin an einer akuten Herzklappeninsuffizienz. Ihr Zustand war so kritisch, dass sie der Implantation einer noch im Experimentierstadium befindlichen Kugelkäfigprothese zugestimmt hatte, einer künstlichen Herzklappe, die mit Halteringen in der Hauptschlagader befestigt wurde. Ein erstaunlicher, siebenstündiger Eingriff, der ein hohes Maß an Präzision und einen nie da gewesenen Technologieglauben voraussetze. *Genau so könnte ich hier leben. Glücklich, immer auf dem Sprung, eine Speerspitze der Medizin.* Man erlaubte ihm, die künstliche Herzklappe einzusetzen, eine verflixt anspruchsvolle Aufgabe angesichts des schlechten Zustandes, in dem sich das Aortagewebe der Patientin befand.

»Das Gewebe ist so kaputt«, erklärte Chappie, »dass wir es eigentlich mit einem Stück Pulmonalarterie verstärken sollten.«

»Und woher nehmen wir die?«

»Organspende«, antwortete Chappie. »Leider hatten wir in der Vergangenheit Probleme mit den Abstoßungsreaktionen.«

Als sie die Frau von der Maschine nahmen, sagte Chappie mit einem Blick aufs EKG: »Mal sehen, ob die Pumpe anspringt.«

Die Frau starb noch auf dem OP-Tisch.

Als er Susan von ihrem Apartment abholte, war er zu müde, um von seinem Tag zu erzählen. Eigentlich wollte er nur noch schlafen. Aber Susan hatte Hunger, und ihr Kleid verriet ihm auf den ersten Blick, dass sie darauf wartete, ausgeführt zu werden. Chappie hatte ihm ein Restaurant in Santa Monica empfohlen – das Ernie's am Barnard Way –, und der Tipp erwies sich als goldrichtig. Sie saßen draußen, mit Blick auf den Pier, wo eine Karussellorgel klagende Töne über den emaillierten Ozean schickte und das ferne Riesenrad Sheppard an eine geweitete Pupille denken ließ. Er versuchte tapfer, sich selbst aus seinem Schweigen und seiner Distanziertheit aufzurütteln, aus der schleichenden Entfremdung, die eine Folge der im OP verbrachten Stunden und der vergangenen Nacht war. Vielleicht aus einem vagen Unwohlsein heraus gab Susan eine Anekdote über ihre Vorgesetzte zum Besten, die Laborleiterin der Pathologie. Obwohl Sheppard kaum zuhörte, entging ihm nicht, dass sie sich wieder einmal eine ihrer Kolleginnen zur Feindin erkoren hatte, weil diese sie angeblich vom ersten Tag an in ihren Möglichkeiten beschneiden und ihr das Leben zur Hölle machen wollte – in Bay View hatte diese Frau Tricia geheißen –, und all diese vorsorglichen Schuldzuweisungen nur, damit Susan, wenn sie dann endlich entlassen wurde oder die Kündigung einreichte, vor sich selbst keine Verantwortung übernehmen musste.

»Hörst du mir überhaupt zu?«, fragte sie.

»Entschuldige«, sagte er und legte seine Hand auf ihren Handrücken, auch wenn ihm die Geste aufgesetzt vorkam, wie eine Pantomime der Intimität. »Ich bin kaputt.« Er berührte ihre Finger und betrachtete den Hämatit, den er ihr geschenkt hatte, Grün mit zarten, roten Einschlüssen.

»Sam«, sagte sie. »In deinen Briefen hast du immer wieder geschrieben, du hättest mir etwas zu sagen, wenn du hier bist.«

»Ich weiß«, sagte er. Plötzlich hatte ihn seine Entschlossenheit verlassen.

»Wirst du es mir nicht sagen?«

»Doch«, sagte er, »aber ich bin gerade erst angekommen.«

Sie sah verwirrt aus.

»Ich möchte«, erklärte er, »dass wir einfach nur ein paar Tage zusammen sind – dass wir *wir* sind. Lass mich erst einmal ankommen.«

»Aber dann wirst du es mir sagen?«, fragte sie.

»Ja«, sagte er, »natürlich.«

Beim Abendessen stieg seine Stimmung, und Marilyn war weit, weit weg. Nachdem sie das Restaurant verlassen hatten, fuhren sie in nördlicher Richtung über den Pacific Coast Highway nach Palisades, dann weiter nach Westen zum Will Rogers Park. Gelegentlich beugte Susan sich herüber, um ihn zu küssen oder ihm mit der Hand über den Oberschenkel zu streichen, woraufhin sich seine Gleichgültigkeit und Distanziertheit auflösten, bis wieder einmal feststand, dass sie schnell irgendwo hinfahren mussten, dass sein Verlangen nach dieser Frau wie ein unauslöschliches Feuer war, und als sie Michaels Haus erreicht hatten – es war spät, schon nach zehn, und niemand kam zur Tür, als er aufschloss –, scheuchte er sie gleich ins Gästezimmer durch. Später, als sie nebeneinanderlagen, flüsterte Susan: »Das habe ich schon mal geträumt.«

Dann schlief sie ein und fing so laut zu schnarchen an, dass er sich aufsetzen musste. Und plötzlich kam er ins Grübeln. Eine weitere schlaflose Nacht, und er wäre erledigt. Er war durstig, weil er zu viel Wein getrunken hatte, also schlich er in die Küche. Er stellte sich an die Spüle, kippte zwei Gläser Wasser hinunter und wollte gerade das Licht ausknipsen, als Michael erschien. Er hielt die Hände in die Taschen seines Bademantels gedrückt, sah Sheppard grimmig an und nickte in Richtung des Gästezimmers. »Ist sie da drin?«

»Susan? Ja.«

Michael zog die Schultern hoch und ließ sie wieder fallen. »Was tust du da, Sam?«

Sheppard schwieg.

»Lass es mich so ausdrücken: Was tust du da *in meinem Haus?* Du liebe Güte, hier wohnen Kinder! Und zu allem Überfluss sind wir mit Marilyn befreundet. Wie konntest du uns in diese Lage bringen?«

»Ich möchte, dass du nichts dazu sagst.«

Michael tippte sich an die Stirn. »Sam, genau darum geht es.«

»Dann tut es mir leid.«

»Wirst du dich von Marilyn scheiden lassen?«

Sheppard zuckte mit den Achseln.

»Solltest du.«

»Michael, bitte ...«

»Nichts da. Dein Verhalten ist krankhaft.«

»Ich denke, wir haben uns beide schon krankhaft verhalten.«

Michael kam näher heran und flüsterte: »Du spinnst ja. Du solltest dir dein verdammtes Hirn untersuchen lassen. Ich meine es ernst. Du solltest dir einen Psychologen suchen.«

Vor Scham und Wut konnte Sheppard sich nicht dazu bringen, ihn anzusehen.

»Du reist früh ab«, sagte Michael, »und zwar gleich morgen. Nimm mein Auto. Ist mir scheißegal. Fahr ins Hotel und tu, was du nicht lassen kannst. Hauptsache, du bist nicht mehr hier, wenn Emma aufwacht. Denn dann kann ich für nichts mehr garantieren, das schwöre ich dir. Hast du mich verstanden?«

»Ja«, sagte Sheppard.

Seltsamerweise brachte die Konfrontation endlich Klarheit. Worauf wartete er noch? Was stimmte nicht mit ihm? Am nächsten Morgen checkte er ins Hotel Argyle ein.

Der Umzug schien Susan etwas zu bestätigen, sie auf rätselhafte Weise zu begeistern. Als er am nächsten Tag aus dem Krankenhaus kam, hatte sie einen frischen Blumenstrauß auf der Kommode platziert und war gerade dabei, ihm aus dem Schüttelbecher einen Martini einzuschenken. »Willkommen daheim, Doktor«, sagte sie und kam ihm mit dem Glas in der Hand entgegen. Und noch bevor er den Martini austrinken konnte, hatte sie sich über ihn hergemacht; die Frau, die er vor drei Jahren kennengelernt hatte, gierig und einfallsreich und unersättlich. Danach, als sie im Halbdunkel lagen, sagte sie zu ihm: »Sag mir, was du mir erzählen wolltest. Ich habe gewartet, Sam. Ich habe sehr viel Geduld bewiesen.«

»Du willst hören, dass ich dich liebe?«, fragte er.

»Das hast du mir schon einmal gesagt«, meinte sie. »Aber du kannst es natürlich gern wiederholen, wenn du das möchtest.«

Ihre Beharrlichkeit drängte ihn in die Defensive. »Vielleicht könnte etwas zu essen meine Erinnerung auffrischen«, scherzte er.

Während sie sich anzogen, wurde Susan still und mixte sich einen zweiten Drink, und als er am Spiegel hinter sie trat und seine Hände auf ihre Schultern legte, versteifte sie sich. Es war an Sheppard, gegen das Schweigen anzuplaudern und Gesprächsthemen zu finden – seine Fortbildung zum Beispiel. Immer schon hatte er sich gern mit Susan über seinen Beruf unterhalten. Anders als Marilyn war sie wissbegierig, und sie wusste, welche Fragen sie keinesfalls stellen durfte. Aber an diesem Tag gelang es ihm einfach nicht, sie aus der Reserve zu locken.

Beim Dessert, noch während er den Eingriff vom Nachmittag schilderte, ließ sie plötzlich ihren Löffel fallen, der mit lautem Klappern auf dem Teller landete. »Wann reist du ab?«, fragte sie.

»Wie meinst du das?«

»Von hier«, sagte sie, »Los Angeles. Wann fährst du weg?«

»Am Sonntag«, sagte er, »das weißt du doch.«

Ihre Augen füllten sich mit Tränen. »Und wann kommst du wieder? Kommst du überhaupt wieder?«

»Natürlich«, sagte er.

»Wann?«, keifte sie. Das Paar am Nachbartisch äugte herüber. »Sah mir, wann. Nenne mir ein Datum.«

»Bitte sprich nicht so laut.«

»Hör auf, mich wie ein Kind zu behandeln.«

»Bitte«, sagte er, »für mich ist es auch nicht leicht.«

Er wollte ihre Hand ergreifen, aber sie riss sie weg und verschränkte die Arme.

»Stell dir vor, wie es für mich ist«, sagte er.

»Ich habe meinen Teil erfüllt«, sagte sie.

Für eine Weile starrten sie in verschiedene Richtungen. Er zahlte, und wortlos verließen sie das Restaurant. Aber sobald sie wieder im Hotel waren, sagte Susan: »Es tut mir leid. Ich werde geduldiger sein.« Sie stellte sich vorm Spiegel hinter ihn und lehnte sich mit ihrem ganzen Körpergewicht an. »Das verspreche ich«, fügte sie hinzu.

Später schliefen sie miteinander; der Akt begann zärtlich, wurde dann aber zu einer lasterhaften, einsamen Veranstaltung. Sie schlief kurz danach ein, und ihr Atem – sie schnarchte ganz leise – roch nach Knoblauch. Es war seltsam, noch wach zu sein; zu Hause schlief er immer vor seiner Frau ein. Vor seinem inneren Auge zogen verschwommene Bilder von Marilyn vorbei, die immer mit irgendetwas beschäftigt war, sie las ein Buch oder stand unten in der Küche und spülte leise das Geschirr, während irgendwo im Haus trotz der späten Stunde noch ein Licht brannte oder er die Verandatür schlagen hörte, was bedeutete, dass sie auf eine Zigarette hinausgeschlichen war. Wieder musste er an ihren Gesichtsausdruck denken, an ihren Satz vom *zu gut* Amüsieren. Sie hatte sich lustig gemacht, dachte er jetzt, wie eine Mutter, die einen dummen Jungen verspottet. Er stand auf, nackt, wie er war, trat ans Fenster und starrte nach Downtown Los Angeles hinüber. Die ineinandergeschobene und sich auftürmende Silhouette der Stadt am Horizont schien mitten in einem schützenden, flachen Lichtkreis zu sitzen. Nie hatte man das Gefühl, *in* Los Angeles zu sein. Man hatte ständig den Eindruck, die Stadt sei irgendwo da draußen und man selbst verzweifelt bemüht hineinzufinden, und aus diesem Grund war die Aussicht eigentlich perfekt; es war, als wäre er ein Nomade, der eine letzte Nacht vor den Toren der Stadt kampierte, um sich am nächsten Morgen auf den Weg über die Peneplain zu machen …

Er verließ das Hotel noch vor sechs Uhr in der Früh. Er hatte sich die allergrößte Mühe gegeben, Susan nicht zu wecken, und er war erleichtert, vor der Arbeit nicht noch einmal mit ihr sprechen zu müssen. Trotzdem wurde er auf dem Weg ins Krankenhaus wieder nervös. Warum zögerte er? Dann war da Chappie und wieder eine Operation, und später, im Ärztezimmer, stellte sich ihm ein junger Chirurg namens Bart Elster vor, der vor drei Jahren in Bay View seine Facharztausbildung abgeschlossen hatte und Sheppard nun einlud, ihn zusammen mit ein paar weiteren Chirurgen zum Mittagessen zu begleiten. Schon bald stellte sich heraus, dass er am Samstag in San Diego heiraten würde. Ob Dr. Sheppard Lust hatte, am Empfang teilzunehmen?

Als er an dem Abend wieder im Hotel war, hatte er damit gerechnet, Susan mit der Nachricht von dem anstehenden Ausflug die Küste hinunter eine Freude zu machen, aber stattdessen ging sie auf ihn los.

»Was soll ich bei der Hochzeit eines Fremden?«, keifte sie.

Sheppard war fassungslos und erklärte, der junge Mann sei lediglich ein Bekannter. Auch er selbst werde bei diesem Empfang niemanden kennen. Es handele sich eher um eine Ausrede, einmal aus der Stadt herauszukommen.

»Wozu brauchen wir eine Ausrede?« Sie zog den Deckel vom Mixbecher ab und schenkte ihm einen Drink ein. Das Glas war übervoll, ein Schwall landete auf dem Küchentresen. »Es wird wieder genauso wie bei den Millers sein«, sagte sie. Und als er sagte, er verstehe sie nicht, schleuderte sie sein Glas gegen die Wand. »Dann fahr doch allein hin, wenn du so erpicht darauf bist, von hier wegzukommen!« Damit warf sie sich schluchzend aufs Bett.

Sheppard betrachtete ihren bebenden Rücken und wusste nicht, ob er bleiben oder die Flucht ergreifen sollte. Als er ihre Schulter berührte, riss sie sich los.

»Fass mich nicht an!«, rief sie und schluchzte noch lauter.

»Schon gut«, sagte er und stand für eine Weile herum. Als sie nicht zu weinen aufhörte, nahm er seine Jacke von der Sessellehne und schlüpfte hinein.

»Wo gehst du hin?«, fragte sie.

»Etwas essen.«

»Du willst mich hier einfach allein lassen?«

»Wenn du mir nicht sagen kannst, was los ist – ja.«

Sie setzte sich auf und drehte sich zu ihm um. Die Wimperntusche, die ihr in langen Streifen über die Wangen lief, verlieh ihr das Aussehen einer Wilden. »*Verstehst* du denn nicht?«, rief sie. »Es ist eine Hochzeit. Und ich habe nichts anzuziehen!«

Der Concierge überreichte ihm eine Liste aller Geschäfte, die auch am späten Abend noch geöffnet hatten. Ransohoff's, sagte er, sei das nächstgelegene. Sheppard schäumte innerlich vor Wut, er war erschüttert, gab sich verschlossen. Nie zuvor hatte er sie so gesehen, erst jetzt, da er hergekommen war. Sie wirkte bedürftig, aufgebracht und unbeherrscht. Zeigte sie ihm endlich ihr wahres Gesicht? Plötzlich verspürte er den dringenden Wunsch, nach Cleveland zurückzukehren, sehnsüchtig dachte er an den See, an seine Arbeit, an zu Hause. Wenn er jetzt ginge, würde ihm nichts Böses geschehen. Er würde ungeschoren davonkommen.

Aber Susan hakte sich bei ihm unter, als sie den Laden betraten, und legte die freie Hand an seinen Arm. »Du darfst mir ruhig böse sein«, sagte sie, »ich weiß, dass ich mich albern aufführe.« Als er seufzte, flüsterte sie ihm ins Ohr: »Sag es!«

»Du führst dich albern auf.«

Sie stellte sich ihm in den Weg und faltete ihre Hände in seinem Nacken. »Ich möchte doch nur, dass du dich um mich kümmerst«, sagte sie.

»Tatsächlich?«

»Möchtest du nicht?«

»Doch.«

»Siehst du«, sagte sie, »dann sind wir uns einig« – was wundersamerweise zu stimmen schien.

Eine Verkäuferin geleitete sie zu den Umkleiden, und während die Modelle heraustraten und vor dem Sofa, auf dem er und Susan saßen, auf und ab stolzierten, der Teppichboden die Schritte dämpfte und es in dem großen, grau gestrichenen Raum so still war, dass man das Rascheln der Röcke hören konnte, wurde das helle Licht der zwei Kronleuchter von den ringsum aufgehängten Spiegeln so zurückgeworfen, dass es unmöglich war, die Qualität der Stoffe zu übersehen. Als er Susans Aufregung bei jedem neuen Kleid bemerkte, fragte er sich in einem Anfall wissenschaftlicher Neugier, warum er etwas Ähnliches mit Marilyn nie unternommen hatte. Warum träumte er davon, zahllose andere Frauen zu umwerben, Hand in Hand mit ihnen durch fremde Städte zu schlendern? Woher diese plötzliche Großzügigkeit? Das köstliche Abendessen danach. Das teure Hotel. Seine ärztliche Kaufkraft wurde bis aufs Äußerste strapaziert, aber sein angeborener Geiz meldete sich kein einziges Mal zu Wort, als die Verkäuferin die Preise nannte; an Marilyn hingegen sparte er, wo er nur konnte.

Susans Favorit war ein schwarzes Cocktailkleid mit U-Boot-Ausschnitt, das ihre Schlüsselbeine und die zierlichen Schultern zur Geltung brachte. Als sie es anprobierte und durch den Raum schritt, endlos vervielfacht durch die Spiegel, die einander gegenüberhingen und einen Kondensstreifeneffekt erzielten, war er außer sich vor Verlangen. Irgendetwas an ihr, an ihrer Schönheit, löschte die eben erlittenen Unannehmlichkeiten sofort wieder aus. Sie erschien ihm so neugeboren wie eine Venus, die aus dem Meer steigt.

Am selben Abend rief er Marilyn an.

»Mein Gott«, sagte sie, »es gibt keinen schöneren Ort auf Erden. Wenn man hier herumläuft, kommt es einem wie eine Dummheit vor, dass wir in Cleveland leben.«

»Als wir hier gewohnt haben, warst du anderer Meinung«, sagte er.

»Ja, das stimmt«, sagte Marilyn.

»Du wolltest die ganze Zeit nach Hause.«

»Ich war jung. Ich war dumm. Was nicht heißt, dass wir an meiner Dummheit festhalten müssen. Wir sind immer noch dumm, Sam. Wir könnten hier draußen glücklich sein. Stell dir vor, Chip würde am Meer aufwachsen!«

»Du würdest deine Meinung wieder ändern. Es erscheint dir so wunderbar, weil es nur vorübergehend ist.«

Für einen Augenblick schwieg sie. »Eigentlich, mein Süßer, hatte Chappie dir damals alle Türen geöffnet. *Du* wolltest zurück nach Hause.«

»Können wir bitte mit dem Unsinn aufhören?«, fragte Sheppard.

Das Rauschen in der Leitung klang wie der Ozean. Er konnte fühlen, wie ihre Laune abstürzte.

»Warst du sehr beschäftigt?«, fragte sie.

»Ja.«

»War es gut?«, fragte sie. »Die Reise gemacht zu haben?«

»Ja.«

»Du solltest so was öfter machen.«

»Das werde ich.«

»Dann sehen wir uns also am Sonntag«, sagte sie.

Als er auflegte, glaubte er, dass er sich endlich würde entscheiden können.

Er behielt den Gedanken im Kopf, als sie am Samstag auf dem Highway 1 unterwegs waren. Er und Susan brachen gegen vier Uhr nachmittags auf.

Es waren mehr als zweieinhalb Stunden Fahrt bis La Jolla, aber das Wetter war phantastisch, der Nachmittag ungewöhnlich warm und der Himmel so klar wie Sheppards Verstand. Er war bereit, es ihr zu sagen. Was auch immer. Heute Abend. Morgen früh würde er nach Big Sur fahren, bis dahin musste ein Plan her. Gewiss, er hätte auch gleich mit ihr sprechen können, aber das

Gefühl, eins zu sein mit dem unterseeischen Gurgeln des Motors, mit dem sanften Zerren der Kurven und mit den Senken, in denen einem der Magen hüpfte, mit dem entgegenkommenden Verkehr, der lautlos in Sichtweite kam und wieder verschwand, mit den pelzig grün bewachsenen Klippen, die sich neben der Straße erhoben und von hohen Kiefern gekrönt wurden – das Gefühl war zu angenehm, um es für eine Unterhaltung zu unterbrechen. »So sollte das Wetter immer sein«, sagte Susan. Er pflichtete ihr bei und berührte ihre Hand.

Bis sie den Jachtclub erreichten, war eine Wolkenfront über dem spiegelglatten Ozean aufgezogen, der die letzten Sonnenstrahlen reflektierte. Erst später fiel Sheppard ein, wie lange sie nichts gegessen hatten. Beim Empfang wurden Berge von Horsd'œuvres serviert, dazu floss der Champagner in Strömen, Glas um Glas, und noch bevor er es gemerkt hatte, war er auf Gin umgestiegen. Zufälligerweise kannte Susan einige Hochzeitsgäste, die aus Cleveland angereist waren, und wich gleich nach der Ankunft von seiner Seite. Er wurde von einem Augenarzt aus San Francisco in eine längere Unterhaltung verwickelt, entschuldigte sich aber, als er die Regentropfen an der Fensterscheibe bemerkte. Er hatte das Wagenverdeck offen gelassen und eilte hinaus, um es zu schließen. Danach kniff er die Augen zu, blieb reglos stehen und holte tief Luft, lauschte den Masten der festgemachten Boote, die im Wind klapperten und klirrten. Die Tropfen kamen in Böen herunter, eigentlich war es mehr ein Sprühregen als ein echter Guss, aber es war kälter geworden, was ihm einen klaren Kopf bescherte, klar genug, um einzusehen, wie betrunken er war.

Er ging wieder hinein, erschrak über den Lärm und die Hitze und hatte es plötzlich eilig, Susan zu finden. Er verspürte das brennende Verlangen, mit ihr allein zu sein, ihr alles zu sagen, was er zurückgehalten hatte, dass er sich endlich entschieden hatte, aber er konnte sie im Bankettsaal nirgends sehen. Erst als er den Barraum betrat, entdeckte er sie in der hintersten Ecke, wo sie lachend neben einem jungen Mann stand, das Kinn hochgereckt und ein Glas in der Hand. Der Mann lehnte seelenruhig und arrogant an der Wand und suhlte sich in ihrer ungeteilten Aufmerksamkeit. Er hatte ebenso dunkles Haar und fein geschnittene Gesichtszüge wie sie und beugte sich nun zu ihrem Ohr hinunter, um ihr etwas über einen der Gäste zu erzählen, auf den er mit dem Finger zeigte, etwas, das sie auflachen und wie zur Zustimmung sein Handgelenk umfassen ließ. Die durchsichtige Blase der Intimität, die die beiden einschloss, ließ Sheppard abrupt stehen bleiben, und als Susan sich umdrehte und ihn entdeckte, blitzten ihre Augen. Vielleicht wäre er weniger eifersüchtig und wütend geworden, hätte sie ihm nicht im selben Augenblick wieder den Rücken zugekehrt, so als fände sie ihn vollkommen uninteressant.

»Hallo, Sam.«

»Susan.«

Er sah den Fremden an, der seinen Blick erwiderte. »Ich bin Dr. Sheppard.«

»Dr. Kessler.«

»Mark ist ein Kollege aus dem Samaritan«, erklärte Susan.

Sie schwiegen.

»Kann ich dich bitte sprechen?«, fragte Sam, nahm sie beim Ellenbogen und zog sie weg. »Ich habe dich gesucht«, sagte er.

»Nun, du hast mich gefunden.«

Er hielt inne und betrachtete sie. Ihr Blick sank bis auf Halshöhe ab und stieg dann träge wieder in die Höhe.

»Wir sollten besser gehen«, sagte er.

»Ich gehe nirgendwohin.«

»Nein?«

»Nein, noch nicht. Ich amüsiere mich prächtig.«

Sheppard warf einen Blick über ihre Schulter zu Dr. Kessler hinüber. »Vielleicht bist du auch bloß betrunken?«

»Ach, wirklich? Vielen Dank für den Hinweis, und nun entschuldige mich bitte.«

Sie drehte sich um, aber er hielt sie am Arm fest.

»Lass mich los.«

»Komm, wir gehen an die frische Luft.«

»Ich will keine Luft, ich will weg. Von dir.«

»Wirklich?«

»Wirklich. Du stehst als ein riesiges, *peinliches* Fragezeichen in meinem Leben.«

»Susan …«

»Selbst Mark hat mich eben gefragt. Er hat gesagt: ›Mit wem bist du hier?‹ Und als ich es ihm erklärt habe, hat er gefragt, ob wir etwas miteinander hätten. Ich konnte ihm unmöglich die Wahrheit sagen, oder? Denn was ist mit uns? Was soll ich sagen? Was soll ich den Leuten erzählen, bei so einer Party?«

»Sei nicht dumm.«

»Du hast recht. Ich bin dumm. Ich bin die dumme Gans, die sich von dir vögeln lässt.«

Er packte ihre Ellenbogen und zog sie an sich, bis seine Lippen fast ihr Ohr berührten. »Wenn du mich jemals wiedersehen willst«, flüsterte er, »kommst du jetzt sofort mit durch diese Tür. Hast du verstanden?«

Sie schmunzelte, woraufhin er noch fester zudrückte.

»Verstanden?«, wiederholte er, bevor er sie losließ.

Sie untersuchte ihre Ellenbogen, die blassroten Druckstellen, die seine Finger hinterlassen hatten. Dann überzeugte sie sich davon, dass er es ernst meinte, verengte die Augen und fing zu lächeln an. »Du bist ein komischer Vogel«, sagte sie.

Es war ein Fehler gewesen, sich für die Küstenstraße zu entscheiden, dachte Sheppard, nicht nur wegen des Wetters oder des schlechten Zustandes, in dem das Auto sich befand, sondern wegen der Zeit, die sie auf den zusätzlichen Kilometern verloren, wegen der Geschwindigkeitsbeschränkung, die die kurvenreiche Straße ihm auferlegte, und weil er und Susan Los Angeles viel früher hätten erreichen können, was bedeutet hätte, früher im Bett zu liegen und auszuschlafen, bevor er am nächsten Morgen mit Chappie nach Big Sur aufbrach, wo Marilyn in diesem Augenblick war. Es war ein Fehler gewesen und darüber hinaus, unter diesen Bedingungen, gefährlich. Einer von vielen Fehlern, dachte er, während sein verletzter Daumen so heftig pochte, dass er überzeugt war, die Wunde müsse genäht werden. Und wieder packte ihn die Panik, eine irrationale, namenlose Furcht davor, dass er den Abend nicht überleben würde; alle seine Fehler würden sich vereint gegen ihn wenden und seinen Tod erwirken, hier an Susans Seite, wo das Sterben einen Maximalschaden nach sich ziehen würde. Eine Krankheit hatte Symptome vorzuweisen, eine Infektion oder ein Unfall zog eine Diagnose nach sich, aber Fehler waren die Konsequenz von Entscheidungen, von ganzen Entscheidungsabfolgen, die sich bis an einen Anfangspunkt zurückverfolgen ließen. Es war ein Fehler, dachte Sheppard da, sich jemals auf Susan eingelassen zu haben und später zu glauben, die Frau, die er sich zur Mätresse genommen hatte, könnte ihm etwas bedeuten. Nein, schon die Umstände ihres Kennenlernens hatten ihre Zukunftsperspektiven stark eingeschränkt. Und doch brachte keine dieser Überlegungen ihn einer Lösung oder einem Heilmittel näher.

Und mit plötzlicher Klarheit begriff er, wie seine Frau ihren letzten Satz gemeint hatte. *Amüsier dich nicht zu gut.* Sie wusste Bescheid. Sie hatte immer Bescheid gewusst. Er lächelte demütig. Seit der Minute, in der sie angekommen waren, und vermutlich schon lange davor, hatte sie gewusst, er würde sich mit Susan treffen. Sie hatte es gewusst und ihm von Anfang an vergeben; das war zum einen die Bedeutung ihres Satzes gewesen. Der andere Teil hieß: *Sie wartete auf ihn.* Sollte es das Aus bedeuten, würde sie sich nicht dagegen auflehnen. Sollte es sich nur um eine seiner Liebschaften handeln, würde sie es hinnehmen. Und währenddessen darauf warten, dass er sich wieder einkriegte. Er könnte sich von ihr trennen; er könnte sie in seine Arme schließen. Aber niemals würde sie den ersten Schritt zur Trennung machen. Sie würde warten. Sie liebte ihn, sie räumte ihnen als Paar eine Chance ein – so viel stand fest.

Du lieber Gott, dachte Sheppard, bring mich nach Hause.

»Halt an«, sagte Susan.

»Warum?«, fragte er.

»Mir ist eiskalt«, sagte sie. »Ich möchte, dass du das Verdeck schließt.«

»Die Kälte hält mich wach.«

»Halt sofort an, Sam, oder ich springe aus dem Auto, das schwöre ich bei Gott!«

»Dann spring. Ist mir doch egal.«

»Das stimmt. Es war dir immer egal.«

»Heute Abend zumindest«, sagte er.

»Nein, nicht nur heute Abend. Immer schon.«

»Nach so einer Szene …«

»Alles, was nicht deinen engstirnigen Vorstellungen entspricht, ist natürlich eine Szene. Aber das hier ist keine gottverdammte Szene. Das hier ist ernst.«

Er streckte ihr seine rechte Hand entgegen und machte *Bla Bla Bla* mit den Fingern.

»Du bist jämmerlich«, sagte sie, »jämmerlich und ein Feigling.«

»Fahr zur Hölle.«

»Du kannst zu nichts stehen. Du kannst dich gegen niemanden behaupten.«

Er schaltete das Radio ein.

Sie schaltete es wieder aus. »Du kannst dich gegen deinen Vater nicht behaupten. Du bist sein kleiner Sohn, der seine kleinen Vorstellungen von einem kleinen Leben brav in die Tat umsetzt.«

»Halt den Mund, und lass meine Familie aus dem Spiel.« Er fuhr fast hundertvierzig Sachen, die Geschwindigkeit ließ die Reifen summen.

»Deswegen klammerst du dich an deine kleinen Rebellionen«, fuhr sie fort, »um die Illusion zu erhalten, du wärst groß und frei.«

Er leckte sich über die Oberlippe.

»Du hast deiner Frau nichts entgegenzusetzen«, sagte sie. »Du trennst dich nicht von ihr, und gleichzeitig flüsterst du mir ins Ohr, wie sehr du mich liebst. Du brauchst nicht mehr als drei kleine Worte, um uns beide zu belügen.«

»Halt den Mund.«

»Wie wäre es, wenn du dich *jetzt* behauptest? ›Nach so einer Szene.‹ Als ob ich das Fass zum Überlaufen gebracht hätte!«

»Wirst du jetzt endlich den Mund halten?«

»Mein Gott, ich war so dumm. Robert war ein guter Mann. Er hat mich geliebt. Wenigstens wusste er, was Liebe ist. Und wo seine Grenzen liegen.«

Nun lachte Sheppard, er war so wütend, er hätte ausspucken können. Er brachte den Wagen auf fast hundertfünfzig Sachen und bekam Lust, das Steuer nach links zu reißen und sie beide in die Leere hinauszuschießen, nur um ihre Angst zu sehen, wenn sie dem Pazifik entgegenrasten.

»Du bist ein Fluch auf meinem Leben«, sagte sie. »Du bist ein Fluch auf allem.«

»Morgen bin ich weg.«

»Wer ist als Nächste dran, frage ich mich. Welche glückliche Lady ahnt noch nicht, dass sie in Bälde von Sam Sheppard ausgesaugt werden wird?«

»Du warst die Letzte, glaube mir. Du wirst mir dauerhaft eine Warnung sein.«

»Deine Frau tut mir leid!«

Er wandte sich um und hielt ihr seinen Zeigefinger vors Gesicht. »Wage es nicht, über meine Frau zu sprechen!«

Sie stieß einen Schrei aus, weil vor ihnen etwas in der Dunkelheit auftauchte, sie riss die Augen auf und stützte sich mit beiden Händen aufs Armaturenbrett.

Und in der Millisekunde, in der er sich wieder der Straße zuwandte und auf die Bremse stieg, sah Sheppard die Gestalt – und das braune Haar, exakt die Haarfarbe seiner Frau –, und dann erfolgte auch schon der Aufprall, und was ihm auf der Zunge lag, war »Marilyn!«, denn er war überzeugt davon, irgendein verrückter Zufall, eine dämonische Konvergenz habe sie in diesem Moment auf diese Straße gebracht, Hunderte Kilometer von Big Sur entfernt, und der Körper, den er eben überfahren hatte, sei der ihre. Das Geräusch war ekelerregend, ein Knirschen, ein Reißen von Fleisch und Brechen von Knochen, zeitgleich zum Aufprall, mehr Detonation als Zusammenstoß, gefolgt von einem Schlag gegen das rechte Hinterrad, der den Wagen ausbrechen ließ. Seine Erfahrung als Rennfahrer rettete ihnen das Leben;

anstatt gegenzulenken, folgte er der Drehbewegung; und für einen kurzen Augenblick stand der MG auf den linken Rädern wie ein Katamaran, und dann fiel er sofort wieder auf die Straße zurück und drehte sich unter lautem Wehklagen dreimal um die eigene Achse und blieb auf der Gegenfahrbahn schließlich in Fahrtrichtung stehen.

Sie saßen gute dreißig Meter hinter dem Unfallort schweigend nebeneinander im Auto.

»Was war das?«, fragte Susan. »Mein Gott, war das eine Frau?«

Sheppard legte den Rückwärtsgang ein, drückte das Gaspedal durch und trat erst auf die Bremse, als er meinte, einen Körperteil zu sehen. »Bleib im Auto«, sagte er, zog die Handbremse an und stieg aus.

Der Adrenalinstoß versetzte ihn gewohnheitsmäßig in einen hellwachen, ruhigen Zustand. Die Rücklichter des Wagens tauchten die Szene in rotes Licht, und obwohl sein Verstand in den Notfallmodus umgeschaltet hatte, war er überaus erleichtert zu sehen, dass das abgetrennte Körperteil zu einem Hund gehörte. Er näherte sich dem Tier – es handelte sich um eine große Rasse, einen Königspudel –, konnte aber erst, als er bis auf wenige Schritte herangekommen war, erkennen, dass es noch lebte.

Er beugte sich darüber. Der Hund lag auf der rechten Seite, und aus seiner Schulter, dort, wo der Lauf gewesen war, schlängelten sich zwei ineinanderverdrehte Muskelstränge, die im blutroten Licht glänzten.

Er kniete nieder. Der Hundetorso war schwarz vor Blut, die Hinterläufe oberhalb der Pfoten mehrfach gebrochen. Beide Schienbeine waren von den Gelenken abgetrennt worden und ragten entgegen der Laufrichtung heraus wie Fahrradständer. Blut sickerte dem Hund aus Ohren und Schnauze, trotzdem schien er bei Bewusstsein. Als er Sheppard sah, den Menschen, das Herrchen, hob er winselnd den Kopf und zog unterwürfig die Vorderpfote ein.

»Braver Hund«, sagte er. »Braves Tier.«

Er tastete den Nacken ab: kein Halsband.

»Ich werde mich um dich kümmern«, sagte er und marschierte zum Auto zurück.

»Ist es eine Frau?«, fragte Susan, »oder ein Kind?«

Schweigend öffnete er den Kofferraum. Er packte den Montierhebel und stiefelte los. Susan folgte ihm, bis das Hundebein in Sicht kam und sie sich übergeben musste.

Sheppard kniete noch einmal neben dem Tier nieder.

Das, dachte er, war der Preis, das Ende der Kettenreaktion, die er in Gang gesetzt hatte, als er Susan vor drei Jahren begegnet war. Wenn er jetzt stark war, konnte er dem allem ein Ende setzen. Dann wäre der Hund das *einzige* Todesopfer, kein Omen für die folgenden.

Er berührte die Hundewange und spürte das warme Blut an seiner Hand. Das Tier versuchte winselnd, sich aufzurichten, bevor es sich zurücksinken ließ und erschlaffte. »Ruhig«, sagte er. Der Hund zog die Pfoten an, bis die Muskeln in der klaffenden Wunde zu zittern begannen, und starrte Sheppard direkt in die Augen. Und die Liebe in seinem Blick, flehentlich und passiv und absolut gehorsam, zeigte ihm noch einmal, was er angerichtet hatte.

Er stützte sich auf ein Knie, hielt den Hund mit sanftem Griff im Genick fest und hieb mit schnellen Schlägen auf den Schädel ein, er ließ brüllend die Schläge niederprasseln, bis das Eisen mit einem Klingelgeräusch auf den Asphalt traf, die Spitze abbrach und klirrend davonflog, bis Sheppard mit blutigem Schleim bedeckt war, bis der Hund kein Geräusch mehr von sich gab und Sheppard nichts mehr hörte außer seinen eigenen Atem. Zum ersten Mal, seit er denken konnte, hatte er das Gefühl, das Richtige getan zu haben.

Nur in den seltensten Fällen, dachte Richard Eberling, tritt ein, was man sich am sehnlichsten wünscht.

Heute hatte er noch vier Häuser zu putzen, und während er von Heim zu Heim zog, musste er wieder daran denken, wie er mit Marilyn auf der Veranda gesessen und seine Chance vertan hatte, und an ihr Angebot (»Sie können nach der Arbeit gern an unseren Strand, um zu baden und sich ein bisschen zu amüsieren«), und dann stellte er sich vor, der Mittwoch käme umso schneller, je fleißiger er arbeitete. Er erinnerte sich an seine Zeit im Waisenheim, wo er gelernt hatte, fünfzehn Stunden am Stück zu schlafen, wenn es sein musste. Aber an Schlaf war jetzt nicht zu denken. Er hatte Aufgaben zu erledigen. Immer wieder probte er in Gedanken den Tag mit Marilyn, und jede der zusammenphantasierten Versionen endete damit, dass er zu ihr ins Schlafzimmer hinaufging, immer wieder sagte er sich: Ich muss tapfer sein. Ich darf den Glauben nicht verlieren. Ich darf keine Sekunde lang zögern. Ich werde zu ihr unter das kühle Laken schlüpfen und ihr mein Geheimnis beichten.

Er wollte ihr ein Geschenk mitbringen. Er dachte, vielleicht wäre ein Buch genau das Richtige, Gedichte vielleicht, und bei seinem nächsten Termin bei den Newharts in Huntington Park sah er sich in der umfangreichen Bibliothek um, deren Zimmer auf den See hinausgingen (und die abzustauben höllisch viel Arbeit machte), er zog wahllos Bände von unbekannten Autoren aus dem Regal und blätterte darin herum in der Hoffnung, der Zufall möge ihm helfen, das Passende zu finden.

Der Venus sei gedankt, auch ich darf mich Meister nennen,
Meister der Künste, darf ich sagen, versiert in den Regeln der Liebe.
Die Liebe ist zweifellos wild und wirft mich häufig ab,
Und doch ist sie nur ein Jüngling, zart und leicht zu lenken.

Auch ich bin ein Jüngling, dachte Eberling erstaunt, zart und leicht zu lenken. Auch ihn hatte die Liebe schon einmal abgeworfen. Wäre er Arzt geworden, so wie Dr. Sheppard, wäre es vielleicht anders gekommen, und schlagartig fiel ihm ein, wie der Mann, als er ihn neulich begrüßt hatte, an ihm vorbeigerauscht war, so als wäre er unsichtbar. Oder beim Footballturnier der Highschool, als Dr. Sam aufs Feld geeilt war, um einem Jungen zu helfen, der sich am Knie verletzt hatte, und das junge Mädchen hinter Eberling seufzend zu seiner Freundin gesagt hatte: »Wenn ich so einen Doktor sehe, möchte ich krank sein«, woraufhin auch Eberling sich plötzlich krank gefühlt hatte. Er las noch weiter in dem Buch, verstand aber das Wenigste, da sich auf den folgenden Zeilen die fremden Namen und seltsamen Ereignisse häuften. Trotzdem konnte er sich vorstellen, Marilyn laut vorzulesen. Das wäre sein Geschenk. Sie würde die Gedichte verstehen. Und später dann, wenn Marilyn allein war und las, wäre es so, als lese *er*, als wäre er noch da. Beim Lesen würde sie seine Stimme hören. Er wäre unglaublich klein und sie riesengroß, und er könnte in ihr Ohr klettern und ihr zuflüstern. Er ließ das Buch in der Gesäßtasche seines Arbeitsoveralls verschwinden.

Das Haus der Newharts schaffte er in Rekordzeit – wobei er das Gästezimmer ignorierte, in dem sich seit letzter Woche ohnehin niemand aufgehalten hatte. Dann machte er sich auf zu den Bradfords, wo er sicherlich auch etwas für Marilyn finden würde. Priscilla, die Mutter von Mrs. Bradford, lebte in einem Zimmer über der Garage. Das alte Huhn wusste nicht einmal mehr seinen eigenen Namen, hockte aber auf einer ganzen Schublade voller Schmuck, der hübsch geordnet (Ringe, Ohrringe, Halsketten) auf etliche dekorative Schachteln verteilt war, und oben auf der Kommode stand ein Glasregal mit altem Krimskrams: ein silbernes Fischmedaillon, dessen Mund sich öffnen ließ; ein Ring mit einer Geheimkammer unter dem Stein; eine filigrane Damenuhr mit schwarzem Ziffernblatt und goldenen Zeigern. Am einfachsten konnte man dort etwas mitgehen lassen, wenn man Mrs. Bradford die Arbeit mit der alten Dame abnahm: »Mrs. Bradford, soll ich Ihrer Mutter den Tee raufbringen?« Oder: »Mrs. Bradford, vielleicht sollten Sie mit raufgehen, wenn ich sauber mache, nur falls Ihre Mutter über das fremde Gesicht erschrickt.« Woraufhin sie ihn an der Schulter berührte – sie war ein geiles, selbst schon altes Mädchen – und sagte: »Dickie, in ihren Augen bist du der Sohn, den sie niemals hatte.« Dann lachte sie und zündete sich eine ihrer langen, dünnen Zigaretten an.

Als Eberling das Zimmer über der Garage betrat, saß Priscilla in der Ecke im Ohrensessel, der so auf das rückwärtige Fenster ausgerichtet war, dass sie auf den See schauen konnte. Zuerst veranstaltete er ein Riesenbohei, klapperte mit Eimer und Wischmopp, putzte energisch Badewanne und Toilette, ließ den Klodeckel herunterknallen, wartete auf das Zuklappen der Fliegentür und beobachtete, wie Mrs. Bradford, einen Whisky Sour in der Hand, zum Ufer hinunterwankte. Dann stellte er sich dicht neben Priscilla, so nah, dass er sein Spiegelbild in ihren milchigen Augen sehen konnte, und musterte den Schmuck, den sie trug (Mrs. Bradford kleidete ihre Mutter jeden Morgen an), wobei die alte Hexe erwartungsvoll den Kopf neigte wie ein freundlicher Hund. Sobald er sich alles eingeprägt hatte, Ringe und Ohrringe und Kette, durchsuchte er die Schubladen nach möglichst ähnlich aussehenden Stücken, nach Perlohrringen beispielsweise und nach einem goldenen Amulett, das er dann probeweise neben den vermeintlichen Zwilling hielt, als wäre Priscilla eine Schaufensterpuppe. Er nahm ihr den Schmuck ab und ließ ihn in seinen schmutzigen Eimer fallen, wobei das alte Huhn ihm sogar noch behilflich war, indem es ihm das Ohr entgegenhielt oder den Arm ein Stück weit anhob.

Er dachte an Marilyn, seine Lippen bewegten sich stumm. *Ich will dir mein Geheimnis verraten.*

Eberling putzte das geräumige Haus der Bradfords seit zwei Jahren, ohne jemals Mr. Bradford begegnet zu sein. Er wusste jedoch, dass ein Mann im Hause war, denn manchmal war das Bett in dem kleinen, ans Schlafzimmer angrenzenden Raum zerwühlt, und ein Anzug, der denen im Kleiderschrank glich, lag auf der Sessellehne. Oft durchstöberte Eberling die Brust- und Hosentaschen des Anzugs und machte überraschende Funde: teure, in Zellophan eingewickelte Zigarren, Golf-Tees mit Monogramm, ein Visitenkartenetui aus Silber, eine Geldklammer mit Gravur. Auch hier bestand der Trick darin, niemals alles mitzunehmen und von den wertvollsten Wertgegenständen abzusehen; denn hinter der allzu leichten Beute konnte sich eine Falle verstecken, eine Fangfrage des Vertrauens, ein Hinterhalt des Arbeitgebers. Die wahren Geschenke warteten unter Kommoden und Nachttischen, in den Kartons in den Abstellkammern, in

Kisten, die dem Vergessen anheimgegeben und deren Etiketten mehrmals durchgestrichen waren, an Orten, wo man sie höchstens bei einem Umzug oder nach dem Tod eines Angehörigen entdecken würde, wenn ein Kind oder Ehegatte in den Sachen wühlte.

»Dickie?«, rief Mrs. Bradford. »Komm rauf und mach mal Pause.«

Oh ja, sie war geil. Sie wartete im Bett auf ihn, beide Arme gegen das hohe Kopfteil gelehnt, an dem sich auch der hohe Berg aus silbergrauem Haar auftürmte. Ins Holz war ein Flügelpaar geschnitzt, das direkt aus ihren Schultern zu wachsen schien, und der Drink an ihrem Bett war stets frisch zubereitet; das Glas war bereift und eine Kirsche unter den Eiswürfeln gefangen wie eine rote Pupille in einer braunen Iris, während ihre Zigarette auf dem leider unmöglich zu stehlenden, goldenen Aschenbecher auf dem Nachttisch vor sich hinqualmte. Aus Gründen der Zeitersparnis zog Mrs. Bradford sich gern vor ihm aus und lag schon wartend auf dem Laken, das er später pflichtbewusst waschen würde. Er stieg die Treppe hoch, den Blick auf die Galerie aus Friede-Freude-Eierkuchen-Familienfotos gerichtet, in denen Mutter, Vater, Sohn und Tochter einmütig nach rechts starrten, selbstverständlich mit einem Lächeln. Dabei hatte jede Ehe in jedem Haus, das Eberling je geputzt hatte, eine eigene Sorte Dreck produziert, so unverkennbar wie der Eigengeruch und so untilgbar wie die Essensgerüche, die sich im Laufe der Zeit in der Küche niederschlugen. Während er noch daran dachte, dass er in der nächsten Woche genau so zu Marilyns Schlafzimmer hinaufsteigen würde, zog ihm schon der Zigarettenqualm in die Nase. Er schmeckte das Nikotin und den Zucker in Mrs. Bradfords Mund und an ihrer langen, kühlen Zunge, roch die Überreste von Kirsche in ihrem Atem und sah den Lippenstiftfleck, der an ihrem Schneidezahn klebte wie getrocknetes Blut, und schon quoll das Geheimnis in ihm hoch, und seine Gedanken kehrten zu seinem Pflegeheim zurück, der Farm der Eberlings, wo er, nachdem er in fünf verschiedenen Familien untergebracht gewesen war, aufwuchs, und zu seiner Pflegemutter Christine, die nachts, wenn er schreiend aus einem Traum erwachte, zu ihm ins Bett schlüpfte und ihn im Arm hielt, bis er wieder einschlief, die mitten in der Nacht seinen Jungenkörper auf sich zog wie in einem Traum, wie in dem Traum, wo man denkt, die Person neben einem sei plötzlich jemand anderes, die mit dem Fuß seine Pyjamahose herunterzog, die Unterwäsche an ihre Zehen gekrallt, deren Nägel seine dünnen Beine zerkratzten, und die sich das Nachthemd hochschob, nach Eberlings Überzeugung immer noch gefangen in ihrem allerliebsten Traum, und flüsterte: »Langsam, langsam, langsam«, und die anschließend sein Gesicht zwischen ihre Hände nahm – Eberling fürchtete sich vor ihrer Kraft – und es sich zwischen die Beine drückte, so als gehöre sein Kopf nicht mehr zu seinem Körper, und ihn dort festhielt und auf und nieder schob, den Winkel und Abstand seiner ausgestreckten Zunge nachkorrigierend, die sie manchmal zwischen Daumen und Zeigefinger nahm, Christine, die ihm danach, scheinbar immer noch schlafend, mit der Hand über den Mund wischte und ihm ins Ohr flüsterte, er sei »klein und goldig«, auch wenn sie nie seinen Namen aussprach, und die sagte, er dürfe »alles tun«, was er nur wolle, was Eberling schließlich auf sein Leben bezog, er solle nur »keine Angst« haben, er sei ihr »kleiner Liebling«.

Und dann: »Zieh deinen Pyjama wieder an.«

Er schlief.

Am Morgen stand sie immer vor ihm auf, um ihm das Frühstück zu machen. »Dickie, komm runter und iss etwas.«

Es war Christines Schuld, dachte er jetzt. Nur ihretwegen war er *nichts*, kein Dr. Sam – aber er könnte einer werden. Noch war es nicht zu spät. Das Leben hielt Überraschungen bereit. Marilyn hatte es ihm bewiesen. Nächste Woche würde er ihr alles erzählen, und sie würde keine Angst haben. Das war die Lösung: eine zu finden, die keine Angst hatte und die an ihn glaubte. Er war überzeugt, diese Person in Marilyn gefunden zu haben. Er würde mit ihr reden und ihr sein Geheimnis verraten und sie ihm das ihre. Denn schließlich hatte jeder ein Geheimnis, oder etwa nicht?

Als er bei den Bradfords fertig war, blieb ihm noch Zeit fürs

Mittagessen, deswegen fuhr er zum Huntington Park zurück und parkte an derselben Stelle wie am Morgen. Soweit er es aus der Ferne beurteilen konnte, war bei den Sheppards niemand zu Hause, und plötzlich wurde er nervös, bekam Zweifel. Er hatte seine Schätze aus dem Overall und den Eimern geholt und auf dem Armaturenbrett zum Trocknen ausgelegt, und obwohl sie glitzerten und funkelten, erschienen sie ihm dürftig. Billig. Marilyn würde sie betrachten und keine Worte finden. Sie würde sich ängstigen. Vor ihm. Der Mensch, den man im Kopf hat, dachte Eberling, ist nicht der Mensch aus der echten Welt. Er musste es endlich begreifen. Schon viel zu oft war ihm der Fehler unterlaufen, mit den Jungen im Waisenheim zum Beispiel, die ihn verpfiffen, weil er in der Toilettenkabine ihren Penis berührt hatte. Und mit den Mädchen, die, als er sie zu küssen versuchte, schreiend zu den Pflegerinnen rannten. Wozu sollte Marilyn überhaupt irgendetwas mit ihm zu tun haben wollen? Wollte sie sich in Bezug auf Männer verschlechtern? Einmal mit dem Typen von Dick's Reinigungsservice schlafen? Sie hatte alles zu verlieren, ihren Jungen, das viele Geld, das hübsche Haus mit Seeblick, und diese drei Argumente allein reichten aus, ihre vermeintliche Unzufriedenheit, die sie ihm gegenüber angedeutet hatte, zu übertrumpfen. Er war ein Dummkopf. Er würde am Mittwoch nicht einmal seine Badehose mitbringen, er würde einfach hinfahren und seine Arbeit erledigen. Vielleicht nicht einmal das. Hinterher könnte er sagen, er habe den Termin komplett vergessen. Vielleicht sogar seine Dienste aufkündigen.

Er wurde wütend darüber, dass sie ihm überhaupt einen derartigen Vorschlag gemacht hatte.

Er ließ den Lieferwagen an.

Ist mir doch egal, ob ich dich jemals wiedersehe, dachte er.

Er kam ein wenig zu spät zu den Houks, nicht, dass Ethel sich etwas daraus machte. Ja, Mrs. Houk, das war eine echte Lady. Sie war jemand, der nichts Schlechtes verdient hatte. Dasselbe galt für Mr. Houk, der nicht nur der Bürgermeister, sondern auch der beste Fleischer der Stadt war, und falls er im Haus war, wenn Eberling zusammenpackte, gab er ihm manchmal sogar ein Rumpsteak mit, gratis und schwer, eingewickelt in kaltes, klammes Papier. »Reiben Sie es mit Olivenöl ein«, sagte Houk, »geben Sie ordentlich Salz und Pfeffer drauf, und dann vier Minuten – nicht mehr, nicht weniger – auf höchster Flamme, von beiden Seiten. Aber das Geheimnis, das Allerwichtigste an der Sache ist, es ruhen zu lassen. Verstanden? Lassen Sie das Fleisch für die Hälfte der Garzeit liegen, damit der Saft sich verteilen kann.« Houk schüttelte beim Sprechen den Zeigefinger und gab Eberling zum Schluss einen Klaps auf die Wange, so wie ein Vater es vielleicht getan hätte.

Heute hatte er bei Mrs. Houk nur die Fenster zu putzen, auch wenn das immer noch jede Menge Arbeit war. Danach musste er schnell zu den Humphries, dann würde er frei haben.

Ist mir doch egal, ob ich dich jemals wiedersehe, dachte er, während er sich zum Fenster im ersten Stock hinauslehnte. Und da hörte er plötzlich seinen Namen. Er dachte, es sei Mrs. Houk, und er schwang sich zurück aufs Fensterbrett, wartete, bis seine Augen sich an das Licht gewöhnt hatten, und sah Marilyn aus der Dunkelheit heraustreten.

»Hallo, Mrs. Sheppard.«

Sie wirkte ein wenig außer Atem, vielleicht lag es an der Treppe, aber sie lächelte ihn strahlend an, genau wie vor ein paar Tagen, und der Anblick war so überwältigend, dass er sich in seinem Verdacht bestätigt fühlte, dass wir uns fürchten vor dem, was wir uns am meisten wünschen. Er wagte nicht, sie anzusehen, aus Angst, er könnte zu lachen anfangen oder sich ducken, sich irgendwie verraten, und so starrte er zu Boden. Sie sprach sehr leise. Eberling wusste, wie weit der Schall in den jeweiligen Häusern trug. Mrs. Houk konnte sie nicht hören, aber Marilyn wollte anscheinend kein Risiko eingehen.

»Ich habe noch einmal über nächste Woche nachgedacht«, sagte sie leise, »und ich frage mich, ob Sie eventuell schon am Montag kommen können?«

Er konnte sie nervös schlucken hören. Dass sie hier vor ihm stand, war unmöglich, er musste träumen, und auf einmal war er so durcheinander, dass er keinen Ton herausbrachte.

»Kommen Sie doch am Nachmittag«, sagte sie. »Chip könnte für eine Weile bei den Nachbarn spielen. Dann sind wir ungestört.«

Eberling, den Blick immer noch zu Boden gerichtet, fing zu lächeln an.

»Und Sie können Ihre Badehose mitbringen, das sagte ich ja schon.« Sie kam näher. »Wir könnten uns ein wenig amüsieren.«

Er saß reglos da, bewegte keinen einzigen Muskel.

»Möchten Sie?«, fragte sie.

»Ja«, antwortete er, »aber ...«

»Aber was?«

Aber meinte den Umstand, dass er es sich so nicht vorgestellt hatte. Es war alles so viel merkwürdiger, so viel wundervoller, dass er aussprach, was er den ganzen Tag gedacht hatte. »Ich wünschte, es wäre eher«, sagte er. Nun, da es einmal ausgesprochen war, machte er sich auf den Aufprall gefasst. Er hatte den vorletzten Schritt gewagt, bevor er ihr sagen würde, was er sich jetzt und in Zukunft wünschte, und er fing zu zittern an.

»Das wünschte ich auch«, sagte sie und senkte den Kopf, um noch leiser zu sprechen. »Ich wünschte, es wäre heute Abend.«

Er atmete laut durch die Nase aus und hob den Kopf, von einem plötzlichen Ärger angefallen. Stünde Mrs. Bradford vor ihm, hätte ihn all das kaltgelassen, aber das hier war anders. Hier ging es um Liebe. »Mrs. Sheppard, können Sie mir eines sagen?«

»Sicher.«

»Sie lügen mich doch nicht an, oder?«

»Natürlich nicht«, sagte sie.

»Sie könnten einen wie mich mögen?«

»Ja«, sagte sie.

»Für lange Zeit?«

Sie lachte keck, ein Lachen, das ihr Selbstvertrauen verriet und ihre Überzeugung. »Warum nicht?«

Er senkte wieder den Kopf und lächelte den Teppich an. Dr. Sam war nicht hier, dachte er. Endlich waren sie allein.

»Dann also am Montag?«, fragte sie.

Er nickte.

»Ich muss jetzt gehen.«

Und dann war sie verschwunden.

Die restliche Zeit über bei den Houks und später bei den Humphries vollführte er alle Bewegungen wie in Trance. Hin und wieder erblickte er sein verdoppeltes Spiegelbild, im Badezimmer der Humphries zum Beispiel, wo er sich sowohl von hinten als auch im Profil sehen konnte, so als wäre er auf einen Fremden gestoßen. Er sah sich an. Er hatte muskulöse Oberarme, war drahtig und gebräunt von den vielen Vor- und Nachmittagen, die er zum Fenster hinausgelehnt verbrachte. Er hatte Ideen. Er würde Großes leisten! Er würde diesen Moment als den Anfangspunkt in Erinnerung behalten. Er würde ihn niemals vergessen, denn heute war der Tag, an dem er überrascht worden war. An dem er erkannt hatte, dass alles, was er für unerreichbar und unmöglich gehalten hatte, die ganze Zeit erreichbar und möglich gewesen war. Was sollte jetzt noch außerhalb seiner Reichweite liegen? Was könnte er nicht schaffen?

Ich wünschte, es wäre heute Abend.

Er war so voller Vorfreude, dass es dem Wahnsinn gleichkam.

Er ging nach Hause, duschte, kochte sich etwas zum Abendessen. Er trank und schaltete das Indians-Spiel ein. Die White Sox lagen im dritten Inning vorn. Er trank noch mehr. Er legte sich ins Bett und versuchte zu schlafen, zog sich das Kissen über den Kopf. Er holte sich noch einen Drink und beschloss, den im Laufe der letzten zwei Jahre angehäuften Schmuck zu ordnen, Ringe zu Ringen, Halsketten zu Halsketten und so weiter. Er warf einen Blick auf die Uhr. Kaum eine Stunde war vergangen.

Ich wünschte, es wäre heute Abend.

Er hielt es nicht mehr aus.

Am Abend würde es ein Feuerwerk über dem See geben, einen kleinen Vorgeschmack auf das Riesenspektakel am vierten Juli. Er setzte sich ins Auto und fuhr nach Bay View. Auf dem Parkplatz des Huntington Park waren so viele Autos abgestellt, dass er erst viele Hundert Meter vom Ufer entfernt eine Lücke fand. Zusammen mit der Menschenmasse schob er sich zum Wasser, mit Familien und Familienvätern, die ihren Nachwuchs auf den

Schultern trugen. Dann kletterte er zum Ufer hinunter und lief zum Haus der Sheppards. Auch der Strand war überfüllt. Es war kühl und windig, und als die Dunkelheit sich senkte, stieg die erste Salve langsam vom Ponton in den Himmel auf, eine Rakete, dann eine zweite, anfänglich im Rhythmus zweier Jungs, die Fangen spielen. Eberling bewegte sich wie unsichtbar durch die Menschenmenge, denn alle Augen waren aufs Wasser gerichtet. Er stieg die Strandtreppe der Houks hoch, überquerte den Rasen über dem Bootssteg und fand sich nun vor dem Haus der Sheppards wieder. Sie hatten Besuch. Im Stimmengewirr hörte er Marilyn sagen: »Oh.«

Er beobachtete die Veranda und erkannte das Gesicht von Dr. Sam und von Chip und von den Gästen – offenbar die Aherns und ihre beiden Kinder – und das von Marilyn, das vom Stroboskoplicht der Explosionen überzogen wurde und weiß, schwarz und rot blinkte. Wenn er die Augen schloss, schwebte ihm die Verdopplung des Bildes vor Augen, ein Negativ, auf das er sich jetzt konzentrierte. Ihr Mund stand offen. Das Bild war weiß.

Ich wünschte, es wäre heute Abend.

Salve um Salve steuerte das Feuerwerk auf den Höhepunkt zu, Trommelschläge wuchsen sich zu Donnerschlägen aus, während er direkt auf das Haus der Sheppards zuging und an der Tür zum Kriechkeller rüttelte. Und als das Finale tobte und die himmelwärts gerichteten Gesichter vom Strand bis hin zum Park aussahen wie das Flackern von Millionen Toten, so schwarz wie ein Gebirge in einer stürmischen Nacht, zog Eberling einen Schraubenzieher aus der Tasche, hebelte die Tür auf und trat ein.

Er hatte seine lange Eveready-Taschenlampe mitgebracht, und nachdem er sich, nur für alle Fälle, ein Versteck gesucht hatte, machte er sich daran, die Sachen der Sheppards zu begutachten: alte Wasserskier und Wergzeugkästen, Ersatzteile für den Außenbordmotor, Kinder-Baseballschläger, aufgestapelte Gesellschaftsspiele. Mitten im Raum hing ein schwerer, eingebeulter Sack. Als das Feuerwerk zu Ende war, schaltete er das Licht aus und lauschte in die Dunkelheit. Er fühlte sich an seine Kindheit erinnert, er konnte nur noch Erwachsenenstimmen hören; und nachdem er schon eingedöst war, hörte er plötzlich eine Tür quietschen und das Klicken eines Lichtschalters, dann Schritte auf der Treppe.

Es waren Dr. Sam und sein Sohn, der das kleine Modellflugzeug aus Balsaholz mit dem kaputten Flügel trug. Der Doktor sah müde aus. Er trug eine Cordhose und einen Blazer, darunter ein weißes T-Shirt, und während er dem Kind half, den Flügel anzuleimen, hielt er den Kopf auf eine Hand gestützt, gähnte und redete auf den Jungen ein, wahrscheinlich ungeduldiger, als er wollte, und in einem Tonfall, der Eberling ins Gewissen stach, immerhin hatte er selbst das Flugzeug zerbrochen. Sie fixierten die Tragfläche mit einer Wäscheklammer und ließen das Flugzeug auf der Werkbank stehen, knipsten das Licht aus und stapften die Treppe wieder hinauf.

Er saß im Dunkeln und fühlte sich wie ein Kind, das beim Versteckspielen triumphierte, lauschte dem Radio im Obergeschoss, aus dessen Lautsprecher das Indians-Spiel dröhnte. Der Reporter schien in einer Taxi-Funkzentrale zu sitzen, stieß rhythmische Rufe und lautes Geschrei aus, so als beobachte er den Start einen Wettrennens oder eine plötzliche Katastrophe, und als Eberling wieder aufwachte, war es absolut still im Haus.

Ich wünschte, es wäre heute Abend.

Oder träumte er? Er stieg in die Küche hinauf, die Taschenlampe in der Hand, und schlich in Dr. Sams Arbeitszimmer. Er konnte nicht anders, als sich auf den breiten Ledersessel zu setzen, was sich anfühlte, als würde er perfekt angeschmiegt in den Armen einer starken, lebendigen Kreatur liegen, und dann entdeckte er trotz der Dunkelheit die Pokale im Regal gegenüber. Er vermutete, dass sie dem Doktor gehörten; die Plaketten waren unmöglich zu erkennen, die Figuren zeigten einen Sportler mitten beim Wurf oder Sprung. Er hatte in seinem ganzen Leben noch keinen Pokal gewonnen und riss, ohne zu verstehen, was in ihn gefahren war, einige davon aus dem Regal, um die kleinen, goldenen Männer zu zerbrechen.

Er verließ das Arbeitszimmer und betrat den Treppenabsatz, von dem aus es hinunter ins Wohnzimmer oder hinauf ins

Schlafzimmer ging. Er fühlte einen Windzug vom See und entdeckte sich im selben Moment als dunkle, gebeugte, verängstigte Gestalt im Spiegel über dem Kaminsims. Der Anblick ließ ihm das Blut in den Adern gefrieren, für einen Augenblick stockte ihm sein Herz, um dann wild zu hämmern. Er senkte den Blick und entdeckte Dr. Sam, der tief und fest schlafend zu seinen Füßen auf dem Sofa lag, und wieder erschrak Eberling. Lautlos schlich er die Treppe hinunter und beugte sich über ihn, bis sein Hals vorgereckt war wie der einer Eidechse oder eines Vogels. Sie sahen sich so ähnlich wie Brüder, nur dass Eberlings Haar schütterer und seine Haut dunkler war und seine Haltung gebeugter, wohingegen Sheppard lang und gerade ausgestreckt auf dem Sofa lag. Ein beherzter Schlag mit der Taschenlampe gegen seine Schläfe, und er würde nicht wieder aufwachen. Eberling könnte Marilyn davon erzählen. Der ist weg, würde er zu ihr sagen; ich habe ihn erledigt. Er wird uns nicht mehr stören. Tut mir leid, dich aufgeweckt zu haben, aber ich konnte nicht mehr warten.

Er schaute die Treppe hoch. Er hatte sich geschworen, seinem Instinkt zu folgen und nicht zu zögern, wenn der Augenblick endlich gekommen war. Es ist früher, würde er Marilyn zuflüstern und ihr den Mund zuhalten, damit sie nicht zu schreien anfing. Es ist schon heute Nacht.

Er richtete sich auf und wollte gerade die Treppe hinaufsteigen, als er ein Geräusch hörte und zum dritten Mal erstarrte. Schritte. Er trat ins Wohnzimmer.

Durch eines der Fenster, die auf die Lake Road hinausgingen, sah er einen Schatten zur Küchentür huschen, und dann, kurz bevor er wieder im Keller verschwand, hörte er einen Schlüssel, der Zahn um Zahn ins Schloss glitt.

»Ist das Ihre Theorie?«, fragte Möbius.

Sheppard sah ihn gleichgültig an.

»Mehr haben Sie nicht hinzuzufügen?«

Sheppard rutschte auf seinem Stuhl herum, dann räusperte er sich.

»Sie haben es längst versaut, wissen Sie das?« Als Sheppard weiter schwieg, sagte Möbius: »*Ich* weiß es.«

Im Schlafzimmer beugte Eberling sich über die beiden – Dr. Sam und Marilyn – und keuchte angesichts des Horrorbildes, das sich ihm bot. Sein Herz flatterte wie eine Flagge im Sturm. Sonst war es ruhig, so viel ruhiger als vorher. Die Schnittwunde an seinem Handgelenk blutete heftig, er stand auf der Schwelle, den nassen Griff der Taschenlampe in der Hand, und wagte nicht, sie einzuschalten. Marilyn lag zu seiner Linken in einem schwarzen Fleck auf dem Bett, in die Mitte der Matratze gezerrt. Ihre Pyjamajacke war am Hals zusammengebauscht, ihre Beine hingen unter dem Querbalken. Ihr Gesicht war eingeschlagen, jetzt konnte er es sehen, es sah beinahe wie zerschmolzen aus, ausdruckslos und schwarz glänzend, während das schwarze Blut ihr Gesicht einrahmte wie eine königliche Halskrause. Trotzdem verspürte Eberling den Impuls, sie zu berühren. Er konnte nicht anders. Ihr Torso wirkte vollkommen eigenständig, zwischen Hals und Scham unbefleckt, Brüste und Bauch so weiß wie Alabaster. Nur dieser Teil war noch sie, und er wollte ihn lieben, worüber ihm bewusst wurde, dass sie nun ferner war denn je. Ihm stiegen die Tränen in die Augen. Sheppard lag am Boden, den Kopf zu Marilyns Füßen. Mit seinem weißen T-Shirt sah er unversehrt und unverletzt aus.

Es war so still, als wäre Eberling gar nicht da, es war wie in einem Traum, und er war unfähig, sich zu rühren oder sich abzuwenden, nur sein Blick wanderte umher. An den weißen Wänden und unter der Decke klebten so viele Blutspritzer, dass der Raum aussah wie das Fotonegativ eines Sternenhimmels. Er musste weg von hier. Gleichzeitig hatte er das Gefühl, auf hauchdünnem Glas zu stehen oder auf einer Eisschicht, die kurz vorm Schmelzen war. Eine falsche Bewegung, und alles wäre für immer dahin.

Er wollte sich Schritt für Schritt rückwärts aus dem Raum schieben, spürte dann aber, wie ihm sein Gleichgewicht abhandenkam und er beinahe hinfiel. Der Raum wirkte plötzlich wie gemalt, allein seine Anwesenheit hier würde Schlieren nach sich ziehen. Sein Weinen steigerte sich zu einem Schluchzen. Mit ausgestreckten Armen wagte er einen vorsichtigen Schritt zurück. Und da fing Sheppard zu seinen Füßen zu stöhnen an.

Er sprang die Treppe hinunter, rutschte in der ersten Kurve aus und schlitterte auf dem Hosenboden und auf einer Hand – in der anderen hielt er immer noch die Taschenlampe – auf den Treppenabsatz hinunter, sprang ins Wohnzimmer und knickte so unglücklich mit dem Fuß um, dass es klang wie ein Bündel zerbrechender Stöcke. Für eine Sekunde lag er in Fötusposition auf dem Boden, die Hände ums Sprunggelenk geklammert, er versuchte aufzustehen, fiel auf die Knie, stand abermals auf. Die ersten Meter hüpfte er auf einem Bein und stöhnte, sobald der verletzte Fuß den Boden berührte; so schaffte er es bis auf die Veranda, überzeugt, Dr. Sam hinter sich zu hören. Als er den Rasen erreicht hatte, drehte er sich noch einmal um und sah Sheppard oder eine andere Gestalt mit weißem T-Shirt im Haus stehen.

Er sprang die Treppe zum Steg hinunter, den keuchenden Doktor immer im Nacken, schwang sich auf Höhe des Bootshauses am Geländer um die Kurve und polterte über die letzten Stufen auf den Sand. Sein Rücken knackte, als Sheppard zuschlug, das Knirschen schoss ihm bis ins Genick hoch, und dann war der Doktor über ihm, holte wie ein Betrunkener zum Schlag aus, aber seine Arme waren so ungelenk und weich wie im Schlaf, sein Griff kraftlos. Eberling trat ihm in die Körpermitte, bäumte sich auf, packte den T-Shirt-Saum so fest, dass er riss, und schleuderte Sheppard über sich hinweg, sodass er hinter ihm im Wasser landete.

Auf Knien standen sie einander gegenüber, Sheppards Hände unter seinen Achseln. Er sah orientierungslos aus, wie unter Drogen.

Eberling ließ die Taschenlampe gegen sein Kinn krachen, ein wuchtiger Schlag, der den Doktor mit dem Gesicht nach unten ins Wasser kippen ließ. Eberling stieg auf seinen Rücken, schlang einen Arm um seinen Hals und riss sein Kinn gewaltsam empor.

»Warum hast *du* sie bekommen?« Er schüttelte ihn. »Warum *du*?«

Aber der Doktor konnte jetzt nichts mehr hören.

Eberling ließ ihn ins Wasser zurückfallen und starrte kurz auf den nackten, weißen Rücken nieder. Er sammelte das T-Shirt ein, das wie eine Qualle im Wasser trieb, und benutzte es, um seine Wunde zu umwickeln. Er drehte sich um, humpelte an den Wellenbrechern vorbei bis zum Huntington Park, bog scharf nach rechts ab, kletterte bergan und ins Gebüsch hinein, und sobald er im Dickicht verschwunden war, sobald er zweimal überlegt hatte, was passieren würde, wenn er mit so einem Beweisstück aufgegriffen wurde, schmiss er das T-Shirt weg und krabbelte blindlings weiter.

Möbius schüttelte den Kopf.

»Keine Auflösung«, sagte er, »kein Ende.«

Sie schwiegen für lange Zeit.

»Es sei denn«, sagte Möbius, »Sie lügen.« Er humpelte an die Zellentür, schlang die Hände um die Gitterstäbe und drückte seinen Rottweilermund durch die Lücke. »Ich gebe Ihnen eine letzte Chance. Haben Sie Ihre Frau ermordet?«

»Nein.«

»Ich glaube Ihnen nicht.«

»Das ist egal.«

Möbius ließ los und setzte sich wieder. »Andererseits«, sagte er, »ist es gewissermaßen perfekt.«

Sheppard erbleichte vor Wut. »Perfekt?«

»Niemand weiß genau, was ihr zugestoßen ist«, sagte Möbius, »vielleicht nicht einmal Sie. Ist das nicht erstaunlich? Irgendwann zwischen halb eins und Viertel nach vier in jener Nacht verschwand Marilyn in einem Wurmloch – ob wir es glauben oder nicht.«

Sheppard zupfte sich einen Splitter des Pfeifenmundstücks von der Zunge.

»Nur sie weiß es«, sagte Möbius, »und wir können über sie nur das wissen, was wir uns vorstellen.«

Sheppard zündete seine Pfeife an und blies eine längliche, süßlich duftende Qualmwolke aus.

»Eine Aussage, die sich auf uns alle beziehen lässt«, sagte er.

Als Sheppard einmal mit dem Weinen aufgehört und alle Gedanken an den toten Jungen verdrängt hatte, standen er und Marilyn auf und gingen Hand in Hand zum Bootshaus hinüber, und schon verbesserte sich seine Laune, besonders als Marilyn ihm erzählte, was sie zum Abendessen vorbereitet hatte und dass für die morgige Feier alles bereit war – sie hatte sich um alles gekümmert –, und dann küsste sie ihn, schob seine Hände unter ihre Bluse und ließ sich hochheben, schlang ihre Beine um seine Taille, damit er an ihren Brüsten saugen konnte, sie dachte sich keine Ausflüchte aus und wehrte ihn nicht ab. Er konnte fühlen, wie das Kind in ihrem Bauch sie schwerer machte, wie insgesamt mehr von ihr da war. Alles war so anders, denn vor einiger Zeit hatte sie sich grundlegend verändert, hatte den Widerstand nicht nur gegen ihn und seine Wünsche aufgegeben, sondern gegen ihre eigene Wahrnehmung und ihre eigenen Bedürfnisse; irgendwie war ihr Widerstand komplett zusammengebrochen. Sie ließ sich an ihm herabrutschen und öffnete seine Hose, während sie gleichzeitig Shorts und Schlüpfer abstreifte, nur um wieder an ihm hochzuklettern wie an einem Baum und ihn in sich aufzunehmen, mit einem Anflug von Tränen in den Augen und leicht gerötetem Gesicht. Sie ließ sich küssen und erwiderte den Kuss, und obwohl er sie jetzt wollte und brauchte, hätte er sich auch damit zufriedengegeben, sie zu küssen, denn er merkte, dass dies die Art und Weise war, in der sie einander von Anfang an geküsst hatten, seit ihrer Kindheit eigentlich, und so dauerte der Kuss scheinbar ewig, er hatte schon vor ihnen existiert und würde sie überleben, so als wären sie jetzt in diesem Moment die vergrabene, noch nicht wiederentdeckte Skulptur eines Kusses. Es war, dachte er bei sich, rätselhaft, eine besondere Art der Glückseligkeit, die sich von keiner Wissenschaft erklären ließ und die ihr Leben immer noch zusammenhielt. Beim Küssen versuchten sie, tief in den anderen einzudringen und das Niemandsland zu erkunden, sich dort breitzumachen und einer Sache nachzuspüren, von der sie ganz sicher wussten, dass sie existierte.

Später, als sie die steile Treppe vom Strand zur Veranda erklommen, sagte Sheppard: »Im Haus ist es schrecklich ruhig.« Marilyn, die seine Hand festhielt und sich an seinen Arm lehnte, sagte: »Du meinst doch nicht etwa, Chip hätte sich versehentlich umgebracht?« Dabei war sie schon ein bisschen in Sorge. Und als sie eintraten und Chip entdeckten, schnappte sie nach Luft.

Er war auf dem Sofa eingeschlafen.

Sheppard warf einen Blick auf die Uhr, bevor er sich mit beiden Händen die Schläfen massierte. »Na prima«, sagte er, »nun wird er heute Abend erst recht nicht früh einschlafen.«

»Ich sollte ihn wecken«, sagte Marilyn, obwohl sie Angst davor hatte, den Vorgang einzuleiten. Sie schaute ihren Mann an und er sie, und ihr Blicketausch grenzte an Telepathie.

»Oder lieber nicht«, sagte sie, und dann gingen sie schnell nach oben.

Solche Nachmittage, dachte er später, als sie in seinem Bett lagen, Chip immer noch tief und fest schlief und Marilyns Bett nebenan weiß und unberührt war, solche Nachmittage, wenn eine Brise vom Wasser heraufzog und auf der Zunge den Geschmack des Sees hinterließ, wenn nichts zu hören war als das Schlagen der Äste gegen die Fliegengitter, wenn der Körper aus dem Schlaf aufstieg, perfekt temperiert, gewärmt oder abgekühlt, solche Nachmittage ließen ihn an Gott glauben. Nicht an den Gott, dessen Sohn Geschichte geschrieben hatte, nicht an den Gott, der Anweisungen und Verhaltensregeln ausgab und gutes Benehmen mit einem ewigen Leben nach dem Tod belohnte und umgekehrt schlechtes Benehmen bestrafte, nicht an den Gott, an den ein Arzt, der so viel sinnloses Leid gesehen hatte wie Sheppard, ohnehin nicht glauben konnte, sondern an einen Gott des Augenblicks, einen viel großzügigeren Gott, der für all jene, die trotz der Widrigkeiten für die Liebe kämpften und ihr Kommen und Gehen ertrugen, diese perfekte Stille bereithielt, diese Ruhe, diese Glückseligkeit. Er zog Marilyn an sich. Er berührte ihr Haar. Er küsste sie auf den Scheitel. Nie zuvor in ihrem gemeinsamen Leben, nicht einmal als Teenager, hatten sie solchen Sex gehabt wie während der vergangenen Wochen. Sheppard setzte sich auf, ganz sanft, um sie nicht zu wecken, und starrte durchs Fenster auf den See hinaus, wo ein Segelboot wie ein Spielzeug auf den stahlgrau und weiß gescheckten Wellen tanzte. Da begriff er, wann es angefangen hatte. Nicht nur der Sex, sondern der zweite Frühling, den er und Marilyn gerade erlebten, diese neue Ära, diese *Verwandlung*. Es hatte in Big Sur angefangen, nach der scheinbar endlos langen, dreistündigen Autofahrt, während der Chappie ihm erzählt hatte, seine Ehe mit Jo sei am Ende, weil Jo hinter seine Affären gekommen sei und erfahren habe, dass er eine Geliebte in Santa Monica aushielt. Sheppard musste die ganze Zeit an Susan Hayes denken, dass der Sex mit ihr ihm für so lange Zeit wie das Wichtigste überhaupt erschienen war und nun plötzlich an Bedeutung verlor, Susan Hayes, die angesichts des sterbenden Hundes hysterisch geworden war und sich neben der Straße übergeben hatte. Irgendwie hatte sie etwas so Schwaches, dachte er, und gleichzeitig etwas so Explosives, das wiederum ihn schwach werden ließ. Aus irgendeinem Grund wusste Susan nicht, was Marilyn wusste und vielleicht immer schon gewusst hatte, über sich selbst, über die Welt. Susan war zu wenig Marilyn. Was für eine seltsame Wendung. So viele Jahre lang hatte er Marilyn als fehlerhaft betrachtet, hatte sie mit anderen Frauen verglichen und stets für ungenügend befunden, aber nachdem er Susan zur nächsten Tankstelle gebracht hatte, damit sie sich säubern konnte, verglich er sie – und alle anderen Frauen, mit denen er etwas gehabt hatte – mit Marilyn, und sie alle verloren. An der Tankstelle stieg Susan aus dem Auto und nahm ihre Handtasche mit, und plötzlich störte Sheppard auch das. Wozu brauchte sie jetzt ihre Handtasche? Er schaute ihr nach, als sie zu den Toiletten ging, und hörte, wie geschmeidig ihre Schritte auf dem Kies knirschten, wie die Absätze einer Frau, die gerade auf einer Party erscheint und ihren großen Auftritt hat, und im selben Moment begriff er, dass sie ihr Make-up brauchte. Selbst jetzt, da die Kotze ihren Mund und ihr Kinn und ihren Jackenärmel verschmierte, glaubte sie, sie müsste hübsch aussehen und sich zusammenreißen – wohingegen Marilyn sich nicht darum geschert hätte. Nach ein paar Minuten kam sie aus der Toilette und setzte sich wieder ins Auto. Sie sprachen kein Wort. Der Streit hatte etwas zwischen ihnen unwiderruflich zerstört, zerstört oder bloßgelegt, etwas, das ihnen in Erinnerung rief, dass die gemeinsame Zeit nichts weiter als eine Liebelei, ein kurzer Urlaub war, der sich dem Ende neigte und keine Zukunft hatte. Sie waren dem Ende so nah, dass an Rücksichtnahme nicht mehr zu denken war.

Amüsier dich nicht zu gut.

Er wollte nach Hause, zu seiner Frau.

»Meine Handtasche«, sagte Susan, als sie das Hotel erreicht hatten. Während der letzten Stunde hatten sie kein Wort gewechselt.

»Was ist damit?«

»Ich habe meine Handtasche unterwegs auf der Toilette vergessen.«

Unterwegs war genauso weit entfernt wie der Mars.

»Meine Uhr«, sagte sie, »da war meine Armbanduhr drin. Meine Mutter hat mir die Uhr geschenkt, und jetzt ist sie weg.«

Er wartete.

»Wenn du den blöden Hund nicht überfahren hättest, wäre all das nicht passiert.«

Sheppard wusste sich nicht zu helfen, er starrte sie lange Zeit an und musste dann lachen. Er zog seine grässlich verschmierten Kleider aus, duschte und richtete sich auf dem Sofa einen Schlafplatz ein.

Am nächsten Morgen, bevor er sie zu Hause absetzte, lud er Susan zum Frühstück ein. Sie hatte ihn darum gebeten, außerdem war er selbst hungrig und würde vor der Fahrt nach Big Sur sonst keine Gelegenheit mehr haben, einen Happen zu essen. Sie frühstückten schweigend. Was gab es noch zu sagen? Zufälligerweise lag gegenüber ein Juwelierladen, und nachdem er die Rechnung bezahlt hatte, ging er mit ihr hinüber und sagte ihr, sie solle sich irgendeine Uhr aussuchen. Ohne zu zögern, wählte sie eine Lady Elgin, tippte mit dem Fingernagel auf das Glas, eine freudlose Übung, ein Quidproquo, ihr letztes, kleines *Leck mich*, und er schwor sich, das Geschenk von der Steuer abzusetzen und dann zu vergessen. Vor ihrem Apartment versprach sie, ihm zu schreiben, wobei Sheppard nur allzu genau wusste, dass sie einen Teufel tun würde, und falls sie es doch tat, wäre es nur, um zu bestätigen, was sie beide längst wussten: dass sie einander niemals wiedersehen würden.

»Das war's dann wohl«, sagte sie.

Sie sah furchtbar aus. Obwohl sie am Morgen geduscht hatte, klebte das Make-up wie eine Kruste auf ihrem Gesicht. Er sah sie als alte Frau und war angewidert. Was für ein Fehler mir da beinahe unterlaufen wäre, dachte er. »Ich muss los«, sagte er.

Während der Fahrt mit Chappie, während er sich anhören musste, wie Chappie sein Leben in die Luft gejagt hatte und nun mit dem Gedanken spielte, nach Cleveland umzusiedeln und am Bay View (mein Zuhause, dachte Sheppard) zu arbeiten, unterzog Sheppard die letzten Stunden mit Susan Hayes einer kritischen Prüfung. Er erkannte, dass Marilyn die einzige Frau war, die er jemals wirklich geliebt hatte. Ja doch, zeitweise waren ihm die anderen furchtbar wichtig erschienen, aber diese Wichtigkeit war untrennbar mit der Liebe zu seiner Frau verbunden. Auf einmal schien alles so offensichtlich. Er wünschte sich nichts sehnlicher, als dass Chappie noch schneller fahren würde, damit er noch zeitiger die Gelegenheit bekam, Marilyn alles zu sagen und sie nicht etwa zwischen diesem Moment und ihrer Ankunft zu verlieren. Und als sie Chappies Ferienhaus endlich erreichten, trat Sheppard ins Wohnzimmer, wo die Frauen am Kaminfeuer saßen und die Stimmung schon in dem Augenblick kippte, als Chappie und Jo einander erblickten, wo allein die Sitzordnung der Frauen – Knie an Knie und Kopf an Kopf, Marilyns rechte Hand fast auf Jos linker – verriet, dass Notfallpläne geschmiedet und Ausstiegsstrategien erörtert worden waren – für Jo, aber möglicherweise auch für Marilyn. Frauen kommen zusammen, um Pläne zu schmieden, dachte Sheppard. Und Mann und Frau kommen zusammen, um Pläne über den Haufen zu werfen. Nein, dachte Sheppard, nicht mit mir. Er würde es nicht so weit kommen lassen. Er hatte es begriffen. Er ging direkt auf seine Frau zu. »Ich muss dir etwas sagen«, verkündete er, so als wäre Jo gar nicht da. Er nahm Marilyn bei der Hand.

»Kann das nicht warten?«, fragte sie.

»Nein«, antwortete er.

Er ergriff auch ihre zweite Hand, zog sie vom Sofa hoch und aus dem Zimmer und versuchte, sie zu umarmen (auch wenn sie ihm nur einen Ellenbogen anbot), während Jo und Chappie zurückblieben, um eigene Entscheidungen zu treffen. Er führte Marilyn zu den Stallungen, erst hier ließ er sie schließlich los, und weiter bis an den Zaun, der das Grundstück der Chapmans umgrenzte und von dem aus man das Meer sehen konnte. Und dann sagte er ihr, was er begriffen hatte: dass sie beide sich aus irgendeinem Grund auseinandergelebt hatten, vor so langer Zeit, dass es zum Dauerzustand geworden war, zum Grund für ihr Unglück, und dass das Bewusstsein des wachsenden Abstandes zwischen ihnen sie nicht nur davon abhielt, sich aufeinander zuzubewegen, sondern seltsamerweise auch davon, sich noch weiter voneinander zu entfernen.

»Wir umkreisen einander.«

»Sei vorsichtig, wenn du ›wir‹ sagst.«

»Ich will dich«, sagte Sheppard. »Ich möchte nur spüren, dass du mich auch willst.«

Marilyn schüttelte den Kopf. Sie hatte das Kinn auf den Zaun gestützt. »Du sagst das so, als ginge es um mich.«

»Nein«, sagte er, »es geht um uns. Ich weiß, ich bin nicht besonders gut darin, aber ich habe nachgedacht. Ich glaube, wenn wir einander wieder fühlen können, wird sich alles zum Guten wenden.«

Er wusste nicht, ob sie ihn verstand, aber er wusste, sie hörte ihm zu. Wenn er, fuhr er fort, ihren Willen zu spüren bekäme und wenn er ihr beweisen könnte, dass er immer da sein und auf das Gefühl warten würde, wären sie vereint. Dann wäre sie ihm näher, als jeder andere Mensch es jemals sein könnte. Inzwischen sei ihm egal, wie sie seine Worte aufnehme oder was sie zu tun gedenke. Zwischen ihnen, räumte er ein, sei so viel vorgefallen, manches davon vielleicht sogar unverzeihlich, dass er es sich mit einer schlichten Entschuldigung zu einfach machen würde. Die Schuldfrage hatten sie schon Tausende von Kilometern hinter sich gelassen. Und genau darin lag die Antwort. Er habe, wie er sagte, die Diagnose gestellt.

»Und von nun an wird sich alles zum Besseren wenden«, schloss er.

Marilyn sagte nichts, sondern nahm seinen Arm.

Da hatte es angefangen, dachte Sheppard, in jenem Augenblick hatte die Veränderung eingesetzt und bis zum heutigen Abend angehalten. Er war aus einem tiefen Schlaf erwacht und hatte nicht gewusst, wo er war, bis er die nackte Marilyn entdeckte, deren Kopf zwischen seinen Beinen lag (zunächst war er unsicher, ob das überhaupt Marilyn war), seinen Schwanz im Mund und eine Hand um seine Eier geschlossen; sie drückte fest zu und ließ wieder los, presste einen Handballen an die Wurzel seines Penis, um die Haut an seinem Hodensack zu spannen und ein bisschen Druck auf seine Beckenknochen auszuüben, während ihre Lippen die auf den Kopf gestellte Herzform seiner Eichel nachfuhren; die ganze, liebevolle Prozedur unterlag einem Rhythmus, in dem sie sich nie zuvor bewegt hatte, den sie variierte und abwandelte in dem Bewusstsein, über das Finale selbst entscheiden zu können. Als Sheppard sich aufsetzen und sie küssen wollte, legte sie ihre freie Hand an seine Brust und drückte ihn nieder, und dann knetete sie ihn weiterhin und fuhr an ihm auf und ab, so als müsse sie seinen Orgasmus aus einer tiefen Quelle in seinem Körper heraussaugen. Er ließ sich zurücksinken und schloss die Augen; im Zimmer war es stockduster, aber er konnte den See hören und stellte sich vor, unten auf dem Sand zu liegen, während Marilyn wie eine Göttin aus den Fluten stieg, um ihn so zu befriedigen, wie sie es jetzt tat, denn das Wissen, das sie hier zur Schau stellte, ihre Sorgfalt und ihr Feingefühl waren absolut fremd und göttlich. Sie hielt inne und arbeitete sich mit kleinen Küssen von seinem Bauch bis zum Hals hinauf, ließ ihn nicht los, bis er in ihr war, presste seine Schultern in die Matratze, als wäre er ein Vogel mit gestutzten Flügeln, und als er schließlich doch kam, spürte er den synchronen Wellengang in ihr, der sich wie Schaum zu einer langen, stillen Finsternis zwischen ihnen auflöste.

Im Schlafzimmer in Cleveland, während Sheppard den Erinnerungen nachhing, blies der Wind durch die Baumkronen und ließ die Äste an den Fliegentüren rütteln. Marilyn berührte seinen Rücken und fragte: »Woran denkst du?«

»Ich dachte an Big Sur«, sagte er und lächelte.

Sie lächelte zurück und nahm seine Hand.

»Fühl mal«, sagte sie und legte seine Hand an ihren Bauch, und zusammen fühlten sie die kleinen Purzelbäume.

»Junge«, sagte er.

»Mädchen«, sagte sie.

In jenem Augenblick, dachte Sheppard, hatte alles angefangen, und in jener Nacht, er war überzeugt, war ihr Kind gezeugt worden. Er glaubte an die Naturwissenschaft, nicht an Omen, dennoch erfüllte ihn die Vorstellung, dass sein Kind im Augenblick der höchsten Glückseligkeit gezeugt worden war, mit einer gewissen Zuversicht, was den Verlauf der Schwangerschaft betraf und die Gesundheit von Mutter und Kind. »Es ist schon fast sechs«, sagte er und stand auf.

Ungläubig griff Marilyn nach ihrer Armbanduhr. »Du liebe Güte«, sagte sie, »wann müssen wir bei den Aherns sein?«

»Viertel vor sieben.«

»Wie zum Teufel soll ich bis dahin das Abendessen fertig haben?«

Er zuckte mit den Achseln und sagte: »Ich werde dir helfen.« Daraufhin warf sie ihm einen schiefen Blick zu, stand auf, stieg in den Schlüpfer, dann in die Shorts, schloss ihren BH und zog die Bluse darüber. »Auf diese Art von Hilfe kann ich verzichten.«

Natürlich hatten sich noch längst nicht alle ihre Probleme in Wohlgefallen aufgelöst, dachte Sheppard, als er Chip aufweckte. Zu viel war passiert. Ihre gemeinsame Geschichte war zu lang. Wochen später, als sie längst aus Kalifornien zurückgekehrt waren und sich in Sicherheit wiegten, kam er eines Abends nach Hause und sah Marilyn rauchend und mit dem Blick starr auf die

Lake Road gerichtet in der Küche stehen. Sie drehte sich nicht um, als er sie begrüßte, und als er sich nach Chip erkundigte, erklärte sie, sie habe ihn bis zum nächsten Tag bei ihrem Vater untergebracht. Auf dem Tisch lag seine Reisekostenabrechnung, die Donna aus dem Krankenhaus weitergeleitet hatte, zusammen mit einem persönlichen Schreiben von Susan, in dem sie, wie er annahm, die Affäre für beendet erklärte. Die einzelnen Ausgaben waren rot umkreist – das Hotelzimmer, die Reparatur von Michaels Auto, eine Armbanduhr.

»Bitte«, sagte Marilyn, »ich warte.«

Er seufzte und schilderte ihr alles, was in Kalifornien passiert war, in leidenschaftslosem, sachlichem Tonfall, gefolgt von seiner Einschätzung des Ganzen: »Das war vorher.«

»Vor was?«

»Vor Big Sur«, sagte er. »Vor jetzt.«

Sie drückte die Zigarette aus und wartete, bis der letzte Qualm sich in Luft aufgelöst und der Gestank sich verzogen hatte. Eine seltsame Mischung aus Wut und Demut füllte den Raum. »Du denkst«, sagte sie mit vor Wut erstickter Stimme, »in geraden Linien.« Sie zündete eine zweite Zigarette an, schlang sich einen Arm um die Taille und stützte den Ellenbogen in die Hand. »So als gäbe es einen Anfang und ein Ende.«

»Ich weiß nicht, wovon du sprichst«, sagte er.

»*Davon.*« Sie griff nach den Papieren auf dem Küchentisch und schüttelte sie. »Es ist dasselbe wie immer. Wir drehen uns im Kreis!«

»Nein«, wiederholte er, »das war davor!«

Marilyn nahm einen tiefen Zug von der Zigarette. »Ich fahre zu meinem Vater«, sagte sie.

Dagegen konnte er nichts einwenden. Er glaubte tatsächlich, dass es einen Anfang und ein Ende gab. Die Mauern waren eingestürzt. Sie würden aus der Abwärtsspirale aussteigen können – aber nur, wenn auch sie daran glaubte.

Sie blieb für eine Woche bei ihrem Vater. Sie sprachen drei geschlagene Tage lang kein Wort miteinander. Danach rief sie ihn einmal morgens, einmal am Nachmittag im Krankenhaus und einmal abends an. Sie hatten einander nicht viel zu sagen, praktisch gar nichts. Sie wolle einfach nur wissen, wo er sich gerade aufhielt, sagte sie. Er bemühte sich, das Haus in Ordnung zu halten, aber als sie eine Woche später mit ihrem Sohn zurückkam, waren ihre ersten Worte: »Was für ein Saustall.« Und später, als Chip nach oben gegangen war: »Beweise es.«

»Was?«

»Dass sich alles zum Besseren wenden wird.«

Das verlangte ihm keine Wunder ab. Er brauchte nichts weiter zu tun, als da zu sein, für Marilyn und für seinen Sohn. Da im Sinne von: zu Hause. Da im Sinne von: hier und jetzt. In praktischer Hinsicht gestaltete es sich ganz einfach: Er nahm seiner Frau den Kleinen ab, sobald er von der Arbeit nach Hause kam. Bat sie ihn um etwas – um einen Gefallen, um einen kurzen Einkauf, um Hilfe im Haushalt –, kam er ihrer Bitte nach. Wenn sie abends zu Bett gingen, unterhielten sie sich. Auf geistiger, psychologischer Ebene sah es ein wenig komplizierter aus, da sich diese Art von Anwesenheit nicht vortäuschen ließ. Während er seine Frau und seinen Sohn früher als Klotz am Bein empfunden hatte und ihnen deswegen jeden Gefallen bei jeder sich bietenden Gelegenheit abgeschlagen hatte, versuchte er nun, sich gegenteilig zu verhalten. Er spürte die kleine, zusätzliche Freude, die neuerdings mit allem einherging und die wiederum mit Freude verzinst wurde. Eigentlich war es ganz simpel. Er war einfach *da* und tat damit nicht nur das, was Marilyn von ihm verlangte, sondern was er, wie sich herausstellte, selbst wollte. Die gegenseitige Freude überschattete ihr Leben wie ein gigantisches Flügelpaar. Einen Monat später und ohne jede Absprache mit Sheppard verkündete Marilyn während eines Abendessens mit seinen Eltern und Brüdern und deren Ehefrauen, dass sie schwanger war. Es war noch ein bisschen früh dafür, Anfang Juni, sie hatte noch nicht einmal das erste Trimester hinter sich gebracht, aber sie wollte es unbedingt verkünden, wenn alle beisammensaßen. Und während die Schwangerschaft mit Chip von Ängsten und Sorgen geprägt war, überschattet vom Tod ihrer Mutter und ihres Bruders, und im Nachhinein den Niedergang ihrer Ehe eingeläutet hatte, den Beginn seiner immer länger dauernden Abwesenheitsphasen, den Verlust ihrer Freiheit und das Ende des Sex, schien Marilyn das Kind diesmal freudig zu erwarten. Und am Tisch, als ihre Schwägerinnen sich versammelten, um ihr zu gratulieren, spürte Sheppard plötzlich einen scharfen Stich des Bedauerns, auf einmal tat Chip ihm leid, und er fürchtete, die Zweifel, die ihn und Marilyn damals geplagt hatten, könnten sich auf seinen Sohn übertragen haben, die kollektive Seelenangst durch Marilyns Bauch auf ihn übergegangen sein.

Ich muss ihm ein besserer Vater sein, dachte er, als er mit Chip zum Haus der Aherns hinüberlief. Ich habe ihn in vielerlei Hinsicht enttäuscht. War denkbar, dass sich der Junge seiner Abwesenheit immer bewusst gewesen war? Waren die Antennen eines Kindes für Liebe – oder das Fehlen davon – tatsächlich so ausgeprägt? War Chips verzögerte Entwicklung, seine Unfähigkeit, sich die Schuhe zuzubinden oder sein Essen selbst zu zerkleinern, in Wahrheit ein Hilfeschrei? Er und Chip sahen sich so ähnlich, beide waren in der Lage, einen Artillerieangriff zu verschlafen, aber da hörten die Gemeinsamkeiten auch schon auf. In der Tat schienen sich in Chip vor allem die negativen Eigenschaften seiner Eltern niederzuschlagen. Ihm fehlten der Sportsgeist und das Selbstbewusstsein des Vaters, dafür hatte er die Launenhaftigkeit und Empfindlichkeit seiner Mutter geerbt, ihr mürrisches Wesen. Die Unnahbarkeit des Jungen musste eine Folge der Ereignisse von damals sein, schlussfolgerte Sheppard. Es gab Rettung, dachte er, aber nicht für alle. Er und Marilyn waren gerettet worden, aber Chip hatte einen Preis dafür gezahlt.

Er trat hinter den Jungen und hob ihn hoch. »Dein Vater hat dich sehr lieb«, flüsterte er.

Aber Chip wand sich aus seinen Armen, ohne ihn anzusehen, und rannte davon.

Gott segne Don Ahern. Der Mann wusste wirklich, wie man einen Drink mixt. Ein Martini war unkompliziert zu mischen, aber dieser hier schmeckte irgendwie anders, auf jeden Fall besser. Sie standen auf dem Rasen hinter dem Haus und beobachteten die Boote, die sich vor dem großen Feuerwerk auf dem See sammelten, die Familienverbände, die am Strand zusammenkamen. Der Sohn und die Tochter der Aherns spielten Neckball mit Chip, während Nancy, einen Whisky Sour in der Hand, Marilyn zwischen den Häusern auf halbem Wege entgegenkam. »Ich wette, du hattest einen anstrengenden Tag«, sagte Nancy.

»Mehr als anstrengend«, antwortete Marilyn mit einem Blick in Sheppards Richtung.

»Weißt du«, murmelte Ahern, »deine Lady hat immer noch die Figur eines jungen Mädchens.«

Sie schauten zu, wie die Frauen sich unterhakten und anstießen, und wieder fing Marilyn Sheppards Blick auf. Wäre es möglich, dachte er, dass er immer noch erregt war? Er war körperlich total erschöpft und wusste, er würde heute Abend nicht lange durchhalten, egal, welche Energiereserven er anzuzapfen versuchte. Und dennoch verspürte er Lust, sie wieder und wieder zu nehmen, sich eine Ausrede auszudenken und mit ihr zu verschwinden, nur um die Untiefen seines Glücks auszuloten.

»Und, Herr Doktor, was haben wir heute an Wundern bewirkt? Haben wir Leben gerettet?«

»Ehrlich gesagt«, sagte Sheppard, »habe ich heute einen Jungen verloren.«

Wieder schilderte er das Erlebnis, aber diesmal war er in der Lage zu sprechen, ohne die Bilder vor Augen zu haben. Es war zu einer Geschichte geworden, eingeschlossen in eine Erzählung mit einem Anfang, einer Mitte und einem Ende, und in der Version, die er nun Don präsentierte, war der Vater des Jungen nur ein Kleindarsteller und nicht mehr die Hauptfigur, die Sheppard gezwungen hatte, in panischer Angst und schuldbewusst aus der Klinik zu fliehen. Er war tatsächlich ein Mörder, aber nicht den Jungen hatte er ermordet, sondern die Tage mit Marilyn. Schlimmer noch, bis zum heutigen Tag war er auf derartige Engel angewiesen, die in seinem Leben erschienen und ihm seinen eigenen Charakter vor Augen führten, der traurig und jämmerlich war und in erster Linie gierig. Wäre der Junge nicht gestorben und hätte der Vater Sheppard nicht beschimpft, hätte der sein schäbiges Tun vergessen und wäre möglicherweise immer noch nicht dankbar für Marilyn, ein Fremder seiner selbst. Meine spontane Reaktion wird niemals sein, die Interessen anderer über die meinen zu stellen, dachte er.

»Tja«, sagte Don »ich bin mir sicher, dass du getan hast, was in deiner Macht stand.«

»Ja«, sagte er, »das habe ich.«

Da kam Marilyn heran. »Das Krankenhaus hat eben angerufen«, sagte sie. »Ein Junge hat sich das Bein gebrochen. Sie wollen, dass du rüberfährst und es dir ansiehst.«

Im Röntgenraum untersuchte Sheppard die Verletzung des Jungen, einen glatten Oberschenkelbruch, den er sich bei einer freundlichen Rangelei mit seinem Bruder zugezogen hatte und der mithilfe eines Gipses und etwas Muskelkraft bald gerichtet wäre und letztlich spurlos verheilen würde. Seiner Einschätzung nach würde der Junge in acht Wochen wieder gesund sein, und während er an Hunters Bett saß und die Assistenten den Gips anlegten, sagte er, was er in seiner Funktion als Arzt schon tausendmal gesagt hatte: »Dann bist du so gut wie neu.« Eine von zahlreichen, reflexhaften Versicherungen, deren gedankenloser Gebrauch eine unauslöschliche Hoffnung implizierte. Gab es Fortschritt? Konnte man zu einem besseren Menschen werden? Seine Frau hatte ihm vorgeworfen, er denke geradlinig, und damit weit danebengelegen. Seit Jahren stellte er sich das Leben als mühsamen Kreislauf vor, und diesen Gedanken hatte er selbstgerechterweise als Ausrede benutzt, als rationale Erklärung für seine Eskapaden. Es gab keine Verbesserung, sondern nur eine Galgenfrist, und niemand konnte sich wirklich ändern, und deswegen musste er jeden Genuss mitnehmen, der sich ihm anbot. Glaubte er das immer noch? Und falls ja, bedeutete das, dass ihm weitere Fehltritte unterlaufen würden? Würde die aktuelle Glückseligkeit von der unweigerlich folgenden Trauerphase ausgelöscht? Oder wuchs man irgendwann über gewisse Erscheinungsformen des Bösen und der Sünde hinaus? War es möglich, den Zustand, in dem er und Marilyn sich momentan befanden, irgendwie zu erhalten? Nur damit er seinem ungeborenen Sohn – oder, nach Marilyns Überzeugung, seiner Tochter – irgendwann würde sagen können: *Ich habe mich geändert. Wir haben uns geändert. Wir wurden glücklich, und von dem Augenblick an, mein Kind, war alles anders.* Ach, wäre es nur möglich. Bitte, dachte er, lass es mich eines Tages sagen und echte Hoffnung weitergeben anstatt immer nur den einen, hoffnungslosen Rat, einfach nur zu warten und durchzuhalten.

Ich will endlich *ankommen*, dachte er, als er vom Krankenhausparkplatz fuhr. Ich möchte fertig sein. Ich möchte mit dem Mann, der ich war, abschließen.

Als er nach Hause kam, waren Nancy und Marilyn längst in Hektik ausgebrochen, und im Hintergrund hörte er die Kinder schreien. Ein erschöpfter Don bat um Ruhe: »Ich versuche, das Spiel zu hören!«

Marilyn kam aus der Küche. »Wir werden viel zu spät mit dem Abendessen fertig.«

Sheppard warf einen Blick auf die Uhr: Viertel vor neun. »Was kann ich tun?«, fragte er.

Verblüfft legte Nancy sich eine Hand an die Brust. »Hat er soeben seine Hilfe angeboten?«

»Ich glaube, ja«, sagte Marilyn.

»Sam, hast du Fieber?« Nancy rieb sich die Hände an der Schürze ab und befühlte seine Stirn. »Ist etwas nicht in Ordnung?«

»Mir geht es gut.«

»Na schön«, sagte sie und nickte, »du kannst meinem überarbeiteten Ehemann die Kinder abnehmen, bevor er sie umbringt.«

»Ja, das tue ich.«

Er nutzte die Gelegenheit, um Zeit mit seinem Sohn zu verbringen, scheuchte die Kinder in den Keller und knipste das Licht im hinteren Teil an, wo er einen Sandsack aufgehängt hatte. »Wie wär's, wenn wir ein paar Haken üben?«, fragte er. Todd, das älteste Kind der Aherns, war von dem Vorschlag begeistert, aber Jennifer und Chip schienen ein bisschen Angst zu haben.

»Möchtest du, mein Junge?«

»Ich weiß nicht, ob ich das mag«, sagte er und verdrehte

schüchtern die Arme ineinander und reckte den ganzen Knoten in Richtung des Sandsacks.

»Nun, dann sollten wir es einmal probieren.«

Sheppard hatte das Gefühl, zunächst ein paar Regeln aufstellen zu müssen: niemals einander zu boxen und niemals fremde Kinder zu boxen, es sei denn, der andere hatte angefangen. Danach führte er ein paar Schläge mit der Führhand und rechte Haken vor und ein paar solide Körperschläge, wobei er großen Wert auf eine korrekte Haltung legte. Er erklärte die Wichtigkeit der zur Deckung erhobenen Hände und des festen Standes – »vom Boden holt man sich die Kraft«, erklärte er –, und die Kinder rissen die Augen auf vor lauter Staunen darüber, wie weit der Sack nach jedem Schlag pendelte; bei jedem Hieb blinzelten die drei, als blase ihnen die Wucht des Hakens Wind in die Augen. Die Vorführung schien sie anzustacheln, noch mehr als das Toben im Wohnzimmer, und ehe er sich versah, drosch Chip auf den Sandsack ein, den Todd festhielt und dann losließ, um sich lachend die Hände auszuschütteln. Als Sheppard sich herunterbeugen und die Leistung seines Sohnes kommentieren wollte, sauste der um den Sack herum und klammerte sich an seinem Bein fest. Chips Haaransatz war klatschnass, und Sheppard rieb sanft darüber, während sein Sohn zu ihm aufblickte.

»Fünf Minuten bis zum Essen!«, rief Marilyn.

Er schickte die Kinder zum Waschen nach oben. Er hatte selbst geschwitzt und folgte ihnen, um sich die Hände zu waschen. Die Brise vom See war stärker und kälter geworden, und er fror. Zitternd und mit klappernden Zähnen griff er nach seinem Cordjackett, das hinter der Schlafzimmertür hing, dann ging er wieder nach unten. Nancy und Marilyn waren noch dabei, den Tisch auf der Veranda zu decken, nur Don hatte bereits Platz genommen, weil der Rollbraten, die grünen Bohnen und das Roggenbrot schon auf dem Tisch standen. Der Duft des Blaubeerkuchens im Ofen löschte alle Gedanken aus Sheppards Verstand. Die Kinder hatten bereits etwas zu essen bekommen und saßen am Küchentisch, außer Hörweite der Erwachsenengespräche und doch nah genug, um im Notfall gehört zu werden. Weder Marilyn noch die

Aherns hatten bemerkt, dass er die Treppe heruntergekommen war, und Don, der Belüftungsanlagen für Krankenhäuser im ganzen Land installierte, war gerade dabei, eine Anekdote über Hoversten zum Besten zu geben. Sheppard blieb kurz neben dem Fernseher stehen, um zu lauschen.

»Es wäre Wahnsinn, wenn Sam ihn einstellen würde. Ihr wisst doch, wie er seinen letzten Job verloren hat, oder? Im Grand View Hospital?«

»Nein«, sagte Marilyn, »Sam wollte es mir nicht erzählen.«

»Ich will es hören«, sagte Nancy.

»Er wurde kaltgestellt, und zwar von sämtlichen weiblichen Krankenhausangestellten.«

»Kaltgestellt? In welchem Sinne?«

»Im Sinne von: ignoriert. Wie Luft behandelt. Sozusagen ausgelöscht. Im Ernst, von den Sekretärinnen über die Laborantinnen bis hin zu den Krankenschwestern. Er hatte so viele von denen begrapscht und so viele Anzüglichkeiten vom Stapel gelassen, dass die Frauen sich, nachdem ein paar ältere Mitarbeiterinnen mit einer offiziellen Beschwerde gescheitert waren, eines Tages einfach weigerten, mit ihm zusammenzuarbeiten. Ausnahmslos alle Frauen im Krankenhaus taten plötzlich so, als ob Hoversten nicht mehr existierte. Einer der Oberärzte hat mir erzählt, etwas Verrückteres habe er nie gesehen. Die Aktion war perfekt koordiniert. Er kommt morgens rein und bittet um seinen Dienstplan, und die Sekretärin steht von ihrem Platz auf und geht weg, als wäre er ein Geist, den sie nicht sehen kann. Hoversten denkt sich, dass sie entweder verrückt geworden ist oder ihm einen Streich spielen will, also besorgt er sich den OP-Plan selbst und geht in die Umkleide. Aber er kann keine Krankenschwester finden, die ihm mit den Handschuhen oder dem OP-Kittel behilflich ist. Er schreit sie an, aber es ist, als wären sie allesamt taub. Sie schauen nicht mal in seine Richtung. Er betritt den OP zu einem Routineeingriff, Entfernung der Mandeln, aber da ist niemand außer ihm und dem Patienten. Der Personalchef flippt natürlich aus, als er von der Sache Wind bekommt, und das dauert nicht sonderlich lange, weil Hoversten brüllend im OP steht. Er nimmt also die Oberschwester beiseite und befiehlt ihr, zurück an die Arbeit zu gehen, woraufhin sie ihm ein Ultimatum stellt: Der oder wir. Hoversten geht, oder die Klinik kann dichtmachen. Der Personalchef, monatelang von genervten Krankenschwestern und glotzenden Patienten zermürbt, bestellt Hoversten in sein Büro, erklärt ihm die Situation und fordert ihn auf, seine Sachen zu packen.«

Marilyn schlug sich eine Hand vor den Mund.

Nancy klatschte lachend in die Hände. »Wer sagt denn, es gäbe keine Gerechtigkeit?«

Sie verstummten, als Sheppard eintrat.

»Keine Sorge«, sagte er, »ich bin euch nicht böse. Ganz ehrlich – ich habe nichts davon gewusst.« Er drehte sich zu Marilyn um. »Überhaupt, wo steckt Les?«

»Er ist Golf spielen gegangen«, sagte sie. »In Kent.«

»Mit wem?«

Sie zögerte. »Dr. Stevenson.«

Nancy sah sie an.

Ein bisschen zu spät rieb Don sich die Hände, murmelte »hmm, lecker« und fing an, seinen Teller zu beladen.

»Kommt er zum Essen?«, fragte Sheppard.

»Ich glaube, er wollte das Wochenende anderswo verbringen«, sagte Marilyn.

Er konnte das Schweigen nicht ertragen und war zu müde, um enttäuscht zu sein – über Hoverstens Unhöflichkeit, über das betretene Schweigen der anderen. »Nun gut«, sagte er, »Dann bleibt mehr Kuchen für mich übrig.«

Auch das war vorher, dachte er. Denn *vorher* bezeichnete nicht nur eine geistige Haltung, sondern auch die Menschen, mit denen man sich aufgrund dieser Haltung umgab. Vielleicht war Don weit mehr im Recht, als er ahnte, vielleicht stellte Hoversten tatsächlich eine Gefahr dar, nicht nur für das Krankenhaus, sondern auch für Sheppards neues Leben. Was waren die Jahre ihrer Freundschaft noch wert angesichts der jüngsten Vorfälle? Wozu wollte er ihn um sich haben? Warum sollte er mit ihm anders verfahren als mit allen Dingen, die er nicht mehr in seinem Leben wollte, warum nicht den Mann ziehen lassen. Bei der Erwähnung von Dr. Stevensons Namen musste Sheppard allerdings unweigerlich an einen Zwischenfall vor einigen Monaten denken, kurz bevor Stevenson die Verlobung mit Susan Hayes gelöst hatte. Sie waren dabei, ihre Hände zu desinfizieren, nur sie zwei, und Sheppard versuchte, über das Indians-Spiel vom Vorabend zu plaudern, dabei war er sich bei jedem einzelnen seiner Worte seines kleinen Geheimnisses bewusst, die Erinnerung an den Sex mit Susan am selben Morgen war noch ganz frisch.

»Dr. Sheppard«, unterbrach ihn Stevenson, »darf ich etwas sagen?«

»Selbstverständlich.«

»Solange ich für Sie arbeite, dürfen Sie meiner ungeteilten Aufmerksamkeit in meiner Funktion als Facharzt sicher sein. Ich werde all Ihre Anweisungen und Vorgaben buchstabengetreu befolgen. Ich werde alles lernen, was Sie mich zu lehren haben. Aber darüber hinaus«, sagte er und wandte sich Sheppard zu, »will ich kein verdammtes Wort aus Ihrem Mund mehr hören.«

Sheppard drehte sich zu ihm um, musterte sein wütendes Gesicht und den Zeigefinger, den Stevenson zwischen ihnen in die Höhe reckte, und wandte sich dann wieder ab, weil er lächeln musste. Er konnte es sich nicht verkneifen. Er war kurz davor, in Gelächter auszubrechen. Der dramatische Auftritt des jungen Mannes wirkte einstudiert, sein gerechter Zorn hatte kaum mehr Wucht als ein Luftschlag. Er schämte sich für sie beide. Über dem Waschbecken, in der Glasscheibe, die den Blick in den Operationssaal freigab, sah er, wie Stevensons Spiegelbild ihm den Rücken zukehrte und sich wütend die Hände abschrubbte, und dann sah er sein eigenes, zufriedenes Gesicht; sein Lächeln erinnerte ihn an das debile Grinsen eines Betrunkenen, und zwischen dem Gesichtsausdruck und den Vorgängen in seinem Gehirn klaffte eine riesige Lücke. Ein Betrunkener lächelt über eine Beleidigung ebenso wie über ein Kompliment. Sein Ekel war auf einmal so stark, dass er am liebsten hinausgerannt wäre. Dir ist wohl alles egal, hatte er gedacht.

Selbst jetzt noch, wo er auf der Veranda saß, ließ die Erinnerung ihn zusammenzucken.

Die Kinder kamen heraus, als sie beim Dessert waren, nur Sekunden bevor die erste Feuerwerksrakete losging, so als hätten sie kleine, eingebaute Alarmwecker, die sie auf den Beginn der Feierlichkeiten hingewiesen hatten. Chip saß auf dem Schoß seiner Mutter, aber Sheppard winkte ihn zu sich, nahm ihn zwischen die Beine und erklärte ihm, wie die Raketen funktionierten und auf welche Weise die wunderhübschen Formen zustande kamen. Die Hülse an der Spitze einer jeden Rakete war mit Schwarzpulver und Leuchtkugeln gefüllt, und jede einzelne davon war als Lichtpunkt am Himmel zu erkennen, weil der Effektsatz darauf ausgelegt war, auf dem Gipfelpunkt der Flugbahn zu explodieren. Das Schwarzpulver wurde entzündet und schleuderte die Leuchtkugeln gleichmäßig und in vorausberechneten Mustern – als Blumen oder in konzentrischen Kreisen – in den Himmel, bevor sie eine halbe Sekunde später in den verschiedensten Farben explodierten. »Was du siehst, ist eine Kettenreaktion.« Und ob Chip ihm folgen konnte oder nicht, er hörte aufmerksam zu und klammerte sich, als das Feuerwerk seinen Höhepunkt erreichte und die Detonationen das Geschirr auf dem Tisch zum Klirren brachten, so fest an Sheppards Bein, dass die kleinen Fäuste den Cord zerknautschten.

»Wenn das Feuerwerk zu Ende geht, bin ich immer ganz deprimiert«, sagte Nancy.

Don sammelte die Kinder ein und ging nach nebenan, um sie ins Bett zu bringen, während Nancy und Marilyn den Tisch abräumten. Bevor er das Haus verließ, schaltete er das Radio ein; die Indians lagen in der Mitte des siebten Innings einen Punkt vorn. Sheppard blieb auf der Veranda sitzen und beobachtete, wie die Menschenmenge am Strand sich auflöste. Er roch den Qualm und das Schwarzpulver, die vom See herüberzogen. War das der Geruch eines Schlachtfeldes bei Nacht?

Er schlief ein.

Er wachte auf, weil Chip an seinem Ärmel zupfte. Er warf einen Blick auf seine Armbanduhr. Es war halb elf.

Der Junge trug einen Pyjama und hielt ein Modellflugzeug aus Balsaholz – einen Segler – in der Hand. »Dad, würdest du mir bitte helfen, das zu reparieren?«

Sheppard betrachtete das Flugzeug. Die linke Tragfläche war gebrochen – gespalten, aber noch nicht ganz vom Rumpf getrennt. Der Junge bat ihn fast nie um Hilfe. »Du müsstest längst im Bett sein«, sagte er und strubbelte Chip durchs Haar, »aber weil du so höflich gefragt hast – ja. Mal sehen, was sich da machen lässt.«

Mittlerweile saßen Nancy und Marilyn vor dem Fernseher und unterhielten sich müde. Don saß neben dem Radio, den Kopf rückwärts an die Wand gelehnt und den Blick an die Zimmerdecke geheftet. Er schaute beim Zuhören so aufmerksam hin, als befände sich dort ein Bildschirm.

»Stört es dich, wenn ich rauche?«, fragte Nancy.

»Nein«, sagte Marilyn. »Auf der Veranda steht ein Aschenbecher.«

Sie stand auf. Als Sheppard an Marilyn vorbeikam, streckte sie die Hand nach ihm aus, ergriff seinen Unterarm und ließ ihre Fingernägel daran abwärtsgleiten, bis über sein Handgelenk und in seine Handfläche.

»Wir werden das Flugzeug reparieren«, sagte Sheppard.

»Kannst du«, sagte sie, »vorher die Verandatür abschließen?« Aber Nancy war schon dabei, den Aschenbecher in der anderen Hand.

Im Keller knipste Sheppard das Licht an, nahm den Jungen mit an die Werkbank, suchte den Holzleim heraus und erklärte Chip, wie er den Kleber in einer dünnen Schicht auf die Unterseite des Flügels aufzutragen habe. Er bemühte sich, nicht ungeduldig zu werden, als der Junge die weiße Flüssigkeit auf die Werkbank tropfen ließ. »Du musst vorsichtig drücken«, sagte Sheppard. In einem Eimer neben dem Werkzeug lagen Wäscheklammern, von denen er dem Kind zwei reichte. »Und wie«, fragte er, »wirst du sie befestigen, damit der Flügel in die ursprüngliche Position zurückgebracht wird?« Er schaute Chip zu, so müde, dass er fürchtete, jeden Augenblick einzuschlafen, während der Junge die Wäscheklammern ansetzte und ihn fragend ansah, und wieder fragte Sheppard sich, ob das Kind normal war. Durch seinen Charakter schien ein feiner Riss zu laufen. Als die Wäscheklammern an der Tragfläche klemmten, war Sheppard überzeugt, das Flugzeug sei irreparabel beschädigt.

»Meinst du, es wird wieder fliegen?«

»Wir werden sehen«, sagte Sheppard, drehte das Flugzeug auf den Kopf und stützte die gebrochene Tragfläche mit einer Blechdose ab.

Chips Achselzucken war eine perfekte Kopie der entsprechenden Geste seiner Mutter. »Wenigstens haben wir es versucht«, sagte er.

Oben übergab Sheppard ihn an Marilyn, die ihn ins Kinderzimmer brachte. Er ließ sich auf Marilyns Sessel sinken und verschränkte die Arme.

»Ist dir kalt?«, fragte Nancy.

»Ein bisschen«, antwortete er. Im Fernseher stand ein Mann im Anzug neben dem Maskottchen von Planters Peanuts und redete auf die Figur ein, als trüge sie kein absurdes Kostüm und als wären ihre Antworten nicht auf Gesten und Tanzschritte beschränkt. »Was ist das?«, fragte Sheppard.

»Eine kurze Werbeunterbrechung«, sagte Nancy.

»Das ist alles?«

»Gleich fängt ein Film an.«

Er spürte Nancys Blick auf seinem Hinterkopf, drehte sich um und sah sie auf dem Sofa liegen, eine Zigarette in der Hand und die beiden oberen Blusenknöpfe geöffnet.

»Tut mir leid wegen des Jungen«, sagte sie.

»Mir tut es auch leid.«

»Träumst du davon – von den Sachen, die dir tagsüber passieren?«

»Manchmal«, sagte er.

Er hatte Nancy immer schon attraktiv gefunden. Sie schien es zu bemerken, benahm sich, als fühle sie in Bezug auf ihn ähnlich, und sprach sehr persönliche Themen an, sobald sie allein waren. Was ihre Unterhaltungen seltsam geziert klingen ließ.

Sie nickte ihm ernst zu, wusste dann aber nichts weiter zu sagen.

Es hatte eine Zeit gegeben, als er ständig auf der Suche nach Sex gewesen war und jede Frau, die ihm begegnete, auf ihre Unzufriedenheiten oder Interessen abgeklopft hatte, so als sei jede Interaktion die Tür zu einer Gelegenheit, einer denkbaren Alternative, und als drehe sich jedes Gespräch nicht um das eigentliche Thema, sondern um etwas ganz anderes. Aber nun war alles in den neuen Zustand umgeschlagen.

Marilyn kam die Treppe herunter. »Ich glaube, er wird bald einschlafen«, flüsterte sie, setzte sich auf Sheppards Schoß, vergrub das Gesicht an seinem Hals, legte ihre Lippen an sein Ohr. »Er wird einschlafen«, sagte sie, und ihre Worte ließen ihn genüsslich erzittern.

In ihrem Rücken klatschte Don in die Hände und zuckte im selben Moment schuldbewusst zusammen. »Sorry«, sagte er, »die Indians haben gewonnen.« Dann betrachtete er Sheppard, Marilyn und seine Frau. Nancy sagte: »Ich brauche auch ein bisschen Zuwendung.«

Don räusperte sich, ging zum Sofa, setzte sich und nahm Nancys Kopf auf den Schoß. »Besser?«, fragte er und tätschelte ihre Schulter.

Mit einem Blick in Marilyns Richtung schüttelte Nancy den Kopf.

»Na ja, besser als nichts«, sagte Marilyn.

Der Film hieß *Strange Holiday*, und soweit Sheppard es verstand – Marilyn liebkoste ihn pausenlos an Hals und Wange –, ging es um einen Mann, der eine Angeltour in den tiefsten Wald unternimmt und nach seiner Rückkehr feststellen muss, dass Faschisten die Macht übernommen haben. Er hätte den Plot argumentativ durchlöchern können, stattdessen drückte er sein Gesicht in Marilyns Haar.

»Weißt du, woran ich gerade denken musste?«, fragte sie.

»Sag es mir.«

Sie ließ ihre Hand zwischen ihre und dann zwischen seine Beine gleiten und drückte zu. »Ich habe an Sandusky gedacht.«

»Da war es nett«, sagte er.

»In Sandusky war es *sehr* nett«, sagte sie.

Er dachte an das Ferienhäuschen dort, in dem sie das vorletzte Wochenende verbracht und jeden Morgen und jeden Abend Sex gehabt hatten. Jetzt auf seinem Schoß begann Marilyn, ihn so unauffällig wie möglich zu streicheln, er wollte lachen und war gleichzeitig so erregt wie am Nachmittag, als er gesehen hatte, wie sie zwischen den Häusern den Drink von Nancy in Empfang genommen hatte. An besagtem Wochenende hatte er an einem Amateur-Autorennen teilgenommen, den wund geriebenen Penis, der in jeder Kurve pulsierte, zwischen die Oberschenkel geklemmt, und jedes Mal, wenn er an der Tribüne vorbeigedonnert war, hatte er Marilyn zwischen den Hunderten von Menschen erkennen können, so als sei ihr Gesicht das einzig lebendige und ihre Gesichtszüge unnatürlich scharf.

»Schläfst du?«, fragte sie.

»Lass mich aufstehen«, antwortete er.

»Bleib.«

»Ich komme wieder.« Er stand auf, ging zum Schlafsofa und legte sich hin.

Er schlief ein.

Er setzte sich auf. Alle schauten den Film, nur Marilyn drehte sich um, so als wäre im Moment seines Erwachens ein Signal bei ihr angekommen. Er rieb sich die Augen, und sie winkte ihn herüber. »Komm und schau den Film mit uns«, sagte sie.

Er sah den Fernseher: Ein Mann saß in einer Zelle und wiederholte ständig denselben Satz.

»Komm, Sam«, sagte sie. Lächelnd legte sie den Kopf in den Nacken. »Bald wird es besser.«

Der Satz brachte ihn zum Schmunzeln, er legte sich wieder hin, ohne sie aus den Augen zu lassen, verschränkte die Arme über der Brust wie bei einem Mexican Standoff und lächelte sie an. Sie zuckte mit den Achseln und drehte sich wieder um. Für einen Moment betrachtete er ihren Hinterkopf durch die Holzstäbe des Schaukelstuhls, ihr Haar, die mit kleinen Flügelpaaren bedruckte Bluse, die athletische Form ihrer übereinandergeschlagenen Beine, die Mokkassins an ihren Füßen. Der eine war ihr halb vom Fuß gerutscht, und sie ließ ihn nun in einer wippenden Bewegung gegen ihre Ferse schlagen.

Es ist möglich, dachte er, wunschlos glücklich verheiratet zu sein. Man muss nur gewillt sein, an Bord zu bleiben, auch wenn man sich auf hoher See verirrt hat und niemand einem die Rettung garantieren kann. Sie beide hatten durchgehalten, teilweise mit Mitteln, von denen der andere nichts ahnte und die einem Außenstehenden vorgekommen wären wie das Gegenteil von Durchhalten. Es war möglich, wunschlos glücklich zu sein. Und ebenso sicher war, dass dieses Glück vergänglich war. Das war eine Tatsache. Und wenn ein neues Glück kam, hatte man wieder den Eindruck, es würde ewig anhalten, denn das Glück kam mit dem Versprechen einher, dass es sich wie ein Lagerfeuer mit etwas Aufmerksamkeit würde weiter am Leben erhalten lassen. Erhalte es am Leben, sagte er sich. Lass es andauern.

Zufrieden schlief er wieder ein.

Marilyn wachte auf.

Sie saß immer noch im Schaukelstuhl, als Don sie sanft an der Schulter rüttelte und sie erschreckt den Kopf hob. Außer in der Küche brannte im Haus kein Licht mehr, und Marilyn konnte hören, wie Nancy die letzten Teller einräumte. »Lass das stehen«, sagte sie, stand auf und blinzelte ins Licht.

»Bin schon fertig«, sagte Nancy lächelnd und faltete das Geschirrtuch zusammen.

»Wie spät ist es?«

»Halb eins«, flüsterte Don.

Sie schlichen durch die Küche und verabschiedeten sich voneinander, und danach wollte Marilyn die Küchentür schließen, hielt aber inne, um dem Wind in den Bäumen zu lauschen. Sie schaltete das Licht aus, verriegelte die Tür und schaute durchs Fenster den Aherns nach, die den Rasen unter den Bäumen überquerten, Nancy mit verschränkten Armen.

Die Ärmste, dachte Marilyn. Früher am Abend, in der Flaute nach dem Nachtisch, hatten die beiden am Spülbecken gestanden und sich leise unterhalten, und Nancy hatte gesagt: »Er fasst mich nicht mehr an, aber das ist in Ordnung. Ich kann damit leben. Wir haben viel um die Ohren, er ganz besonders. Trotzdem habe ich das Gefühl, er geht mir aus dem Weg. So wie gerade eben. Kaum sind wir einen Moment allein, sagt er: ›Das *Spiel*, Nancy, da habe ich den ganzen Tag drauf gewartet‹, so als gäbe es nie wieder ein Spiel. Achte mal darauf, dann siehst du, dass er einen Sicherheitsabstand zu mir einhält, so als wären wir Geschwister, die sich um den Tisch jagen.« Sie tupfte sich die Augen trocken. »Wie haben Sam und du es geschafft?«

Marilyn wusste keine Antwort. Sie selbst hatte nicht wirklich etwas *getan*. Sie war der Ansicht, einfach abgewartet zu haben, ebenso wie Sam, bis sie beide zur gleichen Zeit des Wartens müde geworden waren.

Anders ließ es sich nicht ausdrücken.

»Damit helfe ich dir nicht weiter«, sagte Marilyn. »Bitte, versteh mich nicht falsch. Es ist nur so … du musst bereit sein, den Atem anzuhalten, und zwar für länger, als du zu können glaubst«, sagte sie.

Nun saß sie neben Sam auf dem Schlafsofa und streichelte über sein Haar. Er lag in der Form eines S ausgestreckt, ihr zugewandt, immer noch im Cordjackett, die Arme um den Körper geschlungen, den Mund geöffnet. Er sah aus wie Chip, wie ein Junge. Neben ihm war noch genau so viel Platz, dass sie sich danebenlegen konnte, was sie auch tat. Sie lauschte seinem Atem …

Sie wachte auf. Sie fror. Sie spielte mit dem Gedanken, Sam zu wecken, was jedoch nicht weniger Aufwand erfordern würde als bei Chip, außerdem übernachtete er regelmäßig hier unten. Sie ging hinauf ins Schlafzimmer, zog sich im Dunkeln aus, legte die säuberlich gefalteten Kleider über einen Stuhl, schlüpfte in ihren Pyjama und kroch unter das kalte Laken. Sie hatte es satt, allein zu schlafen. Es machte ihr nichts mehr aus, nachts von Sam geweckt zu werden. Letzte Woche hatte sie ihn gebeten, die Betten nebeneinanderzuschieben oder ein neues zu kaufen. »Ich möchte dich nachts an meiner Seite spüren«, hatte sie gesagt. Sie würde ihn gleich am nächsten Morgen daran erinnern.

Während sie auf den Schlaf wartete, konnte sie nicht anders, als an Dick Eberling zu denken, zunächst an seinen Oberkörper in jenem Fenster, das er geputzt hatte, an den gerippten Muskelpanzer, der seinen Bauch bedeckte, an die dunkle, braune Haut. Sanft biss sie sich auf die Unterlippe, erinnerte sich daran, wie er zu Boden geschaut und sie gefragt hatte, ob sie einen wie ihn mögen könnte und auch »für eine lange Zeit?«. Der Gedanke machte sie traurig. Jeder Mensch hatte ein Anrecht darauf, für lange Zeit geliebt zu werden. Diese Erfahrung zu machen – geliebt zu werden und sich zu verändern, das Privileg zu genießen, zu leiden und das Leiden zu überstehen. Zu wissen, so wie sie es jetzt wusste, dass man nur einen Menschen wirklich lieben konnte. Es unbestreitbar zu wissen. Es zu *akzeptieren*, mit allen Einschränkungen, die es mit sich brachte. Und wenn man so weit war, hatte man einen Zustand erreicht, der annähernd stabil war.

Zu ihrem Entzücken hörte sie langsame Schritte, erst auf der Treppe, dann im Zimmer. Sie drehte sich um und sah ihn herankommen.

»Sam?«, fragte sie.

»So«, sagte Möbius.

»So«, sagte Sheppard.

»Quid pro quo.«

Sheppard griff unter seinen Stuhl und zog das Manuskript heraus.

»Ist das die einzige Kopie?«

»Nein, aber es ist das Original.«

Sheppard schob es durch die Gitterstäbe. Möbius wägte das Gewicht der Seiten ab.

»Sie haben bis morgen früh Zeit, es zu lesen«, sagte Sheppard.

»Gut.«

»Und dann erzählen Sie mir alles, was ich über Alice Pepin wissen muss.«

»Was Sie über Alice Pepin wissen müssen, steht hier.«

»Nein«, widersprach Sheppard, »das Ende fehlt.«

»Kommt noch«, sagte Möbius.

Sheppard klappte seinen Stuhl zusammen und nahm ihn mit zum Ausgang, wo der Wachmann auf den Türöffner drückte, um ihn hinauszulassen. »Er ist selbstmordgefährdet«, sagte Sheppard, »überprüfen Sie ihn alle zehn Minuten. Und lassen Sie sofort einen Arzt kommen. Lassen Sie die Verbände entfernen, und nehmen Sie ihm die Mullbinden weg. Ich möchte nicht, dass irgendetwas in der Zelle zurückbleibt, mit dem er sich verletzen kann. Holen Sie zwei Kollegen dazu, und filzen Sie ihn gründlich durch. Durchsuchen Sie seine Zelle noch einmal, und ziehen Sie das Bett ab. Er kriegt nicht einmal ein Laken für die Nacht. Er darf nichts behalten als das Manuskript, das er gerade liest.«

»Ja, Sir.«

Trotz dieser Anweisungen musste Sheppard den ganzen Tag an Möbius denken. Er rief wiederholt den Wachmann an, zweimal stieg er sogar persönlich in den Zellentrakt hinunter. Beide Male konnte er schon von Weitem Möbius' Gelächter hören, und wenn er vor den Gitterstäben stand, sah er, wie der Gefangene mit Tränen in den Augen auf die Seite zeigte.

»Ich lach mich tot«, sagte er.

Ihn zu sehen beruhigte Sheppard. Man hatte Möbius' Mullverbände durch ein Kunststoffpflaster ersetzt, und der Wärter hatte die Zelle sicherheitshalber dreimal durchsucht; als Sheppard am Abend anrief, erfuhr er, dass Möbius' Abendessen ohne Zwischenfall verlaufen war. Er konnte ihn im Hintergrund gackern hören.

Er ging zu Bett. Zunächst schlief er unruhig, dann tauchte er in einen langen Traum ab, an dessen Details er sich nach dem Aufwachen genau erinnern konnte.

Er war wieder am Strand und verfolgte den Mörder seiner Frau. Aber der Mörder war Möbius, und seine Frau war Alice Pepin. Endlich konnte er den kleinen Mann überwältigen, aber er war bemerkenswert stark und so glitschig wie ein Fisch. Als Sheppard versuchte, ihn zu schlagen, traf sein Hieb ins Leere, und als er versuchte, ihn zu packen und festzuhalten, drehte

Möbius den Griff um und warf ihn auf den Sand. Wieder war er überwältigt, Möbius war jetzt auf ihm, drückte ihm die Knie auf die Brust und zog die Faust bis ans Ohr zurück, um zum letzten Schlag auszuholen. Und bevor Sheppard aufwachte, bevor Möbius den Treffer landen konnte und alles ringsum schwarz wurde, fühlte er wieder die schreckliche Niederlage, weil er es weder geschafft hatte, seine Frau zu beschützen, noch, ihren Mörder zu überwältigen. Und damit hatte er sich irgendwie der Mittäterschaft schuldig gemacht.

Das Telefon.

Er knipste die Lampe auf dem Nachttisch an, rieb sich die Augen, sah auf die Uhr. Es war Viertel nach vier.

»Sir«, sagte der Wärter, »es ist wegen Möbius.«

»Was ist passiert?«

»Er ist tot.«

»Tot?« Sheppard setzte sich auf. »Wie das?«

»Erstickt.«

»Ich verstehe nicht.«

»Er hat sich verschluckt, Sir.«

»Woran?«

»Das kann ich nicht hundertprozentig sagen. Die Sanitäter sind noch bei ihm. Aber wie es aussieht, ist er an einer Manuskriptseite erstickt.«

Aber die Mitte, schrieb David, zieht sich schrecklich.

Er meinte seinen Roman, und er meinte seine Ehe. Irgendwann war der Roman zu seiner Ehe geworden, beziehungsweise hatte der Roman seine Ehe aufgezehrt. Schlugen die echten Schriftsteller sich mit ähnlichen Problemen herum? Ganz bestimmt zählte David sich nicht dazu. Echte Schriftsteller zogen eine Grenze zwischen Leben und Literatur, oder? Sie konnten ihre Träume von ihrem Alltag unterscheiden. Gezwungenermaßen. Denn andernfalls wären sie niemals in der Lage, einen Spannungsbogen zu entwerfen oder ein Motiv zu entwickeln. Auf der Welle der Erzähllogik zu reiten, und zwar von der Dünung bis ans Ufer. Sein Buch hatte sich ganz anders entwickelt. Es erzählte keine Geschichte mehr. Es war zu ihm geworden. Zu Alice. Sie beide waren der Roman.

Sein Roman war der reinste Kannibalismus.

In den fünf Jahren nach Alice' Fehlgeburten hatten er und sie an einer starren Routine mit kleinen Abweichungen festgehalten, und er war mit seinem Buch keinen Schritt weitergekommen. Sein Schreiben hatte ihn in einen Teufelskreis hineingedrängt. Sein Roman und seine Ehe hatten sich zu einem langen Warten entwickelt, zu einem langen Warten, und er wusste nicht, auf was.

Aus diesem Grund begrüßte er die jüngste Wendung. Gewiss, es hätte vielleicht nicht unbedingt einen Krankenhausaufenthalt gebraucht, um wieder zueinanderzufinden, aber wenigstens würde Alice nun ihr Leben ändern! Er wusste nicht genau, was sie damit meinte, aber zumindest stand ihm mit großer Wahrscheinlichkeit eine Veränderung ins Haus.

In der Zwischenzeit blieb Alice auf Abstand und verlor schnell die Geduld; seit Monaten hatten sie nicht mehr miteinander geschlafen. Manchmal kam er abends nach Hause und überraschte sie am Telefon, woraufhin sie ruhig einhängte. Wenn er dann fragte: »Wer war das?«, sagte sie: »Niemand.« Er hakte nicht weiter nach. Ihr Laptop war tabu. Ihre Handyrechnungen waren neuerdings nirgendwo zu finden. Ihre Kontoauszüge und Kreditkartenabrechnungen waren verschwunden. Sie tauchte ab. Sie kam immer häufiger spät von der Arbeit heim. Sie besuchte, sorgfältig geschminkt und in ihren hübschesten Kleidern, ominöse Treffen, von denen sie ihm nichts erzählte. »Was soll das alles?«, hatte er gefragt. »Was?«, hatte sie gesagt. Er musterte sie. Wie viel Gewicht hatte sie schon verloren? Zehn Kilo? Fünfzehn? Gar keins? Er fand nicht, dass sie hübscher wirkte, sie war bloß *weniger* geworden. Hatte sie einen Liebhaber?

»Ich gehe zum Sport«, sagte Alice eines Tages.

Er schaute durch den Spion, bis sie im Aufzug verschwunden war, dann sprang er über die Treppe acht Stockwerke hinunter. Er folgte ihr in östlicher Richtung, zur Third Avenue, wo sie den Arm nach einem Taxi ausstreckte und sofort erfolgreich war. Als David es ihr gleichtun wollte, war weit und breit kein Taxi mehr zu sehen.

Im Kino gibt es solche Probleme nie, dachte er und gab auf.

Am nächsten Tag bestellte er einen Wagen und wies den Fahrer an, an der Third Avenue zu warten. Aber als Alice das Gebäude verlassen hatte, bog sie nach links auf die Lexington ab. Da sie in einer Einbahnstraße wohnten, war sie, als der Chauffeur einmal um den Block gefahren war, längst verschwunden.

Am nächsten Tag bestellte er zwei Limousinen und ließ eine auf der Third und die andere auf der Lex warten. Letztere bestellte er telefonisch ab, als Alice nach Osten aufbrach.

»Folgen Sie dem Taxi«, sagte er zum Fahrer.

»Im Ernst?«, fragte der zurück.

»Machen Sie Ihre verdammte Arbeit, ja?«

Die Hauptfiguren eines Films mussten nie parken, und falls doch, fanden sie sofort eine Lücke. Wenn sie es eilig hatten, mussten sie nie darauf warten, dass der PC hochfuhr, und auch sonst kam es nie zu Verzögerungen. In einem Plot wurde keine Zeit verschwendet. Wozu auch?

Sie stieg vor dem Fitnessbereich des CVJM aus.

Warum roch es in allen dieser Hallen gleich? Diese besondere Mischung aus Körperflüssigkeiten, aus Achselschweiß und nassen Socken und einem ordentlichen Schuss Chlor. Wann immer er selbst schon irgendwann einmal hergekommen war, war eine zurückgeblieben wirkende Karikatur von einem Mann (dickes Kassengestell, CVJM-Logo auf dem T-Shirt, knöchelhohe Turnschuhe und bis an die Knie hochgezogene, schwarze Strümpfe) mit einem Staubsauger im Gebäude unterwegs gewesen. So auch heute. Besaß der Mann keine anderen Klamotten? Hatte er nichts anderes zu tun, als Staub zu saugen? »Sie haben da hinten eine Stelle vergessen«, sagte David und zeigte zurück, woraufhin der Mann sich bedankte und die Maschine in sofortigem Gehorsam in Richtung des Phantomschmutzes schob. David durchquerte die Männerumkleide, einen Ort, den sich seiner Meinung nach nur Dante ausgedacht haben konnte. Nicht, dass es hier verdreckt war oder ranzig gerochen hätte, nein, in der Tat waren die Räumlichkeiten sauber und hell erleuchtet, die gewaschenen Handtücher so warm wie frisch gebackenes Brot. Neben den Waschbecken standen in Clubman Cologne getauchte Kämme. Aber hier waren Monster unterwegs, Monster der menschlichen Art, aus Kreisen und Rechtecken zusammengesetzte Männer, die sich anscheinend allesamt genötigt sahen, nackt herumzulaufen, die für ihre eigenen Deformationen offenbar blind waren und sich so unbefangen bewegten wie Kinder. Nach Dampfbad oder Sauna vor Schweiß triefend, mit einer Haut so rot wie die eines gekochten Hummers. Und sie behandelten einander, als wären sie sich zufällig auf der Straße begegnet. »Leland«, sagte einer, »wie zum Teufel geht's dir?«, und ein anderer antwortete: »Slim, verdammt, wo warst du denn in letzter Zeit?« *Ich starre nicht auf deinen Penis,* lautete der von David dazuimaginierte Untertitel, gefolgt von *Ich starrte auch nicht auf deinen.* Aber *er* starrte. Die Faszination hatte etwas Unterweltliches, auch Vergil war ihr erlegen, als er sich als Führer anbot: Welch weitgefächertes Angebot, was für eine Auswahl an Größen und Formen, man *konnte* nicht anders, als hinzustarren. Elefantenpenisse, Pferdeschwänze, Hundepimmel, jüdische Schlongs und Eselsprügel. Penisse mit einem tiefer hängenden Ei, mit nur einem Ei, eierlos. Minis an Riesen, Maxis an Zwergen und umgekehrt. Schwarze Penisse, deren Eichel so rosa glänzte wie eine Hundezunge und deren Länge alle Klischees bestätigte oder widerlegte; asiatische Penisse, mit denen es sich genauso verhielt. Beschnittene Penisse, deren Haut wie nach einem Facelift gespannt war und die selbst im Ruhezustand so straff waren, dass es aussah, als müsste jede Erektion schmerzen. Es gab sogar gepiercte Penisse – Prinz Albert genannt –, deren Ring in den Schaft gestochen wurde und durch die Harnröhre wieder austrat wie aus der Nase eines Ochsen. Ein Panoptikum der Penisse, ein phallisches Feld, und der von so vielen Schwänzen umringte David musste daran denken, dass im Universum keine Regeln herrschten, dass die Guten nicht belohnt und die Bösen nicht bestraft wurden, dass es keine Gerechtigkeit gab, wenn der Herr gab oder nahm, dass nichts feststand als die eigene Körperlichkeit und damit letztendlich der eigene Tod.

Er entdeckte Alice bei den Gewichten. Sie lag auf dem Rücken auf einem riesigen Gummiball, die Füße fest an den Boden gedrückt und einen zweiten Ball über der ausladenden Brust in die Höhe gestemmt. Mit hochrotem Kopf bewegte sie den kleineren Ball über ihrem Oberkörper hin und her, während der Trainer danebenstand und mitzählte.

Er beschloss, sie auch am nächsten Abend zu beschatten. Er hatte eine Ausrede, um das Apartment noch vor ihr verlassen zu können, Jack Stoneys alljährliche Geburtstagsparty. Er hatte Alice eingeladen, ihn zu begleiten, aber sie hatte abgelehnt.

»Lass mich raten«, hatte er gesagt, »du gehst zu einem deiner Treffen.«

Ihre Augen blitzten. Es war diese Wut, die er nicht verstand. Und es war die *Dauer* ihrer Wut, die ihn am meisten verblüffte.

Vor der Unitarierkirche an der Ecke von Central Park West

und 76. Straße, wo ein Grüppchen aus Männern und Frauen rauchend auf dem Bürgersteig stand, stieg sie aus dem Taxi.

Er wartete ein paar Minuten ab, bevor er hineinging, sie zu finden war dann kinderleicht. Er hörte ihre Stimme am Ende eines langes Korridors mit unzähligen Türen, hinter denen sich alle möglichen Selbsthilfegruppen trafen – die anonymen Alkoholiker, Al-Anon, NA., Co-Abhängige und Kaufsüchtige. Er spähte durch den Türspalt. Alle Personen im Raum waren fett, Männer, die abseits auf Klappstühlen sitzen mussten, Frauen mit so dicken Schultern und Bäuchen, dass es schien, als füllten die Handtaschen auf ihrem Schoß genau die Lücke aus, die klaffte, wenn sie ihre Hände zusammenzubringen versuchten. Alice erzählte eine Geschichte – er konnte sie nicht sehen, aber jedes Wort klar und deutlich verstehen, wobei sie hin und wieder von Mut machenden Zurufen, von Jas und Amens unterbrochen wurde.

»Ihr wisst, wovon ich spreche«, sagte Alice. »Ihr wisst, wie es ist, wenn man sich von einem Boxenstopp zum nächsten hangelt. Der Hudson-Kiosk für eine Zeitschrift und einen Butterfinger. Und einen Schokoriegel von Hershey's. Und ein Rolo. Almond Joy kann Spuren von Nüssen enthalten, Bounty nicht. Der Kiosk liegt nur ein paar Schritte abseits des Weges – wenigstens macht man nebenbei ein bisschen Sport. Der McDonald's an der Ausfahrt Nummer dreizehn am Sprain Brooks Parkway, von fleißigen Mexikanern betrieben, die Frühschicht benutzt stets frisches Frittierfett, weshalb die Röstis und Pommes nie einen bitteren Beigeschmack haben ... und diese seltsame Alchemie, wenn man Cola light dazu trinkt. Ihr wisst, wovon ich spreche. Ihr kennt den Hotdog-Verkäufer an der Kreuzung 43. und Lexington, bei dem man für einen Quickie stehen bleibt, bevor man nach Hause schleicht. Wie hätten Sie es denn gern? Mit allem natürlich. Das köstliche Knacken, wenn man die Haut zerbeißt, das Brötchen angenehm feucht vom Wasserdampf. Vielen Dank, Sir, noch eines, bitte. Der Hotdog-Stand befindet sich genau gegenüber vom Sbarro. Meine lieben Freunde, Fakt ist: Kartoffelstärke gelangt noch schneller in den Blutkreislauf als reiner Zucker. Es ist wie ein Schuss direkt in die nächste freie Vene.

Ihr wisst, was ich meine, wenn ich sage, dass ich von verrückten Zusammenstellungen träume, dass derlei Erfindungen dieselben Glücksgefühle versprechen wie guter Sex. Meine lieben Freunde, vergesst Subway. *Ich* bin das wahre Sandwichgenie. Man nehme einen Donut, zerschneide ihn mittig, bestreiche die eine Hälfte mit einer dicken Geleeschicht, die andere mit aufgeschlagenem Frischkäse. Und ihr werdet es nicht glauben, aber vertraut mir: Belegt den Donut mit Speck. Belegt *alles* mit Speck! Erdnussbutter – ich darf sie nicht essen, aber Träumen ist erlaubt – und Bananenscheiben in einer aufgeschnittenen Laugenbrezel. Schinken und angebratene Auberginenscheiben auf Focaccia. Schneiden Sie bitte die Kruste ab. Ich möchte *nur* Filet.

Ihr wisst, wie es sich anfühlt zu essen, was andere verschmähen. Die frittierten Panadereste bei KFC, der weiße Knorpel an den Knochenenden, die Rinde am übrig gebliebenen Rest eines Brie, die Krümel, die sich am Boden einer jeden Chipstüte sammeln und die man in Guacamole kippt wie Cornflakes, das mit Fleischresten behangene Plastikbändchen, das man von der Mortadella zupft.

Ihr kennt die Scham. Ihr kennt das Gefühl, wenn man lachen und dabei furzen muss, ihr kennt die doppelte Angst vor dem Lachen. Ihr kennt die peinlichen Folgen eines dauerhaft verschmutzten Hinterns. Ihr kennt die zeltgroße Unterwäsche. Ausbuchstabierte BH-Größen, die nach Rinderrasse klingen oder nach Autorennen: der F-Cup, der EE-Cup. Ihr kennt die Schauergeschichte von der krankhaft übergewichtigen Frau, die in die Klinik eingeliefert wurde und die so fett war, dass man in ihrer Unterbrustfalte ein verfaultes Thunfischsandwich fand. Ihr wisst, wie es ist, diese Falten abzusuchen und die Streifen rötlicher, entzündeter Haut zu entdecken, mit Schmiere abgedichtete Furchen, jene gelblichen, verkrusteten Ablagerungen, wie man sie auch hinter Kinderohren findet. Ihr kennt das schmerzhafte Stechen, wenn man versucht, diese Kruste mit einem warmen Waschlappen zu lösen. Ihr fragt euch: Was, wenn ich es einfach wachsen lasse?

Erlaubt mir, eine Liste anzulegen: Ihr wisst, wie es ist, vom

Teller aufzuschauen und den Blicken fremder Leute zu begegnen. Mit dem Hintern zuerst ins Auto einzusteigen. Sich davor zu fürchten, ins Kino zu gehen, wenn der Film gerade erst angelaufen ist. Schnürsenkel zu hassen und Treppen zu verabscheuen. Zu wissen, dass man, falls man angepöbelt wird, nicht weglaufen kann. Eine Sendung über Fettleibigkeit auf CNN zu sehen, in deren Vorspann Leute vom Hals bis zum Po gezeigt werden, und zu denken, oh Gott, das könnte ich sein. Zu bemerken, dass alle den Blick senken, wenn man ins Flugzeug einsteigt. Den Höcker zwischen zwei Sitzen im Bus zu sehen und zu denken, der ist für meine Poritze. Mehr zu wiegen als der eigene Ehemann. Vom eigenen Schnarchen geweckt zu werden. Zu denken, dass man aussieht wie ein Schwein, wenn man sich die Apnoemaske aufgesetzt hat.

Ihr wisst, wie es ist, sich im eigenen Körper gefangen zu fühlen. Sich wie ein Krüppel zu fühlen. Wie eine Süchtige, sobald es ums Essen geht. Sich zu sagen: ›Heute werde ich mich beherrschen.‹ Ihr kennt die Schmerzen des Hungerns, die in den ersten Stunden so überwältigend sind, dass man weinen möchte. Und die Erleichterung, wenn man einknickt und sich vollstopft. Ihr kennt die nachfolgenden Schuldgefühle. Ihr kennt die Angst, tatsächlich noch immer dicker zu werden, so wie Alice im Wunderland. Vielleicht gehört man irgendwann zu jenen bedauernswerten Menschen, die das Zimmer nicht mehr verlassen können und die von den Rettungssanitätern mit einer Seilwinde aus dem Bett geholt werden müssen, die auf Feuerwehrmänner mit Vorschlaghämmern angewiesen sind, die zunächst einmal den Türrahmen verbreitern. Ihr kennt das Vergessen danach, die Kapitulation.

Aber es gibt Hoffnung«, sagte Alice. »Ihr wisst, was es bedeutet, sich zu *ändern*. Seht euch an. Seht mich an! Wir haben uns geändert. Und zwar radikal! Wir haben es irgendwie geschafft, von dort nach hier zu kommen, auch wenn die Frage nach dem Wie jetzt nicht mehr zählt. Seht uns an! Seht einander genau an! Wendet euch eurem Sitznachbarn zu. Wir sind der lebende Beweis dafür, dass Veränderung möglich ist. Wir sind wandelnde Argumente gegen die Hoffnungslosigkeit. Niemand kann mir erzählen, ein Mensch könne sich nicht ändern! Denn ich, liebe Freunde, habe mich sehr wohl verändert, und selbstverständlich steht es mir frei, das noch einmal zu tun. Aber niemals rückwärts.

Nun zu unserer Aufgabe, meine lieben, hungrigen Raupen: Stellt euch eure Haut als Schmetterlingspuppe vor. Als adipöse Hülle, in der ein Küken ausgebrütet wird. Du, ich, wir alle können nie wieder zu dem werden, was wir einmal waren. Die Menschen von damals gibt es nicht mehr. Was bedeutet, dass unter allen Fettschichten eine neue Persönlichkeit steckt! In jeder Matroschkapuppe steckt ganz sicher Matroschka!

Aber wie kommen wir an sie ran? Es ist ganz einfach, und die erste Regel ist dieselbe wie beim Schreiben. Man beginnt mit dem, was man kennt. Lasst mich euch etwas von den Babys erzählen, die ich verloren habe«, sagte Alice, »denn dann kann ich euch nicht nur erklären, warum ich esse, welche Leere ich füllen will, sondern auch, was an *mir* nagt …«

Aber David hatte sich schon abgewendet. Das wollte er nicht hören. Er war fertig mit dieser Geschichte. Er war fertig.

Er ging allein zu der Party. Er fuhr mit dem Taxi zur Party ins Büro und von dort weiter zu Georgine, die ihn gesehen hatte, sobald er eingetreten war. Sie schien nur auf ihn gewartet zu haben. Er ging schnurstracks auf sie zu. »Weißt du noch, was du über Direktheit gesagt hast?«

»Ja.«

»Zeig mir deine Wohnung.«

Als er nach Hause kam, lag Alice längst im Bett. Bei Georgine hatte er sein Handy ausgestellt, aber nun, da er es wieder einschaltete, musste er feststellen, dass seine Frau kein einziges Mal angerufen hatte. Es interessierte sie nicht die Bohne, wann er nach Hause kam. Ihre Gleichgültigkeit setzte sowohl seiner Nervosität als auch seinem schlechten Gewissen ein abruptes Ende. Er überlegte, duschen zu gehen und Georgines getrocknete Spuren von Mr. Penis zu waschen, aber wozu? Seine Frau schlief tief und fest.

Sobald David sich zugedeckt hatte, glitt Alice' Hand über seinen Bauch. »Schlaf mit mir«, sagte sie.

In panischer Angst packte er ihr Handgelenk und hielt es fest.

Sie drückte ihre nackten Brüste an seinen Rücken, die Brustwarzen waren hart wie Marmor, und ließ ihre Zungenspitze von seinen Schulterblättern bis an seinen Hals hinaufwandern. »Komm, David«, stöhnte sie, »es ist *Ewigkeiten* her.« Mit beiden Händen bog sie seinen Arm nach hinten, im Polizeigriff, und dann hob sie ihren Schritt gelenkig über seine fixierten Hände, um an seinem Daumen auf und ab zu rutschen wie an einem Geländer. »Drück zu«, flüsterte sie. »Halt mich, so fest du kannst.«

Was sollte das mit dem Lecken und Drücken? Das war neu. Und das schmutzige Vokabular? Ebenfalls neu. David, eben erst von seinem Seitensprung heimgekehrt, brach erneut in Panik aus. Hatte *sie* eine Affäre? Hatte sie all das von einem anderen gelernt? Oder versuchte sie, neue Techniken im Ehebett auszuprobieren?

Er drehte sich um, wie sie es verlangt hatte; er war trotz seines Misstrauens ungeheuer erregt und bekam so schnell eine Erektion, dass er Georgine in Flocken von sich abfallen fühlte wie Putz, der bei einem Erdbeben von den Wänden bröckelt.

»Küss mich«, sagte sie. Er wollte sie küssen, aber statt ihrer Lippen stieß er auf ihre Zunge, die sie ihm im Dunkeln entgegenstreckte. Er tat es ihr gleich und berührte ihre Zunge mit der seinen, und so stritten sie um die beste Position, schlängelten sich umeinander wie zwei Seehunde. Sie züngelten so lange, dass David seine Spucke erkalten fühlte. Alles nie da gewesen, dachte er.

Er hielt inne.

»Komm«, sagte sie, »küss mich!«

»Will ich doch.« Er versuchte es ein zweites Mal, aber wieder war da diese Zunge, die aus ihrem Mund herausstand wie bei einem Kind, das Regentropfen auffängt. »Was soll das?«, fragte er.

»Was?«

»Das.« Er öffnete den Mund und machte »Ahhh«, als wäre er beim Arzt.

Sie lachte. »Ach komm«, drängte sie, »küss mich.«

»Ich will dich normal küssen«, sagte er.

»Unnormal.«

Das Weiß ihrer Augen leuchtete ihm aus der Dunkelheit entgegen.

»Na schön«, sagte sie, stand auf, zog ihren Bademantel an und ging in die Küche.

»Was habe ich getan?«, fragte er. Er konnte hören, wie sie Wasser in den Teekessel laufen ließ.

»Nichts«, sagte sie müde.

Seit Wochen war es, als existierte er nicht, und nun, da er wieder zur Kenntnis genommen wurde, machte er alles falsch.

Der Teekessel pfiff.

Er schlug die Laken zurück und ging in die Küche, wo Alice am Tisch saß, die Hände an einen Becher mit grünem Tee gelegt, und auf ihn wartete.

»Wir müssen reden«, sagte sie.

Das nahm ihm den Wind aus den Segeln. Er stützte beide Handflächen auf die Tischplatte wie ein alter Mann und ließ sich langsam auf den Stuhl sinken.

Alice strich sich eine Haarsträhne hinters Ohr. Ihre Augen füllten sich mit Tränen, und sie räusperte sich. »Ich muss dir etwas sagen«, sagte sie und wischte sich mit der Handfläche eine Träne ab. »Ich fühle mich seit Langem schon zerrissen, und ich habe mich zurückgehalten, um uns zu schützen. Aber ich kann so nicht mehr weitermachen. Ich kann es nicht länger für mich behalten.«

Davids Herz hämmerte.

»Wir stecken in einer Sackgasse«, sagte sie.

Weil er so unglaublich erleichtert war, musste er sie bitten, den Satz zu wiederholen.

»Eine Sackgasse«, sagte sie. »Aber das trifft es nicht ganz. Es ist viel schlimmer. Krise wäre vielleicht der passendere Ausdruck, aber eine Krise würde voraussetzen, dass man die Wahl hat, sich zu befreien. Ich komme aber nicht darauf, wie diese Wahl aussehen könnte.«

Sie nippte an ihrem Tee und kehrte ihre Aufmerksamkeit nach innen. Sie sah fitter denn je aus. Ihre Wangen hatten eine gesunde Farbe, ihre dicken Arme und Schultern waren leicht gebräunt.

»Man könnte auch sagen, wir stecken fest, nur dass dazu vielleicht kein Gegenteil existiert. Ich weiß nicht, ob wir besser dran sind, wenn wir *nicht* feststecken. Gelangweilt ist vielleicht näher dran, und dagegen könnten wir etwas tun.«

Sie streckte die Hand aus, um seine Wange zu berühren.

»Spürst du das auch?«, fragte sie. »Merkst du, wie es um uns steht? Es ist wie in der Vorhölle, nur dass wir noch nicht gestorben sind. Es ist, als wäre alles das genaue Gegenteil von dem, was es sein sollte. Jetzt, wo wir uns besser kennen als je zuvor, kennen wir uns kaum noch. Wir stehen einander näher als allen anderen und entfernen uns trotzdem immer weiter voneinander. Ich kann es nicht beschreiben. Aber wenn es noch länger so bleibt, möchte ich lieber tot sein.«

»Sag so etwas nicht«, sagte David.

»Geht es denn nur mir so?«

»Nein.«

»Die Frage, die ich mir stelle«, sagte sie, »ist, was man dagegen unternehmen kann.«

»Ich habe mich das auch schon gefragt.«

»Hast du irgendwelche Vorschläge?«

Er dachte an Georgine. »Du zuerst.«

»Könntest du dir vorstellen, unser Leben von jetzt an als Experiment zu betrachten?«, fragte sie. »Unsere Ehe könnte wie ein Flug zum Mond sein, wie eine Raumfahrtmission! Bis an die Ränder des Universums! Ich weiß, das klingt sehr vage, aber so etwas in der Art schwebt mir vor. Ich frage mich zum Beispiel, warum wir ausgerechnet hier leben und nicht irgendwo anders. Warum machen wir es uns nicht zur Aufgabe, in jedem Bundesstaat gewohnt zu haben? Den Hunger auf dieser Welt zu besiegen? In Südfrankreich freilaufende Hühner zu züchten? Wie wäre es, wenn wir uns zu Meeresbiologen ausbilden lassen und das Great Barrier Reef erforschen? Ich weiß selbst nicht, was es sein könnte, weil ich bisher immerzu mit *mir* beschäftigt gewesen bin. Ich bin so mit mir beschäftigt gewesen, dass ich dumm bin. Ich habe nichts anderes mehr mitbekommen. Ich will mich selbst verlernen. Wie wäre es, wenn wir zu Fuß die Appalachen überqueren?«

»Das ist nicht dein Ernst.«

»Doch«, sagte sie, »ich finde bloß nicht das richtige Beispiel. Wovor haben wir Angst, David? Was hält uns zurück?«

»Wovon zurück?«

»Von den Gefühlen, die wir nicht haben. Von all den Dingen, die wir unterlassen.«

»Was gibt es denn zu fühlen und zu tun?«

»Mehr.«

»Ich habe das Gefühl, jede Menge zu fühlen. Ich habe eher das Gefühl, nicht noch mehr fühlen zu wollen.«

Sie nickte. »Ich verstehe, was du damit sagen willst, aber du beziehst dich auf die vergangenen Monate. Du hast mich immer noch nicht verstanden.«

»Wovon redest du?«

»Wie wäre es, wenn wir aus unserer Ehe ein Experiment zur Steigerung des beiderseitigen Glücksgefühls machen?«, fragte sie. »Wie wäre es, wenn wir uns versprechen, ich weiß auch nicht, jeden Tag zu vögeln beispielsweise – wie bei einem durchgeknallten Vorhaben, mit dem man ins Guinnessbuch der Rekorde kommen will. Ich spreche nicht vom Bumsen. Ich spreche davon, sich jeden Tag die nötige Zeit zu nehmen, um den anderen mit einer schönen Sache zu überraschen.«

»Willst du damit sagen, wir hätten schlechten Sex?«

»Ich will damit sagen, dass wir etwas Neues brauchen, David. Wir brauchen Neuseeland oder Neufundland. Neue Zustände. Eine neue *Welt*. Was?«, fragte sie. »Was ist denn?«

David hatte sich eine Hand über die Augen gelegt.

»Du hast recht«, sagte er kopfschüttelnd.

»Aber?«

Aber warum wollte Alice ausgerechnet heute, wo er von einer

anderen Frau bis zur Bewusstlosigkeit gefickt worden war, das Ficken neu erfinden? Warum wollte sie ausgerechnet jetzt über ihre Probleme sprechen, wo sie wochenlang alles getan hatte, um das Gespräch zu vermeiden? Wäre es nicht wirklich ein bisschen hilfreicher gewesen, wenn sie diese Unterhaltung beispielsweise gestern hätten führen können?

Alice nahm sein Handgelenk und zog seine Hand herunter. »Hör mal«, sagte sie, »warum schreiben wir nicht auf, was uns einschränkt, und dann geloben wir, einander beim Ausbrechen zu helfen.«

»Du meinst in sexueller Hinsicht?«

»In sexueller und spiritueller Hinsicht. In räumlicher und körperlicher Hinsicht. Na ja, in sexueller, um einen Anfang zu machen.«

»Willst du damit sagen, du möchtest mit anderen Männern schlafen?«

»Möchtest *du* das?« Alice nahm seine Hände zwischen ihre und drückte sie. Ihre Hände waren vom Tee gewärmt, seine kalt. »Möchtest du dir eine Geliebte suchen, David? Auf etwas Ähnliches wollte ich hinaus. Nimm dir eine Geliebte, und erzähl mir davon. Oder auch nicht. Du sollst bekommen, was du dir wünschst, weil ich dir die Freiheit dazu lasse. Ich unterstütze dich dabei, und danach unterstützt du mich.«

»Ich will keine Geliebte«, sagte er. Das war gelogen, in Bezug auf Alice' Anliegen entsprach es jedoch der Wahrheit.

»Irgendwas musst du wollen«, sagte sie.

Seit er seinen Roman begonnen hatte, quälte ihn ein Verlangen, aber anstatt zu sagen, wonach, fragte er: »Und du?«

»Oh.« Ohne seine Hände loszulassen, legte sie den Kopf in den Nacken und schloss die Augen. »Ich möchte … ein Kannibale auf Papua-Neuguinea sein und lernen, wie man einen Schrumpfkopf macht. Ich möchte auf einem Kamel durch die Wüste reiten und eine Fata Morgana sehen, und genau an der Stelle möchte ich dann auf eine wirkliche Quelle stoßen. Ich möchte mich einer Sekte anschließen und einer Gehirnwäsche unterzogen werden, und dann möchte ich anderen das Gehirn waschen. Ich möchte wissen, wie es ist, das Geld mit vollen Händen aus dem Fenster zu schmeißen, bis mir nichts mehr geblieben ist als das Hemd am Leib. Ich möchte als Schiffbrüchige auf einer einsamen Insel landen und jahrelang da leben und Hütten mit Fahrstühlen bauen, so wie die schweizerische Familie Robinson.« Sie zog an seinen Händen, senkte den Kopf und schaute David an. »Ich möchte dich«, sagte sie, »unfassbar glücklich machen.«

David war so verstört, dass er kaum aufrecht sitzen konnte. »Ich weiß nicht, was ich sagen soll.«

»Sag ja. Sag: ›Wann geht es los?‹«

»Wann geht es los?«, fragte er traurig.

»In diesem Moment«, sagte sie und schlug auf den Tisch. »Könntest du dich von Spellbound trennen?«

»Klar.«

»Musst du unbedingt in New York leben?«

»Nein.«

»Sag mal, wann wirst du eigentlich dein Buch zu Ende schreiben?«

Er kniff die Augen zusammen. »Wovon redest du?«

»Von deinem Roman. An dem du arbeitest.«

»Wie zum Teufel hast du davon erfahren?«

»Na ja, irgendwann habe ich ein paar Seiten auf deinem Schreibtisch liegen sehen, aber ich habe nur ein paar Wörter gelesen. Es geht mich schließlich nichts an.«

»Nein, das tut es nicht.«

»Bist du fertig?«

»Nein.«

»Darf ich fragen, warum nicht?«

»Ich weiß nicht, wie es ausgehen soll.«

»Vergiss es«, sagte sie. »Verbrenn es. Schmeiß es weg.«

»Nein«, sagte David und ließ ihre Hände los.

»Dann fahr allein irgendwohin. Schreib es einfach zu Ende. Wenn ich wüsste, dass du daran arbeitest, wenn ich wüsste, es ist ein Ende in Sicht, wüsste ich wenigstens, worauf ich warte.«

»Dafür muss ich nicht wegfahren.«

»Aber du musst es beenden, oder? Wir müssen es beenden.

Davon spreche ich. Wenn es dich zurückhält, wenn es zwischen uns steht, wenn es dich belastet – so wie mein Gewicht mich belastet –, dann solltest du durchstarten. Oder es loslassen. Und dann kann auch ich durchstarten.«

»Ich weiß nicht, wovon du redest«, sagte er.

»Sag das nicht. Dafür bist du zu intelligent.«

»Du brauchst mich nicht zu belehren.«

»Ich wollte damit sagen, ich kenne keinen intelligenteren Mann als dich.«

»Du tust so, als könnten wir uns beide einfach so ändern. Du tust so, als bräuchte man nur einen Schalter umzulegen« – er schnipste mit den Fingern –, »und fertig. So, als könnte man sein altes Leben einfach abschütteln. Aber so geht das nicht. Nicht mit uns.«

»Doch!«

»Du hast es selbst nicht geschafft.«

»Ich weiß«, sagte Alice, »aber das lag nur an meiner Angst. Und jetzt habe ich keine Angst mehr.«

»Warum nicht?«

»Weil«, sagte sie, »nach uns beiden nichts anderes mehr kommt.«

Damit hatte sie recht. Da sie keine Kinder hatten, ging es in ihrer Ehe um sie, um sie beide ganz allein. Noch nie war ihm dieser Gedanke gekommen, aber nun, da sie ihn ausgesprochen hatte, begriff er, dass er sich die ganze Zeit vor diesem Eingeständnis gefürchtet hatte.

»Ich bin nicht mehr traurig deswegen«, erklärte sie. »Ich bin nicht mal mehr sauer. Ehrlich gesagt, glaube ich mittlerweile, dass es uns zu etwas Besonderem macht. Einzigartig. Ich sehe die Welt durch dich allein. Du bist meine Welt. Ich weiß, wie romantisch das klingt, aber so sehr liebe ich dich. Ich kann mir nicht vorstellen, wie es ohne dich wäre.«

»Aber du warst diejenige, die weg war!«

»Ich weiß«, sagte sie nickend. »Und nur deswegen weiß ich, dass es so ist. Ich schlage dir also ein Experiment vor, es heißt ›wir‹. Wir werden das Experiment sein, aber nicht im klassischen

Sinne. Wir werden ein Zweck ohne jede Methode sein. Die Methode wird improvisiert.«

»Was soll das nun wieder heißen?«

»Dass wir einfach voranpreschen.«

»In welche Richtung?«

»In eine unbekannte«, erklärte sie. »In eine neue. Gleich morgen. Wir ziehen einfach los.«

»Wohin?«

»Das kannst du dir aussuchen.«

»Nein, das überlasse ich dir.«

»Also gut. Ich für meinen Teil habe immer schon das Great Barrier Reef sehen wollen.«

»Oh«, sagte David. »Australien.«

»*Down under.*«

»Warum nicht gleich ins Schlaraffenland?«

»Bitte«, sagte sie. »Das ist unsere Chance.«

Er stand auf, lehnte sich an den Herd und schob die Fäuste unter die verschränkten Arme. Es war albern, dachte er. Es war unrealistisch. Die Realität sah so aus, dass er heute Abend mit einer anderen Frau geschlafen hatte und noch einmal mit ihr schlafen wollte. Oh, wie es gewesen war, als die kleine, zierliche Georgine auf ihm herumgewirbelt war! Was Alice wohl sagen würde, wenn er ihr davon erzählte? Wie aufregend sie das Experiment wohl noch finden würde, wenn er ihr gestand, dass er es längst begonnen hatte? Bewies das nicht, dass es keine Experimente geben konnte?

»Uns steht alles offen«, sagte Alice. »Wir lieben uns.«

»Alles?«

»Alles, was wir wollen.«

»Tja, im Moment will ich nur schlafen.« Er fühlte sich von ihrem gemeinsamen Leben so entfremdet und ermüdet, dass er kaum die Kraft aufbrachte, den Flur zu durchqueren.

»Ich weiß, dass du mir nicht glaubst«, sagte sie. »Deswegen werde ich es dir beweisen.«

»Ja«, sagte David, »tu das.«

Am nächsten Morgen wachte er diagonal ausgestreckt in der Mitte des Betts auf, und einen glücklichen Moment lang bildete er sich ein, die Unterhaltung mit seiner Frau nur geträumt zu haben. Er setzte sich auf, und im selben Augenblick fiel ihm ein, wie Georgine auf ihm gehockt hatte, und er fragte sich, ob auch das nur geträumt war. War es nicht. Das Sonnenlicht durchflutete das Schlafzimmer, war aber nicht hell genug, um seine Gewissensbisse auszublenden. Draußen war es windig, strahlend und klar, der Tag viel zu schön, um sich schrecklich zu fühlen.

Er rief den Namen seiner Frau, bekam als Antwort aber nur das Bibbern des Kühlschranks zu hören. Er sah auf die Uhr. Es war schon fast halb neun. Er hatte den Geruch von bitterem Kaffee in der Nase, von verbrannten Resten unten in der Kanne, deswegen ging er in die Küche, um frischen aufzusetzen. Er dachte an Georgine und schämte sich sehr darüber, und dann fragte er sich, wie er das, was vorgefallen war, handhaben sollte. Es wäre vermutlich das Beste, die Sache schnell wieder zu beenden, beim Mittagessen vielleicht, und dann zu vergessen. Ein anderer Teil von ihm überlegte jedoch bereits, was er heute ins Büro anziehen sollte und wie sie reagieren würde, wenn sie ihn sah. Wieder ein anderer Teil war so beschämt, dass er mit dem Gedanken spielte, sich für den Rest der Woche krankzumelden oder einfach abzuhauen, so wie Alice es vorgeschlagen hatte, an einen abgelegenen Ort ohne Handyempfang und Internet, in den Kongo vielleicht.

Alice' Nachricht lehnte an der Kaffeemaschine.

David,

ich werde für eine Weile verreisen. Ich wollte dir gestern Abend davon erzählen, aber nach unserem Gespräch hatte ich das Gefühl, dass du mich nicht verstehen kannst und möglicherweise versuchen würdest, mich aufzuhalten. Vielleicht komme ich nie zurück, und dieser Gedanke macht mir Angst. Falls es so weit kommt, wirst du die Gründe erfahren, das verspreche ich.

Bitte denk über meinen Vorschlag nach – oder lass es. Egal, was du tust, ich möchte, dass du lebst, als wäre ich für immer verschwunden, als wäre ich gestorben und du in der Lage, ein neues Leben anzufangen. Fang bitte ein Leben ohne mich an.

Denk daran, dass all das zu unserem Experiment gehört.

Bitte versuch nicht, mich zu finden. Niemand weiß, wo ich bin. Als ich vor ein paar Monaten aus dem Krankenhaus entlassen wurde, habe ich gesagt, ich würde mein Leben ändern. Das hier ist der erste Schritt.

Und vergiss nicht: Zweck ohne Methode.

Ich liebe dich
Alice

Als er ihre Nachricht ein zweites Mal las, wunderte David sich über seine eigene Gefühlskälte. Vielleicht rührte sie daher, dass er Alice kein Wort glaubte? *Vielleicht komme ich nie zurück, und dieser Gedanke macht mir Angst.* Ich bitte dich, dachte er. Sicher handelte es sich um einen weiteren Fehlstart, und bestimmt käme Alice bald zurück – möglicherweise schon am Abend. Er stellte sich vor, wie sie in der Tür stand – ein kurzer Blick in den Schrank verriet ihm, dass sie nicht einmal einen Koffer mitgenommen hatte –, mit hängendem Kopf und beschämt, angesichts ihres jüngsten Fehlschlags vielleicht sogar wütend auf ihn. »Sag es nicht«, würde sie sagen, und er würde schweigen, sie würde ihm ins Schlafzimmer folgen, und dann würde die lange Zeit des Wartens beginnen, bis sie vergessen hatten, was passiert war – oder eben nicht passiert war.

Er beschloss, nicht weiter über die Angelegenheit nachzudenken. Er kam zu der Einsicht, es sei das Beste, die Sache mit Georgine in der Zwischenzeit so schnell wie möglich zu beenden, deswegen übte er unter der Dusche, was er zu ihr sagen würde, und dann nahm er sich besonders viel Zeit, sich zu rasieren, zu frisieren und drei verschiedene Hemden anzuprobieren, bevor er zur Arbeit eilte. Auf dem Weg zur U-Bahn versuchte er, Alice auf dem Handy anzurufen. Eine Stimme vom Tonband erklärte ihm, die Nummer sei nicht vergeben, eine Nachricht, die ihn verärgerte. Es war genauso wie bei ihren früheren Diätversuchen. Ende der

Woche, wenn Alice zurückgekommen war, würde er beim Mobilfunkanbieter anrufen, die Wiederanschlussgebühr überweisen und unter Umständen sogar ein neues Handy kaufen müssen. Auf dem Bahnsteig stellte er sich extra dicht an die gelbe Linie, als die U-Bahn angerauscht kam. In den Fenstern der Waggons konnte er deutlich seine gerunzelte Stirn erkennen, bevor der Zug langsamer wurde und schließlich anhielt. Es würde genauso laufen wie mit ihren Lehraufträgen, dachte er. Trinity mitten im Schuljahr zu verlassen hatte es ihr fast unmöglich gemacht, eine neue Stelle zu finden, und nur aus diesem Grund war sie dann in der Hawthorne-Cedar-Knolls-Schule für Schwererziehbare gelandet.

Nein, wenn Alice sich einen Urlaub von mir gönnt, dachte David, als er seine Hand am Oberschenkel von Georgine, die neben seinem Schreibtisch stand, hinaufgleiten ließ, dann gönne ich mir eben einen Urlaub von ihr. Seine Bürotür stand offen, und er und Georgine taten so, als würden sie arbeiten, während er seine Finger in ihrem Slip verschwinden ließ. Sie waren beide ganz still geworden, Georgine strahlte ihre Hitze ab und beugte sich mit halb geschlossenen Lidern vor.

»Wann«, flüsterte sie, »können wir hier weg?«

Später, als sie auf dem rückwärtigen Balkon von Georgines Apartment im Greenwich Village Orangensaft direkt aus dem Karton tranken, fühlte David sich wie ein Verurteilter, dem die Flucht über die Grenze gelungen war. Wozu noch einen Gedanken an Alice verschwenden? Warum nicht ihr Angebot annehmen und so leben, als sei sie für immer verschwunden? Er konnte Georgine im Badezimmer summen hören, irgendwo im Innenhof klimperte ein Klavier, und sie traf beim Singen perfekt den Ton. Vom Balkon aus konnte David sehen, wie der Songschreiber in dem Apartment zu seiner Linken ein paar Takte spielte und sich schließlich Notizen mit einem Bleistift machte, der hinter seinem Ohr steckte, dieweil der alte Mann, der neben dem Komponisten stand – sein Co-Komponist vielleicht –, lobend nickte und die Uhr auf dem Kaminsims aufzog. Auch David nickte. Das Lied war eine flammende Liebeserklärung an die Freiheit! Er selbst fühlte sich wieder jung und frei, erfüllt von einer tiefen Verwunderung über diesen Moment – über die Aussicht beispielsweise, über die neu gefundene Gespielin, eigentlich über sein ganzes Leben! Er fühlte sich zu bemerkenswerten, unerhörten Taten fähig, während Knochen – Oberarm, Elle, Speiche, Mittelhand – aus seinen Schultern wuchsen und seine neuen Flügel sich in der strahlenden Sonne ausbreiteten. War das die neue Welt, von der Alice gesprochen hatte? Der neue Zustand? Oder hatten sich sein Körper und Geist nur deshalb verwandelt, weil sie verschwunden war?

An jenem Abend kam Alice nicht nach Hause. Am nächsten auch nicht, genauso wenig wie an den folgenden – Abende, aus denen schnell eine Woche wurde und dann zwei. Zunächst war David über die Abwesenheit seiner Frau wenig betrübt, auch wenn er aus reiner Gewohnheit stets ihren Namen rief, wenn er nach Hause kam. Diese Einsamkeit war ein Novum, außerdem hatte er plötzlich das ganze Apartment für sich allein. Er konnte Essen heraufbestellen und brauchte den Müll nicht hinunterzutragen. Er konnte zu sich nehmen, was er wollte, und spontan jeden Film schauen. Im Gegenzug hatte ihre Fahnenflucht zur Folge, dass er Alice erst recht intensiv wahrnahm. Ein Tauziehen zwischen vollkommen gleichwertigen Gegnern, ein Patt, das sich erst auflösen würde, wenn eine Seite erschöpft aufgab – und das zu tun hatte David nicht vor. *Er* würde es aussitzen. *Er* würde durchhalten. *Er* würde hier sein, wenn sie zurückkam. Und sie *würde* zurückkommen.

Aus zwei Wochen wurde ein Monat – inzwischen war es Oktober – und dann zwei Monate. Um sich die Zeit zu vertreiben, lenkte David sich mit Georgine ab, aber es war seltsam. Während die Zeit ins Land ging, sah er sich gezwungen, vorzugeben, Alice könnte jeden Augenblick zur Tür hereinkommen, damit ihre Verabredungen aufregend blieben. Klingelte das Telefon im Büro, während Georgine ihm einen blies, musste er sich einreden, Alice riefe vom Empfang aus an. Klingelte sein Handy, wenn er und Georgine im Hotel waren, ließ er sie das Gespräch annehmen, während er in ihr war. »Der steht gerade hinter mir«, sagte Georgine und reichte ihm das Handy. Wenn sie zusammen durch die Straße gingen und er eine Frau entdeckte, die wie Alice aussah, ergriff er Georgines Hand und ging schneller, um dicht genug heranzukommen und sich selbst zu überzeugen.

Eines Abends – vier, vielleicht fünf Monate waren vergangen, es war inzwischen Januar – überredete er Georgine sogar, mit in sein Apartment zu kommen. Seine Frau, sagte er, werde sehr spät nach Hause kommen, was nicht einmal gelogen war. Es sei, wie er vor der Wohnungstür zugab, recht riskant, aber er wolle unbedingt in seinem Ehebett mit ihr schlafen. Nie in seinem Leben war er geiler gewesen. Als sie eintraten, rief er Alice' Namen.

»Mein Gott«, flüsterte Georgine, »ist sie hier?«

»Keine Ahnung«, sagte er und musste ein Lachen unterdrücken. Weil er nicht sicher sein konnte, dass sie allein waren, bat er Georgine leise herein und ließ die Wohnungstür absichtlich offen stehen. Um die Stimmung aufzulockern, schaltete er die Stereoanlage ein und drehte die Lautstärke so weit auf, dass er Alice, sollte sie überraschenderweise hereinkommen, nicht hören würde. Obwohl Georgine protestierte, ließ er die Schlafzimmertür sperrangelweit offen stehen, auch als sie sich auszogen. Dann fesselte er Georgine mit komplizierten Knoten, die nicht ohne Weiteres zu lösen wären, an die Bettpfosten, wozu er zwei Krawatten benutzte, die Alice ihm irgendwann zum Geburtstag geschenkt hatte. Krawatten, dachte er, als er seine Hose hinunterrutschen ließ, wann zum Teufel trage ich eine Krawatte?

»Und du bist sicher, dass sie nicht auftauchen wird?«, fragte Georgine. Ihre Angst war echt.

»Nein«, sagte er, selbst erschreckt. »Eigentlich nicht.« Und dann liebte er Georgine so ungestüm und leidenschaftlich, als schaue Alice ihnen zu.

Wohin *war* Alice verschwunden?

Zugegeben, dachte er, als aus fünf Monaten sechs und sieben wurden und aus dem Winter ein Frühling, er war ihr untreu geworden und sollte die Sache mit Georgine unverzüglich beenden. Zugegeben, er und Alice hatten in einer Sackgasse gesteckt, einer Krise, einer Vorhölle oder irgendeinem anderen, schrecklichen Zustand. Aber langsam war die Nummer, die sie da abzog, nicht mehr lustig! Niemals waren sie für so lange Zeit getrennt gewesen, und obwohl er seine Frau *kein bisschen* vermisste und immer noch sehr, *sehr* froh darüber war, dass sie sich für diese Pause oder Auszeit entschieden hatte, ärgerte ihn an ihrem kleinen Ferienexperiment, an ihrem Selbsterkundungsausflug, dass er nicht wusste, was er mit der ganzen, gottverdammten Zeit anfangen sollte!

Natürlich wäre die Gelegenheit perfekt, um etwas zu schreiben, so viel hatte er begriffen, und Anfang Mai, im neunten Monat, nahm er endlich sein Manuskript aus dem Karton und las es durch bis an die Stelle, an der er sich festgefahren hatte. Ein ums andere Mal überflog er die Seiten, nur um wieder in derselben Klemme zu landen. Mitten in einem Roman zu stecken war, als hätte man sich in einem Wollknäuel verheddert. Zu schreiben unterschied sich sehr vom Programmieren eines Videospiels. Ein Spieler konnte sich für unzählige Handlungsvarianten entscheiden, wogegen die Anzahl der Codes, obschon ungeheuer groß, endlich war. Man produzierte eine Art Aufziehspielzeug, dessen Bewegungen man dann verfolgen konnte. Hatte man sich jedoch in die Mitte eines Romanes hineingeschrieben, bekam man den Eindruck, die Geschichte könne für alle Zeiten unkontrolliert weiterwuchern. David starrte auf die Seite, zögerte, starrte weiter. Es war jetzt so friedlich, so perfekt in der stillen Wohnung, aber nun, da Alice fehlte, war sein Konzentrationsvermögen dahin, seine Vorstellungskraft erloschen. Es war, als hätte das Buch plötzlich seine Bedeutung verloren und keine Existenzberechtigung mehr. Er saß am Küchentisch und starrte so lange auf ein Blatt, bis es verschwand, und seine Gedanken wanderten zu jener letzten Unterhaltung zurück und zu dem Vorschlag seiner Frau, wie in einem Experiment zu leben. Zweck ohne Methode, hatte sie gesagt. Er wusste nicht genau, was sie damit gemeint hatte, aber er verstand, dass auch das Schreiben ein Vorgang zu einem Zweck war, aber ohne Methode. Man fühlte sich von einer

Art Auflösung oder Ende angezogen, aber eigentlich hatte man keine Vorstellung davon, wie man ans Ziel gelangen sollte. Und das Leben war genauso. Oh, die Psychologen und Philosophen, die Politiker und Pfarrer zeigten Pfade auf, aber warum war ein Mensch trotz der vielen Ratschläge nur selten überzeugt, den richtigen Weg eingeschlagen zu haben? Ohne fürchten zu müssen, die anderen wüssten etwas, das man selbst nicht wusste? Wären an einer großen Sache dran? Auf der richtigen Straße unterwegs, während man selbst dem Vergessen entgegenraste? War es das, was Alice vorhatte? War es das, was sie ihm zeigen wollte? Dass es ihnen möglich war, mit geringem Kraftaufwand vom vorgezeichneten Weg abzuweichen, getrennt oder zusammen? Hatten sie, als sie zusammen waren, dieses Wissen voreinander verborgen? War dies die Gelegenheit, den zukünftigen Kurs zu korrigieren? War ihr Verschwinden am Ende keine Fahnenflucht, sondern ein Geschenk?

Vielleicht sollte ich mich auf ihre Idee einlassen, dachte er, und dann fragte er sich, was ihn zurückhielt.

Sein Buch. Das unvollendete Buch fraß sein Leben auf.

Er wollte es beenden, wusste aber nicht, wie. Er hatte keinen blassen Schimmer, wie die Geschichte enden würde. Schmeiß es weg, hatte Alice gesagt; verbrenn es. Aber diese Niederlage, wenn er das Buch nicht fertig bekam, würde ein Leben lang an ihm nagen. Das hätte selbst Alice wissen können. David erinnerte sich an einen Satz, den Alice nach ihrer dritten Fehlgeburt im Krankenhaus gesagt hatte – dass sie vermutlich nie in der Lage sein würde, ein Kind auszutragen. »An meiner Innenseite bleibt nichts haften«, hatte sie zum Arzt gesagt und geweint. Wie sie David später erzählte, war das Schlimmste für sie nicht die Kinderlosigkeit. Nein, es war das ständige Nachdenken über die Kinder, die sie nicht bekommen konnte. »Ich muss die ganze Zeit an die kleinen Erdnüsse denken«, sagte sie.

Er musste das Buch unbedingt beenden und abhaken. Sobald er es abgehakt hätte, würde sich ihm eine völlig neue Welt eröffnen: eine Welt ohne das Buch.

Er musste es beenden, wusste aber nicht, wie. Er wusste nicht, was als Nächstes geschehen würde. Und der einzige Weg, es zu erfahren, war, es geschehen zu lassen.

Verblüfft stand er vom Stuhl auf, ging zum Küchenschrank und holte eine Dose Erdnüsse aus seinem Geheimvorrat verbotener Lebensmittel. Er kippte sich eine Portion Nüsse in die Hand, aß sie und wischte sich die Salzreste am Hosenbein ab. Er betrachtete den munteren Mr. Peanut, der sich wie zur Begrüßung an den Zylinder tippte, und dachte darüber nach, dass eine einzige Erdnuss ausreichen würde, um Alice zu töten.

Natürlich!, dachte David.

Nun musste er sie nur noch finden.

Keine Frage, seine Frau war sehr intelligent, dennoch hielt er es für unmöglich, dass sie spurlos verschwunden war. Aber nachdem er ihren Schreibtisch durchwühlt und ihren Laptop gefunden hatte (Festplatte gelöscht), schien es, als hätte sie genau das getan.

In der Überzeugung, irgendwo müsse sich ein Hinweis verstecken, machte David sich daran, das Apartment auf den Kopf zu stellen. Da er nicht genau wusste, wonach er eigentlich suchte, fing er mit ihrem Kleiderschrank an. Er holte die Kisten mit ihren alten Klamotten aus den oberen Regalen und wühlte darin herum, wobei er hin und wieder innehielt, um am Stoff zu schnuppern, der immer noch nach Alice roch, oder sich daran zu erinnern, wie sie in einem bestimmten Kleid ausgesehen hatte, an die unzähligen Male, als sie ihm morgens vor der Arbeit eines vorgeführt hatte, nicht ohne vorher mit dem Fuß aufgestampft zu haben, um seine Aufmerksamkeit auf sich zu lenken, damit er sie im Ganzen betrachtete, und dann fragte sie: »Wie sehe ich aus?«, so als sei sie, um sich selbst sehen zu können, darauf angewiesen, dass er sie sah. Er durchsuchte die Pullover- und T-Shirt-Stapel und die mehrstöckigen Schuhregale (Alice trug Pumps lieber als Stilettos) und dachte an ihre Füße, die schon lange vor dem restlichen Körper dick gewesen waren, Füße, an denen man keinen einzigen Knochen hatte erkennen können und die in dicke Fesseln übergingen. »Ich habe die Füße meines Vaters«, hatte sie oft gesagt. »Sollten wir ein Mädchen bekommen, erbt es hoffentlich deine Füße.« Er brütete über alten Familienfotos, die Alice im Kindesalter zeigten, fünf mal siebeneinhalb Zentimeter große Abzüge, auf deren Rand das Datum eingedruckt war und deren Farben im Laufe der Zeit verblasst waren. Die Kontraste dieser Fotos wirken weichgespült wie in einem Traum, wie in einer fernen Erinnerung. Traurig stellte David fest, wie wenig er über ihre Kindheit wusste, und noch trauriger war, wie wenige glückliche Momente es in ihrer Vergangenheit gegeben hatte, von denen sie ihm hätte erzählen können. Auf einem Bild war sie etwa fünf Jahre alt, trug ein Polohemd und Jeans und das kastanienbraune Haar so kurz, dass sie wie ein kleiner Junge aussah. Sie stand neben ihrem Golden Retriever am Strand, und dieser Hund war in ihrer Erinnerung ein Held und für immer in ihrem Herzen, weil er sie gerettet hatte, wann immer sie über den Lattenzaun hinter dem Haus geklettert war. Princess war hintergesprungen und ihr nachgetrottet, hatte ihr Handgelenk vorsichtig ins Maul genommen und sie wieder nach Hause geführt; da die Hündin aber so viel bellte (was im Haus nicht gestattet war), gab der Vater sie eines Tages weg, genauso wie später Alice. David fand alte Fotos von sich und Alice, die er vergessen hatte, und an ihren Gesichtern konnte er erkennen, dass sie früher einmal glücklich gewesen waren. Er fand Aktenmappen voll mit Briefen, die sie einander geschrieben hatten, eine Kommunikationsform, die ebenso ausgestorben war wie die Dinosaurier und die Filmrolle im Fotoapparat, und David fühlte einen Stich, als ihm die Banalität ihrer Schulmädchenschrift auffiel; ihr Schriftbild allein verströmte eine gewisse Unschuld: die harmlosen Rundungen der kleinen *b*s und *d*s, die süßen, missratenen Proportionen ihrer *a*s und *g*s. Solche *O*s könnten keiner Fliege etwas zuleide tun, dachte er, und selbst Alice' *z*s zielten auf Gefälligkeit ab. Sie war ein guter Mensch und eine liebende Ehefrau, und er musste sie ausfindig machen, um zu erfahren, wie es weiterging, weswegen er fortfuhr, die Wohnung auf den Kopf zu stellen. Er holte Blechdosen herunter, die Alice mit XMAS beschriftet hatte und in denen verhedderte Lichterketten lagen, egal, wie umsichtig Alice sie im Vorjahr aufgewickelt hatte. Die Schnüre sahen aus wie zusammengerollte Schlangen in einer Grube. Auf anderen Kisten stand DEKO, und in jeder war mindestens ein Objekt auf rätselhafte Weise zu Bruch gegangen, egal, wie sorgfältig es verpackt war; die Gegenstände schienen selbst dann zerbrechen zu können, wenn sie nicht berührt wurden. Er kippte ihre persönlichen Unterlagen vor den Aktenschränken aus: Bewerbungsschreiben, berufliche Korrespondenz und alte Hausarbeiten, die sie am College verfasst hatte und die er nun interessiert las; Seite um Seite offenbarte sich ihm die Funktionsweise ihres Verstandes, ohne dass er darüber einen Hinweis auf ihren jetzigen Aufenthaltsort erhalten hätte. Er blätterte in Notizblöcken, die im Küchenschrank zwischen den Telefonbüchern steckten, versuchte, die Notizen zu entziffern, namenlose, eingekreiste Telefonnummern auf veralteten Einkaufszetteln, Kritzeleien und Erledigungslisten. Er studierte ihre Stundenpläne, ohne etwas Verdächtiges entdecken zu können, zog Bücher aus dem Regal und suchte die Ränder von Romanseiten nach Notizen ab, die ihm einen Hinweis hätten liefern können. Er stieß aber lediglich auf Bemerkungen, die zu kryptisch waren oder zu allgemein, um als Spur infrage zu kommen – *Ja!*, hatte sie geschrieben, oder: *Wie wahr!* Immerhin kam er nun dazu, die unterstrichenen Passagen zu lesen. *Wenn ein Mensch auf die Welt kommt, trägt er einen winzigen Funken des Guten in sich. Dieser Funke ist Gott, ist die Seele; alles Übrige ist hässlich und böse, eine leere Hülle.* Ja!, dachte David. Wie wahr!

Als er im hintersten Winkel der Sackgasse und am Ende seines Lateins angekommen war, ging er dazu über, das Apartment auf den Kopf zu stellen. Er zog die Schubladen aus den Nachttischen, machte Kleinholz aus den Möbeln und wühlte anschließend in den Schrankinhalten, die er auf einen großen Haufen gekippt hatte: Drachenschwänze aus Kondomverpackungen, leere Gleitmitteltuben und Baskenmützen und Garnrollen und Nähnadeln *(Nähnadeln?)* und schwarz gealterte oder grün angelaufene Pennies. In der hintersten Ecke der oberen Schublade ihrer Schlafzimmerkommode entdeckte er einen Vorrat von Haarspülungen und Körperlotionen, die Alice aus Hotels hatte mitgehen lassen, außerdem eine Sammlung von Kämmen, eine von einem Netz aus Alice-Haaren überzogene Bürste, ausgetrocknete Stifte, sogar Liebesbriefe, die sie, er war ganz gerührt, in einem Briefumschlag aufbewahrte, den er selbst irgendwann an *Alice* adressiert hatte. Er zog alle Schubladen der Kommode auf, schaute darunter und dahinter nach, bevor er sie aufstapelte, um den Schrank, der nun leichter und von ihm allein zu bewegen war, von der Wand abzuziehen. Er hörte etwas zu Boden fallen, eine kleine Schmuckdose, die Alice vor Jahren verloren zu haben glaubte und in der ein Paar Diamantohrringe lag, die er ihr geschenkt (und nachgekauft) hatte und die in der Schwebe zwischen Möbelstück und Wand gefangen gewesen waren. »Ich hab sie gefunden, Alice!«, sagte er laut. Er schaute unter dem Bett nach und zog die Gegenstände heraus, die sie beide dort irgendwann verstaut hatten und die inzwischen unter einer dicken, zu einer Mondlandschaft erstarrten Staubschicht lagen: ein Spiegel und ein Poster von Alfred Hitchcocks *Fenster zum Hof.* Schließlich gab es nichts mehr zu filzen als das Bett selbst. Er riss Decke und Laken herunter und stand vor den nackten Zopfbrotrippen der Matratze. Mit ungeahnter Kraft und einem Fleischermesser aus der Küche fügte er der Matratzenmitte eine klaffende Wunde zu und steckte seinen Arm bis zur Schulter hinein wie ein Bauer, der einem großen Tier bei der Entbindung behilflich ist. Er tastete in den Eingeweiden aus Schaumstoff und Metallfedern nach einem Gegenstand, der sich einfach dort befinden *musste*, es dann aber doch nicht tat. Blieb nur noch der Bettrahmen. Er holte eine Säge aus dem Werkzeugkasten und nahm sich vor, das Ding notfalls Stück für Stück auseinanderzusägen; aber als er die ausgeweidete Matratze vom Bett und durch den verwüsteten Raum gezerrt hatte, blieb er wie angewurzelt stehen. Dort, genau in der Mitte des Bettes und wie in einem riesigen Bilderrahmen, lag, wonach er gesucht hatte, ohne es zu wissen:

Ihr Tagebuch.

Es war in einen schwarzen Umschlag eingebunden, hatte unlinierte Seiten und einen farbigen Nachdruck von Botticellis schaumgeborener Venus auf der Vorderseite. David schlug es auf und suchte nach einem Datum. Den ersten und einzigen Eintrag hatte sie wenige Tage nach ihrer Entlassung aus dem Krankenhaus verfasst:

Ende

Oh, er musste sie unbedingt finden! Er musste in Erfahrung bringen, was als Nächstes geschah. Aber allein würde ihm das nicht gelingen. Er brauchte die Hilfe eines Profis.

Googelte man den Begriff »Privatdetektiv«, führte die Suche auf ebenso viele Pornoseiten wie zu Detekteien mit originellen Namen, die es nicht leicht machten, das Angebot des Dienstleisters überhaupt ernst zu nehmen: Check Mate, Check-A-Mate, Investi-Mate, Cheater Beaters, Vowbusters und Spouse-A-Louse. Allein die Zahl der Treffer, über 7 494 000, war schwindelerregend hoch, scheinbar ließen sich mühelos ganze Städte oder Staaten mit Privatschnüfflern bevölkern: Sherlock.com und scheidung.net. David schränkte die Umkreissuche auf New York ein, was die Anzahl der Treffer auf eine Million und vier reduzierte, ihm die Entscheidung zwischen so vielen Anbietern aber kein bisschen leichter machte. Deswegen klickte er den Link an, dessen Name ihm am besten gefiel:

beianrufM.com
Vermisste Personen
Gesucht/gefunden
Bitte hier klicken

Er klickte, musste aber bald feststellen, dass auf der Seite nichts weiter angegeben war als eine Telefonnummer. Nachdem er minutenlang den Bildschirm angestarrt hatte, wählte er die Nummer – es handelte sich um einen Pager –, hinterließ die seine und legte wieder auf.

Fast im selben Moment rief ein Mann zurück. »Kann ich Ihnen helfen?«

»Ich rufe wegen meiner Frau an«, sagte David.

»Ah«, machte der Mann. »Was hat die Schlampe ausgefressen?«

»Sie hat mich verlassen.«

»Wegen eines anderen?«

»Ich … das weiß ich nicht genau. Ich glaube nicht.«

»Aber Sie möchten es wissen.«

»Ja«, sagte David, »ich möchte sie finden.«

Schweigen – für eine so lange Zeit, dass David schon dachte, die Verbindung sei unterbrochen worden. »Sind Sie noch dran?«

»Ich muss feststellen«, sagte der Mann, »dass Sie keinen sonderlich aufgebrachten Eindruck machen.«

»Wie meinen Sie das?«

»Sie klingen nicht wie ein Betrogener.«

»Ich weiß ja auch gar nicht, ob ich einer bin.«

»Wenn Sie mich anrufen, wissen Sie gar nichts.«

»Wie sollte ich denn klingen?«

»Wütend. Sie sind doch wütend, oder?«

»Ja, sehr.«

»Sie fühlen sich verlassen, oder?«

»Absolut.«

»In Ihrem momentanen Zustand können Sie für nichts garantieren?«

»Wäre sie jetzt hier, ich würde sie …«

»Sprechen Sie es nicht aus«, unterbrach ihn der Mann. »Wir sollten uns sofort treffen.«

Sie einigten sich auf ein griechisches Restaurant ganz in der Nähe. Weil er es eilig hatte, aus der verwüsteten Wohnung herauszukommen, ging David sofort los und legte die wenigen Häuserblocks bis zum Treffpunkt in schnellem Tempo zurück. Das Restaurant war fast leer, trotzdem wählte er eine Sitzbank im hinteren Teil, so weit wie möglich von den übrigen Gästen entfernt und mit einem riesigen Wandgemälde, das die Akropolis zeigte, im Rücken. Der Kellner kam an den Tisch, um Davids Bestellung aufzunehmen; beruhigt stellte er fest, wie wenig sich die griechischen Kellner im Laufe der letzten Jahre verändert hatten. Die Hemdknöpfe standen immer noch offen, immer noch bauschte sich die Matte aus Brusthaaren heraus, immer noch trugen die griechischen Kellner schwere Goldketten – nie weniger als eine, nie mehr als drei – mit Anhängern, die entfernt hebräisch aussahen, und immer noch, was das Wichtigste war, nahmen sie die Bestellung mit vollkommener Gleichgültigkeit auf und schauten mit Aristokratenblick am Bestellenden vorbei, nur um schließlich den Bestellzettel in einer verächtlichen Geste vom Block zu reißen, egal, ob man die halbe Speisekarte bestellt hatte oder nur einen Tee. Als der Kellner beiseitetrat, gab er den Blick auf einen Mann frei, der hinter ihm gestanden hatte.

»Sind Sie David?«, fragte der Mann.

Einen Moment lang glaubte David, von einem Jungen angesprochen worden zu sein. Der Kopf des Mannes erreichte gerade mal durchschnittliche Lichtschalterhöhe, sein Hosenbund befand sich weit unterhalb der Tischkante. Auf seine Krawatte waren Hummer aufgestickt. Sein Alter war unmöglich zu erraten – er hätte dreißig oder fünfzig Jahre alt sein können –, und er hatte schwarzes Haar, das ihm hinten bis auf den Rücken und vorn bis über die Augen hing, schwarze Augen, die leuchteten wie die eines aus den tiefsten Tiefen heraufgeholten Tiefseefischs. Obwohl er winzig war, wirkte er körperlich beeindruckend; seine breite Brust, die langen Arme und der große Kopf schienen seinen Schwerpunkt nach oben zu verlagern wie bei einem Boxer oder einem Pitbull. Sein Mund war so breit, dass ein einziger Biss vermutlich tödlich war. Er hatte eine große Aktentasche dabei, die er neben der Sitzbank auf den Boden stellte, und als er David die Hand entgegenstreckte, fing der, versunken in den faszinierenden Anblick, unwillkürlich zu lächeln an.

»Ich bin Mr. Möbius«, sagte der Mann.

Ein Händeschütteln – und blitzartig fühlte David sich an die Rückenlehne gedrückt, den Arm wie beim Karate verdreht, das Handgelenk kurz vorm Brechen.

»Keine Bewegung«, flüsterte Möbius. Mit seiner freien Hand überprüfte er David, klopfte ihm Bauch und Rumpf, Rücken und Schritt ab, wobei er so dicht an Davids Penis herankam, dass er zu kribbeln anfing. Mit einem Fuß kontrollierte er Schienbeine und Waden, den Blick fest in Davids Augen gerichtet. Dann zog er Davids Brieftasche heraus, klappte sie, ohne zu fragen, auf und ließ seinen Blick zwischen Foto und Gesicht hin- und herwandern wie ein Golfer, der einen Ball einlochen will. »Alles klar«, sagte er, »Sie sind sauber.«

Er ließ Davids Hand los.

»Darf ich?«, fragte er und zeigte auf den freien Platz.

»Sicher«, sagte David und schüttelte seine Hand aus.

Der Mann legte seinen Aktenkoffer auf das rote Kunstlederpolster und sprang mit einem flinken Seitwärtsschritt darauf wie ein Zwerg auf ein Telefonbuch. »Tut mir leid, dass ich Sie so grob behandeln musste«, erklärte er, »aber wie Sie am eigenen Leib erfahren haben, kann man heutzutage niemandem mehr trauen.«

»Nein«, sagte David, »da haben Sie wohl recht.«

Als der Kellner zurückkam, bestellte Möbius Linguini mit Muschelsauce und ein Glas Weißwein.

»Und nun«, sagte er, »erzählen Sie mir die Geschichte bitte aus *Ihrer* Perspektive.«

Später, nachdem David ebenfalls ein Glas Wein bestellt und seine Geschichte vom Anfang bis zu diesem Moment erzählt hatte, fragte Möbius: »Was soll ich für Sie tun?«

»Ich will, dass Sie sie finden.«

»Wann, sagten Sie, ist sie abgehauen?«

»Im vergangenen September.«

»Vor neun Monaten. Die Spur dürfte inzwischen kalt sein.«

»Wollen Sie damit sagen, Sie können mir nicht helfen?«

»Ich will damit sagen, dass es möglicherweise länger dauern wird. Und dass es möglicherweise teuer wird.«

»Geld spielt keine Rolle.«

»Ich verstehe«, sagte Möbius. »Dürfte ich Sie etwas fragen?«

»Bitte.«

»Warum wollen Sie sie finden?«

Für einen Moment war David sprachlos. »Damit ich … damit ich es erfahre.«

»Was?«

»Wo sie gerade ist.«

Möbius schaute sich für eine Weile um. »Das ist mir schon klar. Ich verstehe bloß Ihre Motivation nicht ganz. Ich meine, nach allem, was Sie mir erzählt haben. Sie hat Ihnen nichts gestohlen. Sie hat Sie nicht betrogen. Sie sind … frei.«

»Was wollen Sie damit sagen?«

»Warum lassen Sie sie nicht einfach ziehen?«

David war verdutzt. »Ich … das geht nicht.«

»Warum nicht?«

David schüttelte den Kopf.

»Verstehen Sie mich nicht falsch. Ich komme gern mit Ihnen ins Geschäft, aber ich habe Dutzende von Klienten, die einfach …«

»Was?«

»Nun ja, die einfach alles dafür geben würden, in Ihrer Haut zu stecken.« Unter Zuhilfenahme des Löffels wickelte Möbius die Nudeln um seine Gabel, öffnete den Rottweilermund und schob den Tennisball aus Spaghetti hinein.

»Ich will sie finden«, sagte David, »um zu erfahren, was als Nächstes geschieht.«

»Als Nächstes?«

»Alice und ich, wir sind noch nicht … am Ende.«

Möbius verengte die Augen.

»Vermutlich kommt Ihnen das ein bisschen seltsam vor«, sagte David.

»Ich glaube Ihnen kein Wort.«

»Nehmen wir mal an, ich würde ein Buch schreiben.«

Möbius lehnte sich zurück, drückte sich die Zunge in die Wangentasche und nickte langsam. »Ich verstehe. Ist es autobiografisch?«

»Irgendwie schon.«

»Worum geht es?«

»Um einen Mann, der vielleicht seine Frau ermordet hat. Vielleicht aber auch nicht.«

Möbius lächelte. »Aha.«

»Aber ich stecke fest.«

»Natürlich.«

»Ich weiß einfach nicht, was als Nächstes geschieht.«

»Sie brauchen einen Lektor.«

»Eher einen Plot.«

Möbius zeigte mit dem Finger auf David und fing zu kichern an. »Oh, das ist gut!«

»Wirklich?«

»Sie wollen sie finden«, sagte Möbius, »weil Sie ein *Ende* brauchen.«

David war erstaunt. »Genau.«

»Soll ich es also, wenn ich sie gefunden habe …«

David wartete.

»… beenden?«

»Was?«

Nun war es an Möbius zu warten. »*Das Buch*«, sagte er schließlich.

»Oh«, sagte David, »jetzt verstehe ich.« Seine Gedanken fingen zu wandern an, und traurig schüttelte er den Kopf. »Manchmal glaube ich fast, ich will gar nicht wissen, wie es ausgeht.«

»Meistens ist es auch besser so«, sagte Möbius.

David sah ihn an. Nie zuvor hatte er so schwarze Augen gesehen, einen so breiten Mund. Dieses Treffen würde auch zu keiner Lösung führen. Dieses Treffen war vielleicht sogar ein Fehler. Aber es war etwas Neues, und etwas Neues war gut.

»Aus reiner Neugier gefragt«, sagte er, »wie viel …«

Mit dem Zeigefinger malte Möbius eine Zahl in die Luft: eine Acht mit fünf Nullen. Er zuckte mit den Achseln. »Mehr oder weniger.«

»Ich *verstehe*«, sagte David. »Und wie …«

»Nach und nach. Für meine anderen Klienten hat es sich als praktikabel erwiesen, jeden Tag ein wenig beiseitezulegen, anstatt große Beträge abzuheben, die später in den Kontoauszügen auftauchen. Keine belastenden Dokumente. Ich empfehle Ihnen, die Ausgabe als Altersrücklage zu verbuchen. Für die *Rentenversicherung.*«

Für einen Augenblick fing David heftig zu träumen an.

»Noch einmal gefragt, reine Neugierde«, sagte er, »wie …?«

»Oh, das weiß ich vorab nicht«, sagte Möbius und lächelte bescheiden wie ein Schauspieler, der über vergangene Glanzleistungen spricht. »Ich weiß nie, worauf es hinausläuft. Zunächst muss ich die Zielperson kennenlernen, ihren Tagesablauf, ihre Gewohnheiten. Dazu gehören Geschick und eine gewisse Disziplin. Alles hängt vom richtigen Augenblick ab. Ich persönlich bevorzuge höhere Gewalt im richtigen Augenblick.«

Die beiden Männer starrten einander an.

»Wahrscheinlich habe ich kein Interesse«, sagte David.

»Ich verstehe. Ist ja schließlich keine schöne Aufgabe.«

»Was?«

»Es zu beenden«, sagte Möbius.

David schaute zu, wie Möbius die restlichen Nudeln vom Teller wischte. Als er fertig war, kippte er den Inhalt seines Weinglases mit einem Schluck hinunter, tupfte sich die Mundwinkel mit der Serviette ab, knüllte sie zusammen und warf sie auf den Teller, wo sie in die Saucenreste einsank. Dann schob er David die Rechnung hin.

»Vielen Dank für die Unterhaltung«, sagte er. »Ich werde mich bei Ihnen melden.« Er hopste von der Bank, schnappte seinen Aktenkoffer und drehte sich zum Gehen um.

»Warten Sie«, sagte David. »Haben wir uns auf irgendwas geeinigt?«

»Nein«, sagte Möbius, »wir haben uns auf rein gar nichts geeinigt.«

Später, als er benommen nach Hause lief, fühlte David sich wie das Opfer eines Raubüberfalls – als wäre er unerwartet in eine brutale Situation geraten, als hätte ein schreckliches Erlebnis ihn durchfahren. Ihm liefen eisige Schauer über den Rücken, eine Folge, befand er, nicht nur der Begegnung mit einem so bösen Menschen, sondern auch seines eigenen Glaubens an das Böse. Als er das Gespräch noch einmal rekapitulierte, wurde er plötzlich von Scham überwältigt, er schämte sich für alles, was er Möbius erzählt, und für alles, was er ihm verschwiegen hatte.

Zunächst einmal hatte er seine Affäre unterschlagen. Nicht, weil die Affäre an sich von Bedeutung war – was wiederum nicht heißen sollte, dass sie es nicht war –, sondern weil er es angesichts der Schwierigkeiten, mit denen Alice rang, vorgezogen hatte, sich in die Arme einer anderen zu flüchten. Er tat gerade so, als hätte er mehr Liebe verdient, als er selbst Alice zu geben oder nicht zu geben in der Lage war. Seine Anspruchshaltung erschien ihm noch verdammenswerter als seine Untreue.

Er hatte unterschlagen, dass er sich zumindest heimlich wünschte, sie bliebe dick, denn ein Teil von ihm – ein kleiner, finsterer, hässlicher Teil – wusste, dass ihr fetter Körper sie dankbar ihm gegenüber machte, egal, wie viel oder wie wenig er sich zu geben herabließ. Und als er das begriffen hatte, musste er wiederum fürchten, sie könnte eines Tages ihre eigene Schönheit erkennen. Solange sie das nicht tat, würde es auch kein anderer tun. Und solange niemand inklusive sie selbst ihre Schönheit erkannte, wäre sie nicht selbstbewusst genug, ihn zu verlassen. Er würde immer der Mittelpunkt ihrer Welt bleiben – in ihren Augen der einzige Mensch, der sie jemals lieben würde.

Zuletzt und traurigerweise hatte er unterschlagen, dass er in seinen dunkelsten Momenten tatsächlich glaubte, für Alice' Gewichtszunahme verantwortlich zu sein. Irgendeine Schwere in seinem Charakter hatte sie infiziert; betrachteten die Experten Übergewicht nicht als Krankheit? In solchen Momenten hatte er den Eindruck, das Beste, Uneigennützigste und Großzügigste, was er tun könnte, wäre, sie zu verlassen, Schluss zu machen, denn auf irgendeine, für ihn undurchschaubare Art machte ihre Ehe sie krank. Aber er tat es nicht. Die Wahrheit zu kennen, ohne entsprechend zu handeln, ließ ihn sich selbst hassen und Alice umso mehr lieben, weil sie sich trotzdem etwas aus ihm machte.

Er rannte die Straße hinunter, setzte tatsächlich zu einem Sprint an. Er wollte so viel Abstand wie möglich zwischen sich und Möbius bringen, er wollte seinen eigenen Herzschlag spüren und sich verausgaben, bis er nicht mehr konnte. Mit rudernden

Armen und einem Pfeifen in den Ohren schoss er an den Passanten vorbei. Er wollte bis nach Hause rennen, schaffte aber, weil er nicht in Form war, nur wenige Häuserblocks. Er klammerte sich an einer Parkuhr fest und schnappte nach Luft. Seine Oberschenkel brannten, und er hatte das Gefühl, Säure eingeatmet zu haben. Wie lange war es her, dass er sich so verausgabt hatte? Er fühlte sich, als wäre seine Haut ein viel zu dicker Anzug, den zu tragen er auf ewig verdammt war. Er wollte sich davon befreien, sich erleichtern, sich seinen Körper vom Leib reißen wie ein Hemd.

Und er wollte Alice zurückhaben, nicht um ihr zu zeigen, dass er sie verdient hatte, sondern um ihr zu beichten, dass er absolut nichts über sie wusste. Er wollte am liebsten demütig vor ihr niederknien. Es war ein Anfang und ein Ende: das unweigerliche Fazit von Alice' Experiment.

»Bitte«, sagte er, an die Parkuhr gelehnt. »Komm zurück zu mir.«

In der Lobby bemerkte er, dass der Briefkasten überquoll.

Als er ihn öffnete, entdeckte er einen großen, braunen Briefumschlag, zwanzig mal siebenundzwanzig Zentimeter, an ihn adressiert – in Alice' Handschrift. Er war erst gestern aufgegeben worden, in New York City. Obwohl er aufgeregt war, öffnete David den Umschlag sehr vorsichtig. Mehrere Zettel fielen heraus; mehrere Flugtickets und ein kleinerer Umschlag, auf den sie persönlich seinen Namen geschrieben hatte. Der Brief füllte nicht einmal eine Seite, und er überflog ihn schnell.

Er verstand nicht, was Alice ihm sagen wollte.

Er betrachtete die Flugtickets, las den Brief ein zweites Mal, ließ alle anderen Unterlagen fallen, um das Blatt mit beiden Händen festhalten zu können. Er sank zu Boden, und sein Gesicht schrumpfte zusammen, bis die Tränen kamen. »Nein«, flüsterte er, »nein, nein, nein.« Er las Alice' Brief zum dritten Mal – in seinem Kopf konnte er ihre Stimme hören –, und als er fertig war, brüllte er so, wie er eben noch gerannt war. Er brüllte sich alle Luft aus der Lunge. Und als er wieder zu Atem gekommen war, brüllte er weiter.

Die nächsten drei Tage verbrachte David im Bett.

Er rief Cady an und sagte, er werde einen unbegrenzten Langzeiturlaub antreten, werde Cady aber, falls er es wünschte, seine Anteile an Spellbound verkaufen. Nachdem David aufgelegt hatte, riss er das Telefonkabel mit einem einzigen Ruck aus der Wand.

Drei Tage lang lag er in seinem verwüsteten Apartment im Bett. Er hatte die Jalousien heruntergelassen und kein Gefühl für Tag oder Nacht mehr. Er verließ das Bett nur, um zu pinkeln, zu scheißen oder Wasser zu trinken und dann wieder unter die Laken zu kriechen, um zu schlafen oder stundenlang im Dunkeln zu liegen und so oder so zu träumen. Er ignorierte den Hungerschmerz so lange, bis er eine angenehme, reinigende Leere in seinem Magen spürte. Manchmal stellte er sich vor, nie wieder zu essen. Manchmal schreckte er aus dem Schlaf hoch, wusste nicht, wo er war, aber sobald es ihm einfiel, fing er wieder zu schluchzen an, ein Zyklus, der sich wiederholte, bis er nichts mehr fühlte, bis er sich des Kummers ebenso entledigt hatte wie seines Lebenswillens. Jeden Tag fühlte er seinen Magen ein bisschen weiter schrumpfen. Es war wie das Gegenteil vom Schwangersein, und irgendwann fragte er sich, ob sein Magen sich so weit zusammenziehen würde, dass er nie wieder etwas essen konnte. Und dann schlief er noch ein bisschen weiter.

Am dritten Tag wachte er auf, stieg aus dem Bett und zog die Jalousien hoch. Er wusste nicht, was für ein Wochentag war, aber er wusste, was er zu tun hatte. Er hatte gedacht, um zu erfahren, was als Nächstes geschah, würde er Alice finden müssen; aber nun, da er wusste, was es mit Alice' Abwesenheit auf sich hatte, begriff er auch, dass er noch einiges an Arbeit vor sich hatte, bevor das Ende erreicht war.

Geschwächt vom Fasten, ging er mit unsicheren Schritten ins Badezimmer und reinigte sich wie jemand, der nach Monaten aus dem Wüstenexil heimkehrt. Er trank aus dem Duschkopf. Er rasierte sich und wusch sich die Haare, und nachdem er die Rasierklinge über eine Minute lang angestarrt hatte, beschloss er, seinen gesamten Körper zu rasieren, was einige Zeit in Anspruch nahm. Nach der Dusche putzte er sich die Zähne, dann ging er in die Küche, griff zur Schere und schnitt sich die dicken Locken ab. Und dann, zurück vor dem Spiegel, seifte er sich den Schädel ein und rasierte auch den.

Er zog ein T-Shirt und eine Jeans an, die am Bund recht lose saß, und anschließend machte er sich daran, das Apartment aufzuräumen. Der Geist des Chaos ist schneller als der Geist der Ordnung, und er brauchte dreimal so lange, um die Wohnung in den ursprünglichen Zustand zurückzuversetzen. Er stopfte Alice' Kleider in die Kisten zurück und räumte sorgfältig den Schrank auf, faltete ihre Pullover neu, hängte die Blusen über Bügel und ordnete die Schuhe nach Paaren. Er sortierte ihre Dokumente in den Aktenschrank ein, aber vorher suchte er alle überflüssigen Papiere und Rechnungen und unwichtige Korrespondenz heraus, sodass die Mappen auf die halbe Stärke zusammenschrumpften. Er räumte den Müll von den Nachttischen, trennte die funktionstüchtigen von den kaputten Stiften und warf alle Ein-, Fünf- und Zehncentstücke in die entsprechenden Flaschen. Er schmiss die alten Telefonbücher weg. Er riss alle bekritzelten Seiten aus den Ringbüchern, bis nur noch solche übrig blieben, die bis auf die durchgedrückten Spuren früherer Notizen leer waren. Kurzum, er befreite das Apartment von der Unordnung ihres gemeinsamen Lebens, bis es weitläufiger, blitzblank, aufgeräumt aussah. Er stopfte sogar die Schaumstofffüllung in die Matratze zurück und vernähte den Riss. Und bevor er die Matratze auf den Bettrahmen zurückhievte, legte er Alice' Tagebuch an seinen Platz zurück, weil er wusste, dass er dann besser schlafen würde.

Er betrachtete sich im Spiegel. Er sah wie neugeboren aus. Seine rasierte Haut fühlte sich unglaublich weich an.

Dann setzte er sich an sein Manuskript und fing zu schreiben an. Auf Anhieb überwand er die Stelle, an der er bislang immer hängengeblieben war, und bald hatte er neues Terrain erreicht, und das alles in einem Tempo, von dem er früher nur geträumt hatte. Er schrieb so lange, bis seine Augen und Finger zu schmerzen begannen, und so automatisch, als diktiere ihm eine innere

Stimme den Text; erst viele Stunden später ließ er den kahlen Kopf erschöpft auf die Tischplatte sinken.

Tage vergingen. Wochen. Er legte sich neue Gewohnheiten zu. Er stand auf, schaltete die Kaffeemaschine ein und duschte, während der Kaffee durchlief. Er sorgte stets dafür, dass auf dem Esszimmertisch alles für den nächsten Arbeitstag bereitlag – das Manuskript, Stifte, Notizblock, Laptop. Bevor er zu arbeiten anfing, nahm er eine leichte Mahlzeit zu sich, ein Ei vielleicht, manchmal auch einen Käsetoast und etwas Obst, und dann schrieb er für mehrere Stunden am Stück, drei oder vier normalerweise, es waren die produktivsten des ganzen Tages, und manchmal hielt er sogar bis zu fünf Stunden durch – eine Entwicklung hin zu einem animalischen Zeitgefühl, was bedeutete, dass er gar kein Zeitgefühl mehr besaß. Er neigte dazu, sich selbst laut vorzulesen, die Worte unbetont hinauszurufen, um ihren Druck zu spüren und den Satzrhythmus zu hören. Manchmal rezitierte er noch *beim* Schreiben, ganz leise. Dann aß er wieder, wozu er sich meistens an den Küchentresen stellte. Später ging er im Park spazieren, ohne etwas wahrzunehmen. Er setzte eine zweite Kanne Kaffee auf, war sich aber nicht zu schade, eventuell zurückgebliebene Reste der ersten aufzuwärmen. Die zweite Sitzung konnte effektiv sein, ein wahres Geschenk. Die geistige Verausgabung hatte dann eine befreiende Wirkung, brachte ihn einem Traumzustand nahe. Genauso gut konnte die zweite Arbeitseinheit aber auch zum Desaster werden und ihn sich die nicht vorhandenen Haare raufen lassen. Am Ende des Tages war er bereit für einen Lauf. Er zog sich um, ging wieder in den Park, rannte einmal um die Aschenbahn und wieder zurück. Das Blut schoss durch seine Adern, überflutete sein Gehirn, konnte halluzinogen wirken und einen wahren Assoziationssturm auslösen. Sobald er wieder zu Hause war, machte er sich Notizen, anschließend absolvierte er ein paar Liegestütze und Klappmesser. Er kaufte eine Klimmzugstange und schaffte täglich einen oder zwei Züge mehr. Er wurde stärker, dünner, sehniger und verlor sein aufgeschwemmtes Aussehen, bis er sich schließlich im Spiegel nicht wiedererkannte. Alice hatte recht: Die Haut war wie eine

Schmetterlingspuppe, in der etwas Neues steckte. Er duschte, zog sich um, schenkte sich ein Glas Wein ein und trank, während er das Abendessen zubereitete – wobei es ihn eine gewisse Willensanstrengung kostete, für nur eine Person zu kochen. Weil er alles in den Tag hineingegeben hatte, fühlte er sich nun, da die Nacht aufzog und die Reue sein Glücksgefühl zersetzte, vollkommen erschöpft. Und am nächsten Tag ging alles von vorn los.

Einmal blieb er im Flur vor seinem liebsten Escher-Druck stehen, *Begegnung*, das Bild mit den kleinen Männchen – eines weiß, das andere schwarz –, die sich aus ihrer zweidimensionalen Verschränkung im Hintergrund lösten und im Vordergrund als zwei voneinander getrennte Figuren auf einer geraden Fläche aufeinandertrafen. David sah seine Spiegelung in der Glasscheibe, und als er sich darauf konzentrierte, verschwand das Bild; dann kam es zurück.

Langsam wurde ihm alles klar.

Auf diese Weise vergingen Wochen, in denen niemand seine Einsamkeit störte, und der Sommer hielt Einzug, mittlerweile war es Juni. Dann eines Abends, nachdem er den Tag über konzentriert gearbeitet und zu essen vergessen hatte, hörte er einen Schlüssel in der Tür und hob den Kopf. Überraschenderweise war er weder erschrocken, noch stand er vom Tisch auf. Die Tür schloss sich, und David hörte Schritte auf dem Parkettboden.

»Hallo?«, fragte eine Stimme.

Es war Alice.

Pepin blieb sitzen, bis sie ihn gefunden hatte. Außer der Lampe über dem Esstisch brannte im Apartment kein Licht.

Sie trat in den Lichtkegel. Als sie näher herangekommen war, hielt sie inne. »Was ist mit dir passiert?«, fragte sie.

Ihr Anblick verschlug ihm die Sprache. Sie war vor über neun Monaten verschwunden. Sie war gebräunt, sie strahlte. Sie – oder die Sonne – hatte ihr Haar aschblond gefärbt. Wie er auf den ersten Blick schätzte, hatte sie über fünfundvierzig Kilo abgenommen.

»Ich habe mich verändert«, sagte sie schließlich.

»Offensichtlich.«

»Du dich auch.«

Sie hob beide Arme, ließ sie wieder fallen.

»Du hast diese OP machen lassen«, sagte er.

»Ja«, sagte sie und zog ihre Bluse hoch. Über ihren Bauch verlief eine lange, rosafarbene Narbe. Das Rosa einer Muschelinnenseite.

»Wirst du bleiben?«, fragte er.

»Für eine Weile. Bis du fertig bist.«

»Ich verstehe«, sagte er. »Ja, das wäre schön.«

Sie ging auf ihn zu, schlang ihre Arme um seinen Nacken und legte eine Hand auf seinen kahlen Schädel. Über seine Schulter warf sie einen Blick auf die Seite, an der er gerade arbeitete, dann blätterte sie in den Seiten herum, die schon ausgedruckt waren. »Du bist fast fertig«, sagte sie.

»Ich bin fast am Ende.«

»Kommst du bald ins Bett?«

»Ja.«

Sie küsste ihn auf die Stirn. »Gut.«

Als sie so nah bei ihm stand, nahm er ihren Meergeruch wahr.

Und dann eines Tages, schrieb David, begann Alice tatsächlich abzunehmen.

Schon zuvor hatte er sie Pfunde verlieren sehen, und die vergangenen, gescheiterten Versuche ließen ihre Fortschritte nun umso bemerkenswerter erscheinen. Vielleicht erschien ihm alles auch deswegen so neu, weil sie neun Monate getrennt gewesen waren; jedenfalls hatte er eine Transformation, wie Alice sie gerade durchmachte, bei niemandem je zuvor gesehen. Jeden Morgen schien ein kleines bisschen weniger von ihr übrig zu sein, die Schlankheit zeigte sich an den Wangenknochen, an der konkaven Rundung des Bauches, am abschwellenden Hintern, was Alice, wenn sie vor dem Spiegel stand, so beiläufig kommentierte wie eine Zauberkünstlerin, die das Geheimnis ihrer Tricks kennt und sich nicht wundert.

Sie sprach zu seinem Spiegelbild, als er hinter ihr im Bett lag. »Du siehst überrascht aus«, sagte sie.

»Weil ich es bin«, sagte er.

»Ich auch.« Sie drehte ihren Körper in seine Richtung, ohne das Gesicht vom Spiegel abzuwenden, und betrachtete ihren Rücken.

Er musterte die sichelförmige Narbe an ihrem Bauch. »Du machst das toll«, sagte er.

»Ich habe noch einen langen Weg vor mir.«

Das stimmte. Obwohl ihr Gewichtsverlust dramatische Ausmaße annahm und David sich kaum zu blinzeln traute aus Angst, einen Schritt der wundersamen Verwandlung zu verpassen, kam es immer wieder zu Nachbeben und Schiffbrüchen; an einigen Stellen war Alice' Haut so überdehnt – sie hing ihr von den Oberarmen wie ausgewalzter Pizzateig, und die Rolle um ihre Taille ließ sich verschieben wie der Bund eines Pullovers –, dass sie sich durch keine Turnübung der Welt mehr straffen oder glätten lassen würde. Dem Problem wäre nur noch chirurgisch beizukommen. Man würde Alice abflensen wie einen Wal.

»Meine Haut«, sagte sie verwundert, »ist wie ein zu großer Raumanzug.« Sie konnte sich nicht von ihrem Spiegelbild losreißen, drehte sich hin und her, als wäre ihre Nacktheit ein neues Kleid. »Es ist seltsam«, sagte sie. »Ich habe nicht mehr das Gefühl zu hungern. Wenn die Ärzte die ganze Haut wegschneiden, werde ich zum Vorschein kommen. Verstehst du, was ich meine?«

»Ja«, sagte er.

»Früher war es anders.«

Auf einmal wurde er ganz wehmütig.

Sie war immer noch Alice, diese Nicht-Alice. Ihr Lächeln war dasselbe, ihre vielen kleinen Macken blieben dieselben, aber die neue Leichtigkeit und die neunmonatige Odyssee hatten sie heimlich an Selbstvertrauen gewinnen lassen. Die neue Alice erschien ihm wie ein Wunder – welches man bekanntlich nicht verstehen, sondern nur bedingungslos lieben konnte.

Sie drehte sich zu ihm um und sah ihn an, strich sich das Haar hinters Ohr und kam aufs Bett zu, kroch auf allen vieren, bis sie nah genug war, ihn zu küssen. Und dann küsste sie ihn. »Ich werde mich jetzt wiegen, und dann möchte ich, dass du ein Foto von mir machst. Und dann schreibst du.«

Die Gefühle, die Pepin bis jetzt unterdrückt hatte, stiegen an die Oberfläche. »Ich möchte nicht schreiben.«

Alice nahm sein Kinn in die Hand, hob es an, bis ihre Blicke sich trafen, und fuhr ihm mit der anderen Hand über den nackten Kopf. Tausende von Kommata übersäten seinen Schädel. »Bring es zu Ende«, sagte sie. »Du bist fast fertig.«

Sie ging ins Bad, um sich zu wiegen, und das Haar fiel ihr übers Gesicht, als sie auf die Anzeige niederstarrte – »Fünfundachtzig«, rief sie. Dann zog sie ein Kleid an, band sich das Haar zu einem Pferdeschwanz und ging in die Küche, Pepin im Schlepptau. Sie stellte sich lächelnd vor den Kühlschrank, und er knipste das Foto und schüttelte das rechteckige Bild aus, das die Polaroidkamera wie eine Zunge herausgeschoben hatte; das allmähliche Hervortreten der Konturen und Farben – von Weiß über Gelb bis hin zu Blau und Grün, wie bei einem Gefühlsring – war befriedigender als jeder digitale Prozess, und schließlich erschien, wie zur Belohnung für das lange Warten, eine neue Alice mit vom Blitz weiß gewaschenem Gesicht. Sie bewunderten beide das Foto. Alice rollte ein Stückchen Klebeband zu einem Kringel zusammen, drückte den Kringel auf die Rückseite des Polaroids und dieses wiederum links oben an die Kühlschranktür.

»Bis später«, sagte sie; dann verschwand sie für den Rest des Tages.

Wieder allein, schrieb David mit der stillen Hochgeschwindigkeit weiter, mit der er unterwegs war, seit der Roman seinen Höhepunkt erreicht hatte, einen in dunkler Nacht überquerten Gipfel. Er wusste nicht genau, wie lange er noch brauchen würde, hatte aber eine ungefähre Vorstellung von den Volten, die noch zu schlagen waren, von der ungefähren Gestalt des Romans. Auf dem Weg zur Auflösung spaltete sich die Handlung in eine Reihe von Strängen auf, die auf verschiedene Lösungsmöglichkeiten zuliefen, die allesamt glaubhaft waren, von denen aber nur eine einzige eintreten und die Handlung an den Anfang zurückführen konnte, genau so, wie die Form des Romans es vorsah. Was das Ende betraf, so wusste er darüber nur, dass er sich ihm schnell näherte.

Als er vom Joggen nach Hause kam, wartete sie mit chinesischem Essen auf ihn. Mit Alice zu essen bedurfte einer gewissen Gewöhnung. Ihre Portionen waren geradezu liliputanisch. Er war gezwungen, die einzelnen Gänge schnell hinunterzuschlingen, um mit ihr Schritt zu halten. Im Gegensatz zu seinem Teller mit Wan-Tan-Suppe (in der zwei Teigtaschen schwammen) schenkte sie sich lediglich ein Auflaufförmchen ein (dazu eine halbe Teigtasche), das sie wie ein Schnapsglas auch auf einen Zug hätte leeren können. Er belud seinen Teller mit Bratnudeln, Hühnchen in Zitrone, Rindfleisch mit Brokkoli und weißem Reis – sie war zurückgekommen, und er hatte Hunger, warum also nicht? –, während sie sich auf einer Untertasse eine Miniatur des Gleichen anrichtete. Seitdem sie den neuen, auf Erdnussgröße verkleinerten Magen hatte, nahm sie täglich neun dieser Minimahlzeiten zu sich. Und die Portionen schienen, ebenso wie Alice, täglich noch zu schrumpfen, während Pepin sich den Bauch vollschlug.

»Je mehr ich verschwinde, desto weniger esse ich. Vielleicht esse ich demnächst überhaupt nichts mehr.«

»Sag so was nicht.«

»Geh duschen«, sagte sie, »ich räume das weg.«

»Und dann?«

»Dann gehen wir ins Bett.«

Der Gedanke ängstigte ihn. Mit verschränkten Armen stand er unter der Dusche und wartete. Er hatte vor so langer Zeit zuletzt mit Alice geschlafen, dass er fürchtete, es verlernt zu haben; oder, schlimmer noch, nicht mehr von ihr begehrt zu werden, eine Angst, die ihn an die Monate nach ihren Fehlgeburten erinnerte, als schon sein Versuch, sie nachts im Arm zu halten, sie vor Schmerzen hatte stöhnen lassen. Er hatte nur einen Ausweg gesehen – sämtliche seiner Körperteile zurückzuziehen, Bauch und Schwanz, Kopf und Zehen und Seele, bis er in einem Panzer der Einsamkeit hockte, das Herz umhülst, auf unbestimmte Zeit verkapselt. Zudem fürchtete er, er könnte sich abgestoßen fühlen, wenn sie ihn küssen wollte.

Als er aus der Dusche kam, ein Handtuch um die Hüften, ein zweites um den Nacken, nahm sie ihn bei der Hand, zog ihn zum Bett und setzte sich hin. Als er sie so sanft in seine Richtung zog wie ein Fisch, der am Angelköder zupfte, stand sie auf, ergriff das eine Ende des Handtuchs um seinen Nacken und zog es herunter. Die nachwachsenden Härchen auf seiner Brust waren wie die Borsten einer Fliege. Sie zog ihm das Handtuch von der Hüfte. Er blieb schlaff stehen, war völlig gelöst, aber als sie sich vorbeugte, verspannte er sich, als fürchte er, gekitzelt zu werden oder in Tränen auszubrechen. Er kniff die Augen so fest zusammen, dass die Muskeln in seinen Wangen verkrampften. Er hörte Alice aus ihrem Kleid steigen, er hörte ihren BH aufschnappen und ihren Schlüpfer mit einem raschelnden Geräusch an ihren Beinen hinunterrutschen, und dann küsste sie ihn. Er musste Lippen und Mund bewusst entspannen, um dem Impuls zu widerstehen, nach ihrer Zunge zu schnappen.

Sie wiederum blieb sanft und beharrlich, küsste ihn still und ruhig, wie eine Katze, die Wasser aus einer Schüssel schleckt. »Küss mich«, flüsterte sie.

Sie küssten sich, und es war, als würde eine Sandburg von einer Welle überspült; die Zinnen an der Brustwehr zerschmolzen, die Türmchen stürzten ein, die Schießscharten kollabierten, die Wehrgänge rutschten ins Meer.

»Alice, ich habe dich so vermisst.«

Sie lagen nebeneinander, hielten sich an der Hand und starrten an die Decke.

»Wie bist du zum Ende gekommen?«, fragte sie.

Er schrieb über den Anfang.

Sie hatten sich in einem Filmseminar kennengelernt, »Hitchcock und die Ehe«.

Es war reiner Zufall gewesen. Um einen Abschluss in Informatik zu bekommen, musste David einige geisteswissenschaftliche

Seminare belegen, eine Pflichtaufgabe, die er vor sich hergeschoben hatte. Im letzten Semester war das Hitchcock-Seminar eines von nur drei Seminaren, in denen es noch freie Plätze gab. Das zweite hieß »Feminismus und Schizophrenie in den Fünfzigerjahren«, und der Titel des dritten, es ging um die Arbeiten von Italo Calvino, sagte ihm gar nichts, auch wenn die studentische Hilfskraft am Einschreibetresen von dem Autor schwärmte und David ein paar Buchtitel aufschrieb. Aus irgendeinem Grund hatte David keinen einzigen Hitchcock-Film gesehen. Die aus Reportagen und Dokumentationen und Oscar-Zusammenschnitten bekannten Szenen waren ihm geläufig – die Frau in der Telefonzelle, die in *Die Vögel* von Möwen angegriffen wird, Jimmy Stewart, wie er in *Fenster zum Hof* das Teleobjektiv sinken lässt, Janet Leigh, die in *Psycho* unter der Dusche erstochen wird –, aber die Handlung der Filme war ihm unbekannt. Er hatte eine ganze Ära verpasst, was sich plötzlich wie eine schreckliche Wissenslücke anfühlte. Aus den Kursanforderungen zu schließen, würde das Ganze ein Spaziergang werden: eine Hausarbeit und regelmäßige Teilnahme an den Filmvorführungen und Diskussionen. Sich einen Film anzusehen und darüber zu reden, dachte David, war keine Arbeit, das war Erholung. Und doch sollten die Filme seine Sicht auf die Welt verändern, so wie das Seminar sein ganzes Leben verändern sollte: Hier sah er Alice zum ersten Mal.

Das Seminar wurde in einem großen Hörsaal abgehalten, der durch zwei Aufgänge in drei Blöcke unterteilt war, und David, der die hintersten Reihen bevorzugte, wählte den letzten Sitz des mittleren Blocks. Das Seminar war zu zwei Dritteln ausgelastet, hauptsächlich von Studienanfängern, von denen viele ebenso wie der Professor zu spät hereingeschlendert kamen. David zog das Calvino-Buch aus seiner Tasche, das er gerade las, *Die unsichtbaren Städte*. Fasziniert von der komplexen Einfachheit und einer vagen Ahnung, dass das Buch sich als Vorlage für ein Computerspiel eignen könnte, überlegte er ernsthaft, das Seminar zu wechseln, als er zu seiner Linken Alice die Treppe heruntersteigen sah.

Er konnte sich nicht mehr bewegen. Trotz der Entfernung war er von ihrem Haar wie verzaubert. Es hing ihr bis auf die Hüfte und hatte einen besonderen, pferdeähnlichen Glanz, eine Seidigkeit, die besonders am Scheitel das Licht reflektierte und ihn auf Anhieb verstehen ließ, warum manche Leute so eine Freude dabei empfinden, Pferde zu striegeln, oder warum Mädchen vor dem Schlafengehen beim Kämmen wie in eine Meditation versunken vor dem Spiegel sitzen. Er wünschte sich, er hätte ihr Vater sein und den Anblick jahrelang genießen können. Sie war groß und kräftig, vollbusig und stabil wie eine Volleyballerin, und sie ließ die anderen Studentinnen wie kleine Mädchen aussehen. Sie hatte einen Spiralblock dabei, in dessen Ringe sie einen Stift geschoben hatte – dem leichten Gepäck nach zu urteilen, war sie praktisch veranlagt und patent, was ihm auf Anhieb gefiel –, und sie stieg die Treppe übertrieben langsam herunter und pflanzte den Fuß bei jedem Schritt auf wie zum Vergnügen. Er bemerkte sofort, dass sie allein war. Sie strich sich das Haar aus den Augen und hinters Ohr, und dann drehte sie sich zu ihm um. Obwohl er sie unverhohlen angaffte, ließ sie sich nicht anmerken, ob sie ihn zur Kenntnis genommen hatte, was sie in seinen Augen zu einer noch cooleren Kandidatin machte. Ihre nussbraunen Augen hatten cremefarbige, fast hellgraue Einsprengsel, die ihrem Blick etwas Wölfisches verliehen.

Möglicherweise würde dieses sein schlimmstes Seminar werden, dachte er, aber er würde keine einzige Stunde verpassen. Sie setzte sich auf einen Platz in der dritten Reihe, einen Block links von David. Sie zog den Stift aus der Spirale und begann, träge darauf herumzukauen wie ein Hund auf seinem Lieblingsspielzeug. David war inzwischen selbst in die Starre eines Vorstehhundes verfallen und klammerte sich in höchster Alarmbereitschaft mit beiden Händen am Klapptisch fest.

Der Professor, Dr. Otto, kam hereingerauscht. Er war feingliedrig und sanftmütig, und seine Stimme war so leise, dass David sich unwillkürlich vorbeugte. Otto hatte schneeweißes Haar und einen leichten Bauchansatz, was ihn trotz seiner Größe und seines giacomettihaften Ausschreitens gebrechlich wirken ließ. Auf seiner großen, tropfenförmigen Nase saß eine Brille mit eckiger Fassung. Er wirkte gehetzt, vom eigenen Zuspätkommen aus der Fassung gebracht, blieb für eine Sekunde wie erstarrt stehen, zog die Fernbedienung des Projektors aus seiner Hosentasche, hielt sie in die Höhe und rief: »Ah!«, um dann mit dem Zeigefinger der anderen Hand in die Luft zu zeigen.

»Hier eine wenig bekannte Tatsache, wenn es um Alfred Hitchcocks Filme geht«, sagte er, und alle verstummten, wobei die Streber die Stifte längst über dem Papier in Stellung gebracht hatten. »In jedem einzelnen davon tritt ein Huhn auf.« Einige Studenten tauschten verwunderte Blicke. Ein gut informiertes Grüppchen von Graduiertenstudenten brach links von David in wieherndes Gelächter aus. »Ja«, sagte der Professor, »ein Huhn. Die Entdeckung ist von mir, und ich bin noch nicht berühmt dafür, werde es aber sein, sobald mein Buch erschienen ist.« Sein leises Lachen klang beinahe wie ein Keuchen. »Ich nenne es die Hühner-Theorie. Auf Französisch: *le poulet subtil.* In jedem Film – nicht nur in den Filmen Hitchcocks, sondern in allen Filmen, die jemals gedreht wurden – taucht entweder ein echtes oder ein, wie ich es nenne, *subtiles* Huhn auf. Nun, ich weiß schon, was Sie als Nächstes fragen werden: Was ist ein subtiles Huhn? Ich werde es Ihnen verraten. Es kann sich zum Beispiel um ein sprichwörtliches Huhn handeln. Oder um einen psychischen Zustand. Manchmal sieht man nur das Ei. Erst letztes Wochenende ist mir ein bratendes Ei in Nahaufnahme aufgefallen, in *Mondsüchtig*. Aha, dachte ich, subtiles Huhn! Ganz zu schweigen davon, dass alle Figuren des Films entweder vor der Liebe oder vor dem Tod davongelaufen sind wie kopflose Hühner.« Er richtete die Fernbedienung auf den Projektor und dimmte das Licht ein wenig. »Und Ihre nächste Frage lautet natürlich: Warum? Warum, Dr. Otto, taucht in jedem Film ein Huhn auf? Nun, das werde ich Ihnen leider nicht sagen können. Wozu sollte ich Ihnen die Pointe meiner Forschungsarbeit verraten?« Er dimmte das Licht noch weiter herunter. »Eine Schwachstelle meiner Theorie ergibt sich natürlich aus dem Umstand, dass sie einerseits die gesamte Filmgeschichte abdecken will, ich andererseits aber noch nicht jeden Film, der je produziert wurde, gesehen habe. Und ständig werden neue Filme gedreht. Ich werde niemals ein Ende finden!« Wieder stieß er sein feuchtes Grobi-Lachen aus. Die Studenten lachten ebenfalls, während er sich die Spucke abwischte, nur David wagte es kaum zu atmen. »Wollen wir anfangen? Oh, warten Sie«, sagte Otto, »Ich muss Ihre Anwesenheit kontrollieren.«

Endlich rief er auch ihren Namen: Alice Reese.

Dann machte er das Licht aus. Und kurz bevor es dunkel wurde, drehte Alice sich auf ihrem Platz um, den Stift immer noch im Mund und den Spiralblock immer noch zugeklappt, und schaute zu David hinauf. Falls sie auf ein Lächeln wartete, wurde sie enttäuscht; er brachte keines zustande, er war so schockiert, dass er nicht einmal blinzeln konnte.

Otto richtete die Fernbedienung auf den Projektor und wandte sich zur Leinwand um. Ein Bild von Hitchcock selbst erschien, in der Hand hielt er eine Filmklappe mit der Aufschrift *Psycho*. »Meiner Ansicht nach«, sagte Otto, »ist Alfred Hitchcock der Shakespeare des modernen Kinos. Der Vergleich funktioniert auf zahlreichen Ebenen, und der Umstand, dass beide Künstler britischer Herkunft waren, ist noch nicht einmal der interessanteste. Nein, es ist die schiere Bandbreite von Hitchcocks Werk, die Vielfalt seiner Menagerie, die Unterschiedlichkeit seiner Figuren, sein Pathos, die Leichtigkeit, mit der er alle Genres beherrscht, von der Tragödie bis zur Komödie, vom Splatterfilm zur Satire, vom Actionfilm zur Farce, einhergehend mit seinen unermüdlichen Bestrebungen, jedes Genres zu revolutionieren, sein spielerischer Umgang mit den Zuschauern, mit den Erwartungen – ganz zu schweigen von seiner Schaffenskraft, seiner überwältigenden Schaffenskraft! Beinahe sechzig Filme, Stummfilme und Tonfilme, Schwarz-Weiß-Filme und Technicolor, sogar ein paar 3-D-Filme sind dabei. Und dazu kommen dann noch seine Fernsehfilme.«

Es folgte eine Sequenz von Bildern ohne Ton, Filmausschnitte in Schwarz-Weiß, dann Bilder in prächtigen Farben.

»Wo wir schon vom Stummfilm sprechen« – er lachte über seinen eigenen Witz –, »Hitch sagte immer, er versuche, *reines*

Kino zu machen. Er wollte Geschichten erzählen, die allein das Medium Film vermitteln kann. Seine Erfahrungen als Drehbuchautor und als Stummfilmregisseur haben ihn gelehrt, den Dialogen gegenüber misstrauisch zu bleiben – nicht der Tonspur, wohlgemerkt, er war unglaublich erfindungsreich, was den Einsatz von Geräuschen anging. Dennoch war es das Bild, das Bild als Ausdrucksform, dem sein vorrangiges Interesse galt, und bei der Komposition seiner Bilder überließ er *nichts* dem Zufall. Vom ersten Film an – *Nummer dreizehn*, er wurde nie vollendet – ließ er von jeder Einstellung ein Storyboard anfertigen, bevor er sie drehte. Stellen Sie sich bitte die Akribie dieser Planung vor. Von *jeder* Einstellung! Er pflegte zu sagen, einen Film zu drehen, sei eigentlich der langweiligste Teil seiner Arbeit, denn in seinem Kopf sei der Film zu diesem Zeitpunkt bereits fertig.« Otto drehte sich zur Leinwand, dann wieder zu den Studenten. »Außerdem hat er einmal gesagt, dass er keine Schauspieler möge, dass er sie für Vieh halte.« Wieder das schludrige Lachen, die wischende Hand. »Er hat selbst Vieh besessen. Vieh und Ölfelder. Die hat Hitch als Steuerschlupflöcher gebraucht, als er reich wurde. Das habe ich mir nicht ausgedacht.« Er schaute zur Leinwand, dann wieder zu den Studenten. »Wo war ich?«

»Reines Kino«, sagte jemand.

»Vielen Dank.« Er hielt die Sequenz bei einem Schwarz-Weiß-Bild an: ein von hinten aufgenommenes Taxi, das durch eine Londoner Straße kurvte. Durch die Bullaugenfenster konnte man den Kopf von Fahrer und Beifahrer erkennen.

»Nehmen wir zum Beispiel diese Einstellung aus *Der Mieter*, einem Film aus Hitchcocks englischer Periode, herausgekommen im Jahr 1927. Ein verdächtiger Mann zieht in eine Pension ein. Ein hübsches Mädchen wohnt ebenfalls dort, mit ihrer Familie. Ihr Freund ist der Detektiv. Der Mieter könnte ein mysteriöser Serienmörder sein, der überall in London Frauen ermordet hat, oder auch nicht. Eben hat er wieder zugeschlagen und die gesamte Stadt in die höchste Alarmbereitschaft versetzt. Und um zu zeigen, dass die ganze Stadt auf der Hut ist, lässt Hitchcock dieses Taxi durch die Straße fahren …«

Otto drückte auf Play. Das Auto schlingerte von rechts nach links, und die Insassen bewegten sich entsprechend. »Achten Sie darauf, wie sich die beiden Köpfe in der Heckscheibe bewegen, wie zwei Augen, die hin und her schauen, hin und her.«

Sie sahen es sofort, trotzdem spulte Otto zurück und spielte ihnen die Szene ein weiteres Mal vor. »Mein Lieblingsbeispiel für reines Kino stammt natürlich aus einem Stummfilm. Der Held unternimmt eine Schiffsreise. Eines Abends betrinkt er sich während eines heftigen Sturms, das Schiff schwankt und schaukelt. Hitchcock zeigt das Deck, wo die Leute von rechts nach links geworfen werden, von links nach rechts. Aber was passiert, als der betrunkene Held erscheint? Er läuft in einer schnurgeraden Linie geradeaus.«

Die Studenten lachten.

»Mal sehen ... Heute ist Einführungstag. Was müssen Sie sonst noch wissen? Ich habe dieses Seminar schon so oft abgehalten, dass ich mich nicht mehr darauf vorbereite. Ist das nicht traurig?« Otto reckte einen Finger in die Höhe. »Ah! Hitch hatte eine ausgeprägte Schwäche für derben Humor. Er liebte es, den Schauspielern oder der Crew übel mitzuspielen, er konnte ein richtiger Sadist sein, der *Bahstahd*. Meine Lieblingsanekdote: Er wettet mit einem Kameramann, dieser habe nicht den Mut, die Nacht allein am Set zu verbringen; er sei zu ängstlich, um bis zum nächsten Morgen durchzuhalten. Der Kameramann beißt an. Hitch sagt: ›Alles klar, aber nur um sicherzugehen, dass du hierbleibst, werde ich dich mit Handschellen an dieses Gerüst anketten.‹ Der Kameramann lässt sich darauf ein. ›Und weil ich ein netter Kerl bin‹, sagt Hitch, ›lasse ich dir eine Flasche Whisky da, zur Beruhigung deiner Nerven, wenn die Geister der Dunkelheit kommen.‹ Der Kameramann sagt, er brauche keinen Whisky, weil er nicht an Geister glaube. ›Noch nicht‹, sagt Hitch und kettet ihn an, und dann gehen alle nach Hause. Als sie am nächsten Morgen zurückkommen, liegt der Mann schluchzend und zähneklappernd in seinen eigenen Exkrementen. Hitch hatte den Whisky mit einem Abführmittel versetzt. ›Er hat sich vor lauter Angst vor den Geistern in die Hose geschissen‹, rief er.«

Eine Welle lief durch den Saal, die Studenten sahen einander an. Wieder drehte Alice sich zu David um. Er fühlte seine Kinnlade herunterhängen wie die eines Idioten.

»Hätte Hitchcock nun aus diesem kleinen Spaß einen Film gemacht«, erklärte Otto, »hätte er es natürlich spannend gemacht. Die Spannung war seine liebste Waffe. Meister der Spannung, so wurde er genannt. Kein Regisseur vor ihm und kaum einer nach ihm hat sein Publikum jemals wieder so sadistisch gequält, abgesehen von De Palma vielleicht. Kennt irgendeiner von Ihnen die Definition von Spannung?«

Wieder sahen die Studenten sich um, und ein Mädchen rechts von David hob die Hand. »Spannung ist, wenn man darauf wartet, dass etwas passiert«, sagte es. »Man wartet ungeduldig.«

»Meint ›man‹ die Filmfigur oder den Zuschauer?«

»Den Zuschauer.«

»Und warum können Sie es nicht erwarten?«, fragte Otto.

»Weil«, sagte das Mädchen, »man auf etwas ... Schlimmes wartet.«

»Okay. Schlimm für wen?«

»Die Figur.«

»Einverstanden. Aber warum sollten *Sie* ungeduldig sein?«

»Weil ...«, antwortete sie. »Weil man nicht helfen kann.«

»Und die Schauspieler?«

»Na ja ...« Sie überlegte kurz. »Die wissen von nichts.«

»*Genau*«, sagte Otto. »Die wissen es nicht, Sie aber schon. Und auf diese Weise erzeugte Hitch Spannung. Es ist, wie er sagte, ganz einfach: Das Publikum muss informiert werden. Es muss etwas erfahren, das der Held nicht erfährt. Hätte er den Witz mit dem Kameramann verfilmt, hätten wir gesehen, wie Hitchcock Whisky in die Flasche füllt, das Abführmittel dazugibt, kräftig schüttelt. Wenn er sich dem Opfer nähert, hätte er die Flasche in Nahaufnahme im Bildvordergrund gezeigt. Er hätte uns gezeigt, wie er den armen Kerl persönlich ankettet, und dann, während die Kamera zurückfährt, hätte er gezeigt, wie der Kameramann einen großen Schluck aus der Flasche nimmt. ›Immer schön die Arschbacken zusammenkneifen‹, hätte Hitch gesagt, und dann hätte er die Kamera in die Vogelperspektive hinauffahren lassen, nur um zu zeigen, wie winzig klein der Kerl ist, nun, da das Medikament durch seine Gurgel gelaufen ist. Den Rest der Nacht hätte er aus der Perspektive des Opfers gezeigt, das sich nach dem Eimer reckt, der knapp außerhalb seiner Reichweite steht und den Hitchcock dort als zusätzliche Gemeinheit platziert hat … und selbstverständlich hätte es keine Musik gegeben, nur natürliche Geräusche.« Otto legte sich den Handrücken an die Lippen und imitierte ein paar nasse Fürze.

Angewidertes Gelächter. Geheul.

»Wie hätte er im Dunkeln filmen können?«, rief David.

»Wie bitte?«

David reckte den Arm in die Höhe. Der Professor hielt sich eine Hand an die Ohrmuschel, und Alice drehte sich um.

»Ich sagte, wie hätte er im Dunkeln filmen können?«

»Ausgezeichnete Frage! Wie heißen Sie?«

»David.« Er warf einen Blick zu Alice hinunter.

»Dieses kleine Detail hätte Hitch außer Acht gelassen. Er pflegte zu sagen, er wolle vollkommen unglaubwürdige Geschichten erzählen, die in sich einer unanfechtbaren Logik folgen.«

Otto zeigte eine weitere Schwarz-Weiß-Montage: Brücken erheben sich über ein Sumpfland, das an New Jersey erinnert, und dann geht das Bild in eine Einstellung von Joseph Cotten über, der in einem dunklen Zimmer auf dem Rücken liegt. Dann: weitere Brücken, die London Bridge diesmal, aber in Farbe – und dann eine Frauenleiche, die bäuchlings und nackt und mit einer Krawatte um den Hals in der Themse treibt. Die Golden Gate Bridge und darunter Jimmy Stewart, eine ertrunkene Frau in den Armen.

»Ein paar wichtige biografische Daten«, sagte Otto. »Erstens, und vermutlich ist dies die berühmteste aller Hitchcock-Anekdoten: Als er ein kleiner Junge war, befahl ihm sein Vater, ein Lebensmittelhändler, dass er mitkommen solle, und übergab ihn ohne jeden Grund der Polizei. Er ließ ihn für ein Weilchen ins Gefängnis sperren. ›So machen wir das mit ungezogenen Jungs‹, erklärte sein Vater und ließ ihn sitzen – nicht lange, aber lange genug. Ich will an dieser Stelle nicht groß herumpsychologisieren, aber Hitch entwickelte ein Trauma, zu dem der Umstand, dass er Katholik war, vermutlich noch weiter beitrug. Nicht nur, dass er eine extreme Angst vor der Polizei im Besonderen und vor Autoritäten im Allgemeinen entwickelte. Er hatte zudem ein ausgeprägtes Gespür für Schuld und war überzeugt, dass die Strafe für alles, was man getan oder gedacht hatte, bereits hinter der nächsten Ecke warten würde. Denn letztendlich sind wir alle Kriminelle, oder? Sie natürlich noch nicht, Sie sind jung und ledig, ich hingegen bin seit Jahren verheiratet und träume regelmäßig von Mord.«

Mehr Kichern. Mehr Bilder. Cary Grant, der von zwei Männern im Plaza Hotel mit der Pistole bedroht wird. Im nächsten Bild wieder Cary Grant, wie er durch die Grand Central Station rennt. Mit Eva Marie Saint auf dem Mount Rushmore, wo er Lincolns Nase hinunterrutscht. Ein Mann hängt an der Fackel der Freiheitsstatue, ein Zweiter packt ihn, der Ärmel reißt, der Mann fällt. Ein Mann – aus der Vogelperspektive nur ein kleiner Punkt – flüchtet aus dem UN-Gebäude.

»Womit wir beim Thema Ehe wären«, sagte Otto. »1929 begegnet Hitchcock Alma Reville, einer jungen Frau, die als Scriptgirl arbeitet – heute würde man sie eine Regieassistentin nennen, aber ich liebe diesen alten Begriff, Scriptgirl. Sie arbeiten zusammen an einem Film, treffen sich ein paarmal, er macht ihr einen Antrag. Auf einem Schiff, immerhin. Wie romantisch, werden Sie jetzt denken, dabei macht er seinen Antrag während eines Sturms. Während Alma seekrank unter Deck liegt. Das habe ich mir nicht ausgedacht. Er wollte sie fragen, wenn sie sich nicht wehren konnte, erklärte er später. Angeblich hat sie, nachdem er um ihre Hand anhielt, gekotzt. Meine Damen und Herren, wenn Sie jemanden um seine Hand bitten und der oder die Gefragte zu kotzen anfängt, sollten Sie das als klares Zeichen werten.«

Er lachte und wischte sich den Mund ab.

»Überflüssig zu sagen, dass die Verbindung nicht besonders glücklich war. Sie ergänzten sich wunderbar als Arbeitskollegen.

Alma kontrollierte seine Kontakte zu Produzenten, Freunden und zur Öffentlichkeit mit äußerster Strenge. Hitch war schüchtern, aber er war ebenso ein Showman. Sie ernährte ihn gut – ganz offensichtlich war sie eine gute Köchin –, sie sorgte für sein Wohlbefinden und für optimale Arbeitsbedingungen. Aber sie lebten eher wie Bruder und Schwester zusammen, und die fehlende Nähe kam besonders während Almas Schwangerschaft zum Vorschein. Hitch verabscheute ihre Verwandlung in eine, sagen wir mal, etwas fülligere Frau. Nicht, dass er sich hätte beschweren können, er war selbst ziemlich dick – später mehr dazu –, aber nach der Geburt ihrer Tochter Patricia, die später Schauspielerin wurde und einen ganz wunderbaren Auftritt in *Der Fremde im Zug* hat, schlief er angeblich nie wieder mit seiner Frau. Nun, Sie alle sind jung, Sie alle sind unverheiratet, deswegen können Sie sich so etwas nicht vorstellen, aber als Reaktion auf das keusche Leben entwickelte Hitch eine intensive Fixierung auf seine Hauptdarstellerinnen, zumeist hübsche Blondinen. Sollten Sie eine Brünette sein und in einem seiner Filme mitspielen wollen, sieht es schlecht für Sie aus. Er machte die Idealisierung und ihre Gefahren zu seinem Thema, auch dazu später mehr. Und was für eine Namensliste da zusammenkommt: Madeleine Caroll, Ingrid Bergman, Janet Leigh, Eva Marie Saint, Kim Novak, Tippi Hedren, um nur einige zu nennen. Wer kann es ihm da übel nehmen, sich verliebt zu haben? Und am meisten natürlich in Grace Kelly – angeblich eine Nymphomanin. Na los, schwärzen Sie mich ruhig bei der Verwaltung an. Ich bin zu alt, um rausgeschmissen zu werden oder mich noch für Political Correctness zu interessieren …

Etwas habe ich vergessen. Mal sehen. Ah ja, *das Essen*. Hitch und das Essen. Sein ganzes Leben lang hatte er mit seinem Gewicht zu kämpfen, es ging ständig rauf und runter. Manchmal verlor er fünfzig Kilo einfach so, nur um sie sofort wieder zuzulegen. Zu seinen schwersten Zeiten wog er weit über hundertvierzig Kilo. Für ihn war Hunger eine Art Spannung, Spannung in ihrer grundlegendsten Form. Einmal sagte er, niemals könne er mit einem Ofen ohne Fenster in der Klappe leben, denn wenn er ein Soufflé zubereite und auf die Klingeluhr warten müsse, um zu erfahren, ob es aufgegangen war, dann würde die Spannung ihn umbringen. Und es funktionierte als Ersatz – das Essen, meine ich – für Sex. Er musste seine innere Leere füllen, so wie wir alle, nicht wahr? Ich persönlich fülle sie mit Liebe. Ich verliebe mich einmal pro Jahr. Meine Frau macht das verrückt. Nun …«

Auf der Leinwand wurden Frauen unter der Dusche erstochen, auf Sesseln erwürgt, in Zügen erdrosselt, in verspiegelten Brillengläsern ermordet; sie wurden von Kirchtürmen geschubst, von Möwen angegriffen und von ihren Liebhabern und von Fremden, die ihnen zu Hause auflauerten, Grace Kelly beispielsweise von einem Mann, der hinter einem Vorhang heraustrat, während sie telefonierte.

»Wir müssen uns mit der Terminologie des Films beschäftigen«, sagte Otto. »Nehmen Sie sich bitte von jedem der herumgereichten Stapel ein Blatt. Das zweite ist der Seminarplan. Aber bevor wir in die Filmgrammatik einsteigen, möchte ich Sie mit einem wichtigen Ausdruck bekannt machen plus ein paar visuellen Motiven, die Sie im Gedächtnis behalten sollten. Sie sollten sich diese Motive notieren, selbst wenn Sie aus diesem Seminar aussteigen werden. Denn wenn Sie sie einmal kennengelernt haben, wird sich Ihnen Hitchcocks Werk öffnen wie eine Blüte.

Zunächst wäre da der MacGuffin. Um es einfach zu sagen: Er setzt die Handlung in Gang und versinkt gleich darauf in der Bedeutungslosigkeit. Nehmen Sie *Die 39 Stufen.* Hannay, der Held, lernt in einem Londoner Tanzsaal eine Frau kennen, die behauptet, eine von Mördern gejagte Agentin zu sein. Man sei hinter ihr her, weil sie, wie sie behauptet, hinter einen Plan zum Diebstahl von britischer Militärtechnologie gekommen sei, hinter das Geheimnis der, natürlich, 39 Stufen. Noch am selben Abend kommt sie in Hannays Apartment ums Leben, woraufhin dieser gezwungen ist, seine Unschuld zu beweisen. Er jagt durch Schottland und durch ganz London bei dem Versuch, das Rätsel zu lösen, das mit der eigentlichen Filmhandlung allerdings nichts zu tun hat. In Wahrheit geht es um das massive Vertrauensproblem zwischen Held und Heldin. Das ist das Schöne am MacGuffin: Sobald man ihn identifiziert hat, kann man ihn getrost ignorieren.

Zweitens, die Treppen. Treppen sind in Hitchcocks Filmen immer von besonderer Bedeutung. Entschließt sich eine Figur zum Aufstieg, bringt das immer eine moralische Entscheidung zum Ausdruck, den Willen, sich einem geliebten Menschen zuliebe selbst in Gefahr zu bringen, das wortwörtliche und übertragene Streben in höhere Sphären. Und die Spiegel. Er benutzt sie, um Ambiguität zu zeigen, und das Symbol wird umso bedeutungsträchtiger, je düsterer die späten Filme werden. Die Spiegel in *Berüchtigt* stehen demnach für etwas anderes als jene in *Vertigo* oder *Frenzy*.

Und dann die Mütter. Mütter sind in seinem Werk von zentraler Bedeutung. Da ist die liebende, aber ahnungslose Mutter aus *Im Schatten des Zweifels*, die schreckliche Mutter aus *Berüchtigt* und *Psycho*, dazu all die Männer, die kleine Jungen geblieben sind und ihre Mutter zu sehr lieben. Sehen Sie sich *Der unsichtbare Dritte* oder *Die Vögel* an. Ein Mann, der seine Mutter zu sehr liebt, wird seine Frau niemals genug lieben können.

Und Vögel natürlich. Bei Hitch steht der Vogel für die weibliche Sexualität. In *Das Fenster zum Hof* entdecken wir die Vögel über dem Apartment von Miss Torso, in *Psycho* lauert ein Raubvogel – eine Furcht einflößende, ausgestopfte Eule – hinter Norman Bates. Und wie heißt sein erstes Opfer? Marion *Crane*. Wir werden Vögel übers Wasser fliegen sehen, wenn Jimmy Stewart und Kim Novak in *Vertigo* am Palast der Künste vorbeischlendern – wo wir, nebenbei bemerkt, später Zeugen ihres Todes werden, sie stürzt von San Juan Bautistas Turm, und ich werde Ihnen zeigen, dass sie ein Engel ist, der, Scotties idealisierender, ätherischer Liebe beraubt, gestutzte Flügel hat und flugunfähig wird. Und natürlich werden wir uns *Die Vögel* ansehen.

Dann ist da noch der Müßiggang. Achten Sie immer auf Figuren, die nichts zu tun haben, sei es, weil die Umstände es so wollen, oder aus anderen Gründen. Hannay am Anfang von *Die 39 Stufen*. Der junge Charlie in *Im Schatten des Zweifels*. Bruno in

Der Fremde im Zug. Jimmy Stewart, sowohl in *Fenster zum Hof* als auch in *Vertigo.* Ingrid Bergman am Anfang von *Berüchtigt.* Der Mord, der in *Cocktail für eine Leiche* aus reinem Überdruss verübt wird. Tippi Hedrens Langeweile in *Die Vögel.* Bates in *Psycho.* Für Hitchcock steht Stillstand in direkter Verbindung zu inneren Zwängen; diese Zwänge zum Ausdruck zu bringen, also tief in der Persönlichkeit Schlummerndes auf die Welt loszulassen, ist zum einen ein Akt der Gewalt und zum anderen für die Filmfiguren oftmals die einzige Möglichkeit, aus dem Leben auszubrechen, in dem sie festsitzen.

Schließlich: die Blondinen. Ich hatte Hitchs Hauptdarstellerinnen kurz erwähnt, erinnern Sie sich bitte an den Konflikt zwischen der idealisierten, perfekten Blondine und der weniger perfekten, ewig zurückgewiesenen Brünetten. Wenn wir einen Menschen idealisieren, sind wir blind für die Tatsache, dass wir nichts sehen als unser Verlangen, ein perfektes Abbild, nicht aber die unzähligen, wunderbaren Macken einer geliebten Person. Und dann wäre da noch die Zügellosigkeit, der wir uns hingeben oder auch nicht und auf die Hitchcocks *Moral* abzielt.

Wir werden all diese Themen unter dem Gesichtspunkt der Ehe betrachten. Will Hitchcock mit seinen Filmen etwa behaupten, dass wir unsere eigene Persönlichkeit weiterentwickeln, um der Liebe des oder der Angebeteten würdig zu sein? Jemand hat gesagt, vorrangige Funktion eines jeden Films sei, ein Paar zusammenzubringen. Aber ist das Paar, wenn es sich einmal gefunden hat, für das Leben danach auch wirklich bereit? Und wir, die Zuschauer? Zeigt uns der Vorgang – der Untergang und das Überleben der Charaktere, der Avatare – einen Ausweg auf? Kann die Ehe Leben retten, oder ist sie der Anfang eines langsamen Doppelmords? Ich glaube, unbewusst hat Hitch geahnt, dass er seine Frau aus dem Blick verloren hatte, dass er Alma, die ihm bis zu seinem Tod treu ergeben war, im Stich gelassen hatte. Er hatte sie unsichtbar gemacht. Rütteln Hitchcocks Filme uns aus dieser Selbstvergessenheit auf? Helfen sie uns, einander aufs Neue wahrzunehmen? Wir werden sehen …«

Noch am selben Nachmittag hackte David sich in den Universitätsrechner ein, um an Alice' Stundenplan zu kommen. Sie studierte Mathematik auf Lehramt, stand im letzten Studienjahr und hatte außerdem ein Seminar über feministische Theorie belegt, das am nächsten Tag beginnen sollte und zu dem David sich mit wenigen Tastenschlägen anmeldete.

Das Seminar kreiste hauptsächlich um das Thema weibliche Identität und untersuchte das Frauenbild in den Medien der Fünfzigerjahre, insbesondere der »Hausfrau aus der Vorstadt und der berufstätigen Großstädterin«, wie Dr. Constance Petersen erklärte (eine umwerfend schöne Frau, wie David fand). »Bedenken Sie einmal«, intonierte sie, »die zunehmende Größe beider Gruppen und die gegenläufigen soziologischen und psychologischen Mechanismen, und das bei fast neunzehn Millionen Frauen mit Berufsausbildung, die damals auf den Arbeitsmarkt drängten, und das in einem Jahrzehnt, in dem June Cleaver als die ideale Frau und Hüterin der letzten Bastion des Glücks und der Sicherheit gefeiert wurde: dem Vorstadthäuschen.« Die Studentinnen lachten, und David, der einzige Mann im Saal, stimmte schüchtern mit ein, wohingegen das Gelächter seiner Kommilitoninnen selbstgefällig und wie mit einem Hauch Wut gewürzt klang. »Zudem werden wir uns auf die ständigen Bemühungen der männlich geprägten Medien konzentrieren«, fuhr die Professorin fort, »diese januskköpfige Venus durch die Verbreitung gesellschaftlich akzeptierter, aber oftmals herabwürdigender Tropen und sexualisierter Bilder zu assimilieren oder gar zu *unterwerfen*, Bestrebungen, die *bis zum heutigen Tag* mit Gewalt überfrachtet sind – wenn Sie so wollen, eine Gruppenvergewaltigung durch die Irren aus der Madison Avenue. Die letztendlich zu einer Befindlichkeit geführt hat, die ich ›protofeministische Schizophrenie‹ nennen will.« Die Dozentin beschrieb eine Geisteskrankheit, die sich auf Frauen beschränkte und deren moderne Symptome in ihrer Vielzahl unüberschaubar waren: Bulimie, Magersucht, Übergewicht und Unfruchtbarkeit, ganz zu schweigen von der unbestrittenen Zunahme medikamentös behandelter Depressionen – »Prozac und Lithium«, erklärte sie, »wurden zum Power-Snack der Damen, egal, ob berufstätig oder nicht, für die unterjochten Heimchen am Herd ebenso wie für die karrieregeile Zicke.« Zudem sei die weibliche Selbstmordrate von 1950 bis heute gestiegen, befeuert von dem gescheiterten Versuch, zwei konkurrierende, einander womöglich ausschließende Lebenskonzepte unter einen Hut zu bringen.

Das Seminar begann mit einer Analyse des berühmten Sheppard-Mordfalls und seiner medialen Aufbereitung, insbesondere durch Dorothy Kilgallen, eine viel beschäftigte Kolumnistin, deren Name aus vielen großen Zeitungen verschwand, nachdem sie geschrieben hatte, die Staatsanwaltschaft habe Sheppards Schuld nicht nachweisen können und auch sonst schlampig gearbeitet. »Die aufmüpfige Lady wurde zum Schweigen gebracht, mundtot gemacht«, sagte Dr. Petersen, womit sie bei Hitchcock angelangt war. »›Halt den Mund‹, lautet die von Jimmy Stewart wiederholt an Grace Kelly gerichtete Aufforderung, wenn sie in *Fenster zum Hof* ihre Meinung äußert. Dabei wird sie als beruflich erfolgreiche – sie arbeitet als Einkäuferin für diverse große Warenhäuser – und sexuell fordernde Frau dargestellt, die sich, ganz anders als ihr verkrüppelter Geliebter, dessen Impotenz suggeriert wird, nicht – ich wiederhole, *nicht* – in Liebesphantasien ergeht, sondern die Liebe im wirklichen Leben anstrebt. Und anders als ihr emotional sadistischer Freund ist sie in der Lage, sich frei zu bewegen, anstatt die Welt nur als Voyeur zu beobachten und virtuell zu kontrollieren. Eine visionäre Arbeit über die Frau und ihr Ringen um Identität als Frau *und* als Berufstätige. Für diejenigen von Ihnen, die den Film nicht kennen: Es geht um einen Fotografen, der acht Wochen lang in seiner Wohnung festsitzt, weil er sich während eines Einsatzes das Bein gebrochen hat. Um sich die Zeit zu vertreiben, beobachtet er die Mieter im Haus gegenüber. Er fühlt sich von seiner Freundin, Grace Kelly, in seiner Freiheit bedroht, weil diese heiraten möchte. Also überträgt er seine Mordphantasien auf den Vertreter von gegenüber, der seine Frau *tatsächlich* umgebracht hat. Bemerkenswerterweise lief *Das Fenster zum Hof* nur einen Monat nach Bekanntwerden des Falles Sheppard an. Der Film lief im Kino, während der Prozess stattfand. So sah sich das weibliche Publikum einem verdoppelten

Horrorszenario ausgesetzt, tagsüber dem ersten Medienrummel des Jahrhunderts, der nach der Ermordung einer Hausfrau – jung, sportlich, hübsch, ein Statussymbol – durch ihren Ehemann, einen erfolgreichen Arzt, veranstaltet wurde. Der Fall schlug die Nation in seinen Bann, lenkte grenzenlosen Klassenhass auf Sheppard und führte zu einem Schuldspruch, der ihn für zehn Jahre hinter Gitter brachte, bis der Oberste Gerichtshof das Urteil kippte. Was aber hatten die Frauen gelernt? *Dass man ermordet werden kann, obwohl man tut, was verlangt wird.* Währenddessen konnte der Kinobesucher am Abend James Stewarts sadistische Phantasien und impotente Rachegelüste in Bezug auf die sexuell fordernde und beruflich erfolgreiche Grace Kelly in sublimierter Form genüsslich miterleben. Übrigens war *Das Fenster zum Hof* der zweiterfolgreichste Film des Jahres 1954, direkt nach *Weiße Weihnachten.*«

Wieder stießen die Studentinnen wissendes Gelächter aus, in das David mit kurzer Verzögerung einfiel. »Und an genau dieser Schnittstelle« – Dr. Petersen hielt die Arme über Kreuz –, »meine Damen und mein Herr« – hier nickte sie David zu, woraufhin Alice sich lächelnd umdrehte –, »an dieser Stelle der künstlerischen und der gesellschaftlichen Sphäre werden wir ansetzen. Denn hier«, schloss sie, »offenbaren sich die weiblichen Rollenbilder nicht nur am deutlichsten, sondern kollidieren auf tragische Weise.«

David hatte kein einziges Wort verstanden. Aber der Seminarraum war klein, und Alice saß nur drei Reihen vor ihm zu seiner Rechten. Er selbst hatte, so wie auch in Dr. Ottos Seminar, einen Platz ganz hinten gewählt und staunte.

Und er konnte nicht anders, als zu staunen – nicht nur über Alice, sondern auch über Hitchcock. An den Dienstagnachmittagen führte Dr. Otto die Filme zum jeweils ersten Mal vor, wobei er die Studenten aufforderte, zunächst vor allem auf die Handlung zu achten. Während der abendlichen Wiederholung – es handelte sich um eine Pflichtveranstaltung – waren die Studenten angehalten, sich Notizen zu machen. Donnerstags wurde debattiert, und bald war David von Hitchcocks Werk nicht weniger fasziniert als von den Widersprüchen und Unklarheiten im Mordfall Sheppard.

Was Alice betraf, so musste David einen ganzen Monat lang Mut ansammeln, bevor er sie ansprach. Inzwischen hatten sie *Die 39 Stufen, Sabotage, Jung und unschuldig* und *Im Schatten des Zweifels* gesehen. Als *Berüchtigt* vorgeführt wurde, saßen sie nebeneinander, und von da an hielten sie während jeder Filmvorführung Händchen. Und als sie ein Pärchen waren, schauten sie sich die Filme (und weitere) noch einmal an, verbrachten ganze Nächte damit, Einstellungen zu analysieren, über das Schicksal der Hauptfiguren nach der letzten Klappe zu spekulieren und nach dem Sex über Feminismus und Sexismus zu diskutieren und über die Frage, ob Dr. Sam der Mörder war oder ob ein anderer Marilyn umgebracht hatte. So kam es, dass ihm diese Zeit in der Rückschau selbst wie eine Montagesequenz vorkam, in der sich Filmszenen und Eindrücke vom Fall Sheppard mit der Erinnerung seiner aufkeimenden Liebe zu Alice überschnitten. Im Grunde betrachtete er die Werke Alfred Hitchcocks und das Sheppard-Verbrechen als zur DNA seiner Beziehung dazugehörig, als eine in sich geflochtene Endlosfaser, die ihr Schicksal vorausahnen ließ.

»Ich kann mich an all das erinnern«, sagte sie. »Damals waren wir glücklich.«

Sie lagen immer noch im Bett und hielten Händchen, und er konnte sie im Dunkeln lächeln sehen. »Du kannst dich also daran erinnern, glücklich gewesen zu sein?«

»Ja.«

»Glaubst du, dass wir von jetzt an glücklich sein werden?«

»Keine Ahnung. Ich würde es mir wünschen.«

»So möchte ich morgen aufwachen.«

Er wachte auf, und es war genau so: Er war immer noch glücklich. Sie beide waren glücklich. Und während des nun folgenden Monats hatten sie beide den Eindruck, in einen neuen Lebensabschnitt eingetreten zu sein.

Dann passierte der Einbruch.

Als Pepin zu Ende geschrieben hatte, war es mitten in der Nacht.

Der Tag war schrecklich gewesen – mit Alice ebenso wie auf dem Papier –, und er sehnte sich nach einem Drink; aber bevor er den Wodka aus dem Eisfach holte, betrachtete er die Kühlschranktür, die Polaroidbilder von Alice und ihrem wöchentlichen Fortschritt, von ihrem Dahinschwinden, Bilder, die Pepin inzwischen vorkamen wie die Pixel eines Gesamtporträts, eines schwebenden, von schwarzen Rissen durchzogenen Totenkopfes. Das Gesamtbild zeigte nicht Alice' Gesicht, sondern ihre fragile Psyche, die kurz vor der Auflösung stand. Was war geschehen? Wie hatten die Dinge sich so schnell verändern können? Es war, als wären sie in ein bodenloses Loch gefallen.

David ging ins Wohnzimmer und setzte sich aufs Sofa. Er hatte nicht geduscht, dafür aber den ganzen Tag über pausenlos gegessen. Das Apartment lag, vom Arbeitszimmer abgesehen, im Dunkeln. Graue, dickbäuchige Wolken, von unten aus der zerklüfteten Häuserlandschaft angestrahlt, hingen über der Stadt. Als er Alice' Schlüssel in der Tür hörte, schloss er kurz die Augen und lauschte auf ihre Schritte, die hereinkamen, zögerten, sich näherten. Als er die Augen wieder öffnete, stand sie am Fenster, und sofort beschämte ihn ihre Fitness – nach dem Streit musste sie zum Sport gefahren sein –, der Anblick verdoppelt durch die Reflexion in der Glasscheibe, verdoppelt und dennoch schlank in den schwarzen Leggings und dem Under-Armour-T-Shirt, so anmutig wie eine Superheldin nach der Verwandlung – die im Übrigen nicht weniger radikal war als seine eigene. Seit ihrer Rückkehr hatte David mächtig zugenommen und wog mehr als je zuvor, er hatte sich gehen lassen, das schwarze Haar und den zotteligen, ungepflegten Bart wild wuchern lassen. Wobei Alice' Verwandlung rein äußerlich war. Ihr Gemüt war dasselbe geblieben, eigentlich hatte es sich noch verfinstert, was die Abende auf gewisse Weise noch dunkler machte, bis Pepin tagsüber schließlich ihre Heimkehr zu fürchten begann und sich jedes Mal fragte, welche Laune sie wohl diesmal mitbringen würde.

Ganz offensichtlich war Alice seit dem Einbruch vor vier

Wochen nicht mehr dieselbe. Sie waren eines Sonntagsnachmittags nach einem späten Frühstück von einem Spaziergang im Park zufrieden nach Hause gekommen – waren sie nicht zufrieden gewesen? – und hatten feststellen müssen, dass die Wohnungstür offen stand; und als sie die Tür vorsichtig aufstießen, kam ihnen die Luft im Apartment elektrisiert vor, noch bevor sie das eigentliche Chaos entdeckt hatten. Im Wohnzimmer drängte Pepin seine Frau, die hinter ihm ging, zurück und zischte: »Ruf die Polizei!« Er hatte die aus den Regalen gezogenen Bücher entdeckt, die teils auf dem Boden verstreut, teils übereinandergestapelt oder wie absichtlich aufgeschlagen herumlagen. In der Küche waren Schubladen herausgezogen und Geräte auf den Boden geworfen, Schränke geplündert und Gläser zerbrochen worden. Im langen Flur waren die Drucke und Gemälde heruntergerissen worden, die Rahmen zerbrochen; im Schlafzimmer waren die Bücher ebenfalls aus den Regalen gerissen, jemand hatte die Schränke durchwühlt und die Kommode und die Nachttische umgeworfen. Gestohlen worden war offenbar nichts. Nun ja, nichts außer ihrem Sicherheitsgefühl; nichts, dachte er, bis er, und davon erzählte er Alice nichts, bemerkte, dass sein Computer eingeschaltet war, das Passwort geknackt und das Ende seines Romans abgeschnitten, gestohlen, ebenso wie die externe Festplatte. Er betrat das Badezimmer, weil er Alice angewidert stöhnen hörte; das Medizinschränkchen stand offen, Alice' Pillenflaschen lagen im Waschbecken oder auf dem Fußboden, und eine sämige Flüssigkeit klebte am Toilettensitz, gelblich ausgehärtet wie Holzleim; die Wichse des Eindringlings schwamm in der Toilettenschüssel, dehnte sich bis in die Formlosigkeit aus wie eine Wolkenschrift und war trotzdem noch als gespenstisches, fransiges M im Wasser zu erkennen. Unmöglich, dachte Pepin.

»Was hast du getan?«, fragte Alice ihn jetzt.

»Nichts«, sagte er.

Sie verschränkte die Arme und schaute auf ihre Füße, und dann drehte sie sich urplötzlich und mit einem Seufzer um, als habe sie ein Geräusch gehört. »Heute ist mir was Seltsames passiert«, sagte sie.

Die Stimmung war so schlecht, dass Pepin nicht einmal mehr beurteilen konnte, ob sie überhaupt gefragt werden wollte. Er begnügte sich damit, einen großen Schluck von seinem Drink zu nehmen.

»Ich glaube«, sagte sie, »heute hat jemand versucht, mich umzubringen.«

Er brauchte eine Sekunde, um zu begreifen.

»Was hast du gesagt?«

Sie dämpfte die Stimme. »Du hast mich verstanden.«

»Ja«, sagte er, »aber wie hast du das gemeint?«

Es klang nach dem Anfang eines Streits. Sie hatten einen Zustand erreicht, in dem jeder letzte Satz im Raum nach Streit klang. Man versuchte durchzuhalten, es auszusitzen, aber er spürte den Sturm so sicher heraufziehen wie ein erfahrener Seemann.

»Jetzt wirst du bestimmt sagen, ich hätte es mir bloß eingebildet«, sagte sie.

Er ließ den Kopf auf die Sofalehne sinken.

»Ich war heute Morgen *dabei*«, sagte sie.

Der Narzissmus der Depressiven, dachte Pepin. Er würde ihr die Details aus der Nase ziehen müssen. »Wobei?«

»Bei dem Unfall.«

»Welchem Unfall?«

»Der Kran!«

Er hob den Kopf. »Der an der 91. Straße?«

»Ja.«

Pepin setzte sich auf.

»Heute Morgen, beim Joggen«, sagte sie. »Ich bin auf das Gebäude zugelaufen, und kurz davor habe ich nach oben geschaut. Und ich schwöre dir, eine Sekunde später hätte ich genau drunter gestanden, aber da hörte ich es zweimal ploppen, so als würde Sprengstoff hochgehen, ich glaube, ich habe sogar die Rauchwölkchen gesehen. Und da kippt der Kran plötzlich um und fällt in meine Richtung, und für einen Moment war ich unsicher und habe mich gefragt, ob ich mir wegen der Wolkenbewegungen alles nur einbilde. Zuerst ging alles ganz langsam, aber dann fingen die Leute zu schreien an, und ich rannte die Straße runter, so schnell ich konnte. Und als er aufschlug, hat es mich von den Füßen gehauen.« Sie schauderte. »Er hat mich ganz knapp verfehlt«, sagte sie.

Es hatte sich um einen unglaublichen, im Leben einmaligen Fastunfall gehandelt. Bei der Arbeit hatte er den Livestream den ganzen Tag verfolgt. Bizarrerweise hatte er tatsächlich daran gedacht, Alice anzurufen, um sich zu vergewissern, dass alles in Ordnung war. Er hatte es jedoch nicht gewagt, weil sich daraus zwangsläufig ein Gespräch ergeben hätte. »Aber das heißt noch lange nicht, dass jemand dich umbringen wollte«, sagte er.

»Das war nicht der einzige Zwischenfall«, sagte sie niedergeschlagen.

Sie erzählte ihm von dem Zug, von ihrer U-Bahn-Fahrt zur Grand Central, als sie auf dem Weg zur Arbeit war. Zwei Jugendliche prügelten sich spaßhaft an der Bahnsteigkante, als der Zug in den Bahnhof gedonnert kam. Ein versehentlicher Schubser. Alice drehte sich um die eigene Achse und ruderte über dem Abgrund wie wild mit den Armen. »Ich konnte das Gleichgewicht gerade eben noch halten«, sagte sie.

»Aber das bedeutet doch noch lange nicht, dass diese Kinder dich umbringen wollten«, sagte Pepin. Sein Herz raste. Er war zu Tode erschrocken, er kochte vor Wut. Er wollte lachen, und er wollte weinen.

»Das waren nicht die Kinder. Da war …« Sie senkte den Blick, wischte sich mit zitternden Händen die Tränen aus dem Gesicht. »Da war so ein Mann. Ein kleiner Mann. Er hat sie geschubst. Ich weiß nicht genau, ob er sie trennen oder in meine Richtung schubsen wollte. Und dann, als ich mein Gleichgewicht wiedergefunden hatte, war er weg.«

Pepin starrte sie sprachlos an.

»Du glaubst mir nicht.«

»Ich habe nichts gesagt.«

»Das war der Mann, der bei uns eingebrochen ist«, sagte sie. »Ich bin mir sicher.«

»Nein«, sagte er, wenn auch nicht zu ihr.

»Ich sehe ihn ständig. Aus dem Augenwinkel. In meinen Träumen. Er ist wie die Puppe in diesem Film von Karen Black.«

»*Trilogie des Terrors*«, sagte Pepin verwundert. Er hatte den Gedanken im selben Moment gehabt.

»Ja.«

»Aber du …«

»Ich weiß«, fauchte sie und nickte wütend. »Ich bilde mir alles nur ein.«

»Nein«, sagte er.

»Nein, schon klar, alles prima! Du willst es nicht mal hören. Du willst nichts hören von dem, was ich zu sagen habe.«

Sie stürmte ins Schlafzimmer, während das erste elektrische Zittern die niedrig hängenden Wolken vor dem Fenster durchlief. Pepin nahm sein Handy und lief nach unten.

»Schwein!« Er war auf der Straße, lief hin und her.

»Was habe ich getan?«, fragte Möbius.

»Genug. Schluss damit. Game over, okay?«, sagte Pepin. »Abbruch, verstanden?«

»Abbruch wovon?«

»Das werde ich nicht sagen.«

»Was genau soll ich abbrechen?«

»Warum haben Sie das Ende von meinem Buch gestohlen?«

»Jetzt ist es *mein* Buch.«

»Oh nein, ist es nicht!«

»Oh, doch.«

»Leck mich.«

»Das erste Ende war zu kitschig. Das zweite zu glatt. Ich persönlich mag es am liebsten, wenn es mit einem großen Knall endet.«

»Was muss ich tun, um dem ganzen Mist ein Ende zu setzen?«

»Halten Sie sich von mir fern«, sagte Möbius und legte auf.

Pepin schleuderte sein Handy so wütend zu Boden, dass es auf dem Gehweg zerplatzte.

Es fing zu regnen an, so unvermittelt und heftig wie ein Wolkenbruch bei Charlie Brown, so als habe die Wolke gewartet, bis sie direkt über Pepins Kopf war. Er blieb stehen, starrte auf seine Füße, sah nichts mehr, hörte den Wind an den Ästen zerren, seinen eigenen, schweren Atem, das Zischen des Wasserschwalls im Rinnstein.

»David?«

Er hob den Kopf. Vor ihm stand Georgine.

Sie war so durchnässt wie er, war in Jeans und Pullover vom Regen überrascht worden. Sie war aus dem abgezäunten Vorgarten des benachbarten Sandsteingebäudes gekommen, so als habe sie sich im Schatten der Treppe versteckt, die zur Eingangstür hinaufführte, um auf ihn zu warten.

»Was tust du hier?«, fragte Pepin.

»Ich musste dich einfach sehen. Ich wollte dich gerade anrufen, aber dann warst du … plötzlich hier draußen.«

Sie lächelte, aber er schaffte es nicht, sie anzusehen. Sie kam näher heran, berührte seinen nassen Bart, nahm sein Gesicht in die Hände und hob es an, um ihm suchend in die Augen zu sehen, und erleichtert ließ er den Kopf an ihre Handfläche sinken. Ihm war gar nicht bewusst gewesen, wie sehr er sie vermisste, weil er so in Anspruch genommen worden war von Alice' Rückkehr, von der Freude über die Versöhnung, von ihrer sich dann wieder verschlechternden Stimmung. Er hatte so fest geglaubt, alles würde anders. Georgines blondes Haar stand ihr in Kringeln vom Kopf ab, lockig und schwer vom Regen. Er dachte: Unsere Kinder hätten schreckliche Haare. Dann dachte er: Was denkst du da?

»Ich habe mir Sorgen um dich gemacht«, sagte sie.

Er nickte.

»Du hast dich so verändert.«

Er nickte.

»Ich weiß, wir hatten vereinbart, uns bei der Arbeit nicht zu unterhalten, aber ich halte es nicht mehr aus, dich so zu sehen. Nicht mit dir zu reden.«

»Ja.«

»Sag mir, was los ist. Sag mir, dass es dir gut geht.«

Sie küsste ihn, und die Berührung ihrer nassen Lippen war

eine Erlösung. Er ließ seinen Kopf an Georgines Stirn sinken und betrachtete sie, ihren Mund, ihre Augen, und plötzlich schwappte die Erinnerung an vergangene Freuden in ihm über, daran, dass die Erlebnisse mit ihr von anderer Art waren als das, was er mit Alice teilte, nicht besser, nicht schlechter, bloß auf wunderbare Weise anders. Sie war stark auf eine Art, wie Alice es nicht war. Aber trotz dieser Erkenntnis fürchtete er sich davor, seine Gefühle auszudrücken, möglicherweise einer Frau gegenüber Schwäche zu zeigen. Er konnte nicht sagen, ob das eine Folge seiner Ehe war, eine Deformierung seines Charakters, weil er ständig fürchtete, Alice könnte von seiner Schwäche überfordert sein, oder ob er sich aus Berechnung jemanden gesucht hatte, der so bedürftig war wie Alice, weil ihn das davor bewahrte, jemals ähnlich trostbedürftig zu werden. In jedem Fall war Georgines Angebot ebenso phantastisch, wie es bedrohlich war, und auf einmal schien er vor einer Grundsatzentscheidung zu stehen. Pepin beschlich der Gedanke, dass man mit jedem beliebigen Menschen verheiratet sein konnte, dass man ganz einfach nur abwägen musste, was man zu geben und zu nehmen bereit war, welche Vor- und Nachteile man sich einhandelte. Eine weitere traurige Wahrheit war, dass möglicherweise nicht jeder Mensch bereit war, bestimmte Arten von Leichtigkeit oder Glück auszuhalten. Warum nicht? Weil das Glück befreiend wirkte? Weil das eigene Unglück dann nicht mehr in Stein gemeißelt war? Weil einem dann alle Möglichkeiten offenstanden und man sein Leben tatsächlich in Angriff nehmen musste? Woher rührte seine Angst?

»Nein«, sagte er, »es geht mir nicht gut.«

»Dann sollten wir uns unterhalten. Lass uns irgendwo hingehen, wo es warm ist, und etwas trinken.«

»Das geht nicht.«

»Doch.«

»Ich muss wieder nach oben.«

»David, du kannst dich mit mir unterhalten, ohne dass es irgendwas zu bedeuten hätte.«

»Das stimmt nicht.«

»Doch.«

»Du musst mir versprechen, dass du hier nie wieder auftauchst.«

»Das kann ich nicht.«

»Du vergeudest deine Zeit.«

»Das ist meine Sache.«

Er dachte an Schrödingers Katze. In einem anderen Universum gingen er und Georgine zum nächsten Diner, trockneten sich ab und wärmten sich auf, und dann würde er sich endgültig für sie entscheiden. Aber in *diesem* Universum konnte er nicht ausschließen, dass der Traum von der Flucht mit Georgine lediglich eine Reaktion auf alles war, was momentan in seinem Leben schieflief. »Ich muss jetzt gehen«, sagte er.

Er ging am Portier vorbei ins Haus und sah, wie er sich selbst auf den Monitoren entgegenkam und seitlich verschwand. Im Aufzug hinterließ er eine Pfütze. Im Apartment war es dunkel. Er warf einen Blick auf seine Armbanduhr. Kurz nach neun. Sicher schlief Alice schon. Am Ende des Korridors flimmerte das Schlafzimmer, das Licht aus dem Fernseher war dem Sturm draußen nicht unähnlich, der schon fast vorübergezogen war und seinen Donner verausgabt hatte. Im Bad zog er seine nassen Klamotten aus und entdeckte sich im gleichen Moment selbst, nicht im Badezimmerspiegel, sondern im Schlafzimmerfenster, wo er als Reflexion im erleuchteten Rechteck des Türrahmens stand. Wie fett er geworden war, wie schwabbelig und unförmig. Er ekelte sich vor sich selbst. Es war, als hätte er seine Seele verraten. Er knipste das Licht aus und ging nackt ins Schlafzimmer, wo die schlafende Alice unter der Decke lag, einen Arm ausgestreckt und die Fernbedienung noch in der Hand. Als er sie ihr aus der Hand nahm und den Fernseher ausschaltete, öffnete sie für einen kurzen Augenblick verwirrt die Augen – wie kam es, dass die Stille einen Menschen aufwecken konnte? – und schlief dann sofort wieder ein. Er stand in der Dunkelheit und betrachtete sie, fühlte sich wie ein Krimineller, dem sich zufällig die Gelegenheit für ein neues Verbrechen bot. Die Entfremdung zwischen ihnen war so absolut, dass er das Gefühl hatte, selbst sein Verschwinden aus der Ehe wäre inzwischen bedeutungslos, und genau das war so entsetzlich an dem Zustand, den sie erreicht hatten.

Es musste einen Ausweg geben.

Hastroll, gerade aus einem Traum erwacht, setzte sich kerzengerade auf.

»Ich weiß, wie er es gemacht hat!«

»Was?«, fragte Hannah erschrocken. Sie hatten ihre Betten zu einem, wie Hastroll es nannte, Armeleute-Kingsize zusammengeschoben. Rutschten sie zu weit in die Mitte, vergrößerte sich die Lücke zwischen den Matratzen allmählich und drohte sie einzusaugen, deswegen blieb ein jeder auf seiner Seite – was für Hastroll völlig in Ordnung war. Hannah war am Ende des zweiten Trimesters angekommen und strahlte ihre Körperwärme ab wie ein Ofen. Sie *war* ein Ofen, in dem ein Laib der Liebe vor sich hinbuk.

Er rief Sheppard an, der sich um den Durchsuchungsbefehl kümmerte.

Am nächsten Morgen fuhren sie zu Pepins Apartment.

»Wer ist da?«, sagte eine Frauenstimme hinter der Tür.

Die Detectives erkannten die Stimme und sahen einander verwundert an.

»Die Polizei«, sagte Hastroll.

»Lass sie nicht rein!«, sagte Pepin aus der Entfernung.

»Machen Sie die Tür auf«, sagte Hastroll. Als niemand antwortete, trat er sie ein.

Georgine Darcy trug einen Bademantel und hielt eine Kaffeetasse in der Hand, die sie fallen ließ, sobald sie die gezückten Pistolen sah.

»Wo ist er?«, fragte Hastroll.

Ihr Blick wanderte zum Schlafzimmer.

Hastroll stürzte los, Sheppard direkt hinter sich, aber sie kamen zu spät. Als sie das Schlafzimmer betraten, kam Pepin, ebenfalls im Bademantel, gerade aus dem Bad, das Haar an den Schädel geklatscht. Er war dünner, sehniger, muskulöser, hatte sich von drall nach konturiert verändert. Die Toilettenspülung gurgelte noch.

Hastroll hob seine Waffe. »Gehen Sie von der Tür weg«, sagte er.

Der Medizinschrank im Bad stand offen. Im obersten Regal standen Alice' Medikamente, darunter auch Wellbutrin und Prozac, die Fläschchen leer, die Deckel abgeschraubt.

»Mistkerl«, sagte Hastroll, als er ins Schlafzimmer zurückkam, ein leeres Fläschchen in der Hand. »Das waren Plazebos. *Deswegen* ist Möbius hier eingebrochen, nicht wahr? Ihre Tabletten – mehr hat er nicht genommen. Sie hat keine Medikamente mehr geschluckt, richtig? Sie haben sie durch Unterlassung vergiftet, Sie krankes Schwein. Sie haben dafür gesorgt, dass ihre Nerven blank liegen.«

»Ich«, fragte Pepin, »oder er?«

Georgine erschien in der Tür, lehnte sich in den Rahmen und verschränkte die Arme. »Wovon spricht er?«, fragte sie.

Pepin sah Georgine an, dann Hastroll.

»Wie haben Sie ihr den Rest gegeben?«, fragte Hastroll. »Wie haben Sie sie dazu gebracht?«

»Ich weiß nicht, was Sie meinen«, sagte Pepin.

Hastroll zog den Hahn zurück. »Sind Sie sich sicher?«

»Ach, kommen Sie, Detective. Wollen Sie mich erschießen? Das hier ist kein Spiel.«

»Vielleicht doch? Vielleicht heißt es *Peng, du bist tot!*«

»In der Pistole sind echte Patronen«, sagte Pepin.

Sanft legte Sheppard eine Hand auf Hastrolls Arm. »Nimm sie runter«, sagte er.

Hastroll hielt die Pistole auf Pepin gerichtet. Im Zimmer war nichts mehr zu hören als sein Atem.

»Er ist schuldig«, sagte Sheppard, »aber wir haben keinen Grund mehr, ihn mitzunehmen.«

Folgendermaßen hätte David sich das Ende seines Romans gewünscht:

Sie verlor ihr Übergewicht. Bei den nachfolgenden Operationen wurden die ausgeleierte Haut gestrafft und das überschüssige Gewebe entfernt. Wegen des Magenbandes kam es zu Komplikationen, insbesondere zu akutem Vitaminmangel; während einer besonders dramatischen Phase fürchteten die Ärzte sogar, Alice dauerhaft intravenös ernähren zu müssen. Trotzdem gingen David und Alice aus dieser Zeit mit einem gestärkten Bewusstsein füreinander hervor, sie hatten sich verwandelt, ohne es zu bemerken, und da war sie nun, die neue, sechzig Kilo leichte Alice. Aus dem Davor war ein unveränderliches Danach geworden, und David bekam eine neue Frau zurück, ohne auf die alte verzichten zu müssen; und als feststand, dass Alice ihr Gewicht endgültig halten würde, entschieden sie sich, ohne zu zögern, für eine Adoption.

Auf Empfehlung eines Freundes traten sie den Weg durch die Institutionen an, bewarben sich bei den katholischen Hilfswerken und unterzogen sich den anstrengenden Voruntersuchungen, Hintergrundprüfungen und den Kursen für zukünftige Adoptiveltern. Man sagte ihnen, dass sie möglicherweise jahrelang würden warten müssen. Es war ein Zeichen von Arroganz, dachte David, von sozialdarwinistischer Abschätzung sogar, aber als sie zum ersten Mal den Abendkurs besuchten und er sich in der Runde umsah und die anderen Paare in kleine Gruppen zerfielen und untereinander ins Gespräch kamen, war er plötzlich überzeugt, den Vorrang zu bekommen, sollte ein Kind verfügbar werden. Sie wären die Ersten, die einen Blick auf den Kleinen würden werfen dürfen. Oder auf die Kleine. Oder auf beide. Her mit den Zwillingen. *Drillingen*. Sie waren bereit. Der Verein machte sich ausdrücklich für offene Adoptionen stark, bei denen die leibliche Mutter nicht anonym blieb, sondern in einem gewissen Rahmen den Kontakt zum Kind von Geburt an aufrechterhalten konnte. Damit waren er und Alice einverstanden, so wie mit den zahlreichen anderen Bedingungen auch.

Später gelang es ihm, den anfänglichen Mangel an Verbundenheit, den er Grace gegenüber verspürte (den Namen hatten sie zusammen ausgesucht), in Worte zu fassen, den Schwindel, der ihn packte, als er sie im Krankenhaus zum ersten Mal im

Arm hielt; dass es ihm so vorgekommen war, als befehle ihm gerade ihre Schutzlosigkeit, sie fallen zu lassen (genauso, wie das Fensterbrett ihm zuraunte, er solle endlich springen); dass er, ehrlich gesagt, Angst vor ihr hatte und dass das Gefühl sich in nichts davon unterschied, die Tochter eines Bekannten im Arm zu halten, ein Umstand, der Grace, wie er fürchtete, nicht verborgen bleiben konnte. Aber schon wenige Wochen später konnte er die Veränderung beschreiben, die geheimnisvollerweise eingetreten war, seine neuen Gefühle, denn wenn er sie gefüttert und sie sich der Länge nach auf die Oberschenkel gelegt hatte, damit sie ihn betrachten konnte, das Baby kaum mehr als ein Gesicht in einem Windelpaket, dann überkamen ihn Liebesgefühle, wie er sie bis dahin nicht gekannt hatte, eine Liebe, so unerschöpflich und verletzlich, dass sie in vielerlei Hinsicht besser und gleichzeitig schlechter war als seine Liebe zu Alice. *Schlechter*, weil er wusste, dass er zwar den Tod seiner Frau überleben würde, nicht aber den seiner Tochter, und so kam es, dass er Alice manchmal anfuhr, weil sie seiner Ansicht nach zu sorglos mit dem Säugling umging, auch wenn dieser Vorwurf absolut unbegründet war. Und *besser* als seine Liebe zu Alice, weil sie ihm während der ersten, schlaflosen Monate die nötige Geduld verlieh, das Baby zu füttern und zu wiegen und herumzutragen, obwohl es immer genau in dem Moment zu kreischen anfing, wenn er kurz vorm Zusammenbruch stand; wegen des Großmuts, den sie ihm schenkte, wegen seiner neuen Gelassenheit und Energiegeladenheit. Die Erleichterung und die Schönheit, die Freuden des bedingungslosen Gebens. Er war *allzeit bereit*. Immer auf dem Sprung. Da für das Kind, da, um seine Bedürfnisse zu erfüllen und auf diesem Umweg auch die seiner Frau. Er fühlte sich Alice tiefer verbunden als je zuvor im Leben, denn das gemeinsame Interesse vereinte sie bedingungslos. Manchmal brauchten sie sich nicht einmal mehr abzusprechen. »Ja«, sagte er und nahm ihr Grace aus dem Arm, denn er wusste schon Bescheid.

Er wusste Bescheid. Endlich war er, er fühlte es deutlich, bei sich angekommen, er hatte seine Mitte gefunden, eine lebendige

Quelle in der Hülse seiner Existenz. Endlich wusste er, wer er war. Er war ein Vater. Sie waren eine Familie. Nichts könnte dieses Wissen erschüttern.

In diesem Moment saß David mit Grace auf dem Wohnzimmerteppich. Es war später Vormittag, draußen strahlte die Sonne, und Alice trat ans Fenster, um einen Blick hinauszuwerfen. David hatte Grace' Lieblingskrabbeldecke auf dem Boden ausgebreitet. Darauf war eine Wiese abgebildet, durch die ein Bach lief, grüne Hügel, sogar ein Jägerzaun. Es gab einen Spiegel, in dem sie ihr Gesicht betrachtete, und auf den Stoff waren kleine, weiche Figuren geklettet, Kühe und Schafe und Hühner und Pferde, die von unten zu Grace hinaufsahen. Sie musterte ihr Gesicht im Spiegel und dann die Tierschar, und dann riss sie gleichzeitig Arme und Beine hoch und spreizte die Finger wie eine Puppenspielerin, sie nahm die Haltung einer Fallschirmspringerin ein. Sie kicherte glücklich, was ihn zum Lachen brachte.

»Was tut ihr zwei da?«, fragte Alice.

Glücklich sah er sie an. »Nichts«, sagte er. »Absolut nichts.«

Als Pepin aufwachte, lag er diagonal auf dem Bett ausgestreckt. Erst als er sich aufsetzte, bemerkte er, dass er nackt war. Alice war längst zur Arbeit gegangen, und als er das begriff und dazu noch sah, wie spät es war – kurz vor acht –, wurde ihm flau vor Angst. Er saß aufrecht im Bett, was für ihn allein schon wegen der enormen Speckrolle zwischen Brust und Oberschenkeln allmählich zu einer Anstrengung wurde, und wieder geriet er über seinen Bauch ins Grübeln. Er fühlte sich an Alice zu ihren schwersten Zeiten erinnert, als ihre Bewegungen ihn aufgeweckt hatten und er ihre Masse in seinem Rücken gespürt hatte, die Körperwärme, die sie abgestrahlt hatte, so als wäre er mit einer Bärin ins Bett gegangen. Wenn sie damals aus dem Bett gestiegen war, hatte sie sich so ähnlich bewegt wie er jetzt. Sie hatte sich auf den linken Ellenbogen gestützt, ein Bein über das andere geschoben und dann den rechten Arm nach vorn geschleudert wie zum Schlag, um beide Gliedmaßen über die Bettkante hinauszubringen. Anschließend folgte ein Augenblick des Balancierens, in dem sie aussah wie eine in der Bewegung erstarrte Kung-Fu-Kämpferin. Nach einer rückwärtigen Schaukelbewegung stieß sich Alice dann mit dem linken Arm kraftvoll ab und kam endlich hoch – wie ein Schiff, das sich im Wasser von selbst aufrichtete. Sie musste sich kurz ausruhen, beide Hände auf der Matratze, die Füße am Boden und den Rücken ihm zugekehrt. »Eines Tages werde ich es nicht mehr schaffen«, sagte sie. »Dann liege ich hier für immer.« Ihre Worte kamen als Gurgeln aus der Schlafapnoemaske, deren Schlauch Alice' Haarpracht zerteilte und an ihrem Hinterkopf herabhing wie ein langer Zopf. Das blickdichte Plastik hatte die Farbe einer Garnelenkruste, und als sie sich zu ihm umdrehte, fiel ihm auf, dass der Filter der Maske aussah wie eine Schweinsnase. Sofort musste er an den Flug nach Hawaii denken, als die Sauerstoffmasken aus der Kabinendecke gefallen waren und die Passagiere sie im Gerüttel und Geschüttel angelegt und einander entgeistert angesehen hatten. Ein Flugzeug voller Schweine, hatte er gedacht. Eine fliegende Sauherde. Wer hätte damit gerechnet, im Augenblick des Todes so auszusehen?

Dieser letzte Gedanke ließ ihn zum Computer taumeln. Möbius hatte ihm gesagt, er solle sich von ihm fernhalten, und genau das würde er tun, er würde sich Alice schnappen und weit, weit weggehen, an irgendeinen Ort, an den ihnen der kleine Irre nicht folgen konnte, an einen sicheren Flecken, wo Alice sich erholen konnte, wo *sie beide* sich erholen konnten, und wenn sie dazu um die halbe Welt fliegen müssten. Ihm schwebte ein Gespräch vor, das an jenes anknüpfte, das er und Alice vor ihrem Verschwinden geführt hatten. Es war um das Great Barrier Reef gegangen; und dass er nichts Genaues über die Lage des australischen Naturwunders wusste, bewies einmal mehr seine mangelnde Neugier. Also googelte er drauflos. Das Riff lag vor Queensland an der Nordostküste des Kontinents und war, wie er bei Wikipedia nachlesen konnte, das größte von lebenden Organismen – Milliarden winziger Steinkorallenpolypen – erschaffene Bauwerk der Welt. Dort wimmelte es nur so vor Leben, dachte Pepin, das Riff beherbergte eine ordentliche Flora und Fauna, dort würden auch sie unterkommen! Das wünschte *er* sich: Teil eines Lebensteams zu sein. Sekunden später war er bei Expedia und buchte noch für denselben Abend zwei Tickets für einen Nachtflug von JFK nach Brisbane mit Zwischenstopp in L.A. Die Welt war virtuell geworden, und wenn man über die entsprechenden Mittel verfügte, dann konnte man sich darin so frei bewegen wie in einem Videospiel. Man wählte einen beliebigen Punkt auf dem Globus, und wenige Mausklicks und ein paar Stunden später war man da.

Er zog sich an, steckte ihre Reisepässe ein und ging.

Auf dem Weg zu der Schule, an der Alice unterrichtete, fuhr er dem Berufsverkehr entgegen; wie ein Verrückter raste er den West Side Highway hinauf, dann den Henry Hudson und schließlich den Saw Mill River Parkway; er ging erst vom Gas, als er das Schulgelände erreicht hatte, denn nun würde es darauf ankommen, seine Gedanken, seine Rede, seinen Tonfall zu entschleunigen.

Alice arbeitete an einer staatlichen Schule für Teenager mit psychischen Störungen und Missbrauchserfahrungen. Das Gebäude war aus Betonblöcken zusammengesetzt; die langen Korridore waren in grelles Neonröhrenlicht getaucht. Warum fühlte seine Frau sich von diesem Ort angezogen? Weil die Kinder hier gar nicht genug bemuttert werden konnten? Oder weil sie, genau wie Alice, an einem Punkt in ihrem Leben steckengeblieben waren?

Vor ihm auf dem Parkplatz war eine große Schülergruppe dabei, sich auf Busse zu verteilen. Er sah, dass Alice die Kinder dirigierte und eine Strichliste führte, während die Mädchen und Jungen einstiegen. Als sie ihn entdeckte, erstarrte sie. Sie wusste nicht, was sie von seiner Anwesenheit an diesem Ort halten sollte, und im Augenblick ihrer Reglosigkeit wurde ihm noch einmal bewusst, wie absolut bemerkenswert ihre Veränderung war. Sie war inzwischen so dünn – dünner noch als zum Zeitpunkt ihres Kennenlernens – und ihre Wangenknochen traten so weit hervor, dass ihre Lippen breiter und voller wirkten, während das unverändert schöne Haar ihr Gesicht einrahmte. Er beschloss, diesen Anblick in Erinnerung zu behalten und in die Reihe der Polaroids einzufügen, die zu Hause an der Kühlschranktür hingen. In der Kombination mit ihren Depressionen ängstigte die neue Schönheit ihn, aber genauso erwärmte sie ihm das Herz. Wie eine schwere Krankheit konnte auch große Schönheit den Betrachter verunsichern. Vor zwei Tagen hatte er abends nach einem Streit, in dessen Verlauf er sie angefleht hatte, unverzüglich zum Arzt zu gehen, neben ihr im Badezimmer gestanden, um ihr ein Glas Wasser zu reichen. »Ich will sehen, wie du die Tabletten einnimmst«, hatte er gesagt und die Medikamente in die Höhe gehalten. »Mach den Mund auf«, hatte er gesagt, nachdem sie geschluckt hatte. »Die helfen nichts«, hatte Alice geschluchzt. »Doch, bald«, hatte er geantwortet und Alice im Arm gehalten, bis sie sich losgemacht und an ihm vorbeigezwängt hatte, um ins Bett zu kriechen. Dort weinte sie weiter, seinen Berechnungen nach erstaunliche zwei Stunden und achtunddreißig Minuten. Sie gab sich der Depression ebenso hemmungslos hin wie früher ihren schlimmsten Fressattacken, und wieder kam ihm der irrige Gedanke, den Kummer aus ihr herauslieben zu können.

»Was willst du?«, fragte sie.

»Ich muss mit dir reden.«

»Ich habe zu tun.«

»Es ist wichtig.«

»Dann fasse dich kurz.«

Schon wurden ihre geröteten Augen feucht, so als habe allein sein Anblick eine Zündschnur in Brand gesteckt. Er konnte fühlen, wie sie sich beide in Erwartung des Knalls verspannten. Schließlich übergab sie ihr Klemmbrett einer Kollegin, führte ihn ins Gebäude und bis in ihr Klassenzimmer.

»Ich möchte, dass du einmal tief durchatmest«, sagte er. »Hör mich einfach an. Letztes Jahr hast du vorgeschlagen, dass wir von hier weggehen. Einfach so. Zweck ohne Methode. Und nun bin ich so weit. Ich habe zwei Flugtickets gekauft. Für dich und mich, für heute Abend. Nach Australien. Wir hauen einfach ab.«

Ihre Arme waren verschränkt. Sie schaute zu ihm auf. »Was redest du?«

»Ich rede davon, nicht einmal die Koffer zu packen. Ich rede davon, einfach zu verschwinden, auf der Stelle, du und ich, ohne den Entschluss zu hinterfragen.«

»Du bist ja verrückt«, sagte sie und drehte sich zum Gehen um.

Er packte ihren Arm, heftiger, als er beabsichtigt hatte. »Nein«, sagte er, »bin ich nicht.«

Sie sah auf seine Hand. »Du tust mir weh.«

»Du kannst nicht einfach verschwinden, ohne mich anzuhören. Ich muss auch was sagen dürfen.«

»Ich höre.«

»Komm mit. Sofort.«

Sie wartete, bis er ihren Arm losgelassen hatte. »Du kommst immer zu spät«, sagte sie, »ist dir das schon aufgefallen?«

»Vielleicht brauche ich ...«

»All das, all diese Ideen stammen von mir« – sie tippte sich an die Brust – »und nie von *dir*« – sie zeigte auf ihn –, »und deshalb habe ich, wenn du es dir endlich überlegt hast, ständig das Gefühl, du machst es nur aus Mitleid.«

»Früher war das vielleicht so, aber jetzt ist es anders. Jetzt bin ich derjenige, der den Vorschlag macht.«

»Und ich bin diejenige, die ihn ablehnt. Ich schmeiße nicht einfach alles hin und gehe mit dir mit, nur um nach ein paar Wochen im Busch oder wo auch immer zu merken, dass du keine Lust mehr hast. *Das* mache ich nicht noch mal mit.« Sie zitterte und fing zu weinen an.

»Bitte«, sagte er. Sie sah ihn an, schien für einen kurzen Moment nachzugeben. Sanft berührte er ihre Arme. »Du musst mir vertrauen. Wir *müssen* von hier weg.«

Sie schüttelte den Kopf. »Die Kinder warten auf mich.«

Sie ging nach draußen zum Bus, und er folgte ihr, raufte sich die Haare, ging wortlos zum Auto zurück. Als er das Handy auf dem Beifahrersitz entdeckte, packte ihn die Wut. Im selben Moment fing es zu klingeln an.

»Was tun Sie da?«, fragte Möbius.

»Ich versuche, sie von Ihnen fernzuhalten.«

»Sie werden sich wehtun.«

»Das werden wir ja sehen.«

»Anscheinend haben Sie es immer noch nicht begriffen«, sagte Möbius. »Ihnen bleiben zwei Richtungen: geradeaus oder Zickzack, aber beide führen zum selben Ziel. Egal, für welche Sie sich entscheiden. In der Spieltheorie spricht man vom Feiglingsspiel, auch als *Chicken* bekannt.«

»Aber Alice spielt auch noch mit.«

»Da habe ich ein Ass im Ärmel.«

»Wie sieht das aus?«

»Wie das Ende.«

»Zur Hölle mit Ihnen«, sagte Pepin, »so ein Ende will ich nicht.«

»Doch, aber Sie handeln nicht entsprechend. Dafür haben Sie jetzt mich.« Er legte auf.

Pepin brüllte ins Handy, schüttelte es, dann stieg er aus dem Auto und sah sich um, so als erwarte er, Möbius irgendwo zu entdecken, als wären sie durch ein Telefonkabel direkt miteinander verbunden; wie er darauf kam, wusste er selbst nicht. Alice' Bus rollte vom Parkplatz, gefolgt von einem zweiten Bus. In den dritten stiegen gerade die letzten Ausflügler ein.

»Wo geht's denn hin?«, fragte Pepin einen Schüler.

»Ins Naturhistorische Museum.«

Auf dem West Side Highway, als ihn nur noch drei Autos von Alice' Bus trennten, entdeckte Pepin im Seitenspiegel einen schwarzen Ford F-150 Pick-up, ein Modell, wie man es in Manhattan nie zu Gesicht bekam, weil es absurd groß und unmöglich einzuparken war. Der V8-Motor röhrte wie ein Löwe. Möbius in der Fahrerkabine sah aus wie ein Kind, das am Ruder einer riesigen Jacht stand.

Pepin, auf der Mittelspur unterwegs, ließ sich von Möbius einholen, fiel dann allmählich in dessen toten Winkel zurück und drückte auf Wahlwiederholung.

»Was ist?«

»Sie sagten, ich könne mich zwischen zwei Richtungen entscheiden.«

»Genau«, sagte Möbius. »Geradeaus oder Zickzack.«

»Was, glauben Sie, werde ich tun?«

»Sie? Sie kommen immer nur im Zickzack voran.«

»Bingo.«

Pepin riss den Wagen nach links und rammte mit der Stoßstange das Hinterrad des Ford, der sich sofort quer zur Fahrtrichtung stellte. Er schob den Pick-up in einer weißen Qualmwolke vor sich her über die Straße. Möbius kämpfte mit dem Lenkrad, die Arme durchgedrückt und die Schulter an die Seitenscheibe gepresst, während Pepin das Gaspedal voll durchtrat. Hinter ihm und an ihm vorbei jaulten die Hupen, ein Geräusch, das sich zog wie Gummi, da der Verkehrsstrom dicht an den verkeilten Wagen vorbeischoss. Ein Ploppen war zu hören, so hohl und tot wie das Knallen eines Ballonsegels, in das der Wind hineinfuhr, und dann hob der Pick-up von der Fahrbahn ab, segelte über Pepins Motorhaube und verschwand im Rückspiegel in einer Rauchwolke der Zerstörung, aus der es Glassplitter hagelte. Pepin johlte triumphierend, fluchte vor Freude, schlug aufs Armaturenbrett und drehte sich um, nur um zu sehen, wie der nachfolgende Verkehr sich hinter dem rauchenden Wrack wieder schloss. Als er den Blick nach vorn richtete, wurde er von einem anderen Autofahrer geschnitten. Er riss das Lenkrad herum, spürte den Wagen ausbrechen und versuchte gegenzulenken, musste aber einsehen, dass sein Auto langsam und unweigerlich ins Schleudern geriet, egal, wie panisch seine Hände das Lenkrad bearbeiteten. Kurz stand er dem Verkehr frontal entgegen, die anderen Autos waren eine Schrecksekunde lang so klar und deutlich zu erkennen wie Gesichter, die man in einer durchfahrenden U-Bahn sieht, bevor sie mit Überschallgeschwindigkeit an ihm vorbeirauschten und er schräg in die Leitplanke schlitterte. Der Aufprall war so wuchtig, dass er seinen Nacken und Rücken knacken hörte. Endlich stand er still, und er war noch am Leben. Durch die zertrümmerte Windschutzscheibe sah er Alice' Bus in der Ferne verschwinden, die Gesichter der Kinder an die Heckscheibe gepresst – und dann röhrte Möbius' Pick-up vorbei, der auf wundersame Weise wieder auf die Räder gekommen war, spektakulär zerbeult, aber funktionstüchtig.

Er ließ den Motor an. Das Auto war fahrbereit, mit knapper Not; die Antriebswelle oder die Achse oder sonst irgendetwas schleifte über den Asphalt, und der linke Radschacht war so weit eingedrückt, dass der Wagen nur eingeschränkt lenkbar war. Er rumpelte bis zur Ausfahrt an der 96. Straße, wo er gegenüber der Riverside einen Parkplatz entdeckte.

»Was zum Teufel ist Ihnen denn passiert?«, fragte der Parkwächter.

Pepin zog einen Hundertdollarschein aus seiner Brieftasche, den er dem Mann in die Hand klatschte. »Parken Sie ihn irgendwo an einer sicheren Stelle.«

Dann rannte er los.

David hatte das Gefühl, sich nur lückenhaft an Dr. Ottos Seminar erinnern zu können – an die Debatten und Vorlesungen, an die vielen Stunden, die nun also verloren waren. Sehr gut hingegen konnte er sich daran erinnern, wie er die Filme zum ersten Mal gesehen hatte, an die ersten Momente, an die Erstaufführungen, und wie unschätzbar es war, große Kunst unmittelbar zu erleben, Kunst, die unterhaltsam und doch romantisch war und so unvorhersehbar, dass er niemals wusste, was als Nächstes passieren würde. Auf einmal erschien ihm sein vorheriges Leben mangelhaft. Die Filme gaben ihm das Gefühl, lebendig zu sein. Es gab eine Weinkellerszene in *Berüchtigt*, in der Cary Grant, ohne es zu merken, eine Weinflasche an den Regalrand schiebt; zersprang die Flasche, nähme das möglicherweise sein und Ingrid Bergmans Verderben vorweg, und instinktiv nahmen er und Alice sich bei der Hand, und als die Flasche tatsächlich herunterfiel, stieß Alice einen Schrei aus. Er erinnerte sich daran, wie Grace Kelly sich in *Fenster zum Hof* hinunterbeugt, um James Stewart zu küssen, wie ihr Schatten auf sein Gesicht fällt. Sie war zweifelsfrei, dachte Pepin, die schönste Frau, die je gelebt hatte. Oder Tippi Hedren, die rauchend auf dem Schulhof sitzt und mit dem Blick einer einsamen Krähe folgt, die durch den wolkenlosen Himmel fliegt und auf dem Klettergerüst landet, und erst da zeigt sich, dass sich Tausende der schwarzen Vögel vor der Schule versammelt haben.

An einen Abend damals konnte er sich besonders gut erinnern. Er war nach einer der Filmvorführungen mit dem Fahrrad auf dem Heimweg, und in seinem Kopf überschlugen sich die Bilder, Assoziationen, Zusammenhänge. Er wusste nicht mehr genau, welchen Film er an jenem Abend gesehen hatte, nur dass er mitten auf der dunklen Straße anhielt, erwärmt und erfüllt von der Liebe und vom Genie der Kunst und so dankbar, dass er einen Moment innehalten und das Gefühl durch seine Adern pulsieren lassen wollte. Das ist Leben, dachte er, die Leere wird gefüllt. Der Künstler schafft – er gibt –, und ich empfange, und mein Leben, *dieses* Leben, wäre nichts wert, würde ich nicht etwas davon in welcher Form auch immer zurückgeben.

Er wusste es so sicher, wie er wusste, dass er den Rest seines Lebens mit Alice verbringen wollte.

Pepin stieg aus dem Taxi und erstarrte – verwirrt, erschlagen, erschreckt von der Aussicht. Schulbusse, wohin er auch blickte.

Die Busse parkten auf der Central Park West, bis weit in die 81. Straße hinein, in der u-förmigen Auffahrt des Rose Center. Und natürlich tummelten sich überall Schulkinder, Tausende von ihnen standen vor den Eingängen herum, in Heerscharen verließen oder betraten sie das Gebäude. Mein Gott, dachte er, ich werde meine Frau niemals finden. Er wusste nicht einmal genau, welcher Eingang für ihn der beste wäre, deswegen sprang er an der Central Park West die breite Treppe zu einer Metalltür hinauf, neben der turmhohe Säulen in die Höhe ragten. WAHRHEIT, stand an der romanischen Fassade. WISSEN. WEITBLICK. In der Entfernung konnte er die Kuppel an der Ecke zur 77. Straße erkennen, deren Turm tiefseegrün leuchtete und von grimmigen Adlern aus Stein bewacht wurde.

In der Rotunde, unter der Kuppeldecke und den riesigen Fenstern, durch die gleißend helles Licht in die Halle fiel, stand das Skelett eines Barosaurus, dessen Knochen so braun waren wie das Holz antiker Galeonen. Das Tier hatte sich auf die Hinterbeine gestellt, um seinen Nachwuchs gegen einen Allosaurus zu verteidigen. Mit Dinosauriern kannte Pepin sich aus; Spellbounds *DinAgon* I und II waren weltweite Verkaufsschlager gewesen. Das Hintergrundgeräusch des Saales klang angemessen: Absätze klackten über den Marmorboden, das Echo vervielfacht und verästelt und so laut wie Pferdehufe; dahingesagte Sätze wurden so glasklar durch den Raum getragen – »Den Blauwal finden Sie ein Stockwerk tiefer«, sagte ein Führer –, als wären sie für Pepin selbst bestimmt; und alle widerhallenden Gespräche wurden von der Akustik der achteckigen Decken- und Wandstruktur verzerrt, bis man meinte, der Saal selbst murmele vor sich hin.

In einem Film von Alfred Hitchcock, dachte Pepin, würde ich jetzt in der Schlange am Eintrittskartenschalter stehen, während meine Frau hinter mir im Bild erscheint. Er sah sich ständig nach ihr um, während er sich langsam an den Schalter heranschob und nach einer gefühlten Ewigkeit seine Eintrittskarte erwarb. Er nahm einen Lageplan mit und versuchte seinen Standpunkt darauf zu finden; er hatte keine Ahnung, wie er Alice finden sollte, bis er ihre Stimme so dicht an seinem Ohr hörte, als wären sie mit einem Dosentelefon verbunden.

»Anthony«, sagte sie, »hör auf damit, *bitte.*«

Wundersamerweise durchquerte sie vor seiner Nase den Saal und scheuchte dabei ihre Klasse vor sich her, die gerade die Schmetterlingssammlung auf der gegenüberliegenden Seite der Rotunde verlassen hatte. Ihre Schüler bildeten einen Mob aus Latinos, Schwarzen, Weißen, Asiaten und Indern, die Mädchen waren ausflugsangemessen gekleidet, die Jungen trugen Baggy Pants und schwachsinnig bedruckte T-Shirts. Die Baseballkappen waren schräg aufgeschraubt, mit seitlich abstehendem Schirm, und alle Kinder fraglos derselben Spezies angehörig, alle von derselben traurigen, häuslichen Gewalt gezeichnet und mit ähnlich dysfunktionalem Hirn ausgestattet.

Beschatte sie, dachte er. Lass sie nicht aus den Augen. Fang den Räuber ab, falls er auf den Plan tritt. Und dann, falls es so weit kommt, tischst du ihr irgendeine Geschichte auf und nimmst sie mit.

Die Schüler zeigten dem Wachpersonal ihre Eintrittskarten

vor und betraten den Saal mit den asiatischen Säugetieren, während Pepin sich in sicherem Abstand dahinter hielt. Hier war es ruhiger, ihr Schritt verlangsamte sich, die Kinder brachen aus der strengen Formation aus und drängten sich vor den Exponaten, ließen die Trennscheiben beschlagen und rissen Witze, bevor sie weiterzogen. Seine Aufmerksamkeit spaltete sich auf, denn er würde immer auch nach Möbius Ausschau halten müssen; trotzdem wurde er nun, da er Alice gefunden hatte, ruhiger, die niedrige Decke schien sie zu umfangen und zu beschützen, der kleinere Saal den Ausblick zu verengen und zu beschränken. Eigentlich war es recht vergnüglich, ihr zu folgen, eine selten ausgelebte Phantasie: seine Frau in ihrer Welt zu beobachten, in ihrem Element, und zu sehen, wie ihre Schüler – die seiner Einschätzung nach zwischen zwölf und vierzehn Jahre alt waren – auf sie reagierten. Was für eine Mutter sie abgegeben hätte. Ein bis auf das weiße, eingestickte A auf dem Schirm seiner Baseballkappe ganz in Schwarz gekleideter Latino – schwarze Hose, schwarzes Hemd, schwarze Turnschuhe – näherte sich Alice, um ihr eine Frage zu stellen. Sie beugte sich vor und legte ihm eine Hand auf den Arm – sie wusste, dass allein die Frage zu stellen in seinen Augen ein Zeichen von Schwäche war, völlig untypisch und deswegen unbedingt positiv zu verstärken, und noch während sie antwortete, öffnete sich sein Gesicht und wurde hellwach, wie gewärmt durch das sanfte Licht ihrer Aufmerksamkeit. Pepin kam näher heran und versuchte zu lauschen, er war von der Szene so gerührt, dass er Alice am liebsten umarmt hätte. Aber es war zu riskant, dicht neben ihr zu stehen, deswegen zog er sich, wie schon auf der Herfahrt bei Möbius, in ihren toten Winkel zurück.

Nun bewegten sie sich nach rechts, in den Raum hinein, in dem die Völker Asiens ausgestellt wurden. Aus den Lautsprechern dudelten Kotoklänge, und obwohl diese Musik ihm nie harmonisch oder rhythmisch vorgekommen war, wirkte sie nun doppelt beruhigend und weckte seinen Appetit auf Sushi. Heute Morgen war er ohne Frühstück aus dem Haus gerannt, dabei hatte er in letzter Zeit ständig Hunger und litt an Hungerattacken, die immer schlimmer wurden; sein Übergewicht war wie eine Krankheit. Er sah sein Spiegelbild in einem Glaskasten, das struppige Haar stand ihm wie Stroh nach allen Seiten vom Kopf ab, sein Bart ließ sein Gesicht noch voller aussehen, und der Hosenbund unter seinem Bauch war zu einem breiten Lächeln verzogen. Sobald er und Alice von hier verschwunden waren, würde er etwas dagegen unternehmen. Dann würden sie sich wieder wohlfühlen, in ihrer Haut und miteinander.

Er konzentrierte sich wieder auf seine Umgebung. Vor ihm erhob sich ein goldener Buddha, die Augen zur Meditation halb geschlossen, die Hände mit nach oben gekehrten Handflächen sacht übereinander auf die gekreuzten Beine gelegt, um den Kopf einen Heiligenschein aus Kobra-Schlangen. Auf dem Schild stand:

Der Buddhismus vertritt die Lehre, dass alle Menschen in einem endlosen Kreislauf des Lebens gefangen sind und dass unsere Gestalt im nächsten Leben von unserem Verhalten in diesem Leben abhängt. Den Kreislauf kann man nur verlassen, wenn man ihn verstanden hat, wenn man richtig lebt und seinen Verstand und seine Leidenschaft einsetzt.

In welcher Form aber würde er, der den Kreislauf erst zu spät verstanden und folglich falsch gelebt hatte, wiedergeboren werden? Ganz sicher auf einer Stufe unterhalb des Menschseins, als ängstliches Tier, das eher Beute als Räuber war. Dicklich, stark behaart. Paarung nur erschwert möglich. Ein Panda, dachte Pepin. Und doch war er von der Erklärung fasziniert – *der endlose Kreislauf des Lebens* –, und die Aussicht auf den Ausweg, den *Escher Exit*, gab ihm neuen Auftrieb.

Ich werde nur noch geradeaus gehen, dachte er.

Er hatte die Gruppe verloren, brach in Panik aus, trabte los, rannte dann, bog um die Ecke und lief beinahe die Nachzügler der Klasse um. Er drückte sich hinter der Figur des Semai-Jägers, vor dem die Klasse sich versammelt hatte, an die Wand, schlurfte dann heran, um sich vor aller Augen hinter Alice zu verstecken, so nah, dass er nur eine Hand hätte auszustrecken brauchen, um sie zu berühren; fast konnte er sie riechen. Der Jäger, nackt bis auf ein Stirnband aus geflochtenem Schilf und den obligatorischen Windelslip des edlen Wilden, hielt sich ein Blasrohr an den Mund, das in seiner Länge an den Stab eines Stabhochspringers erinnerte.

»Guck dir die Badehose an.« Das war derselbe Junge, der Alice eben eine Frage gestellt hatte.

»Das ist ein Lendenschurz, Anthony«, erklärte Alice.

»Das ist ja wohl eher ein Lenden*vorhang.*«

Alle lachten, sogar Alice.

»Ta-dah! Hier hängt mein Schwanz!«

»Jungs«, sagte Alice, »keine Kraftausdrücke, bitte.«

Die Ureinwohner der Malaiischen Halbinsel, stand auf dem Schild, wurden für ihre Gewaltlosigkeit bewundert:

Die Semai lebten in länglichen Pfahlbauten, in denen jeweils mehrere Familien wohnten … Heute sind Einzelhäuser verbreitet. Eine Regel besagt, dass Menschen, die zusammenleben, miteinander auskommen müssen; es muss eine Verbindung aus gegenseitiger Achtung und Wertschätzung bestehen.

Die Malaiische Halbinsel lag irgendwo vor Thailand, dachte Pepin. Nachdem sie tagelang das Great Barrier Reef erkundet hatten, könnten er und Alice in Brisbane starten, über Indonesien nach links abbiegen und Malaysia überfliegen, um in Kuala Lumpur zu landen und für eine Weile bei den Semai zu leben. Wie viel Gewicht er allein beim Jagen mit dem Blasrohr verlieren würde! Es dürfte schwierig sein, von Reis allein dick zu werden, ganz zu schweigen davon, dass man sein Essen erst einmal erlegen musste, und das mit einer so unpraktischen Waffe. Wie wenig man in der Wildnis zu bedenken hätte! Sie würden in einem Pfahlbau zusammenleben. Sich um die Reisfelder kümmern. Ihre gegenseitige Achtung und Wertschätzung erneuern. Sie würden nach den Regeln dieser Ureinwohner leben.

Er bildete sich ein, Möbius' dunklen Umriss in einer Glasscheibe erkannt zu haben, aber als er sich umdrehte, war niemand zu sehen.

»Wir gehen runter«, rief Alice am Treppenabsatz. »Bitte bleibt dicht beeinander!«

»Da steht aber, die Dinosaurier wären oben«, sagte Anthony und hielt den Lageplan in die Höhe.

»Die Dinosaurier *sind* oben, Anthony, aber zuerst wollen wir uns die Hominiden ansehen.«

»Verflixte Scheiße, was ist ein *Homo*nid?«

Seine Freunde krümmten sich vor Lachen.

»*Du*, Anthony.«

Die Schüler klatschten einander johlend ab, während die Mädchen sich verschämt eine Hand vor den Mund schlugen.

»Ich auch. Wir alle sind Hominiden. Und wenn du noch ein einziges Schimpfwort benutzt«, sagte Alice, während die Klasse an ihr vorbei die Treppe hinunterstieg, »kannst du draußen auf uns warten, zusammen mit dem hominiden Busfahrer.« Sie legte Anthony eine Hand auf die Schulter. »Hast du verstanden?«

Der Junge wartete, bis alle anderen außer Hörweite waren. »Tut mir leid«, sagte er.

»Entschuldigung angenommen«, sagte sie.

Unten hing ein riesiges, mindestens fünfzehn Meter langes Einbaumkanu von der Decke, damit die Bemalungen an der Unterseite besser zu sehen waren. Die roten und schwarzen Vogelzeichnungen ergaben eine Art Paläocomic, wohingegen die Bilder, die sich über den Bug zogen, Pepin an die Fangzähne und die blinzelnden Haiaugen am Rumpf einer P-51 Mustang erinnerten. Er folgte der Klasse in den Saal der menschlichen Entstehungsgeschichte, dessen Eingang gleichzeitig der Ausgang war, sodass Pepin nicht nur einen freien Blick in den Meteoritensaal hatte, sondern jeden Neuankömmling sofort entdecken würde. Aber Möbius war nirgendwo zu sehen.

Alice trommelte die Klasse vor einem Glaskasten zusammen, in dem Schädelknochen verschiedener Größe und Form ausgestellt waren, verbunden durch gepunktete Linien, die sich verzweigten und schließlich ins Leere führten, ins Aussterben, und während die Kinder sich aneinanderdrängten, las Pepin:

Unser Stammbaum

Der Mensch ist der einzig überlebende Nachfahr einer großen Familie von Primaten, den sogenannten *Humanoiden* … Die meisten Spezies dieser Arten starben aus, und nur eine – der moderne Mensch, *Homo sapiens* – konnte überleben und sich verbreiten.

»Seht euch das an«, sagte Alice zu ihren Schülern. »Wisst ihr, wer das ist? Das sind unsere Verwandten …«

»Nein, meine nicht!«

»*Eugene*«, mahnte Alice und warf ihm einen strengen Blick zu. »Das sind andere Versionen von uns, dem *Homo sapiens*, die früher auf der Erde lebten, sich aber nicht durchsetzen konnten. Seht ihr? Die Knochen sind nach Fundorten geordnet, aber folgt bitte der jeweiligen Linie einmal bis ans Ende. Schaut euch die unterschiedlichen Größen und Formen der Schädel an, und vergleicht sie mit unserem. Was fällt euch auf?«

»Wir hätten auch so bescheuerte Miniköpfe haben können«, sagte Eugene.

Anthony zog dem Jungen die Baseballkappe ins Gesicht. »Hör Mrs. Pepin zu, du Blödmann.«

»Jungs«, sagte Alice, »mal ganz im Ernst. Was verrät euch die Reihe?«

Alle standen schweigend da, bis Anthony eine Hand hob. »Dass wir Glück hatten«, sagte er.

»Wirklich? Sehr interessant. Wie meinst du das?«

Bevor er sprach, warf er Eugene einen drohenden Blick zu. »Na ja, sehen Sie sich all diese Homo … dingsbums an, die nicht überlebt haben. Da steht nicht, warum, oder?«

Alice drehte sich um. »Nein.«

»Weil wir es nicht wissen, oder?«

»Nein, ich glaube nicht.«

»Dann haben wir also Glück, weil wir noch da sind.«

»Und was sagt dir *das*?«

»Dass wir das Beste draus machen müssen!«

Alice lächelte. »Da gebe ich dir recht.«

»Kann ich noch was fragen?«

»Sicher.«

»Wie spricht man den aus?« Anthony zeigte auf einen Schädel, der wie ein Hammerkopf geformt war.

»*Homo heidelbergensis*. Wieso?«

»Weil er genau wie Eugenes Mom aussieht.«

Wie ein Feuerwerk explodierte die Klasse von innen nach außen, die Kinder schlugen sich die Hände vor den Mund und stoben lachend in alle Richtungen davon. Alice schüttelte den Kopf und betrachtete Anthony, der vor ihr stehen geblieben war. »Du wirst dich nie ändern«, sagte sie.

Zeit fürs Mittagessen.

Alice führte die Kinder in den eigens für Schulklassen eingerichteten Pausenraum im Untergeschoss. Pepin konnte nicht anders, als sich im Selbstbedienungsrestaurant Hähnchenteile und einen Käsewrap zu kaufen, die er hinunterschlang, während er sich ständig über die Schulter schaute wie ein gejagter Jäger. Alice saß mit glasigen Augen an einem Tisch an der Seite, weit weg von den Schülern und den anderen Lehrerinnen; sie wirkte betrübt, beinahe geschrumpft; nun, da keine jungen Leute ihre ungeteilte Aufmerksamkeit in Anspruch nahmen und sie nichts mehr von sich selbst ablenkte, kam die Frau zum Vorschein, die er kannte. Sie machte einen ratlosen Eindruck, und nun wäre der beste Moment, es ihr zu sagen, dachte er, seine Aussicht auf Erfolg größer denn je. Er musste sie wissen lassen, warum er hier war und warum sie mit ihm mitkommen sollte. Gerade wollte er auf sie zugehen, als er am hinteren Ende des Raumes Möbius entdeckte.

Anstatt wegzulaufen, drehte er sich, als Pepin ihn entdeckt hatte, einfach um, lief in den Gang, der zur U-Bahn-Station an der 81. Straße führte, und duckte sich im letzten Augenblick nach links in die Herrentoilette weg. Vor der Tür stand ein gelbes

Klappschild mit einem Strichmännchen, das auf glattem Boden ausrutschte, darunter eine Warnung in roter Schrift: VORSICHT.

Der gekachelte Raum stank nach altem Urin und war bis auf die beiden Männer leer.

»Sie machen es mir unnötig schwer«, sagte Möbius.

»Genau das ist meine Absicht.«

So wie Alice' Schüler war Möbius ganz in Schwarz gekleidet, nur dass seine eng anliegende Kleidung etwas sportlicher war. Das Under-Armour-Logo an seinem Halsausschnitt war dasselbe wie an jenem Top, das Alice am Vorabend getragen hatte, zwei ineinander verschränkte *U*s.

»Aber Sie können mich nicht aufhalten«, sagte Möbius. »Das Ende steht fest. Ich folge lediglich dem festgelegten Vektor, der Flugbahn. Den haben Sie sich ausgedacht, erinnern Sie sich? *Sie* haben *mich* angerufen.«

Pepin sah sich nach einer Waffe um. In der Ecke stand ein silberner Mülleimer, der wie eine Patronenhülse geformt war. Pepin wäre sich wie ein grunzender Höhlenbewohner vorgekommen, hätte er Möbius damit beworfen. »Und jetzt?«, fragte er.

»Wir kämpfen, ich schlage Sie nieder, Sie kommen zu sich. Ihnen wird die Tragik des Ganzen in allen Einzelheiten bewusst. Dann passiert noch das eine oder andere, aber ich will nicht zu viel verraten.«

Pepin trat vor, holte aus und landete einen Luftschlag. Nie im Leben hatte er jemanden geschlagen, und auch jetzt war wieder nichts daraus geworden. Möbius' schwarze Augen funkelten, ohne zu blinzeln.

Pepin schlug ein zweites Mal zu, verlor das Gleichgewicht, wurde vom eigenen Schwung nach vorn gerissen und stürzte zu Boden.

Blitzschnell hatte Möbius seinen Hals umschlungen, sich auf seinen Rücken gesetzt und sein Gesicht an den weißen Fliesenboden gedrückt. »Schlafen Sie gut«, sagte er.

Pepin spürte einen Schlag.

Er wachte auf.

Sein Nacken schmerzte, ebenso seine Stirn, und er wusste nicht, wie viel Zeit vergangen war. Es gelang ihm, auf die Beine zu kommen und unsicher zur Tür hinaus und zum Pausenraum zurückzuwanken, aber Alice und ihre Klasse waren schon weg. Von neuer Panik ergriffen, lief Pepin die Treppe hinauf, durch die Große Galerie und den Warburgsaal, durch die Wälder Nordamerikas bis in den Milstein-Saal mit den Meereslebewesen, dessen Eingang von drei Haifischen bewacht wurde.

Der gigantische Blauwal verschlug Pepin den letzten Atemrest. Das Modell hing unglaublicherweise unter der Decke, so als treibe der Wal im Ozean. In der meeresblauen Halle mit der blauen Glaskuppeldecke fühlte man sich wie tief unter Wasser, so als hätte man gerade das Deck der Nautilus betreten; er entdeckte Alice und ihre Klasse im tiefer gelegenen Teil des Saals, wo sie an den mit Halbedelsteinen verzierten Dioramen vorbeischlenderten. Im selben Moment vibrierte seine Hosentasche. Möbius hatte ihm offenbar ein Handy untergeschoben, das nun zu klingeln anfing.

Er entdeckte ihn auf dem oberen Teil der Galerie.

»Erinnern Sie sich an den Anfang?«

»Wovon reden Sie?«

»Von Ihrem Buch«, sagte Möbius. »›Dort unter dem Wrack lag Alice, und sie war sofort tot. Manchmal phantasierte David sich im Augenblick des Todes an ihre Seite. Er hielt ihre Hand, und sie wechselten ein paar letzte Worte, was insbesondere ihr den Abschied erleichterte.‹«

»Nein!«, schrie Pepin und sprang die Treppe hinunter, das Handy am Ohr. »Bitte nicht!«

Möbius hob die andere Hand, in der er einen kleinen, schwarzen Gegenstand hielt. »Bumm«, sagte er.

Über dem Blauwal pufften zwei Rauchwölkchen auf, gleichzeitig erfolgte die Detonation – ein Doppelknall von der Lautstärke eines Schützenpanzers –, und alle Blicke wanderten zur Hallendecke. Aus irgendeinem Grund stand Alice als Einzige unter dem Wal, auch sie hatte die Augen nach oben gerichtet, und so kam es, dass sie Pepin nicht sah, der auf sie zusprang und sie beiseiteriss.

Dem Moment der Dunkelheit folgte Totenstille, dann Stöhnen, Weinen und Schreien. Ein dichter Schneesturm aus Glasfasern und Polyurethanschaumflocken wirbelte durch den Saal, gleichzeitig fallend und ansteigend. Alice war nicht unter ihm. Er konnte zunächst kaum seine Hände sehen, aber nach wenigen Augenblicken legte der Staub sich, und die Luft klarte auf. Die Leute standen auf, darunter viele Kinder, alle mumienweiß und von einer dicken Schicht aus Gipsstaub überzogen, um zunächst hustend in Kreisen herumzuirren; einige besaßen die Geistesgegenwart, um anderen zu helfen, wieder andere blieben wie erstarrt auf ihren Knien hocken, von der Katastrophe betäubt, mit auf die Oberschenkel gestützten Händen aufrecht am Boden wie Gipssamurais. Überall lagen die Überreste des zerschellten Wals herum, die verstaubten Scherben so weiß wie Stücke eines ausgebrüteten Dinosauriereis.

Alice war nirgendwo zu sehen. Es war, als hätte ein Wurmloch sie verschluckt. Zwischen seinen Beinen sah er ihren Körperabdruck: einen Schnee-Engel, in dem er mit beiden Händen wühlte, bis nichts mehr zu sehen war als der schwarze Fußboden.

So ist es (tatsächlich) ausgegangen:

Lieber David,

wenn du diesen Brief liest, bin ich gestorben.

Aufgrund meiner Thromboseneigung haben die Ärzte große Bedenken gehabt, was die Implantation eines Magenbandes und die möglichen Komplikationen nach dem Eingriff anging. Ehrlich gesagt, hat man mir ausdrücklich abgeraten. Aber ich habe meinen Zustand nicht mehr ertragen.

Nach der Operation hatte ich eine längere Reise geplant. Wenn du möchtest, kannst du die Flugtickets benutzen. Mach einen neuen Anfang. Entdecke eine neue Welt.

Was sagt man, wenn man am Ende angekommen ist? Man kann viel sagen oder wenig sagen. Ich könnte sagen, dass ich dich liebe (was ich tue), dass ich alles für dich tun würde (was ich getan habe) und dass ich glaube, du würdest dasselbe für mich tun.

Ich habe dafür gesorgt, dass du erst nach neun Monaten informiert wirst. Lange genug, um meine Abwesenheit zu begreifen. Lange genug, um ein Kind zu zeugen und auszutragen. Lange genug, in anderen Worten, um sich radikal zu verändern. Deswegen habe ich eine Frage an dich:

Was hast du während meiner Abwesenheit getan?

Als David das Buch zu Ende geschrieben hatte, weinte er.

Egal, wie sie gestorben war, dachte er, ob tatsächlich oder nur in seiner Vorstellung, er wurde zwangsläufig von einem Gefühl der Mittäterschaft gequält. Die Kunst war kein Exorzismus, zumindest für den Künstler nicht, und David wusste noch mehr: Es gab keine Detectives, keinen Auftragsmörder, es gab nichts. Nur nichts. Und dann, weil seine Wünsche in Erfüllung gegangen waren, ereilte ihn eine noch finsterere Erkenntnis: Er würde seine Schuldgefühle niemals abschütteln können und für immer in diesem Zustand verharren. So kam es, dass der David, der sich nun vom Küchenstuhl erhob und in die Welt hinausging, derjenige, der weiterlebte wie in der Vergangenheit, nicht mehr sein konnte als halbreal. Ein Avatar.

Und so endete Davids *Buch*:

Pepin fuhr zur Wohnung zurück, ihm war schlecht von der Niederlage, die er erlitten hatte, vom langen Warten hinter der Absperrung am Museum, dem endlosen Herumlaufen und Nachfragen, bis ihm schließlich nichts Besseres mehr eingefallen war, als nach Hause zu flüchten.

Als er vor dem Haus ankam, sah er sein Spiegelbild in der Eingangstür, eine von oben bis unten weiße, von einer dicken Staubschicht bedeckte Gestalt. Der Pförtner war verschwunden, alle Monitore ausgeschaltet und der Fahrstuhl anscheinend auf der Etage der Pepins stecken geblieben. Auf der Glasscheibe in der Tür, die ins Treppenhaus führte, stand ein rotes Exit aufgemalt.

Wie man das oft in Träumen tut, rannte er die Treppe wie im Mondspaziergang hinauf, mit langen Luftsprüngen von Absatz zu Absatz, immer zehn Stufen auf einmal. In Wirklichkeit rannte er nur.

Er blieb kurz vor der Wohnungstür stehen, die einen Spalt breit offen stand, dann ging er direkt in die Küche, wo Alice geduscht und in sauberen Klamotten am Küchentisch saß, vor sich einen Teller Erdnüsse. Der kleine Mr. Peanut auf der blauen Blechdose tippte sich lächelnd an den Zylinder. Sie hatte sich müde geweint, ihre Wangen waren zerknittert, die Stirn eingedrückt, die Augen gerötet, die Haut von nass glänzenden Streifen überzogen wie bei einem verheulten Kleinkind. Überall lagen Manuskriptseiten verstreut, und eine davon hielt sie in der Hand.

Er blieb wie angewurzelt stehen.

»So lässt du es zu Ende gehen?«, fragte sie. »Ist es das, was du willst?«

»Wo hast du das her?«

Sie zerknüllte die Manuskriptseite. »Das lag hier auf dem Tisch.« Sie bewarf ihn mit dem Papierball.

»Das ist unmöglich!«

»Du musst mich wirklich hassen«, sagte sie, »um dir so etwas auszudenken.«

Pepin hob die Seite auf, die sie nach ihm geworfen hatte, faltete sie auf und las.

»Das habe ich nicht geschrieben«, flüsterte er.

Plötzlich riss sie die Augen auf, so als hätte sie hinter seinem Rücken oder in ihrem Hinterkopf etwas entdeckt.

Pepin hörte Schritte und fuhr herum. Niemand war zu sehen, aber die Tür fiel mit lautem Knall ins Schloss.

»Du tötest mein Glück«, sagte sie leise, griff mit beiden Händen in den Teller und stopfte sich die Erdnüsse in den Mund.

Eine Sekunde lang traute er seinen Augen nicht, denn die Wucht des Allergens riss Alice rückwärts um, samt Küchenstuhl. »Nein!«, schrie er und stürzte sich auf sie, riss ihr die Hände aus dem Gesicht. Aber schon nahm die Verwandlung ihren Lauf, schon setzte die Werwolfschwellung ein; Alice' Lippen wölbten sich und entblößten das Zahnfleisch, Finger und Wangen quollen auf, und überall fingen Quaddeln zu sprießen an, ein rosafarbener Ausschlag, der sich in rasendem Tempo auf Hals, Brust und Händen ausbreitete.

»Ruf den Notarzt«, keuchte sie.

In ihren Mundwinkeln hatte sich eine Matsche aus Nusskrümeln und Spucke abgesetzt, sie fing zu würgen an, während er immer wieder ihren Namen schrie. Er rannte ins Schlafzimmer und riss ihre Nachttischschubladen auf, musste aber feststellen, dass beide EpiPens fehlten, ebenso wie im Medizinschrank im Badezimmer und in ihrer Handtasche, die er über dem Bett auskippte. Sie hatte an alles gedacht. Sie hatte es *gewusst*.

Er rannte zurück in die Küche, kniete neben ihr nieder und hielt kurz und mit vor Schreck in der Luft erstarrten Händen inne. Sie zerrte an ihrem Hals, so als wollte sie sich selbst erwürgen, das Gesicht veilchenlila, dunkelblau.

Es gab nichts zu tun, aber er tat es trotzdem. Ihre Speiseröhre war zugeschwollen. Er rammte ihr zwei Finger in den Mund, schob sie an ihrer geschwollenen Zunge vorbei und, so weit es ging, in den welligen Rachen hinein, er versuchte den Luftweg zu öffnen. Wäre jemand hereingekommen, hätte es so ausgesehen, als wollte er sie ermorden, indem er ihr eine Faust in den Hals rammte, dabei versuchte er nur, was er nie zuvor geschafft hatte, was er vor langer Zeit schon hätte tun sollen und wovon er oft geträumt hatte. Er zwängte sich, die freie Hand in ihr Haar gekrallt, mit aller Kraft in sie hinein. Würde diese Situation ihre letzte Erinnerung sein? Wäre das ihre letzte Umarmung? Er zwängte sich in sie hinein, so tief er konnte, aber es war nicht tief genug; er versuchte, sie dort zu berühren, wo sie ihn berührt hatte, er versuchte verzweifelt, sich an jene Zeit heranzuschieben, als sie glücklich gewesen waren, als sie noch nicht gewusst hatten, was sie jetzt wussten – tief hinein, bis in ihr Herz.

Danksagung

An allererster Stelle möchte ich Gary Fisketjon meinen Dank aussprechen, Freund und Lektor, ohne dessen exzellente Arbeit dieses Buch nicht entstanden wäre. Wichtige Hintergrundinformationen lieferten diverse Bücher zu dem Fall Sam Sheppard: Jack P. DeSario und William Masons »Dr. Sam Sheppard on Trial«, Cynthia L. Cooper und Sam Reese Sheppards »Mockery of Justice« und Paul Holmes' »The Sheppard Murder Case«. James Neffs »The Wrong Man« verdient ein besonderes Lob für dessen einfühlsame, umfassende und durchweg überzeugende Darlegung alter und neuer Beweise, wofür ich dem Autor von ganzem Herzen danke. Meine endlose Wertschätzung zolle ich ebenso meinen Agenten, Susanna Lea und Mark Kessler, für ihre immerwährende Fürsprache. Wie auch diversen Lesern: Kalen McNamara, deren scharfe Beobachtungen und zahlreiche Diskussionen ein Segen waren, wie auch die Kommentare und Anmerkungen von Phoebe Carver, George Cassidy, Diana Fisketjon, Emily Milder und Frank Tota. Dank an Nick Paumgarten für aufmunternde Gespräche. Dank an meinen Bruder, Eban, für seine Hilfe bei Hastrolls Menü und vielen weiteren Dingen. Für ihre Zeit und ihr Fachwissen danke ich herzlich Dres. Dan Canale, Donna Crowe und Tiffany Hines. Besonderer Dank gilt Ann Teaff und der Harpeth Hall School für das Jahr als Writer-in-Residence, in dem ich das Rohmanuskript fertigstellte. Weiterer Dank gilt auch Richard Dillard, der mich an Hitchcocks Werke herangeführt hat, und, in diesem Zusammenhang, auch meiner Frau. Der erste Schritt wäre nie möglich gewesen ohne das Vertrauen und die Ermunterung meiner Eltern. Um zum Ende zu kommen, all die dafür notwendige Liebe und Unterstützung kam von Beth.

PIPER

Annette Pehnt
Chronik der Nähe

Roman. 224 Seiten. Gebunden

Annette Pehnt erzählt die Geschichte einer Familie. Und es ist eine Familie von Frauen. Wortgewaltige Lästermäuler, nicht auf den Mund gefallen, Plaudertaschen. Großmutter, Mutter, Tochter. Schwierig wird es nur, wenn das Schweigen ausbricht. Das war so zwischen der Großmutter und der Mutter. Und auch bei Mutter und Tochter ist es so. Sie schweigen, bis eine klein beigibt, bis eine die Stärkere ist und ihren Willen bekommt. Aber wie wollen sie so eine Antwort auf die Frage finden: Liebst du mich auch? Auf einer Reise lässt sich das vielleicht besser herausfinden. Bevor die Mutter stirbt. Aber ob der Ausflug nach Rügen hält, was sich die Tochter von ihm verspricht?
»Chronik der Nähe« ist der Roman dreier Generationen von Frauen und eine kurze Geschichte Deutschlands zugleich.

01/1982/01/R

Lionel Shriver

Liebespaarungen

Roman. Aus dem Amerikanischen von Monika Schulz. 592 Seiten. Piper Taschenbuch

Irina McGovern kann sich ein Leben ohne den klugen, geistreichen und verlässlichen Lawrence nicht vorstellen – auch wenn die Leidenschaft ihrer Liebe mit den Jahren abgeflaut ist. Doch als Irina sich der überwältigenden Anziehungskraft von Ramsey hingibt, verändert ein Kuss ihr Leben und ein Spiel mit zwei Wirklichkeiten beginnt …

»Wie die Leidenschaft einer neuen Liebe aufflammt und dann im Alltag verkokelt, wie die Intimität einer langen Beziehung einem Kraft gibt und im nächsten Moment die Luft abschnürt, wie Sex uns erheben und bedrücken kann – darüber hat seit Langem niemand so rasant und so lebensklug geschrieben.«

Brigitte

05/2542/01/L

Emma Hamberg

Für Wunder ist es nie zu spät

Roman. Aus dem Schwedischen von Susanne Dahmann. 368 Seiten. Piper Taschenbuch

Nach außen wirkt Majas Leben perfekt: Als Ehefrau eines berühmten Künstlers lebt sie auf einem alten Schloss, romantisch gelegen auf einer Insel im schwedischen Vänersee. Doch während ihr Mann immer gigantischere Kunstwerke schafft, sieht es mit ihrer eigenen Karriere als Bildhauerin mau aus. Zu allem Überfluss fühlt sie sich von ihm nicht mehr begehrt. Das muss anders werden, beschließt sie und schmiedet einen ungewöhnlichen Plan: Sie eröffnet eine Schwimmschule für Erwachsene. Zwei heiße Sommerwochen lang stellen die Kursteilnehmer den Schlossalltag auf den Kopf, unter ihnen der extrem attraktive Alex. Und schon bald steht nicht nur ihre eigene Beziehung auf dem Prüfstand …

05/2707/01/R